MIX
Papier aus verantwortungsvollen Quellen
FSC® C012536
FSC
www.fsc.org

Die in den Erzählungen verwendete Rechtschreibung richtet sich nach dem Autor.

Lektorat: Elvira M. Gross
Umschlag und Satz: Jürgen Schütz
Druck und Bindung: Christian Theiss GmbH
Printed in Austria

ISBN: 978-3-902711-81-6
www.septime-verlag.at
www.facebook.com/septimeverlag | www.twitter.com/septimeverlag

Alban Nikolai Herbst

WANDERER

Erzählungen I

Editiert und mit einem Nachwort von
Elvira M. Gross

... eine der wichtigsten menschlichen Dimensionen [...]:
die Sensibilität für das Tragische.
Jan Kjærstad , *Der Verführer*

Ein zu pathetischer Wind, fürchte ich, aber letztendlich sind alle Wahrheiten so lächerlich banal, daß man nur in Rätseln darüber sprechen darf, und je weiter sich die Rätsel von den Antworten entfernen, desto erträglicher wird unser Reden.
Christopher Ecker, *Fahlmann*

... und ich habe oft gedacht, daß die Gegend, die man als Kind durchstreift, genauso großen Enfluß darauf haben muß,
wer man wird, wie (...) Gene und Erziehung.
Jan Kjærstad , *Das Norman-Areal*

»Noch wiegt sich die Freude im Abendwind«,
sagt Vater leise zu mir, während er sich die Ledertasche umbindet. »Aber wenn wir dereinst nichts als Trauer sind, werden wir verdampfen wie Morgentau im Sonnenlicht.«
Christopher Ecker, *Der Bahnhof von Plön*

Inhalt

Svenja

Elfenkönigin seine

schon, als sie zum ersten Mal vor ihm steht: im Halbprofil schräg jemandem andres zuwendet. Wie sehnig sie ist und wie schmal!

Ihr durchgedrücktes Hohlkreuz. Ihre sehr kleinen Brüste. Die sich gegenseitig Lügen strafenden Gesichter auf den drei Bildern, die ihm von ihr geblieben sind. Höhere Tochter, Verwegene, Versunkene – sogar »Die Versunkene« – meine Güte! Doch genau so hat er eine der Fotografien genannt. Für die hat sie, die Fünfzehnjährige, stundenlang vorm Objektiv seiner alten Rollei posiert. Heimlich daheim. Den Schlüssel zur Tür des Nebenzimmers herumgedreht, achtsam. Niemand sollte etwas hören. Niemand außer ihm ihr ungebundenes Haar sehn.

Es riecht gedämpft nach Naphtalin.

Niemand werde sie jemals so sehen … so verstehen … Davon war er überzeugt. Dann fuhr sie fort auf ihrem Mofa, verhöhnte ihn später auch noch.

In der Tanzschule hat er sie kennengelernt.

Welch ein Umher! Die Bässe wummern überm Parkett. Sie kamen aus Gesellschaftskreisen, die sich nicht handgemein machen wollten, eine überkommene Etikette bewahrten;

Svenja bewahrte freilich nichts. Er schloß, der Junge, nicht zu ihr auf. Und schon war alles vorüber.

Er hat getrunken. Das tut er damals häufig. Morgens ist er schulflüchtig. Mittags findet man ihn im Schloßpark, den es heute nicht mehr gibt. (Doch war das Gelände schon seinerzeit durch den anrainenden Bau von Horten verschandelt.)

Seit einem Jahr verbringt er seine Abende in der Kantine des Staatstheaters, bis man je schließt. Dann erst kehrt er heim. Es sind von dort kaum zweihundert Meter Jasperallee. Dennoch weiß er sich nachher oft nicht mehr an sie zu erinnern, ein Filmriß folgt auf den andern.

Er erklimmt anderthalb Stock Hauswand und drückt mit Kraft den Holzrahmen des Fensters auseinander. Zwar liegt sein Zimmer wie die mütterliche Praxis souterrain. Doch seit der Junge nicht mehr in den Griff zu kriegen ist, schließt sie unten feste ab, denn er soll oben schlafen. Seinen Schlüssel hat er abgeben müssen.

Kommt dennoch unbemerkt herein. Geht es morgens wieder in die Schule, bereitet unten die Mutter meist schon die Praxis vor. Sie kann sich Helferinnen nicht leisten.

Er ist sechzehn. Wohin mit sich, weiß er schon gut. Exzesse in seinem schwarz verkleideten Zimmer. Die schweren Vorhänge blutrot. Zwölf Lautsprecher hinter ihnen verteilt. Immer wieder Tschaikowski b-moll, drohend aufgedreht. Raskolnikoff, Selbsthypnose, Apollo 11. SANKT-PAULI-NACHRICHTEN, WOCHENEND. Die lüstern sich wälzenden Nonnen in Russells Verfilmung der TEUFEL VON LOUDUN.

Die Mutter hält auf Form. Deshalb die Tanzschule, in der er sich zweimal die Woche sehen läßt. Da nämlich Svenja. Sie steht nicht, sie schwirrte. Ihre transparenten Flügel sind es, die sie über das Parkett tragen. Direkt auf ihn zu. In den Taschen seiner Hose das aus der mütterlichen Kasse geklaute Geld. Dies aber nicht macht ihn schwer.

Sie fordert ihn auf. Was bei ihr einer Forderung tatsächlich gleichkommt.

Er hebt sich an wie von Jahrhunderten. So auch nimmt er das Mädchen in die Arme. Es braucht all ihren Witz, ihn zum Lachen zu bringen.

Eigentlich hat er sich gegen die Tanzschule gewehrt. Es sind die postrebellischen Jahre. Wenn einer aber so wenig leicht ist wie er, steht er in Diskotheken bloß in Ecken herum.

Ein letztes Mal den Arm um Marie-Luises Schultern, wartet er mit auf ihren Bus. Den Arm ein letztes Mal um ihre Schultern. Weiter waren sie füreinander nicht gegangen.

»Und warum? fragte er.

»Ach laß mich doch!«

Sie streifte seinen Arm ab. Er kniff die Lippen zusammen.

Und jetzt wirbelt ihn Svenja umher. Das Zittern des Stroboskoplichts. Man verliert die Orientierung. An ihrem Pferdeschwanz hält er sich fest. Den trug sie so gern. Einmal kreischt sie auf. Er hat zu ungelenk, zu feste gezogen. Aber sie lacht schon wieder, dankt es ihm.

Als Marie-Luise und er auf der Bank saßen, stumm, klatschten dicke Tropfen Regens herunter. Wildbäche strömten vor ihren Füßen. Der ganze Himmel flennte.

Dann der Bus, dröhnend durch Pfützen spritzend. Wir sprangen auf, kamen uns ein letztes Mal dabei nahe.

Svenjas Reitgertenleib. Jederzeit ein Pfeil von der Sehne. Wie stolz und wild sie von ihrem Wallach herabsah! Grenzen mißachtend, doch spöttisch, auf andere Weise als er, eine spöttische Weise. Sie verhöhnte Kleinmut ohne ein Wort. Er hätte meinen können, sie habe keine Moral.

»Du bist so verstockt!« Sie wirft das Haar in den Nacken.

Hubertusjagd. Der Junge weiß nicht mehr, wie er, unberitten, auf diese Lichtung kam. Svenja stürmt soeben aus dem Wald, den anderen voran. – Da verfehlt ihr Wallach im Sprung die Höhe, die Hinterhände schlagen gegen den queren Baumstamm, so geht es fast über Kopf: Das Mädchen aus dem Sattel geworfen, hoch in die Luft geschnellt, in Sekundenschnelle zusammengerollt und in den Sprungschatten des Stamms gekugelt, um nicht von den Hufen der hinter ihr Heranpreschenden getroffen, erfaßt, zerschmettert zu werden. Ein Eisen streift sie dennoch. Armins.

Die prustende Meute stiebt, stoppt, die Tiere schnauben und tänzeln. Man sitzt ab, läuft alarmiert herbei. Svenja aber steht schon wieder. Sie wirft den Pferdeschwanz und lacht. In ihrem Lachen klingeln alle die Ästchen des Waldes. Selbst das wilde Gras klirrt. Ein jeder Halm wie mit gläsernen Glöckchen behängt.

Niemand wird mit ihr fertig. Von niemandem ist sie zu bändigen. Teufelchen Elfe, das vertilgt, was ihr naht. Läuft darauf zu und schlingt es hinunter: in einem einzigen Husch ihrer Augen.

Sie besitzt einen Giftzahn, den sie beim Lieben nutzt. So lähmt sie ihre Opfer. Die sie danach beständig umkreisen.

Er denkt, sie sei überhaupt nicht gereift. Mit ihm solle sie wachsen.

»Kommst du mit zu mir? Ja, jetzt gleich.« Er habe Wein zuhause, zwei Flaschen.

Ihr schmaler Leib ein Bogen, der seine Spannung erst neben ihm auf der Couch löst. Ganz wie ihr Haar. Jetzt fällt es seitlich der Schläfen seidenblond zurück. Ihr gliedriger Hals wird frei, die Linien hinauf aus der Mitte des Schlüsselbeins strahlen.

Sie wartet.

Er ist aufgeregt unruhig, unselbstgewiß. Seine Hand gleitet über ihr Haar. Vorsichtig fährt er mit gespreizten Fingern durch die Seide.

Wie er endlich seinen Atem in sie gießt.

Natürlich wohnt sie noch bei den Eltern. Eine vierstöckige weiße Villa mit braunen Fensterrahmen. Der weite Rasen dahinter rutscht zum trägen ockergrünen Fluß hinab.

Ihr Stiefvater ist seit Jahren Pensionär. Sie nennt ihn Vätchen. Ein kleiner drahtiger Mann, keine einssechzig. Keep-smiling-kettenrauchend. Mitunter ist er geistvoll, jedenfalls witzig. Sein Vermögen stammt aus einer Fabrik für Schwermaschinen. Er hat sie aus den Trümmern erhandelt und ins Wirtschaftswunder überführt. Auf der massiven Anrichte stehen Fotos von ihm und Sinatra. Er und Frankyboy schwenken die Hüte und zeigen ihr Colgatelachen. Come on, lets have a drink.

Männchen zwar, doch mächtig, ist er ein Satyr. Auf stille und, kann man denken, fast naive Weise lüstern sitzt er übern ganzen Tag gespitzter Lippen im Lehnstuhl und schaut. In die Armlehnen sind Armaturen eingelassen, vermittels derer er die Fensterläden im Haus, sämtliche, herunterlassen und auch alle Türen verriegeln und wieder öffnen kann. Was er auch gerne tut.

Svenjas Jungen mag er gern, ist ihm ein Gönner ohne Gehabe. Gibt ihm Zigaretten stangenweise mit, gibt ihm Zweiliterflaschen eines schweren Muskatellers, den er aus Griechenland einführen läßt. Vielleicht hat ihn auch nur meine Armut gerührt. Und daß ich einen Vater suchte.

Armut, nun jà. Aber wir hatten nicht viel. Ich erinnere mich des Badeofenrohrs, in dem das Wasser bullerte und zischte. Die Kochwäsche blubberte auf dem Herd in der Küche. Am Abend wurde penibel zusammengerechnet, was man sich leisten könne und was nicht. Manchmal kamen Kartons mit gebrauchter Kleidung für die Jungs. Für neue wuchsen sie zu schnell.

Dem Vätchen auf spöttische Weise unterworfen, führt Svenja einen heimlichen Stutenkrieg mit der Mutter, begehrt nie offen gegen sie auf, tut dennoch nur, was sie selbst will. Ihr Haar ist zuhaus stets aus dem Antlitz und hinter die Ohren gestrichen. Adrett, beinah züchtig sieht sie da aus. Spät erst hat der Junge begriffen, welch Ausdruck ihrer inneren Freiheit dies war. Da war er schon Junge nicht mehr. Sie hätte auch Haarspangen getragen, wenn es verlangt worden wäre.

Was hätte es ihr gebracht, wenn sie wie alle anderen rebelliert hätte? In der Villa bewohnte sie ein eigenes Stockwerk mit eigenem Bad, eigner Toilette. Und wenn das sinnliche Vätchen sie, wie sie es nannte, *kitzelte*, hatte sie ihre Freude daran. Das spielt sie gegen die Mutter aus.

Die spielte nun mich gegen sie aus. Was ein solcher Junge nicht merkt, und wenn, dann zu spät.

Ehrlichkeit hatte für Svenja keinen Wert. Ihr einen beizumessen, fand sie naiv. Warum sollte sie Leute verletzen, wenn es auch anders ging?

Wäre sie schon Auto gefahren, sie hätte keine Kurve genommen, ohne daß die Reifen quietschten.

Auf seiner Couch.

Ihre Lippen liegen festgesaugt um seine. So küßt sie immer, wenn sie erregt ist. Sie saugt die Lippen des Jungen in ihren Mund. Dann durchbricht ihre Zungenspitze sein Muskelgekräusel. Von selbst bekommt man den Mund in dem ihren nicht auf.

Oder das Kußspiel. Die Unterlippe des anderen mit den Zähnen zu fassen versuchen. Wer es schafft, hat gewonnen. Zehn erfüllte Minuten schnappen beide herum.

Da ruft seine Mutter zum Essen. Und Svenja enthuscht, kichernd, durchs Fenster.

Eine Ephebe.

Vier Wochen, nachdem sie sich kennengelernt haben, besuchen sie das Gestüt ihres leiblichen Vaters nahe dem Elm. – War es noch im Sommer? Nein, es muß schon Herbst gewesen sein, Altweibersommer also. Denn über den Nacken rann ihm Schweiß. Noch waren alle Wiesen grün.

Da schreit Svenja: »Deckhengst!« Der Ridgeback rast heran.

Wie sie aufjubelt, als der große Hund sie anspringt! Selbst ihr Haar triumphiert. Es flattert derart im Sonnlicht! »Hasso, du alter, alter Deckhengst!«

Sie küßt ihn auf die glänzende Nase, leckt sogar kurz über sie. Dann strafft Svenja sich, geht ins Hohlkreuz und reißt gleich beide Arme hoch. Die Vorderpfoten des Hundes liegen auf ihren Schultern.

Ich war gar nicht mehr da. Nur noch dieser Rüde.

Er wird immer wilder, aber Svenja fällt nicht um, hält dem Gewicht des Tieres stand. Sein rotausgefahrenes Glied tänzelt irrsinnig glühend ein paarmal schnell in der Luft, reibt sich an ihren Oberschenkeln, reibt bis zu ihrem Bauch hoch.

Ekelte es mich? Nein. Ich war bloß verpeint. Und verlor aus moralischem Abscheu den Glauben an Gott.

Nach einigen Sekunden gibt Svenja dem Hund einen Klaps auf die Kruppe. »Ab!« ruft sie. »Genug jetzt … Na lauf!«

Dann sieht sie zu mir, als hätte sie gesagt: »Ach, du bist ja auch noch da …« Tatsächlich aber sagt sie, während sie sich abklopft: »Guck! Is gar nichts passiert. Ich brauch nicht mal ein Taschentuch.« Wobei sie an sich heruntersieht.

Dann sieht sie wieder zu mir, in halbschrägem Hochblick, bemerkt mein Beklommensein und bekommt einen Ausdruck ins Gesicht, der mitleidig wäre, läge nicht so viel Verachtung darin.

Dieses Mädchen also hat der Junge an sich gezogen. Sie hält er umfaßt und will sie schützen.

Eher hat wohl sie den Jungen an sich gezogen. Dabei ist sie gar nicht sein Typ, der dunkelhaarig ist, melancholisch und milde. Blond und energisch ist seine Mutter genug.

Nicht sein Typ. Plötzlich sitzt der neben ihm und saugt seine Lippen in einen weiblichen Mund. Plötzlich schlingen sich verlangende Arme um den Jungen, legt ihm Svenja eine Hand in den Nacken, die zweite um den Hinterkopf, und er, anders läßt es sich nicht sagen, berührt ihre ephebischen Brüste. Wozu er sich ein wenig verrenkt. Den bis dahin Bindungslosen band nun die Bindungslosigkeit an sich.

Leidliche Ruhe.

Es ist kühl geworden. Die Marktstände sind fortgeräumt. Entfernt kreischt eine Straßenbahn in den Gleisen.

Neben dem Jüngling – Teenager will nicht recht passen – sitzt auf der Bank ein Obdachloser. Penner nennen wir die. Der schimpft, doch tonlos, vor sich hin.

Auf den Schenkeln des Jungen Block, Bleistift, Radiergummi, in einem Umschlag paar Fotografien. Zwei Wochen ist es her, daß Svenja auf ihrem Mofa davonfuhr und ihn für immer stehen ließ.

Stimmt nicht. Er ist noch einmal bei ihr gewesen. Sie hat die Tür sogar selbst geöffnet.

»Ach, du. Na meinetwegen komm mit hoch.«

Svenja legt eine Platte auf, nachdem sie ihre Etage betreten haben. Als er in ihrem Zimmer herumsteht. *Du lebst in deiner Welt.* Der Schlager ist das schlimmste. Zumal sie dazu, ohne ihn, tanzt. Sie singt auch mit, während sie sich in den Hüften wiegt. *Du sprachst von verzeih'n, ich wollt dich befrei'n, wir konnten zusammen nicht sein.*

Er schaut ihr zu wie versteint.

Dann sagt er: »Ich werde nach Bremen fahren.« Daß Svenja nicht darauf reagiert, ist menschlich. Es erspart dem Jungen ihr Achselzucken.

In einem Gebäude übereinangeworfene Stühle, die wie übereinandergeworfene Menschenleiber wirkten: aufeinandergeschichtete, durcheinandergewühlte Menschenleiber.

Über den Giebeln geht die Sonne unter, überzieht sie wie auf Bildern naiver Malerei mit blauweißem Licht. Drunter spazieren Menschen. Manche gehen einfach ihrem Ziel zu, andere begrüßen sich, klopfen einander auf die Schulter, spielen mit Faustzeichen, manche lachen, manche kichern. Auf einem Sockel sitzen, in Pullis und Jeans, um Jungsbekanntschaften pfeifende, bisweilen keckernde Mädchen, werfen das Haar und lassen ihre Zähne blitzen.

Er hat Svenja in Braunschweig tatsächlich zurückgelassen, hat seiner Mutter nichts gesagt, nichts dem Bruder, nur wieder Geld aus der Kasse gestohlen und sich damit das Ticket gekauft. Dann hat er sich, statt zur Schule zu gehen, in den Zug gesetzt. Bei seiner Großmutter gibt es für ihn immer einen Unterschlupf. Sie wird ihn nicht verraten.

»Aber Junge! Und wenn sie die Polizei ruft?«

Würde sie nicht. Sie wird froh sein, daß er weg ist.

Wie federnd Svenja neben ihm auf der Couch saß!

Wie sie durchs Fenster enthuscht war! Windsbraut meine.

Sie hatten sich für den nächsten Tag wieder verabredet. Sie werde ihn nach der Schule abholen kommen. »Ich freu mich, du!« rief sie. »Ich freue mich irrsinnig!«

Das war vor einem halben Jahr.

Er erzählte ihr nicht, was er normalerweise tat. Sie fragte auch nie danach. Sie hätte damit nichts anzufangen gewußt. Es wäre ihr egal gewesen, auch wenn er Musik wie Bach geschrieben hätte. Wer war schon Bach? (Wer war schon Daisy Door? Wer war Jimi Hendrix?)

Gleichgültig, wer er war, was irgendjemand ist. Sie hing nicht in ihrer Generation fest, nicht mal *an* ihr. Sie berührte anderes. Wahrscheinlich wußte sie selbst nicht, was.

Ob sie körperlich noch Jungfrau ist, wußte er sehr bald. Doch war sie es noch seelisch? Das, tatsächlich, trieb ihn wochenlang um. Hätte er ihr das gesagt, sie wäre in Prusten ausgebrochen.

Ihr Jungmädchenzimmer, das sie »mein Wohnzimmer« nannte. Zu ihrer Etage hatte sie einen eigenen Schlüssel; sie konnte sie als ihre Wohnung versperren. Es gab neben dem weiten, von der Toilette getrennten, verspiegelten Bad einen Flur, ein Ankleide- und ein Schuhzimmer sowie ein Schlafkabinett, das sie aber niemals benutzte. Darinnen – violett bezogen – ein, nannte seine Mutter sowas, »französisches Bett« –

Er, als er dieses Kabinett zum ersten Mal sah, dachte sofort an Tausendundeine Nacht.

– das sie aber niemals benutzte.

Svenjas Mutter war eine rasend schöne Frau mit aber herben, ein wenig ordinären Zügen. Sie mochte um die vierzig sein. Vielleicht war sie auch jünger; er schätzte noch mit Jünglingsblick. Ich weiß bis heute nicht, ob sie ihr Haar gefärbt hatte oder ob es wirklich derart schwarz war. Einst, erzählte sie ihm, habe sie so blondes Haar wie die Tochter gehabt.

Gern trug sie enge dunkle Rollkragenpullover. Sie wußte, warum. Nie hat er sie einen Rock tragen sehen, nur einmal, zum Abschlußball, ein mit Pailetten besetztes Kleid, schwarz auch dieses.

Auch seine Mutter war dort gewesen. Eine hochgewachsene, mit Kraft, ja energisch verhärmte Frau, Erzengel Michaela, Führerin der himmlischen Heerscharen eines dogmatischen Gottes, Mutter Theresa zugleich und Medea.

Svenja im azurblauen Kleid, um den Hals einen Aquamarin an einer Silberkette. So filigran wie sie selbst. Ihr rechter

Arm bis zum Ellbogen in Gips. Er hatte nicht den geringsten Zweifel daran, daß sie mit voller Absicht vom Mofa gestürzt war.

So tanzen sie. Er in seinen – aus dem mal wieder Klamottenkarton – viel zu großen Schuhen, deren Spitzen sich schon hochgeknickt haben. Um dem Mädchen nicht auf den Kleidersaum zu treten, beugt er sich ungelenk vor. Vogelgestelze.

Keine Chance, beim Wettbewerb auch nur den dritten Platz zu belegen. Mindestens das, mit ihrem Gipsarm, hat Svenja aber vor.

Er las damals viel. Ein paar Wochen lang führte ihm das Straßentheater vor, was er selbst sich nicht traute.

Beim Wiener Walzer kommt Svenja auf eine Idee. Sie stellt sich ihm – während des Wettbewerbs – auf die zu großen Schuhe. Dazu eignen sie sich. Dann klammert sie sich in seinem Nacken fest. Und er, er dreht sie und sich, doch verliert den Griff um ihre Taille, und ihre Hand rutscht aus seiner. Schon fällt sie nach hinten weg, wobei sie aber aufkreischend lacht. Inmitten der rotierenden Paare plumpst sie, einfach weitermachend, auf ihr Gesäß. Beibt lachend auf allen Vieren sitzen. Die Tränen laufen über ihre Wangen. »Du bist ein solcher, solcher Tolpatsch!«

Es kommt Stockung in den Walzer, die Paare verwirren sich komplett. Nur die Musik läuft weiter. Und weiter im Gemenge hockend, zieht sie den Jungen zu sich herunter, ja zerrt an seinen Händen. »Küß mich! Küß mich hier!«

Ihm ist es furchtbar peinlich. »Aber Svenja …« sagt er.

Und dann wieder, kaum einen nächsten Tanz weiter, packt sie erneut der Ehrgeiz. »Nun halt dich endlich grade!« faucht sie ihn an. »Hör auf, dich wie ein Krüppel zu benehmen! Ich will mich nicht dauernd blamieren!« Sie macht sich wütend von ihm los, stößt ihn auf der Tanzfläche weg, einfach weg. Dann läuft sie aus dem Saal.

Er bleibt hilflos zurück. Ihr hinterherzulaufen, hat keinen Sinn.

Er duckt sich unter den halb mitleidigen, halb verachtungsvollen Blicken der anderen. Jedenfalls kommt es ihm so vor. Er ist ein geschlagener Hund, der nicht die Traute hat, in die Hand zu beißen, die ihn schlägt.

Vielleicht fünf Minuten bleibt Svenja weg. Dann kommt sie, ihn suchend, zurück. »Komm, laß uns um die Wette rennen!« Sie greift seine Hand, pest los, zieht ihn hinter sich her mitten ins Tanzgetümmel, läßt von seiner Hand wieder ab und ruft: »Fang mich! Fang mich doch!« So daß der Betrieb abermals gestört ist.

Aber er genügte auch als Bücherwurm nicht. Er lernte nicht, er floh. Stundenlang saß er hinter zugezogenen Gardinen und schrieb Heftchen mit Science-Fiction voll. Dabei war die selbstgebaute Stereoanlage bis auf den Anschlag aufgedreht. Manchmal rief genervt die Mutter, deren Praxis ja gleich nebenan. Schon war der nächste Ärger da.

Oder er vergrub sich, um seinen Abscheu zu pflegen, in die Freudsche Massenpsychologie, überschlug angeödet die französischen Dialoge in den *Dämonen* und zog sich die erste Nikotinvergiftung zu. Mit *Perry Rhodan* kam er drüber hinweg.

Eine Woche nach ihrem ersten Kuß. Er steht auf der breiten und hohen Freitreppe, die auf die Anlagen des Löwenwalls führt; ihr laufendes Mofa hat Svenja hinaufgewuchtet, dabei immer wieder Zwischengas gegeben. Wirklich mal zu Fuß gehen kann sie nicht. Es ermüdete sie.

Nun rast sie, wieder aufgesessen, die je nicht sehr hohen Stufen abermals hinunter, gibt Gas, beschreibt eine Kurve, nimmt Anlauf, knattert und hoppelt die Stufen wieder herauf, drückt ihm, ohne anzuhalten, einen Kuß auf die Lippen, rast wieder hinunter. So zweidrei Mal oder vier.

Und jauchzt vor Lebensglück.

Was für ein Kind! denkt er – ein alter Mann schon mit sechzehn.

»Zu wem kommst du eigentlich, zu mir oder zu meiner Mutter?« – Wie die in ihrem schwarzen Rollkragenpullover dastand! Er hatte neben dem Kühlschrank Platz genommen, kurz fortrücken müssen, als sie die Milch herausnehmen wollte. Woraufhin sie ihre Linke in die Hüfte stemmte und mit der Rechten den Milchpack an die Lippen führte.

In fast einem Zug trank sie den leer, vor seinen Blicken leer, und sah ihn dabei an.

Svenja und er unter seiner Bettdecke. Sie müssen leise sein, damit in der Praxis die Mutter, seine, nichts hört. Svenja, hat er den Eindruck, legt es darauf aber an.

Es ist ein strahlender Sommernachmittag. Der zugezogenen Vorhänge wegen schwimmt das ganze Zimmer in hellrotem Licht. Trotzdem brennt eine Kerze.

So ist er.

Schumanns Klavierkonzert dazu. Ihre Musik ist es nicht. Aber das spielte für sie keine Rolle.

Weil er es vermeidet, durch die Praxis seiner Mutter zu gehen, verläßt er sein Zimmer nahezu ausschließlich durch das

Fenster. Das darum meistens offensteht oder nur angelehnt ist. Auch seine Freunde wissen das und nutzen es deshalb ebenso.

Allmählich wird es dämmerig. Plötzlich galoppiert draußen Henning, sein Freund, zum Souterrain herab: kurze, harte, fast hämmernde Schritte. Schon zieht er den Vorhang zur Seite, steckt den Kopf durch.

»Hau ab, du Idiot!«

Der versteht erst, obwohl schon halb drinnen, als Svenja zu lachen beginnt, die doch – entspannt, ja gelöst – beinah stundenlang dagelegen hat. Indem sie Henning vernimmt, zieht sich ihr Körper spontan zusammen – und schon schnellt sie auf. Dann dieses ungebändigte Lachen. Sie kriegt sich gar nicht mehr ein.

Ich zu Henning wieder: »Hau endlich ab!«

Svenja lacht und lacht. Der Vorhang fällt wieder zu und Svenja auf das Bett zurück. Doch sie lacht weiter, wenn auch jetzt silberhell leise. Vorbei die zarte Ergebenheit.

Manchmal gelang es ihr, auch ihn ein kleines bißchen leicht zu machen. Wenn sie Hand in Hand durch den Regen liefen und in jede Pfütze hüpften. Damals schon trug er Anzug und Krawatte und liebte seinen pelzbesetzten Ledermantel. Jeans lehnte er ab; sie waren für ihn Uniform. Menschenaufläufe floh er. Sie führten ins Unheil und würden es abermals tun.

Wie der Bus durch diese Pfütze fuhr! Wie Marie-Louise aufgesprungen war! Wir auch er aufgesprungen war! Wie sie sich dabei ein letztes Mal nahegekommen waren.

Er müsse, denkt er, Svenja Ruhe geben. Sie finde sie nicht in sich, sei so getrieben, begreife einfach nicht, daß niemand völlig glücklich sein kann, wolle es auch gar nicht begreifen, zerrissen wie sie sei. Er werde sie an der Hand in das Erwachsensein führen.

»Ich freue mich irrsinnig!«

In der ganzen Zeit, die wir zusammenwarfen, habe ich sie nur zweimal weinen gesehen. Meistens lachte sie, oder sie hatte – selten aus biologischen, meist aus ihm unerfindlichen Gründen – schlechte Laune. Tatsächlich war sie oft launisch. Seine Mutter nannte sie ein verzogenes Luder. Auch ihre Mutter nannte sie so. Nur das Vätchen war, und zwar immer, auf ihrer Seite.

Weinen tat sie jedenfalls nur zwei Mal.

Er notiert Gedanken über ein ihm fremdes Geschöpf. Auch sich selbst kennt er nicht. Es ist, als ob ihn etwas abgeschnitten hätte. Nicht er selbst jedenfalls kann mit der Elfe zusammengewesen sein. Es war nicht er, der auf ihr gelegen. Nicht er hat ihren Atem gespürt. Woran ich mich erinnere, hat niemals stattgefunden.

Darum will er seine Notizseiten abtippen später, ihr dann alles schicken. Aber wahrscheinlich wird sie es nicht lesen. »Kennen wir uns?« wird sie fragen. So, wie eine junge Frau schnippisch den anschaut, der sie anmacht: halb die Frage darin, ob es sich lohnt. Um nein zu sagen, reicht der Blick. Dann wird sie wieder auflachen. Abstand zu haben, macht nüchtern. Auch wenn es den Schmerz nicht verringert. Menschen und Elfen, das geht nicht.

Einmal weinte Svenja wegen ihrer Mutter. Denn als Rivalin war sie ihr schon rechtlich nicht gewachsen; sie war ja noch nicht einmal sechzehn. Doch sie wollte sich nicht mehr bestimmen lassen. Wollte weggehn und heimkehrn, wie ihr der Sinn stand. Sorgerecht hatte die Mutter allein, die Tochter mit in die Ehe gebracht. Das Vätchen konnte deshalb nie wirklich etwas sagen. Nahm zwar, der pfiffige Satyr, immer Svenjas Partei, ging hartem Streit indes aus dem Weg. Doch habe ich den kleinen Mann nie verstanden, und wollte, was ich *ahnte*, besser gar nicht wissen.

Aber auch diese Frau begriff der Junge nicht, vielleicht sogar noch weniger als ihren Mann, wie sie sich fordernd, scherzend, elegant durch die Besseren Kreise bewegte, denen ihre Tochter eine Nase nach der anderen drehte. Die Mutter hielt Hof, die Tochter machte mit dem Gesinde herum.

Einmal hat sich die Frau ihm wirklich gezeigt – jetzt muß er denken: vor ihm demaskiert. Wie mit dem Milchpack war es ein Moment ihres innren Erhitztseins. Es wird ihm auf dieser Bank etwas übel. Der Notizblock, die Stifte, die Fotos.

Sie kam, die Frau, von einem Turnier. Sie war durchgeschwitzt, ihr Antlitz glühte von roten, nicht konturierten Erregungsflecken. Dunkelblaues Jackett, beige Reithose, die strahlend gewichsten Stiefel bis unters Knie. In den verstärkten Einsatz zwischen ihren Schenkel hatte sich der Pferdeschweiz eingeätzt.

Sie sah an sich herunter, lachte obszön, fuhr mit drei Fingern durch ihren Schritt und sah den Jungen dabei an. Sie wollte, daß er hinsah. »Guck doch nur!« Sie war wie verzückt. »Als hätte ich in die Hose gepinkelt …«

Er lief komplett rot an, spürte es, wand sich. Was sie bemerkte. Natürlich bemerkte sie es, sagte: »Lecker, nicht wahr?« Und lachte erneut, diesmal über seine Verlegenheit. Dann zwinkerte sie ihm zu und drehte sich endlich (endlich!) weg, um Bübchen in die Box zu führen.

Ihr Lachen war schärfer als Svenjas, auch rauher.

Aufgeregte Stimmen, durch die Entfernung gedämpft, drangen in die Stallungen. Dann war ein Motorrad zu hören, das ankam; das tiefe Röhren verhallte kurz. Und irgendwo röhrte ein Ghettoblaster.

Also Svenja weint wegen genau dieser Frau.

»Laß uns gemeinsam abhaun«, sagt sie. Es ist, als ob sie bäte. Nichts fällt ihr so schwer, wie zu bitten. Jetzt bettelt sie beinah. »Laß uns abhaun von hier!«

Es hat einen Streit gegeben. Aber sie will nicht erzählen. Er hat den Eindruck, es ist um ihn gegangen.

»Bitte! Bitte laß uns zusammen weggehen!«

Soweit ist er aber nicht, für sowas viel zu ängstlich.

»Du mußt Geduld haben«, sagt er. Sie sei doch bald fertig mit der Schule. Alles sehe dann eh anders aus. Was sollten sie beide woanders denn tun? Sie würden dann ja auch sicher gesucht. »Willst du dich dauernd verstecken?« Und wovon leben?

Doch Svenja will nicht hören. »Ich habe ein Sparbuch, das reicht für ein Jahr. Außerdem können wir jobben. Machst du doch sowieso.«

»Guck doch«, sagt er, »wie du lebst! Du hieltest es in der Armut nicht aus.«

»Ich halte es überall aus. Wenn nur diese Frau nicht mehr da ist!«

»Das ist doch Unsinn«, sagt er. »Es ging doch auch sonst immer.«

Er ist ein Ausbund an Vernunft.

Sie wird still, sieht zu Boden.

Er will sie in den Arm nehmen. Sie wehrt es ab. Die Tränen rollen über ihr Gesicht. Wieder einmal fühlt er sich hilflos.

Spontan hört sie zu weinen auf. Sie wischt nicht mal die Tränen ab, denn die sind unversehens in die Haut eingetrocknet. Es gibt keine Spuren, auch von verwischtem Lidschatten nicht. Allerdings schminkt sich Svenja kaum.

Sie sieht auf.

»Nadannnicht«, sagt sie. Und spricht nicht mehr darüber. – Sie weinte bei ihm auch nie mehr.

Daß er dennoch ein zweites Mal Zeuge ihres Weinens wurde, nahm sie ihm sehr übel.

Er kommt aus purem Zufall hinzu, ist zur Reitanlage geradelt, weil das Mädchen nicht zuhaus war. Niemand hat dort geöffnet, obwohl das Vätchen die Villa nie verläßt. Selbst auf Empfänge geht er nicht mit. Es ist ihm ganz recht, wenn sich seine Frau allein amüsiert.

»Bücklinge mach ich schon lange nicht mehr«, bemerkt er süffisant zu dem Jungen. »Ich muß mich nicht mehr verstellen und Fatzken gute Miene zeigen.«

Allerdings ist er in der Gesellschaft auch nicht besonders beliebt. Er mache, hat der Junge gehört, allem zu deutliche Avancen, das noch Miniröcke trage. Mit seiner Vorliebe hält der Satyr selbst nicht hinterm Berge. »Nichts geht über junge Haut.«

Doch auch er, wie gesagt, öffnete ihm nicht, obwohl er dazu nur in seiner Armlehne den Türknopf hätte drücken müssen.

Als der Junge im Reitgelände ankommt, sitzt Svenja schon zu Pferd. Sie teilt sich Bübchen mit der Mutter – es heißt, bis sie volljährig geworden sei. Für jenen Tag habe ihr nämlich ihr Vater einen Hengst versprochen. Einen größeren Wunsch habe sie nicht.

Es ist enorm voll, wahrscheinlich ein Sonntag. Genau weiß ich es nicht mehr. Jedenfalls ist es überfüllt. Svenja hat sich einer Gruppe Anfänger anschließen müssen, die in der Reithalle übt.

Der Junge sieht Svenja sofort. Pferdeschwanz, Reiterkluft, als einzige keine Gerte. Sie verabscheut Gerten und reitet am liebsten ohne Sattel. Als er ihr winkt, sieht sie es nicht oder übersieht es bewußt. Sie hat einen schlechten Tag.

Jedenfalls sitzt sie auf Bübchens Rücken erstaunlich ungelenk und scheint das Tier nicht in den Griff zu bekommen. Es tänzelt und bockt. Das bringt die Gruppe durcheinander und den Lehrer in Harnisch. Ein Elend, es mitanzusehen.

Weshalb bin ich nicht weggegangen?

Aber der Junge faßt es nicht. Svenja schwach?

Vielleicht blieb er rein deshalb dort.

Der Reitlehrer beginnt zu schimpfen. Der Ton von Sporttrainern ist immer heftig. Sie verlangen Gehorsam. Bleibt er aus, werden sie verletzend.

So auch dieser.

»Setz dich endlich vernünftig hin! Nimm die Zügel fester! Wie oft soll ich dir noch sagen, daß du eine Gerte benutzen sollst, wenn du den Gaul nicht anders lenken kannst!«

Je schärfer er wird, desto mehr Kapriolen macht das Tier, desto weniger gewinnt Svenja ihre Führung zurück.

»Sei nicht so erbärmlich steif! Verdammt, so nimm die Fersen!«

Daß in diesem Moment Svenjas Mutter in die Halle tritt, macht es nicht besser. Der ist es ein Triumph. Man sieht ihn ihr an.

Svenja bemerkt es sofort, bemerkt auch aber mich und mein Mitleid. Ihre Nervosität wird zu Wut. Die Tränen laufen und laufen. Sie kann nichts dagegen tun, kann sie nur noch vereisen lassen. Aber sie werden immer heißer. Dafür wird der Reitlehrer zunehmend lauter, ruft die anderen Reiter an den Rand. Da sitzen sie jetzt in Reihe auf ihren Pferden und sehen zu, wie er nur noch Svenja dirigiert, sie anschreit und demütigt, die in ihrem Leben mehr geritten ist, als alle Anfänger zusammen Pferde auch nur gesehen haben. Runde um Runde treibt er das Mädchen ums Innenoval, flucht, schimpft, brüllt.

Svenja in die Enge getrieben. Es schüttelt ihren ganzen Körper, mehrmals verliert sie fast den Halt. Dann reißt sie brutal an der Kandare, beugt sich plötzlich vor, weit vor und – genau so sieht es aus – beißt dem Tier in die Mähne. Doch die Zähne greifen tiefer. Weshalb sich das Tier auf die Hinterbeine stellt, laut schnaubt und dann in rasendem Galopp, Svenja fest auf ihm drauf, aus der Halle hinausprescht – erst direkt auf den Reitlehrer zu, der gerade noch zur Seite springt und im Sand landet.

Die Sache hatte ein Nachspiel, das aber der Satyr regelte – wahrscheinlich vermittels eines Schecks. Die Mutter hätte Svenjas Rauswurf befriedigt hingenommen.

Selbstverständlich läuft der Junge dem hinausgaloppierenden Mädchen sofort nach. Es hat Bübchen schnell gestoppt und ist schon abgestiegen.

»Hallo«, sagt er.

»Laß mich in Ruhe«, sagt sie. Die Tränen laufen ihr noch immer.

Dann sieht sie Armin.

»Kommst du mal bitte?« ruft sie ihm winkend zu, wobei sie sich mit dem Arm, deren Hand die Zügel hält, das Gesicht abwischt.

Mit mir spricht sie an diesem Tag nicht mehr.

Armin. Er ist es gewesen, der sie, auf der Hubertusjagd knapp hinter ihr, nach ihrem Sturz fast überritten hätte. Die hinteren Hufe seines Pferdes hatten sie sogar noch gestreift.

Seither bemühte er sich um sie, und sie fand ihn bezaubernd. Sie flirtete mit ihm auf Teufelkommraus, egal, ob ich dabeistand. Auf dem Reiterball tanzte sie ein einziges Mal mit mir. Ansonsten ließ sie mich stehen und tollte mit Armin herum. Ich setzte mich an unseren Tisch und sah den beiden zu. Wozu ich mich betrank. Was hätte der Junge denn tun sollen? So litt er vor sich hin. Je mehr er aber litt – je deutlicher man es ihm ansah –, desto ausgelassener trieben es die beiden. Dann verschwanden sie für mehr als eine Stunde ganz: Der Junge sah auf die Uhr. Höchstens daß er irgendwo ihr Silberlachen in der Musi klingeln hörte. Einem fernen Hauch leichter Brisen gleich wehte es mal von hier, mal von da an sein Ohr. Wie weit weg war, daß sie sich noch einmal auf seine Füße gestellt hätte, um spöttisch den Walzer zu zertanzen!

Später, da ist er schon betrunken, trifft er Armin unten an der Bar. Hat Svenja auch ihn stehen lassen? Jedenfalls gibt Armin dem Jungen nun Tips. Wie ein Mädchen wie Svenja behandelt werden müsse.

Es ist ziemlich erniedrigend.

»Am kurzen Zügel mußt du die halten. Sie wird unglücklich, wenn du ihr keine Grenzen zeigst. Dann geht sie durch und macht Dummheiten.«

Beide tragen sie schwarze Anzüge. Armin trägt zudem ein Rüschenhemd und goldene Manschettenknöpfe, deren Oberseiten Kameen sind: Jede zeigt einen Rappen.

Der junge Mann raucht stiftdünne schwarze Cigarillos. Er überragt den Jungen fast um Kopfeslänge, ist wohl auch etwas älter als der.

»Sie fordert dich heraus«, sagt er. »Merkst du das denn nicht? Du mußt reagieren. Such dir eine andere, zeig Svenja, daß du sie nicht brauchst. Dann wird sie angebettelt kommen.«

»Aber ich liebe sie«, antwortet der Junge. Woraufhin Armin mit zwei Fingern schnippt und zur Decke sieht, als hätte er geseufzt: Ach du meine Güte! Dann stürzt er den letzten Schluck Bier aus seinem Glas. »Wie du meinst«, sagt er, klopft dem Jungen jovial auf die Schulter und geht.

Meine Mutter kehrte den Erzengel aus sich heraus und warnte mich vor Svenjas Mutter. Diese Frau kenne keinen Anstand. »Ich habe keinen Zweifel daran, daß sie dich verführen will.« Sie, meine Mutter, sei sich nicht einmal sicher, ob es ihr nicht längst gelungen sei.

Sicher, es war eine betörende Frau. In ihren dunklen Augen loderte Glut, und ihr Leib war der einer Spanierin auf den einschlägigen Gemälden. Das zeigten ihre Pullover, zeigten die engen Hosen. Alleine die Magnolie fehlte in dem gewellten schwarzen Haar.

Doch liebt der Junge Svenja zu sehr, um dafür empfänglich zu sein. Meist ist die Frau ja auch mütterlich ihm gegenüber.

Seine Mutter, die mütterlich niemals gewesen, verachtete sie. Vielleicht spielte Neid eine Rolle, weil Svenjas Mutter zu Geld gekommen war, ohne jemals gearbeitet zu haben, während sie selbst bis zu zehnzwölf Stunden täglich dabei war, sich ihren Rang zu erkämpfen – als alleinerziehende Mutter aus dem engsten Kleinbürgertum. Um Nestwärme zu geben, fehlte ihr die Zeit; um Liebe zu erbitten, war sie zu stolz. Es gelte, sich zusammenzureißen.

Sie schätzte harte Frauen, für weiche Männer hatte sie nichts als Hohn mit schmalen Lippen. So einer war sein Vater gewesen. Ihm selbst, dem Jungen, so stand zu befürchten, hatte die Weichheit sich vererbt.

Dennoch war seine Mutter von Zeit zu Zeit mildherzig. Sie kümmerte sich um alte Leute, wenn sie verwahrlosten oder sonstig Hilfe brauchten. Sie übernahm Pflegschaften, beherbergte sogar einen Obdachlosen einmal. Doch selbst ihr mildes Herz mutete scharfkantig an.

Einmal allerdings, er erinnert sich plötzlich, hat ihm geträumt, daß ihn Svenjas Mutter verführe. Wobei sie sich nur entkleidet hat. Und er ist aufgewacht, um zu entfliehen. Doch floh er nicht wirklich vor ihr, sondern weil er selbst in seinen Träumen nie penetrierte. Bevor es dazu kommen konnte, kam immer etwas dazwischen.

Ob ich sie anrufen soll? Soll ich versuchen, sie zu erreichen? »Svenja, ich komme zurück.«

Was soll denn das ganze Papier?

Nein, es ist zu spät. Sie wird sich über mich lustig machen.

Habe ich wirklich *da*vor Angst? – Irgendetwas will hinaus.

Von ihrer Krankheit erfuhr er bereits in der Tanzschule, jedenfalls davon, daß sie krank war. Man spricht über sowas nicht direkt.

Sie sitzen mit ihrer Freundin Alexandra beisammen. Er schenkt Svenja Cola aus seiner Flasche ein. Sie lächelt und nimmt einen Schluck. Sonst trinkt sie stets Mineralwasser.

Alexandra wirft erst ihm, dann Svenja einen verärgerten Blick zu. Als er das Glas der Freundin erneut füllen will, zischt sie ihn an: »Laß das!« Und zu Svenja: »Hör auf damit, so'n Zeug zu trinken!« – Svenja erwidert den Blick und hebt das Glas, um es auf einen Zug zu leeren.

Als Svenja kurz ausgetreten ist, zischelt ihm Alexandra zu: »Bitte gib ihr sowas nicht. Verleite sie nicht. Du weißt doch, wie sie ist.«

»Wieso darf sie keine Cola?«

Da ist Svenja aber schon wieder zurück. »Laß dir von der keinen Quatsch erzählen!«

»Svenja, bitte …!«

»Laß mich in Ruhe! Du bist nicht mein Vormund!« Nimmt meine Colaflasche und kippt den ganzen Rest.

Sie spazieren durch die Parkanlagen. Was bedeutet, er geht und sie fährt, zeitweise neben ihm im Schrittempo. Immer wieder aber dreht sie auf und fährt ruckartig voraus. Der Hinterreifen spritzt Kies. Ihm weit voran fährt sie schließlich eine Kurve und knattert wieder zu ihm her. Ihr silberner Pferdeschwanz weht.

Es ist bereits der späte goldene September. Durchs bunte Blätterdach tropft das Licht auf die Wege. Er schreitet aufrecht, aber hat sich angewöhnt, ein Bein leicht nachzuziehen. Das gibt ihm, meint er, die Aura von Lebenserfahrung.

Der Fuß streift durch das gefallene, bereits raschelnde Laub. Es duftet moderig herauf.

Svenja schon wieder voraus. Sarastro-Rübezahl er, uralter Erdgeist; sie ein Geistchen der Luft, Ariel halb, halb Titania. Kecke kokette, hin- und hergerissene Fee, die noch gar nicht begreift, was sie tut.

Nichts liebte sie so sehr wie Lakritze. Kleine schwarze Lakritzkätzchen. Sie schüttete sie tütenweise in sich rein.

Und durfte es doch nicht.

Knapp seitlich unter ihrem Knabenpo setzte sie sich dreimal täglich die Spritze in den linken Oberschenkel. Dort spüre sie sie kaum mehr. Es war ein sonderangefertigtes Besteck, das einen Gummiring um die Spitze hatte. Er erlaubte ihr, das Insulin sich selbst zu injizieren, ohne sonderlich achtsam sein zu müssen. Was ihr ja nicht lag.

Verkümmerte Langerhans'sche Inseln.

Mittags das Fleisch aufs Gramm abgewogen, abends die Frucht.

Sie stehen im ALPHA, Magnitor, vorm Flipper. Wie immer gewann sie. Sie ist einfach reaktionsschneller als er. Doch erstarrt plötzlich, bleich geworden von einer Sekunde auf die andere.

»Ich muß sofort los! Komm!«

»Aber was ist denn?«

»Komm!«

Ihre panische Angst vor dem Koma. Aber futtert Lakritzkätzchen, hat es auch eben getan, zwei ganze Beutelchen. Er bringt ihr heimlich immer wieder welche mit. Dafür liebt sie ihn. Dafür in jedem Fall. Das tut sonst niemand. So sind sie Verschwörer. Sie küßt ihn aus Dankbarkeit, vor Lust. Und verschlingt die Welt.

Bloß nie dreißig werden! Das war ihre nächste Angst. Mit dreißig werde sie sterben. Das habe ihr ein Arzt vorausgesagt. Also wenn sie sich nicht an die Diät halte. So erzählte sie ihm, als sie mal ruhig nebeneinanderlagen. Was selten genug vorkam.

»Ich werde mich niemals daran halten!«

Schuld war ein Sturz von der Kippe eines Lastwagens gewesen, auf die sie als Fünfjährige geklettert sei. Derart unglücklich hinuntergefallen, daß Wirbel auf die Bauchspeicheldrüse drückten. Was lange niemand bemerkte. Sie könne sich nicht mal an Schmerzen erinnern. Schließlich sei es zu spät gewesen, um noch etwas zu richten. Sie müsse halt damit leben. Wenn sie vernünftig sei, sei es auch gar kein Problem.

»Ich bin nicht auf der Welt, um vernünftig zu sein.«

Lakritzkätzchen, kleine schwarze Lakritzkätzchen.

Sie fährt, sie rast, sie läuft und sie springt. Sie hat nicht vor zu studieren. Die Schule noch, dann das pure Leben.

Er hat sich immer gesagt, sie müsse ja zerrissen sein. Mit dieser Geschichte könne sie gar nicht zur Ruhe finden. Und hätte sie noch so gerne Elfe sein wollen.

Also werde *er* ihr diese Ruhe geben. Er werde sie beschützen, werde sie behüten.

Als er, auf dieser Sitzbank, begreift.

Fast springt er auf.

Es ist ja alles falsch!

Erschrocken blickt er in seine Notizen. Hat in ihrer beider Geschichte auch nur irgendetwas mit ihrer Krankheit zu tun? Nichts, gar nichts hat damit zu tun!

Er gräbt seinen Kopf in die Hände und versucht, was da aus ihm herausdrängt, nicht zurückzudrängen, nein, aber doch im Griff zu behalten. Ich muß mich bewegen! Er schließt das Notizbuch.

Hand zu den Zigaretten. So geht er erstmal auf und ab.

Es ist wirklich eine Bedrohung. Er hat sich gefangengeschrieben. Da ist nur noch eine Lücke in dem Text, allein durch die er wird wieder hinauskommen können. Aus dem eigenen Gefängnis hinaus.

Ich wollt' dich befrei'n, wir konnten zusammen nicht sein.

Er ist zur Großmutter zurück.

»Junge, was ist mit dir?«

Er weicht aus, versucht sich an Gelächel. Ihm ist so furchtbar elend.

»Gisela hat angerufen.« So heißt seine Mutter. »Natürlich hab ich nichts gesagt. Aber ich glaube, sie weiß Bescheid.«

»Mir doch egal.«

»Aber irgendwas müssen wir ja machen! – Nur iß jetzt erst mal was.«

Dann sitzt er vor dem Fenster seines Bremer Interimzimmers und klammert sich am Fensterbrett fest. Seine Daumenkuppen werden ganz weiß.

Er ist sich nicht sicher, ob er seine Notizen durchstreichen soll. Den ersten Impuls, sie zu zerreißen, hat er verworfen. Es käme ihm zu billig vor. Statt dessen hat er mehrmals Svenjas Namen daruntergeschrieben. Einfach nur ihren Vornamen. Um ihn nicht dauernd vor sich hinzusprechen.

Es geht nicht um die Krankheit, es ist allein um Jugend gegangen. Schon gar nicht ist dieses Mädchen hilflos oder gar schwach. Die Schwäche liegt allein bei ihm. Das sieht er jetzt.

Und welch eine furchtbare Schwäche! Reicht es nicht schon, daß ich selbst keine Leichtigkeit habe? Muß ich sie auch noch dem einzigen Menschen nehmen, der mir wirklich nah ist? – Genau das hat er versucht.

Jetzt würde er die Wände hochgehen mögen.

Er hat versucht, Svenja zu bannen, hat versucht, ihr die herrliche Wildheit, die er zugleich doch rasend liebt, zu coupieren, indem er sie auf seine eigene Schwere heruntermäßigen wollte. Die aber doch nur hohl, weil letzten Endes feige ist.

Wieso bin ich nicht abgehaun mit ihr, als mich Svenja darum bat? Was hätten wir riskiert? Klar, wir wären aufgegriffen worden irgendwo. – Ja, und?

Kafka, Dostojewski, Tschaikowski, Selbsthypnose – nichts als Haufen Sands, in die er bis über den Hals seinen Kopf gesteckt hat. Fast ist es erleichternd, das zu begreifen.

Nicht nur fast. Es ist wirklich erleichternd. Auch wenn zu ändern nichts mehr ist, allenfalls fortan besser zu machen. Ohne Svenja allerdings.

Hinaus. Auch wenn es angefangen hat zu regnen. In Bremen regnet es andauernd.

Er zieht sich seinen Trenchcoat über, fährt mit dem Lift das Treppenhaus runter.

Würde er lernen, es besser zu machen? Eher wohl nicht. Nicht nur Lektüre hat ihn geprägt.

Man streift sich selbst nicht ab. Das schlimmste ist, er *denkt* schon wieder. Zu denken heißt, Geschichten zu erfinden, die auf die eine oder andre Weise die eigenen Haltungen heroisieren. Allein schon, indem sie erklären wollen. Geschichten nehmen Partei. Dagegen muß, wer schreiben will, sich wenden.

Die Weser fließt als schwerer Schlamm.

Die Dunkelheit fällt wie ein nasser Vorhang.

In den Ohren nichts als ein einziges Rauschen. Vor den Augen ein flüssig gewordenes Lichtflirrn.

Im Steintor setzt sich der Junge in die Kneipe und betrinkt sich. Das immerhin ist vertraut. Ebenso, von den anderen abseits zu sitzen. Den Notizblock vor sich zu haben. Er schreibt aber nichts, hat ihn nicht einmal geöffnet.

Er hat versucht, seine Schwere, die ihm seit jeher fehlende Leichtfüßigkeit auf Svenja zu übertragen. Woher die immer auch stammt. Kalte fliegende Nacktschnecke. Huxleys Rampion über Shelley. Zitate fallen mir dauernd ein. Kein Buch, das er liest ohne Bleistift zur Hand. Die übereinangeworfenen Stühle, die wie übereinandergeworfene Menschenleiber wirkten: aufeinandergeschichtete, durcheinandergewühlte Menschenleiber. Die frühherbstlichen, raschelnden Blätter im Moderduftpark. Seine, des Jungen, Liebe zum unwirklich Faden.

Sein Haß auf die Lüsternheit, die ihn selbst heimlich antrieb. Das glühend zuckende Glied des Hundes, als dieser Svenja ansprang. Der in den Reithosenschritt ihrer Mutter wie hineingepißte Pferdeschweiß. Dagegen der entsetzliche, *seiner* Mutter, protestantische Asketismus! Daß wir mehr von dem geprägt werden, was wir ablehnen, als von dem, was wir uns ersehnen, geschweige was wir achten. Daß wir immer zu spät begreifen.

Nein, »immer« kann er nicht sagen, für »immer« ist er wirklich zu jung. So daß er kurz einmal auflachen muß – und weiß doch zugleich, es wird sich diese Helligkeit nicht in ihm halten.

»Krieg ich noch ein Bier?«

Es ist sein viertes.

Was in ihm hat sich, seit seiner Kindheit, verschworen – nicht nur gegen andere, nein, auch gegen sich selbst? Was ist da in ihn eingepflanzt worden?

Wirklich klar denken kann er in diesem Moment natürlich nicht mehr. Aber vielleicht ist genau das die Voraussetzung dafür, seine Erkenntnis zuzulassen – daß sein Bewußtsein sie nicht länger zensieren kann? – Sogar das Wort »natürlich« stimmt hier einmal.

Seine Mutter hat ihn vor den Trieben und der Masse gewarnt; Leute, die sich nicht beherrschen können, sind ihr körperlich ein Greuel. Der Abscheu muß eingedrungen sein in mich, als er, der Junge, noch klein war. Kamen mehr als drei oder vier Menschen zusammen, warnte sein Instinkt. Dann – sofern er sich nicht zurückziehen konnte – panzerte er sich. Schon mit zehn stand er quasi ständig im Kampf. Den er fast immer verlor.

Woran sich orientieren? An der Mutter sicherlich nicht, ihr ging's ja zugleich um den Aufstieg. Sie war durchaus bereit, sich zu korrumpieren, aber aus Geschäftspragmatismus, nicht etwa aus Einsicht. Ihm hingegen ging es um Reinheit; er war schließlich noch jung.

Reinheit! Ich habe Reinheit von Svenja verlangt! (Kein schlimmeres Wort in der Menschheitsgeschichte – so wird er es Jahrzehnte später formulieren.)

Und nun? Was haben ihm seine Heiligen gebracht, Kafka ihnen allen voran? Was hat ihm die Entdeckung seiner Musik gebracht? Wozu die verbissenen Stunden heimlichen Yogatrainings hinter zugezogenen Vorhängen? Alles, worauf er sich mit anderen einläßt, tut er mit Vorbehalt. Nie sieht er mal weg: Fünfe sind nicht grade, darauf beharrt er. Doch Kienzles Evangelimann! Selig sind, die Verfolgung leiden. Selbstverherrlichung aus Notwehr. Darinnen die Angst.

Und gleichzeitig aber die Lockung! Er sieht Svenjas Mutter vor sich, die Hand in der Hüfte, den Milchpack am Mund.

Wie ihre Kehle hüpft! Das schlimmste ist ja nicht, daß er sich selbst, und heuchlerisch auch noch, zum Heiligen hochstilisiert. Seine Fantasien vorm Einschlafen unter der Bettdecke, Orgien der Onanie. Jedesmal die Panik: wohin mit dem Sperma. Wirklich einem Mädchen ging er kaum an den Leib, es sei denn vergeistigt in Zärtlichkeit. Daß er seinem Mädchen dasselbe abgefordert hatte! Elfe hatte sie zu sein, nicht etwa *Frau* zu werden. Und also hat er Svenja versagt, wonach ihr Körper verlangte, wie spöttisch auch immer maskiert.

Zum Beispiel, wenn er tanzte. Er spielte eine Rolle, bisweilen auch gern; Rolle blieb es aber. Wirklich dabei, als ich selbst, war er nie. Die populäre Musik war banal. Er durchschaute sie, sie sollte Menschen *lenken*. Es war ihr nicht zu vertrauen. Imgrunde lehnte er sie völlig ab. Doch gab sie mir die Möglichkeit, anderen näherzukommen. Vor allem Mädchen waren anders gar nicht kennenzulernen, schon gar nicht bei *seiner* Musik, der unzeitgemäßen. Die sich politisch desavouiert hatte. In Konzerte und Opern ging das Establishment und was sich reaktionär dafür hielt.

Svenja liebte die Beatles, Elvis, Davedee, Dozy, Bicky, Mick und Tich. Sie liebte deutschen Schlager. Tschaikowski war ihr völlig egal.

Es ist einfach nur zum Lachen. *Sie schützen.* Sie ist's, die zu helfen versucht hat. Bei der Hand hat s i e ihn gefaßt, ihn bei den Freundinnen eingeführt, ihn auf den Reiterball mitgenommen, ganz so, wie sie es gewesen ist, die mich beim Abschlußball aufgefordert hat. Er selbst, sie von sich aus anzusprechen, hätte die Traute nicht besessen.

Mitgegangen ist er. Voll Dünkel, voller Widerwille hat er die Rolle zu spielen versucht, doch letztlich jedes Mal versagt.

Liebe ich sie? *Wen* liebe ich?

Habe ich jemals einen *Menschen* geliebt?

Sogar sich selbst liebt der Junge nur als Idee.

Wieso verhielt er sich nie als der, der er war – Physiologie? Warum nahm er zu essen, zu trinken, zu atmen und zu küssen nicht als Essen, Trinken, Atmen und eben nur Küssen? Immer sollte es *mehr* sein als das. Als wäre, wenn etwas einfach *ist*, es nichts wert. Als brauchte es Rechtfertigungen von irgendwo.

Wär doch er es gewesen, Svenja zu bitten, fortzulaufen mit ihm!

Ob es mich retten wird, daß ich nicht konsequent gewesen bin und meinen Ansprüchen selbst nicht genüge? – Der Kitsch und die Pornographie. Er sieht sich ja selbst mit hochgeschlagenem Kragen aus den Pornokinos schleichen. Damit ihn niemand erkennt.

Wenigstens habe ich Svenja zwischen den Beinen geküßt.

Gern hätt' er gehabt, daß sie ein wenig leidet. Nein, nicht umfassend. Aber doch mit bitterem Zug um den Mund. Und sollte zugleich von gänzlich realem Dasein nicht sein. Sie aber liebte den Ridgeback, liebte sein tanzendes, züngelndes Glied – und eben *weil* es tanzte.

Ob sie jetzt an mich denkt?

Er steht mühsam auf, zahlte und schwankt durch den immer noch währenden Regen zurück. Ein Teil des Weges geht ihm verloren. Plötzlich schlägt hinter ihm die Zimmertür zu.

Schlafen kann er dennoch nicht. Auf das Bett ist er nur gefallen.

Zu wissen, dies ist die erste große Liebe gewesen, ist ein seltsames Gefühl. Egal, wie betrunken man ist. Daß sie vorbei ist. Man weiß es und kann trotzdem an eine zweite nicht glauben. Wenn einer so versagt hat.

Nicht die erste Liebe war es, nein. Geliebt hat er schon vorher, aber nie die Hand auf der Geliebten Haut gehabt. Die ist uns nun entzogen, und zwar mit allem Recht. Weil wir die feigste aller Sünden begingen, die Unterlassungssünde.

So liegt er betrunken im Bett und sieht sich bei ihr auf dem Bett, aber sitzend. Es ist auch gar nicht ihr eigenes Bett.

Er ist damit beschäftigt, seine Schnürbänder aufzunesteln. Was ihm vor Aufregung und Angst erstmal nicht gelingt. Ihm ist auch alles zu banal. Mit welcher Unbefangenheit sich Svenja auszieht, entgeht ihm komplett. Kleidungsstück für Kleidungsstück legt sie spielerisch beiseite. Wie so oft lacht sie leise dabei.

Schon die Idee gefiel ihm nicht. Ihrer Mutter und ihres Vätchens Ehebett! – Die beiden waren verreist.

Er denkt, welch ein Übergriff! Zu sich nach oben will Svenja aber partout nicht. Sie will eine Usurpation. Auch sie, wie er, steht im Krieg. So sieht sie den Jungen als Waffengefährten. Wer sonst als ihr Freund könnte es sein? Aber der ist moralisch verpeint. Sein erstes Mal – und dann in diesem Bett!

Nackt legt sie sich hin und streckt sie sich aus. Sie spreizt die Beine leicht.

Er ist aus den Schuhen endlich herausgekommen, bleibt aber sonst noch bekleidet. Nein, er hat nicht das Gefühl, mißbraucht zu werden, nicht im geringsten. Aber will sie zur Vernunft bringen.

Das geht ihm völlig daneben. Schon weil er furchtbare Angst hat, sich zu blamieren, und darum mehr sich selbst im Auge als seine Freundin. Dabei hilft ihm dummerweise der riesige Spiegel an der Seitenwand. Der macht aus dem ganzen Akt eine Inszenierung.

Noch niemals hatte eine Frau den Jungen gebissen. Svenja war jetzt eine, war nicht länger Elfe. Selbst er mußte es erkennen, geriet darüber erst richtig in Panik. Da biß ihn Svenja erst in den Hals, dann links in die immer noch bekleidete Schulter. Ihre Kiefer schnappten nicht leicht zu, sondern verlangend.

»Zieh endlich dieses Zeug aus!«

Zwei Hemdknöpfe springen. Svenjas Zähne bohren sich in seine Brust. Er ist ein Junge und nicht Mann: Ein Mädchen würde er nie schlagen.

Nacktschnecke. Kalte fliegende Nacktschnecke.

Immerhin ist ihm Petting nicht mehr fremd. So geht der erste Ansturm vorüber.

Svenjas Erschöpfung währt nicht lange. Nun fast schon wirklich Frau, dreht das Mädchen die Spirale weiter: »Du, vorhin habe ich … bei Vätchen im Nachtschrank.«

»*Was* hast du?« Natürlich weiß er es, weiß es sofort.

Und daß er weiß, weiß sie: »Sollen wir?«

»Ich verstehe nicht«, weicht er aus.

»Ich meine, es ist ja sonst gefährlich.«

»Was ist gefährlich?« Mir pochte die Angst bis in den Hals.

Sie greift über ihre Bettseite hinaus zum Nachschränkchen und zieht die Lade auf. Sie muß weder hinsehen noch wühlen, holt das schmale Heft heraus und hält es wie einen Wimpel in der Luft.

»Hier«, sagt sie und lächelt nicht. Er hat sie selten ernst gesehen, eigentlich vorher noch nie. Sie *will*, nein: erwartet.

Der Junge aber? Ich aber?

Lang und des breiten holt er aus. Wenn, dann richtig. Nichts zwischen dir und mir. – Er spricht sich richtig in Fahrt.

Sie sieht ihn nur an und schweigt. Der Ernst weicht nicht aus ihrem schönen Gesicht. Seine Abwehr steigert sich bis in den Ekel. Das sagt er zwar nicht, aber ich habe keinen Zweifel, daß sie ihn spürt. Deshalb überträgt er sich. Der Ekel strömt von dem Mädchen auf den Jungen wieder zurück. Ihre Liebe, in diesem Moment, ist vorüber.

Sie stand auf. Er sprach immer noch weiter. Obwohl, das weiß ich gar nicht mehr genau. Möglicherweise lagen sie schon ein paar Minuten stumm nebeneinander, sie jedenfalls nicht länger an ihn geschmiegt Aber wahrscheinlich kam er aus dem Dozieren erst heraus, als sie sich anzog. Erst wird er gedacht haben, vielleicht geht sie zur Toilette. Jetzt brach er mitten im Satz, auf jeden Fall die Gedanken ab.

Immer deine vielen Gedanken, hätte sie gesagt haben können. Sie sagte aber nichts.

»Was tust du?« fragte er.

»Siehst du doch. Ich ziehe mich an.«

»Aber warum denn?«

»Ich brauche etwas Luft, brauch jetzt wirklich Luft!«

In Slip und Söckchen huschte sie zum Balkonfenster und riß es auf. Dann sog sie laut die Luft ein. Noch lauter, demonstrativ, stieß sie sie wieder aus.

»Wie hell es ist!« rief sie. »Und wie frisch!«

»Und läßt mich hier liegen?«

»Aber i wo!« Zu ihm zurückgedreht ihr Silberlachen. »Kannst doch mitkommen.«

»Ja – wohin denn?«

»Na, hinaus! Bewegung bekommt dir bestimmt gut.« Sie hüpfte geradezu in ihre engen Jeans, blieb zugleich in beiden Hosenbeinen stecken und kicherte. Und während sie sich nun hineinstrich und -zog, sagte sie vollkommen offenherzig: »Du gehst doch so gerne spazieren.«

Einer ihrer typischen Stimmungsumschwünge, dachte er und ergab sich wieder drein.

Er erzählt ihr, was er für Pläne habe. Eine neue Erzählung hat er zu schreiben begonnen, gleich nach Abschluß des langen Romans, der ihm aber peinlich ist. Mehr als fünfhundert Seiten, über die er deshalb nie spricht. Mit ihnen ist seine Kindheit abgeschlossen worden.

Weggeworfen hat er ihn dennoch nicht.

Der dampfende Park läßt schon Oktobernebel ahnen. Svenja, auf dem Mofa, röhrt voraus, röhrt zurück. Der Junge spricht auch dann weiter, wenn sie es nicht hören konnte. Nur spricht er dann im stillen, spricht mit seiner inneren Svenja, einer, die es auch interessiert.

Hat ihn eigentlich *sie* interessiert, sie *wirklich*?

Wieder fährt seine Elfenkönigin voraus, wieder röhrt sie heran.

»Ich fahr dann mal«, sagt sie plötzlich.

»Tust du doch dauernd«, sagt er.

Sie lacht, und indem sie neues Gas gibt, rief sie einfach »Tschüß!« Kein Kuß, keine Umarmung. Er sieht sie nur noch den sich zwischen den Bäumen dahinschlängelnden Weg zur Straße entlangfahren. Ihr Pferdeschwanz weht. Das ist bis ganz zuletzt zu sehen, dann ist sie weg und meldet sich tagelang nicht mehr.

Eigentlich meldet sie sich überhaupt nicht mehr. Doch hat er schon zu ahnen begonnen, fortan erneut alleine zu sein. Da macht er dem Mädchen seinen letzten Besuch.

Wie die Großmutter vorausgesehen hatte, war es auch bei ihr nur ein Besuch. Der Junge mußte nach Braunschweig zurück. Seine Misere verließ er erst anderthalb Jahre nachher, auch dann durchaus nicht freiwillig. Und wird Jahrzehnte später Braunschweig als Stadt seiner Jugend verklären – nicht ganz ausgeschlossen, daß er es Svenjas wegen tut:

Stadt der Bäume, des spindeldürren Geästs
Bedeckt von Laub ist die Zeit
in einem herbstlichen Dornengestrüpp
steckengeblieben

In einem Park, der das Meer ist,
und die Stadt ist die Insel,
treibt der kleine schmutzige Fluß
Lichtblüten

Drei Straßenstücke

Erstes Stück

Am Straßenrand stehen. Den vorbeirollenden Verkehr betrachten. Es ist, als wartete der junge Mann.

Es war später Herbst. Seine Trübheit ließ den Autolärm hohl hallen.

Das aber war es nicht, was diesen Menschen aufhielt, – so wenig wie das Gepolter, Rumpeln und Schleifen der nahen Eisenbahn. Bisweilen allerdings knüpfte ein aufblitzendes Chromstück Knötchen in seine Gedankengänge: Früher hat man, um sich zu erinnern, sowas ins Taschentuch gebunden oder sogar in einen Schnürsenkel, wie ihn zu diesem Zweck sein Großvater in der Hosentasche bei sich trug.

Hinter etwas herdenken. Dann hat sich aber alles schon begeben, und wir holen's nimmer ein. Wer nachdenkt, ist immer zu spät.

Der Gedanke machte den jungen Mann mutlos. Verlegen griff er zu den Zigaretten und begriff doch im selben Moment, wie lächerlich der Anschein von Lässigkeit war, den er sich geben wollte.

Ausgleitgefährdung, dachte er.

Der Prozeß selbst wird zum Objekt. Er stellt sich damit still. Indem ich über das Nachdenken nachdenke, kann ich es nicht mehr. Niemand sieht in die eigenen Augen, nicht einmal vorm Spiegel. In dem sind sie immer die eines Fremden. Man stellt sich, dachte er, sich *vor*. Doch *wer* tut's? Die ganze Welt ist Projektion. Alleine, wessen?

Er kauerte sich auf die Bordsteinkante, streckte ein Bein aus, das andre blieb kniehoch am Körper, und entzündete die Zigarette. Ruhig sog er den Rauch ein, stieß ihn aber hastig, überrast von Nervosität, wieder aus.

Sein Blick schweifte nicht länger, sondern irrte. Bis ihm auf der gegenüberliegenden Straßenseite ein schmaler Baum ins Gehege der Blicke geriet, in dessen nur noch schütterer Krone er sich verfing.

Es standen hier nicht viele Bäume. Deshalb wirkte dieser eine wie vergessen. Als wäre er der walzenartig über das Land gegangenen Flurbereinigung nicht wichtig genug gewesen, sich eigens mit ihm aufzuhalten. Oder er hatte sich bis in den Boden zu biegen verstanden und war, nachdem die Walze über ihn hinweg, einfach wieder aufgeschnellt.

Hinter diesem Baum schloß sich ein vernachlässigter Rasen an, darinnen ein paar Spielplatzbauten: dreivier Kletterstangen, eine handgeführte Drehscheibe als Kleinkinderkarussell, ein Sandkasten. Davor drei Bänke. Dahinter die Wand einer der drei Mietshausblocks.

Von der stand das Bäumchen weit entfernt. Dennoch vermittelte die Blickperspektive den Eindruck, die dürren, fast schon blattlosen Äste nestelten an dieser Wand hinauf, ja als fingerten sie die Blöcke nach Vorsprüngen und sonstigen Unebenheiten ab, in denen sich Halt finden lasse. Als ob des Bäumchens unausgesetzter Hilferuf zu hören gewesen wäre, wäre es nicht in Wahrheit stumm gewesen. So vernahm ihn niemand außer diesem jungen Mann.

Der nun versuchte, genauso gerade und aufrecht zu stehen wie der kleine Baum. Nur wurde der von einem schmalen

Pfahl gestützt, an den er etwa in Kopfhöhe des jungen Mannes festgebunden war. Da nun ihm solch ein Pfahl aber fehlte, bekam er das Aufrechte einfach nicht hin. Und wenn er sich noch so sehr daran versuchte, fühlte er genau, wie schief er stehen blieb.

War es aber nicht vielmehr der Wipfel, der dem Baum seine Balance verlieh? Also hätte man noch die Arme nach oben ausstrecken und alle Finger spreizen müssen, um ihm gleich zu werden. Sich einem Baum nachbiegen, so, wie man nachdenkt.

Das war besser zu unterlassen. Man wäre sonst aufgefallen. Immerhin kamen von Zeit zu Zeit Passanten vorbei.

Deshalb blieb der junge Mann weiterhin bloß stehen, die Augen über den Verkehr hinweg ganz auf seinen Gegenstand gerichtet, bis sie mit diesem ein wurden, der Blick verschwamm und die Gedanken selbst die letzten Konturen verloren.

So gehörten sie einige Zeit vollkommen zueinander, Baum und Mensch, indessen sich vor und hinter ihnen die Mietshausbauten türmten, deren hunderte Fensterscheiben von der matten, blaustumpfen Trübheit Grauen Stars. Und zwischen den beiden wälzte sich eine Lava aus Blech und Gummi und Stahl – vor dem jungen Mann nach rechts, vor dem Baum nach links in die Ferne.

Manchmal blitzte wieder was auf. Manchmal blinkte etwas.

Über die Fahrbahn wehte Abgasgeruch, vom Bürgersteig auf stieg krisslig der Geruch von Nässe, und alles, außer diesen beiden, lärmte in unerschütterlicher Eigenmacht.

Auf der Landstraße, die von Braunschweig nach Wolfenbüttel führt, denn man soll auch mal realistisch erzählen, stand gegen sechzehn Uhr ein hochgewachsener, doch nicht hagerer Mann um die vierzig. Er war von angenehmem Äußeren. Doch gab ihm der umgeschnallte Stoffbeutel ein eigentümlich Ungereimtes. Ansonsten, in Anzug und Krawatte und mit dem eleganten Hut, sah er nach einem gutsituierten Geschäftsführer aus.

Wann immer ein Auto nahte, streckte er mit gehobenem Daumen die rechte Hand hinaus.

Eineinhalb Stunden hatte er schon versucht, als Anhalter weiterzukommen. Es hatte zwischendrin sogar heftig geregnet. Schließlich war sein Anzug so durchnäßt, daß sich bei jeder Bewegung schluchzende Geräusche in Stoff und Schuhen vernehmen ließen.

Zudem war es kühl.

Allmählich begann der Mann am ganzen Körper zu schlottern. Aber er gab nicht auf, harrte aus, streckte wieder und wieder den Arm zur Seite.

Eine weitere Stunde verging. Allmählich senkte sich die Dämmerung herab.

Endlich hielt ein Wagen. Es war ein breites und langes Coupé. Dem dunstigen, verhangenen Schlechtwetterhimmel zum Trotz blitzte seine Karosserie.

Der Mann am Straßenrand rührte sich nicht.

Von innen wurde die Beifahrertür aufgestoßen. Der Fahrer rief etwas heraus, doch wohl nicht laut genug. Denn der junge Mann verharrte weiter, und regte sich nicht. So daß der Fahrer nun sogar ausstieg, hinten um seinen Wagen herum- und auf ihn zuschritt.

Ob er ihm helfen könne? Er wolle doch mitgenommen werden. Wohin solle es denn gehen, ins nächste Dorf oder bis Wolfenbüttel oder noch weiter? Er selbst müsse zur nächsten Autobahnauffahrt und dann nach Bielefeld.

Aber wie auch immer: »Sie sind ja völlig durchnäßt! Steigen Sie doch ein!«

Da erst schaute der Mann den hilfsbereiten Fahrer an, schüttelte den Kopf und sagte, er wolle mit seinen nassen Sachen nicht die vornehme Polsterung der Autositze beschmutzen.

»Aber das macht doch nichts!« rief der Fahrer aus. »Sowas läßt sich doch alles wieder richten!« Wie er, der Mann, denn auf sowas bloß komme? »Völlig abwegig, verzeihen Sie!« Er wäre ja verworfen – tatsächlich gebrauchte er dieses Wort: *verworfen* –, wenn er auf so etwas wertlegen würde.

Jetzt ließ der Mann seinen Blick geradezu musternd, wenn nicht gar mißtrauisch, über den Fahrer gehen, tastete ihn gleichsam ab. Dem andren war das deutlich unangenehm. Wahrscheinlich bereute er schon, gehalten zu haben. Er ließ es sich aber nicht anmerken, sondern lächelte weiter.

»Warum?« fragte ihn der Mann.

»*Warum*? – Wie? Was meinen Sie?«

»Warum Sie angehalten haben.«

»Sie wirkten, als ob Sie Hilfe brauchten. Sie wirken immer noch so.«

Da winkte der Mann ab. »Ach wissen Sie«, sagte er langsam, »wenn man immer erst so aussehen muß ...« Dann hob er seinen seitlich hängenden Stoffbeutel an, kramte darin herum, fischte einen Zehnmarkschein heraus und steckte ihn dem verdutzten Fahrer in die Brusttasche des Jacketts. Wonach er sich wegdrehte und über das angrenzende Feld werweißwohin davonstapfte. Es sah aber aus, als ob er flanierte.

Schon über zwei Stunden waren sie spazierengegangen. Sie hatten sich mit der Straßenbahn zum Stadtrand fahren lassen. Von dort waren sie losgegangen.

Anfangs hatte es geregnet – ein dünnes Nieseln, dem man nicht zutraut, wie sehr es einen durchnäßt. Je weiter sie sich aber von den Häuserblocks entfernt hatten, umsomehr war es aufgehellt. Nur war, daß sich die Wolken lichteten, nicht wirklich angenehm. Denn der Himmel nahm jenes sonnenlose Gleißens an, das in den Augen schmerzt.

Weil beide nun die Lider zusammenkneifen mußten, nahmen sie ihre Umgebung nur noch konturlos als gleichsam opake Schatten wahr. Das hatte etwas Traumhaftes, ja Verträumtes, bald aber auch beängstigend Wirkliches. Das einzig vertraute Gute war der Druck, der ihre Hände gefaßt hielt.

Dann wurde der Himmel wieder dunkel.

Über den Feldern hing eine dumpfe blauschwarze Schwere. Es roch nach aufgeweichtem, schwerem Boden, nach Lehm oder Ton. Beidseits reichte die Erde in schwarzen Wellen bis zum Horizont. In der Ferne gab es vereinzelt Gehöfte und auf der gegenüberliegenden Straßenseite Gruppen von Zweifamilienhäuschen. Mitten hindurch zog die Straße ihren flächigen Strich grauen Asphalts und spaltete das Land in zwei Hälften.

Die beiden passierten eine ruhende Baustelle. Die Maschinen wirkten verwaist.

Kaum hundert Meter weiter machten sie halt, gleichzeitig, wie aus gemeinsamem Impuls.

Er sagte knapp: »Schau.« Erst dann streckte er seine rechte Hand aus.

Er machte eine Greifbewegung.

Sie sagte: »Laß das!«

Er ließ Arm und Hand wieder sinken.

Ein Bauer kam auf einem Rad herangefahren. Wahrscheinlich war es ein Bauer, vielleicht auch nur ein Landarbeiter. Er schien getrunken zu haben, vermochte die Spur nicht zu halten.

Man grüßte sich, obwohl man einander noch niemals gesehen hatte und gewiß auch niemals wiedersehen würde.

Nachdem der Radfahrer vorbeigefahren war, stellte sich Erwartung in beiden Liebenden ein. Als wären sie nach jahrelanger Abwesenheit zum Haus zurückgekommen, in dem sie Kind gewesen. Eine Vertrautheit, die darauf wartet, enttäuscht zu werden.

Gesellschaft

»Wer von euch hat je danach gefragt, was aus unseren Hoffnungen wurde?«

So fragte nicht, nein, *schrie* der Altersbucklige plötzlich. Er stand inmitten seiner Gäste, als wollte er im nächsten Moment in die Luft springen.

Was war in ihn gefahren? Er hüpfte von Anwesender zu Anwesendem, hüpfte, ja schnellte wie ein Flummiball und nahm, wenn er sie erreichte, die Herren an den Hälsen, die Damen an den Krägen. Daran hob er sie alle millimeterweit hoch, jede und jeden. Dabei war er klein und gebrechlich. Es war wirklich nicht zu fassen.

Schaumig sprang ihm Speichel von seien Lippen. Schon das war widerlich. Die auf den Boden, so muß man es sagen, *zurückgestellten* Gäste wichen gegen die Wände. Um laut zu werden, waren sie aber zu fein. Doch zu sagen, daß sie konsterniert

gewesen seien, ist pure Untertreibung. Sofern sie Herzen noch hatten, waren sie in deren Tiefen entsetzt.

Die ganze Crème war entsetzt, die sich bedeutungsgewiß in dieser Villa eingefunden hatte. Denn ganz wie sie war auch der Altersbucklige aufgestrebt nach World War II. Wie sie hatte er geschuftet, bis die Schwarten krachten. Oder schuften *lassen*. Wie konnte solch ein Mann jetzt hüpfen, toben, brüllen wie toll?

Er *war* toll, gar keine Frage.

Er schrie die Damen an: »Ihr dämlichen Frauenzimmer!«

Er schrie die Herren an: »Ihr blöden Phallokraten!« Was viele nicht verstanden.

Als er nun aber schrie »Oh, *wir*!«, da wußte wirklich niemand mehr, was er wollte.

Auch sein Sohn war vor den Kopf gestoßen und bugsierte seine Freundin aus dem Salon. Noch im Flur raunte er ihr zu, jetzt komme man nicht mehr darum herum, seinen Vater entmündigen zu lassen, so schwer es allen auch falle.

Er hatte sicher recht. (Mit ›allen‹ meinte er die Familie).

Denn der Altersbucklige stieß nun dreimal seinen Fuß auf, den rechten. Dann hub er zu rezitieren an, als wäre er ein katholischer Priester. Sein Sprechsang wogte, doch trug Statistiken vor, besang den Bleigehalt der Luft und beschwor alles Gift im Himmel und auf Erden.

»Die Luft!« rief er. »Die Luft!« Wobei er sich die Fliege von der Kehle zerrte, so daß der oberste Hemdknopf absprang.

»Ich ersticke, ich ersticke! Erstickt denn ihr nicht?«

Dann schrie er: »Unser Werk! Alles unser Werk!« Wobei er neuerlich hüpfte, jetzt aber zum Klavier, auf dem Stöße nicht von Noten lagen, sondern es waren Zeitungsausschnitte, die er mit einem Arm zu Boden fegte. Sie rauschten hinab wie Blätter im Herbststurm. Ein Blatt aber, es war ein Plakat, ein ganzes Plakat voll Gesichter, drückte er sich an die Brust. Wozu er abermals »Unser Werk!« schrie.

Die Gäste kannten den Anschlag. Er hing in jeder Post, an jeder Haltestelle, hing in allen Ämtern und Schulen. Es war ein Suchplakat der Polizei.

»Wie wir! Wie wir!«

Dann riß er sich offenbar zusammen, schien ruhiger zu werden.

Aber nur für einen Moment.

Dann fing er zu lachen an, bekam er den Stolz eines fünfjährigen Jungen ins Gesicht.

»Bestes Abendland!« rief er aus.

Dann weinte er und drückte die Gesichter abermals an sich.

»Die armen Irren«, weinte er. »Die armen, armen Irren.«

Es strömten ihm die Tränen aus den Augen. Daß sein Körper noch derart viel Wasser in sich hatte! Denn nicht nur, daß er weinte, er schwitzte auch, schwitzte, wie der Rheinfall bei Schaffhausen stürzt. Davon begann sein Gesicht zu gleißen, selbst sein faltiger Hals gleißte.

Zerfloß der Mann? Wurde er einfach zu einer Pfütze am Boden?

So sah es aus.

Es sah aus, als ob er sich ausgoß.

Das war beängstigend. Das war erschreckend. Deshalb wich die Gesellschaft noch weiter zurück, wich bis an die Wände. Niemand wollte ertrinken.

Wo eine Tür war, stahl man sich weg.

Schon drängten *alle* zu den Türen, das ganze Kroppzeug stahl sich weg: die Ärzte, die Ingenieure, die Unternehmer, die Journalisten, die Rechtsanwälte, die hohen Beamten, die Politiker, die Bankdirektoren. Sogar zwei oder drei Arbeiter waren dazwischen. Wie die hierhergefunden, war niemandem bekannt. Auch sie aber wichen zurück und drückten sich durch die Türen fort, in den Gesichtern grober Ekel, indessen der Altersbucklige neuerlich auftrampelte, der Fuß klatschte ins Wasser, und dann klagte, klagte, klagte. Aber als er seine Zähne ausspuckte, plopp, plopp, einen nach dem anderen, war kaum mehr jemand anwesend. Sein ganzes Gebiß, kläng, spuckte er den letzten sieben vor die Füße. Dann rutschte ihm das Toupet vom Kopf, weil sich die Haftmasse vom vielen Schweiß aufgelöst hatte. Selbst seine Kleidung wurde zu fallendem Wasser.

Bevor er verging und weil er nahezu alleingelassen war in dem riesigen Raum, rief er noch »Brüder! Meine Brüder!« und breitete die Arme aus, wie um zu umarmen, was nicht mehr da war. Als ihm die Beine versagten. Als er schon am Boden lag, antlitzunter, halb zerlaufen, mit ausgebreiteten Armen.

Drei von den sieben liefen endlich zu ihm, wollten ihm helfen. Jedenfalls taten sie so. Eine Frau ließ nach dem Krankenwagen telefonieren. Der kam indes zu spät, man konnte nur noch wischen.

Als draußen eine Straßenbahn vorbeifuhr. Durch die gekippten Fenster drang das quietschende Kreischen der Eisenräder in den Schienen.

Die Sache mit Kark-Jonas

Am Ende eines leergetrunkenen Tages verlor ich mich, melancholisch und müde, in den verwundenen Gassen der Altstadt. Die Romantik bröckelnder Mauern und Wände stieß mich nur deshalb nicht ab, weil man noch nicht begonnen hatte, sie zu restaurieren.

Über den spitzigen Giebeln glomm der Himmel als schmutzigheller Zement.

In die, noch vom Krieg her, Brachen waren fünfstöckige rotverklinkerte Mietshäuser gebaut. Nebeneinandergereihte Fenster: pupillenlose Augen. Wohin das erste aschige Licht der Straßenlampen fiel, hockten Müllsäcke. Einige waren aufgerissen, neben zerknüllte Plastiktüten von EDEKA, KAUFHOF, WOOLWORTH geworfen. Auch Blechbüchsen und Kleiderfetzen lagen dort.

Auf einem der Säcke kauerte wer. Er versuchte, eine Zigarette zu drehen. Doch hatte er nur noch Tabakkrumen, die ihm zwischen den Fingern dauernd durchfielen. Stoisch beugte er sich vor, scharrte sie zu Häufchen vor seinen Schuhen zusammen und nahm sie mit zwei Fingern auf, um sie ins Papier zu streuen, begann den Drehversuch erneut.

Unwillkürlich stockte mein Schreiten. Angenehm war mir der Mensch freilich nicht. Doch streifte ihn die untere Seite meines Mantels, und unversehens hielt er sie fest. Sein Körper war gleichsam aufgeklappt. Es kam mir vor wie aus dem Kauern ein Sprung.

Eine milde Gabe, bitte? Nein, das sagte er nicht. Auch hatte ich ihm das Mantelstück schon wieder aus der Hand gerissen, war aber, ihm zugedreht, stehengeblieben. Sofort klappte sein Körper in die kauernde Haltung zurück. Die Tabakflusen lagen ihm abermals vor den Schuhen, und seine Augen starrten drauf, als hätte er sie gar nicht erst weggenommen.

»Haben Sie eine Zigarette für mich?« schien er sie, nicht mich, zu fragen. Sein Nuscheln war hell genug, daß ich's verstand. Ich spürte die Stimme weniger in den Ohren als im Kehlkopf.

Auch blieb es bei der Frage nicht. Bevor ich noch antworten konnte, erklärte er sich, starrte aber weiter auf den Boden. Unbedingt schien er vermeiden zu wollen, mir – oder überhaupt jemandem – in die Augen zu sehen. Als er es später dennoch tat, war ich verloren.

Er habe so wenig Tabak, eigentlich gar keinen mehr. Der sei auch schon völlig verdorben. Überall kackten Hunde hin. Es sei eine solche Schande!

Einfach weiterzugehen, schaffte ich nicht. Kramte statt dessen aus meiner rechten Manteltasche die Zigarettenschachtel hervor und streckte sie ihm hin. Er schreckte, als wollte ich ihn schlagen, zurück.

Wahrscheinlich hatte er seit Tagen nichts gegessen, sich wohl auch nicht gewaschen, schon gar nicht rasiert. Für einen Bart reichte der schüttere Wuchs aber nicht.

Er hatte getrunken, nahm ich an. Nur daß er nicht nach Alkohol roch, sondern allein nach altem Mann in stockigen Klamotten. Schon deshalb weiß ich nicht, was mein Herz erweichte. Vielleicht dachte ich mir, ich mach mir einen Spaß. Jedenfalls lud ich ihn auf ein Bier ein.

So daß er in der gleich nächsten Kneipe von sich zu erzählen begann, in eben diesen genuschelten, aber schneidend hellen Sätzen. Er unterbrach sich dauernd und fing wieder von neuem an, weitschweifig meist und mit großer begleitender Geste. Stockte schon erneut, versank in seiner inneren Leere. Leckte sich den trockenen Schaum aus den Mundwinkeln. Versicherte mich erneut der Wahrheit – nein, »Wahrhaftigkeit!« korrigierte er – seiner Erzählung. »Ganz nach Aristoteles!« Mich anzusehen war ihm erst möglich, nachdem er sein Bier in einem einzigen, gleichsam um Atem ringenden Zug hinabgestürzt hatte. Von da an ließen seine Augen nicht mehr von mir ab.

Seltsamerweise war mir das nicht lästig. Denn seine Pupillen waren so riesig, daß sie mich einzusaugen schienen. Sie waren ein Mahlstrom, waren Strudel und Schleuse. Es glitzte da etwas hindurch, das einem durch Kopf und Brust fuhr. An Schwarze Löcher mußte ich denken, von blauen, ja rot unterlaufenen Iriden umgeben. Unter der Hornhaut schienen Äderchen geplatzt zu sein, aus denen es in sie eingeblutet hatte. Deshalb wirkten diese Augen wässrig und scharfgestellt zugleich, momenthaft glänzend, dann wieder trübe. Indes das Augenweiß war flockig. Ein Tuch aus transparentem Asbest schien über die Blicke des Mannes geworfen zu sein.

Seine Nase wiederum war so klein, daß sich erst meinen ließ, sie sei gar nicht da, außer halt der zwei Löcher. Dafür waren seine Lippen nahezu ordinär ausgeprägt. Vielleicht setzte sich deshalb nach jedem Satz in seinen Mundwinkeln Schaum ab. Außerdem hing seine Unterlippe – ein Umstand, den das physiognomische Vorurteil trägen, schlampigen Menschen zuspricht. Ich erging mich damals in Charakterlektüren. Meine Braunschweiger Zeit.

Leptosom, athletisch, pyknisch. Extrovertiert und introvertiert. Sanguiniker, Choleriker, Phlegmatiker. Ich hatte selbst in der Astrologie nach Wissen gesucht. Wassermann und Zwilling. Drache, Ziege, Ratte. *Wie* seither ist, ach, mein Leben verlaufen!

Als ich noch so jung war.

Ließ es mich der Mann schon im voraus erspüren? Wie hätt' ich es damals begreifen können? Da schürzte er die Lippen, die trotz ihrer Fülle nicht prall waren, sondern trocken aussahen, spröde, und ließ schwärzliche, teils abgebrochene Zähne sehen.

Ich mußte wegsehen, wandte den Blick seinen Händen zu.

Die nun waren erstaunlich. Sie hatten feine, über die Maßen lange Fingerglieder. Die Nägel wirkten manikürt. Als er auf der Straße die Tabakflusen zusammengescharrt hatte, hatte mir das nicht auffallen können. – Sowie wir die Kneipe betreten hatten, war er die Hände waschen gegangen.

Sie schimmerten noch immer leicht feucht. Vielleicht gab es auf der Toilette kein Handtuch. Hätte zu dieser Kneipe gepaßt.

»Ich lüge nie«, sagte er, hüstelte, wiederholte den Satz, »… nie*mals*! Sie sind allerdings der erste Mensch, dem ich erzähle, was damals … ja, *ist* es denn geschehen?«

Sein Damals, nicht meines.

Er atmete ein, es klang wie ein Keuchen. Dann sah er kurz in sein Glas, hob es, setzte an, schluckte. Wir tranken halbe Liter; die schweren, vertikal geriffelten Gläser hatten Henkel. – Der Bierschaum spann weiß auf seiner Oberlippe. Er stellte das Glas zurück auf den Tisch und wischte sich mit einem Ärmel den Mund ab.

Ich fragte, wie er heiße.

Statt mir zu antworten, lachte er auf. Das wirkte umsomehr nach Notwehr, als im selben Moment auch jemand am Nebentisch lachte und noch jemand an einem wieder anderen Tisch. Plötzlich lachten sogar alle.

Ich kniff die Augen zusammen.

Eine Halluzination?

»Hörn Sie mir noch zu? – Also, das ist sehr freundlich, mich nach meinem Namen zu fragen. Das hat seit Jahren niemand getan. Ich … ich heiße Kark, Eduard Kark. Einmal habe ich von einem Schwein geträumt, so groß wie ein Wal. Es soff Blut und verschluckte mich. Alle Welt machte sich über mich lustig.«

Hatte man dazu auch an den Tischen gelacht?

»Ich war fünfundzwanzig damals und wußte, ich existierte nun nicht mehr, sondern wurde im Magen dieses Walschweins verdaut. Man sah nur noch einen Schein von mir. Verstehen Sie das?«

Das tat ich, nahm jedenfalls so etwas wie Ahnung wahr. Dabei war mir klar, der Mann sprach irre.

»Und aber *in* dem Wal, da träumte ich weiter … in dem Wal oder Schwein, es ist ganz egal. Für einen Jonas tut es nichts zur Sache. Sagen Sie also Kark-Jonas zu mir.«

Wieder sah er mich an, doch nun, so empfand ich's, voll Selbstüberhebung. Kurz ward mir, als würde ich selbst verschluckt. Um Gottes willen, diese Augen!

»Klangvoller Name, finden Sie nicht?«

Verspottete er mich?

Sein Gesicht wurde schnell wieder weich, ja weichlich, als er fragte und dabei auf sein Glas wies: »Bekomme ich noch ein Bier?«

Ich nickte und winkte der Bedienung.

»Ich weiß auch gar nicht, ob Sie mich überhaupt anhören wollen«, setzte er fort. »Sie wollen sich vielleicht einen Jux mit mir machen. Gemeinhin lädt man Bettler nicht ein.«

»Bettler? Ein Bettler sind Sie?«

»Es gibt keine uneigennützigen Menschen. Auch Sie sind keiner.« Wieder dieser Aufwurf von Arroganz. Kark-Jonas schnalzte mit der Zunge. Dann sah er sich um. »Wunderbares Ambiente. Passend. Sie haben, mein Herr, ein gutes Gespür.«

Mein Herr! Er sprach wie aus dem letzten Jahrhundert.

Wie alt war ich damals? Achtzehn? Zwanzig?

Er nahm sein bereits drittes Glas, kippte, trank, setze ab und stieß genußvoll auf.

»Jaja«, sagte er, »trinken muß ich nun schon, wenn ich sprechen soll. Das ist das mindeste. Denn ich weiß etwas, das … Nein!« unterbrach er sich, beugte sich weit über den Tisch zu mir, legte schirmend die linke halb gehöhlte Hand an den Mund und flüsterte: »Ich weiß nämlich *alles.*«

Ich verstand ihn nicht gleich.

»Bitte?«

»Wie alles war, weiß ich; wie alles wird, wie alles sein wird, seh' ich auch.«

Zitierte er allen Ernstes Erda? Doch damals hätte ich es noch gar nicht erkannt. Vielmehr hatte ich das Gefühl, daß er mich warnte. Es hätte nur noch gefehlt, daß er sagte: Besinnen Sie sich! Keinen Schritt weiter!

Die Kellnerin brachte das Bier. Er sah sie, weil sitzend quasi von unten, schräggelegten Kopfes an und steckte die Zunge zwischen die lückenhaften Vorderzähne.

Sie ging wieder.

»Was ein süßer Hüpfer!« Er zwinkerte mir zu. Und änderte überhaupt nicht den Ton, als er fortfuhr, daß er, was er wisse, wissen habe gar nie wollen. »Ich habe nicht darum gebeten, wirklich nicht. Das ist das scheußlichste daran. Bin ich denn *Faust*?« Er blähte die Nasenflügel. »Wissen, mein Herr, ist Abfall! Es ist die reine Katalepsie!« Seine Stimme hob sich, schwoll an. »O ich sage Ihnen! Es hat mich erstarrt, völlig erstarren lassen! Über Nacht, einfach über Nacht! Als ich erwachte, konnte ich nicht mehr fühlen … nichts mehr, gar nichts! Verstehen Sie? Und diese Frau war weg, war verschwunden, wie in Luft aufgelöst!«

»Welche Frau?«

»Na, bei der ich gelegen hatte, mit der ich … Doch, doch, Spuren gab es schon. Das zerwühlte Bettzeug zum Beispiel. Außerdem hatte sie ihre Strümpfe vergessen. Ich erinner mich, seh sie noch vor mir, hauchdünne Knäuel unter dem Stuhl. *Sie* habe ich *nicht* geträumt.«

»Die Strümpfe?« spottete ich.

Sein Blick schlug böse in mich ein.

»Die Frau! – Ich hatte sie vorabends erst kennengelernt, in einer Kneipe wie der hier. Sie war mit mir gekommen.«

»Und dann haben Sie geträumt …«

»*Alles*. – Verstehen Sie? Aber wer alles weiß, hat kein moralisches Gefühl mehr. Denn ich sehe alles, alles voraus. Nur ändern kann ich es nicht. Man kann nicht mehr eingreifen, das gehört doch zum *Alles* dazu! Ich konnte es aber auch nicht mehr rückgängig machen. Verstehen Sie das logische Problem?« Er lachte, wie wenn er würgte. »Auch abzustreifen ist es nicht, ist ja weder Schlangenhaut noch Flaschenteufel … Man kann es nur ertränken. Oh, ich trinke, trinke unermeßlich! Das sehen Sie ja!« Und indem er wieder zum Bier griff: »Nein, ich will Sie nicht erschrecken! Verzeihn Sie!« Er streckte eine Hand über den Tisch, legte sie mir auf den rechten Arm. »Sie sind noch jung, so jung! Sie haben Kraft für zwei, für drei! Wenn Sie mir davon nur etwas abgeben könnten! Wenn Sie das nur könnten! Vielleicht würde ich dann ein klein wenig frei.«

Seine Augen zogen Wasser.

»Reißen Sie sich zusammen!« fuhr ich ihn an – heftiger, als ich eigentlich wollte.

»Oh ja, oh ja, verzeihen Sie mir!«

Er bezwang seine plötzliche Weinerlichkeit und wischte die vorgetretenen Tränen weg. Ich war erleichtert, nippte an meinem Glas. Wie sollte das enden? Vor allem wußte ich immer noch nicht, was ich von diesem Menschen eigentlich wollte. Warum ließ ich mich mit ihm überhaupt ein? Denn das tat ich.

Nach einer kurzen Pause begann er erneut. »Sehen Sie, Sie sitzen jetzt da mit Ihrem Glas Bier in der Hand. Sie haben die Mittel, mich einzuladen, haben ganz gewiß ein Zuhause … ah, sind Sie verheiratet? Oh bitte, seien Sie nicht verheiratet! – Nein? Ah, das ist gut! Auch Kinder haben Sie keine?«

Ich schüttelte den Kopf.

»Das ist sogar sehr gut. Sie sind ja auch noch viel zu jung. Aber so gibt es niemanden, den Sie verkaufen können.«

»Verkaufen?«

Er winkte ab. »Ich meine, es fände sich keiner, um Sie zu weinen, wenn Ihnen etwas zustoßen sollte? – Aber Geschwister werden Sie haben. Haben Ihre Geschwister Kinder? Ich liebe Kinder! Oh, *wie* ich Kinder liebe! Sie glauben ja gar nicht, wie ich *alles* liebe, was lebt! Gras, Bäume, Kinder …«

Abermals beugte er sich weit über den Tisch zu mir, stützte sich jetzt aber mit den Ellbogen auf, und zwar mit solcher Gewalt, daß sich die Platte anhob. Bevor die Gläser ins Rutschen gerieten, stemmte ich mich auf meiner Seite dagegen. Da strich mir Kark-Jonas' fauliger Atem in die Nase.

»Was wissen Sie vom Leben?« fragte er und fiel wieder auf seinen Stuhl zurück.

Darauf antwortete ich besser erst gar nicht.

»Ich sage Ihnen, Sie wissen nichts. Außerdem sage ich Ihnen, daß alle, die es zu kennen behaupten, lügen.«

»Sie also auch.«

»Alle außer mir. Die anderen Leute wissen nicht das Geringste. Die Forscher nicht, die Angestellten nicht und schon gar nicht die Richter. Die sogar am wenigsten.«

»Wie kommen Sie auf Richter?«

»Ich habe meine Gründe«, murmelte er. »Sie werden sie hören ...« Der letzte Satz ging fast unter, bevor er ihn wieder aufnahm und mit ansteigender Lautstärke revidierte: »... vielleicht ... – Vielleicht werden sie sie auch *nicht* hören. Aber je mehr einer weiß über die Felsen, die Häuser, die Menschen, desto weniger hat er verstanden.« Er atmete tief aus. »Genau so ist es.« Damit schloß er seine Augen, saß eine Zeitlang da wie konzentriert allein auf sein Atmen.

Mein Glas schimmerte im Widerschein der über dem Tisch hängenden Leuchte. Ein Petroleumlampenimitat. Der Bierschaum glitzerte aus Milliarden Bläschen. Die Jukebox plärrte Ofarim. Ich hob das Glas vor meine Augen. Der Schankraum verschwamm in Goldgelb.

»Zum Beispiel jetzt!« Kark-Jonas hatte die Lider wieder geöffnet. »Was sehen Sie jetzt? Und wann sehen Sie wahr? Durch das Glas oder direkt mit den Augen? Oder im Dunklen? Das ist nämlich auch so eine Frage.«

Der Eingang befand sich in Kark-Jonas' Rücken. Über seine Schulter hinweg sah ich ihn sich öffnen. Ein Paar trat herein, blickte sich kurz um, nahm einige Tische entfernt, nahe der Tür noch, Platz. Den Mann, wäre er nicht so hager gewesen, hätte ich nicht weiter beachtet. Er trug Anzug und Krawatte, hatte eine voluminöse braune Ledertasche dabei.

Ein Angestellter, hätte ich gedacht, nur daß er so anämisch wirkte. Auch hätte er dann eine schmale Aktentasche dabeigehabt, nicht dieses … ja, *Arzt*ding. – Abgesehen davon machte ihn allein seine Begleiterin interessant. Selten hatte ich einen so schönen Menschen gesehen. Ihr Gesicht war von solch erschreckendem Ebenmaß, daß es beinah künstlich wirkte.

Welch ein Genuß, durchfuhr es mich, in ihrem wilden schwarzen Haar zu wühlen!

Unter der aufgewölbten Stirn bog sich eine schmale, fast porzellanene Nase, deren Flügel bebten wie Nüstern. Da schnitt sich ihr Blick in den meinen und pinnte mich fest. Entkommen ließ sich dem nur, indem ich meine Lider senkte. Ich senkte sogar den ganzen Kopf. Dabei fiel mir die Zigarettenschachtel aus den Fingern, zu der ich jäh gegriffen hatte.

»Geben Sie mir auch noch eine? – Sie hören mir noch zu?«

Ich nickte absent. Mein kurzer Schrecken schien Kark-Jonas entgangen zu sein.

»Es ist aber gefährlich«, sagte er. »Wenn ich erzähle, dann wider mein besseres Wissen.«

Was eine Frau! dachte ich.

»Es ist auch nicht viel. Doch brauchen die Umstände Raum.«

»Seien Sie nicht so nebelhaft.«

»*Nebelhaft*, wie?« Er lachte auf. »Ich muß mich erst vortasten. Weil … Es könnte sein, daß sich unter uns etwas öffnet, und nicht ich stürze wieder hinein, sondern dieses Mal Sie.«

»Wo hinein? Was spinnen Sie herum!«

»Träumen Sie öfters?«

Irritiert sah ich ihn an. Abermals kam die Kellnerin, hielt auffällig das Gesicht von Kark-Jonas weg. So sehr stank er. Ja natürlich, er stank. Es wäre besser gewesen, ihm den Zugang in eine Schwimmhalle zu spendieren, damit er sich duschen konnte, als ihn hier abzufüllen.

Intensiv glühte das Grün der fingierten Petroleumlampe.

»Also sagen Sie mir, wie es um Ihre Träume bestellt ist!«

»Warum interessiert Sie das?«

»Womöglich glauben Sie ja nicht an die Wahrheit in den Träumen.«

»Tu ich auch nicht. Wir verarbeiten da Tagesprobleme, auch ältere, die sich nie gelöst haben.«

»Soso«, machte er und trommelte mit den Fingern seiner Linken gegens Bierglas. »Soso, das meinen Sie also. Dann kann Ihnen ja nichts passieren.«

»Eher nicht«, sagte ich.

Kark-Jonas trank, schüttelte dabei langsam den Kopf, setzte das Glas ab, lachte abermals. »Gut, wie Sie wollen. Es war früher Morgen …«

»… das erzählten Sie schon.«

»Stimmt. Aber die Wände haben geblutet.«

»Sie haben weitergeträumt. Sie haben nur gedacht, daß Sie wachgeworden sind.«

»Dann träum ich jetzt auch Sie.«

»Kein sehr neuer Gedanke.«

»Der Herr ist humanistisch gebildet?«

»Wen locken Sie mit sowas noch hinterm Ofen hervor?«

»Ofen? Ei, *wer* ist romantisch? – Sie meinen die Heizung! Hinter Heizungsrippen paßt keiner. Also *muß* ich gar nicht locken.«

»Gut, Sie waren wach.«

»Ich mag es, wie sicher Sie sind. Ich bin jetzt zweiundvierzig und kenne die Träume.«

»Wirklich, Herr … Herr Jonas! Wir leben doch nicht mehr im Mittelalter!«

»Wie? Sie haben gar keine Ahnung! – Verzeihen Sie, daß ich lache, aber …«, kurzes Stocken, dann sehr ernst: »Das Mittelalter ist ewig.«

Er legte einen Zeigefinger auf seine Lippenwülste, hob die Schultern, ruckte hin, ruckte her, zuckte mit dem Gesicht zu den Seiten. Kurz machte er den Eindruck eines Verfolgten.

»Seien Sie nicht so auffällig!«, zischte ich ihn an. In der Tat sahen von den Nachbartischen Leute her.

»Auffällig? Ich? Sei's drum! Sie müssen einfach wissen, daß ich Dinge wahrnehmen kann, die anderen verschlossen sind. Aber gut, Sie wollen Sicherheiten. Also bitte, der Versuch mit Ihrem Bierglas eben. Was würden Sie wissen, hätten Sie die Formel für … sagen wir: Glutaminsäure parat? Nun? Was erfahren Sie durch sie vom Leben? Jaja, Sie können *Bausteine* benennen, das will ich nicht bestreiten. Aber was erfahren Sie *wirklich*? Nennen Sie einem Blinden die Wellenlänge roten Lichts! Sieht er es dann? Weiß er auch nur, was es ist? Nicht einmal ein Sehender weiß es dann! Wenn Sie das zugeben, mein Herr, und Sie müssen es mir zugeben, was besagen dann die Theorien über den Traum? – Na sehen Sie! Und wollen Sie wissen, *warum* sie nichts besagen oder kaum was besagen? Also?«

Er wartete meine Reaktion nicht ab. Eigentlich war es, als wäre ich gar nicht mehr hier. Er sprach allein mit sich selbst.

»Das ist so, weil wir immer nur Aspekte von etwas sehen und das, womit wir sehen, selber nichts als ein Aspekt von etwas ist. Ja, wir selbst sind davon Aspekt. So ist das normalerweise. Nicht einmal die Inhalte der Träume lassen sich von ihnen ablösen. Man *kann* sie nicht getrennt betrachten. Sie erschöpfen sich nicht in ihrer Genese. Kapieren Sie? Deswegen sagen Theorien nichts aus, oder nur wenig, und darum sagen auch Fakten nichts aus. Und … und darum, mein Herr, ist das Mittelalter ewig.« Er schnaufte. »Bekomm ich nun eine Zigarette?«

Ich reichte ihm die Schachtel. »Sie sind ein seltsamer Vogel«, sagte ich dabei. »Sind Sie Philosoph?«

»Ich?!« Er schrie gewissermaßen vor Erheiterung auf, einer bitteren Erheiterung aber. »Ich ein Philosoph? Das ist mal ein Witz. Hahaha! Solch ein Witz! – Nein, nein«, die Stimme wieder nüchtern, »ein Vagabund. Das ist nun mal sicher. Ein Vagabund und Bettler. Hab ich doch schon gesagt.«

»Das waren Sie ja nicht immer. Was waren Sie denn früher?«

»Also Sie meinen, bevor ich mit Menschen gehandelt habe?«

»Was haben Sie bitte getan?«

»Tischler war ich vor meinem Traum. Das mit den Menschen kam erst später. –Finden Sie Tischler einen seltsamen Beruf?«

»Durchaus nicht. Aber Sie scheinen viel gelesen zu haben.«

»Gelesen? Ich? Um Gottes willen! Für solchen Blödsinn hatte ich nie Zeit. Da sind Sie echt auf dem Holzweg. Bücher öden mich an.«

Seltsamerweise hatte ich zum ersten Mal das Gefühl, nicht irgendwie doch verspottet zu werden. Was Kark-Jonas nun aber zu enttäuschen schien. Er seufzte nämlich und sagte: »Sie glauben mir nicht, ich weiß. Aber wie sollten Sie auch? Wie sollte es überhaupt jemand?«

Ich hätte ihm gerne boshaft geantwortet. Momentlang spürte ich sogar den Impuls, ihn zu verletzen. Mir fiel aber nichts ein. Offenbar merkte er auch das. Denn er nickte mehrmals, um es *so* zu sagen: in sich hinein.

»Ganz genauso hilflos war ich damals«, sagte er. »Natürlich habe ich versucht, mich zu fassen. Kark-Jonas, komm! hab ich mir gesagt, es war nur ein schlechter Albdruck. Kipp deinen Hintern aus dem Bett, trink einen Kaffee, dann geht es dir besser. Das habe ich auch gemacht und geguckt, ob von der Frau noch was anderes dageblieben war als ihre Strümpfe. Aber es war nichts zu finden. – Nicht, daß sie mir fehlte! Ich fühlte ja nichts mehr. Sie war mir imgrunde egal. Mir war eben *alles* egal. Als ich das merkte, fingen die Wände zu bluten an. Erst waren es nur Tropfen, bald schon Rinnsale. Es war einfach grauenhaft!« Er wischte sich über Stirn und Haar, seufzte wieder, setzte fort: »Sogar die Fliesen röteten sich. Wie hätte ich in der Wohnung noch bleiben können? Nein, hinaus, nur hinaus! Aber es wurde nicht besser auf der Straße, wurde fast noch schlimmer. Denn ich *verstand* alles, verstand, was die Passanten sprachen … ich meine, selbst dann, wenn sie in einer mir fremden Sprache redeten. Sogar Japanisch verstand ich. Dabei kann ich gar kein Japanisch, bis heute kann ich es nicht. Ich versteh's aber trotzdem, egal, ob Englisch, Spanisch oder eben Japanisch. – Sie finden das ganz bestimmt toff, oder?«

Toff war damals das Wort für »toll«, »klasse«, »cool«.

In der Tat, ich fand's toff. Doch gab ich es nicht zu. Es hätte auch wenig gebracht. Denn Kark-Jonas sprach anschlußlos weiter:

»Doch wir alle stumpfen ab. Auch Schmerz stumpft ab. Nur später, da habe er manches lästig gefunden, einfach weil man sich überhaupt nicht mehr schützen kann vor diesen … diesen … wie soll ich sagen? *Eindrücken* –. Außerdem kommt einem dann alles leblos vor. Es war, als ob aus den Hauseingängen Leichen traten oder in die Geschäfte hineingingen … genauer noch: Maschinen, Roboter, sowas. Wo immer ich hinsah. Die Welt lief wie ein Uhrwerk und läuft so bis heute. Es gibt keine Freiheit. Das nämlich begriff ich da. Es stürzte dieses Begreifen wie ein Wasserfall über mich ein. Wenn es sie aber, die Freiheit, nicht gibt, was ist dann ein Ich anderes als ein Zahnrädchen, das sich drehen muß, wie die Maschinerie es ihm vorgibt? Nur ich … ich allein war hinausgefallen und gehörte nicht mehr dazu. So daß ich außerdem begriff, es gibt kein Recht. Verstehen Sie? Nein, tun Sie nicht, werden Sie nicht, bevor ich Ihnen nicht den Traum erzählt habe. Ach, ich muß mich beeilen! Es sind meine letzten Stunden.«

»Weshalb denn das?«

»Ich sehe es. Aber deshalb habe ich vorhin die Richter genannt, eben vor allem die Richter.« Er holte Luft. »Glauben Sie an Gott?«

Die Frage traf mich wie ein Stein. So glänzten auch die Augen dieses Mannes.

»Ach du meine Güte!« wich ich aus. »Es gibt viele Götter.«

»Es gibt nur Ja oder Nein, Eins oder Null.«

Ich schüttelte den Kopf.

»Sie sind Protestant?«

»Gott ist tot. Seit Auschwitz werden Sie kaum mehr einen Schenkelknochen finden.«

Kark-Jonas schürzte die Lippen, beugte sich schon wieder über den Tisch. Am besten hielt ich meine Seite gleich fest. Da nahm er mich beim Kragen und zog mich nahe an sich heran.

»Glauben Sie!« zischte er durch die Zähne, wobei er mich geradezu verächtlich wieder losließ und zurückfiel. Lauter, schärfer: »Sie werden es nötig haben eines Tages.« Auf seiner Stirn glitzerten Schweißperlen.

»Ich fände das feige«, erwiderte ich.

»*Feige?!*«

Sein Pathos war mir peinlich. Dennoch konnte ich mich dem Mann wirklich nicht mehr entziehen, hatte es ja von allem Anfang an nicht gekonnt. Es war, als ob etwas meine Schläfen umklammerte und die Enge immer mehr zuschraubte. Ich war das Glas, das Kark-Jonas mit der Hand umfaßt hielt. Er preßte es derart, daß seine Finger ganz weiß wurden. Dann hob er es hoch und knallte es auf die Tischplatte zurück.

Flüssigkeit spritzte.

»Glauben Sie, um nicht bereuen zu müssen!« Sein Gesicht wurde plusterrot. Als würde es sich dehnen wie ein Luftballon, den man aufbläst.

Ausgerechnet dieser Mann war religiös? Es war der reinste Witz.

»Um nicht zu bereuen, nämlich, mich eingeladen zu haben. Damit Sie an Ihrem Unglück nicht so kläglich kaputtgehn wie ich. Damit nicht auch Sie auf diese furchtbare Weise verrecken.«

Das Petroleumlampenimitat war nur noch ein schwammiggrüner Farbkleks.

Glauben, um nicht zugrundezugehen? Was für ein Kitsch!

»Ach, und Sie meinen, daß gläubige Menschen heil durchs Leben kommen?«

»Aber nein, das glaube ich *nicht*. Ihr Unglück bestimmt nur nicht alles, vor allem nicht ihr Ende. Ach wenn *ich* doch nur glauben könnte!« Er blickte aus den geröteten Augen wieder hoch. »Ich kann es aber nicht! Oh, wenn ich ihn zu fassen bekäme!«

»Gott?«

»Vernichten würde ich ihn!« Er nahm wieder einen Schluck. »Und sowieso: *Gott*! Was für ein Wort! Finden Sie nicht, es hätte kleiner, handlicher gefaßt werden müssen?« Wieder langte er herüber, griff in meinen rechten Ärmel. »Ich beschwöre Sie! Stehen Sie mir bei!«

Ich zerrte meinen Arm weg. »Und was stellen Sie sich vor, daß ich tun soll?«

»Ich kann an nichts glauben, an gar nichts. Ich weiß alles. Fragen Sie mich, was immer Sie wollen, ich werde es Ihnen beantworten. Ich werde Ihnen die Rätsel des Universums entdecken. Weil es Rätsel gar nicht gibt. Weil es Geheimnisse nicht gibt!« – Seine Augenbrauen zogen sich zusammen. – »Sie finden das einen pathetischen Mist, habe ich recht? Kann auch sein, daß es so ist. Und dennoch kann ich einen berühmten Mann aus Ihnen machen. Ich muß es nur wollen. Aber will ich es? Nur unter einer Bedingung.«

»Welcher Bedingung?«

»Sie müssen mich töten.«

Entgeistert sah ich ihn an.

»Erschrecken Sie nicht so! Lassen Sie es geschehen. Denn es wird geschehen – ebenso sicher, wie ich weiß, welch ein verworfener, niedriger Mensch ich bin. Ich habe es wirklich verdient. – Ach, winken Sie nicht ab! Lassen Sie mich nicht allein! Oh diese Frau! Sie ist mir so tief in mein Herz gefallen! Sie hat es zersetzt, sie lutscht an meinen Organen ... Bitte hören Sie zu! Hören Sie mich an! Bitte versprechen Sie mir, daß Sie mich töten.«

Spätestens nun konnte kein Zweifel mehr sein, daß er krank war. Vielleicht war er irgendwo ausgebrochen. Ich hätte einen Arzt rufen sollen. Dennoch blieb ich, wie angeekelt auch immer, fasziniert.

»Verstehen Sie bitte! Um nichts anderes bitte ich Sie, als darum, sich in mich einzufühlen. Nichts anderes wünsche ich mir jetzt.«

Ich konnte ihm ansehen, wie er sich zusammenriß, wie verzweifelt er versuchte, die Haltung zurückzugewinnen. Durch sein Gesicht lief ein Riß, als ob es jeden Moment auseinanderbräche. Wobei daran das Erstaunliche, aber auch Erschreckende war, daß es fortan so blieb, wie in die zwei Hälften erstarrt. Während sich die linke Seite tatsächlich beruhigte, fast entspannte, zuckte die rechte über der Wange immerfort weiter.

Kark-Jonas umkrallte die Tischplatte, rasend ging sein Atem.

Dann weinte er. Weshalb erneut Leute herübersahen, die unruhig wurden.

»Bitte, Herr Jonas ... oder Herr Kark, bitte! Versuchen Sie, etwas leiser zu sein.«

»Sie haben recht, oh Sie haben so recht! Bitte entschuldigen Sie. Es ist nur so, daß ...«

Nun wisperte er. Darin zitterte seine Erregung doppelt nach.

»Es ist nur so, daß ich immer noch in meinem Bett liege, daß immer noch damals ist und immer noch, wie damals, die Welt in mich einströmt. Meine Brust, wenn ich so sagen kann, stürzte darunter zusammen. Nie zuvor hatte ich Farben klingen hören, nie gesehen, daß Töne leuchten. Mit einem Mal taten sie es. Den ganzen Tag über glühten die Blumen in ihren Balkonkästen. – Ich habe ja schon erzählt, wie übel mir davon wurde. Ich stand auf, sah mich um, und bevor ich hinausging, wußte ich, daß es keinen Gott gibt. Nein, ich hatte auch vorher nicht an ihn geglaubt. Es ist nur etwas anderes, ob man nicht glauben kann oder *weiß*. Ich füllte Kaffee in den Filter und wußte, es gibt keine Moral. Ich ging aufs Klo und begriff, daß Liebe nur Einbildung ist – eine lächerliche zumal. Genau deshalb war ich frei.«

Zwei Flämmchen, je eines, in den vor unendlicher Tiefe leeren Pupillen.

»Freiheit ist fürchterlich, mein Herr! Freiheit ist kalt! – Alles, woran ein Mensch glauben kann, woran er hängt, was ihn aufrecht hält, war vergangen. Einfach über Nacht. Ohne daß ich es wollte. Ich hatte vögeln wollen, das war alles. Einfach nur vögeln.«

»Schlecht verdauter Max Stirner«, sagte ich. Den las ich damals auch.

»Ich habe mich angezogen und bin zum Kiosk gegangen. Ich wollte eingesperrt werden. Es wäre das einzige gewesen, was mir noch geholfen hätte.«

»Ich verstehe nicht ganz.«

»Ich habe den Rentner erstochen.«

»Sie haben *was*?«

»Der immer die Zeitungen verkauft hat. Ich hatte das Messer mitgenommen, aus der Küche. Es waren Leute da. Dennoch stach ich einfach zu. Was für Illusionen ich mir immer noch machte! Ich habe wirklich geglaubt, daß man mich abhalten würde. Hat man aber nicht. Er fiel zu Boden, und die Leute taten, als wäre nichts passiert. Das heißt, sie sahen ihn schon zusammenbrechen. Es war ziemlich läppisch, wie er sich anstellte. Lächerlich geradezu. Aber die Leute, obwohl ich das Messer allezeit in der Hand behielt – dieses Messer hier«, und er zog ein Klappmesser aus seiner Jackentasche, legte es vor sich auf den Tisch, nachdem er es geöffnet hatte, »… stellten überhaupt keinen Zusammenhang zu mir her. Statt dessen riefen sie die Polizei, die auch schnell da war. Da stand ich immer noch mit diesem Messer da und sah der ganzen Aufregung ungerührt zu. Ich wußte, ich brauchte mir keine Sorgen zu machen. Man würde jemand ganz anderes verdächtigen. Ich wußte auch, wen. Daß der gar nicht da gewesen war, spielte keine Rolle. Die Fahndung wurde herausgegeben, ich stand immer noch da. ›Machen Sie mal Platz!‹ forderte mich einer der Polizisten auf. Und der eingetroffene Kommissar sagte zu mir: ›Schämen Sie sich denn überhaupt nicht? Meine Güte, diese widerliche Sensationsgier!‹ Ich solle gefälligst das Weite suchen. Was ich denn«, plötzlich ein spitzbübischer Aufblick, »auch tat.«

So daß ich abermals denken mußte, er nahm mich auf den Arm. Weil er in quasi gleichem Tonfall und Blick auch sofort nach dem wiedernächsten Bier fragte.

Der Mann war ein Loch.

»Haben Sie jetzt Angst vor mir?« fragte er.

»Vor Ihnen? Gewiß nicht!«

»Auch nicht vor dem Messer? Ah, das ist gut! Aber *wo*vor haben Sie Angst – also wenn schon nicht vor mir …? Vor Krankheit und Alter? Das müssen Sie nicht. Wenn Sie wollen, verrate ich Ihnen Ihr Sterbedatum.« Seine Nasenflügel zuckten. »Nehmen Sie ruhig an, was ich Ihnen feilzubieten habe.«

»*Feil*bieten? Dann müßten Sie feilschen …«

»Das tu ich doch, das tue ich! Oder was meinen Sie, weshalb sonst ich mich mit Ihnen aufhalte?«

Das war entschieden unverschämt.

»Weshalb sonst frage ich, *noch ein Bier? noch ein Bier?* Na sehnSe!«

Aber gut … wenn wir jetzt schon bei Ware gegen Münze waren:

»Haben Sie viele getötet?« fragte ich.

»Einige.«

»Einige?«

»Nicht mehr als andere. Sagen wir, im Krieg. Sagen wir, aufgrund von Fahrlässigkeiten, zum Beispiel beim Autofahren. Haben Sie eine Ahnung, wie vielen zum Beispiel *Sie* schon das Leben nahmen?«

»Ich bitte Sie!«

»Natürlich nicht wissentlich. Also vermutlich. Sie gehen in einen Laden und entscheiden sich für irgendein Produkt. Und irgendwo in einem anderen Land geht deshalb jemand zugrunde. Nicht unbedingt sofort, das ist klar. Aber als Folge. Und wären Sie, als Sie drei gewesen sind, nicht so abrupt weggelaufen – ach, lassen wir das.« Er erhob sich plötzlich. »Ich will nicht mehr. Ich werde gehen.«

»Bitte? Aber warum denn jetzt auf einmal?«

»Es war ein Fehler, mich mit Ihnen abzugeben. Ich wußte es gleich.«

Er verharrte einen Moment im dreiviertel Stehen, dann sackte er auf seinen Stuhl zurück.

»Es ist ein Fehler, sich mit *irgend* jemandem abzugeben. Nein, es liegt nicht an Ihnen. Ich mache Ihnen keinen Vorwurf. Es kann nur nichts Gutes daraus werden. Sie wollen mir nicht helfen.«

Fürchtete er plötzlich eine Auseinandersetzung? – Ich ließ es so stehen.

»Und Ihr Traum?« fragte ich. »Was ist nun mit Ihrem Traum?«

»Vergessen Sie's.«

Ich winkte der Kellnerin. Kark-Jonas starrte Richtung Theke, die links von mir und von ihm rechts errichtet war.

Ihm hingen die Arme schlaff zu beiden Seiten des Körpers hinab.

So beugte nun ich mich über den Tisch, berührte den Mann an der Schulter.

»Hallo? Kommen Sie zu sich.«

Er wandte mir das Gesicht zu, seufzte. »Sie wissen nicht, worauf Sie sich einlassen. Ich werde Sie anstecken mit mir.«

»Davor fürchte ich mich nicht.«

»Ich weiß, ich weiß. – Wie Sie wollen. Also: dann, nachdem ich endlich von dem Kiosk losgekommen war, begab ich mich wieder nach Hause. Ich war … wie soll ich es ausdrücken? *ernüchtert*? Deshalb habe ich von mir aus bei der Polizei angerufen. Verstehen Sie? Ich wollte mich stellen.«

»Und?«

»Man lud mich auch vor. Aber sie hielten mich für einen von denen, die da aufkreuzen, um sich wichtig zu machen. Man hörte mir kaum zu, ließ mich stundenlang sitzen, nahm meine Aussage auf, schickte mich wieder fort. Ich sah die Beamten sogar grinsen. Sie machten einander höhnische Zeichen über mich. So ist es mir später noch einige Male ergangen … also in anderen Fällen, in denen ich schuldig war. Geständnisse haben für mich keinen Sinn.«

Die Kellnerin kam. Kark-Jonas legte seinen Am über das Messer, hob ihn erst wieder, als sie die vollen Gläser vor uns gestellt und die geleerten mitgenommen hatte. Dann schob er mir die Waffe mit den Fingerspitzen zu.

»Bitte«, sagte er. »Es ist ganz leicht. Sie müssen es nur fest genug greifen. Am besten, Sie stechen von unten nach oben. Nein, nein, Sie müssen keine Sorge haben! Es wird Sie niemand bemerken.«

»Also hören Sie mal!«

»Sie haben Angst vor den Menschen?«

»Ich? Ich habe überhaupt keine Angst!«

»Erzählen Sie mir nichts!« Er richtete den Oberkörper auf. »Sie fürchten sich vor ihnen. Das habe ich sofort bemerkt. Es wär sonst ein leichtes für Sie …«

»Was wäre leicht?«

»Mich niederzustechen. Aber wissen Sie, es wäre mir am liebsten, Sie täten es von hinten. Ich möchte mich einfach nicht gerne entsetzen. Weil ich doch feige bin. Es waren der Qualen mehr als genug. Nein, einfach in einem Moment, in dem ich nicht dran denke, nicht damit rechne. Das wäre das beste. – Natürlich *weiß* ich, daß Sie es tun werden. Deshalb sprechen Sie bitte mit mir, lenken Sie mich ab! Und erst, wenn Sie den Eindruck haben, ich dächte nicht mehr dran, dann … dann …« Er fuhr sich geschwind mit dem rechten Zeigefinger von links nach rechts über die Kehle.

Ich konnte nicht anders, mußte das Messer nehmen. Es konnte ja nicht so offen auf dem Tisch liegen bleiben. Was hätten die Leute gedacht? Aber nicht nur deshalb, nachdem ich es kurz angesehen hatte, steckte ich es in meine Manteltasche. Sondern ich wollte den Mann wirklich auch beruhigen. Weil ich diesen Traum nun endlich erzählt bekommen wollte.

Es war dies unterdessen längst mehr als ein Bedürfnis. Es war ein Verlangen. Vielleicht war dieser Irre ja doch mit einer Art Genie begabt. Die Rede vom Zweiten Gesicht fiel mir ein. Wobei sich mir ein leichter Ekel durch den Magen drehte. Wann immer mich Kark-Jonas fortan ansah, stellten sich mir die Härchen auf den Armen auf. Zweidreimal hatte ich sogar den Impuls, ihm wehzutun, *körperlich* wehzutun: ihm eine Ohrfeige zu geben, sowas. Ihm genau zwischen die Augen einen Faustschlag zu versetzen.

Natürlich hatte ich mich im Griff. Es war weniger real als sozusagen ein Albdruck meiner unbewußten Affekte, ja der erst *machte* sie bewußt. Offenbar, so sehr es mich nach Kark-Jonas' Erzählung … ja, dürstete, fühlte ich mich von ihr nicht nur angegriffen, sondern auch verhöhnt – von dem, was sie zu enthüllen versprach.

Das alles fuhr mir ungeordnet, eben impulshaft, durch den Kopf. Deshalb bereitete es schon Mühe, meine Aufregung wenigstens zu verbergen.

Auch in ihm tobte es. Er schwitzte furchtbar. Und dann rief er, als wäre es ein Reflex auf meine Gewaltlust: »Ich bin ja so voller Haß!«

Als er mein Erschrecken bemerkte, beäugte er mich boshaft. Er konnte sich unheimlich schnell wieder zurücknehmen. Der Mann war eine einzige Kippfigur.

Sekundenlang lauerte er. Ich lächelte darüber hinweg, als ob ich es nicht merkte.

»Weil Sie alles vorauswissen?« fragte ich.

»Oh die blutenden Wände!« rief er.

»Jaja, haben Sie schon erzählt. Was passierte denn nun in Ihrem Traum?«

»Ich habe *erkannt*«, sagte er knapp und sah dabei auf seine Finger. »Oh je«, machte er und zog aus der Jackettasche eine Nagelfeile. Es war nicht zu fassen. Er fing an, sich zu maniküren!

»Erkannt, erkannt … was soll das heißen?« Ich bemühte mich, nicht allzu laut zu sprechen, sah zu den Nebentischen wieder. Wir interessierten die Leute nicht mehr.

Kark-Jonas manikürte weiter. »Kennen Sie das Bild«, begann er, »von Tschaikowski, dem Komponisten, das letzte, kurz vor seinem Tod?«

Ich schüttelte den Kopf. Doch daß er von Tschaikowski wußte, *meinem* Tschaikowski, den ich damals unentwegt hörte, b-moll und die Fünfte!

»Da sitzt er halb zurückgelehnt, halb vorgebeugt und stützt die linke Seite seines Kopfes in die Fläche seiner linken Hand. Es ist eine solch weiche, tatzige Hand! Die Augen haben keinen Blick. Sehen Sie? ganz wie meine …« Dabei sah er von Nagel und Feile kurz auf. Stumm und grau. Selbst seine Iriden waren nur noch chamois. »Er hatte seine letzte Sinfonie geschrieben, die Pathétique.«

»Ich kenn mich da nicht aus«, log ich.

»Er wußte alles. Auch er. Wie alles wird, wie alles sein wird … Also ist sie auch bei ihm gewesen.«

»Wer?«

»Na diese Frau!«

»Tschaikowski war schwul«, entgegnete ich. Nein, ich werde ›homosexuell‹ gesagt haben; ›schwul‹ war damals noch ein Schimpfwort.

»Vielleicht ist sie zu ihm als Mann gekommen. Kann ja sein, kann alles, alles sein. – Aber wissen Sie, was er dann getan hat?«

»Tschaikowski?«

»Das ungekochte Wasser der Neva hat er getrunken. Obwohl die Cholera wütete. Er ist geradezu vorschriftsmäßig gestorben.«

»Worauf wollen Sie hinaus?«

»Darauf, daß *ich* noch keineswegs gestorben bin. Daß ich vor fünfzehn Jahren hätte sterben müssen, nach dem Traum. Daß ich hätte Konsequenzen ziehen müssen. Aber ich war feige. Ich sagte es ja schon. Ach, Teufelszeugung durch das Ohr! Glauben Sie mir: Es ist alles eine Frage der Musik. Nun habe ich die Zeit verpaßt. Schaun Sie sich an, was geworden ist aus mir! Dabei bin ich frei gewesen! Da ich doch alles immer wußte … Und dann aber lag wieder *sie* neben mir! Als wären die ganzen Jahre gar nicht vergangen.«

»Wer lag neben Ihnen?«

»Aber die Frau doch! Und war nicht die Spur älter geworden! Verstehen Sie? Als wären alle fünfzehn Jahre, die vergangen waren … als wären auch sie nur geträumt gewesen. Doch das waren sie nicht. Also träumte ich, und es war Wirklichkeit. Nur daß jetzt das Grauen kam. Mit einem Schlag waren meine Gefühle zurück. Sie küßte sie mir, diese Frau, einfach zurück in den Mund und stopfte mit der Zunge nach. Als ich die Augen öffnete, sagte sie: Nun schau! jetzt schaue und genieße! Dann lachte sie höhnisch auf, sprang aus dem Bett und lief nackt, ich wohnte längst in einer Villa, auf die Terrasse. Ich ihr natürlich nach. Aber da war sie schon weg … nein, nicht runtergesprungen, sondern schlichtweg weg. So daß ich begriff, *begriff*! Und diese ganze … Schuld …! Ich konnte nicht anders, als aufzuschreien. Haben Sie eine Ahnung, wie tief man schreien kann?« – Er vergrub sein Gesicht in den Händen.

»Und dann?«

Jetzt blinzelte er durch die Finger. Sie waren wie die Stäbe einer Gefängniszelle, kam es mir vor. Noch hörte ich ihm von draußen zu.

»Dann, ja dann … dann habe auch ich die Villa verlassen, bin hinaus, mit nichts, sprichwörtlich nichts. Seitdem schlafe ich im Freien oder in den Notunterkünften. So heruntergekommen ich jetzt aussehe, und es ja auch bin, vorher, ich versichere Sie, war ich es viel mehr.«

Abermals trank er von seinem, längst wußte ich nicht mehr *wie*vielten, Bier.

»Macht nichts«, sagte er dann. »Macht nichts, daß ich noch lebe.« Wieder schien ihn die Not zu durchfahren. »Nur, wozu denn? Sagen Sie es mir! Alles, alles habe ich zerstört, habe ganze Familien zerstört! Und dann die Lager! Ja, ich bin voller Haß. Ich hasse auch Sie, damit das klar ist. Ich hasse euch alle, die ihr an etwas glaubt, das ich selbst verloren habe. Denn ihr wollt nicht sehen! Gott, Liebe, Freundschaft, Güte – alles Einbildung!« Er schnippte mit den Fingern. »Alles, alles Illusion! *Recht, Freiheit, Brüderlichkeit!* Ich kann da nur lachen! Moral, Fairness, Nachsicht. Nichts davon hat eine Bedeutung oder gar … ach, du Güte, *Größe*! – Aber wissen Sie, was das eigentlich Schlimme ist?«

Die Frage war natürlich nichts als rhetorisch.

»Das wirklich Schlimme ist nicht, daß es all das nicht gibt. Sondern daß es trotzdem guttut, daran zu glauben. Weil man, tut man's, anders handelt. Verstehen Sie? Es kommt gar nicht drauf an, ob es all das gibt. Es kommt nur darauf an, ob man daran glaubt. Ich aber kann genau das nicht mehr. Obwohl ich jetzt morden konnte und immer noch könnte! Früher, als ich kalt war, habe ich unbeteiligt getötet, wie man sich, weil man halt essen muß, eine Butterstulle schmiert. Ah, da war's einfach! Aber mit dem Gefühl kam auch die Angst zurück. Nein, nach dem Traum damals war ich nicht feige. Was immer auch sonst, das kann man mir n i c h t vorhalten. Nur jetzt, jetzt wurde ich es, jetzt, nachdem ich ein weiteres Mal neben der Frau erwacht und nachdem sie über die Terrasse davon war. Als sie, nein, nicht *sprang*, sondern, es kann anders gar nicht gewesen sein, in der Luft verging. Da, genau da, kam die Angst. Vor allem und jedem – und besonders davor, daß man mich einsperren würde. Daß man mir den Gürtel wegnehmen würde, damit ich mich nicht mehr umbringen kann. Freilich«, hechelte er, »bringe ich mich auch jetzt nicht um. Denn auch vor dem Tod hab ich Angst. – Meinen Sie, es gibt sie wirklich, die Hölle? – Aber jetzt«, geradezu übergangslos fing er zu kichern an, »… habe ich *Sie* gefunden. Das ist wirklich erlösend. Ich habe meinen Selbstmörder gefunden. Anders läßt es sich nicht ausdrücken.«

Mein Blick ging wieder über seine Schultern. Mir rasten seine Sätze durch den Kopf. Deshalb raste mein Sehen, *Schweifen* kann man nicht dazu sagen. – Meine Güte, der Mann da, diese Frau an der Seite … Sah sie eben wirklich her? Schwarzes sengendes Feuer. – Ich konnte meinen Blick nur wegreißen.

»Wir sind Parias, wir zwei!« rief Kark-Jonas. »Wissen Sie, was das ist, ein Paria?«

»In Indien …«

»Kommen Sie mir nicht damit! Nur möglichst schön weit weg, gell? Ich spreche von der Phylogenie, spreche von phylogenetischem Ekel! Oder denken Sie etwa, ich wüßte nicht, welchen Abscheu Sie in meiner Gegenwart verspüren? Kommen Sie, leugnen Sie es nicht! Am liebsten würden Sie mich schlagen, treten … Sie würden mir gerne wehtun, nicht wahr? Nein, Sie müssen sich dafür nicht schämen, müssen es nicht mal unterdrücken. Im Gegenteil! Sie sollen es nicht unterdrücken! Aber bitte …! Bitte machen Sie es schnell und konsequent! Doch vorher geben Sie mir noch eine Zigarette.«

Als er den Rauch des ersten Zuges ausblies, quasi *im* Ausstoßen: »Ah, das ist gut, gut! Sie sind fürwahr ein Himmelslicht für mich. Ach, welch ein unfaßbares Glück, daß ich Sie getroffen habe!«

Er nahm den zweiten Zug, beugte sich vor, flüsterte: »Ich werde nämlich verfolgt … Nein, um Gottes willen, nicht von der Polizei! Das wäre ja richtiggehend angenehm. Nein, nein, von dieser Frau … Sie will sich an mir ein weiteres Mal gütlich tun. Wie *das* dann enden würde, muß ich Ihnen, glaube ich, nicht mehr sagen. – Wenn ich doch dichten könnte … oder malen!«

Wie kam er denn jetzt *darauf*? Außerdem war es schon schreiend komisch, wie ausgerechnet dieser heruntergekommene, nach alten Klamotten müffelnde Mann zu meinen schien, es könne noch irgendeine Frau an ihm Interesse haben, erotisches zumal.

»Sie hat Appetit auf meinen Samen«, sagte er obendrein.

Es war nicht zu fassen. Nichtsdestotrotz blieb mir das Lachen im Hals stecken.

»Wer?« fragte ich.

»Na, die Frau!«

»Hat sie einen Namen?«

»Erkenntnis«, sagte er.

Hatte er alle Zeit metaphorisch gesprochen? Meine Güte, was für ein Kitsch!

»Aber was hat sie mir gebracht? Was hat mir die Erkenntnis gebracht? Es ist Ballast, alles zu wissen! Menschen darf Wahrheit nicht scheren. Sie gehört in die Kunst, auf keinen Fall in den Alltag. Wollten Sie nicht wissen, wie ich auf Dichtung kam?«

Eine Bemerkung, die mich erst recht zusammenzucken ließ. Der Mann las meine Gedanken! Was mich jetzt noch … ja: gieriger werden ließ.

»Sie müssen also Dichter werden«, sagte Kark-Jonas. »Oder ein Maler meinetwegen. Für einen Musiker ist es schon zu spät. Da hätten Sie früher anfangen müssen.«

Wie gerne ich's geworden wäre. Woher konnte er das wissen?

»Dichter aber geht noch, wahrscheinlich. Seien Sie bitte auf die Realität vorbereitet. Ich selbst, achje, ich war es nicht. Ich wollt' ja nichts als Tischler bleiben.«

»Was ist denn nun mit Ihrem Traum?«

Es war, als ränge er die Hände. Nein, *war* nicht nur. Er rang sie tatsächlich.

»Und sie ist so kalt! Mir ist so kalt, beständig kalt seitdem. Wen sie streichelt, dem erfrieren die Finger. Und dann, nach unserer zweiten Nacht, der Haß. Auch er ist kalt. Er warf Kristallblüten, eiserne, wunderbare Rosenköpfe. Wer sie berührt, vergiftet sich. Dauernd hat man Kopfschmerzen. Die Schuld, mein Herr, die Schuld! Obwohl man doch weiß, daß es gar keine gibt. Ach, es wäre mir solch ein Genuß, Ihnen die Zähne aus den Backentaschen zu brechen. Heute wär' es mir Genuß. Sie sind derart arglos, daß ich auf den Tisch kotzen könnte, hier direkt vor Ihnen auf den Tisch! Sie sind ein Arsch, mein Herr, ein solcher Arsch! Und so ein hübscher Junge doch! Aber widerlich vor Arglosigkeit. Gott, wie ihr euch müht um Titel und Anerkennung! Für nichts und abernichts. Wie ihr mit eurer Bildung wichst! Stolziert herum wie hohle Pfauen und spreizt eure Schwanzfedern, die längst kahl geworden sind. Ihr spreizt alleine noch die Kiele, und jeder von euch ruft: Wie schön des Kaisers Kleider! Haben Sie eine Ahnung, wie lächerlich das ist? Haben Sie eine Ahnung, was auf Sie zukommen wird? Sie kotzen mich wirklich an.«

Wie weggerissen hielt er ein, guckte panisch nach rechts und links, streckte einem Paar am Nebentisch sogar die Zunge heraus.

»Geht scheißen!« zischte er den beiden zu.

Die sahen pikiert weg.

Irgendwie mußte ich zusehen, daß nicht alles gänzlich aus dem Ruder lief. Klar, ich hätte ihn sitzenlassen und weggehen können, mich von ihm distanzieren können. Aber ich konnte es nicht. Was er wußte. Wie ich wußte. Klar war nichts mehr.

»Ich wäre so gerne heilig gewesen«, jammerte er.

Als ich mich im Blick des Mannes hinter ihm festgepinnt sah. Augen aus Aquamarin, komplett seelenlos. Dieselben, mußte ich denken, wie Kark-Jonas'. Meine Güte, welch beißender Schmerz unter meinen Lidern! Aber wie?! Er hat sich verbeugt? Leicht nur, angedeutet ... aber doch verbeugt! Ein böser Gruß. Irrte ich mich? Vielleicht meinte er jemanden hinter mir.

Ich drehte mich um. Das erlöste mich, gab meiner Seele wieder Raum.

»Seele?« rief Kark-Jonas. »Sie glauben sogar noch an die Seele? Idiotischer Kindskopf!«

Es wurde immer heißer in dieser Kneipe. Mein Hemd klebte am Rücken. Ein Schweißtropfen rann mir ins brennende Auge. Außerdem wurde es zunehmend lauter. Die Gesprächsfetzen, die mich umschwirrten, legierten mit der Jukeboxmusik. Die Geräusche wurden Atmosphäre. *Atmós* mußte ich denken, *sfaira* dachte ich. Scheiß Bildung! Der Hauch war dick wie Schlick.

»Wäre ich doch nur noch so brutal wie einst! Statt dessen bin ich ein wimmerndes Kind. Denn jede Nacht seither kommt sie zurück und trinkt von meinem Schmerz. Ich kann sie einfach nicht vergessen.«

»Wie, sie kommt *zurück*?«

»Ich wache auf, und sie liegt da. Es ist kein Entkommen. Dabei bin ich vor ihr geflohen, damals schon … als das Grauen über mich kam. Von einem Ort zum nächsten, immer wieder. Doch nicht mal im Gefängnis wurde ich sie los.«

»Sie bilden sie sich ein.«

»Aber was! Wobei, ich weiß sehr gut, daß meine Verbrechen nicht zu sühnen sind. Glauben Sie nicht, ich wüßte das nicht! Wenigstens lassen mich jetzt die Leute in Frieden. Ich lasse sie ja auch in Frieden. Auf Menschen trifft man sowieso selten. Aber je mehr man stinkt, umso ruhiger wird es. Schon seltsam.« Er lachte leis und gequält. Dann steckte er sich mit zitternden Fingern die nächste Zigarette an. »Und ja … ich trinke, trinke unermeßlich viel. Hab' ich ja schon gesagt.

Doch werde ich nicht mehr betrunken. Noch immer deutlicher sehe ich das Gesicht dieser Frau. Nur *wo* sie sich aufhält, sehe ich nicht. Erst wieder, wenn sie neben mir liegt. Deshalb werden Sie auch gar nichts von dem verstehen, was ich Ihnen erzähle … also w e n n ich es Ihnen erzähle, Ihnen den Traum erzähle. Schlimm nämlich auch ist, daß er so leise war, daß meine Erkenntnis wie stumm war. Völlig tonlos, mein Herr. Völlig anders als das Theater, das ich Ihnen die ganze Zeit jetzt vorspiele. Ich muß es aber spielen. Sonst würden Sie noch weniger verstehen. Die Menschen brauchen Blitze und Donner. Erst Katastrophen lassen sie begreifen. So daß ich eigentlich flüstern müßte, es Ihnen, verstehen Sie?, *zuschweigen* müßte. In der Sprache ist viel zu viel Bewegung, und Bewegung, immer, ist Flucht. Seit jeher ist es so, seit dieses All auseinanderfliegt. Die Realität, mein Herr, ist starr. Sie kennt keine Bewegung. Das Mittelalter ist ewig.«

»Das sind doch alles Vorwände!« Ich erhob mich halb von meinem Stuhl, beugte mich vor, wollte meinerseits Kark-Jonas am Kragen fassen. Mit erstaunlicher Kraft riß er meine Hände von sich weg. Seine Stirn aber schwitzte in milchiger Furcht.

Vor Schmerz und Verwunderung starrte ich auf meine wehen Handgelenke.

»Wenn Sie mich nicht töten«, rief er aus, »werde ich Ihr Blut trinken!«

Oder hatte er gar nicht geschrien? Denn, wo es nun wirklich zu erwarten war, jetzt sah niemand her. – Hatte ich die Drohung nur in mir selbst gehört?

Beherrscht ließ ich mich wieder zurückfallen. Dennoch, ich blieb wütend, durfte es, dachte ich, bloß nicht zeigen. Ich durfte mir keine Blöße geben. So sehr waren wir voneinander abhängig geworden.

Er orderte nun von sich aus ein Bier, sicherlich im Vertrauen auf meine Zahlungswilligkeit. Dann kicherte er wieder.

»All das ist nicht geschaffen für aufgeklärte Menschen wie Sie«, sagte er. »Indessen gab es mir Momente unendlicher Klarsicht. Vor Kälte schmilzt dir die Haut vom Hals. Die Augen fließen wie Magma aus den Höhlen, oder wie … wie Sirup. Und trotzdem konnte ich mich nicht umbringen. Erweisen Sie mir den Freundschafts- … nein, den *Liebes*dienst!«

Abermals schwoll sein Kopf an, abermals traten ihm die wässerigen roten Augen vor. Mit einer verzweifelten Gebärde schlug er sich den linken Handballen gegen die Stirn.

Er hatte mich lange genug provoziert, sollte jetzt endlich sein Maul aufmachen und diesen Traum auch erzählen, *über* den er bislang nur erzählt hatte. Ich würd' es ihm schon heimzahlen.

Der Schankraum war zum Universum geworden. Er war gekrümmt, daß einem schlecht werden konnte. Ich mußte nur noch die Abkürzung nehmen, von einer Dimension in die andere. Ein hauchdünner Film trennte mich vom Weltgeheimnis, das eben *zwischen* diesen Dimensionen lag.

Weltgeheimnis, dachte ich. Ach, diese Nutte! rief etwas in mir aus. Wie preiswert, wie billig! Defloration der Schöpfung, feil dem ersten Besten für ein Bier, zwei oder drei Bier, völlig egal. Und wenn er doch nicht sprechen will, prügl' ich's aus ihm heraus! Dann eben doch …

Schwitzte jetzt *meine* Stirn? Prasselte sogar der Schweiß auf den Tisch? Auf der Fläche schimmerten Lachen, doch wohl nur vom Bier.

Kark-Jonas. Kauernd, ja gekrümmt. Ein geistiger Krüppel. Ein Säufer. Die Augen mit beiden Händen verdeckt. Dann kippte er plötzlich nach vorne, so daß seine Stirn auf die

Tischplatte knallte. Ein furchtbar hohler Ton. Außerdem fiel sein Bierglas um und ergoß den aufschäumenden Inhalt gleich einer fallenden Wassergischt rechts hinab zu Boden.

»Lappen!« rief ich. »Wir brauchen einen Lappen! – He, hören Sie nicht?!« Das in Richtung Theke. Zu Kark-Jonas: »Mann, die werfen uns noch raus, wenn Sie so weitermachen.« Und zur herbeigeschlurften, nun deutlich genervten Kellnerin: »Ich zahl das alles, kein Problem.«

War wahrscheinlich d o c h ein Problem. Hatte ich so viel Geld denn dabei?

Eher nicht. Aber kam es jetzt noch darauf an?

Sie wischte.

»Nur Ärger mit euch scheiß Typen«, zischte sie.

Ich ignorierte es. Wichtig war allein, daß Kark-Jonas genügend Gegenwärtigkeit behielte oder wiedererlangte, um weitersprechen zu können. Oh ja, ich bringe ihn zum Sprechen! Aber ich mußte ihn dafür wachhalten, ihn, wenn nötig, schütteln. Ihn treten unter dem Tisch.

Ein Speichelfaden seilte sich von seiner Unterlippe ab. In den Mundwinkeln noch mehr trockener Schaum. Es schauderte mich – mehr aber der Blicke wegen, die über seine linke Schulter hinweg in meine rechte, spürte ich, wie Pfeile eingedrungen waren. Es waren die der Frau. Wie Nägel blieben sie in meiner Schulter stecken. Aus purem Zufall und Glück hatte ich meinen gesenkten Kopf wieder gehoben und wohl auch zur Seite bewegt. Da hatten die Blicke meine Augen verfehlt.

Glück gehabt, dachte ich.

Nun freilich, indem ich Kark-Jonas aber zugleich »Erzählen Sie!« zuschrie, sah ich selbst über seine Schulter zurück und begriff, daß diese drei Leute – er und das Paar in seinem Rücken – wenn nicht zueinander gehörten, so doch miteinander verbunden waren. Wer waren die beiden? Instinktiv war mir klar, daß ich Kark-Jonas keinesfalls auf sie aufmerksam machen durfte, wenn er weiterreden sollte; auch hatte dieser Umstand etwas so Unheimliches, daß ich ihn ganz von mir wegdrücken mußte.

»Erzählen Sie!« rief ich abermals, sah fliegend nach rechts, nach links. Niemand schien mein Rufen auch nur zu bemerken.

»Ich will ja!« rief seinerseits er. Offenbar wurde auch das nicht bemerkt. »Ich will, aber weiß nicht, wie! Warum darf ich nicht endlich schlafen?«

Das dann aber wurde bemerkt, daß er nun einen Aufschrei tat. Er drang in Holz und alle Knochen. Der gesamte Gastraum hallte wieder. Selbst die Jukebox war zum Schweigen gebracht.

Jetzt, spätestens jetzt, würden wir vor die Tür gesetzt.

Und in der Tat: »Was hat er?!« – »Was soll denn dieser Lärm?!« – »Ist der Mann krank?« – »Können Sie nicht ruhiger sein?!« – »Ekelhafter Säufer!«

Bereit, ballte ich hart meine Fäuste. Es hämmerte in meinen Schläfen. Aber die Traute besaß niemand, wirklich an uns heranzutreten, um dem allgemeinen Unwillen Nachdruck zu verleihen. Selbst die Kellnerin hielt sich fern. – Gut für sie …

Andererseits, Kark-Jonas brauchte zu trinken, sofort zu trinken.

Ich hob mein Glas, hob die andere Hand mit zwei gestreckten Fingern. Sie sah es, zögerte.

»Nun komm schon her, hier killt dich keiner!«

Ich war besessen, spürte ich, war selbst jetzt besessen, als wäre Kark-Jonas' Wahn auf mich übergesprungen. So etwas gibt es. Es passiert sogar dauernd, passiert in jeder Versammlung, auf jedem Rockkonzert. Ich wußte es, spürte es, doch blieb es wirkungslos. Denn zugleich besaß dieser Wahn solch eine Wahrheit!

»Geht es wohl noch langsamer mit diesem Bier?! Du meine Güte, muß ich dir Schlunze Beine machen?«

Hatte ich das tatsächlich gerufen? Hatte ich wirklich ›Schlunze‹ verwendet? Ich kannte die junge Frau doch gar nicht! Woher meine ungeheure Aggressivität?

Keine Zeit, mir darüber Gedanken zu machen. In meinem Glas war etwas Bier noch drin. Das flößte ich, mich abermals weit über den Tisch beugend, Kark-Jonas ein, links die Finger im Henkel des Glases, rechts die Hand um seinen Hinterkopf, mein Bauch der Tischplatte fast aufgelegt.

Er würgte, spuckte, hustete. Ganze Rinnsale, jetzt, liefen ihm über die Lippen und spülten die zähe weißliche Schaumhaut aus den Mundwinkeln.

»Ach bitte«, flehte er, »ich beschwöre Sie, beschwöre Sie zu fliehen! Mehr kann ich nicht tun. Gäbe es Gott, er wäre mein Zeuge.«

»Hör auf zu jammern, Schwein! Erzähle, erzähle!«

Ich nahm ihn an den Schultern, schüttelte ihn jetzt tatsächlich. Kraftlos wippte sein Kopf im Haken seiner Wirbelhängung.

»Ich will alles wissen!«

»Bitte, bitte nicht!«

Abermals fing er zu husten an, der krampfhafte Anfall durchbebte ihm den Leib. Gleich würde der Mann wieder losbrüllen, endgültig die Fasssung verlieren und dann im Schock erstarren. Ob ich dachte, es damit verhindern zu können, weiß ich nicht mehr. Doch ich ohrfeigte ihn. Weil es nichts brachte, schlug ich mit der Faust zu. Da spritzte ihm Blut aus der Nase.

»Du elendes Vieh, du widerwärtiges Arschloch!«

Endlich, endlich konnte ich ihn prügeln! Hatte ich darauf nicht allezeit gewartet, ja ihn überhaupt nur dafür eingeladen? Jemand, der so auf der Straße lebt, hat andres nicht verdient! Ist doch für gar nichts andres da!

Ich holte erneut aus. Kark-Jonas' Nase *sprühte* Blut. Aus seinem linken Ohr trat aber ebenfalls Blut, es war ein solcher Genuß! – als mir jemand in den Arm fiel.

Ganze drei Männer zerrten mich vom Stuhl und hielten mich fest, ich mochte toben, wie ich immer wollte.

Kark-Jonas hatte sich ebenfalls erhoben. Mit vorgestreckten, doch wie zum Beten, Händen tapste er drei Schritte auf mich zu, doch sackte vor meinen Augen zu Boden. Auf die *Knie*, war das zu fassen? – mit immer noch betenden Händen. Dann kippte er nach vorn und schlug der Länge nach hin. War aber ohnmächtig nicht, sondern wand sich.

»Laßt mich los!« zischte ich meinen Peinigern zu, die mich immer noch festhielten. Eben das *war* meine Pein. »Laßt mich dieses Stück Scheiße zertreten!«

»Holt wohl jemand endlich 'n Arzt?« rief einer.

Typisch! Anstelle es selber zu tun … ah, was mich diese Leute anekelten! was mich *die Menschen* anekelten!

Da stand die unheimliche Frau auf. Ich konnte sehen, wie ihr Begleiter sie am Arm halten wollte und etwas zu ihr sagte, wahrscheinlich: »Misch dich da besser nicht ein.« Sie ignorierte es aber, kam tatsächlich auf uns und die anderen zu.

»Lassen Sie mich sehen«, vernahm ich. »Ich bin Ärztin.«

Ärztin? *Sie?*

Zuerst sah sie auch mich an, wovon meine Beine versagten. Dieses Spiel ihrer Lippen!

»Sie werden sich jetzt beruhigen. Versprechen Sie mir, daß Sie sich beruhigen?«

Obwohl ich ihr keine Antwort gab, weil ich sie hilfloserweise geben nicht konnte, wies sie die Männer an, mich loszulassen. Wohl nicht minder benommen als ich, taten sie's. An einem unsichtbaren Geländer hangelte ich mich auf meinen Stuhl zurück, während sich die Frau zu Kark-Jonas hinabbeugte. Jedenfalls hockte sie, als ich wieder zu ihr sehen konnte, gleichsam über ihm.

Außerdem sah ich die Kellnerin und wahrscheinlich den Gastwirt nahen. Aber die Frau, ohne den Blick von Kark-Jonas' nach wie vor zuckendem Körper zu nehmen, streckte die rechte Hand nach hinten aus und spreizte die Finger. Woraufhin sich Kellnerin und Wirt vollkommen simultan an die Stirnen faßten, im Schreiten einhielten, sich ansahen und beide kurz ihre Köpfe schüttelten, wie wenn sie etwas vergessen hätten. So kehrten sie zurück, die eine zum, der andere hinter den Tresen.

Doch nicht nur dies. Auch alle anderen nahmen ihre Plätze wieder ein, als wäre gar nichts vorgefallen; genauso schien jede und jeder die Kneipengespräche einfach fortzusetzen, die unterbrochen worden waren. Es war hier wieder Lachen, dort das Bruchstück eines politischen, wiederum da sich um Mode drehenden Argumentierens zu hören – ganz so, als hätten die gespreizten Finger der Frau etwas aus der Zeit herausgeschnitten. Den anderen aber, nicht mir.

Und nicht Kark-Jonas.

Gleichzeitig betäubt und fasziniert sah ich zu ihm hinab, der weiterzuckte. Indem jedoch die Frau auf seinen Rücken eine Hand legte, schien er sich zu beruhigen. Doch weit gefehlt! Denn sie ließ es nicht dabei.

Die zweite Hand um seine rechte Schulterkugel, hob sie ihn, drehte ihn auf den Rücken. Eine Sekunde lang keine

Reaktion, nur weites, immer weiteres Starren. Kark-Jonas' Augen wurden riesig. *Wie Untertassen* fiel mir ein, Espressountertassen: nämlich auch genauso weiß. Ein blinder Seher, der *sie sah – sie* sah. Als er begriff, begannen die weißen runden Flecken zu glänzen.

»Kommen Sie zu sich, Herr Kark«, sagte die Ärztin.

Da schrie der gequälte Mann auf.

Die Ärztin schüttelte ihn leicht.

»Fassung«, sagte sie, »Fassung. Sie haben es gleich geschafft.«

Aber er, ganz im Gegenteil, rollte sich blitzschnell unter ihren Händen weg und schnellte in die Hocke. Jetzt sah er aus wie ein Tier und sah zu mir wie um Hilfe. Ich, benommen, erhob mich ebenfalls – also drückte mich zähe hoch, hielt mich dabei am Tisch fest.

»Wer … wer ist das?« fragte ich und wagte es, eine Hand zu lösen, um auf die Frau zu zeigen.

Deren Begleiter zu ihr trat, bei sich die, dachte ich wieder, Arzttasche. Auch er sah erst mich an, wobei er etwas durch die Zähne pfiff, das nach »Laß es bleiben« klang. Nicht nur er war herzugekommen, die Leute von den Nebentischen hatten sich ebenfalls erhoben, und zwar mit ihm im selben Moment.

Was sollte ich bleiben lassen?

»Wer das ist? Sie wissen es immer noch nicht?«

Indessen die Leute furchtbar unruhig wurden. Offenbar sahen sie nämlich weder diese Frau noch den Mann, sahen nur Kark-Jonas und mich.

»Wen meint er denn? Aber da ist doch niemand!«

»So seht doch hin!« rief Kark-Jonas, immer noch in seiner Hocke. Dabei streckte nun auch er einen Zeigefinger aus. »Das dort ist doch *sie*! Und wo sie ist …«, er ließ den Zeigefinger sich wenden, »ist *er* dann a u c h!«

»Jawerdenn, jewerdenn?«

»Der Mann ist doch krank!«

»Ach was, nix als restlos besoffen ...«

»Kommen Sie, Kark«, sagte die Ärztin. »Beruhigen Sie sich. Niemand hier tut Ihnen was. – Warten Sie ...« Sie streckte eine Hand hinter sich in Richtung ihres Begleiters, der die Tasche öffnete. »Ich gebe Ihnen ein Beruhigungsmittel.«

Da sprang Kark-Jonas aus der Hocke in den Stand, warf sich herum, sprang zu mir und ergriff einen meiner Ärmel. An den klammerte er sich fest.

»Halten Sie mir die beiden vom Leib!« rief er. »Retten Sie mich, Herr ... Herr ... Ich weiß ja nicht mal, wie Sie heißen!«

In dem Moment wußte ich es selbst nicht mehr.

»Holt denn endlich jemand einen Arzt?« fragte einer der anderen Schankgäste.

»Besser die Polizei«, schimpfte ein nächster.

»Aber der Arzt ist doch da!« rief jetzt ich. »Eine Ärztin ... seht ihr's denn nicht?«

Flehend schaute Kark-Jonas mich an. »Sie sehen sie?«

Aber ja! Ich sah, ich sah!

»Warum sind Sie dann noch nicht weg? So hauen Sie doch ab! Warum hauen Sie nicht endlich ab?« Erneut fing Kark-Jonas zu weinen an, dicke, milchige Tränen. Und Blut. Er weinte tatsächlich Blut!

»Nun komm«, sagte die Ärztin. Sie legte ihm von hinten beide Hände auf die Schultern.

Momentlang schien ihn das zu beruhigen. Sie konnte ihn sogar herumdrehen, derweil ihr Begleiter eine Spritze aufzog und, als würde er mir etwas erklären wollen, indes mehr in sich selbst hineinsprach: »Wir bringen ihn wieder ins Heim. Machen Sie sich keine Gedanken.«

Da drehte sich Kark-Jonas abermals aus der Berührung weg, wollte zur Tür, wollte hinaus, aber wandte sich, quasi im Fliegen, wieder mir zu.

»Meine Frau!« rief er. »Das ist die Frau aus meinem Traum! Die, mit der alles begann!«

Aber das bildete ich mir nur ein. In Wahrheit schrie er wieder stumm. Nur daß dieses Stummsein einem Schrei näher als jeder tatsächliche kam.

Die Leute um uns her machten Gesten der Hilflosigkeit.

Kark-Jonas blieb auf halbem Weg zur Tür einfach stehen, halb schwankend, halb eine durchs Laminat in den Boden geschlagene Säule.

Ich wußte, weswegen er nicht weiterkam. Ich *spürte* es. Es waren die Blicke der Frau. Sie nagelten ihn an Ort und Stelle fest. Wie kläglich er da zuckte, wie er dann *gelb* anlief, auch noch gelb! und wie er zu würgen begann, als ob er keine Luft mehr bekäme.

Mir aber stieg der Duft dieser Frau in die Nase und wehte mir in den Mund, die Ohren, die Augen. Es war unfaßbar berauschend.

Ich war spontan beglückt.

Selig sah ich sie an. Und sie … – sie lächelte! Sie lächelte für *mich*!

Dadurch kam Kark-Jonas offenbar frei und stürzte nicht zur Tür weiter, sondern zurück auf mich zu. Mit irrsinniger Kraft prallte er gegen meinen zurücktaumelnden Körper.

Hinter mir mein Stuhl fiel um. Ich schaffte es aber, Halt zu finden.

Der Halt kam von dem Duft der Frau.

Kark-Jonas sah mich mit staunenden Kinderaugen an. »Danke«, stammelte er. »Ich danke Ihnen so sehr …«

Dann sackte er, obwohl er sich an mir festzuhalten versuchte, albtraumhaft langsam in sich zusammen, umklammerte noch meine Beine. Ich trat einen Schritt zurück. Er ließ los. So trat ich noch einen Schritt nach hinten, damit er vor meinen Füßen zu Boden gleiten konnte. Wie ein Teppich, dachte ich, wie ein Teppichläufer.

Nein, man hat mich nicht verhaftet. Dabei haben alle, die Zeugen waren, gesehen, was geschah. Doch sie beschworen: ins eigene Messer gefallen.

Gewissermaßen ist es auch wahr. Denn eine Erinnerung daran, wie es in meine Hand kommen konnte, aus meiner Tasche in meine Hand, habe ich nicht. Geschweige, wie ich es aufklappen konnte. Es ist mir auch egal. Plötzlich lag das Heft wohlgeformt darin, und im rechten Moment. Kark-Jonas mußte in die Klinge nur noch stürzen.

Meine Erinnerung ist ohnedies verschwommen. Ich habe diese Erzählung gebraucht, um aus dem Vergessen zu ziehen, was damals geschah. Doch eines habe ich immer behalten. In mir behalten wie einen Geschmack oder aus Kindheitstagen einen Geruch. Daß mich danach die Frau einfach in die Arme nahm. Daß sie mich streichelte und ich an ihrer Brust einschlafen durfte.

Ich glaube, sie leitete mich mit sich hinaus. Ich glaube, sie führte mich auf eine grüne Aue zum Ruheplatz am Wasser. Wahrscheinlich stand ihr Begleiter Wache, als sie mein Verlangen stillte. Und hoch im Morgen vermählten wir uns.

Seither ist sie bei mir, muß ich auch wandern in finsterer Schlucht, und ich fürchte kein Unheil.

Ein Freund erzählt

Heute abend erzählt ein Freund mir vom Vormittag, wie er aus der Wohnung gegangen sei, hinter sich die Tür abgeschlossen habe, um dann das Treppenhaus hinunterzusteigen und auf die Straße zu treten. Die Luft sei schwül und drückend gewesen, man habe den Eindruck gehabt, die Wolken verklebten den Himmel. Das Licht habe sich geradezu hindurchquetschen müssen. Darunter ein wenig geduckt, habe mein Freund sich nach links gewandt und sei um die nächste Ecke in Richtung Stadtzentrum gebogen. Es liege von seinem Wohnhaus nicht fern. Dennoch habe er sich auf dem Weg ständig umschauen müssen. Er habe nämlich befürchtet, beobachtet zu werden. Weshalb, könne er aber jetzt nicht mehr sagen. Tatsächlich habe er Verdächtiges auch nicht bemerkt. Nur harmlose Leute seien spaziert, einige mit schmalen Aktentaschen unter den Armen, andere mit Einkaufstaschen an den Händen. Allerdings habe ihn, erzählte der Freund, erstaunt, wie viele Menschen bereits um zehn Uhr morgens die Straßen überfüllten, wie viele aus den Geschäften heraus und wieder in sie hinein, indessen draußen die Autos ihr Motorenraunen, Hupen sowie das Quietschen ihrer Reifen geradezu vor sich hergeschoben hätten. Deshalb sei mein Freund endlich stehengeblieben. Er habe Ruhe in sich finden müssen und erst einmal eine Zigarette angezündet. Doch als er endlich weitergegangen sei, seien in seinen Ohren die Straßengeräusche derart angeschwollen, daß er vergessen habe, weshalb er denn seine Wohnung eigentlich verlassen. Dafür sei er auf eine furchtbar dicke Frau aufmerksam geworden, wie sie mühsam an ihrem Einkauf geschleppt und dabei unter den gequollenen Beinen die geschwollen Füße kaum habe einen vor den anderen zu setzen vermocht. Da sei es ihm, meinem Freund, nicht schwer gewesen, ihr einfach zu folgen, die schon ein paar Minuten später an einer Straßenbahnhaltestelle habe ihrerseits Halt gemacht, jedenfalls vorerst, dazu die prallen Tüten abgesetzt und sofort aus der Manteltasche einen riesigen Bonbon geholt, ihn ausgewickelt und sich in den Mund gestopft. Weshalb sich mein Freund die nächste Zigarette angesteckt habe. Schließlich sei die Tram gekommen und die Frau, weiter von meinem Freund verfolgt, eingestiegen. Die Bahn sei schrecklich voll gewesen, er habe, sich hineingezwängt, kaum an die Haltegriffe langen können. Wobei auch die dicke Frau habe stehen müssen. Obwohl ihr die Anstrengung sehr anzusehen gewesen sei, habe ihr niemand einen Platz angeboten, auch keiner der drei Jugendlichen, die direkt vor ihr gesessen. Jedenfalls erst nicht. Dann habe sie sie aber angesprochen und um den Sitz gebeten, sei indes von den dreien auf das hämischste verspottet worden. So daß er, mein Freund, eingegriffen und die Rowdies zurechtgewiesen, ja mit Drohungen regelrecht verscheucht habe. Wobei er, wäre es zu einer körperlichen Auseinandersetzung gekommen, ganz sicher den kürzeren gezogen hätte. Doch seien sie eben, die drei, nichts als Maulhelden der unerzogensten Sorte gewesen. Die dicke Frau wiederum habe sich nun niedergelassen, ihm nicht nur dankbar zugelächelt, sondern ihn schließlich auch auf einen Kaffee eingeladen, weshalb er, nachdem sie sich einige Stationen später wieder erhoben und zum Ausstieg bereitgemacht, letztres gleichfalls getan habe, ja er habe ihr, als sie die Tram verlassen hätten, sogar die Einkaufstüten abgenommen. Da sei sie ihm derart selbstbewußt, daß sich von *zügig* sprechen lasse, auf einen der Wohnblöcke zu vorausgeschritten, die insgesamt das Aussehen dieser Gegend bestimmten. Einige reichten bis in die Wolkendecke hoch. Die heute freilich auch hier habe grau heruntergehangen. Nicht zuletzt deshalb sei mein Freund, der sich schon wieder geduckt habe, ausgesprochen erleichtert gewesen, mit der dicken Frau durch die breite Glasgittertür in den Hausflur und vor die beiden Lifts zu treten, sowie mit deren einem in den vierten Stock hochzufahren, wo sich die Frau – mein Freund immer hinter ihr her – einen röhrenhaften, höchst sparsam von Deckenröhren beleuchteten Gang entlang bis zu ihrer Wohnungstür begeben habe, die sie aufgeschlossen habe. Sofort, kaum daß sie beide eingetreten, habe sie ein eigenartig dumpfer Geruch umfangen, darinnen Noten von Kaffee, Käse und Bier. Außerdem seien drei krakeelende Kinder herbeigelaufen, die aber ihn, meinen Freund, gar nicht wahrzunehmen schienen; statt dessen hätten sie sofort in die Einkaufstüten gegrabscht, ja sie der Frau entrissen und mit den Zähnen auseinander-, so müsse er es nennen, *-gepflückt*. Eines der Kinder, ein Mädchen, habe sogar zugeschnappt, sich in die Tafel Schokolade verbissen, mit der es sich dann fauchend und knurrend, und zwar auf allen Vieren, davongemacht habe. Die beiden anderen, zwei Jungs, hätten sich derweil um ein Spielzeugauto zu prügeln begonnen, die Frau aber erstmal in der Küche Platz genommen und ihn, meinen Freund, um eine Zigarette gebeten. Doch bevor er ihr die Packung habe reichen können, sei aus dem Schlafzimmer ein ungekämmter und unrasierter Mann im Bademantel getreten. Nicht minder korpulent als sie, habe der sich nun ebenfalls auf die Einkäufe gestürzt, die schon gänzlich verstreut über den Fußboden lagen. Dabei habe er seiner Frau immer wieder drohende Blicke zugeworfen, so daß sie sich allem Anschein nach nicht mal mehr getraut, auch nur noch einen Finger zu rühren, derweil auch er, wie vorher die Kinder, meinen Freund überhaupt nicht wahrzunehmen schien, ihn jedenfalls keines Blickes für wert erachtet habe. Vielmehr habe ihm, meinem Freund, plötzlich die Frau eine Zeitung, die zusammengerollt auf dem Küchentisch gelegen, zugeworfen. Er habe sie – *flugs* – gefangen und mit ihr sofort, weil er das Zeichen erkannte, ins Badezimmer zu entkommen versucht. Alles, was ihm in diesem Moment durch den Kopf gerast sei, sei ein unbedingtes *Bloß weg von hier!* gewesen. Indes, der Mann sei schneller gewesen und habe ihn, er könne es nicht anders sagen, *gestellt*, ihm fauchend die Zeitung wieder entrissen, so daß ihm, meinem Freund, nichts übriggebieben sei, als sich für eine ganze Stunde hinter einem Sessel zu verkriechen, die Beine anzuziehen und auszuharren, bis zum Essen gerufen würde. Denn die dicke Frau habe unterdessen nicht nur den Tisch zu decken, sondern auch zu kochen begonnen, etwas Kurzgebratenes mit, wie sofort zu riechen, Kohl, aber aus der Dose. Es habe dennoch geschmeckt. Nämlich habe mein Freund schließlich an einer der Längsseiten des Tisches zwischen zwei der Kinder Platz genommen, dem Mädchen und einem der Jungen. Zwar während er gegessen, hätten sie ihn dauernd getreten, ihm auch zwischen die Beine gegriffen, was besonders furchtbar gewesen sei, weil beide nicht älter als neun oder zehn. Doch habe das die dicken Eltern nicht im geringsten interessiert, sondern nach der Mahlzeit hätten beide minutenlang schwer in den Stühlen gehangen und immer wieder aufgestoßen. Dann habe die Frau eine Kekstüte geöffnet und den Inhalt über den Tisch gekippt, damit sich alle bedienen konnten. Während sie, auch mein Freund, dieses taten, habe der dicke Mann seine dicke Frau am Handgelenk gepackt und mit sich ins Schlafzimmer gezerrt, aus dem bald schon Keuchen, Röhren und Stöhnen herausgedrungen seien, bevor von beiden die Mittagsmüdigkeit ihr Recht gefordert. Die habe aber auch mein Freund da gespürt und es sich, als die drei Kinder ins Kinderzimmer abgelärmt, auf der Couch bequem gemacht. Keine fünfzehn Sekunden habe er gebraucht, um in einen tiefen erholsamen Schlaf zu fallen. Aus dem habe ihn erst die Frau wecken können. Da sei es bereits Nachmittag gewesen. Er möge Kuchenessen kommen. Das habe ihm freilich gefallen, wie er sich überhaupt hier zunehmend wohler gefühlt. Daran habe auch nichts ändern können, daß die Kinder gegen Abend furchtbar verdroschen worden seien, die beiden Jungen mit einem Stock von dem Vater, das Mädchen von der Mutter vermittels einer Gerte. So sei erst wieder Ruhe eingetreten, als der Fernseher angeschaltet worden sei, vor dem sich schließlich die ganze Familie, auch mein Freund, zu Chips und Cola zusammengefunden. Da sei großer Friede über und in die Wohnung gekommen. Deshalb habe er die Kinder um neun zu Bett bringen können, ohne daß sie besonders protestierten; ihm habe jedes sogar einen Kuß auf die Wange gegeben. So daß er nun wirklich guter Dinge in sein eigenes Zuhause habe zurückkehren können – nicht freilich, ohne das Betreuungsgeld entgegenzunehmen, das ihm der dicke Vater in einem Briefumschlag gereicht. Nur daß mein Freund sich jetzt, bei mir hier am Abend, überhaupt nicht erinnern könne, wie er und wann zu solch einem Job gekommen, noch könne er sich der Adresse entsinnen und habe überdies das beklemmende Gefühl, weder der dicken Frau noch ihrer Familie vor dem heutigen Tag überhaupt schon jemals begegnet zu sein. Was solle, ja könne er also nun tun?

So sitzt er nun vor mir und bittet mich um Rat.

Armer Ulrich

Wenn ich an Ulrich wieder denke! Wir waren beide vierzehn Jahre alt. In der 8c, Gaußschule Braunschweig am Löwenwall, saß er vier Reihen hinter mir knapp vor der Rückwand. Damals war diese Schule noch Gymnasium nur für Jungen.

Es war eine wilde Zeit. Wir waren Randaler und schleppten den dicken, rotgesichtigen Burschen oft mit. Er liebte es, zotige Witze zu reißen, über die er krähend feixte, und stellte sich mit Nachdruck dämlich, wenn er den Lehrern was antworten sollte. Wir kugelten uns, bis uns die Bauchmuskeln schmerzten.

»Ruhe, Jungs!« brüllte Herr Bullmann, den wir Bullerbacke nannten. Aber auch er mußte lachen. Wollte er es unterdrücken, war das erst richtig komisch. Es gelang ihm so wenig wie den anderen Lehrern. Wer immer Ulrich sah, mußte sofort grinsen. Was der – sagte ich es schon? – genoß. Sofern er nicht grade schwänzte.

»Wie geht's 'n heute, Ulli?«

Er sprang auf der Stelle auf und stand stramm. – »Quatschig, Herr Schaper! Saumäßig quatschig.« Wonach er rülpste.

Lachsalve.

»'zeihung, Herr Schaper.« – »Ruhig Jungs!«

Als besonderer Liebling galt er unserem Lateinlehrer, Herrn Dr. Lerche. Der trug stets Knickerbocker, Lederjackett und sogar im Sommer wadenlange Lodenmäntel. Fehlte, wenn er die Klasse betrat, Ulrich einmal nicht, wurden seine sowieso schon dünnen Lippen noch viel, viel dünner.

»Schau einer an: Ulrich, Deutschlands Hoffnung, beehrt uns einmal wieder.«

»Hatte die Furzerei, Herr Dr. Lerche.«

Lachsalve.

»Da kann man nicht lernen, das verstehe ich.«

»Nee, Mann. Zu viel Gestank.«

Lachsalve.

In die Klasse zischend: »Pscht!« Zu Ulrich exklusiv: »Dann muß ich dich gar nicht erst abhör'n, nicht wahr?«

»Müssen Se nich'!«

»Das muß ich dir gar nicht erst antun, das siehst du doch auch so?«

»Klar, Herr Dr. Lerche!« Fast schlug er die Hacken zusammen.

»Schreib ich dir besser gleich 'ne Fünf an. Mag dir ja nicht weh tun, Junge. – Du darfst dich wieder setzen.«

Und schrieb sie hinein, die kleine rote Fünf, in sein kleines rotes Zensurenbüchlein.

»Ich bin ein solcher Menschenfreund«, kommentierte Herr Dr. Lerche seine Notiz.

»He, Ulrich!« rief Bullerbacke auf dem Schulhof und fragte, als der rangezottelt war: »Für wann hast du eigentlich geplant, von der Schule zu fliegen? Ich denke da schon die ganze Zeit drüber nach.«

Klar, daß wir uns grinsend dazugesellt hatten.

»Noch nich' entschieden, Herr Bullmann.«

»Das ist nachlässig, Ulrich. Das ist sogar sehr nachlässig. Man muß auf seinen Ruf achten, Junge.«

»'zeihung, Herr Bullmann. Muß ich ers' meine Ollen fragen.«

Bullerbacke schüttelte die Bullerbacken. »Das können doch die nicht entscheiden. Sind doch Alkoholiker, nicht?«

»Nee, Herr Bullmann, sindse nich'.«

»*Nicht*? Das überrascht mich jetzt.«

»Sin' keine Alkis. Nur saufen tunse halt zuviel.«

»Trotzdem überleg dir besser mal selbst 'n Termin.«

»Mach ich, Herr Bullmann.«

»Und dann reden wir drüber, ob's sich einrichten läßt.«

»Danke, Herr Bullmann.«

Der zwinkerte uns andren zu, ermahnte uns aber, menschlich zu sein. »Auch Behinderte sind Menschen.« Er zwinkerte noch einmal. In fettem Rosazeaquarz strahlten seine Bullerbacken.

Unter seinem Schülerpult hortete Ulrich Süßigkeiten. Von hinten war immer das Knistern der Beutel zu vernehmen. Ständig mußte er was kauen. War natürlich während der Stunde verboten. Täglich wurde er deshalb mehrmals ermahnt, es hagelte Einträge ins Klassenbuch. Oft trank er vermittels eines langen Strohhalms seine Pausenmilch, den kleinen, pyramidigen Pack zu den Süßigkeiten gestopft. Dann knisterte es von dort nicht nur, sondern es blubberte und, sog er die Neige hoch, röchelte lange ersterbend. »Milch macht müde Männer munter«, kommentierte er trocken.

Er konnte schwindeln, daß die Balken sich bogen. Sein Vater war an dem einen Tag ein Düsenpilot, am anderen Kriminalkommissar, am dritten General und im Krieg, seine Mutter eine geborene »von«. Sie besaßen Häuser in Südfrankreich, ein Hotel in der Schweiz und vierunddreißig Oldtimer, die er, der Vater, rund um die Welt ausfindig machte, nach Braunschweig bringen ließ und auf dem Bauernhof in Sickte renovierte, wo Ulrichs Sippe lebte. Die fertigen Autos wurden an die reichsten Schahs der Welt verkauft. Gegen Ulrichs Vater war Dagobert Duck ein Habenichts.

So wurde Ulrich natürlich beneidet. Die Mädchen rissen sich um ihn. Er habe schon ganz lange eine feste Freundin, erzählte er uns. »Susi heißt sie«, sagte er. – »Was? Die Susi geht mit dir?« – Wir kannten sie alle. Die halbe Schule schwärmte für sie. Ich natürlich auch.

Sie ging in eine unserer Parallelklassen.

»Ich und der Fettsack?!« kreischte sie prustend.

Ulrich irritierte es nicht, als wir ihn zur Rede stellten. »Ist doch klar wie Kloßbrühe«, sagte er, »daß sie's nicht zugeben will. Wir sind natürlich *heimlich* zusammen.« Weil nämlich seine, Ulrichs, Eltern es niemals akzeptieren würden. So weit sei Susi unter seinem Stand. Ihm sei das aber egal. Nur dürfe halt sein Vater nichts erfahren. »Tja«, stieß er aus und ließ einen dreifachen Rülpser folgen, »Milch macht müde Männer munter.«

Er war eine schwabbelige Tonne auf schwartigen Stummeln, die in Entenfüßen endeten. Beim Schwimmen ein watschelnder Wackelpudding, der Badehose trägt. Wobei sie dauernd rutschte. Meist aber drückte er sich um Sport.

Über sein Fett machte er sich selbst gerne lustig. »Ich krieg ein Elefantenbaby«, sagte er, »der Rüssel ist schon da.« Ob wir ihn sehen wollten? Genieren tat er sich nie. Obwohl er älter war als wir, bereits die zweite Ehrenrunde drehte.

Sein Penis war winzig. Als wollte er zurück in den Bauch. Dagegen waren seine Hoden riesig. Im Schullandheim in Königskrug, wir schliefen in Doppelstockbetten pro Zimmer zu sechst, zog er seine Hose über den Hintern herunter und beugte sich vor, damit wir sie bestaunen konnten. »Da ist ein ganzes Volk drin«, sagte er zum Schießen stolz.

Er hatte richtige Brüste.
Es waren die ersten, die ich je sah.
Zu seinem nächsten Geburtstag versprachen wir ihm einen Büstenhalter, Zauberkreuz-BH, wie in der Fernsehwerbung damals. Mit Stretchverschluß, erinner ich mich. Er grölte darüber vor Lachen.

Er konnte unvorstellbar schwitzen. Mußte er sich anstrengen, zerfloß sein ganzes Gesicht. Es gleißte und perlte in dicken milchigen Tropfen, als würde er insgesamt schmelzen. Dann stank er auch noch sehr.

Ich erinnre mich, wenn ich ehrlich bin, seiner nur vage.

Ums Leben gern erzählte er dreckige Witze. – Geht zum Beispiel Klein-Erna mit dem Papa spazieren und sieht eine Nutte am Bordstein. »Papa, wer is'n das, was macht die da?« »Das ist eine Freundin, die auf ihre Freundinnen wartet.« – Sieht Klein-Erna einen Präservativautomaten. »Papa, was sind Fromms?« »Das sind Mäntel, Erna.« – Kommt Klein-Erna von der Straße hoch und fragt: »Papa, was is' ficken?« »Na ja, wenn zwei sich angeregt unterhalten.« – Kriegen die Eltern Besuch von Freunden. Macht Erna ihnen die Tür auf und ruft: »Kommt rein, ihr Nutten, legt eure Fromms ab, die andern sind schon beim Ficken.« Har, har, har, har, har. – Oder: Klein-Erna steht mit ihrer Tante unter der Dusche. »Tante, was hast'n für Haare da unten?« »Kriegst du auch mal, wenn du groß bist.« »Stört das nicht beim Bumsen?«

Milch macht müde Männer munter.

Noch mehr als mein verschworener Schülertrupp – meine Oma nannte uns *Gang*, wie sie auch *Rowdies* sagte – unternahm mein Bruder mit ihm. Die beiden klauten um die Wette, Fahrradzeug, obszöne Magazine, Bier und Schnaps. Dann betranken sie sich im Schloßpark. Anders als mein aggressiver Bruder schlug Ulrich aber nie zu. Er kam ja schon beim Turnen aus der Puste. Besser, man machte einen Witz: »Was steht auf dem Grabstein einer Putzfrau?« »???« *»Sie kehrt nie wieder.«* Har, har, har, har.

Ulrich, Deutschlands Hoffnung? Wann willst'n von der Schule fliegen? Weißt du schon den genauen Termin?

Als er dann wirklich von der Schule flog, habe ich ihn aus den Augen verloren. Und sowieso bin ich zu meiner Oma nach Bremen gezogen. Nur mein Bruder, bis man die zwei beim Klauen erwischte, ging noch lange mit ihm um. Ich hätte mich überhaupt nicht mehr an ihn erinnert, hätte mir Ralph nicht am Telefon erzählt, daß Ulrich sich aufgeknüpft hat, in Sickte bei sich auf dem Hof. Ausgerechnet dieser Witzbold! »Anner Wäscheleine, stell dir vor! Zwischen Fahrrädern, Mülltonnen, Gehweg. Daß die nicht *gerissen* ist!« Als früh am Morgen der Hauswart kam, habe er da gehangen. »Schon morgen is' Beerdigung. – Ich weiß auch schon den Grabspruch: Hier ruht er, wenn der Wind nicht weht.«

Plötzlich steht er einem nah, der Ulrich. Armer Ulrich.

Sabinenliebe

1

Zum ersten Mal sah ich sie, als ich sieben war. Da war ich grad in die Schule gekommen; mit sechs hatte ich erst einmal den Schulkindergarten besuchen müssen. Nun die erste Klasse also, in der die ein Jahr jüngere Sabine vorne saß, von hinter ihr gesehen in der zweiten, höchstens noch dritten Reihe rechts. Ganz genau weiß ich es nicht mehr.

Sie war ein schmales Geschöpf, dessen ovales Gesicht, umflossen von schulterlangem blonden Haar, ich unentwegt ansehen mußte. Ohne in Rechtfertigungs- oder gar Verteidigungszwang zu geraten, durfte ich es offen nur dann tun, wenn ich schlief. Ich war ein ängstlicher und verträumter Junge, der es nur schwer ertragen hätte, von dem Urbild seiner Sehnsucht zurechtgewiesen zu werden oder Ablehnung, gar Spott zu erfahren. Meine Schulkameraden machten sich sowieso schon bei jeder Gelegenheit über mich lustig. Das demütigte mich und nahm mir, als Folge davon, alle kindliche Unschuld.

Auf meine scheue Weise versuchte ich dennoch, dem Mädchen näherzukommen – ihrem Gesicht vor allem, in dem ihre mandelförmigen, bisweilen ein wenig spitz glitzernden Augen herzbeklemmend weit in die milchig schimmernden Schläfen verliefen.

Sie wohnte bei den Lindenbäumen und hieß mit Familiennamen Schwarzkopf. Daran erinnere ich mich nicht nur deshalb genau, weil er in solch auffälligem Kontrast zu des

Mädchens kaum gewelltem und eben hellblondem Haar stand. Sondern es war der Markenname eines damals sehr verbreiteten Shampoos, mit dem man zu meiner Qual das meine, ich glaube einmal wöchentlich, wusch. Das Zeug brannte furchtbar in den Augen.

Nun war ich nicht der einzige, ob Junge, ob Mädchen, der Sabine umschwärmte. Tatsächlich alle suchten ihre Nähe. Deshalb war sie ständig von einem Pulk, ja: eingerahmt. Sie als Freundin zu haben, hob jede und jeden heraus. Mir leuchtete das völlig ein. Aber nicht nur dies erschwerte meine Kontaktversuche, sondern ebenso, daß sie, anders als ich, in einem begüterten, ja reichen Hause aufwuchs. Das gab ihr eine unantastbare Sicherheit. Allerdings haftete ihr etwas Zeitloses an, dessen Ursprung mit gesellschaftlicher Position allein nichts zu tun haben konnte. Sie strahlte eine nicht unangebracht und von daher altklug oder gar komisch anmutende, sondern in ihrer Selbstverständlichkeit geradezu charmante Frühreife aus, die sich besonders in ihren Gesten sowie der ironischen Präzision ausdrückte, mit der dieses Mädchen, wurde es von Erwachsenen etwas gefragt, ihre Antworten, ja, *setzte*. Besonders bei den von ihrem Wesen durchweg verzückten Lehrern bekamen wir, ihre Klassenkameraden, es mit.

Wie fast alle ihres Alters ging sie kniefrei. Darunter führten weiße Strümpfe in blaßrote Schuhchen hinein. Es waren, erinnere ich mich, immer rote Schuhe, die aber außerdem dünne Absätze hatten. Das Wort *Pumps* kannte ich zu der Zeit noch nicht. Jedenfalls waren sie für ein Kind höchst ungewöhnlich und verliehen Sabines Gang eine fast schon erwachsene Schmiegsamkeit. Es wirkte auf mich, als berührten ihre Füße eigentlich niemals den Boden.

So hatten meine Näherungsversuche, wen wundert es?, nicht nur keinen Erfolg, derart scheu waren sie. Sondern ich glaube sogar, daß ich mit Sabine niemals auch nur einen einzigen Satz gewechselt habe. Es gelang mir nicht einmal, die, so empfand ich es, Mauer ihrer kindlichen Bewunderer und Bewunderinnen zu durchbrechen oder eine hindurchführende Tür zu entdecken, an der ich, wäre sie geschlossen gewesen, mich wenigstens hätte durch ein Zeichen bemerkbar machen können. Anzuklopfen traute ich mich nicht, schon gar, das Mädchen direkt anzusprechen. Das Allereinfachste ist oft am schwersten umzusetzen.

So beobachtete ich sie eigentlich nur. Zum Beispiel sehe ich sie noch heute an dem großen Braunschweiger Karpfensee, dem Kreuzteich, stehen. Einer unserer halbjährlichen Schulwandertage war diesmal nach Riddagshausen gegangen. Dort bog sich Sabine ins Hohlkreuz und lachte. Es war ein flatterndes, engels- oder auch teufelchenhelles viel mehr Leuchten denn ein Klang, stärker als die Frühsommersonne.

Da, plötzlich, drehte sie sich mir zu. Sie hatte mich Jungen offenbar gespürt, nicht mich selbst natürlich, aber meinen unentwegten Blick. Den fing sie nun ein. Doch ich, anstatt ihn zu halten, also zu meinem Schauen zu stehen, senkte sofort die Augen, *ertappt* muß ich es nennen. Als wären meine Faszination und Verliebtheit schuldhaft gewesen, so daß ich mich hätte schämen müssen. Und das genau tat ich. Ich wurde geflutet von Scham, merkte ja selbst, wie rot ich wurde. Was sie ganz genauso bemerkte und sehr präzis, ohne mich aus den Augen zu lassen, beobachtete. Wovon ich noch röter wurde. Woraufhin sie mich, ich spüre es noch!, zu verachten begann und, begriff ich, jedes auch nur mögliche Interesse an mir verlor – *an einem wie mir.*

Ich war verzweifelt. Nachts dachte ich derart intensiv dagegen an, daß es mir gelang, meine Träume zunehmend nach dem Willen meiner Sehnsucht zu gestalten. Schließlich vermochte ich sogar, in Fortsetzungen zu träumen, nicht anders, als ob ich, wie heutzutage, Fernsehserien schaute. In der Tat erinnerte ich mich an jeden meiner Träume wie an aufeinanderfolgende Episoden. So daß ich tags der allerunglücklichste Junge der Welt war, nachts der allerseligste. – Ich formte aus meiner Bettdecke Sabines Leib, den ich mit den Beinen, ja, umschlang, und mit den Armen. Je bevor ich in Schlaf und Wunschtraum hineinsank, küßte ich den oberen Zipfel der Decke, und zwar genau dort, wo, wäre er der Kopf meiner Geliebten gewesen, ihre Lippen sich befänden. Dabei geschah es zweidreimal, daß ich völlig überrascht ihre Zunge an der meinen spürte. – Ich war zutiefst irritiert. Zungenküsse waren mir noch gänzlich unbekannt, weshalb ich mit der Liebkosung gar nichts anzufangen wußte, so wunderschön sie immer auch war.

Zwar wachte ich aus meinen Träumen auch gerne wieder auf, weil sie mich in den Morgen noch begleiteten und ich, wie erzählt, gewiß sein konnte, daß sie sich fortsetzen würden. Wurden indes Ansprüche an mich gestellt, seien es die meiner alleinerziehenden Mutter, seien es die der Schule, wurde ich quengelig, jähzornig, stur. Ich war ohnedies kein folgsames, doch eben auch kein mutiges Kind. Wann immer es ging, verzog ich mich deshalb, *ent*zog ich mich – vor allem tat ich's auch räumlich.

Seit dem Kindergarten – schon aus dem war ich oft fortgelaufen – war einer meiner Fluchtorte das kleine Wehr der Oker. Dort setzte ich mich über dem Sprudeln seitlich der Brücke auf die Steine und ließ gen Wasser die Beine baumeln.

Dabei versetzte ich mich, ins Hochsprühn der Gischt getaucht, in hunderte anderer, besserer Welten. Genau nun dort faßte ich mir endlich ein Herz, wohl auch, weil es zu Bei den Linden und also der Villa, in der Sabine wohnte, von hier nicht mehr weit war.

Es war Martinstag, das Laternelaufen stünde an, teils nur einzelner Eltern mit ihren Kindern, teils von Kindergärten und Schulen organisierte Umzüge. Nur daß es bei mir zuhause für sowas keine Zeit gab. Deshalb kehrte ich, nachdem ich ziemlich lange am Wehr gesessen hatte, nicht einmal zum Abendessen heim, sondern wartete den Einbruch der Dunkelheit ab. Dann nahm ich den Weg zu den Lindenbäumen.

Sie umstanden Sabines Zuhause tatsächlich dicht an dicht.

Es wird nicht viel später als acht gewesen sein, als ich dort ankam und rasend pochenden Herzens darum rang, auch zu tun, was ich mir ausgemalt hatte. Daß ich spüren konnte, wie tief die Nacht alle Welt in sich saugte, machte es mir allenfalls ein bißchen leichter. Denn bumm-bumm-bumm schlug mein Herz, anstelle nur weiter zu pochen, bumm-bumm-bumm-bumm, als ich die Klinke der schmiedeeisernen Pforte zum Vorgarten hinunterdrückte, der mehr ein Vor*park* war, voll geheimnisvoller Gewächse, aber auch eigentümlich lebendiger, ich möchte sagen: lebender Statuen von wahrscheinlich antiken Gottheiten, Halbgottheiten, die alle ihr Gesicht in Richtung meines auf dem Kiesweg knirschenden Schreitens wandten und, aber wohlwollend, fühlte ich, erfahren wollten, ob ich Muts genug tatsächlich sei, *Manns* genug also. Ich meinerseits wußte, daß ich mich vor ihnen auf keinen Fall so blamieren durfte wie vor der kindlich Ersehnten am Kreuzteich. Sie hätten, anders als hoffentlich das Mädchen, niemals vergessen, nicht aus Bosheit oder

Verachtung, sondern weil vergessen zu können ein Aspekt unserer Sterblichkeit ist und eben ihrer allein; den ewigen Göttern ist es verwehrt.

Auch deshalb, um auf keinen Fall feige zu sein, und weil mutig nur der ist, wer Angst spüren kann, nahm ich meine Kinderkraft zusammen und klingelte. Und wartete. Dabei lauschte ich, ob drinnen sich was regte. Immerhin brannten im Haus viele Lampen, das hatte ich schon von der Straße her gesehen. Mußte dies aber bedeuten, es sei auch jemand daheim? Gerade in, wie meine Großmutter zu sagen pflegte, *hochherrschaftlichen* Häusern wurde Präsenz gern vorgetäuscht, gab es doch drinnen so vieles zu stehlen. Andererseits, stellte ich mir vor – bangend vor der hohen und, weil mit schweren Kupferplatten beschlagen, in ihrer Massivität unendlich fremden und mich, empfand ich, furchtbar abweisenden Haustür –, andererseits hätten »diese Kreise« ganz gewiß einen Butler angestellt oder sogar einen Hausvorstand, der sich, ob männlich oder weiblich, der normalen Abläufe annahm, deren Lästigkeit Sabines Eltern sich weder aussetzen konnten noch wollten und vor denen erst recht die Tochter bewahrt werden sollte. In meinem Bangen schien mir dies das selbstverständlichste auf der Welt zu sein.

Nichts und nichts war zu hören, immer und immer noch nichts. – Durfte ich ein zweites Mal klingeln? Indem ich es tat, geschah das Merkwürdigste. Mein Herzklopfen versetzte mich in Trance wie manchmal Trommeln es können, wenn sie die in einfachsten Rhythmen ausgeführten Schläge ununterbrochen ins sozusagen Zeitlose dehnen, ohne daß sie in der Gegenwart verhallen, noch daß sie, weil sich entfernend, leiser würden. Da bekam mein Bangen die Qualität eines Rauschs, so daß ich die Gegenwart meiner Angst zu genießen begann.

Begriffen habe ich alles Jahre erst später. Erst als Mann erfaßte ich, welch Privilegien unsere Ängste sind, wenn sie sich derart umkehren lassen, daß wir an ihnen nicht nur wachsen, das wäre banal, sondern wenn sie zum Quell wogender Wollüste werden. Da ging die Tür auf.

Völlig versunken hatte ich weder Schritte nahen hören noch sonstige Geräusche von drinnen vernommen, obwohl meine Augen, beide, geschlossen waren, um mir bloß keinen Moment dieser Durchflutung entgehen zu lassen. Nur von hinter mir bekam ich das weiterhin säuselnde, teils in den Blättern der Linden wispelnde Lachen der Götter und Göttinnen mit – der den Vorpark belebenden Statuen also, die sich an der Erwartung und Sehnsucht dieses ängstlichen Buben beglückten.

»Was kann ich für dich tun, mein Junge?«

In der geöffneten Tür stand eine hochgewachsene und wie ihre Tochter schlanke, enorm gefaßt wirkende – fast möcht' ich *eingefaßte* schreiben – Frau, in der ich Sabines Mutter sofort erkannte. Ihr Eingefaßtsein rührte, denke ich, nicht so sehr aus der in ihrem Gesellschaftsstand kultivierten Haltung, sondern war der Ausdruck ihres Körpers – einer neurasthenischen Körperspannung, die ihre weite Kleidung sehr bewußt noch betonte. Das formulierte ich mir als Kind natürlich so nicht, ich formulierte ja gar nichts. Dennoch erfaßt, was ich hier niederschreibe, präzise das, was ich wahrnahm. Dazu schimmerte Frau Schwarzkopfs Lächeln in warmer Sympathie. Sie sah wie Grazia von Monaco aus, dachte ich, die in den Illustrierten damals eine große Rolle spielte.

Sie wartete sehr ruhig ab, bis ich antworten konnte, dem das Herz nun erst recht fast zerbarst. Denn niemals hätte ich damals für möglich gehalten, daß genau das, was mich an Sabine becircte, auch einer Erwachsenen eignen könne,

Unschuld und Wissen zugleich, und überdies Schönheit und Güte.

»Ist Sabine da?«

»Sabine? Weshalb?«

»Ich möchte … ich möchte …«

»Ja-hà?«

»Darf sie mit Laternelaufen kommen?«

»Laternelaufen, soso. Wo ist denn deine Laterne?«

Ich schwieg verlegen.

Frau Schwarzkopf sah den Kiesweg hinan, versuchte wohl auch, über die Mauer zu schauen, reckte jedenfalls ein wenig ihren edlen Kopf. Die das Grundstück umgebenden Linden standen freilich zu dicht, als daß sie etwas hätte erkennen können. Doch auch Stimmen waren von der Straße her nicht zu vernehmen.

»Wie viele seid ihr denn?« fragte sie, mir wieder zugewandt, und hörte zu lächeln nicht auf. »Du bist doch gewiß nicht allein. Und wo ist deine Mutti?«

»Meine Mutti? Allein? Doch, ich bin allein. Ich möchte nur mit Sabine Laterne laufen.«

»Die du nicht hast.« Nun lachte sie leise sogar. »Weißt du Bub eigentlich, wie spät es schon ist? Guck mal, es ist schon richtig dunkel. Deshalb, so schön ich es finde, daß du an Sabine gedacht hast, so wenig kann ich jetzt *ja* dazu sagen. Bitte, mein Junge, verstehe mich da. Es ist nicht böse gemeint. Aber um diese Zeit möchte ich nicht, daß Sabine unbegleitet aus dem Haus geht« und wiederholend betonte sie: »… von Erwachsenen unbegleitet. Und auch du solltest ganz ganz schnell heim.« Womit sie mir übers Haar strich, die Hände je rechts und links auf meine Schultern gleiten ließ, mich an ihnen von ihr fort- und herumdrehte und mir einen leichten Schubs gab. »Nun lauf!« rief sie leise und lachte dabei. »Lauf, schöner Junge, lauf, man macht sich zuhause schon ganz bestimmt Sorgen.«

Ihren Blick in meinem Rücken, während ich natürlich nicht lief, sondern enttäuscht davonschlurfte, spürte ich, bis ich durch die Pforte hindurch war und sie geschlossen hatte. Da auch erst hörte ich die riesige Haustür wieder zugehn. Die Götter aber hörte ich nicht mehr. Ihre Statuen waren, betrübter wahrscheinlich als ich, leblos wieder zu Marmor geworden.

2

Einen zweiten Versuch habe ich nicht mehr gewagt. Vor allem, weil Sabine nächstentags in der Schule gar nicht zu wissen schien, daß ich bei ihr gewesen war. Hatte es ihr die Mutter verschwiegen? Das konnte ich mir nicht vorstellen. Die Wahrheit war, daß ich sie wirklich nicht interessierte. Daß ich am Kreuzteich so rot in ihrem Blick geworden war, hatte mich ein für alle Male disqualifiziert. Das konnte auch mein Mut gestern abend nicht mehr rückgängig machen. Am besten, ich stellte mir gar nicht erst vor, was Sabine ihrer Mutter über mich gesagt haben würde; so Abfälliges sicherlich, daß nun auch sie, die Mutter, mich verachtete und nun gleich doppelt froh war, mich fortgeschickt zu haben. Weshalb ich ihr nie, nie mehr begegnen wollte; Sabine am liebsten auch nicht. Aber wir waren in einer Klasse. Wie hätte ich es also vermeiden können? An den Schultagen wurde mir das Mädchen somit zur Qual. Dennoch zog es mich immer weiter zu sich hin, ja mehr noch als zuvor – was ich nun erst recht verbergen mußte. Erneut erlösten mich allein meine Träume. Denn in ihnen trennte uns nichts.

Dieses große Elend fand erst ein halbes Jahr später ein Ende. Da zog ich mit den Großeltern von Braunschweig fort nach

Bremen; mein Bruder blieb bei der Mutter. Für mich war dieser Umzug auch aus anderen Gründen vonnöten, auf die einzugehen hier nicht der Platz ist. Nur so viel vielleicht sei gesagt, daß ich in der Schule nicht mehr mitkam und nicht nur die Schulkameraden schlossen mich aus, sondern selbst die Lehrer verachteten mich. Allein meiner Großmutter ist es zu verdanken, daß ich zweieinhalb Jahre später, immer noch in Bremen, auf das Gymnasium wechseln konnte. Ehrenhalber, sie ist schon lange tot, möchte ich ihren Namen hier nennen: Frau Else Eggers.

Damals war für den Wechsel noch eine Prüfung zu absolvieren, die ich – *der Spinner*, wie außer ihr, meiner Großmutter, die gesamte Verwandtschaft mich nannte – zur Überraschung aller bestand. Meine Großmutter nannte mich »Spinner*chen*«, für sie waren Wort und Verkleinerungsform ein Ausdruck ihrer Liebe, die selbstverständlich ein anderes Wesen als meine für Sabine hatte. In Bremen, übrigens, begann sie zu verblassen – ein Vorgang, an dem die neue Umgebung und daß ich tatsächlich Freunde gewann, die ersten meines Lebens, ihren natürlichen Anteil trugen.

Umso überraschter war ich, nach beinah einem Jahrzehnt Sabine wiederzubegegnen. Ich war fast ein wenig schockiert. Ich meine, daß ich sie überhaupt erkannte! Vor allem, weil sie ihr Haar gekürzt hatte und unterdessen einen links gescheitelten Jungmännerschnitt trug, der überdies, so sah es aus, gegelt war. Auch war sie nicht länger blond, geschweige so hellblond wie damals. – Wie hatte sie sich ihr Haar färben können? rief in mir stumm etwas aus. Ich verstand es erst einige Zeit später – oder bekam zumindest eine Ahnung davon –, als sie mir eigenartig kühl von ihrer Mutter, der Monacofürstin, erzählte:

wie sie während ihrer gesamten Kindheit unter deren vor Sanftheit unerbittlichen, so nannte sie es, Dominanz gelitten habe. Da wolle sie ihr auf keinen Fall auch noch ähneln. Ihr Widerwille gegen die Mutter war aber so weit gegangen, daß sie einen völlig anderen Familiennamen angenommen, doch dankenswerterweise den Vornamen behalten hatte. Geblieben waren auch die in die Schläfen fließenden Augen, die selbst ihr spitzes Glitzern nicht verloren, sondern es vermittels Mutwillen oder Spott noch poliert hatten.

Dabei verstörte mich anfangs mein Eindruck, sie sei, wie soll ich sagen, eigens meinetwegen hier. Mit *hier* meine ich die Diskothek, in die es mich verschlagen hatte, obwohl ich derartige Orte gemeinhin mied. Da stand sie dann an der Bar.

Es war, als hätte sie auf mich gewartet. Ich erstarrte geradezu und sah sie, am Eingang stehen geblieben, einfach nur an. Nein, ich würde nicht zu ihr hinübergehen, sondern wartete darauf, daß sie meinen Blick bemerkte. Imgrunde sah ich sie an wie damals mit sieben am Kreuzteich. Doch diesmal war es umgekehrt. Denn ich wollte, falls sie zurückschaute, meine Augen auf keinen Fall abermals senken. Diesmal wollte ich ihrem Blick standhalten. Sodaß sie ihren Kopf bisweilen halbschräg in den Nacken legte, um ihrerseits mich – doch geradezu vorüberfliegend – anzusehen. Darin lag eine Scheu, etwas seelisch Ephemeres, das sich davor zu fürchten schien, es werde, was doch längst geschehen, auch wahr. Und weil ich meine Augen auf ihr *ließ*, wurde sie nervös. Allerdings hatte ich, noch als ich dann vor ihr stand, nicht den Eindruck, daß auch sie mich wiedererkannte. Das war aber in keiner Weise verwunderlich. Sie trug ja auch keine weißen Kniestrümpfe mehr. Ihre Vorliebe für rote Pumps hatte sich hingegen bewahrt. Sie trug fast dieselben wie damals, nur ein paar Nummern größer.

»Da bist du ja wieder«, sagte ich, was in der lärmenden Musik natürlich nicht zu verstehen war. In Diskotheken muß schreien, wer miteinander sprechen will. Dennoch antwortete sie mir. Das muß erstens metaphorisch verstanden werden. Mein Satz war ja eine Feststellung gewesen. Zweitens konnte nun ich sie wegen des Lärmes nicht hören. Insofern wir uns dennoch verstanden, so alleine über die Augen. Durch die ging die Botschaft je ins Herz.

Dann kam der Blues. Überraschenderweise nahm sie meine Hand und zog mich auf die Tanzfläche. Mit äußerster Vorsicht taten wir umeinander die Arme und drehten uns wiegend. Dabei legte sie ihren dunklen Kopf an meine Brust. Ich wiederum umschlang ihre Taille, wozu ich etwas in die Knie mußte. Sabine war so schmal – schmal wie damals die mit Beinen und Armen umfaßte Bettdeckenwulst –, daß ich über ihrem Rücken die Ellbogen kreuzen und meine Hände auf ihre Schulterblätter legen konnte. Die standen ungewöhnlich weit heraus und fühlten sich wie Porzellan an, ebenso hart und ebenso zerbrechlich. Mir fiel sofort die Erzählung meiner Großmutter ein, solche Schulterblätter seien die Rückbleibsel von Flügeln, die wir einmal gehabt, und daß sie da, sofern wir Kinder brav gewesen, eines Tages wieder herauswachsen würden. Nämlich wenn wir nach dem Tode zu Engeln geworden. Bei Sabine war es, als hätten jene damit schon im Leben begonnen. Zumal sie, kaum daß ich sie dort berührte, den Kopf von meiner Brust in ihren Nacken legte und so herauf mich ansah. Dann stellte sie sich auf die Spitzen ihrer roten Pumps und küßte mich.

Ich war siebzehn, knapp achtzehn, dennoch war es – ich weiß, ungewöhnlich für meine Generation – mein erster aller Zungenküsse, sofern ich von jenen absehe, die ich seinerzeit durch die Bettdecke fühlte und die mich so sehr irritiert hatten. Diesmal war ich nicht irritiert. Vielmehr war es, als ob ich in einem meiner nun aber real gewordenen Kinderträume versänke. Ich schreibe bewußt »*real* geworden«, nicht »wirklich«, denn d a s waren auch jene gewesen.

Wir drehten uns, uns wiegend und küssend, weiter. Dann legte sie ihren Kopf, meine Hände ihre Schulterblätter haltend, zurück an meine Brust. »Sabine«, flüsterte ich, »Sabine«. Irgendetwas sagte auch sie. Was, das weiß ich nicht. Der Lärm war nach wie vor groß. Selbst mein Inneres, nach diesem langen Kuß, lärmte. Es war ein ungeheures Rauschen, was mich füllte, war tosende Brandung, der ich irgendwie standhalten mußte. Deshalb versuchte ich, geistvoll zu sein. »Könnten wir«, sagte ich, »die Gedanken der anderen hören, sie flatterten unter der Decke.« Wobei mich die anderen, wer immer sie sein mochten, überhaupt nicht interessierten. Ich nahm sie nicht einmal wahr. Und nicht deren Gedanken, sondern ihr, Sabines, Lachen flatterte dort.

Dann, plötzlich, stieß sie mich fort. Sie machte sich einfach los, drehte sich aus meiner Umarmung und stieß sich von meiner Brust mit den Händen leicht, aber nachdrücklich ab.

»Was ist?«, fragte ich. Auch das war natürlich nicht zu verstehen, und schreien wollte ich nicht. Anstatt zu antworten, schlüpfte das Geschöpf zwischen den Leibern einfach davon. So flog ein Vogel durch sich ballende Wolken, flitzte ein Fisch in die unsichtbaren Tiefen eines Stroms, schwang sich ein Äffchen hinauf ins verschlossene Grün des Blattdachs einer Dschungel.

Früher wäre ich hilflos stehen geblieben, da, wo ich stand. Hätte ihr hängender Arme hinterhergesehen. Jetzt lief ich ihr nach. – Ah, was heißt *lief*? Ich zwängte, quetschte mich ihr nach, rempelte, stieß Leute zur Seite, war voller

Panik. – Hatte ich sie mit irgendwas verletzt? Wir hatten uns umarmt, hatten uns gewiegt und sogar geküßt, und es war nicht einmal ich gewesen, mir diesen Kuß zu nehmen. Was also war geschehen?

Schon hatte sie, sah ich, ihre Handtasche gegriffen, die auf dem Tresen lag, und flüchtete, anders kann ich es nicht nennen, zum Ausgang. Bleib bei dem, was du fühlst! dachte ich. Kneife jetzt nicht! Und schnitt ihr den Weg ab, kam gleichzeitig mit ihr kurz vorm Ausgang an, faßte sie am Oberarm.

Sie sagte etwas, ich verstand neuerlich nicht, sie wiederholte es lauter. Dann nahm sie meine Hand und zog mich hinaus. – »Ich muß heim«, sagte sie, »ich muß jetzt heim, verzeih.« »Aber was habe ich denn getan?« »Nichts, nichts hast du getan – aber mich geküßt. Also muß ich weg.« Es war, als tobte in ihr wie in mir ganz dieselbe Panik. So schnell ging ihr Atem, sie hechelte fast. »Bitte laß mich, bitte laß mich!« Dabei war sie es, die mich jetzt festhielt, immer noch an der Hand hielt. Das bemerkend, zog sie sie weg. – »Gib mir wenigstens deine Telefonnummer«, bat ich, »und wo wohnst du?« Sie nannte mir beides. Die Telefonnummer war leicht zu merken, die Adresse schrieb ich mir auf den Handrücken. »Bei Schwarzkopf klingeln?« fragte ich, schon damit sie wußte, wie genau ich mich ihrer entsann. Statt zu begreifen, bekamen ihre Augen für den Bruchteil einer Sekunde eine so verwirrte Anmutung von Befremden, daß es an Verständnislosigkeit grenzte. Dann sagte sie: »Bei Meyer, Sabine Meyer. Aber ich muß wirklich los.« »Ich kann dich doch nachhause bringen.« »Nein, das will ich nicht. Laß mich jetzt bitte gehen.«

3

Es kostete mich eine riesige Kraft, nicht noch am selben Abend anzurufen. Andernfalls hätte ich mich erneut unmöglich gemacht. Ich bekam sogar das Kunststück hin, fast anderthalb Tage zu warten. Dann hielt ich's nicht mehr aus.

Sie nahm nicht ab. Wahrscheinlich war sie nicht zuhause. Seinerzeit gab es noch keine Mobiltelefone oder nur höchst selten: grobe, ungeschlachte Geräte, die militärisch wirkten und meist dem Angeben dienten.

Ich versuchte es am Abend noch einmal, ebenso am nächsten Morgen, jedesmal erfolglos. Deshalb machte ich mich zu ihrer Wohnung auf und stand dann vor dem häßlichen, schmutzroten Klinkerbau nicht anders als damals vor der schweren Kupfertür ihres Elternhauses. So erwachsen ich unterdessen auch war – oder für so erwachsen ich mich hielt –, zu klingeln kostete mich ganz dieselbe Überwindung. Es war vielleicht sogar noch schwerer, denn es gab vor diesem Haus keinen Park und schon gar nicht Statuen, die mir Mut machen wollten. Immerhin wuchsen, wenn auch so locker gepflanzt, daß sie so wenig Geheimnis hatten wie Duft, Lindenbäume an der Straße. Sie waren genauso nüchtern wie der Umstand, daß die Wechselsprechanlage stumm blieb, geschweige daß jemand den Türöffner hätte summen lassen.

Als ich Sabine dann doch noch, ein paar Tage später, an den Apparat bekam, stockte sie nicht etwa oder zeigte darüber ein Bedauern, mich derart hängen gelassen zu haben, sondern sie teilte mir in einem ziemlich harten Tonfall, zugleich flüssigen Sätzen mit, für einen festen Freund nicht bereit zu sein. Sie sei ja gerade aus ihrer Elternstadt fort, habe zu studieren begonnen und sei in keiner Weise willens, sich abermals, vor allem so schnell, von jemandem abhängig zu machen. Indem sie mir jetzt das schwierige Verhältnis zu ihrer Mutter zur Kenntnis brachte, erkannte ich das alte Glitzern ihrer Augen, das nun aber in ihrer Sprache perlte, Sonnentropfen gleich auf einem Bach. Wie diese war es ohne materielle Substanz. Ohnedies, setzte Sabine nach, fordere das Studium alle Zeit, die sie habe.

»Können wir uns nicht wenigstens dann und wann einmal sehen?« fragte ich beklommen. Sicher war deutlich meine Verletztheit zu hören. Umso entschiedener sagte sie nein.

»Warum denn nicht? Erkläre es mir wenigstens.«

»Weil du mich geküßt hast.« Mit dieser unbegreiflichen Antwort legte sie, ich vernahm ihre distanzierte Achtsamkeit dabei, den Hörer auf die Gabel.

4

Nun vergaß ich die erwachsene Sabine in den nächsten Wochen zwar nicht mehr, schon gar nicht so schnell wie damals als Kind. Dennoch fand ich zu einer so großen Ruhe, daß ich nicht einmal ein weiteres Mal anzurufen oder mich sonstwie zu melden auch nur versucht war. Vielmehr, die Melancholie tat mir gut. Sie war ein warmes Wasser, in dessen flachen Schaum ich mich legte.

So treidelte das Leben mich weiter und schlug aber eine neue Richtung ein. Ich hatte meine Lehre beendet und erwartete den Einberufungsbescheid, auf den ich den Wehrdienst verweigern wollte. Bis dahin die Zeit überbrückte ich halbtags als Fahrer bei einem EDV-Unternehmen: Die personalen Computer gab es noch nicht, Computer aber schon – noch ungetümer als die Mobilsprechgeräte. Deshalb schickten viele Firmen ihre in Lochkarten gestanzte Buchführung an große Unternehmen, die man Rechenzentren nannte.

War der Job für den Tag beendet, las ich viel oder unternahm schweifende Spaziergänge. Freilich führten diese mich immer und immer wieder zwar nicht zu jenen Lindenbäumen um meiner Kinderliebe Villa, doch zu den kargen vor dem kargen Mietshausbau. Dabei war ich mir selten meines Wegs bewußt; ich ließ mich einfach treiben. – Tatsächlich sah ich Sabine nur einziges Mal aus dem Haus treten. Um ihr nicht lästig zu fallen und schon gar nicht den Eindruck zu erwecken, daß ich sie, wie es heute heißt, »stalkte«, huschte ich in den Eingang eines ganz anderen Hauses, konnte sie von dort aus allerdings beobachten und tat dies auch. Sie bestieg eine Vespa, setzte sich den Helm auf und knatterte davon.

Und dann, plötzlich, es ist nicht zu fassen, meldete *sie* sich. Es war ungefähr drei, vielleicht auch vier Wochen nach der beschriebenen letzten Begegnung, und zwar mitten in der Nacht. Ich hatte sanft geschlafen, als mich vom Tief meiner Träume ein Ruf in den Halbschlaf und aus jenem ins lockre Schlummern gleiten ließ.

Mein Fenster, wie immer, stand offen. Ich vernahm das städtische Rauschen der Nacht, das von Zeit zu Zeit von einem Motor aufgerissen wurde und sich mit dessen Entfernung wie ein Reißverschluß, der ein Klang war, neu schloß. Da hindurch drang abermals der Ruf. Irrte ich mich? War es *ihre* Stimme? Sie war so fein, daß ich es weder hätte sagen können, noch daß ich gewiß war, nicht in Wahrheit einfach weiterzuträumen. Aber in jedem Fall wurde mein Name gerufen.

Das weckte mich nun ganz auf. Ich drehte mich zur Seite, hob meinen Oberkörper an, blieb auf den linken Oberarm gestützt und lauschte nun bewußt. – Ja, da wieder! Nein, es war kein Innenbild, weder imaginiert noch halluziniert.

Deshalb schob ich die Decke, die meine Beine noch immer umklammerten, bis unter meine Knie zurück, legte den Kopf schräg, horchte noch konzentrierter. Jetzt war die Stimme nicht mehr zu hören. Meine akustische Entrückung, dieses die Nacht Aushorchen, hätte mich sicherlich erneut in den Schlaf zurückgeschippt, wäre da nicht ein Autowarnton losgegangen, der blödsinnigerweise überhaupt nicht mehr aufhören wollte. Nur deshalb stand ich auf – einfach, um das Fenster zu schließen.

Die blasse Viertelsichel des Mondes stand über den gegenüberliegenden Dächern. Ich lehnte mich in das Fensterbrett. Sollte ich eine Zigarette rauchen? Wo lag das Päckchen? – Dort, auf dem Schreibtisch, hinter dem mein Zimmer im Dunklen fast versank. Deutlich war nur, näher am Fenster, mein aufgewühltes Bettzeug zu sehen und wie weiß es schimmerte. Es schimmerte unheimlich weiß. Das hielt mich an meinem Platz fest. Ich würde, spürte ich, wenn ich mich bewegte, das Zwischenreich stören, das zu mir eingedrungen war, damit ich es als Schlaf erkannte. Wirklich sah ich ihn selbst, sah ihn als seine körperlichste Aura. Das hatte etwas von einer Erscheinung, die mich, damit ich drin nicht unterging, bewog, abermals aus dem Fenster zu schauen, nämlich in die Realität. In genau diesem Moment war die Stimme erneut zu hören, rief sie erneut meinen Namen.

Ich beugte mich vor, um die Straße unter mir zu überblicken. Da stand sie nun und winkte herauf. Sie, Sabine. – Was wollte sie nachts um halb drei? Mich wollte sie, keine Frage. Hätte sie nicht vorher anrufen können? Ich konnte sie auf keinen Fall zu mir heraufbitten. Seit Wochen hatte ich keine Ordnung mehr gemacht, die Schmutzwäsche lag auf einem riesigen Haufen in der Küchenecke, und geputzt hatte ich ebenfalls seit langem nicht mehr. Es wäre mir furchtbar peinlich gewesen, *würde* nun furchtbar peinlich werden. Denn andererseits mochte ich sie auf keinen Fall abweisen.

Also gab ich ihr Zeichen. Ich wolle ihr öffnen, sie solle zum Hauseingang gehen. Rufen mochte ich nicht, wollte die Nachbarn nicht wecken. Die Menschen brauchen ihren Schlaf. – Mit den Fingern zeigte ich: fünfter Stock.

Nachdem ich den Türsummer betätigt hatte und in mein Zimmer zurückgeeilt war, um mir einen Bademantel anzuziehen, was ich auch tat, und nachdem ich zur Wohnungstür zurückgeeilt, aber im Treppenhaus immer noch kein Licht angegangen war, so daß ich wieder ans Fenster eilte – das Zwischenreich des Schlafes hatte sich in all dieser Hektik längst aufgelöst –, war unten die Straße vollkommen leer.

Lange blieb ich am Fenster noch stehen, und eine große Traurigkeit überkam mich. Denn das verlorene Zwischenreich war wie die Stimmen der Statuen gewesen, als sie mir damals hatten beistehen wollen. Vielleicht hätte ich zu Sabine hinabstürmen müssen, egal ob im Bademantel oder nackt. Vielleicht hätte sie mich dort in die Arme genommen. Offenbar hatte ich alles wieder falsch, alles, alles falsch gemacht.

Was ich endlich korrigieren wollte, ein für alle Mal. Jetzt nicht erneut feige sein, jetzt mich von meiner Angst nicht beherrschen lassen und Sabine anrufen, um sie zu fragen – auch wenn es vielleicht das letzte Mal sein würde.

Ich erreichte sie überraschenderweise. Umso kürzer war das Gespräch, das auch gar keines war. Sondern spöttisch lachte sie auf, als sie meine Stimme hörte. »Was hast du heute nacht bei mir gewollt?« fragte ich. »Ich bei dir?« fragte sie. Es war nicht zu fassen. »Ja!« rief ich. »Aber bist nicht hochgekommen.«

»Spinner«, sagte sie und legte auf. Sprachlos sah ich in den Hörer, aus dem nichts weiter als ein langgezogener Klageton kam.

Man kann aber nicht sagen, Sabine habe nichts mehr von mir gewollt. Deshalb war ihre Reaktion tatsächlich nicht zu verstehen. Nämlich stand sie in der folgenden und auch der dritten Nacht erneut vor meinem Wohnhaus, Bremen, Faulenstraße 70. Stand unten mitten in der Nacht und rief mich aus meinem erlösenden Schlafen.

Selbstverständlich wiederholte ich meinen Fehler jetzt nicht mehr, sondern rannte wirklich hinab. Aber nicht einmal die Geduld brachte sie auf, so lange abzuwarten, bis ich die fünf Stockwerke auch geschafft hatte; dabei hätte es mit dem Fahrstuhl noch viel länger gedauert. Sondern als ich die Haustür öffnete, war sie schon wieder weg. Geradezu blöde döste die Straße vor Leere.

Weshalb war Sabine so grausam zu mir? War dieser, ein anderes Wort fällt mir nicht ein, *Sadismus* der Grund für das Glitzern in ihren Augen? – Ich wischte den Gedanken beiseite, versuchte es jedenfalls, aber kam mit allem nicht mehr klar. Denn Sabine hatte mir nun auch den letzten und tiefsten Fluchtort genommen, war in ihn eingedrungen, um ihn zu zerstören. Konnte es sein, daß sie sich noch immer für die Szene am Kreuzteich rächte? Was mußte ich sie verletzt haben damals! Nicht einmal in meinen Träumen wollte sie mehr vorkommen!

Wie sie versöhnen? Wie ihr Abbitte leisten?

Diese ganzen Fragen machten mich von Sinnen. Ein weiteres Mal bei ihr anzurufen, kam selbstverständlich nicht infrage; erstens war es eine Sache des Stolzes, und zweitens wollte ich sie, wie gesagt, ja nicht stalken. Wobei imgrunde sie mich gestalkt hatte. Nur ist das in Liebesdingen kein lauteres

Argument, zumal mir gefiel, wenn sie herkam. Sie hätte immerhin sagen können: »Du, wir müssen da mal quatschen über was.« Ich wäre der letzte gewesen, ihr solch eine Aussprache zu verweigern. Nur foppen wollte ich mich nicht länger lassen.

Weshalb ich beschloß, ihr vor meiner Haustür aufzulauern. Also desnachts. Dann wäre ich, riefe sie mich erneut aus dem Schlaf, bereits unten, so daß sie wegzulaufen gar nicht die Zeit finden würde. Ich spränge aus meinem Versteck und nähme sie schon in den Arm – sanft natürlich: Eine Frau würde ich niemals zwingen, schon gar nicht, wenn ich liebe.

Drei Wochen kauerte ich jede Nacht auf dem Anstand, drückte mich mal an die Ecke einer Hauswand, mal in einen Eingang, mal hinter einen Baum oder hockte hinter dem grauen Verteilerkasten. Doch als ob sie's geahnt hätte: Jetzt kam sie nicht mehr. In der vierten Woche gab ich derart übernächtigt auf, daß mich auch Anrufe, sofern ich sie überhaupt annahm, nicht scherten: was denn los sei, ob ich krank sei, wann wieder damit gerechnet werden könne, daß ich »auf Arbeit«, so hieß das, erschien? Meine Güte, die Leute hatten vielleicht Sorgen! »Bilden Sie sich bloß nicht ein, daß Sie sich hier nochmal zeigen können! Sollten Sie noch Lohn zu kriegen haben, schicken Sie uns eine Rechnung.« Die meinten wirklich, mich interessierte noch Geld! Es war einfach nicht zu fassen.

Ich wählte die Drei und legte den Hörer neben die Gabel.

5

Ganz stimmt nicht, was ich eben übers Geld gesagt habe. Denn es war jetzt nötig, mir einen Lebensmittelvorrat anzulegen, und zwar einfach deswegen, damit ich, käme Sabine auf die Idee, nicht etwa unten auf der Straße zu stehen, sondern – von irgendwem aus dem Haus, der grad rausging, eingelassen – direkt an meiner Wohnungstür zu schellen … Was, wenn ich dann nicht daheim wäre? Wie traurig, ja furchtbar dann auch für sie! Ich wußte nur zu genau, wie sensibel sie auf Vergeblichkeiten reagierte, vor allem auch, wie nachtragend sie war. Also brauchte ich diesen Vorrat. Dann müßte ich nämlich nicht mehr aus dem Haus oder vielmehr nur dann, wenn er neu aufzufüllen war. Selbst dies hätte ich zu verhindern versucht, hätte ich denn Freunde gehabt, es an meiner Stelle für mich zu tun. Ich hatte aber keine. Was übrigens kein Grund ist, sich zu grämen. Ich hätte doch gar nicht gewußt, worüber mich mit ihnen unterhalten. Sie ihrerseits hätten, des bin ich gewiß, Sabine mir madig machen wollen, ja sie selbst herabgesetzt, die mich seit meiner Kindheit so innig begleitet. Ohne daß es sie gab, hätte ich mein ganzes Leben nicht ausgehalten. Ich sah ja, wie kläglich es war. Insofern verband mich mit ihr nicht allein meine Liebe, sondern auch eine Dankbarkeit, die rechtens Loyalität verlangt. Nur daß Freunde sie ebenfalls verlangen, so daß mich deren Existenz in schwere Konflikte gebracht haben würde. Wem meine Loyalität gilt, steht aber fest.

Ich schaffte den großen Einkauf auch, obwohl ich natürlich annehmen mußte, Sabine gerade da zu verpassen. Indessen hat ein jedes Leben ein gewisses Risiko zu tragen. Scheuen wir vor ihm zurück, bleibt uns das Glück verwehrt. – Nach meiner, sagen wir, Verproviantisierung richtete ich mich ein, merkte aber schnell, daß mir das Zeitgefühl verloren ging, weil ein Tag in den nächsten einfach hineinglitt und aus ihm wieder heraus, zumal in einer Stadt, in der es nie richtig dunkel wird. Unsere Nächte sind ja wie unentwegte Regentage. Deshalb stellte ich erst einmal einen Wecker, der jede Stunde läuten sollte. In den Büchern meiner Kindheit – Piratenromane,

Seefahrtromane – wurden zu bestimmten Zeiten die Glasen geschlagen; es erschien mir mehr als einleuchtend, das zu übernehmen. Nur wußte ich nun manchmal nicht, ob es fünf Uhr am Morgen oder am Vormittag war. Jedesmal dann versuchte ich, mich am Verkehrsaufkommen zu orientieren. Das geht in der Faulenstraße vom Fenster aus recht gut. Aber vielleicht war es Sabine darum gerade zu tun, daß mir die Übergänge verschwammen. Vielleicht war ihre Liebe zu mir genau deshalb so deutlich in meinen Träumen gewesen. Und solange ich noch solch bürgerliche Grenzen brauchte, nahm sie sie mir übel. Dafür sprach ihr nächtliches Erscheinen vor meinem Haus genauso, wie daß sie es bei unserem Telefonat sozusagen bestritten hatte. Wobei sie ja nicht einmal gesagt hatte, sie sei nicht da gewesen; vielmehr hatte sie nur gefragt – *ich bei dir?* –, und daß ich ihr Lachen für spöttisch gehalten hatte, war möglicherweise meiner eigenen Empfindsamkeit zuzuschreiben, einfach weil der Spott meine ganze Kindheit begleitet hatte. Möglicherweise war ich auf dergleichen Verletzung psychisch abonniert. Solche Prägungen können noch in späteren Jahren unsere Weltwahrnehmung durchaus bestimmen.

Also schlug ich jetzt den genau anderen Weg ein. Ich nahm die Batterien aus den Uhren und schloß sogar die Fenster. Auch das in der Küche. Dann zog ich die Vorhänge zu, setzte mich in meinen Fernsehsessel, ohne das Gerät freilich einzuschalten, und wartete ab. Manchmal stellte ich mir vor, daß ich nachts zu Sabines Schlafzimmer flöge, mich neben ihrem Fenster außen an die Hauswand klammerte und ihrem träumenden Atem lauschte. Ich stellte mir außerdem vor, wie es mir gelänge, zu ihr durch ihren Schlaf einzutreten, ganz so, wie sie es durch den meinen vermochte.

Daß ich aber noch Hunger bekam! Dieses Zubereiten von Essen riß mich jedesmal aus der nötigen Konzentration. Es machte ja auch Lärm, wenn ich zum Beispiel etwas hackte. Dazu das Zischen des Fetts in der Pfanne, wenn ein Fleischstück hineingelegt wurde. Hätte es da an meiner Tür geklingelt, ich hätte es wirklich nicht gehört, geschweige wenn sie unten von der Straße wieder hochgerufen hätte. Andererseits hätte, die Fenster wieder zu öffnen, eine ganz andere, noch viel gewöhnlichere Störung bedeutet.

Mir fehlte einfach das Vertrauen. Vielleicht ließ sie sich deswegen Zeit. Eine Frau will, daß ein Mann Vertrauen in sie hat. Andernfalls ist sie zurecht verletzt.

Sie also doch noch einmal anrufen? Wie sehr es mich danach verlangte! Aber erneut hätte ich damit nur meinem Zweifel Ausdruck verliehen. So daß ich richtig vor mir sah, wie verärgert – und eben auch verletzt – sie den Hörer erneut auf die Gabel schlug. Statt dessen mußte ich es ihr möglich machen, stolz auf mich zu sein. Wie sonst sollte sie je Achtung empfinden? Weshalb nur hatte ich damals, am Kreuzteich, meinen Blick gesenkt? Damit ist alles losgegangen, eine einzige Schwäche genügt.

Und dann trat sie ein. Wie Sabine hereingekommen ist, weiß ich nach wie vor nicht. Ich will's auch nicht erfragen. Jedenfalls saß ich in meinem Sessel, hörte weder Musik, noch las ich. Ich dachte nicht einmal nach. Vielmehr war mein Kopf angenehm ruhig, und mein Geist war angenehm rein. Genau darauf, glaube ich, hatte sie so lange Zeit gewartet.

Ich erschrak nicht, als sie mir ihre linke Hand auf die rechte Schulter legte, sah nur auf, halb hoch, halb zur Seite. Ihre in die Schläfen hineingezogenen Mandelaugen lächelten auf mich herab. Zum ersten Mal glitzerte in ihnen nichts mehr.

»Da bist du ja«, sagte ich.

»Meine Güte!« rief sie aus, während ihre Blicke durchs Zimmer schweiften. »Hier müssen wir wirklich mal Ordnung schaffen.« Schon nahm sie dieses und jenes vom Boden auf, legte es in die Regale oder auf den Tisch. Wollte sie jetzt wirklich aufräumen?

Immerhin konnte ich sie so betrachten. Sie trug Jeans, über die ein weites gestärktes Herrenhemd fiel, das hinten zweifach geschlitzt war, und zwar so, daß die feingeäderten, von einer nahezu unsichtbaren Haut bespannten Flügel aus dem Porzellan ihrer Schulterblätter herausgestreckt und entfaltet werden konnten. Einmal geschah das auch. Sie schlug sie sirrend aneinander.

»Oh entschuldige«, sagte sie, als sie meine Überraschung bemerkte. »Ich möchte dir wirklich keine Angst machen.« Wovon überhaupt keine Rede sein konnte, nur daß ich in dem Moment nichts über die Lippen bekam. So sehr wollten sie geküßt werden und eben deshalb nicht mehr sprechen. Beides zugleich schließt sich aus.

Dann legte sie, hinter mir stehend, ihre kühlen Hände an meinen Hals, die Finger je unter meinem Kinn, an dem sie meinen Kopf in den Nacken zog, so daß mein Gesicht erneut zu ihr hochsah. Das ihre beugte sie darüber. Als ich sie, sie mich empfing, waren ihre Augen von einem Ausdruck erleuchtet, den ich durch Beschreibung nicht ausbeuten will.

6

Damit normalisierte sich mein Leben. Nicht nur ging ich wieder aus – alleine, denn Sabine hat eine große Scheu vor den Menschen – und kaufte auch wieder ein, sondern bald erreichte mich der Einberufungsbescheid, auf den hin ich meine geplante Verweigerung formulierte. Vor ein paar Tagen wäre mir sowas nicht möglich gewesen. Jetzt war es überhaupt nicht schwer. Keine Woche später lag der Termin zur Verhandlung im Briefkasten. Schon sah ich mich nach einer Zivildienststelle um, gewann das kurze Verfahren und absolvierte den sogenannten Ersatzdienst in einem Heim für Alte, Kranke und Schwache, wobei das Wort »für« schlichtweg falsch ist. »Gegen« muß es heißen: Ein Heim gegen Alte, Kranke und Schwache. Danach nahm ich mein Studium auf.

Sabine ist alle Zeit bei mir geblieben. Während die meisten Paare, die ich kenne, sich bald wieder trennen – ob sie verheiratet sind oder nicht, spielt überhaupt keine Rolle –, sind wir zusammen nach wie vor. Längst habe ich meine Anwaltskanzlei, längst bin ich ein angesehener Mann geworden. Weshalb ich Sabine selbstverständlich auch geheiratet hätte, ebenso egal, ob andere sich bald wieder trennen oder ob sie mit mir ausgeht oder nicht. Ich habe ihr vor Jahren den Antrag auch gemacht. Da, kurz, funkelte neu in ihren Augen das Glitzern, und ich, ebenso kurz, zuckte zurück. Denn ich merkte, eine Grenze überschritten zu haben, die unantastbar für sie ist. Deshalb, auch wenn ich es nicht verstehe, sondern lediglich meine Verbundenheit mit ihr auch nach außen dokumentieren möchte, nicht für mich, sondern für sie – deshalb habe ich keinen zweiten Vorstoß unternommen. Ihre Verletzlichkeit ist mir Tabu und Gebot, auch wenn sie zuweilen nicht ohne den Schabernack jenes Mutwillens ist, den ich schon, als wir noch Kinder gewesen, bemerkt an ihr habe. Deshalb, wenn sie mich neckt, werfe ich einfach ein paar Papierknäuel nach ihr oder auch schon mal einen Korken. Oder ich rufe glückhaft aus: »Du Biest!« Woraufhin sie auflacht und jedesmal die Flügel entfaltet, um sich vom Boden zu heben und wie ein Kolibri unter der Gardinenstange zu flirren. Das sieht dann aus, als ob sie dort in der Luft stünde. Daß ich vor anderen darüber nicht rede, versteht sich von selbst. Es ist allzu intim.

Auch über unsere Vereinigungen darum kein Wort. Allenfalls eine letzte Irritation:

Obwohl Sabine nicht mit mir ausgehen mag, begegne ich ihr manchmal auf der Straße. Nicht oft, nein, aber es kommt vor. Dann kann ich mich eines wissenden Blickes, der zugleich voll meiner Liebe, nicht enthalten. Und manchmal, wenn es mich überkommt, werfe ich ihr eine Kußhand zu. Woraufhin sie jedesmal den Kopf zur Seite schleudert und davonstapft, wie wenn ich sie belästigt hätte. Das, in der Tat, setzt mir ein wenig zu. Doch auch dies sollte ich besser mit ihr nicht besprechen. Wozu auch, wenn sie ansonsten bei mir immer bleibt?

Besuch eines Kaufhauses

Es sei fast schon zu Geschäftsschluß gewesen, als er, Polst, noch auf der Rolltreppe gestanden habe und sicherlich noch niemandem aufgefallen sei. Man bemerke einzelne Menschen an verkaufsfreien Sonntagen sowieso nicht. Das sei ja gerade der Reiz, daß alles in Geräusche und Farben zerfließe und in Musik und Gerüchen. Durch sämtliche Säle seien zwischen Waren und Ständen Stimmen geflattert – ein vibrierendes Raunen auch vor den Plakaten, und die Auslagen das purste Vibrato von Nylon und Stoffen. Alle die Beine, alle die Hüften! Er liebe es, sich durch Kaufhäuser schwemmen zu lassen. Den einen Fuß auf der nächsthöheren Stufe, dabei leicht eingeknickt in der Taille, so habe er, Polst, sich von der Rolltreppe heben lassen. Ihm sei gewesen wie jemandem, der den Kopf durch den Himmel stößt. Lichter und Reklamefetzen hätten ihn gänzlich verzückt. Freilich wisse er um die in solchen Räuschen lauernden Gefahren.

Jedenfalls habe er sich in die Konfektionsabteilung spülen lassen. Hier hätten ihn die Eindrücke überscharf, schmerzhaft scharf, umströmt. Seine Sinne seien auf Wellen geritten, deren Grate Messerklingen sind. Er habe Augen, Ohren und Nase erst wieder ins Gleichgewicht bringen müssen; dann aber habe er sich, das wolle er hier ruhig zugeben, an den Sinnesreizen betrunken. So etwas habe er zuletzt als Kind erlebt, wenn er in Märchenbüchern blätterte und sich in die Illustrationen versenkte. Da habe er eben nicht widerstehen können und sich einen pelzigen Mantelärmel über die Wange gestrichen. Das habe die Verkäuferin auf den Plan gerufen. So daß er vom Mantel abgelassen habe und auf der Hacke kehrtgemacht.

Weshalb sind Se'nn auf'n zugegangen?

Na wissen Se, wenn da so einer annen Sachen rummacht, da meint man doch, dasser was ausfressen will. Und sehn Se, is' ja so, dasse Bezahlung ... ich mein', ich mach' das nich' gern ... Aber unsereins will a u c h lee' m.

Wie gehetzt sei der da weggerannt. Das sei ihr nun besonders verdächtig vorgekommen. Deshalb habe sie den im Auge behalten. Erst allerdings habe sie gedacht, nu isser weg, aber dann habe sie ihn hinter einer Garnitur brauner Wintermäntel wiederentdeckt. Dort habe er Luft geholt.

Schweißperlchen hätten ihm um die Nasenflügel gehockt.

In dem Moment habe auch er sie gesehen und habe sich geduckt, dann rückwärts in die Mäntel. Sie habe schon gedacht, der werde verschwinden, und irgendwie hätte sie es schade gefunden. Sie habe einen öden Tag hinter sich gehabt, so sehr ihr Rücken wehgetan. Davon habe der Mensch sie abgelenkt, und von ihrer Müdigkeit.

Zweidrei Reihen weiter habe er in der Abteilung für Damenwäsche haltgemacht, sei geradezu im Laufen angewurzelt stehengeblieben oder auch festgefroren im Sprunge. Als hätte er sie, die Verkäuferin, und die von ihr ausgehende Bedrohung unmittelbar vergessen. Er sei erst auf die Schaufensterpuppe zugeschritten, dann habe er nach ihr eine Hand ausgestreckt, dabei zu ihr gesprochen. Schließlich habe er sich fieberhaft umgeschaut und die Verkäuferin schüchtern zu sich gebeten.

Sie wollen doch nicht behaupten, daß er sich mit der Puppe unterhalten hat?!

Hat er, doch! Wenn ich's Ihnen doch sag! Ich dacht' aber ers', was red't der denn da? Hab' ich Lisi rangewinkt, dasse sich das auch mal anhört. War aber nix zu verstehn, nur Gemurmel. Und einmal, ich schwör's, hat das Dings sogar geantwortet!

Doch dann habe er, Polst, bemerkt, wie sinnlos es wäre, von ihr Verständnis zu erwarten. Sie habe viel zu mißtrauisch geguckt. Weg von hier! habe er nur denken können. Und dennoch gezögert. Ja, er habe derart geschwankt, daß er sich seitlich an einem Rundgestänge habe festhalten müssen. Klänge, Farben und Lichter hätten viel zu sehr geschäumt.

Als er aus diesem Wahrnehmungsschaum wieder aufgetaucht sei, habe sich sein Blick sofort über die Puppe zurückgelegt. Es sei eine Puppe nämlich nicht gewesen, vielmehr ein erstarrtes Geschöpf. Von dem habe er schon seit Jahren geträumt. Er meine das nicht metaphorisch. Sie sei ihm im Traum erschienen, viele, viele Male, und habe nach ihm gerufen darin. Aber sobald er sich ihr zugewandt habe, sei sie vor seinen Augen geplatzt. Jedesmal habe ihr Todesschrei bis in sein Erwachen nachgehallt. Schon deshalb, jetzt in der Wirklichkeit, habe er sich dem stellen müssen. Es wäre erbärmlich gewesen, sich weiterhin zu drücken. – Wie stolz sie den Blick gehoben habe, der ihm allein gegolten! Es sei aber durchaus kein liebevoller Blick gewesen. Schließlich sei sie auf ihn, Polst, angewiesen gewesen, da hätte sie niemals so getan, als ließe sie ihm eine Wahl. Ohnedies habe Liebe mit »liebevoll« nichts zu tun; im Gegenteil sei »liebevoll« sogar das Gegenteil von Liebe. Nur habe er das da noch nicht gewußt. Nur immer versucht, sich zu fassen. Dann sei er langsam auf sie zugeschritten, die sich ihm aus dem Haufen Damenunterwäsche nun wirklich zugereckt habe. Es sei nämlich vergessen worden, sie zu bekleiden. Umso ausgelieferter sei sie gewesen. Nie zuvor habe er solche Brüste gesehen. Schon sei er versucht gewesen, auch diese zu berühren … ach, langsam über eine der mattroten Brustknospen streichen! Doch hier? Bei Karstadt? Und dann noch: so furchtbar verkrüppelt, wie sie war? Nämlich sei sie unterhalb der Taille mit einem dreibeinigen verchromten Metallstativ verschraubt gewesen. Er habe Grausameres in seinem ganzen Leben nicht gesehen.

Und da also hat er Se gerufen.

Weiß nich', ob da. Aber gerufen hat er. Un'Se wer'n's nich' glauben, hat gleich nach der ihr'm Unterleib gefraacht. Da hab ich erst nich' gewußt, ob ich lachen oder dem eine latsch'n soll.

Also ham Se Ihre Kollegin geholt.

Nee, die Lisi war ja schon da. Sowas läßt sich doch d i e nich' entgehn.

Jedenfalls habe sie sich gedacht, man müsse sich auf jeden Fall vorsehn vor dem. Der habe sich immer mit seiner Faust in die andere Handfläche geschlagen und dann herausgestoßen, daß er die Puppe kaufen wolle. Das sei schon ziemlich irre gewesen, wovon sich die Lisi irgendwie nicht länger in der Gewalt gehabt habe und habe furchtbar loskichern müssen. Da gehöre tatsächlich Charakter dazu, so Kunden auch noch ernst zu nehmen. Sie selbstverständlich könne das, anders als die Lisi. Darum habe sie ihm völlig seriös erklärt, daß man die Puppen nicht verkaufe. Die seien nämlich Dekoration. Sie verkauften ja schließlich auch die Tresen, die Tische und Vitrinen nicht. – Trotzdem habe der Mensch gedrängt. Regelrecht beschworen habe er sie und immer wieder gestammelt, die Puppe brauche seine Hilfe. Da habe sich die Lisi gar nicht mehr eingekriegt, und sie habe sie, also die Lisi, vors Schienbein treten müssen. Da habe die Lisi aufgeschrien. Aber nicht deshalb. Sondern auch die habe die Puppe jetzt gehört, wie die gerufen habe: Helfen Sie ihm! *Geschrien* habe die's! Nur gebe die Lisi das jetzt nicht mehr zu.

Da habe sie, die Verkäuferin, Mitleid empfunden. Weshalb sie versucht habe, den Menschen zu beruhigen. Dann sei sie selbst, weil die Lisi nichts als aschfahl dagestanden, den Abteilungsleiter holen gegangen. Wenn hier jemand helfen hätte können, dann alleine der.

Wiss'n Se, wenn's nach mir gegangen wär, hätt ich'm das Ding einfach mitgegem. Aber zum ein'n kann unsereins nun wirklich den Job nich' riskier'n. Unt'ann: Der wär doch sowieso nich' gegang', ich mein', der hat doch diesen Unterleib noch mitnehm' woll'n!

Kaum habe sie sich umgedreht und sei, mit dem Hinterteil wackelnd, davongestapft – dabei wieder und wieder »Herr Rufus!« rufend, »Herr Rufus!«, »Herr Rufus!«, »Herr Rufus!« –, habe er, Polst, sich wieder der Puppe zugewendet. Die aber Puppe eben nicht war. Weshalb seine Augen hätten erst recht nicht von ihr lassen können. Er habe sich mit einer Hand auf den Tisch gestützt, die andere ihr zugestreckt und ihre Lippen mit dem Zeigefinger berührt. Was um ihn herum sonst vorgegangen sei, habe er gar nicht mehr mitbekommen. Obwohl ihn die Puppe doch mehrmals gewarnt. Mehrmals habe sie ihn beschworen, daß er auf keinen Fall wegträumen dürfe, für Liebkosungen sei erst später die Zeit. Sie wolle nicht küssen, sondern hier weggebracht werden. Aber ganz, nicht so verkrüppelt. Von Zärtlichkeiten in der

Öffentlichkeit halte sie sowieso nichts und bitte ihn, Polst, sich zu beherrschen.

Tatsächlich hätten auch schon Leute hergeschaut und sich um sie beide geschart. Die hätten angefangen, sich lustig zu machen. Andere hätten ihn, wenn auch noch leise, beschimpft. Deshalb habe er die Puppe, eine Hand am Metallstativ, die andre unter ihrer Schulter, herabgenommen und sie gewiegt. Er nehme sie jetzt mit sich, habe er ihr versichert. Aber sie habe nichts wissen wollen davon. Er solle sich um ihren Unterleib kümmern. Ohne den verlasse sie dieses Gebäude auf gar keinen Fall. Er habe fast Gewalt anwenden müssen. So sehr habe sie sich gewehrt.

Und dann eben sei dieser schnaubende kleine Abteilungsleiter dagewesen. Er könne doch nicht einfach hier die Dekorationen durcheinanderbringen! Was denke er sich denn? Habe sich aufgepflanzt vor ihm, dieses Männlein von einssechzig. Ob er wisse, was das sei? Sachbeschädigung sei das! – Aber er wolle die Figur ja kaufen. – Das gehe nicht, man sei ein *anständiger* Laden hier. – Das sei ihm, Polst, ganz wurscht. – Sie Perverser, Sie! habe der Abteilungsleiter gerufen und sich an die gaffende Kundschaft gewandt: Was der denn glaube, wo er hier sei?! – Er, Polst, verlange, zur Geschäftsleitung gebracht zu werden. – Das komme nun schon gar nicht infrage! – Also habe er einen Schritt beiseite getan. Doch der Abteilungsleiter habe die Figur am Gestell zu fassen gekriegt und sie festgehalten und gezogen und dazu wütend geschrien: Er, Polst, sei doch krank, man müsse die Öffentlichkeit schützen vor solchen wie ihm! Und habe auch noch nach einem Arm der Figur gegriffen. Weil er, Polst, es nun mit der Angst bekommen habe, der andere könne sie auseinanderreißen, habe er losgelassen. Da habe der Abteilungsleiter das Gleichgewicht verloren und sei rückwärts getorkelt. Dies habe er, Polst, sich zunutze gemacht, sei vorgeschnellt, habe zugepackt, die Puppe an sich gepreßt und sei fortgehetzt. Doch habe die sich nun erst richtig gewehrt, sogar gebissen habe sie ihn, hier, man solle sich nur einmal seinen, Polsts, Unterarm anschaun, da sehe man die Zahnspuren deutlich. Totzdem habe er sich endlich durchsetzen wollen und sei erst auf die Rolltreppe zugerannt, habe aber schon wieder die Orientierung verloren. Hinter ihm hätten die Leute zu schrecklich gejohlt, und die Figur habe sich ganz besonders schwer gemacht, dann ihm sogar die Fingernägel in Nacken und Hals geschlagen. Wie von Sinnen habe er sich gefühlt. Es sei ihm gewesen, als hätten jetzt auch Kleiderstangen nach ihm geschlagen. Vitrinen hätten sich ihm in den Weg geworfen und Lampen ihm ihre Lichtstöcke zwischen die Beine gesteckt. Da sei er zu Boden gefallen. Jemand habe ihn an der Wade gepackt. Er sei gleichwohl wieder auf die Füße gekommen, habe auf den Mann eingeprügelt und ihn mehrmals mitten ins Gesicht getroffen. Da sei der endlich umgefallen und er, Polst, weitergehastet. Aber es seien mehr und mehr der Verfolger geworden.

Un' Sie sind auch hinter ihm hergerannt?

Na, war ja nu' wirklich mal was los hier. Und nich' nur'e Lisi und ich, auch die Kundn, jedenfalls 'n paar: Das war 'ne richtige Jacht auf den. Un' wiss'n Se, ich mach viel Sport so, Lauftreff sonntags, da hab ich dem annen Fersen jeklebt. Deshalb war ich halt dabei und konnt' alles hören.

Nämlich habe es der Mensch tatsächlich mit der Puppe hinausgeschafft. Zwar hätten ihm noch kurz vor dem Ausgang drei vom Wachschutz den Weg versperrt. Da habe Polst sich zurückgeschleudert und habe denen einen Glaskasten vor die Füße gekippt. Parfumflaschen seien geborsten, es habe einen schrecklichen Kladderadatsch und Geschrei gegeben. Sie, die Verkäuferin, sei dem Mann nun so nah gewesen, daß sie ihn hätte ihrerseits festhalten können. Aber sie habe sich das nicht getraut. Außerdem habe er ihr ja leid getan: Er habe der Figur so seltsam in die Augen geschaut. Sich dann offenbar gefaßt, sei über den Splittersalat weg und auf die drei Männer zu, habe sich ihnen direkt entgegengeworfen und, wie sie, die Verkäuferin, das nur aus amerikanischen Filmen kenne, einem von denen in den Bauch gerammt, dem andren ins Geschlecht, und eh noch der dritte habe zupacken können, sei Polst hindurchgewesen. Schon habe er den Ausgang erreicht gehabt, sei indessen noch in einen Kinderwagen gerannt. Das Baby habe nun auch noch geplärrt. Sie, die Verkäuferin, habe sich an die Glaspfosten gedrückt, und es habe sie der Jubelruf, den der Mensch im Freien ausgestoßen habe, ganz eigenartig und im Allerinnersten berührt. Er habe wieder und wieder Küsse auf das Gesicht der Schaufensterpuppe gedrückt, doch vor lauter Glück nicht auf den Verkehr geachtet. Sie, die Verkäuferin, habe ihn noch warnen wollen, habe ihm sogar zugerufen: Paß auf, Mensch, auf den Bus! Doch sei es schon zu spät gewesen. Als der Fahrer gehupt habe, sei der Mensch zwar erschrocken und habe grad noch zur Seite springen können. Doch das Stativ habe sich vom Oberkörper der Puppe gelöst und der sei auf die Straße getrudelt. Der Mann indes, das dreibeinige Gestell an sich drückend, sei längs am Bordstein aufgeschlagen. Dann sei die Puppe unter das linke Vorderrad des Busses gerollt und mit einem so menschlichen Laut geplatzt, daß sie ihn niemals vergessen werde. Sagte die Verkäuferin.

Walkürchen

Die breite befahrene Straße schlängelt sich zwischen den Hausriesen durch, darüber der Smog, es riecht nach Benzin. Obwohl es noch dämmerig ist, schleppen schon einige Leute vollgestopfte Einkaufstüten. Vor ihren Mündern steht Dampf. – In den Gebäuden gehen die Lichter aus.

Herr Otte schneuzt sich, räuspert sich, erst beim dritten Mal klappt's, den Kloß aus dem Hals. Herr Wilhelmson kommt ihm gähnend entgegen, hebt die Hand zu spät vor den Mund. Beide gehen an der Baustelle aneinander vorbei. Es riecht scharf nach aufgerissenem Erdreich und geöffneten Abflußrohren. Langsam tritt rechts – ein kleiner alter, leicht buckliger Mann – Herr Lohse aus der Haustür. Er stützt sich auf einen Gehstock, in der anderen Hand hält er die Handelsgoldzigarre. Frau Müller passiert ihn, auch Herr Otte. Die beiden tauchen in einem Menschenpulk unter.

Auf der anderen Straßenseite reicht der Bürokomplex so hoch hinauf, daß im Glast der jetzt steigenden Sonne kaum noch das Dach sichtbar ist. Herr Lohse entsinnt sich der Brache, die sich dort jahrelang hingebreitet hatte, an die wilden Gräser, das wuchernde Buschwerk. Davor war ein Bretterzaun mit vielen lockeren Sparren gezogen, darauf Plakate, die immer wieder überklebt worden waren. Dann waren die Bulldozer gekommen, dann war die Wanne ausgehoben worden. Dann wurde das Gebäude errichtet. Manchmal wackelte die ganze Wohnung davon. Dazu der Lärm. Und jetzt taten die Angestellten nichts darin, als den lieben langen Tag am Fenster zu stehen. – Herr Lohse hat es beobachtet, oft über Stunden, wenn auch er am Fenster stand und hinüberschaute. Als Rentner darf man das aber. Was hat man denn sonst zu tun?

Er dreht sich in die Stube zurück, worin Hanna, seine Frau, im Sessel sitzt und Kreuzworträtsel löst. Den lieben langen Tag halten die Kaffeeklatsch drüben. Schimpft er, lacht sie nur dazu, sagt, daß sie keine Butter mehr im Haus hätten. Ob er Brötchen holen gehe? Er möchte dann bitte eine mitbringen. Und Zucker, bitte auch Zucker. – Und nachher wundert sie sich wieder, daß sie zu dick ist.

Er humpelt an seinem Haus vorbei, wendet sich zur Straße.

Warum haben die hier immer noch keine Ampel aufgestellt? Na gut, wär auch eine schreckliche Warterei sonst. Puh, ist das kalt geworden! Herr Lohse, nach einem letzten Zug, wirft den Zigarrenstumpen fort, mag nicht weiterrauchen. Es schmeckt nicht, er fühlt sich nicht wohl. Die steifen Glieder, und er ist noch derart müde!

Geschäftsverkehr, Stau, Baustellenlärm. Diese vielen Gesichter! Wenn man sie ansieht, und sie sind vorüber, hat man sie schon vergessen. Nie sieht man eines wirklich a n .

Vorsichtig den linken Fuß auf die Fahrbahn, zwischen den parkenden Wagen. Vorlugen. Die fahren immer viel zu schnell. Herr Lohse stützt sich stärker auf den Stock, macht noch einen Schritt. Das schrille Hupen dann von links.

Erschreckt steht er vorgebeugt in der Fahrbahnmitte und schafft es nicht, sich grade zu halten. Ein messerscharfer Stich zieht quer durch seinen Rücken. Er dreht den Arm nach hinten, preßt die Hand auf seine Wirbelsäule. Es hilft nichts. Er fühlt sich, als wäre er gestürzt. Ist er aber nicht. Nein, ich stehe. Aber dunkler scheint es geworden zu sein, fast wieder früher dämmriger Morgen. Oder schon Abend? Das Herz wohl, der Kreislauf. War das schon wieder ein Anfall? Doch nicht ausgerechnet jetzt, nicht auf der Straße! Hätte er bloß den Umweg zum Ampelübergang die zweidreihundert Meter weiter gemacht!

Geht schon, geht schon wieder. Bloß, daß es höllisch wehtut.

Er muß unbedingt von der Fahrbahn runter, kann hier nicht einfach so stehenbleiben. Wo ist meine Brille? Wieso seh ich plötzlich nichts? – Vorhin steckte sie noch in der Westentasche. Da hat er sie gestern hineingesteckt. Er ist sich beinahe sicher.

Als ihn jemand anfaßt.

Ich habe dich, Eugen, an der Hand. Komm, ich führ dich hinüber. – Wer ich bin? Sag ich dir nachher. Jetzt müssen wir erst einmal weiter. Siehst du, es wird wieder heller. Nun komm schon, ich will dir nichts Böses. Einen Schritt, ja, gut, noch einen Schritt. So. Gleich haben wir's geschafft. Jetzt kannst du etwas ausruhn.

Verwirrt sieht er sie wortlos an, tastet erneut nach der Brille. Um ihn weiter die schemenhaften Gesichter, die Autos, der Lärm – wie aus einem Pappkarton, einem riesigen, riesigen Pappkarton. Oder wie gefiltert. Die junge Frau sieht er aber deutlich, fast noch ein Mädchen. Warum hält sie seine Hand so fest? Läßt einfach nicht los. Ich meine, sie könnte doch mal loslassen. War ja nett, Mädchen, daß Sie mir geholfen haben. Ich danke Ihnen auch herzlich. Aber jetzt können Sie meine Hand ruhig wieder loslassen.

Er fühlt sich bedrängt und entzieht sie ihr mit einem Ruck. Sie läßt es geschehen. Dennoch spürt er den Druck der ihren weiter. Von oben senkt sich eine Stille herab, die noch bedrückender ist als der Lärm.

Die junge Frau rührt sich nicht, lächelt nur. Sie blickt ihn voller Sanftmut fortwährend an. Er kneift die Augen zusammen. Das Weiß ihres Kleides blendet ihn. Ihr braunes Haar schimmert ins Rote hinein. Um es zu sehen, muß Herr Lohse den Kopf in den Nacken legen, so hochgewachsen ist die Person.

Sie fragt, ob er nicht mit ihr kommen wolle. – Mitkommen, wohin?

Das wirst du sehen. – Sie nimmt erneut seine Hand, möchte ihn mit sich ziehen. Aber das geht nicht, denkt er, ich muß Brötchen kaufen und darf die Butter nicht vergessen. Und nicht den Zucker. Er möchte Hanna nicht enttäuschen.

Doch die junge Frau läßt nicht ab. Und er spürt, wie er ihr wider Willen folgt und folgen aber eigentlich möchte. Es ist, als ob er sich von ganz alleine bewegte. Und sie – ja, weshalb ist sie barfuß? Bei diesen Temperaturen!

Wie ich heiße? Nenn mich Frauke. Ich habe aber viele Namen, weißt du? Und hör auf, mich zu siezen. Nein, du mußt keine Angst vor mir haben, und Zeit hast du genug. Außerdem solle er endlich diesen blöden Stock loslassen. Wirf ihn weg, du brauchst es nicht, das gräßliche Ding! – Das geht nicht, hören Sie mal! Ich brauche ihn seit dem Schuß in den Unterschenkelknochen. Der ist davon kaputt. Im Krieg. Seit dem Krieg brauch ich den Gehstock. Und woher sind Sie überhaupt so plötzlich gekommen?

Ich hab dich stehen sehen da. Und diesen Stock, daß du ihn brauchst, bildest du dir ein.

Natürlich brauche er ihn.

Es wurde noch heller, blendete aber nicht mehr. Wo waren mit einem Mal die Straßen geblieben, wo die Reklamen, die

Büro- und Wohngebäude, wo ist der Bäcker, der Zeitungskiosk? Ich meine, das kann doch nicht alles einfach verschwinden! Eben stand ich noch da, hatte Schmerzen im Rücken. Die sind nun auch weg. Brötchen soll ich kaufen, Butter und Zucker. – Aber nett ist sie schon. Hat nichts gegen alte Leute. Ist hilfsbereit. Gibt es ja kaum noch bei jungen Leuten. Nur daß sie etwas dreist ist. Geht doch einfach nicht, wen weiß der Himmel wohin an der Hand zu führen, wo man sich gar nicht mehr auskennt. Er hat immerhin Verpflichtungen. Er muß Rücksicht nehmen und will es auch. Und duzen soll er sie auch noch! Das ist wirklich etwas stark. Wo bleibt denn der Respekt? Wir kennen uns doch gar nicht. Ja, wenn sie meine Enkelin wäre … – Kaum zwanzig wird sie sein.

Trotzdem. Da kitzelt was. Da will was auch in ihm den Gehstock loswerden. Auch, weil das Bein grad ziemlich gut funktioniert.

Wirf ihn weg, wirf ihn weit weg!

So daß er's versucht. – In hohem Bogen fliegt er, fliegt wie ein Bumerang, der aber nicht zurückkommt, sondern irgendwohin fällt; doch hört man keinen Laut. – Ob ich in Wahrheit noch schlafe? Ob mich vielleicht Hanna gleich weckt? Oh, und er würde jetzt so gerne rauchen!

Na bitte, geht doch. Ist es so nicht viel besser? – Hell wie der Morgen lacht sie auf.

Dennoch, das alles ist ihm peinlich. Weißt du, sagte er, eigentlich müßte ich Ihnen ja dankbar sein. Doch doch, das müßte ich. Ohne Sie …

… dich …

… stünde ich gewiß noch immer auf der Straße, und wer weiß, was dann passieren würde. Trotzdem komme ich jetzt nur mit, weil ich ein höflicher Mensch bin. Aber lassen Sie uns an der nächsten Telefonzelle, wenigstens an der nächsten Telefonzelle, eine kurze Pause machen. Damit ich Hanna, das ist meine Frau, Bescheid geben kann, daß es ein wenig später wird.

Frauke zwinkert. Ah, dann macht es dir schon Spaß, jetzt mit mir zu kommen? – Über sein grummelndes Gemurmel muß sie lachen.

Dann fordert sie ihn auf, Schuhe und Strümpfe auszuziehen. Sie habe ja auch keine an. Spür das mal, wie weich der Boden ist! – »Laß endlich Luft an deine Haut!«

Vermutlich ist es das beste, sich in alles zu fügen. Zumal eine Telefonzelle auch gar nicht in Sicht kommt. Er kann kaum noch die Straßen erkennen. – Verstohlen wirft er Frauke einen Seitenblick zu. Dann beugt er sich vor, bückt sich sogar, was er bis eben gar nicht mehr konnte, jedenfalls nicht richtig. Er nestelt seine Schuhbändel auf, zieht die Socken aus, streckt seine Zehen.

Und jetzt ein Wettlauf!

Ein *was*?

Wir laufen um die Wette.

Ja, aber wohin?

Dort hinauf!

Ich kann aber gar nicht mehr laufen.

Doch, du kannst.

Nein.

Probier' es.

Ich will nicht.

Zier dich nicht so. Oder soll ich dich wieder ziehen?

Das wäre nun erst recht unangebracht. Das will Herr Lohse nicht mehr.

Die Steigung, wendet er ein, alleine die Steigung ist für mich zu stark.

Was für ein Unsinn!

Ich will nicht, ich will nicht, ich will nicht.

Und läuft.

Frauke voraus. Schneller und schneller. Schon hat er sie aus den Augen verloren, stolpert, fällt hin, aber ins Leere. Fällt und fällt. – Keine Angst! hört er von oben herunter. Hab keine Angst, ich wart' auf dich. Und Hanna sage ich Bescheid.

Eva oder Tagesende

Die Hecke sah sie ihn entlangkommen, eine sich braungrün wie endlos erstreckende, trockene, sich selbst überwuchernde Hecke, der gegenüber das spröde aufgeworfene Land. Öliges Schimmern darüber. – Sie sah ihn ihr entgegenkommen, saftlos wie die Geest, die er seit Stunden durchquerte. Er zog ein Bein nach und hielt den Oberkörper wie einen Fühler vorgestreckt. Es sah aus, als ob er sich durch die Luft vorantasten würde.

Äonen, schien es ihr, habe sie auf jemanden gewartet. Man habe schließlich, dachte sie, einen Sinn. Der verlange nach Erfüllung. Dennoch, der Kindsmann rührte sie. Sie schüttelte ihr immer noch gepflegtes Haupt, musterte des Ankömmlings zerfetzte Uniform, die verschmutzten, löchrigen Knobelbecher, oben den Tarnhelm in seinem Nacken. Im dünnen Netz hing noch Reisig. Über den Rücken wippte dem Mann, von Zeit zu Zeit blitzte der Lauf, ein Gewehr.

Er hatte kein Ziel. Die Zeit war ihm egal geworden. Hinter ihm kroch das Sterben. Er floh es nicht, ging dahin aus Gewohnheit. Es würde ihn einholen, und da er es aufgegeben hatte, sich zu wundern, wunderte er sich nicht, als er das unzerstörte Haus sah. Die Zunge klebte ihm am Gaumen. Zu schlucken fiel ihm schwer. Er mußte den schaumigen Speichel an den Zungenseiten vorbeidrücken.

Neben ihm die Hecke, deren Triebe bei leisester Berührung zersplitterten. In einer Regung unbegründbaren Hoffens lugte er durch lichte Stellen. Es war eine wundervolle Halluzination.

Ein weiter saftiger Rasen, den ratschende Wassergabeln besprühten. Der saubere Bungalow, die roten Schindeln auf dem Dach, die schmucken weißen Fensterrahmen. Auf der Terrasse zum Tee gedeckt, ein Schälchen füllten Kekse. Um das Paradies zu finden, mußt du in die Hölle.

Er drehte sich um. Sie war, diese Hölle, weder mehr zu sehen noch zu hören, nur in der Geest noch zu ahnen, und zu spüren, wenn er mit der Hand über die Hecke streifte.

Vor ihm der Weg führte rechts rein, und er folgte. Ihm war, als legte es jemand drauf an, daß er nicht mehr weitergehe. »Bleib hier, du«, hörte er deutlich. Er würde sich auch weiterhin nicht wundern. Sondern versuchte, eine Nase in das Taschentuch zu stecken, die es nicht mehr gab. Irgendwann, als er sich einmal geschneuzt hatte, war sie ihm einfach abgefallen. Wehgetan hatte es nicht, also war es in Ordnung gewesen. – Nun tupfte er den Rotz von der Oberlippe und strich sich langsam durchs Haar. Sie sei, seine Nase, dachte er, sowieso nicht sonderlich hübsch gewesen.

Derweil die Frau drehte sich um, richtete im Haus, was zu richten noch war, schüttelte die Sofakissen auf, schlug steile Zipfel hinein, stellte die Kaffeemaschine an, rückte die Plastikblumen auf dem Sideboard zurecht, zupfte an der Tischdecke, überprüfte den Toaster. Sicherlich liebte er Toast. Nur gelbbraun angeröstet dürfe der sein. Butter und Salz dazugereicht. – Sie nahm den Wein aus dem Kühlschrank. Dabei purzelten ihr kleine, so mutwillige wie kindliche Freudentöne aus dem Mund. Denn sie war kräftig, ihr Körper intakt.

Sie hatte die Herrschaft, der sie gedient, überlebt. Das alte Paar war dahingesiecht. – Wie lange lag es zurück? Sie erinnerte sich nicht mehr genau, aber sah noch die beiden, nachdem im Luftschutzkeller das Mittagessen serviert war, ohne viel Aufhebens von den Stühlen rutschen. Auch sie hatte deshalb keines gemacht, sondern zweimal hintereinander die Füße gefaßt und die laschen Körper durch die Schleuse gezogen, dann sogar je die Treppe hinauf. Schließlich hatte sie ihre verstorbene Herrschaft hinterm Haus auf den Kies gelegt, gleich nebens geschichtete Feuerholz.

Abermals war ihr übermütiges Keckern zu hören. Sie lief zur Tür, streckte ihren Kopf hinaus. Was tat der Mann denn so lang? Ach, wie sie auf ihn gewartet hatte!

Nein, schön sah er wirklich nicht aus, wie er da herangehumpelt kam. Steifbeinig, nasenlos, Schleim in den Stoppeln. Früher einmal hätte sie sich bestimmt vor sowem geekelt, vielleicht sogar gefürchtet. Doch besser, man schaute nicht genau hin.

Er trat ein, rückte den vorsorglich über den Schädel zurückgestülpten Helm gerade und murmelte verlegen: »Guten Tag auch, Sie.«

»Nimm doch Platz«, sagte sie freundlich, als er in der Tür stand wie ein funktionsloses Ding. »Dort ist ein Sessel. Streck die Beine aus. Ich habe schon Kaffee gekocht.«

Er wartete ab.

Sie wieselte kichernd um ihn herum, nahm sein Gewehr, nahm ihm den Helm ab, legte das Zeug in die Ecke.

»Ob ich nicht besser …«, brabbelte er. »Sehen Sie, ich …« – Er hatte zu plaudern verlernt.

»Psst«, machte sie und legte dabei einen Zeigefinger an die Lippen. »Psst.«

Am besten dachte er nicht nach.

»Ich habe unendlich lange auf dich gewartet, mußt du wissen. Kannst doch nicht einfach wieder verschwinden, du dummer Junge, du. Schau mal, die Blümchen.«

»Und das Unheil?« fragte er und deutete nach draußen. »Und das Feuer?«

»Laß gut sein.«

Sie schwiegen sich ein wenig an.

»Bald ist Mittagszeit vorüber«, sagte er endlich.

»Mittagszeit?«

Er nickte. »Dann schießt es wieder.«

Sie nickte. Er räusperte sich. Stille.

»Sie fürchten sich nicht?« fragte er.

»Wovor?«

»Na ja.«

Stille.

Sie sah ihn unablässig an. Er rutschte in seinem Sessel herum.

»Seltsam«, sagte er.

»Was ist seltsam?«

»Niemand fürchtet sich mehr.«

»Und weshalb liefst du dann weg?«

Er zuckte mit den Schultern. »Es ist das Gehen.«

Stille.

»Ich heiße Eva«, sagte sie und streckte ihm eine Hand zu.

Zögernd nahm er sie. »Eva? Tatsächlich?«

»Natürlich nicht.« Sie lachte.

»A so.«

Wieder schwiegen sie.

»Das ist ein seltener Name«, sagte er.

»Findest du?«

»Ein seltsamer Name.«

Sie tranken Kaffee. Er schlürfte. Sie hielt den kleinen Finger abgespreizt.

»Und wie heißt du?«

»Weiß nicht mehr.«

Sie kicherte.

»Sie glauben mir nicht? Ist aber wahr.«

In ihr neuerliches Kichern fiel er ein.

Eine Standuhr schlug dreimal ihr silbernes Big Ben in die Leere. Man vernahm einen hellen, platzenden Krach, dem dumpfes Aufschlagen folgte.

»Wieder ein Pilz«, sagte er.

Sie schwieg.

»Aber weit weg noch.«

»Wie lange wird's brauchen, bis es hier ist?«

»Das Unheil?«

Sie nickte melancholisch. Ihre lustige Aufgeräumtheit war einer drängenden Spannung gewichen, die sich nicht lösen wollte. Er saß vor ihr nahezu bewegungslos, in sich und seine Gedanken versponnen.

»Vielleicht einen Tag, vielleicht weniger«, sagte er.

»Und es kommt gewiß?«

»Es kommt immer. Sie wissen doch.«

»Dann haben wir also nicht viel Zeit?«

»Zeit?«

»Wollen wir in den Luftschutzkeller?«

Er versuchte nachzudenken, gab es auf, weil seine Gedanken durcheinanderliefen, zuckte mit den Schultern.

Sie begaben sich die schmalen Stufen hinab. Unter der nachträglich eingelassenen Spanverkleidung führten sie zu einer von einem einfachen Riegel gesicherten Tapetentür. Es war dunkel und stickig. Wahrscheinlich war der Generator defekt. Hin und wieder setzte sich ein Zittern durch die Wände fort. Man vermeinte, das ferne Krachen aufgeschleuderter Erde und rotes Zischen zu vernehmen. Schon war es nur noch stummes Vibrieren der Luft.

Sie erreichten die den Luftschutzkeller von den vorgelagerten Funktionskammern trennende Stahlwand. Instinktiv zog er die ausgestreckte Hand zurück. »Da drinnen muß es wie im Kühlschrank sein.«

»Ach was! Nur die Schleuse …«

Sie sprachen grundlos gedämpft. Er fingerte nach dem Türgriff, fand ein Metallrad, das er drehte. Anfangs widerstand der Mechanismus seiner Kraft, dann löste sich die Sperre im Schloß.

Drinnen gab es wieder Licht. Die Sachen der verstorbenen Hauseigentümer lagen verstreut am Boden. Auch war der Essenstisch nicht abgeräumt worden. Eingetrocknete, teils wattig hochgeschimmelte Soßen- und Gemüsespuren in Tellern und Terrinen. Ein umgekippter Stuhl.

Er bewegte kaum den Kopf, ließ lediglich die Augäpfel in passivem Gleichmut wandern. Es schienen reiche Leute gewesen zu sein, die dies hatten einrichten lassen. Die Wände der zwei sehr großen Zimmer waren mit Brokat verhängt. Über die Sessel hatte jemand bunte Seidenbahnen geworfen. Wunderbar restaurierte Antiken standen herum, fast wie in einem kleinen Museum.

»Wir werden einiges umräumen müssen«, stellte sie geradezu im Plauderton fest und zupfelte den Mann am Ärmel. »Komm schon! Wir wollen uns beeilen.«

Sie schoben einiges Mobiliar beiseite, schufen inmitten des größeren Raumes Platz, nahmen Decken und Kissen von den niedrigen, hinten an die Wand geschobenen Betten, breiteten sie auf dem Boden aus, gingen wieder hinauf, schafften alles Notwendige herunter. Er durchsuchte das Haus nach

Zigarren. Endlich schlossen sie von innen die Schleuse. Das erzeugte ein zischendes, dumpfes, isolierendes Geräusch.

Sie sitzen einander gegenüber, haben Kerzen angezündet, obwohl sie wissen, der Sauerstoffvorrat ist begrenzt. Er hockt eingehüllt in zwei Decken, hat das steife, schwärende Bein von sich gestreckt, lehnt den Rücken an ein Tischbein. Das Gewehr hat er sich über die Oberschenkel gelegt, den Finger am Abzug.

Er ist sehr lächerlich, denkt sie.

Der Rotz läuft noch immer. Er wehrt sich nicht mehr dagegen, und auch daran, daß Eva es beobachten kann, hat er sich jetzt gewöhnt. Bisweilen sackt ihm der Kopf auf die Brust. Jedesmal fährt er dann zusammen, ist wieder wach. Schließlich überkommt ihn abermals der Schlaf, als würfe jemand eine leichte, bauschige Decke über seinen Geist. Manchmal murmelt er in sekundenschnellen Träumen. Dabei sabbert er. Daß sie, später, zu ihm unter die Decke schlüpft und ihren Kopf in seine linke Schultermulde legt, merkt er nicht. Sie hält den Blick nach unten, dann muß sie ihn nicht sehen. Sie liebt ihn, wenn sie ihn nicht sieht. Es ist schön, denkt sie, daß er da ist. An seinen Anblick gewöhne ich mich noch.

Auf dem Lande

Schmidt, ein entfernter Bekannter, den ich zufällig in der Bank wiedertraf, hatte Katrin und mich übers Wochenende zu sich eingeladen. Er ist Marmeladenproduzent und wohnt auf einem größeren Gut etwa dreißig km westlich der Stadt. Ich war, als er von seiner Arbeit erzählt hatte, so neugierig geworden, daß meine Frau und ich keine Woche später zu ihm fuhren. Wir nahmen die Bahn. Einige Minuten noch, während am Fenster Häuserzeilen vorbeizogen, fühlten wir uns sicher. Zurückgedrückt in die grünen Plastiksitze saßen wir uns gegenüber und blickten mit aber wachsendem Entsetzen hinaus. Felder taten sich auf. Unübersichtliche Baumgruppen wechselten mit losem Gebüsch. Dunkelgraues Ackerreich.

Vor der Anreise hatten wir uns Visa besorgt; auch ist es Pflicht, sich zum Verlassen der Stadt einer amtsärztlichen Untersuchung zu unterziehen. Wir wurden auf das allersorgsamste instruiert. »Kommen Sie auf keinen Fall von den gekennzeichneten Wegen ab.« Auf dem Lande sei es vorbei mit simulativen Prozessen und also alles, was wir sähen, *wahr*. Es gebe keine Schalter mehr. Der Psychologe unterstrich noch seine Warnung: »Denken Sie immer daran!« Manch ein Besucher des Landes habe sich verirrt und sei tage-, ja mitunter wochenlang umhergelaufen und dabei von solch einer dauernden Bedrängnis erfaßt worden, daß man ihn, wurde er endlich aufgegriffen, unter Verschluß geben mußte. Das schlimmste sei ein bestimmter Ekel, der Landphobie erzeuge. Von dieser

Infizierte siechten jahrelang dahin, isoliert obendrein, denn es wage niemand, sie zu besuchen. Tatsächlich lasse sich nicht völlig ausschließen, daß diese schwere Erkrankung sich bei direktem Kontakt übertrage.

Die Rede klang abscheulich genug, um uns in einen sonderbaren Erregungszustand zu versetzen. Aber das eine ist die Fantasie, das andere die Wirklichkeit. Ein schleichender Schrecken befiel uns im Zug. Der war umso intensiver, als man während der Fahrt nicht sprechen, noch sich auch nur bewegen darf. Im Falle eines Unfalls hätten wir nicht einmal weglaufen können. Genau so etwas sollen die Maßnahmen allerdings auch verhindern. Man ist dann nicht mehr Herr seiner Sinne. Weshalb uns der Schaffner nach Kontrolle der Platzkarten in die Sitze schnallte und alle kommunikativen Prozesse, die sich unvorhersehbar auswirken können, dadurch unterband, daß er uns Weichgummiknebel in den Mund steckte. Sie schmeckten nach Erdbeeren. Aber das war kaum ein Trost. Denn während ich aus dem abgetönten Fenster blickte, spürte ich heimtückisch die Furcht in mir aufsteigen. Hätten mich nicht Fesseln und Knebel davon abgehalten, kein Zweifel, ich hätte geschrien, wäre aufgesprungen, hätte das Fenster zerschlagen und mich vor Panik davongemacht.

Meiner Frau schien es nicht anders zu gehen. Auch sie zerrte an ihren Handschellen und verkniff im Schmerz ihr eigentlich hübsches Gesicht. Schweiß lief ihr aus dem Haar. Schon das war ziemlich widerlich. Ich glaube, sie weinte sogar, mir war das ausgesprochen peinlich. Sie hatte von dem Knebel eine häßliche Schnute. Das widerte mich, muß ich wirklich sagen, an. Das Land zerschlägt einem alle Kultur. Und es macht aggressiv.

Schmidt selbst empfing uns. Wir hätten uns, erklärte er später, den geringen Aufwand leisten sollen, den es erfordert, sich vor Antritt der Reise durch eine Injektion narkotisieren zu lassen. »Hat Ihnen das denn der Arzt nicht gesagt?« Die Spritze betäube die nun erlittenen Unannehmlichkeiten sehr. Und man komme ausgeruht und besten Mutes an. Habe sich nicht schon vorher erschöpft. Was uns erwarte, raube Kraft genug.

Noch aber sprach er nicht, sondern knebelte uns neuerlich. Diesmal waren die Dinger geschmacksneutral. Die im Eigentum der Deutschen Bahn stehenden Knebel brachte der Schaffner wahrscheinlich in die Desinfektion, je einen mit zwei Fingern fassend. Er hatte keinen leichten Job und warf, derweil Schmidt uns losband, einen rachsüchtigen Blick auf mich. Ich hätte ihm gern zwischen die Beine getreten, beherrschte mich aber und grinste nur.

Schmidt brachte uns in einem Kastenwagen zum Gut. Wieder wurden wir angebunden, doch dieses Mal war es überflüssig, denn der Stauraum, in welchem man uns festpflockte, erlaubte keinen Blick hinaus. Die Dunkelheit tat gut. Es roch vertraut nach Lysol. Als wir dann ausgeladen und durch einen dichten Lamellengang ins Innere des Wohnhauses geleitet wurden, begrüßte Schmidt uns endlich mit persönlichen Worten.

»Ich hoffe, Sie haben eine angenehme Reise gehabt.« Zu Katrin: »Ach, gnädige Frau, wie sehr es mich freut, Sie kennenzulernen! Ich habe viel Gutes über Sie gehört.« Als er ihr eine Hand zustreckte, wich sie zurück und kniff die Lippen zusammen. Er lächelte traurig und entschuldigte sich. »O ja, ich vergaß«, sagte er, »das Land gräbt sich einem in die Seele. Seien Sie mir bitte nicht böse.«

Das Haus ist nicht nur geschmackvoll eingerichtet, sondern seine Bewohner, so infektiös es von außen auch wirkt, halten äußerst auf Hygiene. Man sieht es sofort. (Katrin konnte einen Aufschrei unerwarteten Wohlbefindens nicht unterdrücken). – Die Wände kleidet ein hellgelber Film aus. Als ich mit der Hand über sie fuhr, fühlten sie sich vollkommen glatt an. Auch den Fußboden ziert der dünne Glasfluß sehr. In den Zimmerecken stehen fugenlos lackierte Antiquitäten. Es gibt marmorne, sagrotangefüllte Weihbecken neben jeder Tür, und überhaupt ist auf Bequemlichkeit geachtet.

»Dies dort ist unsere Fabrik«, sagte Schmidt und zeigte mit einer Hand durch die Drahtglasscheiben. »Eine freilich noch bescheidene Produktionsstätte, doch sind wir im Begriff zu expandieren. Die erste Fünfjahresphase war, dies darf ich ohne Übertreibung sagen, ein großer Erfolg. Weitere Mittel wurden bewilligt. Nun, davon später vielleicht mehr.« Er zog rücksichtsvoll die Jalousien vor. »Übrigens wird der Touristenandrang zunehmend größer. Sie wissen ja: Zurück zur Natur, Mutterrechtsbewegung undsofort. Eigentlich widerlich. Immerhin rechtfertigt der Profit die Unannehmlichkeiten. Zu Ihrer Beruhigung, gnädige Frau, darf ich anfügen, daß das Areal durchwegs abgeschirmt und vollkommen sicher für Sie ist. Wir haben das Gelände mit mikrofeinem Plastilin überziehen lassen. Einerseits ist es nun keimfrei, andererseits bekommt der Besucher eine Vorstellung unverfälschter Natur. Denken Sie, wenn Sie hinausgehen, immer: Es gibt nicht den geringsten Anlaß, sich zu fürchten. Erst jenseits der Palisaden«, er machte eine Geste, die in die Ferne wies, »gibt es tatsächlichen Schlamm. Auf dem Gelände selbst indes … ja, kommen Sie nur heran …!« Er zog noch einmal zwei Lamellen auseinander. »Sehen Sie die Wachtürme? Palisaden und davor noch ein Stacheldraht fassen uns vollständig ein. Gewissermaßen sind Sie bei uns«, er lachte fein auf, »viel geborgener als in der Stadt.«

Auch Katrin lachte höflich über seinen kleinen Scherz. Warf mir allerdings einen Blick zu, der ihren Abscheu reflektierte. Ich zuckte mit den Schultern.

»Auch vor Wilden muß sich hier niemand fürchten. Ihre Zahl nimmt ohnedies ab. Unsere Jäger verzeichnen hohe Abschußquoten. Hin und wieder gehe ich selbst auf die Pirsch.« Er lächelte entschuldigend und setzte für Katrin, die das Gesicht verzog, hinzu: »Eine Verrohung, ich weiß. Aber wir Männer, die so entfernt von aller Zivilisation leben, haben sonst kaum Ablenkung. Simulationen würden unsere Abwehrkräfte schwächen, deshalb braucht es mitunter das Unmittelbare. Ein wenig prägt einen das Land eben doch. Übrigens haben wir neulich«, munter plauderte er weiter, »ein absolutes Prachtexemplar eingefangen. Das gibt es nur selten, daß man eines lebendig zu fassen bekommt. Es hat, denken Sie nur, Haare auf Kinn und Wangen. Trotzdem zeigt es Symptome von Intelligenz, ja ist ausgesprochen gelehrig. Wir werden es ausstopfen lassen. Wenn Sie wollen, zeig ich Ihnen das Ding nachher.«

»Um Gottes willen, nein!«

»Sie werden sich doch vor einem Wilden hinter Gittern nicht fürchten?! – Sie dürfen ihn, sofern Sie mögen, gerne erschießen.«

»Sie meinen …?«

»Kein Simulator.«

Katrin schaute sich zu mir um.

»Wenn du meinst«, sagte ich.

»Macht das einen großen Unterschied?« fragte Katrin.

»Versuchen Sie's!«

Abends wurden wir in die Produktionsstätte geführt. Zuvor hatte uns Schmidt – das heißt einer Gruppe von insgesamt sechs Personen, zwei waren aus Hamburg gekommen, die anderen aus Kassel – je einen Gummianzug überreicht. Den mußten wir uns anziehn. Jeder erhielt zudem ein Stemmeisen sowie mehrere Blechschaber. Schmidt selbst schleppte einen nicht übergroßen Container, in welchen die geerntete Marmelade abgefüllt werden sollte. So verließen wir das Haus und durchschritten eine schneidend frische Luft in Richtung aufs Kamelgehege. Dieses mißt knapp zwanzig mal zwanzig Meter. Mitten darin steht ein flacher, nicht sehr geräumiger Bau, in den die Tiere zur Aberntung getrieben werden. Von der Decke senken sich Stahlklammern auf ihre Höcker und pressen sie hinab. So kann die Produktion weitgehend gefahrlos vonstatten gehen.

Es war gegen 22 Uhr. Unser Gastgeber legte, Ruhe bedeutend, einen Finger an die Lippen. Wir wateten, vor direkter Berührung mit dem von Kameldung verschmierten Boden durch unsere Anzüge geschützt, durch den Gehegeschlamm und schlüpften schließlich durch eine niedrige Luke. Es stank. Doch drinnen gab es Lichtspiele und populäre Musik. Die beiden Kamele lagen zu Boden gedrückt dicht an dicht. Sie wimmerten leise. Eines blutete aus den Nüstern. Wir schritten auf die Tiere zu, wobei uns Schmidt noch einmal versicherte, es sei völlig ungefährlich. Wir dürften uns, sagte er, nach Belieben gehen lassen. Indes Katrin das größere Tier streichelte, brachen ihm Schmidt und ich mit dem Stemmeisen den Kopf auf. Mir kam die Reaktion des Kamels erstaunlich echt vor. Trotz der Stahlklammern bäumte es sich auf und schrie, als bräche ihm das Rückgrat. Es war für uns ein großes Erlebnis. Katrin lachte. Ich griff mit beiden Händen in Gehirnmatsch.

Die übrigen vier hatten sich am zweiten Tier zu schaffen gemacht. Der Raum hallte wider von Geschrei und Musik, von Knirschen, Jubel und Panik. Mir wurde dunkel vor Lust. Ich wußte nicht mehr, was ich tat. Eine solche Befreiung hatte ich noch niemals erlebt.

Schmidt hielt mich plötzlich fest, schüttelte mich. »Nicht! Was tun Sie denn da?! Es darf immer nur die Hälfte entnommen werden, sonst treibt das Gehirn nicht mehr aus.«

Ich war ganz von Sinnen, beschmierte mich und bewarf Katrin mit dem Zeug. Den Anzug wollte ich mir vom Leib reißen, aber das Material war zu zäh. Zu alledem schrien die Tiere, spritzten Blut, bäumten und bäumten sich. Das half aber nichts, sie kamen nicht frei. Es war herrlich. Katrin wälzte sich am Boden, grätschte die Beine und preßte ihren Unterleib gegen den rechten hinteren Oberschenkel des Kamels. Rieb sich daran.

Ich kotzte, kam zu mir, schlug die Augen auf. Wie ich zurückgefunden hatte, wußte ich nicht. Neben mich tastend, suchte ich nach dem Lichtschalter, fand ihn. Für Momente war unklar: Hatte ich diese Nacht erlebt?

Neben meinem Bett lag, noch verschmiert, der Gummianzug.

Katrin traf ich zum Frühstück. Wir schwiegen. Ich, weil mir immer noch übel war, sie vor offenbarer Verklärung.

Auch Schmidt schwieg eine halbe Stunde lang. Er wirkte verkatert. Schließlich schlug er vor, den Wilden zu besuchen. Katrin war jetzt begeistert. Anders als uns Männern ging es ihr richtig gut. Da hatte es sowieso keinen Sinn, etwas gegen das Vorhaben einzuwenden. Zudem waren Schmidt und sie seit gestern abend ganz Herz und eine Seele. Ich bin mir sicher, er riß sich nur ihretwegen zusammen.

Das Geschöpf war in einen Käfig gesperrt. Ein Männchen von vielleicht einem Meter achtzig mit wirrem dunklen Haar. Es trug tatsächlich einen Bart. Katrin fütterte es mit einem gebratenen Kotelett. Sie schien sich gar nicht mehr von ihm trennen zu wollen; den ganzen Nachmittag über hockte sie wie dumm vor dem Käfig und sprach ein auf das Ding. Erst abends langweilte der Wilde sie. Da brachte Schmidt das Gewehr. Beim dritten Schuß traf sie den Wilden zwischen den Augen. Wir applaudierten. Sie schien restlos glücklich zu sein. »Hab ich den jetzt wirklich erschossen?« fragte sie immer wieder. »Und das war nicht nur Schein?«

Das Wochenende verstrich. Schmidt schenkte uns zum Abschied ein Kitz, dem Katrin, gelöst und heiter, während des Rücktransports zur Bahn immer wieder eine Haarnadel ins Ohr stach. Es war, als wir den Bahnhof erreichten, nicht ganz leicht, sie aus ihrer meditativen Beschäftigung herauszulösen. Dabei war das Kitz längst tot. Wie gerne also wäre Katrin noch geblieben! Doch unsere Pflichten erlaubten es nicht. Immerhin nahmen wir uns vor, bald wiederzukommen.

Der Schaffner schnallte uns in den Abteilen fest, stopfte uns die Knebel zwischen die Zähne. Diesmal waren sie mit Pfirsich aromatisiert. Noch als es dann zurück in die Stadt ging, hielt sich mein Eindruck, daß Katrin wirklich einmal etwas empfunden habe.

Der Sieg

Es war kalt. Doch es dauerte noch, bis der Frost auch meine Hände absterben ließ. Mein Blick versank in dem perlmuttartigen Schimmer ihrer grünfalben Haut. Schön sah sie aus. Selten hatten mir meine sonst eher roten Finger so sehr gefallen. Sie wirkten ganz schlank.

Ich streifte die Handschuhe wieder über. Es mochte um die dreißig Grad minus sein. Der Schnee, ganz verharscht, oft Eis: klingenscharfe Verwehungen, soweit die Augen in die Ebene reichten. Sie erstreckte sich voll aufgelassener Äcker, doch außer uns zweien, außer Wolfgang und mir, gab es keine Menschen. Natürlich gab es auch Georg, aber der war in der Baracke geblieben. Die war längst außer Sicht.

Wellen wie aus weißem Granit. Vor Zeiten hatte sie ein Pflug aufgeworfen. Einige, viele vergessene, Jahre zuvor. Hin und wieder schossen Vögel aus dem Grell. Keine Ahnung, wovon sie lebten. Sie hatten Augen in Orange. Wenn sich ihre gelbroten Schnäbel ins Erdreich stemmen wollten, klang es, als würden sie brechen.

Es schien keine Sonne. Doch griff die gleißende Wolkendecke die Sehnerven an. Jeder Schritt hallte, verhallte, als schlüge der Absatz auf den Asphalt nachtkahler Straßen. Straßen gab es aber längst nicht mehr. Nur den Reif. Nur das Eis.

Wolfgang hatte sich so eingemummt, daß er wie in einem Raumanzug wirkte. Den Schal hoch über die Nase gezogen. Er atmete schwer. Wenn er sprach – und er sprach ständig –, konnte ich ihn nur mit Mühe verstehen. Im Wollgewebe vor seinem Mund glitzerten Atemkristalle.

Ich erinnerte mich. Ich erinnere mich unausgesetzt.

»Wetten, daß ihr nicht heil zurückkommt?« Georg wischte sich ein bißchen Schleim von der Nase. Er war verschnupft und hatte getrunken, die ganze Nacht hindurch, unsern letzten Korn. Sein kurzes Schnaufen stieß süßliche Luft aus.

»Das ist wahrscheinlich«, antwortete Wolfgang, »bei der Kälte.«

»Darum will ich euch bitten zu gehen.« Georg sagte tatsächlich »bitten«, nicht etwa befahl er. Das war vollkommen ungewohnt. Und peinlich. Jedenfalls mir.

»Weil wir nicht heil zurückkommen werden?« Ich mußte das Gefühl überspielen.

»Weil ich Besuch erwarte.«

Ich blickte Wolfgang an. Der zuckte mit den Schultern.

»Ich muß allein sein, okay? Alles muß hergerichtet werden.«

»Wer kommt?«

»Irgendwer wird es schon sein«, sagte Wolfgang.

Georg nickte ihm zu. »Ihr würdet stören. Ich schick euch zur Aufklärung raus.«

»Fürs Logbuch«, sagte Wolfgang.

»Aber es ist noch niemals jemand gekommen«, wandte ich ein.

»Das ist wahr«, bestätigte Wolfgang.

»Seid brav und macht keinen Aufstand.«

Wir schwiegen.

Nach einiger Zeit, nur um sicherzugehen, fragte ich nach: »Weil du Besuch erwartest, sollen wir gehen?«

»Aus Schamgefühl«, sagte Wolfgang.

»Um die Gegend aufzuklären«, wiederholte es Georg. Er lächelte. »Ich möchte euch nicht kränken.«

Ich blickte neuerlich zu Wolfgang. Der trat von einem Bein aufs andere und kratzte sich unter der linken Achselhöhle. Es juckte ihn dort gar nicht, da bin ich mir sicher. Er kratzte sich einfach zu heftig. Wieder so ein Dreh, um mich zu beleidigen. Schon immer hatte er es darauf angelegt.

»Wetten, daß ihr nicht heil zurückkommt?«

»Wieviel?« fragte ich.

»Zweihundert«, sagte er.

Wolfgang sah zu mir.

»Wie weit sollen wir gehen?«

Georg zeigte auf den Tisch. Wir traten näher. Er entrollte die Karte, führte den Zeigefinger über die Linien. Wolfgang atmete zäh. Meist amüsierte mich das Pfeifen und Schnarren seiner Bronchien; wenn ich nachts darauf lauschte, erzeugte es Halluzinationen, die wohltuend waren. Jetzt hingegen störte es mich.

»Da kommen wir ganz sicher nicht zurück«, sagte Wolfgang. Er zog seine Börse heraus.

Ich blickte ihn ärgerlich an. Er hatte zwar recht, aber hätte das nicht unbedingt aussprechen müssen.

»Laß stecken«, sagte Georg prompt. »Versucht es erst mal.« Und zu mir: »Oder habt ihr Angst?«

Ich schüttelte den Kopf.

Wolfgang nahm wieder Haltung an.

»Ihr seid die Elite. Vergeßt das nicht.«

»Wir sind die letzten«, sagte ich.

»Richtig. Also zieht euch so viel an, wie nur geht. Dann steht ihr es durch.«

Er hob ein fast leeres Glas vom Tisch.

»Auf die Nation, meine Herren!«

»Auf den Glauben«, sagte Wolfgang. Er hatte, wie ich, gar kein Glas.

»Barmherzigkeit und Mitleid«, sagte Georg.

Ich sagte nichts.

Wolfgang sah mit seinen runden hübschen Mädchenaugen ins Licht der an einem Strang schaukelnden Glühbirne. Georg stürzte die Neige Schnaps hinunter.

»Wann«, fragte ich, »kommt dein Besuch?«

»In zwei Wochen.«

Ich rechnete nach. Wir hatten noch für sechs Tage Proviant. Alleine konnte er es schaffen. Da hatte er recht. Ich blickte zum Funkgerät, das seit Monaten geschwiegen hatte. Wir hatten sicher draußen patrouilliert, als die Nachricht gekommen war. Ich duckte mich und schlich, von Wolfgang gefolgt, in die Kleiderkammer. Wir hüllten uns in die Parkas und wechselten das Schuhwerk. Wir redeten nicht. Dann krochen wir durch die Luke der Kammer hinaus. Es war unnötig, daß uns der Oberst fortgehen sah.

Stundenlang marschierten wir, ohne uns anzusehen. Wolfgang hielt asthmatisch Selbstgespräche. Wenigstens sprach er nicht laut.

Ich stieß ihm eine Faust in die Seite. Er wandte sich mir zu, zog den Schal von den Lippen, lächelte. Ganz blöde sah er aus.

»Was is'?«

»Wollen wir uns nicht setzen? Ich meine, wir können im Sitzen genausogut warten.«

»Wenn ich gehe, merke ich nicht, daß ich noch Beine habe.«

Ein gutes Argument. Wir schritten weiter. Über uns kreisten, schwarzen Kerbtieren gleichend, die Krähen.

Es wurde Mittag. Wolfgang strauchelte. Er hatte nicht mehr die Kraft, sich zu fangen. Hart schlug er auf. Seine Finger furchten durch Schneeschorf. Das klang so widerwärtig, daß ich mir die Ohren zuhielt. Aber ich hörte es weiter, sogar noch verstärkt. Ich kniff die Augen zu. Erst einige Sekunden später hob ich die Lider. Da lag er, gestreckt und ruhig, zu meinen Füßen. Ich stieß ihm ein paarmal eine Stiefelspitze in die Weichen. Er zuckte noch. Ich überlegte, ob ich mich zu ihm setzen sollte und gemeinsam mit ihm sterben. Wäre er nicht so schwer gewesen, ich hätte ihn auf den Rücken gedreht. Ich bückte mich und hob seinen Kopf.

»Geht es zu Ende mit dir?«

Keine Antwort.

»He! Ich will wissen, ob du krepierst!«

Seine Lippen bewegten sich. Sicher sprach er absichtlich so unklar. Verärgert, daß er es eher schaffte als ich, ließ ich sein Gesicht zurück in den Schneeschorf fallen. Kehrte mich beiseite. Marschierte voran. Das Ziel lag noch Kilometer entfernt. Weil mir nichts anderes einfiel, brummte ich die Hymne. Meine Stimme vernahm ich von innen, ich spürte sie, aber hörte sie nicht.

Ich erreichte die Koordinate. Der Ort unterschied sich in nichts von der übrigen Gegend. Imgrunde war es egal, ob ich weiter- oder zurückging. Ich entschied mich für letzteres.

Eigentlich war das Gehen nicht schlimm. Ich hatte weder Schmerzen, noch kriegte ich meine Bewegung eigentlich mit. Hätte ich die Augen geschlossen, es wäre wie ein dauerndes Dastehn gewesen. Wenn ich die Baracke wieder erreichte (*wenn* ich sie erreichte), wäre vermutlich unterhalb meiner Brust alles gestorben. Seltsam, daß man von unten nach oben stirbt.

Ich lachte und versuchte, das Phänomen zu begreifen. Würde ich wider Wahrscheinlichkeit gerettet, müßten mir die Beine abgenommen werden. Wenigstens. Daran gab es keinen Zweifel. Eine so komische Vorstellung, daß sie mich durchhalten ließ.

An Wolfgangs Leiche verharrte ich einen Moment. Ihm war die Mütze vom Schädel gerutscht; eine Krähe hatte sich auf dem Kopf niedergelassen und pickte. Sie ließ sich in keiner Weise stören, sah nur einmal auf, wie um mir zuzunicken. Ich kratzte mich. Waren Wolfgangs Handschuhe wohl wärmer als meine? Der Kadaver war schon so steif, daß der Vogel nicht ein bißchen Blut aus dem Kopf herausbekam. Wahrscheinlich blieb der bis weit ins Frühjahr erhalten.

Ich wollte das Tier ansprechen, ließ es aber, wollte den Vogel nicht vertreiben. So war doch Wolfgang zu was gut. Mit dem Vorsatz, Georg zu töten, schritt ich weiter. Vielleicht war er eßbar. Ich nahm mir vor, entweder wieder durch die Luke oder, falls sie unterdessen geschlossen war, durchs Klofenster zu klettern. Der Oberst sollte nicht leiden. Ich wollte ihn auf keinen Fall belästigen. Schnell würde es gehen. Ich springe ihn von hinten an. Ich drücke ihm den Adamsapfel in die Gurgel. Dabei stech ich zu. Er wird vor Überraschung kaum was merken. Vermutlich ist er nur erstaunt, wenn er plötzlich hin ist.

Daß ich noch gehen konnte, setzte mir zu. Daß einer eine solche Maschine ist! Selbst mit toten Beinen kommt er voran. Auch daß es gar nicht wehtat, machte mir zu schaffen. Ich erinnerte mich an Wolfgang, an das stete Pfeifen seiner Lungen. An mehr aber nicht. Schon gar nicht an sein Gesicht. Einmal drehte ich mich noch um: Der Leichnam war zu einem schwarzen Punkt kontrahiert. Ein paar Minuten später gab es ihn nicht mehr.

Es begann, Eishaar zu schneien.

Über die weißen Wehen fiel bereits die Dämmerung, als ich ankam. Im Weiß stand die Baracke wie ein Schmutzfleck. Davor, sinnlos, Gerätschaft, auch Schlitten. Die Hunde hatten wir schon vor Wochen verzehrt. Nun gab es nur noch die Dosen.

Ich schlich mich zum Klofenster. Es war zu. Auch die anderen Fenster hatte Georg versperrt. Mir blieb keine Wahl. Ich klopfte an die Tür. Fünfmal klopfte ich, dann wurde endlich geöffnet.

Georg starrte mir fassungslos ins Gesicht. Seine Pupillen flatterten.

»Du? Du bist das?«

»Wen hast du erwartet? Deinen Besuch?«

»Du lebst noch?«

»Zur Hälfte.« Ich grinste. »Unterhalb der Gürtellinie bin ich tot.«

Er grinste gleichfalls.

»Dann ist ja gut«, sagte er.

»Ich krieg zweihundert Mäuse.«

»Und Wolfgang?«

»Kaputt. Schon mittags.«

»Er war immer der Stärkere von euch beiden.«

»Läßt du mich rein?«

»Aber sicher doch … sicher! Schön, daß du da bist!«

Er schloß die Tür hinter mir.

Ich klopfte mir das Eis aus dem Parka, streifte die Handschuhe ab, rieb die Finger.

»Daß du das geschafft hast, müssen wir feiern.«

»Ich verstehe es selbst nicht.«

»Mach dir nichts draus.«

Wir schwiegen.

Ich sah mich um. Georg hatte Stühle Tische Geschirre zerschlagen. Ein Anfall vielleicht. Wahrscheinlich der Suff. Holzteile und Scherben lagen über den Boden verstreut. Die Strohmatratzen waren völlig zerfetzt.

»Was war los?«

Hilflos hob er die Flächen der umgekehrten Hände.

»Als ob du die paar Tage nicht durchgestanden hättest.«

Er schwieg weiter.

»Also: Was ist passiert?«

Er wies mit dem Kinn gegen das Funkgerät. Auch dieses hatte er zerschlagen; es hing in losen Teilen vom Regal.

»Sie kommen nicht. Sie holen uns nicht.«

Ich sagte nichts dazu.

»Was i s t?« Und lauter: »Hast du gehört, was ich sagte?«

»Nein.«

Wir schwiegen neuerlich.

Er wischte sich Tränen und Rotz aus dem Bart. Ihn weinen zu sehen, peinigte mich.

»Jedenfalls gut, daß du zurückbist. Laß uns nicht mehr davon sprechen.«

»Und jetzt?«

»Was *jetzt*?«

»Eigentlich bin ich gekommen, um dich zu töten.«

»Das ist gut.«

Er blickte auf seine Schuhspitzen.

Endlich verstand ich. Ich wandte mich zur Tür.

»Was hast du vor?«

»Ich gehe.«

»Was tust du?«

»Gehen.«

»Aber …«

Er speichelte schlimm.

»Aber da draußen ist doch nichts!«

»Eben.«

»Du kannst mich doch nicht allein zurücklassen!«

»Doch. Das kann ich.«

Jetzt verstand auch er. Erschreckt sprang er auf und schrie: »Hast du mich nicht verstanden?«

Ich ließ mich nicht aus der Ruhe bringen. Mit einem Mal war alles anders.

»Hierbleiben sollst du! Das ist ein Befehl!«

Er war noch schlimmer als Wolfgang. Auf seiner Stirn rollte dick der Schweiß. Ich hatte nicht einmal Lust, ihn zu quälen.

»Du bleibst hier!«

»Schon gut«, sagte ich leise und öffnete die Tür. Handschuhe und Parka ließ ich zurück. Der Wind schnitt mir scharf ins Gesicht.

Ich musterte die Landschaft. Im Sternenhimmel stand unbewegt und hoch der Silbermond. Irgendwoher hallte ein Krächzen. Man hätte meinen können, es heulte. Das war sehr angenehm. Vielleicht, dachte ich, hatte die Krähe es endlich geschafft. Vielleicht war der Schädel nun doch endlich offen.

Gehirn

Vorgestern morgen erwachte er in dem Bewußtsein, einen fürchterlichen Traum geträumt zu haben. Warum er so fürchterlich gewesen, blieb ihm aber dunkel. Dem nachsinnend saß er nun, leicht vorgebeugt, eine beträchtliche Zeit lang im Bett, sah dann zur Uhr und stellte fest, es war noch sehr früh, nämlich keine vier. Er schaltete die Nachttischlampe aus und drehte sich zur Seite; für den kommenden Tag ein gehöriges Arbeitspensum vor sich, brauchte er seinen Schlaf.

Doch er fand nicht hinein, war in keinerlei Weise davon abzubringen, über den Traum zu grübeln, der um ihn weiter herumblieb. Dem wollte er sich endlich entziehen. Wozu er die Nachttischlampe wieder anschaltete, sich aus dem Bett drehte, den Morgenmantel überstreifte und ins Wohnzimmer schlappte. Dort nahm er den erstbesten Band aus dem Regal und begab sich in sein Bett zurück. Ein Kissen im Rücken, begann er zu lesen.

Für einige Minuten ging es ganz gut, bis sich ihm ein erst zögernder, schließlich kräftiger Druck auf die Ohren legte und seine Konzentration nachließ. Permanent fiel ihm das Wort GEHIRN ein, plastifizierte sich gleichsam, wurde zu irisierenden Neonlettern, bis er sich einzubilden begann, eine zerebralwissenschaftliche Abhandlung zu lesen, die in unerhörter Weise fesselnd, geradezu fantastisch geschrieben sei, wenngleich sie doch nur aus ein und immer demselben Wort bestand. GEHIRN, las er, – und wieder: GEHIRN, – seitenlang GEHIRN. Als er sich schließlich klar darüber wurde, es handele sich keineswegs um einen solchen Aufsatz, sondern er halte einen Kriminalroman Simenons in den Händen, erschrak er doch sehr und fuhr sich mit einer Hand über die Augen. Er hatte jetzt wirklich genug vom Lesen. Seinem Zustand mußte anders abgeholfen werden.

Nur umständlich kam er aus dem Bett, seine Beine verwickelten sich in die Decke. Beinahe wäre er aufgeschlagen. Verwirrt suchte er das Badezimmer auf und hielt seinen Kopf unter den Wasserhahn. Sicherheitshalber putzte er die Zähne. Doch kaum hatte er das Badezimmer wieder verlassen und also den frischen Duft von Wasser, Seife, Pfefferminz, begann es sich erneut in ihm zu verzwirbeln. Schließlich war sein Kopf so verknotet, daß er drei Gläser Cognac trank.

Morgens gegen halb acht fand er sich in einem Sessel wieder. Er hatte Herzstiche, ihm war übel. Außerdem saß er nicht, vielmehr *lag* er im Sessel, ein fremdes Bein über die Lehne geworfen. Es schien ihm etwas entweichen, sich seiner befreien zu wollen. Doch sein Körper verhinderte es. Dazu die Schmerzen. Das wurde ihm aber erst klar, als er auf sich hinabsah und registrierte, wie unorganisch der Körper die Polster quetschte, nur stellenweise von einem Stepp-Plaid bedeckt. Das Bild war so komisch, daß er lachen mußte, und zwar so laut, daß die, deren Nachbar er war, an seine Wohnungstür gelaufen kamen und klopften und riefen: Was denn nur los sei?!, Weshalb er einen solch tierischen Krach veranstalte?!, Ob man ihm irgendwie helfen könne?! – Er lachte nur, bekam kaum noch Luft. Tränen rannen ihm über Wangen und Kinn. Welch durchaus gelungener Streich, den ihm sein Gehirn da gespielt hatte!

Er stand auf, nahm einen weiteren Schluck Cognac, taumelte zur Tür und öffnete den pochenden Leuten. Sie bestürmten ihn wie Springflut. Abermals begann er zu lachen, wobei er die Menschen, so gut es ging, von sich abwehrte. Es tue ihm leid, man möge Verständnis haben, er habe etwas getrunken. – Warum er denn ständig GEHIRN sage? fragte einer.

Als er gestern erwachte, wußte er sofort, den Traum erneut geträumt zu haben. Diesmal fand er sich gleich im Sessel wieder. Es schien sich der Traum erweitert zu haben, indem er die Versuche, ihn loszuwerden, in sich integrierte. Indessen blieb neuerliches Klopfen an der Haustür aus. Vielleicht aber war nur sein Kopfschmerz zu groß. Er kniff die Augen zusammen, sah allerlei Sterne und leuchtend geometrische Strukturen, über die sich etwas *Faules* schob. Auch vermißte er die Zugehörigkeit zu seinem Leib; nicht nur, daß er wiederum auf diesen hinabzublicken vermochte. Komisch kam ihm das nun nicht mehr vor. Es hatte vielmehr etwas Natürliches, war eine, empfand er, Wohltat für die Seele. Ohne Frage, er verwandelte sich. In was, war egal. Nur immer GEHIRN war um ihn und FÄULNIS. Offenbar waren seine Organe ausfällig. Es wurde nötig, sich ihrer zu entäußern. Wie lästig nur die drei hartnäckigen Menschen, die sich – wie hatten sie Einlaß ins Zimmer gefunden? – damit abrackerten, ihn von der Zimmerdecke zu zerren und wieder in den Körper zu stopfen. Sollten sie ihn doch in Ruhe lassen! Allerdings hatten sie eine höchst abgefeimte Art, nicht auf ihn zu hören, hintertrieben seine Befreiung sogar. Dann riefen sie einen Notarzt an.

Vorhin erwachte er gebunden. Was insofern eigenartig war, als es ihn nicht behinderte.

Die Visite erschien. Er schaute von oben auf die Köpfe hinab, zählte Pusteln auf der Glatze des Arztes und rief dem

Trüppchen Spottverse zu. Da niemand reagierte, bemühte er sich anderweitig um Kontakt. Doch waren die Leute davon nicht abzuhalten, über ihn ein Tuch zu decken. Er bekam einen weißlich verschwommenen Blick. Und fühlte, wie man ihn wegschob.

Joana. Nachtstück.

Für Barbara Bongartz

1

Von Bonaventura. NACHTWACHEN. 1804.

Als sie starb, erwachte erst Ponce, und er schien jetzt zum ersten Male zu lieben, weil er die Liebe verlor, und ein liebendes Herz zu fühlen, um es zu durchbohren. Er vermählte sich schnell wieder mit Ines.

Don Juan stand stumm und wahnsinnig unter den Toten.

2

Kann geschehen, was ihm geschah.

Er weiß nicht und will nicht wissen, ob er sich alles eingebildet hat, ob diese Dunkelheit, die wie in Schachtelträumen herbeikroch, so daß es euch erst die Füße näßt, dann den Leib, die ansteigt wie Wasser,

ob diese eben nicht von oben sich herabsenkende, sondern nebelgleich aus Wiesen und Asphalt heraufsteigende Dunkelheit, die einem kichernd in die Kniekehlen beißt, bis ein Nervenzucken beidseits durch die Schenkel schießt,

ob diese Dunkelheit, die den Himmel freiließ, der spät noch, nach ein Uhr nachts, in einem Fleckchen glimmte, das er, von seinem Sofaplatz aus, ohne zu erstaunen wahrnahm, abgeschnitten von den anderen: – ob es nicht einem GESICHT entstammte.

Er sagt »Gesicht«, weil ihm anderes nicht einfallen will für diese Erscheinung und weil der altertümliche Ausdruck sich eignet, eine Vergangenheit zu bezeichnen, die, so weit sie auch zurückliegen mag, gegenwärtiger ist, als Ihr hoffen dürft.

Er will sich erinnern, Ihr schert ihn dabei nicht. Denn zwar geschah, was geschah, erst vor wenigen Tagen, doch sei seine Erhebung schon heute gestanden. Sinnlos, euch das Wie zu erzählen bis auf den Punkt.

Sie schauten einen Fernsehfilm, einen Krimi vielleicht. Das stimmt nicht, aber Ihr erkennt ein Bild erst am Rahmen. Als er aufsah, stand hinter den Scheiben der Himmel so tief, als ob sie seine gewaltsame Weißlichkeit eindrücken wollten. Es brauchte etwas, bis er diese als zirrostrate Wolken erkannte, hinter denen, verwaschen und ohne Zentrum, Mondlicht glomm. Unversehens riß eine hohe Bö sie auf: – darüber eine Wolkenburg, die ihre Zinnen schürzt.

Idiotische Schimäre.

Gleich neben dem Wohnhaus am Stadtrand, einem von etwa zwanzig Blöcken mit Blick auf die Autobahn, verlief ein kräftig frequentiertes Gleispaar der Deutschen Bundesbahn. In Fünfminutenabständen durchdrang das Rattern endloser Güterzüge das Wohnzimmer.

Ein Mädchen fand nicht mehr hinaus.

Das Sprichwort gab den Anfang.

Er hatte es eher aufgeschnappt als gelesen, als sie, mittags noch, in eine Gaststätte eingekehrt waren, die im Erholungsgebiet Sonntagsausflügler speiste. In den weiten, in kuchenseliges Unbehagen gebetteten Räumlichkeiten schwang

Durcheinander aus Kinderschreien, Tassenklirren, gelegentlichem Hundebellen, Gelächter. Eingebrannt in eine vielleicht zwei Zentimeter starke, mit versteinerter Rinde gesäumte elliptische Scheibe, rief ihm der Leitsatz nicht nur das Gymnasium in Erinnerung, worin er erste erfolglose Lateinstunden nach Bornemanns Lehrbuch für die Unterstufe abgesessen hatte, sondern er, der Satz, stand zweifelsfrei in einer ungewissen Verbindung mit der jungen Frau, über deren Kopf er an der Wand hing. Sie hatte ihn gleich, mit erstem Sehen, angerührt. Es war noch früher Vormittag gewesen, ein gelinder Flirt. Ohne aber, daß sie kokettierte. Sie flirtete auch nicht, sondern litt an einer Augenkrankheit, die ein ungemein schnelles Flattern der Iris verursacht; er hatte Schwierigkeiten, ihrem Blick, der ihn schwindeln machte, einigermaßen standzuhalten.

Er legt dies Geständnis ab, um sein Amusement mit der Wahrheit zu haben. Deren Büttel ich bin.

Gegen Abend entsann er sich des Sprichworts wieder, sprach es leise vor sich hin, wußte nicht mal, für wen.

Längst saßen sie in der Wohnung. Die Beine schmerzten. Noch über den ganzen Nachmittag waren sie durch Riddagshausen gewandert und hatten, an den drei großen Seen vorbei, die dichten Ausflugsscharen bald hinter sich gelassen. Sie waren durch das Sumpfgebiet gezogen, das ihm seit jeher eine Vorstellung der Trias gab, wenngleich er die Laubbäume hinwegdenken mußte. Etwas wie Vertraulichkeit war aufgekeimt. Sie schritten ins angrenzende Waldgebiet, welches sie innert einer Stunde durchquerten, um in die Dritte Zeit einzutreten, Ährenwelt und Ackerland, hinter dessen Feldern er, in Ferne, das mittelalterliche Kloster ahnte.

Ihre Stimmen und Schritte hallten im Hochhausgang. Zu siebt drängten sie sich im Fahrstuhl zusammen, ließen sich hinauftragen. Er stellte sich vor, die junge Frau, fast noch ein Mädchen, entkleide sich vor ihren Augen, mit den nackten Schultern gegen den Chromrahmen gedrückt. Ihren Flatterblicken entging seine Imagination; sie hefteten sich ihm ein bißchen zu verliebt ins Gesicht. Ihre Scherze waren kindlich. Die dümmsten Bemerkungen fand sie zum Lachen und kicherte, als täte sie es nicht selbst, sondern etwas vor ihr, um sie herum, in das sie sich zum Schutz gewickelt habe. Er wollte sich, obwohl nahe daran, nicht ebenfalls verlieben. Je aufgetriebener er fantasierte, umsomehr ärgerte ihn die Naivität dieses Mädchens. Es fesselte ihn, das nahm er ihm übel.

Er war selbst eben vierundzwanzig Jahre alt geworden. Allerdings hielt ich das für eine Täuschung.

Nachdem der Freund die Wohnungstür aufgesperrt hatte und sie eingetreten und die Lichter angeschaltet waren, während dann der Freund den Kellerschlüssel nahm, um Wein hochzuholen, sah er hinter den Fenstern, vom Sofaplatz aus, dieses unnatürliche Aufsteigen von Dunkelheit.

Er starrte hinaus, hörte die beiden kaum zurückkommen. Sie entkorkten die erste Flasche. Das Gläserklirren drang von weit her in ihn ein. Langsam kippte die Nacht auch ins Zimmer, bettete sich in seine Entrückung, die ihn vor den violett schimmernden Fenstern hielt. Langsam schälte sich die Idee aus ihm heraus.

Noch später saßen sie im Kreis um den mit Flaschen und Gläsern vollgestellten Tisch. Draußen glomm der weißliche

Flecken. In den Köpfen hinterließ der Alkohol erstes Schwingen. Mancher verliere, dachte er, die Konturen nicht weniger als die junge Frau in ihrem nystagmischen Blick. Sie rückte näher an ihn heran, wie um gemeinsam mit ihm die Nacht zu durchwachen. Er rückte, vorsichtig, ab.

»Wir wollen das Hellwerden abwarten.«

»Zu trinken ist jedenfalls genügend da.«

Jemand zwickte seiner Nachbarin in den Oberarm. Die kreischte leise auf.

Jemand erhob sich, um das Fernsehgerät auszuschalten.

Dann schwiegen alle ein bißchen. Ihm war, als hätte die Dunkelheit sie verstummen lassen. Fünfzehn Stockwerke tiefer ratterte ein Zug wie durch Traum. Er würde die Freunde auf den rechten Begriff führen müssen, dann lieferten sie ihm, kein Zweifel, das Mädchen aus.

Es sah ihn hin und wieder an. Er tätschelte leicht seine Hand.

»Mädchen« ist sächlich. Das gehört schon zum rechten Begriff. »Frau« beginnt mit der Demaskierung der Reinlichkeit.

»Wie wäre es, wir würden uns Namen geben?« fragte er.

Die anderen reagierten kaum, blickten ihn dümmlich an.

»Im Begriff Selbsterkenntnis üben«, formulierte er. »Vergessen wir unsere Namen, wählen wir eigene, gegenseitig.«

»Namen sind Zeichen, wie Ziffern«, wandte jemand ein.

»Vielleicht, doch denk mal wieder die alte Bedeutung hinzu. Die meisten sind dann lächerlich.« Er gluckste in sich hinein.

Gleichwohl, auch die anderen fühlten sich zusammengehörig, wollten zusammenbleiben, diese Minute, Stunde. Weshalb also, formulierte er wieder, nicht ein solches Gesellschaftsspiel spielen?

»Wir sind erwachsene Leute, was macht es aus? Nicht mehr den Zufall achten, dessen Wesen sich hinter Benennungen versteckt.« Er lief rhetorisch zur Hochform auf. »Eine Vergangenheit nennen und also aus dem Vorbewußten herausziehen, die ohnedies die Gegenwart prägt.«

Voll einer inneren schlimmen Macht, blickte er von einem zum andren, längst ins Suchen vernetzt. Es war erstaunlich, wie wenig einer gemeinhin sah! Jede Falte registrierte er, das kleinste Pickelchen. Die Trunkenheit ließ ihn hellsichtig werden. Etwa war ihm nie zuvor deutlich geworden, daß ein bestimmter Augenbrauenbogen zutiefst verärgern kann.

Ihre Augen strichen durch sein, seine durch ihr Gesicht, durchstreichelten, verweilten. Umfuhren. Strichen weiter. Man kicherte, als wäre es peinlich. Doch die Skepsis war schnell verhuscht. Schweigen lag auf der Prozedur.

Das Mädchen vertraute ihm. Die anderen hatte er offenbar überfahren. Jetzt mußte er sie vorsichtig lenken, mit Wörtern, Sätzen, möglichst verhalten. Dann liegt das Kind bald auf dem Tisch, dann öffnen sie ihm die Beine.

Der Blick in einen imaginären Spiegel: die Fensterscheiben, die ihr Bild reflektierten.

»Hat mal wer 'ne Zigarette?«

Nachschauen in den Schachteln auf dem Tisch. Schulterzucken.

»Hat wirklich keiner mehr 'ne Kippe?«

»Müßten welche besorgen …«

»Der nächste Automat ist weit.«

»Kommt jemand mit? Ich hol zwei Päckchen.« Bleibt jedoch sitzen.

Oder Omen, die lediglich gefallen: der Name der Freundin, des Vaters, einer Schauspielerin. Woran sollten sie sich messen?

An seiner Lust.

3

Jetzt, nachdem er gezeichnet worden ist und tatsächlich um ein anderes Bild gekämpft hat, um ihres, schaut er, etwas bedrückt, erst auf seines, dann ihres. Scheinbar erwidert sie seinen Blick. Er erschrak und genoß das Erschrecken, als er sich sah. Obwohl es doch nur Zeichnungen sind, Bleistift, papierkantenscharf voneinander getrennt. Ein häßlicher, schöner Kontrast.

Welch leises Glück zieht dem Mädchen um die Schläfen, etwas, wonach er sich sehnte, was er ihm neidete, was ihm so gottverdammt fremd war und ist. Er rührt nicht daran. – Es gab da einen Einklang.

Er wußte schon früh, es werde nicht gutgehn. Doch seine Verliebtheit wuchs, je mehr er sich gegen sie wehrte. Das Mädchen entmächtigte ihn.

Es äugt auf der Zeichnung, äugte aus ihr heraus, kindlich, doch gewisser, ungewisser Ahnungen voll. Zugleich fliehen die Blicke. Als wollte ihn das Mädchen zwar anschaun, doch ihn nicht nahekommen lassen.

Ach, der Schmerz, die Kopfseiten!

Er hat seinen Willen durchgesetzt. Sie hätte fortlaufen sollen! Er weiß, man muß ihn nicht erinnern. Wer erinnerte ihn?

Ist nicht gut gewesen. Tatest weh. Wäre sie so arglos gewesen, wie sie tat, er hätte ihr dennoch die Trense zwischen die

Zähne geschoben. Die Hohe Schule der Lust, sie das Pferd, er ihr Reiter.

Wolltest sie schmerzen? Wolltest?

Und doch:

Bald ging es auf halb drei. Noch immer schimmerte der hämische Flecken unterm Himmel. Dunklere Streifen, mitunter gezackt, schoben sich daran vorbei.

Meditationen über Namen. Er ahnte noch nicht, wie sehr sie ihn dekuvrieren würden. Tauch ins Gesicht, laß dich in die Augen fallen. Kriech in die Nasen, die Hautfalten, verbirg dich in den Seelen. Iß sie von innen. Konzentration.

Ständig dachte man daran, daß keine Zigaretten mehr da waren. Bald glitt ein leeres Gefühl auf den Boden, der Weißstelle am Himmel ähnlich, die mit ihm verwuchs. Obendrein hatte jemand das Fenster geöffnet, ihn dadurch völlig preisgegeben, in der instinktiven Hoffnung vielleicht, ein paar Wolkenschwaden mögen hereinziehen zu ihnen, ihn auflösen und forttragen. Nicht einmal das Scheppern eines Güterzugs, das neuerlich heraufdrang, schlug ihn wach. Die sechs jungen Leute verschmolzen zu einem Klumpen, er kriegte die Konturen nicht auseinander. Nur trennte sich hier mal ein Bissen, mal dort. Ganz ohne Geräusch. Über allem indes ihre Augen. Zwar versuchte er, an ihre Brüste zu denken, an den Schoß, wehrte sich, doch die Augen blieben wie frei und schimmerten in einer Trauer, die seine war.

»Detlef«, mit lang gesprochenem *e*, wünschte einer zu heißen. Zwischen aufblitzenden Weingläsern Lichtnetz. Die Lampen waren ausgeschaltet, ein paar billige weiße Kerzen angezündet worden. Die suchenden, tastenden Blicke. Ihn verfing das eigene Spiel.

»Hugo«, sagt jemand, sollten sie den anderen nennen. Kann sich ein Lächeln nicht verkneifen. Zweie kichern. Er amüsiert sich mit.

Nur das Mädchen schüttelt den Kopf, spricht erstmals seit einer Stunde, widerstrebt.

»Nein«, sagt es arglos. »Das ist nicht richtig. Das wollen wir nicht.« Und zu ihm: »Das willst du doch auch nicht, daß wir uns lustig machen.« Das sei nicht wahr, sagt es einfach.

Schweigen.

Er will, daß es lernt zu betrügen. Daß es Frau wird.

»Wir wollen nicht unseren Spaß auf Kosten eines anderen haben.«

Es ist grauenvoll. Er verstopft sich die Ohren mit einer Fantasie, erkennt das Ziehen zwischen den Schenkeln, streckt die Beine. Das Kind soll die Lippen über seine Eichel stülpen, schlucken, dann lachen. Ein wenig Sperma auf den Lippen.

»Nennen wir ihn doch André, warum nicht französisch?«

Jetzt lacht er w i e d e r. Und zeigt euch, was wahr ist.

Der Benannte schüttelt den Kopf, bedachtsam, überlegt. Das sei er nicht, denkt er. Wer weiß aber schon, wer er ist? Sähen ihn die andren wirklich so? Ist sich gar nicht sicher. Bei »Paul«, mit *o*, halten sie einstweilen ein. Das nun solle er sein? Er zaudert, schüttelt wieder den Kopf.

»Versucht doch mal ein klares Symbol!«

Er muß ein drittes Mal lachen.

Seinetwegen: Paul, mit *o*. Bleibt aber Provisorium. Die sechste Flasche wird entkorkt. Zynisches Ploppen.

»Ich möchte Dagmar heißen.«

»Dagmar? Wieso?«

»Vom Laut her. Versteht ihr? Er ist sehr schlicht. Bitte, gebt mir den Namen.«

»Ich finde schon, daß er paßt.«

»Ich weiß nicht recht …«

Sie diskutieren.

»Aber …«

Sie schauen die junge Frau wieder an.

»Ja, er könnte … könnte wirklich …«

Natürlich hielt er sich mit sowas nicht auf, war unaufmerksam, abgenabelt. Ihm schweifte das Denken unter den Händen.

Verschiedene Namen fielen, er will das alles vergessen.

Brauchst den Halt.

So lonely. Leise, Kinderstimme überm Herzrhythmus, *Tristan* nach Henze.

Mag sie so. Mag sie so.

Haltich zusamm. Vergißte, dich vorzusehn, Freund?

Aufmerkend: »Bitte?«

Schon weg.

Jedenfalls keine naturalistische Floskel. Muß sich über sie schmiegen im Klang. Nimm ihre Haare, Haut, Stirn. Er sog am Begriff.

Mehr steht dir auch nich zu. Bist aber ein rechter Gourmet. Kennen uns lang, Freund, lang. Weiß ich doch, welch ein präzises Kerlchen du bist, überaus patentes Bürgerkind, m e i n e s also, hii.

S c h o n wieder also.

Wer hatte das gesprochen, rechts neben seinem Ohr, deutlich zwar, doch so, daß es kein andrer vernahm? Er wandte sich seitwärts, dort saß nur das Mädchen. Deshalb hielt er die Sätze noch immer für spöttische Floskeln seiner Imagination. Er dachte auch sehr schnell weiter, dachte, plötzlich, an Jeanne d'Arc.

Hat nich schon Voltaire, mein genüßlicher Freund, ebenso gedacht?

Das war nun wieder *er*, der sich ihm in die Meditationen schlich.

Nicht Jeanne, nicht Johanna.

Wiewohl, der Schlachthof wär' dir schon recht.

Er spürte ein Kribbeln, schnupperte die Spur. Schluchzen, Chanson: als schmeichelte sich in den Wohlklang das Grauen dessen, der ihn vernimmt.

Die Zeichnungen, von denen er kurz zuvor schrieb, die gegen Ende der Nacht entstanden waren, man hätte den Fortgang aus ihnen ablesen können. Er wußte den aber sowieso schon. Er mußte nur den Flatterblick sehen. Daß sich das Mädchen in ihn verliebte, verletzte ihn. Es verspottet dich, dachte er.

Das Kind wehrtich ab. Willstes haben, wie? Ziehst ihm's Seelchen über die Haut? Nimm's ihm, bann es in ein Bild!

Der Mund, ach, die Lippensegmente … welch ein Vergleich zu den Augen!

Vergleich, hii, d a haste recht!

Ihre Augen, sagte ihm später ein Freund, nein, die geben mir nichts. Sein linker Zeigefinger fuhr über die Konturen des Portraits. Aber der Mund, der Mund!

Hört auf, nichts mehr, er weiß Euch zuvor, was ihr sagt. Ich kenn Euch, bin euer Widerbild.

Die Augen:

Staunen. Furcht vor dem Erstaunten. Hinüber und wieder zurück.

Welcher Name denn?

Laßt ihn in Ruh! Was erzähl ich Euch. 's geht keinen etwas an!

Ihr verwirrt ihn mit Eurer Wehmut. Sie ist falsch, er wird sie zerfetzen.

Ihr sollt ihn in Ruhe lassen!

Zahlte er bereits?

Wie spitz der dreinschaut auf der Zeichnung. Als wären es längst nicht mehr seine Blicke, sondern schon die des *Anderen*.

Dann hörte er es erneut, das kleine metallische Lachen, abermals, neben seinem linken Ohr. Es hockte auf der Lehne. Und er fand *seinen* Namen.

Was trieb ihn, ihn zu sagen?

Sprich's doch einfach nicht aus. *(Er.)*

Sag's schon, Freund. Merkstes jetz? Wirste ehrlich? *(Er.)*

»Haltie Fresse, du!«

Schnelle plötzliche Blicke, verdutzt, irritiert. »Wie?«

»Verzeihung, ich … Ich sprach mit mir.«

Der Schweiß. Gegrinse.

Das Entsetzen klemmte ihm gleich hinterm Zäpfchen. Trockenes Schlucken. Ihm war kalt. Schließt doch die Fenster!

Aber auch, nachdem sie zugesperrt waren, wehte es kühl von da her. Er fröstelte immer mehr. Zog sich nicht nur das Jackett vor seiner Brust zusammen, sondern bat um eine Decke. Das Mädchen rutschte näher zu ihm, doch er rückte ab. Berühr mich nicht, ich zieh dir sonst die Luft aus der Kehle! Wie Kiesel fiel ihm das Lachen des *Andern* hinter die Stirn.

»Er hat Fieber«, sagte das Mädchen. »Leg dich etwas hin.«

Rühr ihn nicht an. Erst küßt er dich, dann reißt er dich.

Er sei, dachte er in Panik, wie die anderen. Er h a t t e sich nicht unterscheiden wollen, niemals, jedenfalls nicht mehr jetzt.

Hau ab du, wisperte er, halt die Fresse!

HaltieFresse, hihi, was hastn fürn hübsches Vokabular.

Der Schweinewagen neulich früh, hinter Sykte, er erinnert sich, als er die Abkürzung nahm, wie durch einen Trog. Der Zug voller Schweine. Dann ein Schrei. Die Verladeklappen hoch, so kamen sie nicht mehr fort, die Tiere. Ein Stallknecht trieb mit der Gerte weitere ran, für den nächsten Waggon. Hundegekläff. Ein heiseres, immer schnelleres Prasseln von Hieben auf die hellroten Leiber. Dazwischen die Stimme des Knechts: »Wollt ihr wohl in die Ecke! Los! Viehzeug, ich sag' euch: Los!« Und er lachte, hoho, lachte. Speichel tropfte ihm vom Kinn, fiel auf die Schweine. Die Tiere brüllten wie Menschen. Striemen auf den Körpern, in den Schwarten. Warum hatte er nicht eingegriffen, warum dabeigestanden, schweigend, fast mit Lust? Wie eine Sensation, ein unerhörtes Erleben, etwas, das in den Bauch und zwischen die Schenkel fuhr. O meine Geliebte, komm! Ich hasse deine Lieblichkeit, komm, zieh dich aus. Grunzen. Die Striemen, gefangene Schweineleiber. Und wenig entfernt, in einem Stall, stand ein rotgesichtiger

Bauer. Stand einfach so da, Hände in den Hosentaschen, selbstgewiß, die Leute wollen schließlich ernährt sein, irgendwer muß da die Dreckarbeit machen. Sollte man etwa noch leiden daran? So stand er neben Schweinen, rauchte aus einer Pfeife den Zigarrenrest, lachte, Schwein unter Schweinen. Einer Sau hatten sie ein Ohr gekappt, der abgetrennte Lappen baumelte dem Tier ins Gesicht. Die Dämonen fuhren heraus, befreit stürzten sie in ihn. Das half dem Geschöpf aber nichts; nur umso heftiger blutete es.

Ganz ruhig, an sich haltend, rieb er die feuchten Handflächen an den Hosenbeinen ab und nannte seinen Namen. »So will ich heißen.«

Das willste, gelt?

Will ich. Er will.

Und sie? Sie stimmten ihm zu und freuten sich über die gelungene Namenswahl. Geradezu beglückt sind sie gewesen. Auch das Mädchen lachte freundlich. Es sagte, sehr sanft: »Es paßt zu dir. Ja, diesen Namen finde ich schön.«

Das zahlste ihr heim, hii?

Schuld war der Bauer und waren die Schweine, ja, aber schon früher die Säfte alle Miasmen aller Schmutz der Eltern Ausbildung Striemen daß er den Namen dieses Mannes annahm der seine Lieben brüskierte sie bespie und in ihrer Rotze sich suhlen ließ zum Herzzerreißen. Der sie im sprichwörtlichen Blut, das dicker als organisches ist, langsam ersoffen und so sehr gedemütigt hat, daß er schließlich Hand an sich legte.

Wie jagte es ihm durch den Kopf, ach der Zeittritt, wie dröhnte ihm das Gehör! Solch ein Zorn hockte in ihm, solch ein Ekel! Aber es war ein Prickeln auch, eine Lust an der Erhebung, der einzigen, die es noch gab!

Aber warum sprech' ich zu Euch.

4

Seine Gedanken eine zu schwere Luft. Wer kann entscheiden, was gestern oder ob was vorhin?

Am liebsten hätte er das Portrait zerrissen. Seines. Aber ihres gleich mit.

Wann hat dieses Unheil begonnen?

Er riecht ihre Haut. Das Fleckchen Himmel hinter den Scheiben beleuchtet ihre linke Gesichtshälfte. Und zwischen beiden, auf der Lehne, hockt *er*. Amüsiert sich königlich.

Ich will ihr den Namen geben.

Sie besitzen, gelt?

Sei still, Schmarotzerfürst.

Er gibt ihr den Namen, um zu klären, wer sie ist. Nur deshalb. Er will benennen, was nicht *er* ist. Was ihn bedroht.

Er tut nicht recht, die Wahrheit zu sagen.

Das Bild, das Dagmar von ihr gezeichnet hat und das jetzt vor ihm liegt, hat ihr das Leben weggezogen. Das Bild, jawohl, niemand andres! Aber er selbst hatte den Wahnsinn geschürt. Wollte gleich den Schein wieder drüberdecken, ihr die Wahrheit nehmen, die, so sagte sie wenig später zu ihm, ihr helfen könne. Er zog sie ihr weg, weil ihn das reizte, was der da neben ihm, der mit den *hii*'s, ihm eingeflüstert hatte.

Wollte dann wieder guttun, was er getan, morgens, sie hatte längst schon die Stimme verloren. Tat schlechter. Wollt vom Tribut nicht lassen, nicht vom Zoll, den *er* auf alles Wissen legt.

Willste Seele im Bildnis gefangennehmen, nach Hause bringen, an ihrer Statt? Gesteh's nur ein, kenne dich, hii! Gabst, um zu haben! Bist patent, wußtich doch lang. Hast schnell gelernt, hii. Hübsch.

In der Versenkung in ihre Gestalt, ihre Augen, den Mund, fand er auch ihren Namen dann und sprach ihn, wenn auch widerwillig, aus; er schmerzte ihn auf der Zunge.

»Joana«, sagte er, und erneut, flüsternd: »Joana.« Dachte: Wie wunderbar das klingt. *Hush, hush, little Charlet.* Lullaby.

Er sei irrsinnig? Noch sieht er sie daliegen, am späten Vormittag, im Badezimmer. Wollt Ihr wissen, wie dunkel die Blutpfütze war, in der sie lag? Er beschreibt sie Euch gern. Die anderen standen erstarrt um sie her, keiner begriff es, nur er. Wie hell schien die Sonne, wie herrlich warm es wieder war! Er fühlte sich erlöst.

Joana: Sprecht es aus, als müßte der Laut brechen, behandelt man ihn harsch.

Unvermerkt war die Dunkelheit zurück in die Wiesen gesickert. Er war betrunken, sicher, fieberte auch. Daland fiel ihm ein. Das ekelte ihn.

Sie hatten sich gestritten, vielleicht eine Stunde zuvor, Joana und er. Sie hatte geweint über der Zeichnung.

»Sie ist mein«, sagte er.

»Was hast du?« fragte sie.

Ja, es ging bereits auf neun Uhr.

»Ich wollte dich ficken«, sagte er, versuchte es noch einmal, noch härter. Sie weinte. »Jetzt ist es zu spät. Und das Bild gehört mir.«

Sie wollte ihn umarmen. Er stieß sie weg. »Du langweilst mich entsetzlich.« Er fiel in einen Schlaf aus Stein.

Als er erwachte, war ihm so elend, daß er sich schwankend aufstemmte und zwischen den schlafenden Körpern der anderen zum Badezimmer stolperte. Dort lag das Mädchen. Er bückte sich, steckte einen Mittelfinger in das Blut und kostete. Dann kotzte er in die Badewanne. Magensäure und Alkohol schossen über den süßlichen klebrigen Metallgeschmack, der auf seiner Zunge lag.

Nie darfst einen Menschen du lieben. Das hatte *er* ihm gesagt, von der Lehne, nein, höher, aus dem Fleckenweiß. Er bückte sich noch einmal zur Leiche, nahm ihr die Zeichnung, die sie wie widerstrebend festhielt, aus der Hand. Er mußte ihre Finger leicht auseinanderbiegen. Dann ging er in die Küche, wieder ins Bad zurück, schließlich ins Wohnzimmer, um die Freunde zu wecken. Zu alarmieren.

Das Bild glättete er auf den Knien, küßte es sogar, faltete es und steckte es zu dem anderen in die Innentasche des Jacketts. Er war jetzt vollkommen ruhig.

Nachts noch, bevor sich Joana ihm in die Arme gab, ihn streichelte, war er aufgetrieben, preßte sich. Wollte es nicht hören, dieses NIE.

Siehste, darfste nich lieben, das sag ich dir zur Warnung nur e i n Mal, alssso paß auf!

Wie krisch es ihn an, dieses NIE! Wie schnitt es ihn!

Kennste nich' das Lied?

Und *er* sang, ja sang neben ihm, leise, und er nur hörte es:

Seelen
zu stehlen
ist meine Lust

Sie quälen
beim Schälen
erweitert die Brust

Seelen
zu stehlen
ist meine Not

Sie quälen
beim Schälen
sticht dir die eigene tot

Joana wurde gezeichnet nach seinen Gedanken, nach seinem Namen. Dieses Bild wollte er besitzen, um jeden Preis. Wie seinen Teil. Es hätte ihn verraten können. Da wollt er's mit sich in sein allerheiligstes Allerteuflischstes nehmen.

»Bald«, erzählten die anderen, »bald hätte sie geweint. So laß ihr doch das Bild! Laß es ihr doch!« Er lehnte sich aus dem wiedergeöffneten Fenster. Es werde ihr helfen, das Bild. Hat sie gesagt.

Willste denn, kicherte *er*, daß ihr geholfen w i r d?

Er durfte ihr nicht sagen, daß er sie liebte. Durfte nicht.

5

Sei's drum. Die Nacht war rundweg herrlich. Bis ihn die Übelkeit stürzte. Joana war längst eingeschlafen; ihr regelmäßiges Atmen machte ihn wach. Er genoß diese Nähe, aber wußte, es halte nicht lang. Sie barg ihren Hinterkopf in seinem Schoß. Er strich ihr mit dem Mittelfinger über die Lippen und flüsterte ihr nur in Gedanken zu, was *der* ihm zu sagen verbot. Denn ständig meldete sich die Stimme, saß ihm wieder auf der Schulter und erinnerte ihn an einen Vertrag, den er geschlossen, von dem er aber nichts gewußt bis zum Abend zuvor. Des öfteren bereits seien sie einander begegnet.

Denkstentu, ich käm ohn' Verkleidung einher? Bin doch angewiesen, immer hübsch lustig dreinzuschaun! Willsten wirklich'n Ernst? Wo käm' unsereins denn da hin? Wennste aber meinst …

Darüber schlief er wieder ein.

Wie Joana sich freuen konnte! Es tat ihm wohl, daß sie ihn anstaunte, ihm ihre Finger durch die Haare streifte. Jetzt ließ er es zu. Sah ihr an, wie sie hoffte, er sage, was er nicht sagen durfte. Er verschloß sein Herz mit dem Mund. Er h a t es auch, Seid gewiß, nicht gesagt. Doch hat sie es trotzdem gehört. Sie las es ihm von den Augenbrauen. Das verzieh *der* ihr nicht.

Er wird die Zeichnung zerreißen und die Schnipsel verbrennen. Er erklettert eine Fabrik, dann bläst er die Asche von sich weg. Er ist die rollige Vernunft, die amoklaufende Komik, ist *er*. Seit langem schon. Das konnte er niemandem sagen. Es hätte ihm auch nur Joana geglaubt. Deshalb durfte sie die Zeichnung auf keinen Fall behalten. Sie verstand das nicht mehr. Oder doch?

Es ist nicht sein Problem.

Durftest ihm nicht helfen wollen. Hättest ihn nicht ansehen sollen. Hättest die Augen abwenden müssen, als du ihn ertrinken sahst. Bereits in Riddagshausen hast du etwas geahnt. Jetzt ist er doppelt allein.

Er weinte kaum, als er dich fand. Auch versuchte er nicht, zu erraten, woran du gestorben warst. Niemand begriff es je, auch die Ärzte fanden nicht heraus, was dich so hatte bluten machen aus dem Schoß. Er stand nur da, erbrach sich, stellte sich wieder neben dich, Hände in den Hosentaschen, der Bauer, und schwieg. Er strengte sich an, kämpfte um Tränen. Es kamen vielleicht zwei. Da amüsierte ihn sein Versuch. Je stärker er preßte, je mehr ihm die Augen drückten, desto heftiger gluckste er. Er wollte heulen, aber schüttelte sich im Gelächter. Deshalb drehte er sich weg. Bevor er die anderen weckte, holte er sich aus dem Kühlschrank ein Bier und trank deinem Körper Lebwohl zu.

Er rief die anderen aus dem Schlaf. Sie sahen nicht, daß er lachte, sie hielten seine Aufgeräumtheit für Verzweiflung. Sie versuchten sogar, ihn zu trösten. Darüber lachte er noch ungehaltener, es klang schon wie Wut. Am liebsten hätte er ihnen zugeschrien, daß er lache.

Erst gegen Mittag transportierten sie dich ab. Und während all der Untersuchungen und Verhöre, zu dieser ganzen üblen Prozedur, dachte er an nichts anderes als daran, es sei nicht recht, die Wahrheit zu sagen.

Man tut nicht recht, die Wahrheit zu sagen. Man tut nicht recht, die Wahrheit zu sagen. Man tut nicht recht, die Wahrheit zu sagen.

Jemand berührte ihn an den Schultern, und als der Beamte sah, was er ins Protokoll geschrieben hatte, sprach er ihm beruhigend zu.

Er sagt sie aber doch.
Joana.

Nachmittags ging sein Sinn sehr auf Lust. Also fuhr er wieder nach Riddagshausen hinaus. Im Trias onanierte er, breitbeinig vor einem Feld aus Farnen. Dort dachte er dich hinein. Er stellte sich aber nur deinen Körper vor, und es störte ihn auch nicht sonderlich, daß er recht schnell von einem Pulk Spaziergänger aufgestöbert wurde. Er spritzte zu ihrem Entsetzen ab, streckte ihnen die Zunge heraus und schlug sich seitwärts ins Gebüsch. Hastend, aber voll Lebensfreude brach er durchs Unterholz, fand Ausschlupf, nahm für die letzte Strecke Waldes den Weg, dann marschierte er über zwei Stunden. Bis er zum Kloster kam. An der warmen Mauer ließ er sich nieder und unterhielt sich mit dir in der Abendsonne. Er sprach stetig lauter. Gestikulierte. Verwunderten Passanten zeigte er die Zähne, vielleicht knurrte er ein bißchen. Seine Kehle trocknete ein. Auch seine Gliedmaßen schienen auszutrocknen. Nur deshalb hatte er sich zuvor so heftig, ja rasend bewegt. Er meinte, durch fortwährende Reibung das Wasser im Körper am Gefrieren zu hindern. A fuck is a fuck. Wolltste nich hören, gelt? Nu biste hin.

Wenn Ihr aber wissen wollt, wie lang's noch gehen soll, so kann ich es nicht sagen. Einundzwanzig Jahre vielleicht, womöglich volle zweiundzwanzig jetzt. Oder nur fünfzehn. Er weiß ja nicht, wann dieses Bündnis zustandekam.

Oder doch? Die Dämonen?

Die Stimme schien ihm deshalb so bekannt zu sein, weil es seine eigene war.

Nun, und?

Du darfst nicht lieben, hämmerte er sich ein, bis ihm die Augen schmerzten unter der harten Spätnachmittagssonne. Darfst nicht. Trinkst das Leben aus ihrem Leib. Mußt allein sein.

Er weiß nicht weiter. Er wird sich rächen. Das sag ich Euch. Deshalb erzähl ich's Euch. An Euch.

Joana, hättst dich nicht einlassen sollen mit ihm. Weh dir, daß du ihn liebtest.

Zum Ende hin sind's noch zweiundzwanzig?

Komm schon, hii, Freund! Auf!

Er hat sich gewehrt, sag ich euch.

Komm, hii.

Nein.

Sei brav.

Still!

6

Es ist alles nichts und würgt sich selbst auf und schlingt sich gierig hinunter, und eben dieses Selbstverschlingen ist die tückische Spiegelfechterei, als gäbe es etwas, da doch, wenn das Würgen einmal innehalten wollte, eben das Nichts recht deutlich zur Erscheinung käme, daß sie davor erschrecken müßten; Toren verstehen unter diesem Innehalten die Ewigkeit, es ist aber das eigentliche Nichts und der absolute Tod, da das Leben im Gegenteile nur durch ein fortlaufendes Sterben entsteht.

1804. Nachtwachen. Von Bonaventura.

Müder Gegner

Steht etwas abseits, der junge Mann, im Halbdunkel einer Straßenlampe vor der Diskothek, einen Oberschenkel abgewinkelt und den braunen Westernstiefel gegen die Hauswand gedrückt. Die Scheinwerfer der vorüberfahrenden Autos werfen gleitende Lichtglitter über sein Antlitz.

Wenige Leute passieren ihn, gleichaltrig meist. Dann kommt eine vielleicht vierzigjährige Frau mit springlebendigem Hund, der, klein und drahtig, an seiner Leine zerrt und an den Wildweststiefel des Standbeines will. Frauchen mag das aber nicht. Mehrfach reißt sie die Leine zackig zurück: »Pfui, Bocki, pfui!«

Das geht den jungen Mann nichts an; er rührt sich nicht. Aber alles, nicht nur der Hund, will ihn anspringen, ihn bedrängen und belästigen. Doch es erreicht ihn nicht. Wie in Trance sieht er der sich entfernenden Hundchenfrau und dem Frauenhundchen nach.

Die Nacht ein schwarzer Samt. Rotfremde Streifen auf seiner Netzhaut, beugt der junge Mann sich vor, dreht sich eine Zigarette, wobei er, über Pouch und Blättchen hinweg, schräg hinüber zur anderen Straßenseite späht.

Unter der Bogenlampe ein Plakat angeschlagen. IM STIL DER NEUEN ZEIT.

Er leckt die Gummierung und steckt sich, DIE GENERATION, DIE VORWÄRTS DRÄNGT, die Zigarette zwischen die Lippen. Betätigung des Feuerzeugs, erst vergeblich, dann das keckernde Klacken: ein klitzekleines Maschinengelächter, schon die Flamme hinterm Schirm der vorgehaltenen Hand. Das Einsaugen des Rauchs.

Er stößt sich von der Mauer ab. Fast in Zeitlupe bewegt er sich auf die Tür zu und zieht sie auf. Schwer ist sie, schwer von Holzbeschlag. Dahinter anderes Dämmern. Dunst und Lärm, schwitzende Leiber. – Das Haar wirft er, sich streckend, zurück, versucht sich an einem Lächeln. Ein paar Bekannte grüßt er lässig durchs Heben zweier Finger. Seine Blicke schweifen über die Tanzenden hin, können sie aber in den Stroboskopreflexen kaum fassen. Amputierte Glieder, das segmentierte Ich: Zittrig ruckende Arme, dort paar Köpfe ohne Rumpf, hier ein Bein wie einer Eidechse abgerissener Schwanz. Gravitationslos, so sieht es aus, springt im Raum alles herum. Doch da … dort! da ist etwas, das er kennt … er selbst nur, sein Gesicht, in einem Spiegel. Manchmal ist einem, als müßte man sich das Lächeln da herausreißen, sie abreißen, diese … Plastikhaut.

Jennie schiebt ihm ein Bier herüber. Sie kennt ihn, was er trinkt, jedenfalls. Er legt nickend zwei Münzen auf den Tresen, wartet auf das Retourgeld. Plötzlich Marina, lugt Gesicht aus Gesichtern, springt auf ihn zu, hüpft fast. Instinktiv duckt er sich. Da hat sie ihm schon beide Arme um den Hals gelegt, küßt ihn, lacht. Doch ihr Lebendigsein bricht wie davongewirbelt weg.

Sie schmiegt sich dumpf an ihn. »Wo hast'n so lange gesteckt, Mensch?« – Er sieht sie stumm an. Dann tasten seine Fingerkuppen über ihr Gesicht, als könnten sie es nicht glauben. Ein Anflug fast von Zärtlichkeit.

Marina spielt mit einem seiner Hemdknöpfe. Er, einen halben bleiernen Meter entfernt, zwingt seine Vorstellung zu der eines freien Menschen. Eines, der alledem nicht unterworfen wäre. Könnte so wer helfen? Ich bin die Hürde mir selbst, die anwächst, je näher ich komme.

»Was weißt du von mir?« fragt er Marina. Die ihn nicht verstehen, im rasenden Beat nicht hören kann. – »Kennst du mich?« fragt er nach. Was redet er für einen Quatsch!

Er löst seine Umarmung, wendet sich dem geriffelten Glas zu, taucht einen Zeigefinger hinein und schreibt seinen Namen mit dem Bier auf den Lack des Tresens.

Klaus Michael Portsen, Neue Straße 28c, nich zu verfehlen. Dritter Eingang in einem der Manhattenbauten dort. Kannst'n Faahstuhl ne'm. Neunter Stock, dann stehste praktisch vor'er Tür. Wird von Holst 'n Co gewartet, der Faahstuhl, mein ich. Telefonnummer von steht drin' inner Kabine. Falls se mal steckenbleibt, mein ich. Is aber noch nie steckengeblieben. Wird wohl auch nie steckenblei'm. – Schade. Nich die geringste Aussicht auf'n Abenteuer. Als kleine Jungs über'e Friedhöfe gestreift, vonne Grabsteine Weinbergschneckn geklaubt. Cowboy und Indianer gespielt. Und wie er sich vorgestellt hatte, vor ein paar Wochen, wie er mit der Schule aufhört und arbeitet statt dessen, um sich eigenes Geld zu verdienen. Dann sich auf eigene Füße stellen und fortfahren, per Autostop, fremde Länder sehn, Indien, Nepal. Aber dann hat er an Tsetsefliegen denken müssen, an die Cholera, an Malaria. Und doch! Unabhängig werden, endlich unabhängig werden! Oder Meditationen, Maharishi Mahesh Yogi. Nach Poona vielleicht oder auf die Hänge des Himalayas mit ihrer unvergleichlich linden, dennoch würzigen Luft. Sich den Wind um die Nase wehen lassen. Ich bin kein Muttersöhnchen, das hat Mutti nie begriffen. – Er gähnt, zieht den Tabakpouch aus der Tasche, die Blättchen, dreht wieder. Man hätte so viele Fragen.

Ein Grünhaariger schiebt ihn, auf dem Weg zur Toilette, beiseite. Goldknopf im Ohrläppchen. Jemand läßt unvermittelt sein Bierglas fallen, das Scheppern nicht zu hören. Die Umstehenden schauen bewegungslos hinunter. Kann auch mit keinem drüber reden. Versteht einander einfach nicht. Kaum sind die Silben von der Zunge gesprungen, verändern sie sich und verklumpen. Deshalb verstehen wir uns nicht. Man hört, aber versteht nicht. Wir haben miteinander nur scheinbar zu tun.

Er spürt, wie ihm Marina etwas in die Tasche steckt. Sie sieht leidend aus, er könnte an diesem Ernst ersticken! Aber er fragt nicht nach, weiß, was es ist, und nickt. Nur auf seiner Stirn die Falten formen eine Frage. Jeder Ton ist zuviel. »Fünfunddreißig«, ruft sie durch den Lärm. – Er kramt in seiner Hose, zieht vier verknorkelte Scheine heraus, legt sie in ihre Hand. Ihre Finger schließen sich drüber. »Laß man«, sagt er, als sie nach Wechselgeld schaut. Ein flüchtiges Lächeln zuckt um ihre Lippen. Traurige, denkt er, Dankbarkeit, und streichelt mit dem Handrücken links ihre Wange.

Immer wieder dieser Satz dann! Das entsetzliche Wohnzimmer seiner Eltern, die er so gern lieben würde. »Du sollst es doch mal besser haben, Junge, als wir!« Warum hat er dem nie was entgegnet? Es wäre doch einfach gewesen. Ihnen einfach ins Gesicht schleudern: »Warum denn?!« Irgend sowas. Stattdessen denkt er an die Heldenfiguren seiner Kindheit, denkt an Old Shatterhand, denkt an Winnetou, denkt an Tarzan. Und an einen anderen Satz. Woher stammt der? Da steht Karl May, großbürgerlich berockt, vor dem Richter, der plötzlich diesen Satz sagt: Er halte ihn, May, für einen der letzten Großmystiker dieser Zeit. Welcher Zeit? Und was heißt das, *Mystik*?

Er mischt das Gras dem Tabak bei, hält inne, raucht dann gesenkten Kopfs vor sich hin, die Flatterblicke im

Stroboskopwirren. Schwerer Bierdunst, Schweiß, Nikotin. Ein kreischender Riff, dann *Revolution.* Die Aggressivität der Klänge macht ihm Angst. Aber sie hilft beim Weiterleben. Und nachher mit Marina schlafen, die die Pille nimmt. Man wird impotent werden.

Mit dem Gedanken liegt er, nachdem Marina gegangen war, lange wach im Bett. Erstaunlich, wie wenig man noch fühlt, wie wenig zu fühlen man braucht. Eigenartige Dankbarkeit. Nicht etwa, daß er schon körperlich versagte, aber er wünschte es sich fast. So lauscht er in den murmelnden, durchs Fenster dringenden Autoverkehr von neun Etagen tiefer. Das hereinfallende Mondlicht kommt ihm präpariert vor. Wie wenn man, einziges Besitztum, hätte eine Hand voll Traumsand gehabt, den sie aber nicht halten konnte. Körnig hat man die kleinen Verheißungskerne durch die Fingerritzen rieseln gespürt, ihnen in passivem Bedauern dabei zugesehen und in mit ebenso verrieselnder Faszination zu schreien vergessen.

Zur Zimmerdecke blicken. Schritt vor Schritt zum Fenster setzen. Springen. Welch ein Flug! Dann das Aufklatschen. Gedankenbrei. – Imaginieren Sie die Zigarette, die er sich ansteckt, im Bett, während er sich seine letzten Minuten vorstellt. *Little poor rich boy.* Erinnern Sie sich? *Where do I go?* Ob ich dann wohl Schmerzen habe? – Wobei er den Selbstmord übrigens schon erwogen hat. Verworfen, erwogen, verworfen. Man hat einander bekannt gemacht und lange Partien Mühle und Dame gespielt. Der Freitod ein müder Gegner.

Über der Stadt werfen Wolken das Licht der Straßenlampen, Reklametafeln, Hausfenster und Kaufhausauslagen in sie zurück, so daß es wirklich dunkel nie ist. Erst ü b e r den Wolken breitet sich die Nacht aus. Mitten in ihr, glitzernde Stecknadelköpfe, herrscht ein Getümmel von Lichtpunkten, die man Fixsterne nennt. Man bezeichnet mit diesem Begriff die von den Astronomen des Altertums als im Universum feststehend angenommene Sonnen, deren Menge auf eine Zahl jenseits sämtlicher Vorstellung geschätzt werden muß.

Marlboro

1

aufschtehn / inne Küche Wassa aufsetzn / ins Bad waschn Zähne putzen / inne Küche Wassa kocht Eia anpiekn Kaffe in'n Filta / anziehn / inne Küche Wassa nachgießn Geschirr aufdeckn Eia apgießn apschreckn Filta fortnehm' eingießn Weißbrot schmiern / essn trinkn Zigrette anschteckn inne Zeitun' kuckn aufschtehn / Schtiefl anziehn Mantl Handschuh / Tasche holn / Haustür zuklappn / Treppnhaus runta / innen Wagn setzn losfaahn / Paakplatz suchn / ann' Schreibtisch setzn Zigrette anschteckn Papiere vorkram' kritzln / Privatgespräche führn anne letzte Liebesnacht denkn Zigrette anschteckn grübln klön'n Mittachspause / inne Kantine Essn einnehm' Zigrette anschteckn / ins Büro / annen Schreibtisch setzn Zigrette anschteckn Papiere vorkram' kritzln Privatgespräche führn anne neexte Liebesnacht denkn Zigrette anschteckn Papiere vorkram' kritzln grübln klön'n Schluß / Schreibtisch aufräum' Tasche packn tschüß sag'n / runta ins Auto / losfaahn / Paakplatz suchn / ausschteign Treppenhaus hoch Haustür aufschließn / Tasche hinschtelln / Handschuh ausziehn Schtiefel Mantl / Zigrette rauchen / leisa tretn / innen Sessel falln Zeitun' aufschla'n

2

… klingelt's Telefon – kaum daß man sich maa so richtich entschpannt: isses'e Karin von we'ng dasse schpäta kommt – … tut'a ja leid, aba's einfach zu viel zu tun! Na Gottch'n, kamma nix machen, muschon sein, wenne'n Haus ham willst … ja / – Mensch, wo'e Kinners sind, weiß man auch nich mehr … – Aber'n Haus, *das*'s ne Sache, wo's mitte Bauschpaavaträge wie'r gesacht hat: »Mensch, was hast'n vom Le'm?! Bau dir doch'n Haus!, *das*'s was Solides«, mip'm richtigen Kamin im Wohnzimma – bei *den* Ölpreisn! – unna Terrasse zum Gartn hin, wode dich sonn'n kanns' nacha Aabeit … – Un'ich werd mir 'ne Buxbaumhecke ummes Grundschtück flanzn, dasse nich imma reinkuckn könn' … falln ei'm ja richtich lästich, so die Leute mit der ihre Neugier. Wär auch was mip'm Swimmingpool, abers kanns' ja nich bezaahln … sowieso alles imma teurer, kamma gaa nich gegen anaabeitn … Je'n Morgn in die schtinkige Bude un' dann nach Haus und is keina daa: *Das*'n Leb'n! Dabei isses füre Kinda ga nich gut, daß der ihre Mudda aabeitn muß. Wennse ausser Schule komm', krie'ngse man grad so's Essen vorgesetzt un' schon musse gehen … wer'n noch so richtige Schlüsselkinda … Aber was wills'n machen? Un' dann seh ich se man kaum noch. Blöd, daß ich so früh un's sie so … / Wann hama's letzte Maa …? waat ma, das, das, das muß schon … na ja, so drei oder vier Wochn? Komisch, entweda bin *ich* zu müde oder sie … Dabei sachtse imma, dassich so'n richtiga Perversa bin … na ja, je'nfalls nich so ganz in Ordnung, meintse, von we'ng weil ich oft auch am hellichten Tach … »Kannste nich waatn?« sachtse imma. Dabei isse so erotisch, wennse sonntachmor'ngs frisch aussa Wanne und so, oder auch am Mittachstisch: wiese mit diesa weißn Bluse, diese vonner Erika … Also, was die imma mitte Köppe zusamm'schteckn! Dabei is die doch schtrohdumm! Von der hatse das auch mip'm Modefimmel, ein-wand-frei! – Manche Sachn sehn ja auch hübsch aus, mußma sa'ng: so der Hausanzuch mit'n großn Knöppn:

Könnt ich immazu drunterfassn … / Nee, weiß schon: Is we'gner Kinda … weiß ich doch selbst! Was is'n, wennwa grad so mit'nander, und die komm' einfach so reingeplatzt ins Zimmer?! Wasn d a n n ? – Aber aa'ms is ir'ngwie nicht: Wennse vonna Aabeit kommt, isse natür'ch kaputt, isja ganz klaa, muß man vaschtehn … Nur e'm donnastachs, wose frei hat … isse e'm den ganzn Tach da. Ir'ngdwie kann ich mich nich dran gewöhn'n. Früa waa's doch anders, bevor'e Kinda daa … oder als'e noch ganz klein … Un' is bei annern ja auch nich so … Mensch, wassa Claußn imma alles erzählt! So mitte Schneida, d a s 's n Weib! Mit *der* könnt ich auch noch … Was die für'n Gehänge! und wie se imma mitte Hüftn … Imma hatse so enge Hosn an, und der ihre rotgeschminktn Lippn! Wenn die ei'm ein' bläst, musses richtig rote Schtreifn aufm Schwanz … pfffff, daaf man gaa nich dran denken, wie die vielleicht daliecht. Ob die untn auch so rote Haare hat? / Au! … Klemmt schon wieda. Wer sich die en'gn Hosn ausgedacht hat, war auch nich ganz richtich im Kopp. Aba sie *will* e'm, dassich se trag: »Wie du imme rumläufst!« saachtse. »Man muß mitta Mode gehn«, saachtse, so wasse Erika ihr eingeflüstert hat. Was h a p 'n ich davon?: Schwanzschperre, klaa! Waahscheinlich willse das auch … schließlich, die Erika, mit der ihrm Emanzipationsgequatsche … Sind gerissna als man denkt, schteckn alle unta einer Haut, macht man sich doch ga kein' Begriff von! Genau wie die Schneida: Ers' machtse ein'n heiß, dann zeigtse ei'm die kalte Schulter. Kennwa doch. Der müßte man's mal anschtändich besor'ng, wirklich, so richtig langle'ng un'dann anschpritzn, dasse Soße nur so anner runterläuft … / Müßte sowieso mit mehr Fraun, als man, aba die wolln das dann auch, un'dann gibt's imma gleich Schwierichkeitn. Un' außerdem isses füre Kinda nich gut … / Nee nee, ist schon ganz richtich, dassich'e Karin hap. Ich mein', is ja nu wirklich keine Beebee, nee, das nicht … *das*' ne Frau, die Beebee! wiese in Viva Maria den Schtripties … oda waas'n andrer Film? / Der möcht ich schon maa üban Rückn … Lebt ganz schön im Luxus, hat unsaeina andre Sor'ng … – Klaa! Macht *die* sich doch kein' Begriff von! So ein'n wie mich würt'ie nich ma geschenkt ham wolln. Dabei, ich würd schon ganz schön fürse sor'ng … / Wie die wohl privat is? Na un' wenn ich einfach maa ins Fluchzeuch un schick ihr'n Telegramm von we'ng »ANKOMM MORGEN FRÜH STOP ERWART SIE AM FLUGPLATZ«? Und kommtse doch glatt mip'm Rolls und winkt, wie ich'e Treppe runta, schwaazn Zweireiher an un'so, Pistole im Jackett wie'r Roger Moore: Hut inner Schtirn: »Tach, meine Liebe« … und se drückt sich an mich. Oder wie se hiergewesn is, wann waa'n das nochma? Vor zwei Jaah'n, glaup'ich, hab einfach kein Gedächtnis für Zahln. Is auch egal, aba … wie's Volk da so rumgeschtandn … waa einfach kein Durchkomm', kamma auch vaschtehn, *is* ja schließlich wer. Doch ich waa e'm ganz hintn, ganz ganz hintn! Un wie ich hochgeschprung' bin! Imma wieder hochgeschprung', weil ich se doch auch maa sehn wollt! Waa einfach nixu machen. Nich ma der ihrn Wagn hap'ich sehn könn'. Dabei ha'm die alle so gejubelt un' Fähnchen geschwenkt! Un' ich da ganz hintn waa ganz vazweifelt, weilse mich einfach nich durchlassn wolltn … ich mein', wenn da nu'n Varückter oda so, von we'ng Attentat auf sie … Also wenn ich das *sehen* würde, also da wär ich doch der erste, der … also wirklich! bin ich schon, wie'ch nur e'm n Revolva s e h … bin ich schon auf'n Kerl zugeschprung', klaa! über alledie Köpfe hinwech … sooo'n langa Hechtschprung … Isso eina mip'm langn Trenchcoat, garantiert eina vonne Terroristn: ga-ran-tiert. Komm' vom Osten, wie'r Schtrauß neulich im

Fernsehn: Wolln uns anne Russn ... Is gaa nich doof, der Mann. Ich mein, ich maak'n ja auch nich, aba: woa recht hat, hatta recht. Je'nfalls brat ich dem Schwein eins üba, wassich gewaschn hat. Grad rechtzeitich, wie'r Schuß losgeht, unt'e Kugel pfeift über'e Menschen hin, un'dann gibt's n lautes KLÄNG!, weilse ge'ng Latern'pfahl ... Ruf ich: »Keine Panik! Keine Panik!« – Aba die *schrein*! unt'ich ruf: »Ich hap'n!« un' drück'm'n Ellnbogn in'n Rücken, dassa hintn übafällt. Unt'ich auf'n drauf un'ihm'n Schlüssel zwischne Au'ng, dassas Blut bei dem rausschpritzt. Unt'a wehrt sich, die Drecksau! Andere Leute abschießen, wa?! Sollst ma sehn, wasde davon hast! – Hatte ja auch gaa keine Schanze ge'ng mich, nee! Issa bald hin ... / Un' Aufregung übaall, schreinse nacha Polizei ... »Polizei!« »Übafall!« und laufn durchnander wie'n Haufn blöder Hühner, währn't'ich Schwierichkeitn hab, den Kerl festzuhalten. Aba ein Schlach noch auf'n Adamsappel ... da kotzta doch glatt los, die Sau! – un' mir genau auffe Hose ... Na da krigste aba nun ...! gep'ich'm halt *noch* was auffe Schnauze ... da! ... und noch was! ... Da schpuckste aba Rotz! So! So!! Feste, feste ... un'in'n Sack!! ... bissa ganz schtill is! ... / – Aba wie'ch schon denk, der is hin, da seh ich doch, wie dem seine Hand auf'n Revolva zu, der liecht ganich weit ab, un' ... unt'a schnell ich doch mip'm Schtiebl rüber und wechgeschtoßn das Ding! ap'inne Menge!! – Da isses nu endgültich Schluß mit dem, ich hör schon's Tatütn vonne Einsatzwa'ng. Un' wie die Bulln rankomm', schteh ich schon wieda da und klopf mir'n Mantel sauba und wisch dem seine Kotze mip'm Tempo ... und lächle nur: »Den könnSe *so* mitnehm' ...« Das sach ich, ja, un' zeig auffes Schwein, wie'r daliecht mit übaall Blut von dem, un' Kotzfleckn. Und wiese mich dann einlädt zu sich ins Hotel ... soooo'ne Swiet!: übaall Sessl un'so, un's duftet nach Parfüm. Sooo lange Gardin' vor'n Fenstern unt'n Brokatsofa un' Kristalleuchter un' lauta so Vasn. Se empfängt mich innem hellrosa Seidenkleid, durchsichtich, übaalll! / Is ja klaa, dasses durche Presse geht von we'ng, dasse sich valiept hat innen Angeschtelltn, der ihr Le'm gerettet, unt'n Foto von mir, ganz groß, wie'ch mir 'ne Zigrette anschteck wie'r Humphrey Bogart, nur dassich kein' Hut traach, weil man davon 'ne Glatze bekommt: keine Luft anne Haare un'so. ... Naja. ... / Aba wie die im Büro ers' kuckn wer'n, wenn's heißt, daßwa uns valobt ham, in Getna Grien oder wie'as Dinx heißt. Befördung un'so, is ja klaa. Weil se sich jetz' einschmeichln wolln, mit ei'm Mal! Da sieht man dann ers', was man für Leute um sich hat. Und *Üba*schtundn – ? Nee, nich mehr mit mir! Ich mach die Scheiße doch jetz' nich mehr mit, bin ich'n bekloppt? *Hinwerfn* wert'ich 'n Dreck! Is nich mehr, Schluß, aus, Ende! *Rolln* krich ich angeboten! mein'twe'ng als Killa, oder Sergeant Maddigan, wann gib's'n das wieda? Sonna'md, glaup'ich. Aba würd zu mir passn, so Krimi. Mitte Beebee als Partnerin. Also daß's'nu klaa, dasse mich dann alle im Kino ... Oda Fernsehn, das is *noch* bessa: Da komm ich den'n ins Wohnzimmer. Un' wie die Schneida ers' kuckn wird! Ha, die laß ich dann links lie'ng! Kann mich maa! Beacht' ich doch ga nich, kannse mein'twe'ng tausendmal mip'm Aasch wackln! Kratzt *mich* nich die Bohne! Imma anner vorbeikuckn wert'ich, einfach so anner vorbei, oda durchse durch als wennes Glas wär. Da kannse endlich ma merkn, was ich vonna halt. Wirdse natür'ch alles vasuchn, mich rumzukrie'ng, aber laß ich mich gaa nich drauf ein. Kann mich ja nich mit jeda abge'm. Hätt ich ja viel zu tun, bei all den Vaehrern und so, die um mich rum. – Natür'ch wert'ich füre Karin unt'e Kinda sor'ng, also das is nu selbstvaschtändlich. Gaa keine Frage. Aba vielleicht laß ich mich scheidn, ich mein, bin ja viel untawegs dann, würd sowieso keine richtige Ehe mehr führn könn'. Kennt man ja, dasse Eh'n vonne Filmschtars alle nich gut sind: Richard Burton unt'ie Taylor. Ich mein, is ja kein Zuschtand sowas. / Aber'n Haus wert'ich denen einrichtn, inner Schweiz oder Italien, je'nfalls wo's waam is. Da könn'se dann le'm. Vasorcht müssense schon sein, da kümmr'ich mich drum. 'ne Rente oder sowas wert'ich denen auszahln: auf Le'mszeit. Damit se auch was abkrie'ng von mei'm Erfolg. Brauch' Karin auch nich mehr aabeitn gehen, sorch'ich schon für. Unt'e Kinder wer'n keine Schlüsslkinda … –

Wo schteckn die bloß? Langsam könnt ja ma wer nachhause komm'. Is ja direkt schon dunkl draußn. Ob den'n was passiert is? – Unt'n Hunga hap'ich! Das Knurrn muß ja noch die alte Kruse hörn! – Wie neulich, als ich mitte Karin in dem doofn Konzert … Imma geknurrt hat'a, konnt ich einfach nix ge'ng machen. Peinlich. Hättnwa bald rausmüssn, und *das* hätt'n Theata gege'm hintaher! Gottseidank. Ir'ngtwie hatse's ja neuadinx mitte Familie. *Ganz* neue Masche von der. Musse ir'ngtwo gelesn ha'm. Aba imma noch bessa alsse Erika mit der ihre Emma. Richtige Scheißemanze. Kurt is ganz schön bescheuert, dassa sich das so … aba schteht sowieso unterm Pantoffel: Ich glaub, die läßt'n nich ma mehr ran. Lesbisch, sieht schon so aus: so richtich der Gesichtsausdruck. *Mir* käm das nich inne Tüte! Da könntse Gift drauf nehmen! Sollma ga nich ers' einreißn lassn. / Hamwa ei'ngtlich noch Kekse ir'ngtwo? Alles mußma abschließn, weil die ei'm sons'noch'e letztn Haare vom Kopp … vor allm der Georch, was der so in sich reinfrißt! Is ja nich mehr feierlich! Muß aufpassn, dassa ma nich fett wird. Hatta von seina Mutta, ganz klaa. Sollte mehr Schport trei'm, der Junge … wie *ich* in meine Juu'ngt. Sowieso nur Quatsch im Kopp. Also manchma möchte'ich'm wirklich eine laatschn: Muß doch endlich ma sehn, wie'e Wirklichkeit is! Wenna sich nur'n bißchen mehr umme Schule kümmern würde! Aber nee, nur Schpinnerein. Wird Zeit, dassa zum Militär kommt, dasse ihm'e Flausn raustrei'm. Völlich unselbständich, der Kerl. Dabei *könnt*'a, wenna wollte. Ham ja alle Möchlichkeitn, schmeißn se denen ja nach … andas als uns früa. Mensch, wenn ich denk …: Fast wär ich … also wirklich, um ein Haar … – Wenn ich's nu doch gemacht hätte damals? Dann säß ich heut in Amerika. Wa'ch so alt wie'r Jochn … oder? – Waat mal … ja, schtimmt. *Das* wär was gewesn! Land der unbegrenzten Möglichkeiten und so. Aba hab mich halt nich getraut. Trotzdem, wär'n guter Seemann gewordn. Und wenn ich dann in Amerika … hätt ich mich gleich auf die eigenen Beine geschtellt. Sich selbschtändich machen, dassis wichtich, war auch so richtig die Zeit damals. Vom Tellerwäscher zum Millionär. Man daaf nur nich vorer Dreckaabeit zurückschreckn. So die Türkn, die machen's richtig bei uns: sackn ein, wose nur könn', und da drü'm war alles möglich. Mußte nur Mumm ha'm. Ir'ngtne Firma aufmachn, zum Beischpiel, mein'twe'ng ersmal nur drei oder vier Angeschtellte, Chinesen oder Nega, die sind billich da. 'ne Maaktlücke hätt ich entdecken könn'. Warum nich? Könnt ich doch auch jetz' noch! Ich mein, mit achtndreißich is man ja noch jung! Kann mich ja umlern'n lassen, was mit Technik. Das suchen die imma. Auf Montage faahn, Arabien oda so, die verdien'n Schweinegeld, die Kerle. Oda auch … hättich schpieln könn' in Las Vegas: Wenn ich da nu'ne Million gewonn' hätt? Beim Poka? Kann ich zwaa nich richtich, aba läßt sich ja lern'n. Hätt ich mir 'ne Villa gekauft, klaa, so mip'm großen Tor anner Einfaahrt zum Paak … und mip'm Swimmingpool! Unt'annem Tor, da würt'ich, so aus Schmiedeeisen … is doch wohl logo … mein' Namen draufschrei'm lassen, mit lauta so Vazierungen … in ganz großn Buchschtabn aus Gußeisen. Un' jeder, der vorbeifährt, wüßte gleich, wer da wohnt … wer ich bin … / Ja. / … Vielleicht sollt ich's besser aus Gold …? … Nee. Nee nee. Zu protzerisch. Nee nee nee nee, aus Gußeisen. Das's schlicht, nobel und klaa. Aus Gußeisn.

3

Ralph Hankamer schwingt sich über das Geländer der Veranda. Er reißt den Gewehrkolben hoch und preßt ihn an seine Schulter. Einer der Männer, ein breitschultriger Siedler, steht genau zwischen ihm und dem Halbchinesen.

Die Sonne brennt heiß auf die Erde. Schweiß perlt auf Hankamers Oberlippe.

»Zur Seite!« ruft Tiller.

Der dreht sich schwerfällig um. »Nicht, Ralph!« sagt er beschwörend und hebt eine Hand.

Hankamer ist wütend. Er hat Angst. Er hebt den Lauf der Winchester ein paar Zoll an und drückt ab.

Die Kugel jault über Tillers und Shingos Köpfe hinweg, und Pulverreste spritzen in Shingos Gesicht. Die anderen Bewaffneten fassen den Schuß als Signal auf, und Shingo wirbelt herum, bevor die mit Revolvern bewaffneten Männer sie auf ihn richten können. Ihre Augen vermögen dem Mann nicht zu folgen, der katzenhaft auf Händen und Füßen landet, als sie gleichzeitig schießen, Feuerlanzen zucken aus den Läufen, Blei pflügt den festgetretenen Boden. Grad noch rechtzeitig kann Shingo zur Seite rollen und kommt auf dem Bauch zu liegen und – springt die Schützen an … von unten herauf. Seine Schultern prallen gegen ihr Oberarme, die Männer werden nach hinten geworfen ... Shingo landet auf den Füßen, seine Arme schnellen auseinander, die Hände umspannen die Arme der Revolverschwinger, tief graben sich seine Finger in ihre Muskeln ... Keiner der beiden kann schreien. Zu groß die Überraschung, fast Panik. Ungeheure Kräfte zerren an ihren Gliedern, die Beine werden ihnen unterm Leib weggerissen ... Sie landen auf dem Boden, suchen die Revolver, die Revolver ...! Die wirbeln hoch in den stahlblauen Himmel und schlagen ... weg, weit weg in einem Gestrüpp aus verdorrtem Buschwerk auf. – Schon hat Hankamer eine zweite Patrone ins Schloß der Winchester gehebelt ... hat jetzt ... jetzt hat er ... freies Schußfeld auf mich und zielt ... zielt auf ... meinen Kopf! Sein Augen blinzeln, feurige Funken springen unter den zusammengekniffenen Lidern hervor ... tödliche Entschlossenheit, eine ... eine Bestie, die mich umbringen wird, gleich ... gleich wird er mich töten ... Wie soll ich ausweichen ...? Wie kann ich ...? Wie?! Denn er wird abdrücken... er wird ...! Jetzt! Jetzt!!: da ... plötzlich ... KANNSTE NICH MA DIE ERDNÜSSE RÜBERREICHEN GIB DOCH MAA DIE ERDNÜSSE! Ein Schuß. Ich falle. Ein fürchterlicher Hieb in meinem Nacken, ein unbeschreiblicher Schmerz durchzuckt meinen Körper ... ein Schlag, ein Schlag! Ich geh in die Knie, ein Brüllen ... ein ohrenzerfetzendes Brüllen wie von ... von ... Und ein Klingeln, solch ein langgezogenes, kreischendes Klingeln! Klaudi steht auf, nachschauen, der Killer fühlt sich in Sicherheit Ein hämisches Grinsen verzerrt sein Gesicht, als der Boden auf mich zurast Gleich schlag ich auf! mit der Stirn, der harte aufgerissene Lehm Grellweiße Flammen in meinem Gehirn, Schmerzflammen, oh, vor den Augen Diese Angst! ich muß mich beiseiterollen, gleich drückt er ein zweites Mal Aber es is nur die Nachbarin von we'ng'es Wassergeld dasse ausgeleecht hat Ein nächster Schuß dröhnt mir in den Ohren, und sofort … Es hat mich am Arm, der Arm! Platzender, beißender Schmerz Diesem Schwein wert'ich's zeigen! aber ich hör schon, wie'r nachlädt Gleich wert'ich, wenn ich KANNSTE MIR NICH MAA'N ZEHNMAAKSCHEIN GEBEN? schon schießt er HE HÖRSTE WASSICH SAACH?! da bäumt sich sein Pferd, *das*'s die Gelegenheit, jetzt schnell! schnell! Blut tropft mir aus'm Arm, die Hand dagegenpressen, die Hand! Nicht weit liecht der Revolver von dem … der … auf'n zu, schnell, schneller! Lauf! Schon peitscht der Schuß durch die HAST'N KEIN' ZEHNMAAKSCHEIN??? Wüste HE HÖR DOCH MA ZUU! Unt'a hap'ich'n Revolva schon gegriffn und hep'n und drück ab, drück ab! unt'a Killa geht zwei Schritte vor und ein'n zurück, un langsam kippt'a nach hintn wech, währnd aus'm Kindazimmer Lärm plötzlich Gequäke Kommt'se reingelaufn, heult, dassa ihr eine gelatscht hat Aus der Ferne Trompetensignale … Die Yankees! endlich Hilfe, die, die langersehnte Rettung, denn schon hat'er andre Killa sich erho'm, zum Gewehr gegriffn O dieses Schwein! O dieses Schreien! SEIT'OCH MA RUHICH, EINMAA AM TACH MA RUHICH!! NU GIB DOCH ENDLICH DEN ZEHNMAAKSCHEIN! DIE WAATET DOCH! aber in all dem Schrei'n vonna Kleinen, unt'a Jür'ng kommt nun auch noch zu unta's Blut tropft, wird mir schwach, so schwach, die Anstrengung Nur nich aufge'm, du darfst jetz nich aufge'm! gleich biste … Durchhalten! Halt durch! schlepp dich weiter, nur weiter! er schießt Da wird's schwaaz vor den Au'ng so schwaaz ganz schwaaz und der Erdbo'n, schau, kommt auf mich zu und … ah! Laangsam … unt'ie Trompetn hör ich schmettern wie durch'n Tuch, wie durch Watte, und's Hufgetrappel, aber da liech ich schon, liech ich schon, ausgeliefat, ausgeliefat.

4

»Orient«, das Lieblingspferd von Schlagerstar Heitje (24), ist tot. Der siebenjährige Rappe (Wert 25.000 Mark) starb an einem Magendurchbruch – kurz vor der Operation in Gent (Belgien). »Er war mein bester Freund«, sagt Heintje.

Und's rasselt draußn 'n Bus vorbei: ROOOOARK! steht immer so in Comicstrips. Unt'in komischen Schtreifn ziehn Autolichter übere Fenstascheibe, die Fenstakreuzschattn wandern über'e Decke, weil is dunkl gewor'n mittlaweile, un' so die erstn Schtraßnlaternen sin' angega'ng: Wie se sich immer ers' einglühen müssn, erst rotzögernd, dann grellgelbweiß. Nur im Zimmer ist es noch düster, weil er noch kein Licht eingeschaltet hat. Vielmehr sitzt er da, ganz zurückgelehnt, und hält seine Zeitung schräg nach hinten, um auf ihr von der Straßenbeleuchtung was abzukriegen. Die Augen kneift er zusammen, und die Zigarette qualmt sich im Aschenbecher aus. Unt'as Zimma is voll mit all'n möchlichn Geräuschn so vonne Autos un' Lastwa'ng wiese vorm Haus immazu auf un' ab, auf un' ab.

BH für sportliche Frauen. Vom Joggen bis Tennis: Nichts wippt mehr. Felina Helena. Der Sport-BH mit dem Sportträger.

Und die Gedanken des Mannes kreisen immer um ihn rum. Er gähnt und hält sich eine Hand vor den Mund. Aber wie er ihn grad schließen will, schpring' mir so kleine Schpuckeschpritza auffe Handoberseite. Mit dem Zeigefinger fängt er zu popeln an, unt'ich bekuck mir'en rausgeholtn Schnotter un reip'n mitta ein'n Hand inner Fläche vonner andern zu klein'n schwaazn Würstn. Die rollt er dann zu Kügelchen und schnippt sie ins Zimmer. Daaf man natür'ch kei'm azähln. Abba was'ch so alles hap, was ich noch alles gebrauchn könnt … Und ein Windjammer dicht vor dem Wind auf blauem Wasser mit weißer Gischt vor dem Bug. Aber wie er schon aufstehen und sich ein Bier aus dem Kühlschrank holen will, da geht … also da geht'n Gepolta im Treppnhaus los, dasses nur so durch die Wände hallt und man erschreckt! so'n Kindageschrei, silbrige Schtimmchen – Stimm*chen*?? *Kreisch*schtimm von minnestns hunnert Fon!! un's krachn diverse Türn in diverse Schlössa ge'ng diverse Rahmn unt'as *lebt* un't'übertönt'och glatt'n Vakehrslärm, der nu man auch nich ohne is … – also da schreinse, dass'ich'e Betontreppn bie'ng: »Krich mich doch! Krich mich doch!« »Du blöde Sau!« »Komm her, altes Aaschloch, wenne ein' draufha'm willst!« Un' man hörtse die Treppe raufrasn, dasse kleine Schuhsohln nur so poltern un' knalln, un' se schwi'ng sich übers Schtahlgeländer un' kreischn, dasse alte Mülla von eine Etasche tiefer der ihre Glotzau'ng annen Schpion preßt, weil hat ja sons nixutun, die Schlampe. Der schpielnse natür'ch mit Vorliebe Klinglschtreiche, weilse da so drauf apfährt von we'ng »Also imma diese Kinda vonne andere Leutäää! Nich ma Mittachsruhe hat man, weil die Jörn so'n Krach machen!« – Schon kratztes Metall annem Schlüsselloch, un' die Bu'm schtürm' rein mit rotglüh'nden Vorderbackn, Pudlmützn auf, Kälte und Frische strömt inne rauchige Wärmiefichkeit. – / »Wo kommt'n *ihr* jetz' her?« Unt'a sa'ng se, dasse beim Wolfgang gewesn sind und ha'm Terrorist geschpielt. »Unt'a Wolfgang issa Schleyer gewesn …« »Waaaas?« … »Aba hat einfach nich tot sein wollen, so'n alta Schpielvaderber … hat losgeschrien, weil er doch gefesselt wa wie inner Wirklichkeit und wie'r'n mip'm Gewehr totschießn wolln – wie's e'm gewesn is, Papa. Aber dann is dem seine Mutta gekomm', un' *die* hat'n Scheiß geredet un' sich aufgereecht un'uns angebrüllt!« »Und mir hättse fast eine gelaatscht!« »Waaas?!« »Da sin'wer e'm wieda gega'ng un' zur Sabine rüba.« »Und dann hat Georch geheiratet.« »Un' morgen schpielnwa Kindakrie'ng.« Aba bevor ich noch was sa'ng kann, hat'a Jür'ng sein' Revolver gezückt un' ballert auf'n Georch, der pompt zu Bodn fällt und *tot* schpielt. Aber'er Jür'ng ballat weiter auf'n drauf un'imma lauter! »He! Wollt'a wohl auf aufhörn!!« Doch da ja'ngse schon ins Kindazimma, unt'a hört man se noch ne Zeitlang ballern und schrein. Noch fünfnzwanzich Minutn, bisse Schportschau anfängt.

Winkel im Raum? … – *Ecke.* / Helfer aus Todesgefahr, sechs Buchsta'm … ja, *Retter.* / Anrufung Gottes, fünf Buchsta'm? … Hm. – Ja, *Gebet.*

Der letzte Wille

An diesem Morgen starb der alte Hans Wieczorek an Herzversagen. Er lag in seinem Bett, spürte den Druck, begann zu röcheln. Dann versuchte er etwas zu sagen, einen einzigen Satz. Er bekam ihn mit großer Mühe heraus. Nur war niemand da, ihn zu hören; er wäre aber auch kaum zu verstehen gewesen.

Es war eine Art Bekenntnis, eine umgekehrte, indes zu späte Beichte, nämlich ein Bedauern, das leidenschaftlich Wille ist. Der erhob Hans Wieczorek, erhob ihn in seinen letzten Momenten über die Enge. Da er sie erkannte. Und machte ihn weit. Fast legte sich der Schmerz, wurde milde. Schon war er überwindbar. Doch weil niemand bei dem Sterbenden saß, ihm die Hand zu halten, blieb der Aufbruch unübermittelt, blieb Impuls eines Aufbruchs, der als eine Strahlung, und sei's nur von Wärme, sich hätte in einen anderen fortsetzen können, der noch nicht, noch lange nicht, vorm Tod stand. Für den dann hätte sich alles geändert.

Doch er erlosch, dieser Satz, zerfaserte in dem leichten Zugwind, der durch das geöffnete Oberlicht wehte, und mit ihm losch es den Sterbenden aus.

Vielleicht, wenn man den Toten findet, ist aber etwas hängen geblieben, haftet am Kopfteil des Bettrahmens, liegt auf einem Stück Teppich oder schmiegt sich an ein Bein des rechts neben der Tür altertümlich stehenden Stuhls. Ein Nachhall vielleicht dieses Rufs, der es Hans Wieczorek zu sterben erlaubte, ohne sich weiter zu sträuben: daß er endlich leben wolle.

Schluß machen mit denen

Was is' das mit mei'm Gesicht? 's ist, als würdn lauter Spinnwebn drüberhängen! Das muß doch, muß doch ir'ngtwie wegzukrie'ng sein! Also kleben tut das! Da muß man doch versuchen ... kann man doch nich' so einfach dranlass'n an ei'm! – Aber *wie*? Wie soll ich das denn machen? Man is' ja völlig allein! Obwohl, die andern müßtn das doch a u c h merken! Aber wenn man zu sehr reibt, hat man gleich Striem' im Gesicht und muß sofort zum Spiegel. Heute mußte ich immer wieder zum Spiegel. Hatte aber nich' immer ein' zur Hand. Is' auch sinnlos, weil man ja nichts sieht. Man sieht einfach nix! – Ers' hab ich mich natürlich gefragt, was hast'n da im Gesicht? Aber man sieht's eben nich'. Und sonst sieht's auch keiner. So sinnlos is' das alles. – Und wenn ich's jetzt gleich tu, hier an der Ampel? Aber dann kriegt das jemand zu früh mit und ruft'n Krankenwagen. Is' einfach zu auffällig hier. Nein. Es muß ein Ort sein, wo keiner so schnell hinkommt. 'n Park ist das beste. Am Bürgerpark kann ich zum Teich, wo immer die Schwäne. Also ich mag Schwäne. Wie'ch mit der Klaudi 's letzte Mal da war, da warn die aber wech, unt'er Gert hat immerzu gefragt, wo'n die sind. Was sollten wir ihm da groß sagen? Wußt'n wir ja auch nich'. Trotzdem war der Junge überhaupt nicht zu beruhign. Hat um die Schwäne so richtiggehend Angst gehabt, daß wir nach den' suchen gegangen. War natürlich völlig sinnlos, weil wo soll man so Schwäne denn find'n? Wo sowieso die Wassergräben durch den ganzen Park ziehn. War total verrückt! Bis mir eingefalln is', daß das ja Zugvögel sind, vielleicht, und hab'm erklärt, daß die jetz' in Afrika sind, wo es warm is'. Machn die immer, wenn'er Winter kommt. Is' ja schon Herbst, mein Junge, hab ich gesagt. Da war er beruhigt und wollte nur wissen, ob da *immer* Sommer in Afrika ist. Aber wo soll man sowas herwissen? Je'nfalls wirt'es jetzt immer schon furchtbar dunkel. Kaum fünf und schon dunkel. Dazu der Verkehr! Na ja, haa'm jetz' Büroschluß. Nur'e Verkäuferinnen, die ham's echt schwer. Und dieses gräßliche Gefühl im Gesicht hört überhaupt nicht auf! Als wenn ei'm wer Uhufäden drübergeschmiert hat. Wert' ich noch wahnsinnig von! Wobei mir das jetz' erst auffällt, wie laut das ist. Hap'ich doch früher nich' ... aber außer mir scheint es niemand zu merken, so selbstverständlich, wie die aussehn. – Weiß gar nich', wie'ch heute früh aus'm Bett gekommen bin und hab mir'n Kaffee gekocht un'die zwei Brötchen gegessen, die Klaudi mir gestern aa'md geschmiert hat. Wickelt sie immer inne Folie, damit sie sich halten bis morgens, wo man dann Angst hat, mip'm Fingernagel drüber. Unt'inner Zeitung, was mal wieder alles an Furchtbarm passiert is', wie viele Tote und so weiter. Jedesmal 'ne großartige Morgenlektüre! – Ob die mich *auch* ...? So daß mich wer anders beim Kaffeetrinken zu lesen bekommt? Is' doch wirklich *meine* Angele'ngheit – un' wenn ich mich vor allen Leuten kastriern tät! Danach wird überhaupt nich' gefragt, aus allem schla'ngse Geld. Drecksgesindl, sowas! Diese Reporter müßte man, wiese grad sind ... – Schluß machen mit denen! Dasse sich in die Privatangele'ngheiten von Leuten mischen, mit denen sie gar nichts zu schaffen. Als ob's nichts Wichtigeres, w i r k l i c h Wichtiges gäbe! Obwohl sie natürlich manchmal auch ganz nützlich, wie sie das mit den Spionen zum Beispiel aufgeklärt ha'm und daß man überhaupt erfährt, was für Schweinerein. Gibt ee'm solche und solche. Aber's wär mir wirklich nich' recht, wenn das von mir in die Zeitung ... Als ob das nu' wirklich bedeut'nd wäre. Dabei isses'n einfach'n Entschluß und der, wenn man sich die Sinnlosigkeit anguckt, völlig natürlich. Aber das begreifen sie nicht, sondern wolln, daß man immer noch weitermacht, so wie sie ein'n auch im Krankenhaus künstlich am Lee'm erhaltn, obwohl man doch eigentlich lange schon tot is'. Daß man sich richtig lange weiterquält noch. Nee, ich bin froh daß ich das Rasiermesser hab. – Isses noch ...? – Wie kühl es sich anfaßt, richtig kühl! Obwohl's zusamm'geklappt. Aber ich spüre, wie es wartet. Ja, wart nur. – So'n Quatsch! Als ob Rasiermesser Gefühle hätten! Es ist nur mein Kopf, was da wartet, auch wenn er Angst hat. Muß aber ers' über die Straße ... nee, nich' zur Ampel zurück! – Komisch, da geht man und geht und merkt nix davon. Wenn die nur nich' immer so drauflos fahren würden! Da kommt schon wieder einer! – Wie die *rasen*! Als wär'er Teufel hinter ihnen her. Isser ja auch, vielleicht. – Gar nich' so einfach, über die Straße ... vor allm für die *alten* Leute, aber das wert'ich nich' mehr. Also *das* Problem bekomme ich nicht. Mach ee'm einfach nich' mehr mit. – Vorsicht! Also was für'n rücksichtsloser Arsch! Keiner paßt mehr auf, wo er hinfährt. – Sò, jetz' aber – schnell! – *Rot* dahinten. Auf *die* Seite ... da! Holzauge, sei wachsam! Mensch, paß doch a u f! – Geschafft. – Also was bin ich für'n Idiot! So'n Aufstand von wee'ng'ner Straße überquern, wo ich inner Tasche doch das Rasiermesser. Isses noch ...? – Glück gehabt, nich' verlorn. Also *das* wär'n Ding, wenn ich da am Wasser steh, unt'as Ding is' plötzlich weg! Ich glaub, dann müßt ich wirklich lachen, könnt mich vor Lachen nich' mehr halten. Inne Hose pinkeln würt'ich vor Lachen, direkt ins Gras falln und mich krümm'. Dann würt'ich mich aufrichten, grad hinsetzen unt'ie Füße ins Wasser, mit'n annen Schuhen. Verrückt wer'n würt'ich vor Lachen. Wär echt mal'n gelungener Witz. – Daß ich noch solche Witze machen kann … Hab mir immer vorgestellt, man is' ganz kaputt, wenn's so weit is', depressiv is', glaub ich, das Wort. Dabei is' man dann ganz normal un' kann sich sogar Gedanken machen. Sogar Witze reißen, weil man wirklich viel, viel wacher is' als sonst. Man merkt einfach mehr, achtet ee'm auf alles. Jetz' könnt'ich sogar wildfremde Menschen ansprechen und den'n in die Augen gucken. Mädchen sogar. Denen könnt'ich Kußhände zuwerfen, knallevoll mit Küssen. Was man sich sons' ja nich' traut. Weil es nämlich nich' mehr so wichtig ist wie früher. Hat alles plötzlich 'ne andre Bedeutung. Nicht grade *Zukunft*, nee, das nu' n i c h'. Wär ja noch schöner! Aber was man so erlebt hat. – Ob einem wirklich nochma's ganze Lee'm vorn Augen vorbeizieht, wie'ch mal in der Zeitung gelesen habe? Hört man von Leuten auch sons' immer wieder, die schon drüben warn. Bei denen hatte sogar schon der Herzschlag ausgesetzt, unt'ie Verwandten haa'm das Begräbnis geregelt. Dann kaam' die aber zurück, weil sie noch gar nich' richtig tot warn. Plötzlich sindse aufgewacht, manche sogar schon im Sarg. Muß man sich mal vorstelln, was das für'n Gefühl is'! Aber dann haa'mse ee'm erzählt, wasse zum Beispiel am Ende des Tunnels für ein Licht gesehen haben. Unt'assie ei'ngtlich traurig waren, nu' wieder zurück … wose diesen ganzen Mist doch schon hinter sich hatten! Gott, muß das fürchterlich sein, wieder die Augen aufzumachen, und alles geht von vorn los, wie wennse ein'n absichtlich nich' in Ruhe lassen wollen, und alles wieder von vorn: Maloche, Glotze unt'im Urlaub Zeltplatz. Also nich' mit mir! – Aber wenn mich nu' doch wer zu früh findet? Die nähn ja heute alles wieder an. – Ach was, so'n Schnitt is' tief un' sicher … grad an *der* Stelle. Bessre Methode als erschießen, weil das könnt ich sowieso nich', mip'm Lauf vonner Pistole direkt in'n Mund. Wo willste so 'ne Waffe auch herkrie'ng? Außerdem isses zu laut. Außer natürlich mip'm Schalldämpfer. Kriegste aber ers' recht nich'. Alles viel zu kompliziert. Zu teuer sowieso. Hätte auch Angst vorm Abdrücken. Natür'ch hap'ich auch Angst vor dem Schnitt. Man merkt vielleicht ja doch was, unt'ann tut'as weh. Aber wie lange? Eine Sekunde, zwei Sekunden? Länger bestimmt nicht. Und wenn *doch*? Zum Beispiel in Sciencefiction, wenn sich die Zeit dehnt, und man erlebt zehn Sekunden wie Stunden, also *für sich*. Wär dann doch schon ein ziemliches Grauen. Oder man stirbt überhaupt nich', weil für einen, je näher man annen Tod rankommt, die Zeit immer länger und länger wird. Un' wenn man grad beim Totsein angekomm' is', geht es grad wieder los. Kann man doch nich' wissen! Deshalb komm' ei'm auch manche Sachen so bekannt vor später, die man noch einmal erlebt, obwohl man sie erlebt noch gar nich' haben kann. Un' hatse eben trotzdem erlebt, weil man ee'm dauernd im Sterben liegt und sich alles nur wieder und wieder so vorstellt. Wobei, beim Rasieren schmerzt's ja ers' auch nich', wenn man sich schneidet. Zuers' isses nur kühl, wie wennde dir Eis auf die Backe. Aber bis anner Kehle der Schmerz kommt, bin ich doch längs' schon rüber. Nee, das's totsicher. – Wenn die alle wüßten, wer die anschaut …! Hamse wohl eingekauft bei Hertie. Wahrscheinlich rennen die so schnell, weil sie eben doch noch was merken, aber wollen das nich' un' schon gar nix mit *mir* zu tun haa'm. Tun ja, als hättn'se sons'was im Leben noch vor. Dabei haa'm'se *gar* nix vor! *Nix* hat man vor sich im Leben, jee'nfalls nich' unsereiner. Paar schöne Stunden im Kino vielleicht un' wenn man sich grade verliebt hat. Aber wenn man hinterher dran denkt, is' auch das nix gewesen un' hat sich nur was vorgemacht die ganze Zeit. Im übrigen nur Geld ranschaffen, für die Familie, wo man sich drauf eingelassen hat. Als wenn man da nu' wirklich was von hätte! Wie man eben nie was merkt. Man is' einfach zu … zu … – Ich h a b's aber gemerkt, habe es sehr wohl gemerkt. Nur nich' an mich ranlassen wollt'ich's. Aber wie wir ins Waldfriedn gegang' und ich mir zum letzten Mal Gulasch bestellt, unt'ann haa'm wir alle 'ne Zigrette unt'n Augenblick geklönt … aber da mußten wir schon wieder los, weil die Mittachspause ja nich' lang is', nur 'ne Dreiviertelstunde. Das's ja nu' wirklich knapp, wasse einem zum Lee'm. Kann man kaum in Ruhe essen, muß immer in sich reinschling', damit man ja nich' zu spät. Ich hätte es wie der Meier machen solln, der immer ers' aa'ms, wenn er nach Hause kommt, unt'em seine Frau hat ihm das Essen fertiggemacht. Aber da hätt ich von auch nix gehabt, wenn'er Fernseher läuft unt'er Junge sich die Kartoffelchips reinstopft, die nach Salz und sonst gar nichts schmecken, und Klaudi schimpft wieder we'ng'er Hosen, bei denen immer'er Reißverschluß kaputtgeht. Kann ich ja auch nix für, weiß ich selbs' nich', wie das immer kommt. Leidenschaftliches Temperament, hat Kurt gesagt. Witzbold. Was soll ma'n'u d a zu sagen? Aber *die* Sorge isse dann los. Wie die Zigrettenstummel, die'ch immer auf den Tisch leg, unt'ie Asche fällt dann runter. Das hatse dann alles nich' mehr. Wer'n sich wahrscheinlich ganz schön aufre'ng später von we'ng unverantwortlich, die arme Frau mit dem Kind ganz allein. Sollse doch mal abeitn gehn! Nein, nein, ich mach ihr kein' Vorwurf. Musse ja mal geliebt haa'm. Wenn ich so denk … Aber's kommt, wie's kommt. Hat man gar kein' Einfluß drauf. Alles Gerede von we'ng freie Bestimmung und so, womit sie uns dumm haltn wolln. Wann hap'n ich mich mal frei bestimm' könn'? Warn doch immer Sachn im Weg. Aber das wollnse nich' wahrhaa'm, weil dann ging's ja ir'ngtwie nich' mehr weiter für die. Nee, geht'ann nich' mehr. Damit kann man einfach nicht weiterlee'm. Unmöglich. Seh ich ja an mir. Plötzlich, plötzlich is' da so'n Gefühl überm Gesicht. Diese Spinnwee'm, immer noch, per-ma-nent, wie'ch vom Mittag gekomm' bin unt'ie andern haben gelacht und schweinische Witze erzählt von wee'ng: *Weißte, wassas is'?* und macht mip'm Zeigefinger so in dem Loch vonner andren Hand rum und spuckt auch noch drauf, dasser Rotz dran runter. Was is'n daran komisch? Die sind echt blöd manchmal, weilse alle verdummt sind, wiese da heißn. Auch der Meier. Der ers' recht. Da is' mir plötzlich schlecht gewor'n, wie wenn ich was Falsches gegessn, obwohl's nur Gulasch war un' überhaupt nich' komisch geschmeckt hat. War nich' mal zuviel Mehl in der Soße. Aber wie ich dann mein' Schreibtisch gesehn hab und hab mich gefragt, wozu machst'n das ei'ngtlich? dazu biste doch nich auffer Welt, um der ihre Aktn vollzuschmiern von mor'ngs bis aa'ms. Hab einfach keine Antwort gefunden, nur daß mir da das Rasiermesser eingefallen is', dasser Bote in seiner Schublade immer. Komischer Brieföffner. Warum nimmt er nich'ne Schere oder 'n *richtigen* wie andre Leute auch? Natür'ch, wenn immer die verschnürtn Pakete komm' … Trotzdem eigenartig. Kam mir aber grad richtich zupaß, dem seine Marotte, weil mir eingefalln is', daß so'n einfacher, haarfeiner Schnitt, das wär's. Nur 'ne Bewegung von links nach rechts mitter Hand und zuck! Man darf nur nich' unruhig wer'n, muß man ganz bedächtig. Nur nich' zögern. Muß ee'm genau wissn, was man will. Nur ein bißchen Selbstbeherrschung. Wär doch gelacht, wenn ich das nich' aufbring' würde! … – Mensch, was'n *das* hier? Was für'n Gestank! Nee also, das, das gibt's doch nich'! Hamse einfach so Fleisch in'n Müllcontainer, läuft sogar der Saft untn raus … sogar Flie'ng hamwa noch in dieser Jahreszeit! Daß'as erlaubt is'! Stinkt wie inne Abdeckerei! Daß sich da keiner beschwert, so richtig Fleisch mitte Knochn dran. Glaubste nich', was die alles in'n Mülleimer. Bloß weiter! – Op'ich auch so stinke später? Ach was, die tun mich gleich in'n Kühlfach. Sin' ja richtige Schubladen, wie man im Krimi immer. Mip'm Etikett am großn Zeh, wie man zum Beispiel geheißen hat, wann und wo gefund'n und so. Schon komisch: Man is' tot un' wird ausgeschildert. Oder wasse in'n Universitäten für zahln. Mit 'ner seltenen Krankheit wirste richtig kostbar als Leiche. Kann ja keiner überprüfn, ob man wirklich verbrannt wird. Gesunde Tote verbrenn'se aber tatsächlich. Kann halt keiner was von lern'n. Rin in'n Ofen! Klappe zu un' alles inne Luft. Was man dann so einatmet die ganze Zeit. Vielleicht, daß ich jetz auch was von Toten einatme? Bald atmen se alle *mich* ein. – Seltsam, daß ich gar keine Angst hab. Is' auch egal, aber … Je'nfalls wee'rn'se's nich' begreifen. Aber die Köpfe we'rn'se sich heißreden. Wenn man bloß nich' inne Zeitung, von we'ng mit Nam' un' so. Wär mir nich' recht. Mei'ntwee'ng als Randnotiz, aber nich', dasse mich zu 'ner Story. Schrei'm meist sowieso nur Abkürzungen. MICHAEL W. TOT IM BÜRGERPARK AUFGEFUNDEN. Unt'unter'em Bild steht: BESTIALISCHER SELBSTMORD LEICHE TRIEB IM WASSERGRABEN – Hap'auch überhaupt keine Lust mehr gehabt, schon wieder die nächste Aktnmappe … Nee, hap'ich mir lieber's Telefonbuch genomm' un' rumgestöbert, wasses für Namen alles gibt und ob man vielleicht noch wen anrufn kann. Unt'ann is' mir eingefalln, daß hinter jee'm Nam' eine Geschichte. Jeder Buchstabe 'n Schicksal. Nur daß ich mir sofort gedacht hab, daß'as 'n ganz großer

Quatsch, den ich mir grad aufbindn will. Denn hinter den Namen is' kein Schicksal, da sind überall nur Un-Schicksale, Nicht-Schicksale. Weil man ee'm nix machen kann. Man is im Lee'm, hap'ich mir gedacht, wie so 'ne Straße, die immerzu gradaus führt, weil die Kurvn un' Schlenker sint'ee'm so breit und langflächig, daß man se einfach nich' bemerkt. So'n Unsinn hap'ich gedacht. Aber dasse Straßn ee'm auch von wem gemacht, unt'as es ee'm nich' nur eine Straße gibt, sondern tausend Straßen, hunderttausend Straßn, eine Million Straßn, wie's ee'm Menschn gibt, so viele Menschn. Un' machmal, da kreuzen die sich, is' ja klar. Muß man sich mal vorstelln, was das für'n Netz is'! Da müßte sich doch wer find'n, den de benachrichtign kannst. Ir'ngtwem vonnem Rasiermesser mal erzählen. Aber is mir keiner eingefalln, un' mip'm Pastor will ich nichts zu tu haa'm. Weiß ja nu'nich', ob's nich' doch so'n Gott gibt. Aber wenn, nee, will ich nichts zu tun haa'm mit. Dreck genug hap'ich selber am Steckn. Der is' ja nich' ganz sauber, wenn's'n gibt. Aber mit wem kann man sons' über sowas red'n? Die sa'ng ei'm ja gleich, geh mal zum Psychiater. Debei müßtn *die* hin, weils' nix merkn. Die merkn einfach nix! LEBENSHILFE haa'm die angebotn, muß man sich mal vor Augn haltn: *Leeʼmshilfe* haa'm die annonciert! Hättn'se wenichstens *Sterbehilfe* im Angebot gehabt! Würt'ich ja vielleicht mal angerufn haa'm, entschuldigen Se, ich will ster'm, könnSe mir nich' behilflich sein? An sowas denkn se nich' im Traum, daß dafür wer mal Hilfe braucht. Obwohl ich vom Büro aus ja hätt sowieso nich' anrufn könn', un' nachhause wollte ich nich' mehr. Aber 'ne Telefonzelle is' für sowas ers' recht nicht'n richtiger Platz, wennse alle davor stehn un' klopfn gee'ng'e Scheibn, un' vorn überm Apparat steht ganz groß FASSE DICH KURZ. Was 'ne Unverschämtheit! Wie solln man'n sich bei sowas kurzfassen? Das Kurzfassn kommt später, da faß ich kurz zum Messer un' ... Ganz kurz ruckzuck schneit'ich dann, ganz kurzer Schnitt. Dann plumpst man nach vorn ... oder nach hinten? Je'nfalls zweiteilig, weil'er Kopf nach hintn wechklappt, währ'nt man selbst, ja, d o c h nach vorn wahrscheinlich. Mitter Brust zuerst, am bestn ins Wasser. Dann is' Ruhe. Ein für alle Mal. So 'ne Ruhe, wie man sich das gar nicht vorstellen kann. Dann schwirrn ei'm im Kopf auch nich' mehr die Sachn. Das ist dann vorbei, daß die ei'm keine Ruhe lassn. Richtige Lastwaa'ng sint'as, die ei'm im Kopf immer rumfahrn. Is' nich' zum Aushaltn, wenn man drauf achtet. Aber achtet man ja sons' nich' drauf. Keiner. Nur ich jetz', weil das is' 'ne andere Situation als die Leute im Telefonbuch. Das müssn alles Leute s e i n. Oder sint'as gar keine? Vielleicht sind's alles nur Namen, die da wer reingeschrie'm hat, damit man beim Blättern beruhigt ist, dasses ee'm so viele gibt. Unt'ann isses nur Schein. Ich glaub einfach nich' mehr, wenn wo was steht. Man kann keinem traun, auch nich' einem Telefonbuch. Man is' völlig allein. Auch der Klaudi trau ich nich' mehr. – Hört denn das nie auf mit diesem Gefühl im Gesicht?! Dasses ein'n zerrt ... und k l e b t auch noch! Nieseln tut'as auch schon wieder. Hätt ich nur'n Schirm mitgenommen. Aber wer kommt'n auf *so*was? 'n ganzn Tag isses warm, und plötzlich, am Aa'md, fängt es an zu regnen. Wahrscheinlich isser Sommer nu' g a n z vorbei. Zwei Wochn Sommer haa'm wir neuerdings, unt'ann'noch im Herbst. Na, mir kann's recht sein. Werd sowieso naß nachher. Wo hab'n ich die Zigaretten? Da. Streichhölzer, hm. – Verflixte Dinger! Sindse feucht? – Na bitte. Die wievielletzte Zigrette is'as wohl? Sowieso schädlich. Für mich nich' mehr wichtig. Gewöhn ich mir nachher endgültich ab. Da fang ich dann nie wieder mehr an. Jetz' kann ich machen, was ich will. Angenehmes Gefühl, den Rauch in die Lung' zu, richtich tief bis annen Rand. Dann rauspusten »ffffffffffffffff«. – Wie lange brauchn die wohl, bisse zuhaus? – Ah da steh ich Trottl wieder mal da und kuck zu, wie die leben! Manche haa'm's aber gut getroffn, nur halt nich' alle. Je'nfalls ich nich'. Hab doch immer nur zugesehn. Is' doch scheiße. Als ob ich geborn zum Zukuckn wär. Immer von abseits. Nur nich' vordrängln, hap'ich mir immer gesagt, nur nich' auffalln. Mach dich muksch un' halt'ie Schnauze, daß keiner dir was draufgee'm kann. Schön unauffällig sein, dann kann dir nix passieren. Sag'n se doch alle, schon damals Mama. Mach, wasse von dir verlang', dann kommste auch durch. Wo sich nur'n Arschloch zeigt, Kopf runter und rein. Isses schön warm drin. Sach nix, tu nix, denk dir dein' Teil. Kuckste ee'm zu dann. Michael Weill, geborener Zuseher. Gestor'm annem Rasiermesser. Aber noch nich' jetz', ers' muß ich am Wasser sein. Sowieso zu früh. Nachher sint'a noch Muttis mit ihrn Kinderwa'ng. Will ich ja auch nich', daß die dann schockiert sind. Arme Görn. Ha'm noch keine Ahnung, was auf die zukommt un' wiese sich alle noch bückn müssn. Mach ich nich' mehr. Nein, kuck'm Tod in die Augen, dasser sieht, wie standhaft ich bin. Unt'as ich Stolz hab. Will nich' krepiern wie 'ne Ratte, nee! Tut man aber'n Ratten mit unrecht, sind ja nur Tiere, könn' für schließlich nichts. Beim Park bleibt es trotzdem. Wo is'n man sons' ungestört? Muß halt noch'n Augenblick warten. Vielleicht kommt auch 'n Schwan un' leistet mir Gesellschaft, und wir unterhaltn uns'n bißchen. Fraachte mich dann: Haa'm Se noch'n Wunsch, Herr Weill? Was hättnSe denn gern zum Abschied? – Ich und mir wünschen! Da würt'ch ihm eins hustn, würt'ich. Nichts gibt's zu wünschn, gar nichts. – Je'nfalls ... Wie'ch mich annen Schreibtisch gesetzt hab unt's Rasiermesser is' mir eingefalln, haa'm die nur immer weiter die Witzchen, wose sich wer weiß wie vorkommen mit. Aber immer, wenn'er Chef gekomm' is', haam's se runtergekuckt auf der ihre Mappn und irgendwas gekritzlt. So schlägt man acht Stundn tot am Tach. Einfach tot. Soll doch wer anders! In einer Tour die Schreibmaschin'n. Die elektrischn sin' noch viel schlimmer als die andern. Das war'n Lärm, daß ich gedacht hab … also ich habe gedacht, Mein Gott, gleich springt dir der Schädel aus'nander! Wie hab'n ich das so lange ausgehalten? Unt'es kommt einfach keiner, der da mal aufspringt un' alles kurz und klein schlägt, was aber ich gern gemacht hätt. Warum fint'enn keiner die Kraft dazu? also hochzuschnelln und … und zu schreien. Einfach nur zu schreien. Ich hätte so gern mal geschrien. Was hat'n das für'n Sinn?! hätt ich gebrüllt. Aber man hat halt nur Angst. Immer hat man Angst, was Falsches zu sa'ng, we'ng'er Familie, we'ng'er Miete nächstn Monat … we'ng'er Leute natürlich auch. Darum buckelt man, wenn er reinkommt. So 'ne Visage immer! Richtig hämisches Grinsn. 'ne Spinne is'as, 'ne richtige Spinne. Also murrt man nur heimlich in sich hinein. Könnt ja wer hörn sons'. Als wann das schon 'ne Revolution wär! Will man doch gar nich', sondern nur'n bißchen lee'm wie'n Mensch. Darum hap'ich mich ee'm auch zusamm'gerissn immer. Un' nur manchmal taucht verstohln die Frage auf: *Wozu?* Aber bleibt ei'm ee'm nix. Wer überlee'm will, muß sich anpassn. So is' das auf der Welt. Sons' treten se dich kaputt. Wie Ungeziefer. Nur machen se ein' halt so oder so kaputt. Wasde auch tust, immer gehst'e kaputt. Außerdem tust'es ja für'e Familie, damit wee's'chen die mal durchkomm'. Hat meine Oma immer gesagt, *wee's'chen*. Ei'ngtlich leb auch ich schon lange nich' mehr. Wann warn das, dasse gestor'm? Un' tut aber, als ob man lebt. Bis man dann merkt … Dann isses aber zu spät. Da hat man sich dann ganz umsons' all die Jahre und *will* auch nix mehr merkn. Darum saufn se sich dann'as Gedächtnis matschig, bisse Erinnerungen alle ersaufn. Nur was man so gut gefundn, dafür hat man Familienalben mitte Familienfotos von ei'm. Hochzeitsbilder un' so. Die richtign Erinnerungen aber sin' weg. Da wirt'ie Lee'mszeit mit ei'mal ganz kurz, mindestens um die Hälfte. Die meistn von den'n, die'ch kenn, sind Alkoholiker. Bei dem, was die trinkn?! Gestehnse sich natür'ch nich' ein. Dazu stehnse nich' mal vor sich selbst. Darum hap'ich das Rasiermesser inner Tasche, um mich nich' auch so zu belü'ng. Je'nfalls will ich kein Alkoholiker wer'n. Das wär das schlimmste. Lee'm will ich, leben! Genau darum geh ich innen Bürgerpark. Damit ich lee'm kann. Ir'ngtwann muß jeder seine Konsequenzn ziehn, wenn er vor sich noch Achtung haa'm will. Ir'ngtwann isses für jeden so weit. – Aber, ich meine, is' doch bestimmt noch Zeit für'n Bier. Bisses *wirklich* dunkl is'. Muß mich ja nich' beeilen, zwingt mich ja niemand zu. Warum ei'ngtlich n i c h'? Man sollte sich das Ster'm so angenehm wie möglich machn. Hat ja vorher kaum Zeit für ein' selbs' gehabt außer für Skat und Fernsehn und mal ins Stadion. Is' aber ei'ngtlich dieselbe Scheiße. Nein! Sich mal richtig amüsieren, das wär's! Sich freuen an was. Tun, wozu man grad Lust hat. Was ei'm ee'm so einfällt. Kamma ja sons' nie. *Wo* denn? Nich' mal in Gesellschaft von Freundn kann man tun, was man will. Immer muß man ir'ngt'ne Angst haa'm, dasse sich lustig machen zum Beispiel. – Wenn man doch nur …! – Quatsch! Ich k a n n doch! Ich kann mich doch amüsiern heute abend, kann ich doch, machen, wozu ich Lust hab. Heute kann ich das. Was soll'n mir noch passiern jetz'? Ich nehm mir ja sowieso das Lee'm, da gibt's doch gar nix mehr zu befürchtn. Keiner kann mir wer was! Sauf ich halt einfach mal durch, die ganze Nacht. Un' morgen auch noch. Wo sollt'n ich noch Angst vor haa'm? Geht mich ja nichts mehr an, die Welt. Zum Beispiel Mädchen anquatschn, was ich mich nie getraut hab. Die einfach mal fraa'ng, was man immer schon fraa'ng wollte. Aber lieb, ganz lieb will ich das fraa'ng. Die solln sich freuen an mir. Oder 'ne Bank ausrauben, das wär auch was. Un' was ich erbeute, verschenk ich an die Penner, die im Bürgerpark schlafn. Oder leg das Geld vor'ne Schule oder'n Kindergartn von arme Leute. Da tu ich was Gutes, unt'es passiert endlich was. Aufatmen wert'ich! Sowas von aufatmen! *Das*'s'n Lee'msgefühl! So ein richtiges Lebensgefühl. Daß man glücklich sein kann un' nich am nächstn Mor'ng schon wieder macht, wo man keine Lust zu hat. Nix mehr mit Angst! Los! 'n folgenloses Abenteuer. Was heißt überhaupt *ein* Abenteuer? Viele, v i e l e Abenteuer! *Nur* noch Abenteuer! Los, ab inne Kneipe. Na komm schon. Mensch, *das*'s'n Lee'm! So'n richtiges Lee'm. – Nein. Wart mal. Was hab'n ich noch aufm Konto? Muß auch anne Klaudi denkn unt'ann' Jun'ng. Kann er schließlich nichts für. Na komm, laß'n Kopp nich' häng'! Machste einfach Schuldn unter fremd'm Nam'. Kann dir doch keiner was nachweisn mehr. Heut gehört'as Le'm Dir. Mit allm, was dranhängt. 'n bißchen Anspruch wirste ja auch mal haa'm könn', grad so vorm Tod. Nur … Also 'ne Frist sollt' ich mir besser schon stellen. Nich', daß ich wieder weich werd. Also. Wie spät isses? – Viertl nach fünwe. Sa'ng'wa also: bis zwölf. *Den* Tach noch voll. Okay, diesen Tach. Un' um Mitternacht … Mal sehn. Ir'ngt'ne Nachtbar vielleicht. Gott, sint'as viele Möglichkeitn! – Komm, *so* viel Möglichkeitn sind's auch nich'. Aber vielleicht ins Kino. Wann war'n ich das letzte Mal im Kino? – Quatsch, kannste ja gleich fernsehguckn. Was essn gehn, vielleicht. Hap'aber gar kein' Hunger, je'nfalls kein' Appetit. Eß in letzter Zeit sowieso nur, weil man ja muß ... muß*te*, mein' ich. Hätt'ch ee'msogut verhungern könn'. Muß aber'n gräßlicher Tod sein. Wobei, nach drei Tagen soll man nix mehr merkn. Verdurstn is' schlimmer. Aber op'as stimmt, dasser Mag'n anfängt, sich selbst zu verdaun? Nee, wirklich, besser'as Rasiermesser. Soll allerdings ziemlich spritzn, das Blut. Doch man selbst merkt's ja wohl nich'. Höchstns, wie's ei'm anner Hand runterläuft. Ziemliche Schweinerei. Muß ich wirklich wo machn, wo's nich' so 'ne Sauerei. Nix is' schlimmer, als andere Leute ihrn Dreck wegmachn. Is' bestimmt kein schöner Anblick. Hoffentlich holnse die Klaudi nich', daß die mich identifiziern muß. Am besten, ich steck mir den Perso gleich unters Hemd, dasser nich' verlorn geht. Aber dann wirt'er naß, unt'ie Tinte verschwimmt. Wobei, is' ja gestanzt. Trotzdem, ich hol mir besser ne Plastiktüte. Da pack ich'n dann rein und kleb'n zu, mit Tesa. Damit se gleich wissn, wer'as is', wennse mich im Wasser. Is' wirklich's beste, *da* reinzufallen. Bin ich auch gleich sauber. – Na, zweihundert Mark oder so wirdse schon entbehr'n könn'. Spart ja 'ne Menge Haushaltsgeld nachher, unt'ie Ersparnisse. Viel hap'ich zwar nich' zusamm'gekriegt, aber ir'ngtwann wird der Bausparvertrag fällig. Die Lee'sversicherung is' natür'ch futsch. Was'n Jammer, die ganze Zeit, die'ch da eingezahlt habe. Aber der Junge kommt sicherlich durch. Hoffentlich hat er's mal anders. Is' eh für den einerlei, op'ich nu' da oder nich' bin, wahrscheinlich sogar besser, wenn ich an meine Zukunft denk. Hatte sowieso nie 'ne richtige Beziehung zu ihm. War ja nie da oder nur seltn, und meistns dann inner Kneipe. Ei'ngtlich schade. Weiß'ch auch nich', woran'as lag. Hab ee'm nur's Geld rangeschafft. Viel zu wenig Zeit hap'ich für'n Jung' gehabt. Bin einfach immer zu kaputt gewesn. Alles we'ng'em Beruf. Wirklich nur we'ng Beruf. Muß man verstehn, geht nich' nur mir so. *Ging* mir so, muß'as heißn. Is' ja vorbei. Was hab'n *ich* von mei'm Vater gehabt? Nee, ich mach ihm kein' Vorwurf. Weiß ja jetz', wie es läuft. Hap'ich gar nich' das Recht zu. Soll aber nu auch m i r keiner einen Vorwurf machen! Ich geh ja auch nich' we'ng denen. Nee, die haa'm damit gar nix'u schaffn. Is' ee'm nur, wie wenn nix gewesn. Sang- und klanglos, wie das heißt. Genau. Sie wer'n's schon verwindn. Wo das mit Klaudi und mir sowieso schon lange nich' mehr. Muß man klar sagn. Die Gewohnheit ee'm. Vielleicht isse auch ir'ngtwie froh, wenn ich weg bin. Würt'ich ihr gar nich' übelnehmen. Natür'ch, inner ersten Zeit isses schwer. Aber wenn se sich ers' mal dran gewöhnt hat ... – Wiese wohl reagiern wird, wennse komm' und sa'ng ihr, dasse mich im Teich ... Vielleicht find'n se mich auch ers' nach'm Monat oder'm halbn Jahr. Alles schon vorgekomm'. Wasserleichen halt. Gehn unter un' komm wieder rauf, wenn's ihn'n paßt. Ir'ngtwann merken se's aber auf jedn Fall. Vielleicht erklärnse mich auch schon vorher für tot. – Ob se wohl weint? Wahrscheinlich läuftse die ganze Zeit schwarz durch'e Gee'ngt. Kannse sich sparn meinetwe'ng. Hat ja auch gar keine Trauerkleidung. Musse echt kein Geld für ausgee'm. Sollse besser sparn. Is' mir gar nich' recht, wenn da noch jemand an mir verdient. – Komisch, daß wir's so lange mit'nander ausgehaltn haa'm. Warn die Umstände, einfach die Umstände. – Wenn ich mir da so klar drüber werd! – Nee, un' was isse für'n anständiges Mädchen gewesn, wie ich sie kennengelernt, wo *mein* Vater doch bloß'n einfacher Lastwagnfahrer und ihrer 'n eignes Geschäft! Hätt ich damals einstei'ng sollen, aber wollte ee'm nich' unter dem seine Fuchtl. Man is' blind, wenn man jung is', stockestockeblind. Richtig dumm bin ich gewesen! Vorbei. Vorbei is' vorbei. Jetz' will'ch mich amüsieren und nich' mehr jee'n Mor'ng der ihr knautschiges Gesicht. Nee, ich will machen, wozu ich Spaß hab! Aber nich' mit 'ner Nutte, die spieln alles nur. Jetz' soll mir keiner mehr was vormachn. Aber in der Kneipe, wo'r Jochn von gesprochn, so 'ne wirklich *geile* Tante, die'as auch i s' un' nich' nur auf mein Geld aus. Is' sowieso alles, was den' Eindruck macht. Kamma sein, wie man will, gut, böse, häßlich, völlig egal. Hauptsache Geld. Natür'ch gehen auch Schecks. Warum auch nich'? Wasse Franzosn sind, die pfeifen einfach her hinter den'. Die sind kackfrech. Bei uns ja auch, aber'as sin' dann gar keine richtign Männer. Nur Halbstarke, sowas. *Rowdys*, hat meine Oma immer gesaacht. – Aber wo geh ich denn *hin*? 'n bißchen muß ich nu' schon aufpassn. Am besten da vorn. Genau. Da is' auch, wo'r Meier von gesprochn. *Wie* hat er gesagt? *Frustriert*, richtig, daß'as Wort. Lauter frustrierte Frauen, hat er gesagt und daß die wirklich Sehnsucht haa'm, nich' nur die Männer. Komisches Wort, *frustriert*. Was heißt'n das überhaupt? Aber da kann man, hat er gesagt, sofort Anschluß finden. – Mensch, geh doch mal zu! Das'n *Gewühl* hier! Kann einer ja von rasnd wee'n ... als wenn'as was zu erbn gäb. Unt'immer noch dieses Gekleb im Gesicht. Aber nich' mehr lange. Hab ja das Rasiermesser. Das ist wichtig, daß ich das nich' vergesse. Muß ich mir immer wieder vor Augn haltn. Dann kann mir nix mehr passiern. Nich' mal, wenn jetz' durch Zufall mein Chef ... Könnt ja grad hier vorbeigehn, weil er was einkaufn ... Musser schließlich auch mal, und wenn's nur Zigaretten. Also wenn *der* jetz käm, würt'ich auf'n zu und ihm so richtig die Meinung flötn. Ja anbrülln würt'ich'n, wasse Lung' nur hergee'm. Traut sich ja son' keiner. Unt'ann ... dann würt'ich'm eine laatschn, wassich gewaschn hat. Die Fresse würt'ich dem polieren! Bisser umkippt. Was will er mir denn noch anhaben jetz'? Bin doch ganz außerhalb von dem seine Reichweite! Schon wie inner andern Welt bin ich. Müßte man wirklich mal machn. Nee, nich' für ein' selbst. Sondern für alle andren. Einer muß schließlich anfang'. Wenichstns einer. Alles aus'nandernehm' im Büro, alles kurz und klein schla'ng. Für dem seine Arroganz. Genau! Ich meine, warum soll ich'n mir das Lee'm *jetz'* nehm'? Kann ich morgen auch noch. Unt'übermorgen. Sondern geh mor'ng ins Büro, unt'ann sollst mal sehn. Dann geh ich auf'n zu und hau ihm inne Visage, dasser hinfliecht un' ausser Nase blutet. Bisser nich' mehr aufsteht. Nich' mehr aufstehn soller! Unt'ann … Dann wisch ich die Aktn von'n Schreibtischn un' werf die Schränke um, einfach um. Dann schlag' ich alle Scheibn ein. Unt'ann, bevor die noch richig kapieren, was los is', fange ich zu schreien an. Meine Güte, was ich brüllen werde! Un' wenn mich wer zurückhaltn will, also dem tret' ich inne Eier, bisser lacht. Unt'ann, wenn ich allen so meine Meinung gegeigt, dann renn ich weg, einfach weg. Und aa'ms innen Bürgerpark. Genauso mach ich das. Das mache ich bestimmt. – Mensch, wem ich jetz' alles meine Meinung sa'ng kann! Allen, allen kann ich meine Meinung sa'ng. Aber vorher geh ich noch'n Bier trinkn. Werd mich jetz' echt amüsiern. Richtig amüsiern wert'ich mich. Wahrnehm', wassas Lee'm zu bietn. Hat nämlich viel zu bietn, das Leben. Mehr, als unsereins sich vorstelln kann. – Nee, kuck mal *den* an! Friert sich ja'n Arsch ab! – Schläft der? Bestimmt'n Penner. Lästig gewor'n in letzter Zeit. Daß da nich' mal die Polizei'n. – Aber was! Nichts als'n armes Schwein. Keine Wohnung, nix'u essn. – Nee, schläft *nicht*. Glotzt nur so inne Gosse. Auch 'ne Passion. Soll'ch mal hin? Vielleicht freut er sich? Kann ihm ja ein'n ausgee'm. Vielleicht, dasser auch sone frustrierte … – Angenehm isser mir ja nich'. Aber was halt die Zeit aus ei'm macht. Jetz' holt er auch noch'n Schnaps raus. Bestimmt schlimmer Fusl. Der muß mal was Anständiges zu trinkn krie'ng. Das wirt'ihm guttun. Vielleicht kann'ch'm ja 'n bißchen vonnem Rasiermesser erzähln un' was ich mor'ng machen werde. Wirt'er wahrscheinlich lachn. Klar, der wird lachn. Is' aber wurscht. Der würd je'nfalls n i c h' den Mut aufbringen wie ich. Wert'ich nämlich tun. Wert'ich auf jee'n Fall machn. Ganz bestimmt. Mit Sicherheit. Mit absoluter Sicherheit wert'ich das mor'ng machen. Da gibt's gar nix. Gar nix.

Roses Triumph

Niemals wäre Erwin Rose Gegenstand literarischer Würdigung geworden, hätte sich nicht in seinem 51. Lebensjahr ein sonderbarer Umbruch vollzogen. Doch bekam ihn kaum jemand mit. Er erstaunte den distanzierten Bürovorsteher selbst – einen seit über dreißig Jahren völlig erregungslosen, dem Kanzleileben dienenden Charakter. Nicht daß der Mann devot gewesen wäre; ihn hatte vielmehr eine Art Unanrührbarkeit, die ihm innere Ruhe und auch Abstand gewährte, die politischen Nervositäten ganz kommod unterschlafen lassen, von denen vor allem die späten Siebziger durchwühlt worden waren. Und verstand es bis heute, jederlei Lehrlingsprotest, wenn er tradierte Abläufe störte, gleichsam instinktiv ins Urvertrauen zurückzuleiten. So war denn auch die Kanzlei selbst, in der Erwin Rose seit über drei Jahrzehnten ins Vertrauen des Chef-Sozius Dörrbecker gewachsen war, von den politischen Wirrnissen der Zeit nahezu unberührt geblieben. Alleine Scheidungen, Mietstreitigkeiten, Bußgeld- und Asylverfahren bestimmten den kleinen Bremer Betrieb. Wenn, selten genug, der Büronachwuchs mit Protestzwiebeln warf, klatschten sie gleichsam wellenlos in den Schlick lehrväterlicher Umarmung. Nur in seltenen Fällen zogen sie Wurzeln am Grund, die dann von Rose kupiert werden mußten.

Doch an einem Sommernachmittag stülpte diesen Mann etwas um. Möglicherweise hätte ein guter Beobachter die Veränderung registrieren können: ungewisser Blicke wegen, die der Bürovorsteher seither seinem Chef hinterherwarf, oder aufgrund der einen oder anderen motivlosen Geste. Oder weil sich Rose seltsam ausgebig schneuzte und danach qualitativ neu mit den Nasenflügeln zuckte. Nur gab es den Beobachter nicht.

Rose war seit mehr als einer Stunde vom Mittagstisch zurück gewesen. Nun saß er über einen Schriftsatz gebeugt, den eines der Lehrmädchen nach Diktafon getippt und dem Bürovorsteher zur Korrektur vorgelegt hatte. Während er mit der Mine eines Bleistiftstummels die eine und andere Verbesserung in die Zeilen ritzte, rauchte er eine dickliche Fehlfarben. Bisweilen hüstelte er. Da fuhr es in ihn. Etwas durchschlug erst die Stirn, dann in die Gedankenwatte ein, die sonst sein Einverständnis vor Belästigungen schützte. Der Prozeß brauchte volle zwei Minuten, in denen der Bürovorsteher erst aufsah und sich auf einen Flecken jenseits der Bürowand konzentrierte, also auf einen draußen auf dem Flur. An ihr selbst gab es nichts Irreguläres. Sie war nichts als Tapete und altgelbes Weiß. Dann war das Hindurchgebrochene zwar nicht schon Rose zu Bewußtsein gekommen, in seinem Empfinden aber doch angelangt. Und bettete sich ein.

Roses Blick rutschte von dem Flecken weg und schlingerte den Büroschlauch entlang über schmale Jungmädchenrücken, die sich über Papier und Schreibmaschinen beugten. Er fing sich, ermüdet, erst an der Türklinke. Doch gelang es dem Bürovorsteher nicht, die Lider zu schließen. Seine Pupillen verengten sich. Selbst die Regenbogenhäute zogen sich zusammen. Das ließ Erwin Rose sich ergeben.

Schläfenabwärts rann ihm der Schweiß. Rose tupfte ihn ab. Sehr kurzfristig fror er an den Ohrläppchen. Doch führte er den sich einklopfenden Kopfschmerz darauf zurück, daß im Büro selbst hellichten Tages die Neonröhren brannten. Da konnte, wie sie nur wollte, die Sonne scheinen. Zum ersten Mal in seinem Leben beengte ihn das. Wie stickig es war! Er hüstelte wieder, drückte die Zigarre aus. Das Deckblatt splitterte, Kräuselrauch flatterte aus dem Aschenbecher. Der brenzlige, scharfe Geruch war dem Bürovorsteher sehr unangenehm. Entgegen aller Gewohnheit ließ er eine Arbeit liegen, erhob sich, ging zum Fenster, öffnete die Schließen.

Auf dem Platz vor dem Haus, zwei Stockwerke unterhalb des Fensters, wurzelte eine bis zum Dachgeschoß ihr Ast- und Blätterwerk entfaltende Kastanie. Noch standen Kegel auf den Zweigen. Weit unter der Krone, unten, neben dem Stamm, war gelbgrün das Haltestellenschild einer Busstation aufgestellt; vornehmlich ältere Frauen schwatzten dort, Einkaufstaschen zogen an ihren Armen. Jugendliche rollten auf Skateboards über das Pflaster. Die Hitze stand in der Stadt. Gegenüber – die linke Seite begrenzte der gründerzeitliche Landgerichtsbau – erhob sich das jüngst restaurierte Postgebäude. Der Verkehr vibrierte im Sonnenglanz.

Erwin Rose stützte sein Kinn auf die linke Handfläche. Er überschlug die ihm verbleibende Zeit. In vierzehn Jahren würde er pensioniert. Der Gedanke füllte ihn mit einer verträumten Sehnsucht. Der überließ er sich für ein paar Momente. Seufzte. Er konnte nicht ahnen, daß diese kleine Schwäche eine mehrfache Zellteilung initiierte. Sie nämlich ließ den Virus auseinanderbrechen, der in ihn eingefahren war. So daß er sich ausschütten konnte.

Ich bin frei.

Rose vergaß völlig das hinter ihm einsetzende Schreibmaschinenhämmern. Kurzzeitig schien es im Büro still geworden zu sein. Die Bedeutung des Sätzchens ließ sich nicht unmittelbar vergegenwärtigen. Gänzlich gelang ihm das bis in den Abend, ja drei oder vier Tage später noch nicht. Etwas Unschuldiges zitterte darin wie ein Gefühl, das aus einem Traum herausschlüpfen will; doch noch hält die Schale. Eine bloße, warme Empfindung strahlte bis in die Bauchhöhle, lief schon durch Brust, Arme, Beine, durchlief Arterien und Venen.

Ich bin frei.

Frollein Monika, die sich Monique nennen ließ, sprach ihn an. Er reagierte nicht, beobachtete weiter den freundlichen Großstadtbetrieb. Monique versuchte es noch einmal. Er brummte sie weg. Ihr Duft hatte etwas Betäubendes, seine Wahrnehmung erschreckte ihn leicht. Besser, er sah dem Stadtstreicher zu, der aus Amtsgerichtsrichtung ein Fahrrad heranschob. Auf dem Gepäckträger hielt er seinen mit Kram vollgestopften Pappkarton fest. Rose hob die rechte Augenbraue. Er mochte den Sandler, fühlte sich ihm ironisch nah.

»Herr Rose?«

Monique gab es auf, ihre Schultern zuckten. Dabei tauschte sie Blicke mit ihren Kolleginnen. Nun mußte sie halt zu Frau Klemm. Herr Rose war bei den Mädchen beliebt, ein knurriger Sonderling, meinten sie. Frau Klemm hingegen war ein Drache.

Erwin Rose beschloß, eine nächste Zigarre zu rauchen.

Es war tatsächlich ein Beschluß.

»Ich bin frei«, murmelte er. Und wieder: »Ich bin frei.« Von den Konsequenzen dieses Bewußtseins ahnte er nichts, hing bloß der Glücksausschüttung nach. Seine Lippen lösten ihren etwas verkniffenen Zug, dann spannten sie sich. Und der Bürovorsteher, während er zu seinem Schreibtisch zurückging, konzentrierte sich auf seine Fußsohlen. Er spürte seine Schritte, das war völlig neu. Gern wäre er barfuß gegangen, nestelte, als er saß, auch bereits an den Schuhbändern. Ließ besser schnell wieder ab.

Ich bin frei.

Was bedeutete das? Der Satz besetzte Roses Schläfen, pochte und pulste darin. Es war, trotz des leichten Kopfschmerzes, wie ein Schwips. Der hielt ihn zwar nicht länger davon ab, den Schriftsatz endlich fertigzustellen, unterlief aber doch ein wenig die Qualität seiner Arbeit. Immerhin verließ er die Kanzlei auch heute als letzter. Es hatte tatsächlich niemand etwas gemerkt. Das brachte den Bürovorsteher später auf einen Gedanken.

Als ihn die warme Abendluft umfing, war er noch einigermaßen verwirrt. Am Kiosk erstand er eine Zeitung, wandte sich, die Schlagzeilen überfliegend, nach rechts, überquerte die Kreuzung der Straßenbahngeleise, schritt am Lokal vorbei, worin einst Hausfrauennachmittage bei Kaffee und Schwof angeboten wurden und heute McDonald's residiert. Schließlich schlenderte er dem bunten Rathaus zu und ließ sich in einem der um den Roland herumgruppierten Holzstühle nieder. Er entfaltete die Nachrichten, aber konnte sich bemühen, wie er wollte, die Artikel entzogen sich seiner Aufmerksamkeit. Er verstand ihren Sinn nicht oder verstand ihn zwar schon, aber sie lösten nichts in ihm aus, was sich auch nur ungefähr *Erregung* hätte nennen lassen. Er fand sie allenfalls sympathisch.

Ich bin frei.

Selbstverständlich hatte er ein Bewußtsein für wahr und für falsch, selbstverständlich lehnte er Ungerechtigkeiten und Brutalitäten grundsätzlich ab. Dennoch schien ihm jeder Zeitungsartikel von Harmonie bestrahlt zu sein. Selbst fürchterliche Nachrichten kamen ihm deshalb wie intentiöse

Projektionen der Journalisten vor, eher Wertung als Objektivität. Dennoch schloß sich Rose zwanzig Minuten später einer vorüberziehenden Demonstration an. Worum es den protestierenden Jugendlichen ging, war ihm nicht deutlich; er nahm eher aus einem plötzlichen Übermut teil: Ich bin frei. Denn die jungen Menschen waren ihm sympathisch.

Später als gewöhnlich kam er heim. Sein Sohn Jochen schien nicht da zu sein. Daß der immer noch bei den Eltern lebte, fand Rose heute komisch. Aber auch Lisas, die den Abendbrottisch deckte, gedrücktes Schweigen kam ihm jetzt zupaß. Es wäre ihm unbequem gewesen, sich erklären zu müssen. Außerdem war ihm diese Frau schon seit Jahren fremd. Daß er sich das eingestand, war erlösend. – Er sah sie an. Sie tat ihm leid. Wie wirkte sie verhärmt! Daran trug er sicher eine Mitschuld. Was ihm gut gefiel.

Er schmeckte der Empfindung nach.

»Is' was?« fragte sie, weil er sie so ansah – sie konnte gar nicht sagen, *wie*.

»Nein nein.«

Er lächelte, ging zur Garderobe, wechselte die Schuhe. Was hatte er mit der Person noch zu schaffen?

Man aß. Man setzte sich vor das Fernsehgerät. Es ging Erwin Rose wie mit der Zeitung: Wie dort nicht die Bilder, so kam nun Columbo nicht an ihn heran. Der Bürovorsteher dachte einfach nur nach. Er dachte nicht eigentlich, er ließ die Gedanken schweben. Und pflanzte die Idee, die sein späteres Leben prägte.

Ich bin frei.

Er konnte, dachte er, tun, was er wolle. Es stehe ihm frei, sich zu erheben, jetzt, in dieser Minute und Sekunde, seine Sachen zu packen und die gemusterten Wohnzimmertapeten hinter sich zu lassen, für immer, für eine Woche, für zehn Jahre, ganz einerlei. Er konnte ins Kino gehen, jemanden erwürgen, mit einem kleinen Mädchen schlafen oder eine Bratwurst kaufen, es wäre ganz dasselbe.

Er warf Lisa einen Blick zu, der vor Mitgefühl dampfte. Was für ein Gewissen hatte diese Frau, was für einen Glauben! Rose widerstand dem Drang, nach einer Zigarre zu greifen. Wieso sollte er rauchen? Es gab keinen Grund. Er hüstelte. Alles war ihm von den Schultern gerutscht. *Ich bin frei.*

Andererseits.

Äußerte sich nicht die vielleicht perfekteste, ja perfideste Freiheit gerade darin, daß er – sitzen blieb? Wenn er sich weiterhin nichts anmerken ließ? Die Vorstellung, eine Frau, mit der er über zweieinhalb Jahrzehnte verbracht hatte und die deshalb nicht völlig grundlos annehmen durfte, ihn zu kennen – eine solche Frau derart zu täuschen, begeisterte ihn. Er lachte auf.

»Is' was?« fragte Lisa wieder. Ihr Mann hatte Macken, das wußte sie. Doch heute waren sie unerträglich.

Er spürte das. Wie wundervoll!

»Hä?« machte er. Und lachte noch einmal.

Lisa sah kurz her und zog die auf Striche gezupften Brauen zusammen. Wie häßlich sie war! Columbo hatte einen Finger an seine Stirn gelegt.

»Du h a s t doch was?«

»Gibt's noch Asbach?«

Soll ich es zulassen, daß sie mir leidtut? Diese Schabracke! Er hatte unter ihren Nörgeleien und ihrer Herrschsucht zu leiden gehabt; nunmehr erkannte er in ihr nichts als ein ältliches, quengliges Kind. Sie war dazu geworden, irgendwann und unbemerkt, er konnte sich nicht entsinnen. Wollte es auch nicht. Wozu denn? Schlurfte zum Wohnzimmerschrank. Außerdem g a b es den nicht mehr, den ihre verschobenen Vorwürfe meinten, weil er an ihrem Unglück mitschuldig war. Es kam nicht länger drauf an.

Also. Was tun?

Dafür, sich fortan schadlos zu halten, gab es keinen Grund. Sowieso nicht, dachte er. Weshalb dem Geschöpf die letzte Sicherheit rauben? Das hätte zudem der Anstrengung bedurft. Mußte er nicht darauf achten, sich nicht in Zugzwang zu bringen? Was für eine Freiheit wäre das denn, die einen verpflichtete?

Er goß sich, wieder im Sessel, einen Doppelten ein. Columbo mußte sich ducken. Es wurde in dem Film viel geschossen. Ich könnte mir eine Pistole besorgen. Vielleicht macht das Spaß, so herumzuknallen. Aber dann. Polizei. Man muß rennen, und ich hab es am Knie. Nee, besser nicht. Besser hier sitzen bleiben. Was trinken. Verschwinden kann ich immer noch. Seit wann hat diese Hyäne die zwei Warzen am Hals? Warum hat sie die nicht wegmachen lassen?

Ich könnte sie fragen.

Fragte aber nicht. Sah wieder weg.

Nein, es wäre dumm, aus seinem Leben … sagt man das? *auszubrechen*? Erwin Rose wollte das neue Gefühl nicht gefährden. War es nicht entscheidend klüger und womöglich lustvoller, im Bewußtsein uneingeschränkter Verantwortungslosigkeit seinen Verpflichtungen scheinbar treu zu bleiben, als Beobachter nämlich, allenfalls Statist? Es galt, Vergnügen aus der allgemeinen Verdummung zu ziehen, ohne dabei aufzufallen. Immerhin war er von nun an entrückt, war unverletzlich, unangreifbar geworden, niemand durfte das wissen. Schon, damit er nicht Neid auf sich zog. Immerhin hatte ihm die Tarnung bereits einen köstlichen Tag beschert, den dieser Abend wirklich noch krönte. Wie eng, wie bedrückt hatte er bis heute nachmittag dahinvegetiert! Als hätte er sich freiwillig in Haft gehalten. Und sich auf Wasser und Brot gesetzt.

Als Erwin Rose den nächsten Schluck Weinbrand nahm, der ihm gar nicht sonderlich schmeckte, begriff er, daß Freiheit nichts anderes war als eine Frage der Perspektive. Sie hatte es nicht nötig, sich zu realisieren. Derart umfassend, dachte er, kann etwas sein. Nur weil er die Verantwortung angenommen hatte, war er verantwortlich gewesen; es wäre darauf angekommen, sie gar nicht erst zu akzeptieren. Daß die Welt so war, hatte ihm niemals einer gesagt. Er konnte sich aber nicht vorstellen, der einzige zu sein, der es begriff. Wahrscheinlich gab es Tausende, und all diese Tausende verschwiegen es. Verschwiegen es, wie er selbst es nun verschweigen wollte.

Man lehnt sich zurück und sieht zu. Auf mehr kam es fortan nicht an. Sah den kriechenden Kollegen zu, sah den Chefs zu und den Politessen. Dem eigenen schwächlichen Sohn, der immer noch bei seinen Eltern wohnte. Sah ihnen allen zu wie Columbo, den Schirm einer Bildröhre dazwischen. Wie sie sich erniedrigten. Wie sie darum bettelten, kleingehalten zu werden. Sich darüber erheben können. Man *durfte* nicht eingreifen, nur dann schöpfte man seine Freiheit aus. Endlich verstand Erwin Rose, was mit »Freiheit aus Einsicht« gemeint war.

Er wollte sich dem würdig zeigen. Wollte seine Erkenntnis, wie oberflächlich sie auch noch sein mochte, leben lassen. Und die Verstellung perfektionieren. Das würde ihm, ahnte er, nicht leichtfallen. Er müßte sämtliche Gewohnheiten, auch die lästigen, beibehalten, dürfte sich niemals gehen, sich niemals in der warmen Flut seines neuen Lebensgefühls treiben lassen. Oder nur in seltenen, unbeobachteten Momenten: Vielleicht

Samstag nachmittags statt des Stadionbesuchs etwas anderes tun, sich einzwei Stunden bizarren Vergnügungen hingeben, von denen er bisher noch gar nichts wußte. Nein, lieber nicht. Gewiß wäre selbst das schon zu viel.

Erwin Rose streckte sich. Er gähnte. Columbo war zuende, er hatte es gar nicht mitbekommen. Lisa kaute auf Weintrauben und spückelte die Kerne in den Trichter einer Faust. Es lief sowas wie eine Nachrichtensendung. Rose griff zur Fernbedienung und zappte ein wenig herum.

»Laß mich das doch sehen!« rief Lisa empört. Wieder ihr bitterer Blick.

Ach je.

Er legte die Fernbedienung zurück auf den niedrigen Tisch.

»Mach hinter dir das Licht im Flur aus«, hörte er, als er ohne ein weiteres Wort ins Schlafzimmer schlappte. Er nahm sich in die Gewalt, um nicht neuerlich und nun sehr laut aufzulachen.

Es regnete. Die Nacht hatte Wolken zusammengeballt, der Tag kam kaum hindurch. Unvermerkt schwebte der Herbst in den Straßen. Rose aber lächelte. Er fand das Straßenpflaster irritierend weich. Weshalb er kichern mußte. Immer wieder kichern, er kam sich selbst dabei komisch vor. Möglicherweise hielten ihn die Passanten für ein wenig debil. Der Gedanke ließ ihn besonders nachdrücklich glucksen.

Im Büro Frühmorgenhektik.

Dr. Dörrbecker erwartete, Zeitungen und Post noch vor den Gerichtsterminen, geöffnet und mit Eingangsstempel versehen, auf seinem Schreibtisch zu finden. Während er blätterte, lieh er in halb vertraulicher, halb herablassender Manier Roses Rapport ein Ohr. Und der Bürovorsteher erzählte, was draußen, in der Kanzlei, hinter dem Rücken des alten Anwalts geschah: Ob die Frolleins tüchtig waren, wer mit wem stritt und wer am meisten Einsatz zeigte, wie die Verhältnisse insgesamt unter den Angestellten waren. Erwin Rose war neben Frau Klemm Dr. Dörrbeckers leibhaftige Versicherung dafür, daß sich im Betrieb nichts zutragen konnte, was ihm unentdeckt blieb.

Heute früh indessen zögerte Rose. Mit welchem Recht maß sich Dr. Dörrbecker an, ihn, den Freien, als Spitzel zu nutzen? Und in knappgehaltenen Sätzen, während er auf seine Schuhspitzen blickte, denunzierte er ein Fehlverhalten der Frau Klemm, das es nicht gegeben hatte. Rose log geschickt. Es bereitete ihm ein solches Vergnügen, als hätte er es längst versuchen wollen und sich bloß nicht getraut. Zwar war, was er über die Frau in sein Geplauder streute, unbedeutend genug. Doch gerade das ließ es wirken.

Ziemlich unmittelbar bekam Frau Klemm die Folgen zu spüren, wenn auch nur als Stimmung und subkutanen Ton. Der Chefsozius ließ seine kleinen, warmen Komplimente vermissen, diese ganz bestimmte Jovialität, die der Frau so sehr guttat, die sie, wie desgleichen vordem Rose, so brauchte. Der Bürovorsteher verging fast vor Genuß, sah hoch, räusperte sich, hielt sein Gesicht verschlossen. Frau Klemm hatte keine Möglichkeit, sich zu wehren, es ließ sich ja Konkretes nicht fassen.

Fühlte sich Rose unbeachtet, warf er der Klemm seine spitzesten Blicke zu. Die Pupillen flatterten, er schob die Zungenspitze zwischen die Lippen. Zu intrigieren machte Freude. Zumal Dr. Dörrbeckers Mißtrauen hielt. Erwin Rose wußte zu gut, daß den Mann ein einmal gärender Zweifel niemals verließ.

Dennoch reizte den Bürovorsteher kein zweites solches Unternehmen. Er hätte sonst Position beziehen müssen. Und was, käme die Intrige eines Tages ans Licht? Es gab Zufälle, das wußte er. Man fordert so etwas nicht heraus. Plötzlich steht einer vor mir und stellt mich zur Rede. Was wäre mit meiner Freiheit denn dann?

Er erschrak geradezu. Man mußte sich schützen; niemand sei, wurde ihm klar, stärker auf sein Inkognito angewiesen als der wahrhaft freie Mensch. Der war ohnedies nicht zur Parteinahme verpflichtet. Strenggenommen durfte er gar kein Interesse an so etwas haben. Deshalb fand er ziemlich schnell in seinen ursprünglichen Vorsatz zurück: nichts, wirklich nichts sich ändern zu lassen. Ja, er würde sogar die kleinen Freiräume opfern, die er sich samstags zugestand. Wollte in Verstellung altern und, ohne zu offenbaren, wer er in Wahrheit gewesen sei, sterben.

Das Jahr verstrich nicht ungenutzt. Keine elf Monate später hatte sich der Bürovorsteher bereits den alten, dienenden Charakter wie eine zweite Haut über den neuen, den freien gezogen. Hatte er während der ersten Wochen seine Samstagnachmittage tatsächlich nicht mehr dem Stadion, sondern atemloseren Beschäftigungen gewidmet, sogar der einen oder anderen erotischen Kostenträchtigkeit, so war er nun selbst deren ledig. Auch Erregung *zwang*.

Lieber hing er denselben Mißvergnügungen an wie vordem. Er erfreute sich allerdings seiner Maske. Das war nun ein Unterschied. Zumal er ihn scharfsichtig machte. Wie dumm die Leute waren, wie dumm und wie bewegt! Wie gern sie überdies krochen, und zwar egal ob alt oder jung, ob böse, ob klug: Kinder, Jugendliche, Eltern. Rechtsanwälte, Bäcker, Verkäufer.

Es berauschte ihn, mitanzusehen und tatenlos bleiben zu können. Ein gelegentlich an die Oberfläche seines Gemüts steigendes Mitleid duckte er geschickt unters Wasser zurück.

Zwei Jahre vor seines Bürovorstehers Pensionierung traf Herrn Dr. Dörrbecker der Herzschlag. Am Mittag sank er in seinem Arbeitszimmer vor Erwin Roses Schuhspitzen auf den Teppich und quälte sich noch ein bißchen herum. Niemand sonst war da, die Kollegen aßen auswärts, manche in der Gerichtskantine, andere beim BRATWURST-GLÖCKL. Bevor der Anwalt verschied, nahm sich sein angestellter Vertrauter den Chefsessel her und darauf Platz. Er guckte ruhig zu. Dr. Dörrbecker streckte zweimal vergeblich die Hand nach ihm aus; der Bürovorsteher rückte etwas nach hinten. Erst als sein Chef gestorben war, griff Erwin Rose zum Telefon und rief nach ärztlichem Beistand. Es ging ihm dabei gut, denn Dr. Dörrbecker war vorsterblich noch zur Kenntnis gelangt, wer sein Bürovorsteher war. Dann erst war er hinübergegangen. Das hatte, fand Erwin Rose, etwas tragisch Großes, von dem er lange noch zehrte.

Den anderen offenbarte er sich weiterhin nicht. Noch seine Pensionierung erlebte er als Spieler: rasend pochte sein Puls. Was hätte ihn mehr erheitern können, als wie da von ihm als *Vorbild* gesprochen wurde? Seine treue Pflichtauffassung, sein steter Einsatz im Dienste des Kanzleiwohls, dieses sein aufopferungswilliges Wesen – auf all das, und nur das, waren die Feierlichkeiten ausgerichtet. Ah! Welch Tumbheit in den Augen dieser Gratulanten, welch eine Ignoranz! Der Bürovorsteher ekelte sich hochamüsiert. Frau Klemms falsches Lachen. Die Ahnungslosigkeit und das Geschwätz der Azubis. Der beschränkte, ehrgeizeitle Stromliniensinn des aufgerückten

Junior-Sozius Wilhelmson, in dessen Mundwinkeln weiß die Spucke klebte. Die bizarre Abwesenheit jeder auch nur mikroskopisch kleinen freiheitlichen Regung. Erwin Rose war völlig allein. Es hätte wirklich keinen Sinn gehabt, sich einem von denen zu erklären.

Am Abend dieses Pensionierungstages, inmitten seiner sogenannten Lieben, ließ Rose allerdings doch noch keck sein wahres Gesicht durch das erkünstelte scheinen. Er erhob sich, schlug mit der Gabel an das Glas, als wollte er eine Rede halten, – aber lachte nur dreimal über die Tafel. Dabei kippte sein Stuhl um. Mit außerordentlich gehässigem Antlitz verließ er den kleinen Saal.

Erst am nächsten Morgen erschien er daheim, erklärte sich aber nicht, und als Lisa zu heulen anfing, mimte er grantigen Starrsinn, der im Innern freilich grölte. Es war zu absurd, um sich nicht vor Lachen zu biegen. Aber keiner sollte das merken. Weshalb er sich in seinen Schrebergarten zurückzog, den er in seinen verbleibenden Jahren nur noch zum Schlafen verließ. Selbst im Winter hockte er vor der Datscha, bis über die Ohren eingemummt.

Obwohl sich der Geist seine Klarheit und Frische völlig erhielt, wenn nicht sogar verjüngte, markierte Erwin Rose fortan Altern und körperlichen Verfall. Seine Arteriosklerose war derart perfekt vorgegaukelt, daß selbst der Hausarzt an sie glaubte. Jochen sprach mit seinem Vater wie mit einem Verkalkten, es war unglaublich komisch. Er nahm sich Freiheiten heraus, deren peinliche Unangebrachtheit einen durchweg entschädigte. Deshalb hängt die Behauptung nicht in der Luft, Erwin Rose habe einzig, um sein Spiel vollkommen zu machen, auch die Zähne verloren und selbst eine unaufhaltsam vorschreitende Erblindung nur simuliert.

Und dann, sehr spontan und gewissermaßen aus Übermut, legte er sich, einundachtzigjährig, auf das schmale Rasenstück neben den Bahndamm, streckte sich, das Gesicht himmelwärts, grinste boshaft und verschied. Auf seinen Lippen lag ein Triumph, der denen, die meinen Großvater fanden, sehr unangenehm war und eigenartig.

Am Sonntag wurde Erwin Rose begraben. Unerkannt.

Fahrtgespräch

»Wo wollnS'n *hin*? Ah, Buxtehude, so … Geschäftlich? Nee? – Ferien, aha. HamSe Verwandte da, wa? … – Waan'Se'n scho' mal da? – Letztes Nest, sach'ich Ihn'n. Nischts los … Und woher komm'Se? – Sooo! Ja, das kenn ich auch. Kenn ich soga ganz gut. Waa'ch nämlich nach'm Kriech, wissnSe? wo da die Tommie gewesn. Waa's ja besetzt von. – Muß ich … muß ich so alt wie Sie jetz gewesn sein ungefähr. – Waat ma: … sechs'nzwanzich?«

Und'ne alte Frau schiebt sich hinkgelenkig ins Abteil: sackt aus alln Fu'ng ächznd innen Sitz un' schtöhnt. Wiese nu noch an ihrm Kunstlederbeutl rumfummelt! während's Ruckn vom Zuch is nur noch'n gleichförmges Ratten.

Unt'ee'm der Bärtige: Nikotinschtreifn im Schnauzer un' die Fingernägl v ö l l i c h gelb, fast oransch. Wie'r sich prustnd innen Sitz hat falln lassn: wie'r sein' Reiseproviant ausgepackt hat: 'ne Dose Bier, 'n Flachmann; beides auffer Ablage unterm Fenster deponiert, schon's Bier genomm' mit seemännger Grabschhand: un' zischhellschnarrend aufgerissn.

Die Alte mit ihrm Kunstlederbeutl zieht 'ne Flasche Whiskey raus, tatsächlich! Goldgelb schimmert der Bööb'n im Licht. Der Bärtige nimmt'n Flachmann, verzieht das Gesicht, es knackt leise was, dann schraubt'a die Vaschlußkappe ab, reicht der Altn das Fläschchen. »Nehm'Se mal *da*von.«

Sie schüttlt'n Kopf, weil »'ch trink nur Whiskey, hap'ich mich so dran gewöhnt.«

Tränensäcke, wacklnde: Schteht ihr Wasser inne Winkl von'n Au'ng?

»Woher komm' *Sie*?« fraacht'a Bärtige.

»Bad Sachsa«, sachtse, »muß umsiedln.« *Umsiedln*, sachtse, nich' *umziehn*. – »Heut früh isser Möblwaa'ng los. Wenn ich ankomme, musser schon …«

»*Auch* Buxtehude?«

Sie schüttlt'n Kopp. »Nee«, saachtse beschtimmt, »*Schtade* …« und schtülpt'e Lippn vor. Die Inn'seitn von den'n heben sich ganz rosich vonne Außnseitn ab un' sind überhaupt nicht faltich.

Aber tatsächlich …! Da, ein Tränchen zitternd übam Augenlid: »Die Hüftn. Is we'nger Hüften. Beide kaputt. Hamse mir neulich 'ne neue …« Abwerfend fügtse hinzu: »Plastik.«

»Nee!« schtaunt der Bärtige. »Was die heut alles …!«

»Is aba nich' richtich beim Gehen … nee …«, verzieht's Gesicht. Aber bevor wieder'e Trän'n komm', lieber noch'n Schluck. Ah! das vertreibt's!

Der Bärtige nickt. Und nochmaa. Und nochmaa. Dann schluckt'a a u c h was. – »Tut gut, wa?«

Aufklärung zieht übers Altfrauengesicht: 's is, als wenn sich die Fältchen spanntn: Sonn'aufgang über erröt'nden Schlotterbackn. Un' wohl nich' nur oben.

»Is aba auch'n Sauwetter!« flucht'a Bärtige. Dabei hört man nich ma's Prassln der Re'ngtropfn. Aber'er Zuch fährt wohl zu schnell.

»*Kenn'* Se'n S-tade?«

Schüttelt'n Kopp, die Alte: »Meine Nichte …«, saachtse.

»Ah! Sie ziehn zu Ihra Nichte?«

»Neeee! – Aba nee'màn … 'ne kleine Wohnung. Meine Nichte will nur'n Haushalt …«

»Sind Se nich' vaheiratet?«

Sie nimmt'e Flasche, Flaschnhals an Frauenhals: und *so* tief schteckt se'n sich rein, dassa Freud sich gefreut hätt. – »Geschtor'm«, saachtse. »Letztes Frühjahr. Geschtor'm.« Wassa innen Augenwinkln, oder beißt nur'er Whiskey? Der gurglt ihr scharf die Kehle hinab. Die kann man beinah schpringen sehn. – Brilliantengeschmücktes Handgelenk. Fährt sich über'e Schnute. Sowieso voller Gehänge: drei Kettn üba'nanda, Dazu Ohrringe un'anner ein'n Hand drei, anner annern zwei Finga wulstich beringt. Un' braungeschprenkelte Handrückn.

Schweign. Nurs Rattern vom Zuch un'e unausgeschprochne Gedankn.

Dann aber ...: dann rülpstse: 'n Vainnerlichter röhrt die innren Röhren aufwärts und erbricht sich durch'n Munt'inne Freiheit, woraufhin sie ziemlich frech grinst: »...zeiung.« Un' kuschelt sich wohlich zurück, währ'nt'er Zuch zu schtottern anfängt, als wenn'en das Rülpsn aschreckt hätt: Nu wer'n auch noch die Maschin'n sensibel! Sollt weer'n nach'm Abbild von euerm Schöpfa.

Einfaaht in'n Dörfchen, unt'n Schild, wo draufscheht, daß man sich maa von ihr vaführn lassn soll – vonner lila *K u h*!

RUCKKRACHKNALL: Vaschiedne Türen öffnen sich, Gewinde ha'm zu drehen aufgehört. Undsoweiter. Nu hört man auch's Prassln auf'm Dach. Danne Trillerpfeife wie auf'm Fußballfeld. – Als wär'as'n Signal für *sie* gewesn, hebt'ie Alte die Bööbnflasche, unt'er Bärtige macht's ihr mip'm Flachmann nach. RUCKKRACHKNALL: Nu e'm's Gee'ngteil von vorher.

Da kommt noch wer ins Abteil. Sieht aus wie'n Apotheka, so die weißn Haare übere Glatze geleecht nach'm Prinzip, mit möchlichst weenich Schträhn'n möchlichst viel Kopfhaut zu bedeckn. Nette Extremwertaufgabe, vielleicht hälta sich diesbezüglich'n Mathehlehrer als Frisör. Grauer Anzuch, Schlips mit klitzekleinem Krawattnknotn. Sieglring auf'm Ringfinga vonner rechtn Hand. Waahrscheinlich Rechtsträga. Bauch schon schamlos untam mittlern Jackettknöpfgn vorgewölbt. Keine Tasche, dafür DIE WELT untam Aam.

Setzt'a sich denn, 'ne Reihe nee'm uns, entfaltet'e Zeitung, währnd vonner annern Seite durch'e aufgedrückte Schiebetür 'n Männeken tritt, so klein wie dem Apotheker sein Krawattenknotn, das trägt 'ne furchtbaa schwere Aktntasche, als wennse volla Werchzeuch wär. Vielleicht'n Einbrecha, der nach S-tade fährt, weil'a da aabeitet, in Nachtschicht, vaschteht sich. – Setzt sich'em Apotheker ge'ngüber, kramt inner Manchesterweste und holt 'ne dicke Zigarre raus, hinter der könnt er sich ohne Probleme vaschteckn, wenn se'n suchn kommen sollтn. – Anzündn und paffen ... da vageht'em Apotheker das Lufthölen, wa? Nee, läßt sich nich störn von, übahaupt nich! währ'nt'a Einbrecher anfängt, die Rückseite von dem seine WELT zu lesn. Übrigens! Die Schtummlfinga vonnem Einbrecher sind bis zum dritten Glied hoch gelb. Sowas is' doch nich' normal! Vielleicht, dasser sich die Papillarleistchen wechbrennt, mit den Zigarrn ...? *berufshalber*, mein'ich.

Der Bärtige schtößt mich kumpelhaft mip'm Ellbogen an un' saacht: »Willste auch'n Schluck?«

Na dann Prost! – Ich mit Schwung'n Flachmann anne Lippn und gep'n'm zurück.

»Wie gesaacht«, saacht'a Bärtige, »waa'ch auch ma, nach'm Kriech. – Das waa 'ne Zeit, mein Jung!« un' kuckt dabei schräch aus'm Au'ngwinkl die Alte an. Die nickt.

»Sie ha'm die Besatzung auch mitgemacht, ne?« fraacht'a sie, die wiederum nickt.

»Schlimme Zeit«, sachtse.

»Waa'n Se'nn'auch in Bree'm? Ach nee, *Saxa* hamSe ja gesaacht.«

»Waa'ch noch nie«, sacht'e Alte.

»Ich *waa* in Bree'm ... bei'e Tommies, wissn schon. Aber ei'ngtlich hatt'ich Werwolf weer'n wolln. – Wissn doch, was'as ist?«

Sie nickt.

»Na ja, so inne Wälder rum un' auf'n Feind schießn. War ja noch'n Jüngelchen damals, unt'ie Wälda waan a u c h mehr als heute ... kannste«, das zu mir, »glau'm. – Glaubste?«

Ich nicke.

»So's Vataland vateidign ee'm. Waa'n halt alle'n bißchen bescheuat damals.« – Direkt verächtlich, wie'r jetz' sein' Weinbrand schluckt.

»Tatsächlich?« fraacht'e Alte.

»Könn'Se Gift drauf neeh'm«, sacht'a Bärtige und nickt betont. »Aber ir'ngtwie isses nich' 'zu gekomm' ... wohl ganz gut so, tja.«

Der Apotheker schlägt betont sorgsam eine WELT-Seite um.

»Wo waa'n *Sie*?«

»Machteburch«, sacht'e Alte. »Hattn'ne Russn ...: Gehaust wie'e Vandaaln!«

»Klaa!«, staunt'a Bärtige. »Keine Kultur. Wassahähne vonne Wände montiert, weilse die zuhause anne Wände wieder dranschrau'm wolltn ... Als wenn dann Wasser rausgekomm' wär!«

»Wie'e Idioten, so richtich wie'e Idioten«, äußert sich nun auch der kleine Einbrecher. »Aus'm Klobeckn hamse gesoffen. Wirklich!: aus'm Klobeckn!«

»Wie'e Ostfriesn«, beschtätigt der Bärtige, »wo se den plattn Hinterkopp von ha'm, von wee'ng weil den'n beim Trinkn immer'a Klosettdeckl drauffällt.«

Lachn se: die Alte, der Bärtige, der Einbrecher.

Der Apotheker kuckt über'n Zeitungsrand.

»Keine Kultur«, bekräftigt der Bärtige.

»Nee, wirchlich nich'«, schtimmt'ie Alte zu.

»Na denn, zum Wohlsein!«, saacht'a Bärtige und hebt den Flachmann wieder.

»Bei mir zuhause«, sacht nu'a Aptheker, »ha'm die Russn auf'n Fußbodn gemacht!«

»Nee!« macht'a Bärtige.

»Schtimmt«, sacht'e Alte. »Bei uns zuhause auch.«

Der Apotheker verschanzt sich wieder hinter'er WELT, dann kuckt'a nochma auf und sacht: »Un' was die jetz an Kultur ha'm, hamse alles von uns. Könn'Se mir glaubn. Hamse sich doch alles rübergeholt: ers' die Emigranten, dann die Bücher, dann die Fabriken. War ja davor komplett 'n Land ohne Geist.« Und liest in seiner Zeitung weiter.

»Waa schrecklich«, saacht'a Bärtige. »Nixu essn. Gaa nix. Macht man sich doch heut keine Vorstellung mehr! Hoffntlich kommt'as nich' wieda.«

»Hoffentlich«, saacht'ie Alte un' stülpt die Lippn vor.

»Dabei sieht's schlimm aus«, saacht'a Bärtige.

Die Alte nickt. »Wennwa bloß kein' Atomkrieg krie'ng!

»Aber was ha'mwa organisieren müssn!« ruft'a Bärtige aus. »Was ha'mwa alles angeschtellt, um was zu futtern zu krie'ng! – Sie doch auch, oda?«

Die Alte grinst vaschmitzt.

»Also sei'nwa ma ehrlich: geklaut ham'wa wie die Raa'm! Waa schon enorm: schwaaza Maakt un' so. ... Wissn Se, ich kann wirklich saa'ng, ich waa maa'n Krimineller ... so nach'e heutign Gesetze. Waanwa doch alle. – Natür'ch, waa'n auch andre Vahältnisse ... aber vonner Sache her ... – Un' mußte man ja sein, wemma nich' vahungern wollte. Mußte man doch! Was blieb ei'm übrich? Und ... Ihnen kann ich's ja erzähln, aber ich hap'auch maa *gesessn*. Jawohl, kann ich sa'ng: Hap'auch maa gesessn.«

»Nee!« macht'ie Alte.

»Aba ja! Richtich innem Bunka – unt'in Bree'm. We'ng zwölf Schtangn Camel. Wissn schon, richtich die amerikanischn, nich' so Zeuch, wiese heute anne Kioske ... – Aba ehrlich: Hap'ich nich' *für mich* klaun wolln. Neenee, waa ee'm fürn schwaazn Maakt, wo man Bohn' un so'n Zeuch für eintauschn konnte, oda Brot, wenn man's kriegte. Un' wenn's das gab, nich' zu knapp.«

»Eier waa'n schwierich«, saacht'e Alte.

»SehnSe, Se a-innaan sich.«

»*Kann* man doch gaa nich' vagessn«, saacht'e Alte, un's'sieht aus, als wennse schluckt.

»Standn ee'm hoch im Kurs, Zigarettn, gab's ja ers' recht nicht. Aber bei'e Tommies waan die im Lager. Unt'a hap'ich ee'm ... haa'm da ja nur so rumgele'ng! Hat ja kei'm wehgetan, wenn ich da ... Unt'ann haa'mse mich halt geschnappt un' zickezacke war ich im Bau.« Er macht eine Faust und läßt die Finga wieda aus'n'nandrschnalln. »Dabei waa ich schon längs' raus, ja, schon durchn Zaun durch. Nur daß da 'ne Schtreife. Müssn sich ma vorschtelln: auf offener Schtraße! Hättn se mir ei'ngtlich gaa nix nachweisn könn'. Aber'ch hatte meine ... wie heißt'n das Ding noch? so wo man sich mit ausweisn mußte, – nich' Personalausweis, nee, *so* heissas heute. Glaubste, 'ch komm nich' drauf.«

»Identitätskarte«, saacht'a Apotheka von hinter seiner WELT.

»Richtich!« macht'a Bärtige und lächelt zu ihm rüber. »Identitätsdinx hieß'as. – Na je'nfalls hatt ich's valorn ir'ngtwo ...

weiß'ch nich' mehr genau, aba … aba hamse mich halt eingeschperrt. Mitgenomm' hamse mich, so an jeder Seite eina. Dabei waa'ch völlich harmlos. Mittn in Bree'm hamse mich dann ir'ngtwo in so'n Gewölbe, was'n alta Bunka waa, dasse zum Gefängnis. Weiß'ch nich mehr, waa aba wirklich mitten inna Stadt, unta'ra Schtraße. Mit lauta richtige Vabrecher: Mörder un' so. Auch Deserteure. Sowieso. Unt'e Zigretten waan a u c h futsch.«

Die Alte bläht'e Backn und schüttelt'n Kopf. Dann nimmt se sich 'ne Zigarette. Der Bärtige gibt ihr mit betontem Charme Feuer.

»Natür'ch isses nie inne Aktn. Also *da* bin ich sauba«, erklärt'a beruhigend. Grinst: »Hatt' ja auch keine Kaarte, ne? … – Aba ich mein, mit all die Vabrecha un' so waa mir schon mulmich zu Anfang. Hap'ich mich ganz klein gemacht, dassich kei'm auffiel. Weiß'ch noch genau, wie ich gedacht hab: Mensch, daß die dir bloß nix tun!« Nimmt einen nächsten Schluck und schteckt sich auch 'ne Zigarette an. »Aba die ham da gaa nich' dran gedacht, mir was zu tun! Im Gee'ngteil!«

Verschnaufpause, in der er deutlich genießt, wie se'n ankuckn und waatn, daß noch was kommt. Selbst'er Apotheker hat sich von seiner Zeitung gelöst.

»Also wissnSe«, hebt der Bärtige wirklich wieder an, »*das*'s ja nu intressant! Die ha'm da so alle richtig zu'nander gehaltn! Richtig schützend und so. Zum Beispiel, wenn wo wer was ausgefressn hatte unt'e Aufsicht is' gekomm', wie sich die *jailer* genannt haa'm … Das ist Englisch, *Gefängniswärter*, nich' waah? … von we'ng rauskriegen, wer'as gewesen is' … also da hat keiner was gesaacht. Gaab's gaa nich', daß man 'n Kameradn verpetzte. Dichtgehaltn hamwa, nur noch enger zusamm'gerückt sindwa! Wie *üba*haupt …! Ich mein, Sie müssn das doch auch erlebt ha'm, daß man da in der Zeit … daß man inner Not ee'm zusamm'gehört hat. Waa einfach klaa. So alle Deutschn. Da waa'nwa noch 'ne richtige Gemeinschaft. Haa'm uns geholfn, wo nur ging. Bis auf'n paa schwaaze Schafe halt. Aba das muß man saa'ng: Dassis nich wiedergekomm'.«

Die Alte schüttelt'n Kopp un' raucht. »Nee«, sachtse, »wirchlich nicht. Wenn damals mein Mann … ich mein', dann würt'ich n i c h' umsiedln müssen.«

»Na klaa!« ruft'a Bärtige aus. »Das hättnwa schon ir'ngtwie hingekricht, so alle zusamm'. Hättnwa uns um Sie gekümmat, zum Beischpiel die Nachbaan. Heut kenn' sich die doch gaa nich' mehr, nich' mal die von direkt nee'man. Saßn halt alle inner Patsche damals …: so tief!« und hebt'e Hand anne Gurgl.

»Man hat ee'm gewußt, daß man zusammengehört«, saacht jetz' der kleine Eimbrecher wieda. »Man is auch ir'ngtwie sichrer gewesen. Ob*wohl*'s nix zu kaun gab!«

»Das schtimmt«, saacht'a Bärtige von tief ausser Brust raus. »Also das schtimmt nu ma wirklich. Man hat ee'm gewußt, wohin man gehört. H a t man doch gewußt? Wollte da doch a l l e raus. Obwa nu im Bunka saßn oder nich'. Da hamwa uns ee'm geholfn. Schtimmt doch, oda?«

Die Alte nickt. »Jaja«, sachtse, nimmt'ie Flasche un' schpült sich ihre Kehle feucht. »Jaja.«

Vom Apotheker her hört man die Zeitung rascheln. Draußn lichtet sich's: Sogar Sonnenschtrahlen falln ins Abteil.

»Da gaab's gaa keine Frage«, beschtätigt der Bärtige ein weiteres Mal. »Da haamwa doch auch gaa nich' weiter groß nachdenkn könn'. Ich mein', waa einfach keine Zeit für.«

»Übaall die Russn«, saacht'ie Alte. »Wennwa da nich zusamm'geschtandn wärn …«

»Und wie die die Fraun vergewalticht haa'm!« kommt vom Apotheker.

»Schweine«, saacht'er kleine Einbrecher.

»Schweine«, saacht'a Bärtige.

»Die hätt man anne Wand stelln solln«, saacht'e Alte, »alle wiese waan.« Nimmt'n Schluck ausser Flasche und eine nächste Zigarette. Stehn ihr schon wieder Trän'n innen Augn? – Sie schnieft. – »Isses noch weit bis Schtade!« fraachtse.

»Bis S-tade? Nee. Nur'n paar Minutn noch. Ers'ma kommt noch Buxtehude.«

Schweign. Nurs Rattern vom Zuch un'e unausgeschprochne Gedankn.

»*Kenn*Se'nn S-tade?« fraacht'a Bärtge.

Die Alte schüttelt'n Kopf.

»Ich mein, wenn Se nich' abgeholt wer'n, dann … – Ich zeich Ihnen gern was vonner Stadt.«

»Nee danke«, saachte Alte. »Meine Nichte …«

»So«, saacht'a Bärtige. »Na dann.«

»*Sie* sint'aber vaheiratet?« fraacht'e Alte.

»'ch *waa*«, antwortet'a Bärtige. »*Auch* geschtor'm, *auch* im Frühjahr.« Nimmt'n Schluck, den letzten aus'm Flachmann. Denn »leer« sacht'a und schüttlt ihn.

»Aber Sie!« ruft'ie Alte. »Sie sind ja noch jung! Da könnSe doch n o c h ma heiratn!«

»Ich?« fraacht'a Bärtige. »Ich un'noch ma heiratn? … Nee. Nee, nee, nee, nee.« Immer leiser werdend, mit sich schüttelnd senkendem Kopf: »Neeneeneeneenee. Nee!« Hebt ihn wieder, kuckt'a altn Frau inne Au'ng und fügt, als Schlußakkord, ein letztes »Nee!« hinzu. Hebt den Zeigefinger, wendet sich ab. Tränen jetzt auch bei ihm? Schluchzt'a sogaa? – Doch, ja. Es klingt, wie wenn er geschluchzt hätt.

Der Apotheker hat sich wieder hinterer Zeitung verkrochen. Der Einbrecher drückt unter der Ablage seine Zigarre am Metalldeckel des Aschenbechers aus. Die Alte blickt wasserglasich inne Lan'schaft. 's sieht aus, als wärn ihre Tränensäcke noch weiter angeschwollen.

»Aba waatet's ab!« ruft plötzlich der kleine Einbrecher ins monotone Rattern des Zuges. »Waatet's ab! Die kommen noch ma wieder! Die Russn komm' zurück! Un'dann gibt's kein Entkommen mehr. Die waatn ja nur auf 'ne richtige Gelee'ngheit, dasse ma richtich zuschlaa'ng könn'! Aber dann isses endgültich.«

»Dauert nich' mehr lange«, sagt'a Apotheker und blickt eindringlich über DIE WELT. »Der Kommunismus kommt, breitet sich aus wie die Pest.«

»Genau«, sacht'a Bärtige.

»Schrecklich«, flüstert'ie Alte.

Der Zug bremst ab. Erste Häuser draußn.

»SehnSe«, saacht'a Bärtige, »dassis Ihr Buxtehude. Aba's wirklich nischt los mit. Provinz, sach'ich Ihnen. Provinz.«

RUCKKRACHKNALL: Es pfeift von irgendwo her.

»Na denn«, sach'ich.

Der Getretene

In den Jahren 1974 bis 1979 wurde Hamburg von einer Kette mysteriöser und eigentümlich unsystematischer Morde heimgesucht, denen fast dreißig Männer und Frauen verschiedenster gesellschaftlicher Herkunft zum Opfer fielen. Offenbar handelte es sich bei dem Verbrecher um einen Profi; dennoch, so begütert oder ärmlich seine Opfer jeweils auch waren, er raubte sie weder aus, noch verging er sich an ihnen. Alle Morde wurden mit einem gewöhnlichen Thaibeil ausgeführt, wie es in der asiatischen Küche Verwendung findet. Zudem hieb der Täter seinen Opfern je den rechten Fuß ab und legte diesen jenen auf die nun unbewegten Bäuche.

Da man von Mafiafehden ausging, auch wenn sich zwischen den Opfern und kriminellen Clubs nie Verbindungen herstellen ließen, zumal die vorbezeichneten Straftaten ausschließlich in Blankenese verübt wurden, ließ die Polizei bald verdeckt ermitteln. Erfolglos. Erst spät kam der Gedanke auf, es könnten die Motive des Täters andere Gründe haben als die gemutmaßt rituellen. Indessen: welche? Man zog Psychiater zu Rate und heuerte Jungs von den SEKs an, und wenn auch das kleine Areal nahezu umfassend observiert war, ja die Behörde sich unterm Druck des öffentlichen Unmuts personell restrukturierte … plötzlich lag abermals eine Tote oder ein Toter friedlich am Rinnstein und trug ihren oder seinen rechten Fuß auf dem Bauch.

Erst ein Zufall brachte Erhellung.

die generöse Menschenliebe von allem Anfang an entgolten worden. Irgendwann sei es auch dem erbittertsten Philantropen nicht länger möglich, sich wehrlos weiter quälen zu lassen.

Man setzte das Protokoll auf und ließ die Frau dann laufen; den Herrn hingegen nicht. Nämlich fand sich bei ihm ein Thaibeil mittlerer Größe. Dem Psychiater erzählte er später, seit vielen Jahren habe es keinen Spaziergang gegeben, auf welchem ihm nicht mindestens zwei oder drei ihm durchweg fremde Leute mit großer Kraft auf den rechten Fuß getreten hätten, und zwar – so betonte er – immer auf die gleiche Stelle.

Die medizinische Untersuchung belegte es. Es gab da einen riesigen Hallux, bewirkt von einer Schwellung nicht nur *am* rechten Fußknochenansatz, sondern dieser insgesamt war verkrüppelt, der ganze Bereich dauerentzündet. Der Mann mußte unentwegte, grauenvolle Schmerzen haben.

Das Gerichtsverfahren schloß die Mord-, vielmehr Totschlagserie endlich ab. Indessen, der Herr, über dessen Identität weitgehend Diskretion gewahrt worden war, erlag nach neun von zehn Jahren Gefängnis noch in Haft einem Herzanfall. Er war ein in hanseatischen Kreisen ausgesprochen bekannter Herr gewesen, der wegen seiner karitativen Stiftungen tatsächlich in allerhöchstem Ansehen stand; allein zwei Heime für spastisch behinderte Kinder sind bis heute nach diesem ihrem Geldgeber benannt, dem letztlich, so im Prozeß der psychologische Gutachter, nur die Verhältnismäßigkeiten abhanden gekommen seien.

Traum

Ich muß Ihnen, ja, will Ihnen erzähln, wie alles … na ja, alles … Also ich hab einen Traum ge… dabei, nein, nein, ich weiß nicht mal, ob es einer gewesen is' oder was andres, aber … doch, doch, *war* ein Traum. Jedenfalls, ich hab auf'm Stein gesessen, ja?, in der Stadt, mitten in der Stadt hab ich auf ei'm Stein gesessen, und da … Da ist der Typ gekomm', so einer, wie man se ja kennt, vom Bahnhof, verstehn Sie? Ja richtig, so ein Penner. Hatte'n Spazierstock, und mit dem fuchtelte er in der Luft rum: Wie 'ne Keule hatt'ern immer geho'm und damit rumgemacht und vor sich hingelallt. Und gelacht hat er auch! Immerzu gelacht hat er und dann sich mir gegenübergestellt, wissen Sie?, als ob er baff gewesn wär. Wie erstarrt isser dagestandn und hat mich angelinst so mit einem halbgeöffnetn Auge, währ'nd das andere, das is' zu gewesn. Als wenn er durch so'n Visier vonn'em Gewehr, war auch ganz verquollen un' dick! als wenn er – und feste! – eins draufgekricht hätte … Genau so hat er mich angestarrt, wie'n fremdartiges Tier, und hat sogar sein' Hut abgezogn, wie wenn er mich begrüßn wollt, was man früher so immer getan hat. Aber dann hat er'n fallen lassn … Isser ers'so rumgetorkelt am Bodn, der Hut, und gerollt, was so'n Hut eben tut, wenn er hinfällt, und is' mitter Öffnung nach o'm … isser e'm lie'nggeblie'm. – Es war 'ne ganz eigenartige Atmosphäre, war auch taghell. Dabei … Ich weiß nich' mal, was ich da gewollt hab inner Einkaufsstraße, ohne daß aber … Ich mein', sind doch ers' gar keine Leute dagewesn! nur der und ich. Was eben richtig seltsam war. Denn vor mir die Uhr, die hat halb zwölf angezeigt, weiß ich genau, ganz genau: weil ich hab immerzu gewartet, daß nu' der Zeiger mal vorrückn tut. Hab ich immerzu draufgestarrt, aber isser e'm nich, mußte stehngeblie'm sein, diese Uhr. Dabei, in dem Moment, ich meine, ich war gar nich' so verwundert, nee, hab immer nur gedacht, aber ganz gleichmütig gedacht, hoffentlich geht'ie Zeit bald weiter. – Warum bin ich denn nicht aufgestandn und weggegang'? Aber wie's in so Träumen eben so is', da sitzt man und sitzt, und es is' ir'ngtwie auch natürlich, obwohl man im wirklichen Le'm … Sie verstehn? – Übrigens isses auf gar keinen Fall Sonntag gewesn. Nee, das wüßt ich, wenn Sonntag gewesn wär. Aber, nun, so insgesamt: dieser Kerl da vor mir, so ganz schräg mip'm Kopf und mich angegafft und angegafft, als wenn er die Sprache verlorn hätt. Ich hab mir, also, naja, ers'mal 'ne Zigarette gedreht, aber dann, plötzlich … Wie ich mich da erschrocken hab, als der da vor mir …! … als er … hat er glatt … so richtig heftig zurück, und … hat … Wie soll ich das erklären? Nun, er hat richtich zu *wiehern* angefangen! wie so Pferde, wenn se aufgeregt oder sogar wütend sind: den Kopf zurück und gewiehert. Das klang täuschend echt! Wenn ich die Au'ng zugehabt hätte, also ich hätt nich' gemerkt, dassas'n Mensch …! Und bin selbst wie versteinert, richtig wie versteinert gewesn da auf'm Stein. Doch stelln Sie sich vor! Mit einem Mal warn da wieder *Leute*, die warn ja vorher verschwundn. War doch vorher ohne eine atmende Seele gewesn, außer von mir. Denn der da hatte keine. Aber plötzlich war die Straße wieder proppevoll, als wenn die plötzlich und alle gleichzeitig aussn Geschäften gekomm' wärn. Sind se natür'ch angelockt wor'n von dem Kerl, wie der da wiehert und wiehert, und ha'm'n Kreis um uns und gedrängelt … wie so'n Ring. H'am unentwegt gelacht, sich lustig gemacht, wie der mich in einer Tour angewiehert … 's wurdn sogar immer mehr Menschn, noch mehr und noch mehr. Dabei dieser Typ, wie so'n Pferd, hat er angefang', auf mich zuzu… näher, immer immer näher. Und die Leute um uns sind auch näher, ha'm den Ring immer fester um mich zugezo'ng, währ'nd ich da mit meiner Aktntasche unter Arm, und … – Ja, ja! Jetzt weiß ich wieder, wie'ch da hingekommen bin. Ich wollte zur Arbeit, verstehn Sie? Aber ir'ngtwie hat mich was aufgehalten, ir'ngt'ne Angst, weil ich plötzlich stehnbleiben mußte, keinen Schritt konnte ich mehr tun. Bekam auch fast keine Luft mehr und hab mich deshalb auf diesen Stein … weil, wie ich so die Straße langgegang' bin, da sind die alle mit einem Schlag inne Geschäfte, ha'm einen großen Bo'ng um mich gemacht … wie wenn ich aussätzich wär! wie wenn man sich an mir anstecken könnte! Da war ich plötzlich alleine draußen, vollkommen allein. Nich' mal mehr Tauben gab es! Leergefegt alles. Die reine Geisterstadt … Ich sag Ihnen, das war eine Geisterstadt plötzlich. So daß ich mich ers'mal beruhigen mußte. Du rauchst jetzt eine Zigarette, hab ich mir gesacht, aber dann zu dieser Uhr hingesehen und gesehn, daß der Zeiger da … daß der eben gar nicht mehr vorrückt. Davon war ich richtiggehend hypnotisiert. – Weiß ich nich', wie lange ich da … aber sie hat wirklich gestanden, so daß mir klar wurde, daß es gar nicht sie war, die stand, sondern sie konnte gar nichts dafür, weil die Zeit nämlich selbst stand. Bei sowas *kann* keine Uhr mehr gehen. Und dann is e'm dieser Kerl, dieses … Verzeihn Sie, aber das wußte ich gleich: *Ungeheuer* auf mich … das müssn Sie sich vorstelln, wie es immer näher auf einen zukommt und wiehert und hört zu wiehern nicht auf. Und dann streckte es noch seine Klaue nach mir aus, so 'ne ganz rote, aufgedunsne, aufgequollen wie dem sein eines Auge e'm auch. Streckt sie mir immer näher ans Gesicht ran … noch näher … und wiehert und wiehert! Das is' wie so'n hungriges Schrein. Unt'ich seh die abgebrochenen Fingernägel von dem seine Klaue, als wenn er mich gleich … – *Krallen*! seh ich, die in der Mitte aus'nandergebrochn sind, aufgeplatzt spitz, und schwarz vor allem, richtig schwarz. Is' mir schlecht gewordn, sowas von schlecht. Ich hätt fast losgekotzt, hab schon gewürgt und gewürgt, aber is' nix gekomm', nur so'n scharfer Geschmack. Da ha'm die Leute um mich rum auch noch angefang' zu lachen. *Gelacht* haben die! während das Monster mein Gesicht fast schon *an-*… tatscht, und wiehert und wiehert. Is' mir heiß gewor'n zum Schlechtsein dazu, *so heiß*, aber nich ma'n Finger konnte ich rührn. Hab da … da … als wenn ich festgeklebt gewesn wär. Aber stelln Sie sich … wie ich da so sitze und will weg, aber kann nich', kann mich doch gar nich' wehren, weil ich doch … war ja ganz starr vor Panik, da … Ich war ihm doch ausgeliefert, was immer er von mir wollte. Also da ha'm die Leute angefa'ng, mit Münzen zu werfen. Mit Münzen! Also die ganzn beschissenen Leute ha'm Geld in dem sein' Hut geworfn, als wenn das 'ne beschissene Vorstellung wär! Immer, immer mehr warfen sie rein, das war'n wahnsinniges Klirrn und Scheppern um mich rum. Das is' immer lauter gewor'n, immer immer lauter. Die Geldstücke lagen dann überall, ganze Haufen, wo ich auch hinsah, blitzte es, glänzte es wie … wie ein giftiges Licht. Dazu dieser Lärm und der Krach von'n Autos, denn die fuhren auch plötzlich wieder, auch die rum und rum, um uns herum, wie wenn ich mittn auf'm Kreisel säß und der mit seiner Klaue mit mir. Aber auch die Straßnbahn' fuhrn um uns rum und krischn, also *kreischen* tun die! und die Autos hupen, der Mann wiehert, die Leute lachn, ja grölen, aber am schlimmsten war das Scheppern von'em Geld. Das is' eben noch viel lauter, viel viel lauter ... Unt'ich hab sehn könn', wie voll der Hut schon war, der war ja längst übergequollen, da warn ja schon um den rum die ganzen Haufen, von den'n das Licht ei'm mitten in die Augen Stiche versetzt, als wenn man blind werden soll. Und immer näher dieser Menschenwulst an uns ran, unt'er Kerl mit seine Klaue hätt mich gleich aufgekratzt, hätt mir die Augen ausgekratzt mit dem seine spitzn Fingernägel, so daß ich mich gewundn hab, wo mir doch so kotzübl, gewundn, gedreht ... so 'ne Angst is' in mir gewesen, daß ich unbedingt von dem Stein runter und dann weg mußte, nur weg, weg, weg, aber ich kam nicht los, wie angeschweißt saß ich da, ich mußte mir direkt die Haut vom Gesäß reißn, wenn ich hier weg wollte, egal ... – egal! Du mußt einfach! Jetzt, jetzt, sonst ... Etwas Schreckliches würde geschehen, dachte ich, wenn ich's nicht schaffte. Denn die Leute, mit der ihr'm Lachen, die wer'n dir nich' helfen. Das wußte ich ganz genau. Die *wolln* ja direkt, daß dir was passiert, darauf warten se ja und werfn genau dafür ihr Geld. Und wie die grinsen! So daß ich ir'ngtwie tatsächlich hochkam, obwohl meine Beine ... Meine Güte, die warn wie Kaugummi. Gleich knickten sie mir weg, knicken einfach so weg. Trotzdem kam ich endlich hoch. Ich mußte einfach durchhalten, riß alle Angst zu Kraft zusammen, ballte die Panik, indem ich sie mit beidn Armen umfaßte und vorstieß wie mip'm Rammbock. Aber alles drehte sich, daß ei'm die Farben aus'm Gesicht spra'ng, da hing mir dem seine Klaue schon im Haar und verkrampfte sich drin, um dran zu zerren, mich zurück auf den Stein zu zerren, so daß er mir in die Kehle beißn konnte. Was blieb mir denn übrig? Ich konnte gar nich' anders, wenn ich überle'm wollte, als dem diesen Rammbock direkt in den

Bauch zu rammen, ihn da durchzustoßen, dachte ich rasend, stoß ihn durch, stoß ihn durch! Also hab ich mich auf ihn gestürzt und hab ihm, *mußte* ihm … Jetzt! So! Tief die Daumen in die Augen! Drück sie ihm raus, kneif die deinen zusammen und drück sie ihm raus! Dieser ganze Lärm verschmolz da zu einem einzigen Klangmeer, Krachmeer, Krawallmeer, das sich über mir und auch dem Ungeheuer wie eine riesige Welle brach, wie ein Tsunami, sag ich Ihnen, und was da aus seinen Augen spritzte, war auch diese Welle. Aber das Vieh wehrte sich natürlich, aber wieherte jetzt nicht mehr, sondern es schrie genauso wie ich. Was meine Wut und die Panik aber noch größer machte, da krieg ich noch richtich viel mehr Wut … und merk nix, merk nix! Denn meine Kraft war so riesig geworden. Ich taumelte vor Kraft, war ganz der Rammbock selbst! Und habe zugeschlagen, wie ich nur konnte. Habe auf das Ding eingeprügelt, mich in es verbissn … – Gott! was war es weich, dieses Monstrum! geradezu wabbelich war es, so daß ich noch mehr pressen konnte und ihm, glaup'ich, jedes Organ aus dem Leib zog. Ich sah wirklich nur noch Strudl, die sich vor meinen Augn drehten, wozu der Krach obendrein farbich wurde, g r e l l farbich, sach ich Ihnen, giftich auch das, grün, gelb, blau, rot, so rot – Unt'ich schrei, also schrein tu ich, daß mir die Tränen runterlaufn, so daß alles ganz naß wird, und heiß … furchtbar heiß. Dazu diese wahnsinnige Angst, wie alles so schreit. Die Wände schreien, das Bett schreit, das Kopfkissen schreit. Selbst die Stühle schreien. Aber überall auch das Lachen, *mein* Lachen, hörn Sie? Wiehern aber nicht mehr. Weil ich wirklich freigekommen war. Weil ich mich gerettet hatte. Weil das Monster fast schon tot war. – Ich lachte und lachte. Das Ungeheuer wimmerte, weinte. Aber Frauenweinen jetzt. Es war, wie Frauen weinen. –

Denn als ich aufwachte, Gott! Da war alles rot um mich, alles alles rot. Und es klebte. Weil neben mir, wo doch immer die Christl … wo doch meine … Christel! Christel! – Bitte. Bitte, wo ist meine Christel? Wo ist meine liebe, liebe … Helf mir doch wer! Bitte helfen Sie mir! Denn das is' doch eigenartich? Das sind doch richtich eigenartige, seltsame Stühle. Und was is' *das* für ein Tisch? *Is'* das ein Tisch? Also so einen seltsamen hab ich ja noch nie gesehen! Und warum sind die Wände so eckig? Wer hat diese Ecken in die Wände gemacht? – Hee, was soll das? Sie können mich doch nich' einfach … Hören Sie auf! Ich bin nich' kitzlich, wenn Sie das mein'n. Ich war noch nie kitzlich. Und warum verbeugen Sie sich nich'? Verdammt noch mal, Sie sollen sich verbeugen!

Ein Ton

für Michael Rieth

1

Kaum daß Rainer mein Zimmer verließ, umfing mich mein vertrauter, melancholischer Dämmer. Der nette Mensch war nicht lange geblieben; offenbar hatte meine Sprachnot ihn zu sehr abgewiesen und wenn nicht geängstigt, so doch wenigstens beunruhigt. Ein paarmal hatte er hilflos versucht, dagegen anzuscherzen. Ich hatte sogar gelacht und war ihm für sein Bemühen dankbar gewesen. Doch er hielt es wie alle nicht durch.

Kaum schloß sich also die Tür, vernahm ich abermals das Geräusch. Man kann nicht sagen, es sei ein Geräusch. Es ist vielmehr ein ganz bestimmter, kaum tremolierender Ton, der resonanzlos im Zimmer steht, eine ausgesprochen filigrane Luftsäule, deren Standort sich nicht genau bestimmen läßt, die gleichwohl abgeschlossen, geradezu körperlich wirkt. Man hat den Eindruck, sie wie einen Stab umfassen zu können; aber ständig, probiere ich es, greife ich ins Leere dabei. Auch weiß ich nicht, wann ich den Ton zum ersten Mal wahrnahm. Vor Tagen glaubte ich, mich erinnern zu können, es sei während des Konzerts vor zwei Wochen gewesen. Da habe er sich gleichsam durch das Violinkonzert nach außen gestülpt, als wäre eine Tonsequenz nicht etwa verhallt, sondern stehengeblieben im Raum und stetig prägnanter geworden, hätte schließlich alles übrige furchtbar überdeckt und sich ganz so erhalten, wie ein plötzliches Schellen, das einen erschreckt hat, im Gehirn nachhallt oder der Lichtfleck auf dem Auge bleibt, hat man ungeschützt in die Sonne geschaut. Es spricht aber dagegen, daß während der Konzertes Menschen um mich saßen; und, wie gesagt, ich höre den Ton, wenigstens seitdem und bisher, nurmehr allein. In Gesellschaft verflüchtigt sich das Phänomen, jedenfalls sein körperlicher Aspekt. Insofern genieße ich Besuche. Sie erlauben mir, die Wahrnehmung zu objektivieren und also als Fremdes, eben als Objekt, zu bedenken, was mir, höre ich den Ton tatsächlich, nicht gelingt. Jedenfalls wird es zunehmend unmöglich. Ich verfalle immer häufiger in, so nenn ich es bei mir, mathematische Verspannungen, bin aufgeregt, gereizt, aggressiv. Daß man mich während dieser Zustände separiert, kommt mir entgegen. Ich bin in der Klimax solcher Panik durchaus gefährlich. Unversehens dann – ebenso plötzlich, wie die Tonsäule um mich herumschwingt – bricht sie in sich zusammen. Aber niemals weiß ich, wann es geschieht, renne nur weiterhin auf und ab oder schlage vor Gehörschmerz an die Wand, bis ich endlich begreife, daß es wieder vorüber ist. Jedoch werden die Zeiten zunehmend kürzer, die zwischen solchen Zuständen liegen. Es kann kein Zweifel daran bestehen, daß sich der Ton allmählich materialisiert, daß er durch mich hindurch in die Welt kommt, wobei er mich aufzehrt. Es ist ein Schlupfwespenton. Ich bin seine Nährlösung. Das sehe ich ganz nüchtern. Zudem verhält es sich so, daß sich seine Frequenz der Bestimmung entzieht. Ich kann nicht sagen, ist er hoch oder tief. Manchmal meine ich, es sei das dreigestrichene C, ein andermal scheint er im Baßschlüssel notiert, – wenn ich allerdings genau darauf lausche, verwischt sich jede Differenz. Deshalb halte ich es für plausibel, daß dieser Ton, der sich durch mich gebären läßt, alle anderen Töne in sich schließt. Er ist identische Indifferenz, als hätten sich sämtliche Sinfonien in einem akustischen Schwarzen Loch zusammengeballt und zögen alles noch ungebundene Melos gravitätisch in sich ein. Das ist das besondere: Je plastischer der Ton sich materialisiert, desto tauber werde ich eigentlich, wobei ich die Vermutung nicht abweisen kann, nicht ich ertaube, sondern die Welt setzt sich still, indem ihr der Ton die Laute abzapft.

Das alles ist verwirrend nicht nur für mich, sondern mehr noch für meine Umgebung. Ich kann die Ratlosigkeit meiner Kontaktpersonen verstehen. Umso tiefer schmerzt mich meine zeitweilige Angriffslust. Ich will doch niemandem wehtun, aber wenn diese Säule um mich herumrast und sich von mir nährt, gerate ich instinktiv außer Rand und Band.

Ich meine nun, es sei notwendig, den Zeitpunkt zu bestimmen, an welchem der Ton sich erstmals angekündigt – oder sagen wir: sich ein Abdruck des Tons in das Häutchen geschmiegt hat, das seine Dimension von meiner ursprünglich trennte. Das kann eben nicht während des Konzertes geschehen sein, denn da war der Ton schon völlig ausgebildet, auch wenn ihm dieselbe Materialität wie mir noch nicht zukam – die hat er sich erst während der letzten zwei Wochen erobert. Vielmehr, er muß über längere Zeit, wenn auch in anderer Gestalt, in mir gesessen haben und viel früher in mir gezeugt worden sein. Jedermann sollte einleuchten, daß auch ein solcher Ton der Evolution unterworfen ist, das heißt, er muß fötale Zustände kennen und embryonale, um sich schließlich ausstülpen zu können. In diesem Gedankengang scheint mir fraglos der Schlüssel zu seinem Verständnis und also dem Keim wenigstens leidlicher Verteidigung zu liegen. Das indessen wollen meine Besucher nicht verstehen, und ich bin anscheinend nicht der Mann, es ihnen zu erklären. Meist verwirren sich mir, bei aller Schärfe meines deduktiven Vermögens, die Sätze; vielleicht, weil mit Grammatik keiner Akustik beizukommen ist. Immerhin, man fragt nach meiner Kindheit, und zweifellos, im Ansatz deckt sich unser Konzept. Nur daß sie, die Besucher, die Stetigkeit aus den Augen verlieren und vor allem den Ton ja nicht hören können, so daß ihre Mutmaßungen stets abstrakt sind und immer abstrakter werden, was sich der Ton zunutze macht; denn was nun an Sinnlichem liegenbleibt, verleibt er sich ein. Sie wissen offenbar nicht, wie gefährdet sie sind, daß er keineswegs *mein* Phänomen, nicht etwa Symptom ist, sondern Selbstausdruck, also mit einem Wesen – fast möchte ich sagen: einer Seele – ausgefüllt, die gegenständlichen, wenn auch nicht rundweg materiellen Charakters ist. Ich meine es in dem Sinne, daß der Ton als identische Indifferenz zweierlei, vielleicht mehrerlei Seinsschichten angehört, die einander gemeinhin ausschließen, aber durch möglicherweise einen genetischen Unfall in meiner DNS Kontakt bekommen haben. Erschwerend tritt hinzu, daß ich meinen Vater nicht kenne. Da der Ton zweifelsfrei über Intelligenz verfügt – zu plangemäß kommt sein Auf- und Wegtauchen daher, um es »zufällig« nennen zu können –, und weil er an meine Kontaktpersonen glaubt, sie aber glauben nicht an ihn, ist er im strategischen Vorteil und hat, kaum daß sie wieder fort sind, den Kampf längst gewonnen. Ich habe es den Leuten immer wieder gesagt, habe sie so heftig gewarnt, daß ich vor Bitterkeit husten mußte. Zwar nehmen sie solche Vorhaltungen ernst und lachen mich nicht etwa aus, aber in acht nehmen sie sich darum noch lange nicht. Es ist ihnen einfach nicht verständlich zu machen, daß in diesem Fall Schutzkleidung das mindeste Erfordernis darstellt. Ich denke zum Beispiel an Ohrenklappen. Sie hingegen argumentieren, daß wir uns dann ja gar nicht unterhalten könnten. Als käme es darauf noch an! Als wäre ich nicht längst schon nur Futter für ihn … oder für sie. Kann nämlich sein, der Ton hat ein Geschlecht. Besser wäre noch eine Art Raumanzug. Doch eben gerade ohne Sprechgerät; denn wenn dieses akustische Geschöpf es vollbracht hat, meine Physiologie aufzubrechen, dürfte für ihn eine elektromagnetische Transformation erst recht kein Problem sein. Darüber, wie gesagt, ist mit meinen Leuten nicht zu sprechen. Ich komme mir vor, als entsaftete man mich. Es ist nur eine Frage der Zeit, wann sich auch körperliche Befunde einstellen werden. Einstweilen führt man noch allerlei ergebnislose Versuche mit mir durch, schließt mich an kardiographische, an sonstige Geräte usw. usf., aber eben alles, ich mag es kaum wiederholen, ohne Schutzanzug. Wenn ich dann weine – eben nicht meinet-, sondern ihretwegen in Not –, trösten sie mich, was nett ist, aber niemandem hilft.

Daraus, daß der Ton bislang ein nur meiner Sensibilität registrierbares Phänomen ist, schließe ich, daß er noch an meiner Nabelschnur hängt. Aber eben jederzeit bin ich gewärtig, er könne sich lösen. Seine Entwicklung vollzieht sich in einem rasenden Tempo. Ich habe zweimal versucht, mich zu töten, um ihm die Nahrungszufuhr abwürgen. Wie verzweifelt war ich jedesmal, daß irgendein Dummkopf die Pfleger alarmierte! Alle Maßnahmen, die ich ergreife, sind vergeblich.

Seitdem jedenfalls sitze ich in diesem Zimmer. Das hat mich vorübergehend beruhigen können, ja, ich bin dankbar dafür. Mindert es nicht die Gefahr, andere könnten sich an mir infizieren? Imgrunde müßte man mich einmauern, wenn man Sterbehilfe schon scheut, resp. entsprechende Verantwortung nicht übernehmen will. Mauern Sie mich ein! habe ich gebeten, ja gebettelt –, aber jeden Tag wenigstens dreimal kommt irgendwer nach mir schauen, mißt meinen Blutdruck, mißt die Herzfrequenz und stellt anderen banal-medizinischen Unsinn mit mir an. Niemand vertraut meinem Vermögen, den Sachverhalt zu begreifen. Man zwingt mich, Nahrung aufzunehmen, der ich doch den Ton aushungern muß. Wenn ich versuche, ihn zu fassen zu kriegen, wenn ich auf ihn einschlage, fesselt man mich auf ein Bett, so daß er von allen andren unbemerkt und also ohne jeden Einhalt umhertönen kann. Aus dem Augenwinkel habe ich beobachtet, wie er neuerdings versucht, durch den Türspalt zu kriechen. Seit wenigen Stunden ist er nämlich sichtbar geworden. Sichtbar nicht wie Holz, jedenfalls noch nicht, aber wie ein aufgerauhtes Glas, ein bei aller Instabilität der Konturen stabiles, wenigstens distinktes Gebilde, dessen Aggregatzustand weder flüssig noch fest noch auch selbst gasartig, sondern etwas Viertes und bis ins Mark fremdartig ist. Zudem habe ich Gründe anzunehmen, daß er mich verspottet, wenn sich ihm denn Empfindungen zusprechen lassen. Mehrmals habe ich jetzt um Hilfe gerufen, aber nicht das kam aus mir heraus, sondern er, immer wieder er. In jedem Notschrei, den ich versuche, manifestiert sich der Ton. Wie Luftsäulen in tiefen Registern schwingt er sich allmählich frei und füllt das Zimmer, bis ich ertrinke.

2

Patient mot. unruhig. Neurocil 3 x tgl. 50 mg. Bei Bedarf Rohypnol zur Nacht. Anamneseerhebung weiterhin nicht möglich. Gewichtsverlust kritisch; künstliche Ernährung (Fresolin).

(28. 7.)

12:00
Bisher kein Rapport mögl. Med.änder.: Neurocil 3 x tgl. 100 mg. Augen glasig. Hat zu singen angefangen. Nicht Melodie, etwas anderes.
14:00
Pat. fixiert, Fresolin (Tropf). Verliert weiter an Gewicht. Singt immer noch.
22:00
Beruhigt. Leise. Schläft endlich.

(29. 7.)

6:00
Schwester teilt mit, Patient habe seit 3 Uhr gesungen. Flecken unklarer Genese am Hals, in den Weichen.
12:00
Apathisch. Flecken vergrößern sich. Am Geschlechtsteil Haut geplatzt. Singt immer noch. Hat etwas Hypnotisches.
20:00
Neuerlicher Anfall; Selbstschädigungstendenzen eskalieren. Die künstliche Ernährung schlägt nicht an. Wiegt kaum noch 40 Kilogramm. Sämtliche medizinischen Befunde negativ. Komischer Ton.

(29. 8.)

7:00
Mehrere andere Pat. singen, alle denselben Ton. Zwei Schwestern krankgeschrieben. Eigenartige Stimmung. Der Patient scheint sich körperlich aufzulösen. Die Flecken verbreitern und öffnen sich. An den Wundrändern Gärungsprozesse/Dekubitus. 37 Kilogramm.

mittags
Personal und andere Pat. zeigen motorisch-sensorische Aphasieerscheinungen. Überall dieser Ton. 35 Kilogramm. Seuchenstelle alarmiert.
abends
Alles singt. Vor meinem Schreibtisch steht was. Habe den Eindruck, es beobachtet mich. Es ist aber nicht, sondern tönt.
nachts
Nicht vom Schreibtisch weggekommen. Seltsam devitalisiert.

(ohne Datum)

Im Behandlungszimmer aufgewacht. Zerschlagen, irgendwie grippal. Ich höre überall den Ton. Dr. Korlt um Konsil gebeten. Er will in zwei Stunden kommen.
12:00
Wunderschöner Gesang. Macht die Handflächen rissig. Ich habe dergleichen niemals gehört. Undefinierbarer Laut. Der Patient gegen Mittag verstorben. Dr. Korlt hat Quarantäne verhängt.

Die tobende Schwester B. fixiert. Mehrere Pfleger suizidal. Der Ton überall. Völlig unklar, ob ich ihn nur halluziniere. Akustisches Meßgerät installieren lassen. Kein Ausschlag.

Es ist dunkel. Ich denke ständig an früher. Konzentration schlecht. Wann nur habe ich den Ton zum ersten Mal gehört? Schmerzhafte Musik.
Not alarmiert. Versucht. Korlt gekomm (*unleserlich*). Habe (*unleserlich*) Apfelsinen meine Mutti Teetasse Scheißfickerei und immerhin (*unleserlich*) wunderschö Musi ekelhaf

(bricht ab)

Azreds Buch

Ich wohne seit Januar zur Untermiete. Mein Vermieter heißt Mielke. Er ist dicklich und rotwangig. Hat oft nervöse Flecken auf Stirn und Hals. Wirkt auch meist müde. Manchmal aber bekommt er Anfälle von zielloser Hektik. Dann kann er einem lästig werden. Sonst aber ist er harmlos. Jemand erzählte mal von irgendwas Schlimmem, das Mielke auf dem Kerbholz habe. Mir ist das schnuppe.

Zumal ist er ausgesprochen furchtsam. Das fiel mir von allem Anfang an auf. Sogar Tieren mißtraut er, Pflanzen sogar. Ganz besonders fürchtet er Stürme. Bisweilen hält er bange Ausschau nach dem Mond.

Anfangs ist er unzugänglich, brummig, bisweilen grob, fast habe ich das Gefühl, daß er mir das Zimmer nur widerwillig vermietet. Dabei macht er nicht den Eindruck, auf solche Zusatzeinkünfte angewiesen zu sein.

Eines Abends fragt er mich, ob ich nicht eine Partie Halma mit ihm spielen wolle. Ich bin so verdattert, daß ich zusage. Seitdem spielen wir jeden Montag bis in die frühe Nacht. Dabei sprechen wir allerdings kaum. Danach sitzen wir noch etwas beisammen. Spätestens um elf begibt er sich zu Bett.

Anfang Juni wird er mit einem Mal gesprächig. Erstaunt glotz ich ihn an. Erst ist es wie ein Selbstgespräch. Er steht vom Tisch auf und setzt sich in einen Sessel. Redet weiter. Nimmt die Zigarrenschatulle vom Schrank. Bietet mir an, aber ich rauche ja nicht. Er pafft. Er klöpfelt mit den Fingerknöcheln auf den Holzlehnen. Das ist penetrant. Ich will genervt schon gehn, da ruft er:

»Bleiben Sie, Herr Baumann, bleiben Sie noch ein Weilchen bei mir!«

Ich nehme wieder Platz und räuspere mich.

Er spricht jetzt deutlicher. »Ich – wie soll ich sagen? – habe mich sehr an Sie gewöhnt und bin Ihnen – nein, wehren Sie nicht ab! ... bin Ihnen dankbar für Ihre Gesellschaft.«

Was will er von mir?

»Jetzt habe ich jemanden«, fügt er bei, »der ein Auge auf mich wirft und sich gewissermaßen um mich kümmert. – Wir kennen uns jetzt doch schon lange, nicht wahr?, und Sie dringen niemals in mich, wenngleich ich ... gewisse Absonderlichkeiten ...« Er schenkt mir ein, hüstelt abermals, verstummt, sieht mit blassem Ausdruck zum Fenster. »Es gibt, müssen Sie wissen, in meinem Leben Verhältnisse ... Verhängnisse, will ich einmal sagen, die es notwendig machen, mich zurückzuziehen und gänzlich zu verschließen.« Er reibt ein Streichholz an. Zittrig hält er's an die weißgraue Asche, pafft neue Glut. »Es ist nämlich an dem, daß ich etwas verwahre, vor dem man die Menschheit schützen muß«, erklärt er allen Ernstes.

Was soll ich sagen? Ich lache nur auf.

»Haben Sie jemals Spuren von Geisteskrankheit an mir bemerkt?«

»Ich bitte Sie!«

Neuerliches Räuspern. »Ich beobachte Sie jetzt über ein Jahr ... beobachte Sie genau, seien Sie versichert. Sie sind ein verantwortungsbewußter Mensch. So darf man Ihnen, glaube ich, unumschränkt vertrauen. Sie geben nicht viel auf Gerede, dessen«, ein Keckern, »bezüglich meiner Person, ich weiß wohl, einiges umgeht.«

»Die Menschen quasseln gern.«

»Denken Sie bitte nicht, mir sei das unlieb. Ganz im Gegenteil. Sie dürfen mir glauben, daß Ursprung des kursierenden Unsinns ich selber bin. Ich muß mich verbergen. Doch der Dämon ist schlau. Er ist bereits in der Stadt. Ich bin mir absolut sicher. Es ist nur noch eine Frage der Zeit …« Verstummt. Pafft. »Ich bin alt jetzt und habe ein Recht auf meine Ruhe, selbst die endgültige wäre mir lieb. Aber ich muß Vorsorge treffen über mein Ableben hinaus.«

»Ich kapier nicht ganz.«

»Mögen Sie sich niemals fragen, weshalb einer wie ich einen Untermieter ins Haus nimmt? Lassen Sie uns offen reden! Mir ist vollkommen klar, daß Sie sich über mich Gedanken machen. Sie werden ahnen, daß es mir nicht um Mieteinnahmen geht. Nur: Dieser gewisse Anstrich von Primitivität, den ich mir gebe … meine …«, er stockt, »… wenn ich so sagen darf: spießige Isolation … Ich muß etwas ausholen. Tut mir leid. – Von Haus aus bin ich Archäologe. Ägypto- und Semitologe, um genau zu sein. Und eines Tages, ich bin, glaube ich, gerade dreißig, besucht mich ein überspannt witziger Irani, bis in die Fingerspitzen aber gebildet, indessen nicht ohne habituellen Spleen. Er stellt sich mir in irritierend altertümlichem Englisch, das zudem das mittelöstliche Idiom verzerrt, als Professor Djahangjr Hazegnehad vor. Kaum in mein Arbeitszimmer gebeten, kommt er auf mich zugezappelt. Denn seine Extremitäten sind in fortwährend asynchroner Bewegung, als fehlte ihnen ein steuerndes Zentrum. Rücksichtslos wirft er seinen gesteppten Mantel über meinen Schreibtisch. ›Welch ein Glück‹, ruft er, ›daß ich Ihnen endlich, endlich begegne!‹ Er rümpft die Nase und wirft die Oberlippe auf, so daß man seine langen, nagetierartigen Vorderzähne sehen kann. Möglicherweise als Ausdruck wirklicher Freude gemeint, wirkt es indessen gehässig auf mich. Sie dürfen mir glauben, Herr Baumann, daß ich mich auch später nicht daran gewöhnen kann. Seine mimischen Gestikulationen legen meine sämtlichen physiognomischen Vorurteile frei. Er läßt sich auf die Couch fallen, und nicht etwa, daß er darauf säße, nein, er liegt und baumelt über der Lehne mit den Beinen. Dazu steckt er einen Zigarillo an. Ich bin derart perplex, daß mir zu protestieren gar nicht erst einkommt. Das scheint ihn zu amüsieren. In frühem Kanaanitisch macht er einen der damals üblichen Ägyptologenwitze und eröffnet mir, mit allergrößtem Interesse jede meiner Publikationen nicht nur zu lesen, nein: zu trinken. Nun aber, durch meinen, ich müsse zugeben, ausgesprochen theologischen Aufsatz im Archäologischen Monatsspektrum, sei ihm schlagartig klar geworden, ich sei der Mann, den er brauche. Er nehme mich also in Dienst. So seine Worte. Ich möge meinen Verpflichtungen kündigen, fristlos, bitte sehr, für Konventionalstrafen stehe er ein. Der Vertragsentwurf sei vorgefertigt. Er zieht ein Papier aus dem Jackett. Ich frage, worum es überhaupt gehe. – ›Wir reisen übermorgen nach Schottland‹, antwortet er. ›Hier sind die Tickets. Eine Expedition.‹ – Nun müssen Sie wissen, Herr Baumann, daß meine damaligen Verpflichtungen, deren Existenz er offensichtlich voraussetzt, so groß durchaus nicht sind. Ich halte mich mit gelegentlichen populärwissenschaftlichen Publikationen leidlich über Wasser. Deshalb rennt der Irani eigentlich offene Türen ein. Was ein Ägyptologe allerdings in Großbritannien finden will, ist mir ein Rätsel. Da ich dies einwende, lacht er und legt mir, anstelle einer Antwort, einen Packen Geldnoten auf den Tisch. Mutwillig, in boshaftem Triumph – ganz recht, Herr Baumann! –, in boshaftem Triumph verkündet er zu wissen, wo sich die Handschrift Abdhul al Azreds befinde. – Sie müssen zugeben, daß das entschieden stark ist.«

»Abdhul …?« – Ich habe nicht den leisesten Schimmer, wovon er spricht.

»O verzeihen Sie. Azred also. Eine Legende. Er soll im 8. Jahrhundert leben. Nur literarische Quellen bezeugen seine Existenz. – Sagt Ihnen Cthulhu etwas?«

»Ad hoc, hm ... nein.«

»Ein Dunkelgott, dessen Walten Azred eben in diesem Buch behauptet. Die Handschrift enthält zudem detaillierte Auskunft über Bebet el Jjn, die unterirdisch im Zweistromland gelegene Dämonenstadt, worin man der Weltherrschaft harrt.«

»Ach du liebe Güte!«

»Eine Art Kloster wahrscheinlich. Schon Schliemann sucht vergeblich danach. Insofern kommt mir das Ansinnen Hazegnehads ziemlich bizarr vor. Andererseits – gäbe es nun doch einen handfesten Hinweis, es wäre phänomenal! Stellen Sie sich vor, was ein solcher Fund für die Karriere eines jungen Wissenschaftlers bedeutet! Man hört und liest ja vielerlei Verrücktes, das man dafür auch hält; indessen insgeheim lockt es einen doch. Es ist aber nicht dies Allgemeine, was mich schließlich motiviert, den Vertrag zu unterschreiben, sondern Hazegnehad macht sogar in Einzelheiten einen derart informierten Eindruck, daß er mich fast überzeugt. – Das Buch, um das es geht, wird offenbar zwischen 730 und 738 nach Christus geschrieben, und zwar als Bericht einer Reise, die Abdhul al Azred aus dem Jemen zu den Ruinen von Babylon und von dort in die vorgebliche Geisterstadt führt, worin er drei Jahre zubringt. Hazegnehad behauptet, Azred verfasse das Buch gar nicht selbst, sondern nehme frühere, weit vor die Zeitenwende ins oberägyptische Per-Besket rückreichende Überlieferungen an sich, die er lediglich ergänze. Zu großen Teilen nämlich seien sie nicht in arabischem Dialekt geschrieben, sondern Hieroglyphen füllten die Seiten. – ›Aber Professor!‹ rufe ich. ›Sie wollen doch nicht allen Ernstes behaupten, das Ding existiert?‹ – ›Nicht weniger als Sie selbst. Es ist wahrscheinlich der längste zusammenhängende ägyptische Text, den es überhaupt gibt.‹ – ›Weshalb hört man dann nie etwas davon? Warum publizieren Sie niemals darüber?‹ – ›Ach was!‹ Er springt auf, zappelt energisch an mich heran, zieht mich mit einer für ihn erstaunlichen Kraft am Jackettaufschlag zu sich hinab. ›Ich will es für mich behalten. Sollen etwa profane Leute Einsicht nehmen dürfen?! O nein, nein! Und außerdem ...‹ Er verstummt mit pfiffig-spitzigem Ausdruck. ›Außerdem ist es mir wieder weggenommen.‹ – ›Von wem?‹ – ›Den Mönchen.‹ – ›Welchen Mönchen?‹ – ›Hören Sie, es ist so: Ich finde die Handschrift in einer Kapelle bei Glen Tromie.‹ – ›In Schottland?‹ – Er nickt. ›Jahrelang, glauben Sie mir, verfolge ich die Spur, gehe sämtlichen Indizien nach, bis ins 17. Jahrhundert zu Robert Blake. – Dessen Namen kennen Sie wohl?‹ – ›Bedaure.‹ – ›Einer der mächtigsten Scharfmacher seiner Zeit. Ursprünglich ein einfacher Mann, Fleischhauerssohn. Von geradezu wunderbarer Brutalität und denunziatorischem Genie. Aus politischen Gründen protegieren ihn die Presbyterianer. Er verlegt sich auf die Inquisition. Zwar überspringt sie England. Aber in Schottland faßt sie Fuß, nicht zuletzt durch ihn. Virtuos handhabt er sie. Dann aber, nach Cromwells Sieg, muß der kluge Mann fliehen. Jedenfalls verschwindet er aus den Annalen. – Doch ich, mein Herr, kenne die wirklichen Begebnisse. Tatsächlich gründet Blake einen Geheimorden, der bis heute existiert und sich jeweils aus wenigen handverlesenen Männern rekrutiert. Gegenwärtig findet er besonders in den USA Zulauf und stellt dort mittelbar viele Funktionäre des öffentlichen Lebens.‹ Er sieht mir meinen irritierten Zweifel an und nickt bekräftigend zweimal. Obwohl ich nichts sage. ›Sein Zentrum allerdings ist seit je eine halbverfallene, unscheinbare Kapelle bei Glen Tromie. Dort, öffentlich zugänglich, verbirgt sich das Heiligtum der Sekte.‹ – ›Azreds Buch?‹ – ›Sehr richtig. Ich decke dies alles auf aus sagen wir: logistischen Gründen und …‹, er zuckt wie beschämt mit den Schultern, ›muß es entwenden. Stellen Sie sich vor! Ich komme an, niemand ist da, den ich bitten kann, mir Einsicht zu gewähren … nein, das Buch liegt ganz offen da, der Zeit, dem Verfall anheimgegeben … Da bleibt einem, mein Freund, doch gar keine Wahl!‹ – ›Und weshalb besitzen Sie das Buch nicht mehr?‹ – ›Ach, Herr Doktor!‹, ruft er. ›Man jagt es mir wieder ab!‹ – ›Wer?‹ – ›Die Mönche doch! Eines Morgens ist es weg. Eine Fensterscheibe entzweigeschlagen, ein Einbruch.‹ – ›Nun gut, aber wozu brauchen Sie mich bei alledem?‹ – ›Sehen Sie mich an! Ich verstehe mich gesundheitlich nicht mehr auf Abenteuer. Es ist eine elende Kraxelei. Andererseits kann ich ja nicht jemand x-Beliebigem vertrauen. Unmöglich. Ich brauche jemanden, der wenigstens so interessiert an dem … dem Buch ist wie ich selbst. – Denken Sie an die Wissenschaften, mein Freund!‹ – ›Ich soll es für Sie stehlen? Ich bitte Sie!‹ – ›Aber was denn?! Wer hat denn etwas davon, wenn die Schrift in den Händen solcher … Irren – denn es sind Irre, glauben Sie mir! –, … wenn sie verstaubt, verfällt und gänzlich ungelesen, unentziffert bleibt?! Das, mein Herr, ist das Verbrechen!‹ – Vielleicht, Herr Baumann, können Sie verstehen, daß all dies mich doch zu reizen beginnt, wenn auch – ich gebe es zu – die Geschichte, die mir Hazegnehad auftischen will, an allen Ecken und Kanten klappert. Ginge es auch nur darum, ich lehnte vielleicht sogar ab, aber das Honorar, das Hazegnehad bietet, ist fürstlich!«

»Sie begleiten ihn also nach Schottland?«

Mielke nickt.

»Und, finden Sie das Buch?«

Er pafft. Er hüstelt. »Alles ist anders, als Sie denken. Von einem Orden nämlich gibt es keine Spur. Hazegnehad führt mich auf ein sumpfiges, winddurchjagtes Hochland. Nur selten und versteckt kauern Gehöfte darin und Baracken, die Schäfern zum Unterstand dienen. Obendrein ist Hazegnehad kein angenehmer Reisegefährte. Nicht daß er mich irgendwie bedrängte oder belästigte, nein, meist läßt er sich gar nicht sehen, setzt mich gewissermaßen in den Gasthäusern ab und ... ja, verschwindet oft für Stunden. Wenn er mir aber Gesellschaft leistet, dann ... wie soll ich sagen? Er strahlt etwas Widerwärtiges aus. Allein seine Gegenwart macht aggressiv, die Art, wie er spricht, sich bewegt, wie er zu Zeiten die Unterlippe und sogar die Oberlippe schürzt. Das ist widerlich! Dieses schmatzende Geräusch, wenn er seine Wangen einsaugt und losläßt ... all dies ... Und doch gibt er sich Mühe, mich bei Laune zu halten. Seine Bildung geht in der Tat über jedes Maß. Er hat eine Art, von Cheops zu sprechen, so bildhaft wie erschreckend, daß man den Eindruck gewinnen muß, er kenne den Pharao von Angesicht. Zugleich ist Hazegnehad begabt in allerlei mystisch-symbolischen Spekulationen, zum Beispiel wenn er von der Großen Pyramide spricht. Sie wissen vielleicht, daß sie herausfällt aus dem Grundriß der andren, weil ihre vier Seitendreiecke nicht eben, sondern in der Mittellinie nach innen geknickt sind?«

»Nein, wußt' ich nicht.«

»Hazegnehad glaubt, dieser Knick diene einer Lichtöffnung, die den Weltenbrand auslöst, ganz ähnlich wie das Gangsystem dem Polsprung Vorschub leistet, der Bedingung jeder Sintflut sei.«

»Was ist um Gottes willen ein Polsprung?«

»Das Buch verzeichnet die Theorie, es kehre sich aufgrund eines Gleitens der Erdkruste über den Erdkern die irdische Magnetpolung um. Tatsächlich können Bohrungen heute anhand des Gesteinsschmelzflusses zeigen, daß dergleichen im Lauf der Jahrtausende vorkommt. Erst schwächt sich die Feldstärke des irdischen Magnetfeldes ab, allmählich und bis auf zehn Prozent, dann beginnt der Pol wild zu pendeln und wandert in einem zitterigen Kreis um die Nordregion. Und schließlich, mit einem heftigen Ruck, kippt er in die umgekehrte Richtung. Nun baut sich das Magnetfeld wieder auf. Dies sei im Gangsystem der Cheopspyramide dargestellt.«

»Das ist doch paranoid!«

»Durchaus nicht. Soweit sich Feinschichten mit magnetischen Kristallen datieren lassen, dauert ein solcher Vorgang eintausend bis viertausend Jahre. Daß der Ruck nicht ohne Katastrophe abgeht, können Sie sich vorstellen.«

»Hm.«

»Wir sitzen im Frühstückszimmer eines Edinburgher Hotels, als Hazegnehad mir davon und andere Begebenheiten erzählt. Stets tut er es witzelnd und doch – oder deshalb – sehr zwingend. Das bündelt meine Einbildungskraft auf einen ganz bestimmten Punkt. Ich habe das Gefühl, je weiter ich mich einlasse, desto weniger komme ich noch mit ihm aus. Draußen schüttet es wie aus Kübeln, es ist kalt, ein heftiger Wind geht und peitscht Zweige ans Fenster. Übrigens, wenn ich sage, wir frühstücken, so tue nur ich es – ihn sehe ich niemals irgendeine Nahrung zu sich nehmen. Er trinkt, allerdings lediglich Wasser … pures, erwärmtes Wasser, mehr nicht.«

»Und dann?«

»Gut, wir reisen in den Norden, nach Glen Tromie. Ich wiederhole mich: ein ödes Land. Ich habe den Eindruck, er kennt das Gebiet genau, weiß, wo man welches Gefährt nehmen kann und wo in welche Abzweigung eingebogen werden muß. Unsere vorletzte Station ist ein Dorf, in dem es kein Wirtshaus gibt; wir kommen bei einem Bauern unter, der sich unverschämt gut bezahlen läßt. Am nächsten Morgen brechen wir zu Fuß auf, um jene Kapelle zu erreichen, von der mein Führer so oft, wenn auch in letzter Zeit immer seltener, spricht. Es ist ein mühseliger, gewiß vier Stunden währender Marsch, quer durch aufgeweichtes, morastiges, von wadenhohem zähem Gesträuch bewachsenes Land. Endlich erreichen wir unser Ziel. Oder noch nicht ganz. Doch hier beginnt nun mein Verhängnis. – Was lächeln Sie so spöttisch? Das ist beleidigend für mich!«

»Verzeihung.«

»Wir langen bei einer Hügelkette an. Unversehens gibt es Birken, bisweilen Pappeln; und wäre der Himmel nicht wolkenverhangen, der Prospekt wäre unversehens lieblich. Indessen backt einem schwerer Schlamm an den Stiefeln. – ›Ich fürchte‹, sagt Hazegnehad, den kurzer Atem quält, ›Sie müssen allein weitergehen. Verzeihen Sie, es übersteigt meine Kraft. Auch möchte ich nicht gern, daß man mich erkennt.‹ – ›Wer soll Sie hier erkennen?!‹ – ›Aber der Wächter doch!‹ ruft er da. ›Sie bemerken ihn nicht, ich aber … ich rieche ihn schon!‹ – Er beschreibt mir den Weg. Keine zehn Minuten von hier befinde sich die gesuchte Kapelle. Ich könne sie gar nicht verfehlen.«

»Sie erreichen sie?«

Er lacht klamm. »Gewiß. Aber stellen Sie sich vor, Sie schlagen sich durchs Unterholz, geraten an eine Lichtung, erwarten eine Kirche oder so etwas, aber alles, was Sie sehen, ist ein Megalithgrab ... Hünengrab, Sie wissen schon. Und trotzdem, Sie wissen sofort, Sie spüren es: Sie sind am Ziel. Von Menschen, geschweige Wächtern freilich keine Spur. Alles einsam, wie unberührt. Vorsichtig nähere ich mich, bleibe mehrmals stehen, lausche. Amselgezänk, eine Rohrdommel mal. Ich bücke mich und zwänge mich unter dem Einstiegsquader ins Innere. Normalerweise ist in solchen Gräbern nicht viel Raum, aber in diesem gibt es zwischen den riesigen Steinen einen recht weiten Platz. Um eine Feuerstelle liegen Abfälle herum, Servietten, Pappbecher, Essensreste, auf denen Insekten wimmeln. In einer Ecke zwei Rucksäcke, Schlafsäcke, ein verschnürtes Zelt. All dies sieht nach überstürztem Aufbruch von Campern aus. Ich verlasse den Bau, schaue mich um, rufe auch ein paarmal ein zögerndes Hallo?, umschreite das Hünengrab, betrete es, mich duckend, erneut. Sollte ich in den zurückgelassenen Sachen nachschauen? Vielleicht läßt sich herausfinden, wer die Camper sind. Möglicherweise ist ein Unglück passiert, und man muß Hilfe holen. – Wie ich nun die Gepäcksachen aus der Ecke ziehe, öffnet sich dahinter eine Vertiefung, in die sie gedrückt sind, und wieder dahinter liegen die Steine nur locker aufeinander. Über sie weht ein ungefährer Luftzug. Man kann sie ohne Schwierigkeit beiseiteräumen. Ich lege eine Art Eingang frei, der sich umstandslos passieren läßt, wenngleich, Herr Baumann, dieses eigenwillige, dräuende Gefühl, will ich einmal sagen, nun ganz besonders heftig wird. Zudem schlägt mir ein Geruch entgegen. Ich kann nicht sagen, wonach es riecht. Es ist ein dumpfer, faulig-süßer Geruch. Vermutlich bin ich der erste Mensch, der dieses Verlies betritt. Ach, welch ein Irrtum! Ich bin nicht abergläubisch. Und doch. Hünengrab spielt ja nicht von ungefähr auf Hügelgrab an. Und das Hügelvolk, Herr Baumann, ist wesentliches Element schottischer Legenden: Die untertage lebenden Schwarzalben, *fir sídhe* – »sid« heißt in Lappland »Totenheim« –, sind direkte Verwandte unserer Nibelungen. Die Wilde Jagd, die Tuatha de Dannan. Zerstören nicht die Christen die von ihnen Teufelsbetten genannten Hünengräber eben deshalb so wütend, weil man in ihnen Thule fürchtet? All dies Zeugs spukt schlagartig durch meinen Kopf, und ich gewärtige, jeden Moment aus dem Hinterhalt angefallen und niedergerissen zu werden. – Aber nichts dergleichen geschieht. Natürlich nicht. Statt dessen …« Er schweigt erregt, wie um sich zu fassen.

»Ja, und?«

»Ich rutsche aus, schlage auf und verliere die Besinnung, bleibe aber bei vollem Bewußtsein. An einem Steinvorsprung halte ich mich, gehe zwar in die Knie, schütze aber meinen Kopf, und als ich wieder hochkomme, hat sich die Höhle zur Gänze verwandelt.«

»Verwandelt?«

»Verwandelt. Und zwar, indem sie sich erschreckend gleichbleibt. Ich weiß, es klingt verrückt, aber sehen Sie: Es müßte hier drinnen eigentlich stockdunkel sein; tatsächlich jedoch kann ich sehen, an den Wänden sogar Gravuren erkennen, deren es zahllose gibt, eingetuscht, eingeritzt, schwarzgrau, mitunter ziseliert, Ornamente in feiner mathematischer Harmonie, Symbole, Zahlen, Zahlen und wiederum Zahlen – kein Zweifel also, daß diese künstlerisch-magischen Spuren nicht megalithischen Ursprungs, sondern erst sehr viel später entstanden sind, wahrscheinlich im Mittelalter irgendwann. Es kreuzen sich da hebräische, christliche und islamische

Symbole, verschränken sich, will ich einmal sagen, in eine ungute und irgendwie schiefe Geometrie. Der Polytheismus läßt, Herr Baumann, die Antimaterie nicht zu, der Monotheismus erzwingt sie. Nun erleide ich den Eindruck dieser Schiefheit aber nicht nur wegen der Wandmalereien, sondern das gesamte Gewölbe hängt geradezu nichteuklidisch im Raum, will sagen: Es gibt keinerlei Verlaß. Jeder Schritt, noch so vorsichtig gesetzt, kann unmittelbar in die Rutsche geraten, wie wenn Sie aufgrund von Spiegelillusionen vor Wänden zurückschrecken, die es nicht gibt, gegen andere aber, die Sie nicht sehen, prallen Sie. Plötzlich steigen Sie auf einer unsichtbaren Rampe diagonal in die Höhe, was ebenso unerwartet abbricht, so daß Sie stürzen. Und das Licht, Herr Baumann! Vermögen Sie sich unter schwarzem Leuchten etwas vorzustellen? Alles ist wie umgestülpt: Die Gegenstände beleuchten das Licht in all seiner Schwärze. Man durchschreitet Materielles und verfängt sich wie in Altweibersommer in Photonenströmen. Vorn, keine fünf Meter entfernt, gibt es einen rohen, hüfthohen Steinquader, dessen genarbte Oberfläche mit einer dünnen, faserigen, teils zerfressenen, ihrerseits dunkel verfleckten Haut überzogen ist. Daneben, kopfhoch, steht ein Holzrahmen, wie er Kürschnern zum Aufspannen von Tierfellen dient. Und tatsächlich, dünn spannt etwas darin. Es ist zweifelsfrei die Haut eines Mannes. Schlaff hängt noch das Geschlechtsteil daran. Auf einem Baumstumpf liegt, in Zwingen gepreßt, ein Buch in Quartformat, Leimtöpfe und anderes Buchbindermaterial daneben; außerdem eine Schublehre, erstaunlicherweise ein ausgesprochen modernes Präzisionsinstrument. Ferner gibt es Formalinbehälter, bauchige, kniehohe Flaschen neben zwei Plastikwannen. Ich erkenne Futterale für chirurgisches Besteck, Retorten, Tätowiernadeln,

Farben. Das Inventar nimmt zu, ja ist das Gewölbe anfangs vollkommen leer, projiziert meine Wahrnehmung nun immer mehr Gerätschaften hinein, figuriert sich ein inflatorisch fantastischer werdendes Ensemble, von dem ich doch zugleich überzeugt bin, es handelt sich bloß um Requisiten meines Albdrucks. Ich schreie auf. Da bleiben lediglich Steinblock und Kürschnerrahmen stehen. Ich fasse vorsichtig die seidendünn gegerbte Haut. Sie knistert elektrostatisch und zersetzt sich dabei, wie wenn die Wärme meines Fingerdrucks durch Eisblumen strömte. Aber ich bleibe stehen, wo ich bin, ich bewege mich auf keinen Fall von der Stelle, denn das Erstaunliche, Herr Baumann, ist, daß ich *ohne mich* gehe, als hätte sich meine Wahrnehmung von mir gelöst, ich will einmal sagen: Meine Physiologie wird ferngesteuert. Wie jemand quer durch Programme schaltet, in denen er Spielfigur ist, tauchen unversehens neue und aberneue Illusionen auf. Mal sind es Stühle, zehn, zwanzig, hunderte von Stühlen, durcheinandergerückt und aufeinandergestapelt, dann wieder Krüge, Glasvitrinen, Kaffeemaschinen sogar; manchmal, wenn auch nur für Sekunden, sieht es aus, als stünde ich mitten in einem Warenhaus, dann wieder, als schaltete einer das Licht aus und knipste ein nächstes an, kann ich mich an einen Glastisch setzen, um gleich darauf, weil der Boden in Schräglage schwingt, tiefer zu rutschen, abermals aufzuprallen, mich umzuschauen, Funkgeräte auszumachen, Generalstabskarten, Zirkel, Gewehre, Helme, Radaranlagen.«

Mielke verstummt. Ich sehe zur Uhr. Es geht bereits gegen eins. »Und weiter?«

»Keinen Moment«, sagt er, »bin ich bereit, was ich sehe, für wirklich zu halten. Ich kapiere jedoch nicht, was solche Halluzinationen begründet. Deshalb verlege ich mich auf die

Interpretation, es sei alles ein Traum. Meine Imago strudelt vor sich hin, bis die Wirbel plötzlich kontrahieren. Es folgt ihr Kollaps, und erschöpft komme ich aus meiner Ohnmacht zur Besinnung. – Ich liege tatsächlich am Boden, huste in Staub, richte mich auf. Jetzt ist es so dunkel, wie es sich, will ich einmal sagen, gehört. Ich trage ein Feuerzeug bei mir, damit leuchte ich um mich. Die Funzel gestattet einen nur verschwommenen Eindruck des Ortes. Ich erkenne einen Opferstein. Auch jenen Kürschnerrahmen gibt es, indessen ist er leer. Ansonsten ist hier drinnen nichts. Glaube ich jedenfalls erst. Dann ein Geräusch. Ein erschöpftes Seufzen. ›Ist hier jemand?‹ frage ich. Erneutes Seufzen. Es bricht, wimmert. Ich taste mich heran, finde zwei junge Menschen. Das werden die beiden Camper sein. Wie Krempel sind sie in eine Ecke geworfen, ein Mädchen, ein Junge, beide höchstens siebzehnjährig. Nur noch das Mädchen lebt. ›Töten Sie mich‹, bittet es. ›So töten Sie mich doch.‹ Die Leiber zusammengekrümmt, Arme und Beine mehrfach gebrochen. Am entsetzlichsten ist jedoch, daß der Junge abgehäutet ist. Blutig, haarig, verschmiert liegt die Haut neben dem blühenden Fleischkadaver. Ich würge. ›Töten Sie mich!‹ Die Stimme verstummt. Ich schnappe das Feuerzeug zu. – Ach, Herr Baumann, was bin ich feige! Statt dem Geschöpf den Gnadenstoß zu geben oder wenigstens doch hinauszurennen und nach Hilfe zu rufen, bleib ich starr. Und außerdem … da ist so etwas … etwas wie Neugier. Verstehen Sie recht: Mir kommt das Grauen als irgendwie in Ordnung vor – in einer fremden, widerwärtigen, aber doch harmonischen Ordnung. Ich vermag dem Gefühl, was hier geschieht, gehöre sich so, nicht zu widerstehen. Wer bin ich, den Gang solcher Dinge zu ändern?! Es ist das Ritual einer andren Kultur, dessen Zeuge ich bin. Wenn sie mich auch ekelt, so habe ich doch kein Recht, ihr den Prozeß zu machen.« Er sieht auf, weinerlich: »Halten Sie mich jetzt für verworfen?«

Ich antworte nicht. Er will auch keine Antwort hören.

»Ich bin … unvoreingenommener Beobachter, wenn Sie so wollen, bin Experimentator, ein …«, er räuspert sich, »Tierversucher. Das trifft es. Sowie ich zu dieser Interpretation gefunden habe, ist es nicht mehr schwer, meinen Ekel zu fassen und das Feuerzeug abermals anzuschnipsen. Ich lasse die Menschenbündel beiseite liegen, widerstehe indes dem unvermittelt in mir keimenden Impuls, die Haut des Jungen auf den Rahmen zu spannen. Sie dürfen mir glauben, Herr Baumann, daß dies wirklich eine Leistung ist. Sie erfüllt mich noch heute mit Stolz. Denn der Vorstellung, dergleichen zu tun, inhäriert ein, ich möchte einmal sagen, durchweg erotischer Reiz. Es hat etwas Konvulsivisches, Dionysisches, eine glattweg göttliche Erhebung, so etwas … so etwas zu tun und sich derart aus allem, was man darf, ja was auch nur zu denken und sich vorzustellen erlaubt ist, herauszuheben. Doch, wie gesagt, ich widerstehe dem. – Übrigens: Nur daß ich es vermag, begründet wahrscheinlich, daß ich noch lebe und den Dämon wenigstens vorübergehend zu bezwingen weiß. Denn eines ist mir bewußt: Mit alledem, was mir begegnet, steht er in Kontakt. Er weiß, was hier geschieht. Und dann – kommt er sogar selbst.«

»Wer kommt?«

»Nein nein!, er ist schon da. Er ist alle Zeit über hier. ›So tun Sie es doch‹, sagt er. Ich sehe ihn nicht, aber höre seine Fistelstimme. ›Helfen Sie mir mit dem Einband. Es wird höchste Zeit.‹ – Ich bin durchaus nicht erschreckt und drehe mich der Stimme zu. Hazegnehad trägt noch sein Cape und auf dem Kopf die Schiebermütze. Er schaltet eine batteriebetriebene

Höhlenlampe ein, stellt sie auf den Altar. ›Ich brauche einen gebildeten Assistenten.‹ Er streift die Mütze ab, schlüpft aus dem Cape, hängt beides über in die Wand geschlagene Haken. ›Nun helfen Sie schon, sonst taugt sie zu nichts mehr.‹ – Ich starre ihn an. ›Wer sind Sie?‹ frage ich. – ›Blake‹, sagt er und schürzt die Oberlippe. Das gibt seinem Gesicht einen zugleich komischen wie feierlichen Ausdruck. Ich bin sprachlos. Er ergänzt: ›Und auch al Azred nennt man mich. Und Anposenhotep. Oder Anubis-Sachme – dies allerdings vor meiner Geburt, denn daß ich Araber bin, eigentlich, schließt den Ägypter aus. Man gibt mir den alten Namen erst in Cthulhu.‹ Er bückt sich, zieht aus einem Regal zwei Kittel, wirft mir einen davon zu. ›Wir müssen uns jetzt wirklich beeilen, sonst verdirbt uns die hübsche Haut. Das Buch braucht einen neuen Einband. Und ich brauch einen neuen Körper. Merken Sie nicht, wie abgenutzt meine Gelenke sind? – Sie werden mir doch den Ihren zur Verfügung stellen?‹ – Für einen Moment erstarre ich. – ›Das Buch ist genügsam, aber irgendwann fordert auch seine astrale Mechanik ihr Recht. – Reichen Sie die Haut herüber! Und sein Sie so gut und bringen endlich das Mädel zum Schweigen. Es ist sowieso keine Seele mehr drin.‹ Auf meinen irritierten Blick: ›Ich trinke sie aus und stoße ein Surrogat hinein. So bleiben die Leiber länger erhalten. Es ist, als entzöge man Pflanzen ihr Chlorophyll und ersetzte es durch Formalin – nur daß eben die Haut ziemlich spröd wird mit der Zeit, weshalb wir uns jetzt wirklich«, er hebt die Stimme, ›*wirklich* sputen müssen!‹ – ›Was muß ich tun?‹ frage ich, aber Sie können mir glauben, Herr Baumann, daß ich längst nur noch weglaufen will. – ›Zuerst einmal‹, erklärt er in sachlichem Ton, ›häuten wir auch das Mädchen, dann binden wir das arme Buch, und schließlich bringen Sie mich um. – Aber n i c h t doch, seien Sie nicht so entsetzt! Sie opfern nur meinen Leib. Ich selbst werde, wenn die Hülle abgestoßen ist, in Sie übergehen. Wir werden dann, glauben Sie mir, viel Freude aneinander haben.‹« Mielke atmet schnell und wird geradezu im Wortsinn kleiner, so sehr versinkt er im Sessel.

»Ihre Situation scheint mir einigermaßen aussichtslos zu sein.« Ich benutze ganz bewußt den ironischen Ton.

»Aussichtslos?« Er schüttelt langsam den Kopf. »Ist es nicht offensichtlich, daß er mich braucht und nicht ich ihn? Zudem scheint er auf mein freies Zutun angewiesen zu sein. Seine Macht ist also nicht unbegrenzt und allenfalls hypnotischen Charakters. Wenn er, will er zu seinem Ziel gelangen, das Buch neu binden und dann sich von mir töten lassen muß, um in mich schlüpfen zu können, dann muß ich mich dem bloß verweigern. Verstehen Sie?«

»Na ja.«

»›Warum gehst du nicht einfach?‹ frage ich mich. ›Warum drehst du dich nicht kurzerhand um und verläßt diese Hölle?‹ – Die Vorstellung, es zu tun, ernüchtert mich über alle Maßen. Hazegnehad spürt es sofort. Er flüstert etwas, das nach einem Fluch klingt. Und … quiekt, ja: quiekt. – Dann geht alles überaus schnell.«

Mielke zerdrückt den Zigarrenstummel im Aschenbecher.

»Urplötzlich nämlich greift er mich an. Schießt auf mich zu, springt – ich sage Ihnen: er springt mir an die Brust, umklammert meinen Rücken und beißt mir seitlich in den Hals. Er hat wohl mit meiner Verblüffung gerechnet. Er ist ja nicht kräftig. Es ist ein leichtes, ihn am Haar zu packen und von mir abzuziehen. Wie ein nasses Wäschestück schwinge ich seinen Zwergenkörper über meinem Kopf. Er quiekt und winselt.

Ich schleudere ihn quer durchs Gewölbe gegen eine Wand, wo er mit einem unsäglich häßlichen Laut aufprallt. – Im selben Moment komme ich zu mir.«

»Bitte?«

»Erinnern Sie sich nicht, daß ich beim Betreten des Gewölbes den Halt verliere und zu Boden schlage? Ich bin ziemlich benommen von dem Sturz. Stockdunkel ist es um mich her und schrecklich still. Ich mache mit meinem Feuerzeug Licht. Ein starker Schmerz zieht von der linken Schläfe inwärts. Offenbar blute ich.«

»Keine Toten, keine Gehäuteten – nichts?« Ich lache verlegen.

»O, schon etwas, durchaus. Es gibt nämlich den Opferstein, einen rohen, derben Basaltblock. Und darauf … bitte sehr, Herr Baumann: Darauf liegt das Buch. Ein uralter, schwerer Foliant, der sich unangenehm anfaßt und tatsächlich …«, er seufzt, »und tatsächlich mit gegerbter Haut gebunden ist. Ein Blick hinein überzeugt mich sofort, daß der Wert meines Fundes gar nicht abgeschätzt werden kann. Die Seiten sind eng mit altägyptischen Schriftzeichen bedeckt; überdies sind, offenbar mit Tinte, arabische Kommentare dazugeschrieben. Fiebrig nehme ich den Folianten an mich, stecke ihn in meinen Rucksack und mache mich eiligst davon.«

»Und Haze…?«

»Hazegnehad? – Das eben ist ja das Seltsame! Eigentlich gehe ich davon aus, daß er mir folgt oder mich im Dorf erwartet. Doch dort will niemand von ihm, gescheige seinem Verbleib etwas wissen. Bis heute ist er wie verschollen … oder nein: erscheint bisweilen, und ich flüchte dann.«

»Sie haben das Buch noch?«

»Deshalb ja erzähle ich davon.«

Schwer stützt er sich aus dem Sessel. Schleppt sich quer durch den mittlerweile sehr dunklen Raum. Schaltet über dem Sideboard die Standlampe an, schlurft weiter auf das Bild zu, das in Brusthöhe gegenüber hängt. Es ist sehr auffällig, will in diese Spießerstube einfach nicht passen: eine billiggerahmte Kopie der Antonius-Versuchung aus dem Isenheimer Altar. Mielke dreht den Rahmen beiseite. Ich stehe auf, gehe zu ihm rüber, guck ihm über die Schulter. Er zeigt in eine kastenförmige Öffnung. Ich kann nichts sehen, aber etwas Kühles, Lockendes weht heraus. Mielke dreht den Rahmen wieder zurück. »Wenn er kommt«, murmelt er, »dann müssen Sie das Buch herausholen und von hier wegbringen. Er darf es auf keinen Fall bekommen.«

»Ich verstehe nicht.«

»Ich verändere mich«, sagt er leise, als wir uns wieder setzen.

»Bitte?«

»O ja, ich verändere mich, als ich versuche, die Hieroglyphen zu entziffern. Darüber wird mir bewußt, wie gefährlich mein Fundstück eigentlich ist. Denn sehen Sie: Anfangs bin ich voll guter Vorsätze, noch als ich Großbritannien verlasse und nach Deutschland zurückkehre. Ich will das Buch öffentlich zugänglich machen. Doch – wie soll ich sagen? – sie bindet mich an sich, diese schreckliche Handschrift, läßt mich ihr mit Leib und Seele verfallen. Nein, ich übertreibe keineswegs! Sie verleiht mir nämlich Macht, Herr Baumann. Sie fördert meine Karriere. Mein wissenschaftliches Ansehen steigt in den folgenden Jahren enorm. Nun ja. Aber zugleich ... zugleich heben meine Visionen an.«

»Visionen?«

»Ja, Visionen. Und nicht nur nachts, sondern oft unvermittelt im Sonnenschein, wenn ich spazieren oder zur

Arbeit gehe, ja bei der Arbeit sitze, – plötzlich bricht der Schreibtisch inmitten auseinander und gibt den Blick in einen sich in völliger Schwärze verlierenden Abgrund frei, oder Hauszeilen, je links und rechts, wehen auseinander und hinauf wie Theatervorhänge – oder Menschen, die mir eigentlich vertraut sind, verändern sich binnen Sekunden … sie verformen sich, Herr Baumann, Lippen und Kiefern verzerren sich wie Gummimasken, Nacken buckeln nach Katzenart, oder meiner Sekretärin sitzen Käfer auf Oberarmen, Schultern, Dekolleté … Und weil bald auf gar nichts mehr Verlaß ist, schließe mich ein und … und fange zu trinken an. Obendrein kommt es an der Universität zu gewissen Peinlichkeiten.« Er nickt. »Bevor mir gekündigt wird, kündige ich da besser selbst. Da leb ich halt als Privatgelehrter. Nahezu dreieinhalb Jahre geht das dann so. – Ich wohne in München damals, nicht weit vom Englischen Garten, und als ich eines Sonntags, weil ja auch meine Wohnung sich verändert, weil die Türklinken Leben bekommen, sich die Teppiche unerwartet verschieben, weil plötzlich die Kühlschranktür klappt und mir die darin verwahrten Nahrungsmittel ihre Not entgegenschreien … als ich also eines Sonntags in die Parkanlagen geflüchtet bin, sehe ich ihn …!«

»Diesen Hazegne…?«

»Dieselben spastischen Bewegungen, dasselbe Zucken der Gesichtsmuskulatur! Es ist fürchterlich! Ich drück mich hinter einen Baum. Dann laufe ich fort. Mein Gehirn arbeitet fiebernd. Innerhalb einer einzigen Woche – und spitze auf jedes fremde Geräusch und öffne meine Tür keinem Schellen – löse ich meinen Haushalt auf. Ich ziehe nach Hamburg, nehme kaum etwas mit mir. Ich richte mich völlig neu ein und – nein, lachen Sie nicht! – beauftrage eine Detektei, nach dem Dämon

Ausschau zu halten. Zwei Jahre später wird er in Eppendorf gesichtet. Wieder fliehe ich. Haben Sie eine Ahnung, was ein gefälschter Ausweis kostet? – Insgesamt fünfmal bin ich seither zu jemand anderem geworden.«

»Aber nun können Sie nicht mehr publizieren …«

»Sehr richtig. – Es ist das Buch.«

»Bitte?«

»Ich fasse an, was ich will, alles gelingt mir. Ökonomisch, verstehn Sie? Zuletzt spekulier ich in Häusern.« Er schweigt einen Moment. »Menschlich … menschlich bringt es mich um. Das Buch bringt mich um, frißt mich von innen. Ich betone vollen Ernstes: Es hat die Seele einer Wespe. Zwar lehne ich mich auf, verzweifelt, zermürbt, aber läßt meine Kraft nur ein klein wenig nach, muß ich wieder jemanden schlagen oder … überfahren. Ich kann dann nicht anders und halte drauf. Also schaff ich mein Auto ab. Da geht es mit den Rasierklingen los. Es ist entsetzlich! Doch das Buch überschüttet mich mit Visionen und schenkt mir einen wunderbaren, unnennbaren Schmerz.«

Im Dunklen stöhnt Mielke aus seinem Sessel auf.

»Dann – endlich! – will ich mich davon befreien. Aber es brennt nicht. Meine Güte, welch eine Überwindung, ein Streichholz dem Einband auch nur zu nähern! Sofort springt Ihnen eine der Hauswände entgegen, oder der Eßtisch platzt, oder sonst etwas Unglaubliches, Zähes, Widerwärtiges geschieht. Da überwinde ich mich, da schleudre ich den Versucher in den Kamin. Aber hilflos und kläglich spückeln die Flammen dran herum und erlöschen. Sie *gehen* geradezu *ein*. – Ich versuche es mit mit Weihwasser – so sehr erniedrige ich mich, daß ich, wie irgendein Dummkopf, Weihwasser aus Kirchen stehle und die Seiten damit besprenge. Ach, wie absurd! Alles versagt gegen Cthulhu: Voodoo-Zauber, totemistische

Beschwörungen, jedwedes Ritual. Dann endlich, endlich, entschließe ich mich zum Entzug und lese einfach nicht mehr darin. Es ist eine Qual, aber ich stehe sie durch, ich hab mich in der Gewalt, ich verschließe es, schließe es weg, und nun … nun, Herr Baumann, bin i c h sein Hüter. Allmählich mildern sich meine Visionen. Ach, das Fernsehen! Wahrhaftig! Welch karitative Erfindung! Es betäubt mich mit heilsamer Ohnmacht, ich mache mich stumpf, ganz stumpf. Nur so kann ich leben, Herr Baumann.« Er atmet langsamer, noch langsamer, dann flüstert er: »Doch jetzt hat man den Dämon bei Bassum gesehen. Und ich hab keine Kraft mehr.« Sein Atmen wird Wimmern, dann Schnarchen. Mir dreht sich der Kopf. Leise räume ich Geschirr und Aschenbecher in die Küche und gehe zu Bett.

Klar, daß Mielke krank ist. Ich bin ganz froh, daß er in den nun folgenden Wochen auf seinen Wahn nicht mehr zu sprechen kommt. Allerdings kann ich nicht abstreiten, daß von der Antonius-Versuchung – also dem, was sich vorgeblich versteckt hinter ihr – etwas Lockendes ausgeht. Manchmal steh ich davor und widerstrebe dem Zwang, das Bild beiseitezudrehen, um in der Öffnung dahinter nachzuschaun.

Dann geht den ganzen Tag über ein deutlicher, eigentümlich warmer Wind, wie ich ihn aus Italien kenne. Bei Einbruch der Dämmerung frischt er allerdings auf. Er pfeift um die Hausecken und treibt Papierschnitzel und Zigarettenschachteln über die Bürgersteige. Mir ist sowas nicht unangenehm. Gern sitz ich da drinnen und schau aus dem Fenster. Mielke indessen macht das Wetter nervös. Mehr noch: Es verursacht ihm regelrecht Angst. Er kaut das Zigarrenende naß, sieht grau und eingefallen aus. Die fetten Lappen seines Bulldoggengesichts wirken wie aus Pappe. Die Tränensäcke geschwollen dabei, seltsam; Schweißperlen, wie Sandpickel, prangen über und an seinen Nasenflügeln. Er trinkt viel, ist schon nicht mehr sicher auf den Beinen. Ich geh ihm aus dem Weg. Doch klopft er spätabends an meine Zimmertür und bittet mich hinunter. Bietet mir einen Cognac an und fragt:

»Glauben Sie an der Jüngste Gericht, Herr Baumann?«

»Was ist los mit Ihnen?!«

»Ich muß Sie an Ihr Versprechen erinnern. Nehmen Sie sich um Gottes willen des Buches an! – Das Jüngste Gericht sind die letzten Minuten vor dem Tod.«

Ich zucke die Achseln, steh auf, verlasse den Raum. Auf sowas hab ich nun gar keine Lust! Er versucht auch gar nicht erst, mich zum Bleiben zu überreden. Allerdings kann ich nicht einschlafen. Schon, weil nun draußen ein Lärmen sondergleichen losgeht. Der Wind ist Sturm mittlerweile. Ich steh wieder auf, schau aus dem Fenster, ein Verkehrsschild wackelt. An ihren quer über die Straße gespannten Kabeln schwingen die Lampen. Dann Geschepper, runtergefallene Ziegel zerspringen auf dem Bürgersteig. Bis gegen zwei wälz ich mich herum. Schließlich geb ich's auf. Dann ein Schrei. Nein, es wird nur eine Böe gewesen sein. Noch eine Böe. Tatsächlich ein Schrei? Ich kann da nicht einfach weghörn. Irgendetwas geht unten zu Bruch. Ich schlüpfe in den Bademantel, ziehe die Rollos hinauf. Hinter den Scheiben ein zerrupftes Grau, eine wirbelnde Masse. Ein Ast knallt gegen das Fenster. Die Scheibe splittert. Schnell knistert ein Netz durchs Glas. Bloß die Rollos wieder runter! Und abermals von unten ein Schrei. Der ist nun aber derart hilflos und verzweiflungsgeladen, daß ich nachschauen *muß*.

Mielke liegt am Wohnzimmerboden. Eine Art Anfall. Verrenkungen und Schaum vorm Mund. Ich halte den zitternden

Mann mit aller Kraft fest. Endlich beruhigt er sich. Kommt zu Bewußtsein. Richtet sich auf, seufzt, zieht dann, sitzend, die Beine an den Körper, legt, fett und müde, seine Arme um die Knie. Aus Nase und Mund rinnt spärlich Blut. Zerbrochenes Geschirr liegt herum. Ich ziehe ihm einen Splitter heraus, der knapp über der rechten Handschlagader steckt. Sie blutet entsetzlich. Ich binde das Gelenk mit seiner Krawatte ab. Er scheint mich kaum zu erkennen, schaut willenlos zu. Außerdem hat er sich, beim Hinfallen wohl, am linken Knie verletzt. Jedenfalls kann er das Bein nicht mehr strecken. Ich schleppe ihn zum Sessel. Mit einer Serviette versuch ich, die Blutung zu stillen. Will einen Arzt anrufen, aber der Anschluß ist tot. Wahrscheinlich hat der Sturm einen Leitungsmast umgeworfen. Der Orkan heult derart ums Haus, daß ich auch den Gedanken, auf andere Weise Hilfe zu holen, sofort verwerfe. Sowieso kann man Mielke in seinem Zustand unmöglich alleinlassen. Ich schlage den jammernden Menschen in eine Decke ein. Es ist halb drei Uhr nachts. Ich nehme im Sessel Platz, trinke einen Schluck Cognac, versuche zu schlummern. Einmal, halb im Dösen, gleitet mein Blick zur Antonius-Versuchung. Da wirbeln die grünewaldschen Figuren ganz aufgeregt umher. Welch hektisches Leben! Als ich die Vision fixiere, stellt sie sich still. Ich sacke in meinen Schlummer zurück.

So vergeht diese Nacht.

Morgens hat sich Mielke leidlich gefaßt. Aber schweigt stundenlang. Das Telefon bleibt gestört. Und der Sturm läßt keineswegs nach. Im Radiogerät Katastrophenalarm. Als Mielke es hört, kichert er. »Die irren sich«, sagt er. »Das ist *mein* Sturm, ich schwöre, daß es mein Sturm ist.«

Ich ignoriere die Bemerkung. Der Orkan drückt die Läden in die Fenster. Mittlerweile sind noch zwei weitere Scheiben zerborsten. Man hört metallisches Knallen. Der Baum im Vorgarten wird aus der Erde gerissen. Kracht gegen die Mauer. Dann ein Poltern, ja Kartätschen: als schlüge ein riesiger Holzknauf an die Haustür. Ich springe auf. »Nicht öffnen, nicht öffnen«, wimmert Mielke und zieht sich die Decke bis unter die Augen. Es folgen leisere, eher klopfende Geräusche; bei jedem zuckt Mielke und kneift die Lider zusammen.

»Ich seh mal nach«, sage ich.

»Nein! Nein!«

»Nu kommSe ... vielleicht braucht jemand Hilfe ...«

Da fängt er zu lachen an. Dann ein gestoßener; ein weggeschnittener Schrei.

Ich geh auf den Flur, schließe die Augen und horche. Der Sturm hält momentlang inne wie ich. Da, sehr deutlich, klopft es wieder. Irgendjemand steht draußen, kein Zweifel. Ich spähe durch den Türgucker, kann aber niemanden sehen. Es klopft abermals. Ich dreh den Schlüssel herum, und schon, plötzlich, stößt mir wer die Tür entgegen. Ich pralle zurück und starre entsetzt auf ein Geschöpf, daß meinem Vermieter bis in die fieberkranken Augen gleicht und zu alledem genau wie er gekleidet ist. Nur mißt es kaum einsfünfzig und wirkt durch und durch künstlich. Mit einem Blick erfasse ich die Verwüstung: geknickter Metallzaun, umgeworfene Autos, zerstörte Vorgärten. Man hört Polizei- und Feuerwehrsirenen.

»Entschuldigen Sie mein Benehmen«, sagt das Geschöpf. Es hat eine fistelige, blecherne Stimme. Wenn es spricht, bewegt es asynchron die Ärmchen, als erzeugte erst dies den zum Sprechen nötigen Luftdruck. »Aber Ihre Schelle scheint nicht zu funktionieren. – Ach, ach, Verzeihung! Mein Name ist Azred. Man sieht es mir nicht an, doch bin ich von«, er spitzt voll

Neugier an mir vorbei, »arabischer Geburt. Gehe ich recht in der Annahme, man habe es Ihnen erzählt?«

Ich bin derart fassungslos, daß ich gar nicht auf den Gedanken komme, die Tür wieder zuzuschlagen. Es wäre ohnedies zu spät, denn mit der Bemerkung, gewiß harre Herr Mielke seiner schon längst, und indem er mich kurzerhand beiseitenicht -stößt, sondern -wischt, betritt Azred den Flur. »Es ist, Herr … Herr …?«

»Baumann.«

»Es ist, Herr Baumann, zwar ziemlich ungemütlich draußen, indessen wäre es besser, Sie ließen uns nun allein.«

»Aber auf gar keinen Fall!«

»Nun, wie Sie wollen.« Er lächelt und schürzt dabei die Oberlippe, was sein Gesicht entstellt und die beängstigende Ähnlichkeit mit Mielke völlig verwischt. Und plötzlich dreht er sich einmal um sich herum, beschleunigt und schlägt mir die Nägel seiner linken Hand ins Gesicht. Ich schreie auf. Fauchend hüpft er ins Wohnzimmer. Der Schmerz ist fürchterlich. Ich brauche Sekunden, um mich zu fassen. Erst das Gebrüll Mielkes holt mich in die Gegenwart zurück.

Im Wohnzimmer springt der Dämon mit kräftigen Sätzen auf Mielkes Brustkorb auf und ab. Dabei jauchzt er und wird mehr und mehr dem froschreitenden Antoniusversucher ähnlich. Blut spritzt vom Kadaver. Das berauscht den Kleinen offenbar. In seinem perversen Glück hat er mich völlig vergessen. Das muß ich nutzen!

Ich haste zu dem Bild, drehe die Versuchung beiseite. Greife dahinter hinein. Wie tief es dort ist! Es verschlingt meine Hand, verschlingt meinen Arm weit über den Ellbogen hinaus. Da faß ich etwas Nasses, Sumpfiges, nein: Trocknes, ich weiß nicht. Es ätzt. Ich bezwinge mich, ziehe. Dann fällt der

Strom aus. Man kann nichts mehr sehen. Doch das ist mir recht, zumal der Dämon beschäftigt. Ich höre ihn saugen, schlürfen, dazwischen Gekicher. Und während Abdhul al Azred meinen Vermieter verzehrt, schleiche ich, das ungeheure Buch an meinen Bauch gepreßt, aus dem Zimmer in den Flur. Ich reiße die zugefallene Haustür auf und stürze mich ins Freie. Ich renne, renne nur, renne. Renne an gegen den aufgefrischten Sturm. Hakenschlagend weiche ich zerschellenden Ziegelsteinen und stürzenden Bäumen aus. Ach, was bin ich geschickt! Welch eine Lust, durch den Orkan zu stieben! Ach welch ein Atmen! Das Pfeifen! Jubel der unbesiegten Natur! Da erreich ich das FLIPPER. Ich lache. Ich husch in die Kneipe, schlag die Tür hinter mir zu. Dieser Geschmack hinter den Zähnen! Und starre in einen Haufen erhitzter Gesichter. Und juble! Und heule! Und bin abermals am Leben geblieben! Im Bewußtsein dieser meiner unendlichen und blühenden Kraft falle ich hungrig über die dummen Menschlein her.

Nachruf auf Asmus Hornacek

Das Leben Asmus Hornaceks ist mittlerweile von derart horrenden Mißinterpretationen und biografischen Unklarheiten umstellt, daß ich es für Schülerpflicht erachte, das Wort zu ergreifen. Nicht darum kann es gehen, Unentschuldbares zu entschuldigen oder selbst nur herabzumindern; indessen hat die Hetze, die in Form sogenannter Nachrufe derzeit an der Tagesordnung ist, etwas nicht nur Hysterisches, sondern derartige Ausmaße angenommen, daß der Eingeweihte den Eindruck haben muß, es würden durchaus zielgerichtet Verleumdungen in die Welt gesetzt. Das breite Publikum liebt den Geniekult, dem einer des großen Verbrechers korrespondiert, und das eigentliche Skandalon kann sich verschleiern. Nicht allerdings um dieses ist es mir letztlich zu tun. Die ökonomisch-politischen Hintergründe des vorgeblichen Einbruchs aufzudecken, der zu Hornaceks Tod und dazu führte, daß der längst vergessene Mann posthum ins Licht allgemeinen Interesses trat und sich der Charakter seiner späten Forschung enthüllte, sei Berufeneren vorbehalten. Karsunkes Recherche hat damit in der letzten Ausgabe der Wochenzeitung DIE ZEIT respektabel begonnen, wenngleich es offenbar auch ihm nicht gelingt, persönliche Ressentiments hintanzustellen. Umso wichtiger scheint mir der Versuch zu sein, Hornaceks Leben in sachlich distanzierter Betroffenheit zu würdigen. Den Mann zu einem Dr. Frankenstein zu stilisieren, mag den Publikumsgeschmack zwar kitzeln; hingegen dient es nicht auch nur geringster

Klärung. Wer den bescheidenen Menschen je von Angesicht sah, weiß genau, wie absurd eine solche Darstellung ist. Hornacek war alles andere als diabolisch.

Schon während seiner Berliner Zeit, also vor seinem ganz unauffälligen Rückzug nach St. Gallen, habe ich manchen Einblick in seinen Charakter nehmen können und niemals auch nur die Spur von Seelenkälte an ihm bemerkt. Der asthenische, freundliche Mensch, um dessen Tutorenschaft wir Studenten uns rissen, hatte nicht einmal etwas von jener US-amerikanischen Spezies medizinbiologischer Manager, die einen biologischen Kampfstoff versuchshalber ins Homosexuellenmilieu infiltrieren, um ihm, entwindet sich seine Wirkung der Kontrolle, eine ins dunkelste Afrika weisende Fährte zu legen. Ganz im Gegenteil scheint mir eben moralische Integrität Hornacek dazu verführt zu haben, ethische Bedenken zu übergehen, vielleicht nämlich ungefähr so, wie man Krankheiten durch ihre Erreger bekämpft. Den gelehrten Mann faszinierte die strukturierte Balance unserer Lebenswelten. Deren Destabilisierung infolge industriellen Abraums, vermittels Massenabholzung, durch Kriege und die daraus in der Psyche resultierenden Verletzungen waren in den Endsechzigern Gegenstand seiner Seminare. Er legte bereits damals ein Fundament für die moderne Auffassung vernetzter Systeme. Viele der heutigen ökologischen Perspektiven verdanken wir letztlich seinen Einsichten. Wobei er weiterging, als wir es jetzt tun, indem er nämlich naturwissenschaftliche Denkstrukturen selbst attackierte. Die praktische Destruktion, so meinte er zeigen zu können, spiegele sich in physikalischen Theoremen und sei letztendlich sprachlicher Natur. »Selbstreferente Synthetik« nannte er das. Anläßlich einer Biologentagung in Cambridge soll er denn auch auf Dickinsons Vortrag geäußert haben: »Entropie schafft sich, indem man sie denkt.« Und sicher nicht von ungefähr ist eine frühe Arbeit über Dorylinae Formicae *Prästabilierte Harmonie in Insektenstaaten* betitelt.

Asmus Hornacek wurde am 5. September 1906 in Mariánské Lázne (Marienbad) geboren. Es ist schwierig, über seine jungen Jahre Gesichertes zu erfahren. Die Eltern und ein Jesuitenpater sollen ihn früh gefördert haben. Hornacek erzählte nur selten von seiner Kindheit. Als ich ihn einmal auf seine degenerierte rechte Hand ansprach, deutete er an, er habe sie »im Bubenalter« verstümmelt. Daraufhin – ich erinnere mich genau – lächelte er sein geniertes Lächeln und zitierte den 137. Psalm: *Wenn ich dich je vergesse, soll mir die rechte Hand verdorren.*

Im Anschluß an die gymnasiale Ausbildung immatrikulierte er sich 1921 an der Universität Prag in den Fächern Mathematik, Biologie und Philosophie, wurde 1928 in Biologie promoviert, in Philosophie 1929 und nahm theologische Studien auf. Zugleich wurde er Assistent Lubomir Jezils in dessen gerade erst gegründetem Institut für Sozialbiologie. 1931 kehrte er als wissenschaftlicher Mitarbeiter des Fachbereichs der Biochemischen Medizin an die Universität zurück und habilitierte 1933 über ein genetisches Thema. 1934 verließ er Prag und wurde 1936, nun mit einer Arbeit über Augustinus, von Theodor Krentl an der Theologischen Fakultät der Universität Mainz abermals promoviert. Dann rief ihn August Hirt an die Reichsuniversität Straßburg. Als ihn, wohl auf Anregung Hirts, 1939 das Institut für wehrwissenschaftliche Zweckforschung verpflichten wollte, verweigerte er seine Mitarbeit und emigrierte nach Paris. Dieser Sachverhalt wird heute gerne unterschlagen. Noch vor Besetzung der französischen Hauptstadt durch die Nationalsozialisten floh er in die Vereinigten

Staaten. Wie zutiefst ihn das Ansinnen Hirts und schließlich der Ausbruch des Krieges empört zu haben scheinen, geht aus einer Flut humanistisch/pazifistischer Schriften hervor, die zwischen 1940 und 1944 entstanden sind.

Wir kennen die Arbeiten nicht, die Hornacek bis 1939 durch Hirt aufgetragen waren; indessen dürften sie im Bereich der Schädlingsbekämpfung angesiedelt gewesen sein. Er selbst schwieg sich darüber aus, und die Protokolle über seine Befragung, die man vor Asylgewährung in den USA durchführte, sind unter Verschluß. Wir wissen jedoch, daß er seit 1929 versucht hatte, die Organisation bestimmter Ameisenarten auf molekularer Grundlage zu beschreiben. Der Transfer seiner Theoreme auf Sozialsysteme höherer Ordnung lag deshalb nahe. Es läßt sich spekulieren, Hirts und damit Himmlers Interesse an Hornaceks Mitarbeit sei in einem erweiterten Sinn hinreichend motiviert gewesen.

Bis 1950 war er einer der führenden Köpfe des Institute of Biotechnology, Carson City/Nevada. Dickinson, Carr und Williams deuten einen politischen Dissenz an, der sich mit Ausbruch des Koreakrieges begab und zu Hornaceks Rückkehr nach Europa geführt haben soll. Zwar sind ihre Einlassungen sehr zurückhaltend. Aber die Spekulation, er habe abermals Zweckanwendungen seiner Forschung zurückgewiesen, hat einiges für sich.

Die nun folgenden Stationen Hornaceks zeugen von wissenschaftlicher Unrast: Er lehrte nacheinander in Paris (1950–1954), Marburg (1955–1960), München (1960–1965), und Oxford (1966–1967), ohne außerhalb seiner Fachkreise sonderlich bekannt zu sein. Erst 1968 – er war nach Berlin gegangen, wo er als Ordinarius bis zu seiner Emeritierung blieb – trat er ins Licht einer größeren Öffentlichkeit, als er vor dem Club of Rome, dessen Gründungsmitglied er war, seine in der Folge so oft wie falsch zitierte Rede hielt, deren Sinn eben nicht war, daß Umweltkatastrophen gottgewollt seien; vielmehr spielt er darin einen Gedanken durch, den er bereits so viel früher in *Prästabilierte Harmonie in Insektenstaaten* skizziert hatte, wovon alle seine nachherigen Publikationen Zeugnis ablegen und was schon das Motto seiner Rede bezeichnete: *Denn wo Gefahr ist, wächst das Rettende auch.* Er arbeitete am Rettenden – oder meinte, es zu tun. Daß namhafte Mitglieder des Clubs eine andere Ansicht hatten und ein Ausschlußverfahren gegen ihn betrieben, nimmt der Tatsache nichts. Zumal sich Hornacek schon damals sehr bewußt war, es lasse sich der prekäre Satz auch umkehren. Daß er es nun, mehr als zwei Jahrzehnte später, mit solchem Schrecken getan, entbehrt nicht der Tragik.

Das zweite Mal geriet sein Name 1969 in die Schlagzeilen, als ihn der Vatikan zu jenem Konzil bat, über das viel spekuliert worden, aber wenig konkret bekannt ist. Der damals oft kolportierte Satz Hornaceks, er und das Offizium hätten »das biologische Episkopat« und eine systemische Streitmacht Gottes erörtert, gibt ja imgrunde wenig her. Immerhin ist Hornaceks biologische Spekulation *Genetischer Exorzismus, Versuch einer Reharmonisierung der Welt* (Neuenburger, München 1970) Paul VI. gewidmet. Der kleine, mathematisch-chemisch orientierte Band erreichte eine kaum nennenswerte Verbreitung; man stößt bisweilen in Universitätsbibliotheken auf ihn.

1973 zog sich Hornacek aus öffentlichen Zusammenhängen völlig zurück und publizierte neuere Forschungsergebnisse nicht mehr oder nicht anders als in religiöser Traktatform. Das hat verständlicher-, doch sträflicherweise die Fachwelt davon abgehalten, sich mit der Arbeit des ihr allzu christentümelnden Gelehrten weiter abzugeben. Mir selbst ging es nicht anders. Allgemein glaubten wir an seine Senilität. Allerdings wies eine bereits 1958 bei Econ publizierte Schrift auf die spätere Richtung hin: In »Destruktion der Destruktion. Ein Beitrag zur synthetischen Mimesis« (in: *Neue Konzepte der Biologie*, hrsg. von Hartmut Angermann) vertrat Hornacek die Ansicht, der absehbaren Naturzerstörung könnten nicht etwa Rekursionen wehren; vielmehr müßten die »biologischen Prozeßträger« ihrerseits instandgesetzt werden, mit synthetischen Stoffen zu reagieren. Um das Gesamtbiotop nicht bis zum Kollaps zu gefährden, seien die Einzelwesen genetisch auf die neuen Bedingungen einzustellen. Normalerweise besorge – im Wege der Evolution oder qua Mutationen – dies der Naturzusammenhang selbst. Da indessen zivilisatorische Eingriffe prinzipiell revolutionärer Art seien, das heißt, sie ließen den übrigen Organismen keine ökologische Zeit, müsse sich auch Natur synthetisieren, und zwar unabhängig von jeder menschlichen Zweckrationalität. Wörtlich heißt es auf S. 78 ff.: »Wer der Schöpfung nur irgendeinen Sinn zugestehen will, wird banal-anthropozentristischer Biologie eine Absage erteilen müssen. Die Vormachtstellung des *homo destructor* bedarf um seiner selbst willen der Korrektur durch den *homo creator*. Eine knappe Hochrechnung der Bevölkerungsdichte auf nur zwanzig Jahre zeigt deutlich, daß die Ressourcenknappheit zum Zusammenbruch des Systems führen muß. Garten Eden hingegen ist selbstreferent. Wohl hat das entropische Gesetz seine Rechtfertigung, allerdings nur linear in prometheischer Logik. In Ballungen stellen sich je neue Ordnungen her.« Hornaceks Gedanke, etwas vereinfacht, sieht vor, das aus dem Gleichgewicht geratene System dadurch zu harmonisieren, daß man der zunehmend sich synthetisierenden Wirklichkeit teilsynthetisierte Geschöpfe an die Seite stellt. Es lag vermutlich nahe, die späten Experimente um bestimmte Ameisenarten zu gruppieren, deren mutable Resistenz etwa gegen Radioaktivität schon aus US-amerikanischen Untersuchungen bekannt war. Diese dienten Hornacek als Ausgangsbasis weitergehender Überlegungen. Zum anderen griff er damit auf ein Betätigungsfeld zurück, das ihn bereits zwischen 1929 und 1931 beschäftigt hatte, wenngleich damals eher aus sozialbiologischer Sicht.

Erst durch die Katastrophe ahnen wir nun, welche Dimensionen Hornaceks Denkansatz und seine Verwirklichung in den späten Experimenten tatsächlich aufgeschlossen haben. Das ist umso problematischer, als angeblich ein großer Teil der auf Band archivierten Experimentalprotokolle von den Insekten vernichtet wurde und offensichtlich nicht einmal die engsten Mitarbeiter des Projektes wissen, wie sich der Fortpflanzungs- und Freßwut dieser Tiere begegnen läßt. Dennoch besteht bei allem Schrecken keinerlei Grund zur Annahme, Hornacek habe eine private biologische Kampfmittelforschung betrieben, auch wenn dies jetzt immer wieder behauptet wird. Eine solche Darstellung verwischt den Sachverhalt und will sich um notwendige, auch gentechnische, Schlüsse drücken. Es scheint mir viel logischer zu sein, daß sich Hornacek abermals einer Zweckanwendung seiner Arbeit widersetzen wollte. Nur läßt sich das schwerlich anders belegen als durch den Hinweis auf sein Verhalten sowohl 1939 gegenüber den Nazis als auch 1950 gegenüber den Amerikanern. Um Hornaceks Motive wirklich zu begreifen, sollte man zu der theoretischen Skizze greifen, die er der von Fritjof Capra herausgegebenen Sammlung *Shiva tanzt in DNS* (O. W. Barth, München 1976) beigegeben hat. Ohnedies hat es, will mir scheinen – und ich folge Karsunke darin –, mit dem vorgeblichen Einbruch eine sehr eigene Bewandtnis. Das St. Galler Labor war geschützt wie nur eines in derartigen Instituten, und daß es einem Akt des Vandalismus anheimgefallen sei, nämlich Einbrecher hätten die Terrarien mutwillig zerschlagen, ist noch nicht einmal fadenscheinig. Vergegenwärtigt man sich zudem, daß Hornacek jahrelang in biotechnologischen Versuchsräumen wirkte, ist die nächste Annahme, er habe Leichtsinn walten lassen, nichts als absurd. Doch auch die dritte Version – er selbst habe die künstlichen Systeme zerstört, etwa in einem Anfall von Reue – ist an den Haaren herbeigezogen. Wie soll denn der alte, außerdem behinderte Mann so schnell aus dem Laboratorium herausgekommen sein, und weshalb – wenn es ihm schon gelang – floh er nicht aus dem Haus, sondern begab sich in den ersten Stock und nahm ein Bad, worin ihn die Tiere zumal *überraschten*? Die Unsinnigkeit einer solchen Darstellung wird umso größer, wenn man sich vor Augen hält, daß die genetisch mutierten Geschöpfe organische Verbindungen offenbar mieden. Daß Hornacek von seinen Kreaturen aufgefressen worden sei, ist schon deshalb bizarr. Er mag an CD4 gestorben sein – einem synthetischen Kampfstoff, den die Tiere produzieren und der ihren Organismus befähigt, sogar Asbest in organische Verbindungen umzuwandeln –, daß aber der Leichnam bis zur Unkenntlichkeit verstümmelt gewesen sei, ist nach allem, was wir mittlerweile wissen, wenig glaubhaft.

Die imgrunde geistliche Ausrichtung des hornacekschen Ansatzes belegt nicht nur, daß er sich niemals verheiratet hat. Sondern in seinen verstreuten, zunehmend kanonischen, aber bereits in jungen Jahren neben der sehr mathematischen Orientierung immer mit christlichen Allegorien versehenen

Publikationen finden sich solche wie »Genesis und Genetik« (*Reichsärztliches Mitteilungsblatt*, 1935, Nr. 5), »Forschung als Mission« (*Almanach der Diözese Limburg*, 1965), »Das Prinzip Gottes in selbstreferenten Systemen« (*Christ und Welt*, 1968) oder »Das Sakrament der Biologie« (in: *Die Gegenwart Gottes*, Nymphenburger 1968). Seit 1975 wirkte er zudem als Laienprediger, allerdings ohne große Gemeinde. Seine Predigten sollen zu abstrakt gewesen sein. Sie belegten sich gern mit experimentellen Erkenntnissen, zu denen er und seine bisweilen über zwanzig Assistenten in seinem Privatlabor kamen und die er mit dem ihm offenbar eng vertrauten Pater Lübke kanonisierte. Als er sich nämlich aus seinen geregelten Verpflichtungen zurückzog – er hatte jenen Fritz Weller kennengelernt, dessen Existenz Karsunke als Fiktion deduziert hat –, erstand er mit den Mitteln dieses ominösen Mäzens eine sehr abgeschlossene, zum Appenzell blickende Liegenschaft bei St. Gallen und richtete unter seinen Wohnräumen das Institut ein, von dem nunmehr diese Bedrohung ausgeht. Unterdessen wissen wir, *wie* groß sie ist.

Natürlich nimmt es Wunder, wenn ein gebildeter Mann wie Hornacek die Diskrepanz nicht realisierte, die zwischen Privatvermögen und solch hohen Summen liegt, die man ihm zur Verfügung stellte. Jetzt noch, nachdem die halbartifizielle Insektenarmee einen Großteil der Anlage zerstört hat und niemand abschätzen kann, was ihr destruktives Vermögen noch anrichten wird, wird der Wert allein der Ausstattung auf knappe siebenhundertfünfzig Millionen Schweizer Franken geschätzt. Andererseits – dahingehend äußerte sich Hornacek einmal selbst – wurde der Kontakt zu Weller durch den Vatikan vermittelt, der sich heute hierzu ausschweigt und auf Karsunkes Anfrage nicht einmal reagiert haben soll. Päpstliche

Gewährschaft jedenfalls mag dem Katholiken Hornacek einwandfrei genug gewesen sein. Insofern ist doch sehr fraglich, ob Hornacek die von Karsunke recherchierten Hintermänner und -firmen gekannt hat. Ihm waren schon 1968 in Berlin gesellschaftspolitische Realitäten eher fremd. Etwa hat er nie etwas mit unserer Revolte anfangen können. Wenn er dennoch oft auf unserer Seite stand und sich für inhaftierte Studenten verwandte, so weniger, weil er deren Motive verstanden, geschweige geteilt hätte, als aus Gründen einer christlichen Fürsorgepflicht. Es ist bezeichnend, daß noch Hornaceks beiden letzten Bücher Fritz Weller, »dem Gönner und Brieffreund«, gewidmet sind.

Bei alledem stimmt es bedenklich, daß nun nicht einmal der wohl engste Gedankenvertraute Hornaceks, eben jener Lübke, ein Wort zur Verteidigung Hornaceks findet, der überdies sein Beichtkind war. Man muß sich doch fragen, weshalb die Kirche nicht versucht hat, Hornaceks Experimenten Einhalt zu gebieten, wenn sie denn so sehr der christlichen Moral zuwiderliefen? Pater Lübke scheint im Gegenteil alles dafür getan zu haben, den Forscher nicht nur in seinen Überzeugungen zu halten, sondern sie auch mit kirchlichen Argumenten zu füttern. Nur unter diesem Aspekt ist die bedeckte Haltung des Vatikans zu begreifen. Zwar soll Lübke jede Stellungnahme barsch verweigert haben – halten wir ihm ruhig einen Schock zugute –, doch kann wohl kaum Zweifel daran bestehen, daß der Inhalt der Experimente wenigstens der Diözese bekannt gewesen ist. Sollten auch der hohen Geistlichkeit Hornaceks Predigten zu abstrakt gewesen sein? Dabei war es doch eben Lübke, der Hornaceks Theoreme katholisch allegorisierte. Da muß er wenigstens grob erfaßt haben, worum es bei den Forschungen ging. Und wir müssen uns fragen, welches Interesse die Kirche an gentechnischer Weltmodifizierung haben kann. Sicher ist, daß die Ameisen eine Gefahr vor allem für hochtechnisierte Systeme darstellen; in Gesellschaften, die weder Polyvenylchloride, Polypropylene noch Polystyrole kennen, würden sie an Nahrungsmangel eingehen. Offenbar sind ihnen organische Verbindungen sogar schädlich. Wem dienen solche Geschöpfe?

Was also nun wirklich geschah an diesem 16. Januar, entzieht sich gänzlich unserer Kenntnis und bedarf – darin ist Karsunke unbedingt zu folgen – einer präziseren Untersuchung, als sie bislang stattgefunden hat und vielleicht stattfinden soll. Man darf einstweilen nichts anderes akzeptieren als die Fakten des Vorfalls, daß also die Terrarien zerschlagen, die Brutkästen geöffnet und wesentliche Teile der Laborausstattung vernichtet wurden, daß offenbar mehrere, den *Dorylinae* verwandte Ameisenstämme das Haus durchfluteten, sich durch die Kunststoffe fraßen und daß den alten Mann, dem jeder Fluchtweg abgeschnitten war, irgendetwas in seinem Badezimmer überraschte. Auch dem folge ich noch, daß es sich bei derartigen Forschungen um eine wissenschaftliche Verirrung handelt. Die Darstellung indes, eine ungeheure Ungezieferarmee habe den alten, gehbehinderten Mann angefallen, darf uns nicht befriedigen. Dergleichen rechtfertigte nicht einmal, wäre die Verleumdung wahr, Hornacek sei jemand gewesen, dessen unzähmbarer Forscherdrang sich aus pathologischer Eitelkeit speiste. Er war weder besessen noch bedenken- oder gar rücksichtslos, sondern gehörte zu den gütigsten und im Innern wohl leidendsten Menschen, die ich je kennengelernt habe. Seine persönliche Integrität grenzte an Demut. Er wirkte jedesmal peinlich berührt, trat die Öffentlichkeit an ihn heran.

Selbst in den Seminaren schien es ihm unangenehm zu sein, als Redner vorn am Katheder zu stehen. Wohl fühlte er sich nur im Labor oder in seinem luxusarmen Zuhause. Niemals behandelte er einen von uns Studenten als Menschen geringeren Wertes, sondern war versucht, uns stets das Gefühl von Gleichberechtigung zu geben, ja geradezu versessen darauf, von uns korrigiert zu werden. Behielt er, was meistens der Fall war, recht, dann lächelte er geniert.

So sehr mich nun der Inhalt seiner späten Arbeit erschreckt hat – und wie groß die Gefährdung für unsere Zivilisation immer auch sei –, so sehr bedrückt mich doch das Schicksal dieses letztlich, meine ich, aus ethischer Überzeugung mißgeleiteten Menschen.

Ich trauere um Asmus Hornacek.

Die Niedertracht der Musik

Leise ließ man dich ein, als wärst du ein Zeichen,
Frieden zu feiern. Doch dann: rang Dich am Rande der Knecht,
und, aus den Höhlen, die Nacht warf eine Handvoll von bleichen
taumelnden Tauben ins Licht ... Aber auch d a s ist im Recht.

Rilke, *Sonette an Orpheus*

1

Der Raum, im ersten Stockwerk des Konsulats gelegen, maß annähernd zwanzig Quadratmeter und war mit zwei bis zum Vortag aneinandergerückten Schreibtischen ausgestattet, an welche, wiederum bis gestern, Schreibmaschinentischchen gerückt waren. Jetzt hatte Kastendiek alles bewegliche Mobiliar gegen die einzige Tür geschoben und sich auf diese Weise vor einer Blitzattacke hinlänglich geschützt. Am Boden rechts, vor der Ecke zum Fenster, kauerten die Geiseln. Beide Frauen waren nicht gefesselt. Zwar hatte Kastendiek gestern nachmittag der jüngeren, weil sie so schrie, den Mund mit Haftkrepp zukleben lassen, was von Frau Marx, der älteren Frau, ganz ergeben befolgt worden war – ohnedies hatte sie sich stumm und schnell in den Überfall gefügt, der Schock hatte sich erst heute früh aus ihren Augen verloren –; aber nachdem Silvia Weinbrenner spätabends in Erschöpfungsschlaf gefallen war, worin sie nur noch wimmerte, hatte sie Kastendiek von dem Knebel wieder befreit. Vor etwa fünf Stunden war sie aufgewacht, klagte nicht mehr, sondern schaute mit großen, fast staunenden Augen vor sich hin.

Kastendiek hatte Jackett und Krawatte abgelegt, den Kragenknopf geöffnet, die Hemdsärmel aufgekrempelt. Er war verschwitzt und übernächtigt, wirkte dennoch nicht unattraktiv. Silvia Weinbrenner, für sich, schätzte ihn auf dreißig, Frau Marx auf fünfundzwanzig. Er kroch flink zum Fenster, auf den Knien, mit durchgedrücktem Rückgrat, auf die linke Hand gestützt; mit der rechten preßte er die Maschinenpistole gegen die Schulter, die Mündung zur Decke, den Kopf, wie witternd, gehoben. Er lugte hinaus, sehr schnell, auf Präzisionsschützen bedacht, die im Anstand lägen. Der Regen erschöpfte sich für Momente. Kurzfristig traten Sonnenstreifen durch die sich lockernde Wolkenmasse. Eine herbstlich schwebende Lichtbahn sank hinab auf den Vorplatz, der sich unterhalb des Fensters bis zur angrenzenden Häuserzeile streckte. Das in den weichen Sprühtropfen gebrochene Licht gab dem Ausblick etwas Irreales, Geklärtes, das dem Terroristen gefährlicher war als das Polizeiaufgebot. Er spürte das, ließ vom Fenster ab, schloß für eine Zehntelsekunde die Lider.

»Sind Sie erschöpft?« fragte erstaunlicherweise Frau Marx.

Er kam nicht zur Antwort, denn in diesem Moment meldete man sich wieder von draußen. Jemand sprach durchs Megafon, rief ihn an, wohl zum fünfzehnten Mal. Ob man nicht endlich den Toten wegschaffen dürfe? Kastendiek hatte während des Überfalls einen Diplomaten erschossen und die Leiche aus dem Fenster gekippt. Noch immer lag sie unten vor dem Haus.

»Es hat doch keinen Sinn. Geben Sie auf.«

Er schnellte hoch, antwortete mit einer Schußgarbe, feuerte allerdings in die Luft.

»Was haben Sie vor mit uns?« fragte, im Nebenhin, abermals Frau Marx.

Kastendiek zuckte mit den Schultern, spähte noch einmal hinaus, zog den Kopf unters Fensterbrett zurück. »Das hängt nicht von mir ab.«

In den Fenstern der Dachwohnungen gegenüber blitzten mitunter Lichtreflexe von Gewehrläufen.

2

Drei kleine Grenzschutzpanzer hockten zum Sprung. Es goß in Strömen. Man fieberte dem Angriff entgegen; zu warten fiel schwer. Doch zögerte der Einsatzleiter. Seit vor einigen Stunden das Ultimatum gestellt worden war, wurde Polizeirat Michels von Zuständen geplagt. Er war mutlos und glühte doch vor Zorn. Es war, als starrte ihm einer, den er nicht sah, ostinat auf die Fingernägel. Er wurde alt, seine Direktiven erschütterten ihn. Er biß sich auf die Unterlippe. Ohnmächtig spielte er mit dem Gedanken, den Abschied einzureichen.

»Wann geht's denn nun los?« Hebbel trommelte mit den Fingern der Rechten auf der Gürtelschnalle. Als spürte er Michels' Erschöpfung, setzte er leise nach: »Nun setzen Sie dem allen endlich ein Ende!«

3

Kastendiek wich Silvia Weinbrenners Blick aus. Mit ihrer Schreierei war er zurechtgekommen; ihre Sanftmut erfüllte ihn mit Panik. Er schlug auf die Maschinenpistole. »Es gibt ein Gewaltrecht des Guten«, sagte er zu Frau Marx und wußte selbst nicht, weshalb.

»Sie sind ein kranker Mann.« Die Frau war zu alt, um sich noch zu fürchten.

Es war, als dächte Kastendiek nach.

»Vielleicht erschieße ich mich, wenn alles vorbei ist«, sagte er, verstummte. Möglicherweise erkannte er, wie wenig wahrscheinlich dieser Gesprächsansatz war.

4

Um den Terroristen nicht vor der Zeit aufzustören, schlich die Truppe von rückwärts an den Block, kroch bis zur hinteren Mauer des Gebäudes. Der Trupp stoppte, erwartete den Einsatzbefehl. Es goß in Strömen. Man fröstelte. Die unentwegt fallenden Tropfen schwemmten die Parkas auf. Die Plastiküberzüge schützten wenig. Die Truppe teilte sich. Einige Männer stiegen durch die Kellerluken ein, andere durch Fenster im Erdgeschoß. Die dritten erkletterten die Hauswand und sicherten das Dach.

Auch die Männer vorn auf dem Platz waren schlechter Stimmung. Das Autotelefon summte. Ein junger Inspektor nahm ab.

»E r ist's«, sagte er.

»Wer?«

»Das Schwein doch ...«

»Na endlich«, sagte Michels. Aber irrte sich.

»Hörn Sie mir zu«, sagte der Terrorist. »Wenn in vier Stunden die Genossen nicht frei sind, schneide ich alle dreißig Minuten einer der Frauen einen Finger ab.«

Die Verbindung knackte. Michels starrte in die graue Muschel. Wasser lief ihm von den Brauen in die Wimpern und übers Gesicht, vom Hinterkopf in den Kragen.

5

Ein paar Meter entfernt warf ein junger Mann die Arme über den Kopf und drang mit dem Brustkorb auf die Plexiglasschilde ein, die ihm Polizisten, jünger noch als er, entgegendrückten. Er war durchweg von Sinnen. Man konnte ihn nicht beruhigen, mußte ihn vor den Einsatzleiter bringen.

»Was soll *der* denn hier?!«

»Sie lassen Silvia umkommen! Sie wollen sie umkommen lassen!«

»Der hat mir gerade noch gefehlt …!«

Der junge Mann riß sich los. »Sie wollen sie opfern, nicht wahr?!«

»Quatsch! Niemand wird geopfert. Gehn Sie heim und lassen uns unsere Arbeit tun.«

»Sie haben gar keine Chance! Das wissen Sie genau.«

Hilfesuchend sah Michels zu Hebbel.

»Nun haun Sie schon ab«, sagte der.

»Nehmen Sie ein Beruhigungsmittel«, sagte Michels und wandte sich an seinen Inspektor. »Wo ist denn der Arzt?« Er wußte, der Junge, der plötzlich schwieg, habe recht. Kräftige kleine Bäche strudelten die Rinnsteine entlang. »Sauwetter!« Michels winkte dem Arzt, den man hergeholt hatte. »Geben Sie ihm verdammt noch mal irgendwas. Er kann nicht hierbleiben.«

Polizisten faßten den Menschen am Ärmel. Er sträubte sich nicht mehr.

»Sie haben schließlich auch keine Idee«, sagte Michels, mehr für sich selbst und dennoch im Ton einer Entschuldigung, »wie man Ihre Frau aus diesem Hades herausholen kann.« Er spuckte aus und drehte sich heftig zur Seite. Die weißen Speichelkrönchen verschwemmten sofort. Da schrie der Junge auf: Das nun klang anders als jeder Verzweiflungsausbruch vorher.

Langsam wandte Michels sich zurück.

In den Augen des Jungen glänzte etwas Fremdes, Fieberiges. »Sie haben ja recht! Mein Gott, wie haben Sie recht!«

»Moment noch.« Michels winkte die Beamten wenige Schritte zurück.

Für eine Sekunde blickten sich der Junge und der Kommissar in die Augen, ein stummes, intensives Gespräch. »Denken Sie an die große Klangwolke über Linz«, sagte der Junge, sagte ein Anderer durch ihn hindurch.

Irgendetwas berührte Michels daran, eine Art innerer Impuls, ein kaum spürbar intensiviertes Pochen des Bluts in den Schläfen. Er hatte keine Ahnung, was der junge Mann meinte. Doch es pulsierte etwas so sehr Gewisses in dieser fremden Stimme, daß sich Michels überzeugen, nein: hypnotisieren ließ.

6

Planen wurden aufgespannt. Man schaffte riesige Lautsprecher, elf an der Zahl, herbei und postierte sie im Halbring vor dem Gebäude. Noch mehr Reporter säumten den Platz. Der Sendewagen fuhr an, warf dicke, geringelte Kabel aus. Eilig verlegte sie eine Technikerschar. Weitere Fernsehsender stellten sich ein. Hebbel marschierte aufgebracht hin und her, her und hin.

»Der Mann ist irre! Der Mann ist komplett irre! Was für eine Scheiße!«

Michels hockte zusammengekauert in seinem Dienstwagen. Der erschöpfte Junge schlief auf dem Beifahrersitz. Der Regen trommelte auf das Autodach. Es wirbelte. Der ganze Platz schrie noch. Dann, plötzlich, nur das Rauschen. Wie Stille.

7

Vier erste Töne, in Hörnern und Celli, ertasteten zögernd den Platz. Es war, als wäre ein Schalldach darübergestülpt, Akkorde füllten es wie nachdrückend steigendes Wasser. Nicht nur ließen sich die Bässe nicht orten: Selbst hohe Frequenzen schwirrten gefährlich unstet durchs Gepladder. Nicht Lautsprecher, nein, das Pflaster, die Häuser, der Regen selbst schienen Musik auszustoßen, zu erbrechen mitunter. Unter schwankenden Regenschirmdächern Menschen mit geschlossenen Augen. Jemand geriet in leichte Desorientierung. Weltuntergangspropheten, ihre Chance witternd, kletterten aus ihren Kellern herauf. Niemand hörte ihnen zu. Die Städter quollen aus den Seitenstraßen, und allewelt stand bis zu den Knöcheln in Pfützen, in kleinen heftigen Wasserströmen und in der Sinfonie.

8

Aus dem Konsulatsgebäude drang kein Laut, schon seit einiger Zeit nicht. Nachdem Michels den Toten hatte ungehindert vom Platz schaffen lassen, lag das Gebäude in bedenklichem Schweigen. Die Einsatzkommandos waren bis direkt zu der Tür vorgedrungen, hinter der Terrorist und Geiseln verschanzt waren. Aber auch sie hörten nichts, keinen Laut.

»Warten Sie. Warten Sie noch«, flüsterte Michels in den Walky-talky. Er vernahm weiter den Gesang. Alle vernahmen ihn. Aber die Sinfonie war seit Minuten vorüber. Erste Tauben flatterten auf den Platz, den die letzten Tropfen blinken ließen. Die Leute standen mit gaffenden Mündern. Eine Windbö jagte herüber, fuhr zwischen noch aufgespannte Schirme, knallte Autotüren zu und hagelte einem Wasserspritzer ins Gesicht. Der Junge schlief Gottseidank weiter. Wie umgesunken.

Michels kniff die Augen zusammen.

Dann: »Zugriff!«

9

Der Trupp durchbrach die Tür. Reflexhaft warf sich Frau Marx zwischen die Soldaten und Silvia Weinbrenner. Ein paar Schüsse krachten und trafen die alte Frau. Sie krümmte sich tonlos. Die jüngere hingegen kniete am Boden, Kastendieks Kopf auf den Schenkeln. Sie hielt ihn beidseits an den Schläfen. Jetzt erst schaute sie hoch, mit einem fernen Blick.

»Ich weiß nicht«, sagte sie. »Er ist einfach so gestorben zwischen meinen Händen.«

Vorsichtig legte sie den Kopf des Mannes beiseite und stand auf, starrte erfroren in den Raum.

»Er hat mich geliebt, müssen Sie wissen.«

Ohne sich um den Toten noch zu kümmern, schritt Silvia Weinbrenner durch die Kämpfer hinaus, die, vor Ehrfurcht gleichsam, zur Seite wichen. Eine Handvoll bleicher, taumelnder Tauben stieg auf. Jubel empfing die junge Frau, aber sie schien nichts zu hören. Und ihren Mann, der ihr entgegenstürmte, erkannte sie nicht.

Nachsatz

Silvia Weinbrenner verschwieg, was in dem kleinen Raum geschehen ist. Sie verließ die Stadt, kehrte nicht mehr in ihre Ehe zurück. Seither ist ihrem Mann nichts fürchterlicher als Musik.

Joachim Zilts' Verirrungen

1

Meine Wanderungen begannen im April. Man wird sie mir so wenig glauben, wie daß ich diese Zelle, wann immer ich will, verlassen kann. Ich will es aber gar nicht, sondern fühle mich hier einigermaßen geborgen.

Es war ein warmer Sonntagmorgen. Christine hatte sich ins Bad begeben, derweilen ich noch etwas döste und, als sie unter der Brause stand, dem fernen Prasseln des Wassers gegen das Plastik der hohlen Duschwände lauschte. Durch das offene Schlafzimmerfenster jubelte vom Hof Kinderlachen herein. Das Sonnenlicht stand ein bißchen streifig auf der Scheibe. Ich wendete den Kopf auf dem Kissen, verschränkte unter ihm die Hände und sah zur Decke hinauf. Wir hätten längst renovieren müssen, sie hatte sich scheckig vergilbt, wohl aus der Zeit noch, als wir rauchten. Langsam glitten meine Blicke unter der Zimmerdecke dahin. In Wirklichkeit kletterten sie wie ein Insekt, dessen hakige Beinchen noch in der geringsten Unebenheit Halt finden können. Dabei entdeckte ich eine Art Krater. Es war nicht mehr als das Dübelloch von irgendeinem Bohrer – aber wie seltsam! Wieso befand es sich *da*? Kein Mensch brächte derart seitlich eine Deckenlampe an.

Umsomehr fesselte es meine Aufmerksamkeit.

Ich krabbelte näher heran und hatte das Gefühl, irgendetwas gehe davon aus, durchaus eine Lockung. Die Vertiefung war völlig leer, doch wie von einem akustischen Schleier umgeben. Denn die Geräusche vom Hof, selbst die aus dem Badezimmer, klangen, als ich den Kopf durch diesen Schleier steckte, unversehens fern. Ich sah zu mir hinab, legte dazu den Kopf in den Nacken, hielt mich aber am Rand des Loches fest. Unter mir schien das Zimmer von einem weißlichen Film überzogen zu sein, der etwas Nebelhaftes gehabt hätte, wäre er nicht so trocken gewesen – pergamenten trocken, nahezu stumpf. Schnell sah ich wieder weg, schaute hoch und tiefer in das Loch und folgte der Lockung. Schon hatte ich einen Arm in den, dachte ich, *Krater* gesteckt, der sich nach einer kurzen Verengung aber nicht weiter verschmalte, sondern so weit wurde, daß es ein leichtes war, auch mit dem zweiten Arm hineinzuschlüpfen und mich mit halbem Körper nachzuziehen. Ich war wirklich aufgeregt und tastete im Dunklen umher, um einen besseren Halt zu finden.

Tatsächlich gab es in etwa einem halben Meter Tiefe einen gut zu umgreifenden Vorsprung, der sich nach einer Pflanzenranke oder einer Wurzel anfühlte, jedenfalls deutlich hölzern war. Nun hing ich momentlang hüftabwärts frei in der Luft, nahm all meine Kräfte zusammen und brachte mich vermittels eines halben Klimmzugs in die Lage, rechts einen Fuß in die Kraterwand zu stemmen. Indem ich das Knie streckte, schaffte ich es mit dem gesamten Körper in den Krater hinein, stand drinnen sicher mit gespreizten Beinen auf der inneren Wulst und richtete mich auf. Einen Moment lang holte ich Atem. Dabei spähte ich umher, um zu sehen, wo ich eigentlich war. Denn eine Zimmerdecke, also der Boden der Wohnung über uns, konnte es nicht sein. Dazu war viel zu viel Raum. Natürlich mußte ich vorsichtig bleiben. Es bestand immer noch das Risiko, plötzlich abzurutschen, durch den Krater wieder hinauszugleiten und nach gänzlich freiem Fall erneut im Schlafzimmer aufzuknallen. Daß ich glücklich im Bett landen würde, war nicht ausgemacht. Bei einem ungeschickten Sturz schlüge ich vielleicht halb aufs Gestell und bräche mir das Rückgrat.

Doch ich hatte Glück, mußte nur etwas tiefer in den Raum vordringen. Was ich tat. Dann reckte ich mich, um nach weiteren Ausgängen zu schauen, die es, obwohl ganz am Ende des, ja, Saales, muß ich sagen, auch gab. Allerdings sah ich sie erst, nachdem ich einen Horst niedriger, kieferartiger Gebilde oder Gewächse passiert hatte. Es waren deren Wurzeln gewesen, die mir beim Hineinklettern den Halt gegeben hatten. Die harten Blätter dieser Pflanzen, oder was immer es war, waren ganz wie jene zu Spiralen eingedreht.

»Ist jemand hier?« rief ich in die Leere der Weite hinein. Es antwortete niemand, so sehr ich auch lauschte. Ich war, spürte ich, völlig allein. Dennoch rief ich noch einmal: »Ist jemand hier?!«

Ich schritt zurück zu dem Krater, hielt mich an einer Wurzel fest und sah durch ihn hinab. Nahezu fünfzig Meter unter mir breitete sich das Schlafzimmer wie eine eingeeiste Landschaft aus. Das Gebirge meines Bettes, die Ebene der Decken darauf, die Schränke, Stühle, die Kommode hatten etwas bedrohlich Monströses. So festgestellt wirkte alles. Eine kleine Panik stieg in mir auf. Ich mußte sie unbedingt niederdrücken.

Deshalb schloß ich meine Augen, spürte. Von Ferne hörte ich Christine nach mir rufen. Schaute ein weitres Mal hinab. Sie stand wohl draußen im Flur. »Joachim«, hörte ich, »Joachim, Liebster, nun steh doch endlich auf!«

Bildete ich mir dieses Rufen nur ein? Daß es mich zurück in die Wirklichkeit riefe? Aber jetzt einfach stehen bleiben, konnte ich nicht. Da sich unterdessen meine Augen an das Dämmerlicht gewöhnt hatten, war es leicht, mich über das Gehölz hinaus weiter umzuschauen. Der etwas abschüssige Saal senkte sich hie und da in offenbar weitere Krater. Nur waren sie so entfernt, daß sie wie Abflüsse in Waschbecken wirkten. Und ich entdeckte die Öffnungen, zahllose, in den Wänden des Saals. Eine jede verlor sich in einem schummrigen Weiß, das dem eigentümlich stofflichen Nebel ähnelte, der sich über mein Schlafzimmer gelegt hatte. Mein letzter Blick hinab ließ es in Lichtschnee versinken.

Vielleicht hätte meinerseits ich nach Christine rufen sollen. Dann hätte sie aus der Kammer die Leiter geholt und mich wieder hinabsteigen lassen. Die Vorstellung war zu bizarr, als daß ich sie hätte für wirklich halten können. So lachte ich trotzig auf und schritt der mir nächsten der Öffnungen zu. Es war die eines Ganges.

Er wand und wand sich dahin und stieg nach etwa hundert Metern plötzlich steil an. Auch ihn verschummerte mehr, als daß es ihn erhellte, dieses schwimmende Dämmerlicht. Woher kam es? Nirgendwo waren Lampen oder Leuchten, auch keine für den Notausgang. Strahlten die Wände des Ganges es ab? Doch je weiter ich voranschritt, desto weniger Licht. Schließlich herrschte fast völlige Dunkelheit.

Ich ging für einen Augenblick in die Hocke, lauschte, meinte, das Blut in meinen Adern strömen zu hören. Dann spürte ich eine leichte Brise, wie Zugluft. Sie roch ein bißchen nach Keller und ließ mich unversehens frösteln. Ich trug ja nichts als den Schlafanzug. – Stieg vom Boden Feuchtigkeit auf? Besser also weiter! Irgendwo mußte der Gang doch hinführen.

Da schwebte mir, randunscharf flirrend, ein pulsierendes Licht entgegen, eine Art lebendiger Nebel, dessen Haut ich bereits penetrierte, fast hineinstolperte, nein, ausrutschte schon und einen kurzen Absturz in einen nächsten, wie ich heute weiß, Verteiler-Saal hinabglitt. Aus dem führten ebenfalls Gänge heraus, und auch hier gab mehrere Krater im Boden, die dem erschreckend ähnlich sahen, durch den ich vor knapp einer Stunde in das Decken- und Gangsystem hineingeraten war. Aber diesmal fanden sie sich auch oben, in der hier firmamenthaften Wölbung. Ganz wie in meinem Schlafzimmer sahen sie nach Dübellöchern aus.

Ich kletterte in einen weiteren Gang, der in diesen Saal in etwa Hüfthöhe mündete, und sauberer als der vorige wirkte. Doch auch er war seltsam feucht. Nicht wirklich ein Klima für Menschen. Da ich aber nirgends sicher hinabspringen konnte – es ließ sich durch keinen der Bodenkrater etwas anderes erkennen als lockres Gewölk, wie aus einem Flugzeug –, schritt ich kurzentschlossen in den wiedernächsten Gang. Es war der erste rechts von mir. Und ich hatte Glück. Er führte hinab.

Außerdem füllte ihn das Dämmerlicht wieder. Dennoch setzte ich die Füße nur vorsichtig auf und strich sogar mit den Fingern die Wand entlang, um nicht den direkten Kontakt zu verlieren. Wo es sumpfig wurde, hielt ich mich an Vorsprüngen und den herauslangenden Spiralwurzeln fest. Was sie tatsächlich waren, wußte ich nach wie vor nicht. Bis heute weiß ich es noch nicht.

Es ging weiter und weiter hinab. Längst hätte ich unten angekommen sein müssen. Wahrscheinlich drückte ich jeden Moment irgendeine Tapetentür auf, die es aus wasweißich für Zeiten in meinem Altbau gab. Vielleicht müßte ich sogar ziehen oder pressen. Aber schließlich würde ich zurück in mein Schlafzimmer stolpern. So simpel stellte ich es mir vor, tappte dabei langsam voran, blieb hier stehen und lauschte, blieb da stehen und lauschte. Ich weiß weder, wie weit noch wie lange ich mich so vorkämpfte, na gut, vor*schlich*, als ich erneut den Boden unter den Füßen verlor und den Halt. Ich schrie auf, glaube ich, fuchtelte wild, geriet in freien, freien Fall, konnte überhaupt nichts erkennen, sondern wurde schneller und schneller. Prallende Sonne dann und auch wohltuend Wärme, schon drehte ich zentrifugal durch die Wand. Ein heftiger Schmerz schoß in meinen rechten Ellbogen, als ich aufkam. Dann war ich in meinem Bett zurück und starrte hoch zur Decke.

2

Nun ist das nur bedingt wahr. In *einem* Bett lag ich durchaus, das stimmt – sogar in einem, das dem meinen auf verblüffende Weise gleichsah. Dennoch war es nicht meines. Alles fühlte sich fremd an. Es roch auch anders. Was wir daran merken können, daß es überhaupt riecht. Den Geruch des eigenen Bettes nimmt man so wenig wahr wie den der eigenen Haut.

Normalerweise.

Normalerweise hat man erst recht das Gefühl des Vertrauten. Doch obwohl nicht ein einziger Sessel, kein Stuhl anders als gewohnt stand, war dieser Raum ein vollständig fremder. Gerade in seiner Ähnlichkeit, ja nahezu Identität verbarg sich seine Tücke. Ich war aus dem letzten von mir beschrittenen Gang in eine Welt hinabgestürzt, die meiner nur analog war. Denn schon entdeckte ich Unterschiede, keine großen, nein, ich gebe es zu. Es waren minimale Differenzen, Differenzen aber doch. Wie Anomalien wirkten sie auf mich. Das Furnier des Ikeaschrankes zum Beispiel, aber auch, daß da eine Trockenhaube hing. Unter sowas wäre sich Christine lächerlich vorgekommen. Meine Großmutter hatte eine gehabt, aber doch nicht meine junge, moderne Frau! Außerdem befand sich der Einstiegskrater dieses Zimmers nicht seitlich in der Decke, sondern diesmal keinen Viertelmeter von der Leuchteleiste weg. Er war auch erheblich größer. Kein Wunder, dachte ich, daß ich abgestürzt durch ihn war. Sowieso hätte ich solch ein riesiges Ding längst mit Spachtelmasse gefüllt und nachher überstrichen. Es wäre mir nicht erst derart spät aufgefallen. Ja, es gibt auch in meinem Leben Nachlässigkeiten, gar keine Frage. Aber da das Loch wäre mir peinlich gewesen.

Ich hatte also nicht nur geträumt. Die wenn auch banalste, so doch naheliegende Erklärung war eine derart fernste, daß sie nicht stimmte. Was mir geschehen, war real, auch wenn ich Parallelwelten vor nicht einmal zwei Tagen abschätzig verworfen hatte. Is' was für Fantasten! hatte ich gerufen und dem jungen Burschen Eskapismus vorgeworfen. Jetzt lag ich da und grübelte, wie ich in mein wirkliches Bett und in wirklich mein Zuhause zurückfinden konnte – als eine derart vertraute Stimme, daß die Täuschung völlig offenbar war, durch den Korridor rief: »Willst du nun endlich aufstehn, Faulpelz?« Und kam auch schon herein: ähnlicher meiner lieben Christine, als es überhaupt möglich ist. Ihr Klon, dachte ich, so sehr glichen sie einander. Nur schwang in ihrer Stimme etwas mit, das mir die Nackenhaare sträubte. Dazu, ich konnte mich nur ducken, fühlte ich mich auf das spöttischste angeblinzelt. – Ach, wie ich mich irrte! Denn von den Wanderern, zu deren einem ich ganz ohne Vorsatz geworden, wußte ich noch nichts.

Ich rührte mich nicht und gab keine Antwort.

»Um Gottes willen, Joachim, ist Dir s o schlecht?«

Schon zog sie mir die Decke vom Körper. Das immerhin war erleichternd. Sie hatte furchtbar auf mir gelegen. Woraus war sie gewoben? Ist »weben« überhaupt das richtige Wort?

»Joachim, das muß sofort in die Wäsche! O Gottogott, sag doch einen Ton! Was ist los?«

Jetzt merkte ich's selbst, daß ich mich übergeben hatte. *Das* hatte ich gerochen! Und dennoch. Nein, ich schwieg und starrte zum Kraterloch hoch. Aber kam nicht hinein. Es war da drinnen zu steil.

»Und was hast du d a denn gemacht?« Sie hatte meinen Ellbogen gesehen. Er schien noch immer zu bluten, was ich aber nur spürte, weil ich nicht hinschauen wollte, sondern mit der Erkenntnis rang, daß diese Frau ein Alien war.

»Schatz, bitte sag was!«

»Es ist nichts. Es ist wirklich nichts.«

»Aber du blutest! Und du hast dich übergeben!«

»Ich … ich weiß nicht …« Es war das klügste, verwirrt zu tun. »Ich habe schlecht geträumt.« Ich richtete mich auf, vorsichtig, rieb die Augen, blinzelte zum Fenster. Es war schon unanständig schönes Wetter.

»Aber das muß behandelt werden!« Sie eilte ins hinaus, durch den Flur, wahrscheinlich ins Bad, und kam mit Verbandsmull und Betaisodona zurück. »Wie hast du das bloß hingekriegt? Möchtest du deinen Kaffee lieber ans Bett?«

Ich ließ ihre Sorge über mich ergehen. Selten habe ich so viel Falschheit erlebt.

»So, das ist jetzt erstmal besser. Meine Güte, so viel h a s t du doch gar nicht getrunken! Am besten jetzt, du gehst dich mal waschen.« Die verschmutzte Wäsche vor sich hertragend wie ein Tablett, hüpfte sie hinaus. Ja, sie hüpfte. Mochte ich mich in allem anderen täuschen, dies war nun mehr als ein Zeichen. Es war ein Beweis.

Ich suchte nach einem anderen Einschlupf, fand keinen. Stand auf, ging zum Fenster. Auch draußen hatte sich gar nichts verändert. Die drei Buchen, die Wiese, der Jägerzaun. Die Einfahrt. Wie immer hatte Christine sie gestern abend offenstehen lassen. Um die kleinen Differenzen wahrzunehmen, war ich zu weit weg. – Drüben die Schmidts, daneben die Henkells … Moment! Ich hatte die Namen unserer anderen Nachbarn vergessen.

Schweigsam kaute ich auf den Brötchenbissen.

»Irgendetwas ist!« sagte Christine.

»Nichts is'«, sagte ich.

»Das hast du nicht von Nichts!« Sie zeigte auf meinen Ellbogen.

Was hätte ich ihr erklären können? Daß wir einander fremd waren? Es ging sie sowieso nichts an. Weshalb ich mich vom Tisch erhob und zurück ins Schlafzimmer begab, um mich wieder aufs Bett zu legen. Fast lag ich schon, da stand Christine, oder wer das war, in der Tür und rief: »Was machst du denn jetzt wieder?«

»Kann man nicht *ein*mal seine Ruhe haben?« rief ich, nein, schnauzte ich zurück, was mir im selben Moment leid tat, weil sie ja nichts dafür konnte, daß sie Christine nicht war. Dennoch sprang ich auf. Ich mußte hier weg. Kramte paar Sachen zum Anziehen zusammen, zerrte die Tasche vom Schrank, stopfte sie mit Jeans, T-Shirts, Unterhosen, Socken und Pullovern voll. Dann ging ich sogar noch einmal, sicherheitshalber, auf die Toilette.

Christine hinter mir her. »Was hast du vor?«

»Pinkeln. Siehst du doch.«

Ich drückte die Tür heftiger zu als nötig. Auch das tat mir leid. Ich war vor Genervtheit völlig verwirrt.

Wieder raus, Christine zur Seite schieben, in die Reeboks schlüpfen.

»Joachim!«

Ich zog mir die Windjacke über, stopfte noch die Taschenlampe, die auf der Garderobenablage stand, in die Tasche und ließ einzwei letzte Blicke durch die Wohnung fliegen. Da fand ich einen Einschlupf, über der Küchentür gleich, und war wieder fort.

3

Diesmal kam ich nicht gleich ganz in den Trichter hinein, sondern steckte einige Zeit im Kratermund fest, doch immerhin so, daß ich von unten nicht zu sehen war. Jedenfalls hoffte ich es. Tatsächlich gab es kaum Vorsprünge und schon gar keine Wurzeln, an denen ich mich hätte wieder hineinziehen können. Anfangs fand ich auch nur an der oberen Tapetenleiste Halt und preßte mich so eng an Wand und Decke, daß Christine nicht aufmerksam wurde, die immer noch im Flur stand und auf wer weiß wen einredete, als hätte sie gar nicht mitbekommen, daß ich schon längst wieder weg war.

Ich konnte also erstmal nur warten. Dummerweise fing ich dabei zu grübeln an – in meiner Lage nun wirklich zur Unzeit. Doch der Gedanke war zu heftig, um ihn ignorieren zu können. Existierte nämlich *eine* der meinen analoge Welt, so könnten es hunderte Welten, ja tausende sein, und in das Gangsystem zurückzukehren, wäre geradezu sinnlos. Denn wie fände ich dann meine wirkliche wieder? Ich mußte ja nur an all die Gänge denken, die von den zwei oder drei Verteilersälen abgegangen waren, in denen ich gestanden hatte. Auch davon mochte es tausende geben. *Wenn* ich zurückgefunden hätte, woran merkte ich es dann? Wie sollte ich die wahre Christine erkennen? Konnte ich auf mein Gespür vertrauen? Und wenn sie sich in der Zwischenzeit, sagen wir, das Haar gefärbt hätte, was dann? Oder ein neues Parfum entdeckt? Wie sollte ich ein gutes Neues, gutes Anderes vom schlechten unterscheiden? Es war, wie wenn man jahrelang mit einer Frau zusammengelebt hätte, nur um unversehens festzustellen, daß sie es gar nicht war. Wie sollte ich in solcher Unsicherheit jemals weiterleben? Das einzige, worauf ich mich würde verlassen, hoffte ich, können, wäre die Lage der ersten Vertiefung in der Schlafzimmerdecke, des ersten Kratereinstiegslochs. Allenfalls daran ließe meine eigene Welt sich erkennen.

Bloß: *Wer* würde erkennen? Vielleicht gab es Varianten sogar meines Ichs. – Ob ich mir selbst begegnen konnte, ja würde? Wieso nämlich war ich eben nicht »daheim« gewesen? Hätte ich nicht doppelt dasein müssen? Machten »wir« uns etwa alle zugleich auf den Weg, wenn es in die Zwischenwelten ging? *Zwischen*welt, ja, von Parallelwelt läßt es sich für die Gänge nicht sprechen. Sie sind nur Relais. Doch dieses Durcheinander möglicherweise unendlich vieler Meinesgleichen, die alle simultan an so einem Wandloch hingen, ließ mich derart schwindlig werden, daß ich fast losgelassen und rückunter auf den Boden des Flures geknallt wäre. Nichts als der heiße Adrenalinstoß ließ mich statt dessen nachgreifen und mich endlich ganz in den Krater zerren. Drinnen jedoch war es so niedrig, daß ich auf Knien voranrutschen, ja ein paar Meter weit mich quasi robbend in das System hineinzwängen mußte. Das war auch deshalb schwierig, weil ich ja nun einige Ausrüstung bei mir hatte, in der Tasche, und obendrein schweißtreibend, weil ich diesmal zu dick angezogen war. Doch dann schraubte sich der Gang gewendelt hinauf, und da faßte ich sicheren Fuß.

An die zwanzig Minuten brauchte ich, um oben anzukommen. Vermittels eines letzten Rucks zog ich mich auf das Plateau. – Es war dunkel. Gut, daß ich an die Taschenlampe gedacht hatte. Ich schaltete sie ein und leuchtete den Gang aus.

Er dehnte sich, die Krateröffnung mitten darin, beidseits wie ein Cañon in die Ferne. Ich tastete mich vorsichtig bis zum nächsten Saal vor. Auch von dem gingen Gänge ab, in deren manchen milchiges Licht stand; andere waren komplett dunkel. Wie viele von ihnen mochten Sackgassen sein? Das wäre wahrscheinlich das schlimmste. Man geht Stunden, vielleicht sogar Tage, und plötzlich hört so ein Gang einfach auf.

Nach rechts jetzt? Nach links? Besser nicht an die Weggabeln denken!

Ich schritt zwischen den Schächten hindurch, leuchtete in diesen, in jenen. Manchmal sah es aus, als bliebe der Lichtkegel in der Zeit stecken, die wie ein Samt war und ruhte. Deshalb konnte ich schon gar nicht mehr sagen, wie lange ich bereits unterwegs war. Es waren bestimmt längst Stunden. Wenigstens wurde es nicht wieder dunkel. Es wurde sogar heller, fast ein bißchen wie morgens, wenn die ersten Sonnenstrahlen über den Horizont in die Wolken greifen. Tatsächlich wurden die Gangwände rosa.

Das war es aber nicht, was mich irritierte. Sondern ich kam mir beobachtet vor. Reiß dich zusammen! dachte ich. Ich mußte weiter, es half nichts.

Abermals kam ich in einem der Säle heraus. Da hörte ich was, dachte zuerst, ich bilde es mir ein. Doch es wurde deutlicher, war eine Art leises Wimmern, das gedämpft über den

Boden zog, als wäre jemandem, der weint, ein Polster auf den Mund gedrückt, damit er keinen stört. Nur war solch ein Keiner nicht zu sehen. Dann hatte ich den Eindruck, das Wimmern steigt aus dem Boden auf.

Sofort kniete ich mich hin und drückte ein Ohr auf den groben, gipshaften Stein, mit dem dieser Gang ausgelegt war. – Tatsächlich! Da weinte jemand. Das immer wieder auf- und abwogende Schluchzen kam aus der Richtung, aus der ich hergekommen war, aber wie von einem Stockwerk darunter. Gewiß gelangte man durch eine der Bodenöffnungen hin, die ich achtsam alle umgangen hatte.

Zurückschreitend, leuchtete ich den gesamten Boden ab. Mit einem Mal klang das Weinen erst kurz vor, dann neben mir. Ja, *neben*. Ich hatte mich geirrt. Es war nicht von unten gekommen, sondern tönte aus einem Seitenschacht. Die spezielle Akustik der labyrinthischen Gangsysteme hatte mich genarrt. Immerhin schien dieser andere Gang sehr nahe dem meinen zu liegen, wahrscheinlich parallel zu verlaufen. Also tastete und klopfte ich die Wand, Trennwand mithin, nach einer hohlen Stelle ab. Vielleicht fanden sich in zerkrümeltem Mörtel lose Steine.

Tatsächlich faßte sich die Wand wie tapezierter Rigips an. Alles klang hier hohl. Mit dem rechten Bein holte ich aus und trat mit dem Fuß dagegen. Wie eine Membran gab sie nach, wie eine Membran aber, allerdings langsam, straffte sich die entstandene Delle in die Fläche einer Wand zurück.

Das Weinen indes hatte aufgehört.

»Ist hier hinter jemand?«

Es kam keine Antwort, doch ich war mir sicher. Weshalb ich abermals gegen, gleichsam in die Wand trat. Die jetzt tatsächlich riß, aber wie Pappe, die einreißt. Bei meinem dritten

Tritt fing sie zu stauben an. Ich trat noch heftiger, trat aus der Hüfte, nahm die Hände zu Hilfe und bekam eine genügend große Öffnung hin, um mich hindurchzwängen. Und sah den Weinenden oder die Weinende.

Die Person kauerte am Boden, eine noch in ihrer Ducke hochgewachsene Gestalt, die einen Anorak trug – tatsächlich mußte ich daran denken, nein, absurderweise schoß es mir durch den Kopf, daß Anorak aus dem Grönländischen stammt, aus der Inuitsprache; vielleicht hatte mein Unbewußtes die offenbare Unendlichkeit dieses Gangsystems auf die verschneite Grenzenlosigkeit der Ebenen des Nordens gelegt. – Die Kapuze über den Kopf tief in die Stirn, ja über die Nase herabgezogen. So war das Gesicht nicht zu erkennen.

Die Person gab keinen Laut mehr, aber zitterte.

»Hallo«, sagte ich mit gesenkter Stimme. »Hallo, Sie!«

Wahrscheinlich stellte sie sich panisch taub. Ein atavistischer Reflex, den ich aus meinen Experimenten mit Nagern gut kannte.

»Sie müssen keine Angst haben, ich tu Ihnen nichts.«

Vorsichtig schritt ich näher und streckte eine Hand aus. Da schoß die Person urplötzlich hoch, schleuderte herum, die Kapuze rutschte zum Haaransatz hoch. Ich spürte den Blick wie eine Verzweiflung, die aber brannte, als sie meine Haut berührte. Dann schleuderte das Geschöpf abermals herum, alles in Sekunden, und stieß ein häßliches Meckern aus, das böse Lachen einer Ziege. Und rannte davon.

Verschreckt stand ich da. Noch nie hatte ich solch ein Antlitz gesehen. Es war das eines Mannes, keine Frage, doch welchen Volkes? War ich auf eine verschollene, noch nie entdeckte Ethnie gestoßen? – Egal. Es war ein lebendes Wesen. Und es wüßte vielleicht, wie ich nach Hause käme.

Also schnell hinterher! Ich durfte das Geschöpf nicht verlieren. Wenn es erst einmal den nächsten Verteilersaal erreichte, würde es in irgendeinem der zahlreichen anderen Gänge verschwinden.

Das Wesen war schon weit voraus, aber im Gang hallte das Klacken seiner Schuhe so deutlich, daß ich ihm noch folgen konnte. Ich bin ein geübter Läufer und würde es einholen, mußte nur daran glauben. Ohnedies hatte es erschöpft gewirkt, von welchem Schmerz auch immer.

Schon war es wieder vor mir. Der sonst leicht gebogene Gang führte da strikt geradeaus.

»So bleiben Sie doch stehen!«

Ich kam näher. Das Geschöpf suchte, ich sah es, nach anderen Öffnungen, während es rannte. Ich hörte sogar seinen hastigen Atem. Kam noch näher, sprang, versuchte, den Anorak zu packen. Schnappte ihn auch und hielt das Wesen daran fest, das nicht nur wieder herumfuhr, sondern mir einen Tritt gab. Und noch einen. Ich begann zu straucheln. Doch was mich wirklich wehrlos machte, war der Ausdruck des fremden Gesichts, war das glühende Lachen darin, waren die stechenden, dabei völlig leeren Augen. Da wich ich vor Entsetzen einen weiteren Schritt zurück, strauchelte abermals, es zog mir unter den Füßen den Boden weg, und während ich fiel, fiel und fiel, gackerte oben, weit über mir schon, das Geschöpf. Es lachte nicht, nein – jubilierte!

3

In einer dritten, der meinen gleichen, doch gleichfalls unvertrauten Welt fand ich mich wieder.

Erneut lag ich im Bett. Zwar schienen seit meinem Aufbruch – dem ersten?, dem zweiten? – keine zehn Minuten verstrichen zu sein. Doch mir war, wie wenn ich die ganze Nacht schlaflos gelegen, mich nur dauernd herumgeworfen hätte. Durch den Flur drangen noch immer die Duschgeräusche herüber. Die Zeit selbst schien sich um mich komprimiert zu haben. Weshalb ich erst einmal Abstand davon nahm, gleich in die Decke zurückzuspringen. Sowieso war das Einstiegsloch jetzt abermals woanders, diesmal über dem Fenster: dort, knapp unter der Leiste, keinen halben Meter von der Gardinenstange weg.

Ich fiel erneut in Schlaf, träumte von Dickichten. Die Bilder falteten sich auf, ein grünes Feuerwerk aus Pflanzen.

Ein Kuß auf die Stirn weckte mich.

»Na, du schläfst aber fest!« Christine lachte. »Guck mal, was das für ein Sonntagswetter ist! – Es ist fast elf, mach dich fertig, damit wir bei deiner Mutter nicht zu spät sind.«

Ich nahm mich zusammen. Schon saßen wir im Auto, ich auf dem Beifahrersitz.

»Hör einmal«, versuchte ich stockend.

»Ja?«

»Wir müssen … müssen reden.«

»Ach du Schreck, wie klingt *das* denn?«

»Wirklich, ich … du …« – Sie war eine sehr freundliche Frau. Das hatte ich sofort nach dem Aufstehn gemerkt. Wie sollte ich ihr nur erklären, daß wir einander fremd waren?

»Es ist …«

»Was hast du?« Spontan lenkte sie den Wagen rechts ran. »*Jetzt?*« fragte sie. »Ausgerechnet jetzt ein Geständnis?«

Ich verstand nicht gleich, was sie meinte. Dann mußte ich lachen. »Aber nein! *Keine* andere …« Wie konnte sie so etwas denken? Aber sie kannte mich ja nicht. Vielleicht war ihr Joachim anders.

»Oder ist dir aus anderem Grund nicht gut?« Sie zog ihre hübschen Brauen zusammen. »Du siehst blaß aus … ist mir vorhin schon aufgefallen.«

»Sonst ist dir nichts aufgefallen? Ich wirke nicht verändert?«

»Bloß blaß eben.«

»Meine Wangen sind nicht fleischiger als sonst? Ich drücke mich genauso aus wie früher?«

»Früher?« Nun furchte sich ihre Stirn sogar.

»Vor dem Aufwachen. Du hast nichts Fremdes an mir bemerkt? Sieh mal genau hin! Es kann auch nur eine Kleinigkeit sein, das würde schon genügen …«

»Schatz …«, flüsterte sie, streckte eine Hand aus, legte sie mir auf die Wange.

»Bitte, Christine! – Du mußt doch auch merken, daß was mit uns nicht stimmt.«

Da wurde sie ihrerseits blaß und wandte das Gesicht ab, sah wie blind durch die Windschutzscheibe. Auto um Auto fuhr an uns vorbei. Das schöne Wetter war geradezu höhnisch.

Sie kniff die Lippen zusammen, dann fing sie an zu weinen. »Immer du«, weinte sie, »immer du mit deinen Frauen.«

»Aber Christine! Ich sage doch, nein, keine Frauen. Du verstehst einfach nicht.«

»Ja, was soll ich denn verstehen?«

»Ich kenne dich nicht.«

Sie starrte mich begrifflos an.

»Du kennst mich nicht.«

Sie wurde ärgerlich. »Das soll ich *verstehen*?«

»Ich bin nicht dein Mann, Christine. Du bist nicht meine Frau. Bevor du mich geweckt hast, habe ich dich noch niemals gesehen.«

Sie lachte künstlich auf und wurde dabei häßlich. Mich durchfuhr der scharfe Impuls, ihr wehzutun.

»Du bist häßlich«, sagte ich. »Hast du eine Ahnung, wie häßlich du bist?«

Ihr Blick wurde stier. Schon tat sie mir leid. Ich legte die linke Hand auf ihren rechten Unterarm. »Entschuldige, das war dumm von mir.« Ich mußte zusehn, so schnell wie möglich wegzukommen.

Sie kniff erneut die Lippen zusammen. Ich konnte ihr ansehen, wie sie sich zusammenriß. Sie startete, schweigend, den Wagen erneut.

»Bitte, bitte … verzeih. Es ist mir einfach so rausgerutscht. Ich weiß auch nicht, warum.«

Sie schwieg weiter und fädelte uns in die Fahrspur zurück. Bis wir angekommen waren, fiel zwischen uns kein weiteres Wort.

Natürlich blieb die Stimmung gespannt. Aber wir ließen meine Mutter nichts merken. Nur streckte der Tag seine Beine allzu behäbig in den Nachmittag und kam und kam nicht voran. Ich bin bei meiner Mutter sowieso nicht gern, auch wenn die lebenslang steife Frau in ihren Altersjahren um Güte bemüht ist. Eine unangenehme Künstlichkeit haftet ihr an, ob sie nun die Endsilben jedes Wortes besonders betont, überpräzis geradezu, ob es sich in den anthroposophischen Schondeckchen zeigt, die ihre Stilmöbel schützen. Schon diese wirken gekünstelt.

Sie hatte einen Brunch vorbereitet. Ihr zweiter Mann war auch dabei, ein weichlicher Fünfziger, der nach Moschus roch und wie ein altgewordenes Meerschwein in seinem Le-Corbusier-Sessel hockte. Ich mochte ihn, weil er das einzig Gutherzige ist, das meine Mutter je umgeben hat, ein verlorener Autohändler, der zu weinen anfängt, wenn er zuviel getrunken hat. Dann wies ihn meine Mutter oft schroff, auch vor andern, zurecht oder schickte ihn gar nach Hause, wenn sie auf Gesellschaften waren und er sich, wie sie es ausdrückte, danebenbenahm. Ich denke, es ist sein Vermögen, was sie und ihn zusammenhält, zusammen*hielt*, muß ich heute sagen. Seine heimliche, unentwegt an ihm saugende Trauer gewiß nicht.

Wenn ich schon Schwierigkeiten mit meiner wirklichen Mutter habe, so gab es allerdings keinen Grund, mich gegenüber meine Parallelmutter zurückzuhalten. Gegen Abend ertrug ich sie nicht mehr. Aber auch nicht Christines ständig vermittelnde Art. Plötzlich wurde mir fast handgreiflich bewußt, mit den drei Leuten und diesem hochgestylten Zimmer, in dem selbst die wenigen Pflanzen erstickten, überhaupt nichts zu tun zu haben.

Es war nichts Bedrohliches an ihnen. Sie waren nur schrecklich.

Ich ließ eine böse Bemerkung fallen.

»Aber Schatz!«

Ich wiederholte die Bemerkung, lässig, nebenbei.

»Wie bist *du* denn heute darauf?« Meine Mutter sagte nicht »drauf«, nein, »*da*rauf«. Die Frau war wirklich zum Kotzen.

Das Zimmer begann zu vereisen. Ich begriff unmittelbar, was ich morgens gesehen hatte, als ich durch den Krater zurück in das Schlafzimmer schaute. Deshalb hielt ich die nächste Bemerkung zurück, die mir schon auf dem Zungenhals hockte, und stieß statt dessen einen knappen Lacher aus. Dann schwieg ich, schwieg durch den ganzen folgenden Abend. Doch als wir uns im Anschluß an einen kleinen Spaziergang durch die Vorgärten wieder am Wohnzimmertisch niederließen und die unerträgliche Frau zu allem Leidwesen noch die Canasta-Karten vorgeholt hatte, wozu ihr Mann eine Flasche Martell in die Tischmitte stellte, die mundgeblasenen

Schwenker dazu, legte ich den Kopf in den Nacken, schloß die Augen und atmete angenervt durch. Dann gähnte ich.

»Was ist? Spielst du nicht mit?«

»Nein«, sagte ich. »Ich spiele nicht mit.«

Mich überschwemmte eine Woge Sehnlichkeit. So sehr wollte ich da zu meiner wirklichen Frau zurück, zur echten Christine. Fast hätte ich losgeweint.

Christine und meine Mutter sahen sich an und zuckten simultan mit den Schultern.

»Wer nicht will, der hat schon.« So meine Mutter, jedenfalls diese hier.

Doch ausgerechnet mein Stiefvater rief, der möglicherweise in meiner Trauer die eigene spürte: »Aber Junge, du bist ja ganz fahl!« Und zu den Frauen: »Er ist wirklich fahl. Kommt er zu selten nach draußen?« Und zu mir: »Das Büro, nicht wahr, mein Junge? Es *schafft* einen. Ich weiß, wovon ich spreche. Nimm doch einen Cognac.« Er goß mir den Schwenker voll Mitleid. »Damit du wieder zu Kräften kommst.« Es hätte nur noch gefehlt, daß er mir auf den Rücken patschte.

»Bis elf im Bett gelegen hat er!« rief Christine. »*Das* hat ihn geschafft.«

Bleib mir vom Leib, du Schlampe.

Sie wieder: »Lassen wir ihn einfach.«

Sie teilten die Karten aus. Nur mein Stiefvater sah neu und neu zu mir. Ich selbst starrte zur Decke. – Da entdeckte ich eine Handbreit neben dem Chromfuß des riesigen Kristallüsters eine Vertiefung. Es schimmerte lockend pastellrot heraus, beinahe fleischlich. Tatsächlich hatte ich den Eindruck eines kleinen pulsierenden Organs, ja eines verirrten, verletzlichen Lebewesens fast, das sich in die Zimmerdecke schmiegte, um vielleicht die Nacht abzuwarten, in der es ungefährdet fortlaufen könne. – Warum kroch es nicht tiefer in die Vertiefung hinein?

Ich sprang auf eine der Lampenarme. Die Kristalltropfen klirrten. Deshalb guckte ich noch einmal zurück. Nicht, daß ich noch bemerkt wurde! Doch obwohl mein Stuhl nun leer stand, spielten die drei weiter und lachten auf, als ausgerechnet mein Stiefvater triumphierend das erste Canasta vor sich auslegte. Da davon also auch er abgelenkt war, konnte ich unbeachtet einen Arm zu dem Ding hinüberstrecken. Es zuckte nicht einmal, als ich es berührte, faßte sich wie ein durchnäßtes Moos an, das die gesamte Vertiefung überzog.

Es war klar, daß, in ein wiedernächstes Labyrinth zu gelangen, meine Chance auf Heimkehr noch verringern würde. Aber auf keinen Fall wollte ich zu meiner Mutter zurück. Christine allerdings, bis ich wieder im Bett läge, hätte ich ertragen. Canasta hingegen nun gar nicht.

Ich tastete tiefer, meine Finger rutschten noch und noch ab.

Ich hing direkt über dem Tisch. Hätte ich den Halt verloren, ich wäre den dreien mitten auf die Karten gekracht. Da wurden, wie ich in den Augenwinkeln sah, ihre Bewegungen langsamer, zäher. Meine eigene Zeit verstrich offenbar schneller als ihre – und sie beschleunigte sich. Oder war sie hier flüssiger, unten hingegen wie ein Morast? Auch das zu mir hochdringende Gelächter dehnte sich, bis nichts mehr zu vernehmen war als ein baßdumpfes Grollen.

Diesen Vorsprung mußte ich nutzen.

4

Leider hatte ich diesmal die Taschenlampe nicht dabei. Die war in der Wohnung geblieben. Ich hatte nur mein Feuerzeug, das ein flackerndes, allenfalls huschendes Licht warf. Zudem ließen mich die hier derart fleischigen Wände zögern, es zu benutzen. Nur mußte ich irgendwie sehen.

Auch unter mir war es dunkel geworden. Zwar hatte meine Mutter offenbar den Deckenlüster eingeschaltet, doch seine breiten Arme warfen einen schweren Schatten auf meinen Einstieg. Mir war, als hätte genau das auch das Gangsystem eingedunkelt.

Wobei ich in der Ferne wieder einen hellen Schimmer ausmachen konnte. Meine Augen mußten sich nur erst gewöhnen. – Dieser Wechsel von hell auf dämmrig und dämmrig auf hell ist das einzige Zeichen, das die Außenwelten im Labyrinth hinterlassen. Nur in den Sälen herrscht auch nachts ein mattes, verschleiertes Licht.

Meine Schritte sanken im Moos jeder fast ein, das den Untergrund wie ein dichter Teppich weiter überzog. Es war aber keins. Vielmehr blieben in meiner Haut, als ich mich bückte und mit der Hand darüberstrich, kleine Splitterchen stecken, Glasfasern gleich. Ich war noch dabei, die Spitzchen vorsichtig abzustreifen, als mir Stimmen entgegenraunten. Es war deutlich, daß sie näherkamen, und hatte etwas von einem fernen Gesang, wie er bisweilen in Kathedralen gehört werden kann, wenn außer einem selbst gar niemand drin ist.

Ich begab mich diesem Gesang entgegen. Aber fand seinen Ursprung, seine Urheber nicht. Jedenfalls erst nicht. Er schien sich wieder zu entfernen. Hatte man mich bemerkt? Scheute man eine Begegnung? – Ich ging einfach weiter, manchmal mit geschlossenen Augen, um die Richtung besser zu hören. Vielleicht klang auch er wieder aus einem Nebengang.

Das Moos hörte auf, der Boden vermörtelte gleichsam, wurde fester, fast schon Asphalt – als ich, vielleicht eine halbe

Stunde hernach, sie sah: Menschen sah, auch Geschöpfe wie das meiner ersten Begegnung. Es war ein prozessionsartiger Zug von vielleicht dreißig Leuten, ein paar Dunkelhäutige darunter, ich erkannte zudem zwei Asiaten, die meisten indes Europäer oder Nordamerikaner, das kann ich natürlich nicht unterscheiden. Er floh sozusagen an mir vorbei, ohne von mir auch nur Kenntnis zu nehmen, kam vorn aus einem rechten Gang heraus und zog durch den Verteilersaal in einen linken Gang wieder hinein. Einige dieser Menschen trugen Kutten wie Mönche, steckten in Anzügen, Jeans, auch in Regenmänteln, deren schwarzer Lack fast funkelte. Alle hielten sie Taschenlampen in den Händen, aber wie Kerzen. Und dazu sangen sie. Vielleicht sprachen sie auch, und ich hielt es nur für Gesang. Der Klang war nicht angenehm, er sirrte, böte, heulte. Das war derart gespenstig, daß ich abermals fast den Halt verloren hätte und in einen der direkt vor meinen Füßen senkrecht hinabführenden Schächte gestürzt wäre.

Ich drückte mich an die Seitenwand, wollte die Prozession vorüberziehen lassen. Da wurmte es mich plötzlich enorm, daß, obwohl ich ganz offen dastand, nicht einer zu mir hersah – wurmte mich derart, ja machte mich so zornig, daß ich vorsprang und eines der Geschöpfe, Wesen, ich weiß nicht, an den Schultern packte. Unmittelbar blieb es stehen, es war eine Frau, wandte sich dennoch nicht zu mir. Nicht einen Laut gab sie von sich. Die andren zogen reaktionslos weiter.

Ich drehte sie, fragte: »Wer sind Sie?«

Sie schwieg. Die Augen in ihrem mir zugewandten Gesicht sahen mich nicht. Zwar waren sie auf mich gerichtet, doch leer. Das Geschöpf hatte schneeweiße Augäpfel ohne Iris und Pupille. – Erschrocken ließ ich ab. Da begann sie oder es aufs neue zu murmeln und weiterzuschreiten, den anderen nach.

Sollte ich folgen? Um vielleicht das Geschöpf von heute vormittag wiederzufinden, dessen ziegiges Meckern mir noch ziemlich in den Knochen, den Gehörknöchelchen saß? Oder besser meine eigene Welt weitersuchen? Wie hoffnungslos in diesem Netz der Welten zwischen den Welten, all den Verbindungskanälen! Was die Gänge zweifellos waren. Oder *träumte* ich in Wahrheit? Mir wurde schlecht. Mußte ich vielleicht einfach nur die Augen aufreißen, endlich wirklich aufreißen, um wieder in meinem Bett zu liegen? Und ich riß sie auf.

Weiterhin das abgebundene Weiß der Wände, der vom indirekten Licht unscharfe Saal, weiter die in ihn vielfach mündenden Gänge. Unvermittelt erfaßte ich, wie ähnlich sie den leeren Augen dieser Frau waren, die sich der Prozession ganz hinten wieder angeschlossen hatte. Den, ging es durch mich hindurch, *toten*, so gut wie toten Augen.

Aber mir blieb keine Zeit, meinen Eindruck wirklich zu fassen, denn unmittelbar darauf rief jemand hinter mir: »Ach Zilts, da sind Sie ja endlich!«

Ich fuhr herum. – Es war Clausnitzer, mein Chef.

»Gott«, sagte er, »wo stecken Sie die ganze Zeit? Wir warten schon über eine halbe Stunde auf Sie! – Haben Sie den Vorgang?«

Ich brauchte zweidrei Sekunden.

Er zeigte auf die dünne Aktenmappe in meiner Hand. »Ah da«, sagte er. »Prima.«

Ich stand im Archiv des Instituts, in Arbeitskleidung, sogar den Kittel vorgebunden. Furchtbar schwindlig war mir.

»Fühlen Sie sich nicht gut?« Er sah mich gar nicht mehr verärgert, sondern leicht besorgt an.

»Doch, schon, ich war nur …«

»Ist was mit Ihren Augen?«

»Meine Augen? Nein. Wieso?«

Er winkte ab. »Dann kommen Sie jetzt bitte.«

Er drehte sich um, ging voran. Ich folgte, warf aber einen schnellen Blick zur oberen Wand und erkannte das Loch auch sofort, durch das ich offenbar, ohne es zu merken, herabgefallen war. Ich hatte mich in dem Saal wohl doch nicht mit der nötigen Obacht bewegt, war von der Begegnung zu abgelenkt gewesen. Immerhin war mir nichts Schlimmes passiert. Erschreckend war allerdings der Umstand, daß die Parallelwelten, durch die ich zu, ich sag jetzt mal, *geistern* begonnen hatte, nicht einmal zeitlich aufeinander abgestimmt sind. Jedenfalls nicht alle.

5

Für einen Moment mag mein Blick zur Einstiegsöffnung allzu flehentlich gewesen sein. Denn eine nächste Spontanflucht gelang nicht. Vielleicht – ich hatte aufgeholt, ging neben ihm – weil Clausnitzer mich nun am Arm nahm. »Wir müssen uns jetzt wirklich beeilen.«

Fünf Minuten später stand ich am Kopfende unseres langen Konferenztisches, und Clausnitzer, nach kurzer Begrüßung der Anwesenden, bat mich um den *Abstract*. Nur wußte ich nicht, welchen und wovon. Improvisierend stotterte ich mikrobiologische Einleitungsfloskeln, dann, nahezu mechanisch, warf ich ein paar Formeln aus dem Ärmel, die von irgendwo aus meinem Inneren stiegen, die ich konkret aber nicht zuordnen konnte, ja nicht einmal verstand. Ich hatte auch niemals zuvor einen Kittel getragen. Dennoch sagte ich: »Wie Sie wissen, ist Dimethyltryptamin dem aus Krötensekret gewonnenen Bufotenin außerordentlich ähnlich.«

Ich drehte mich um, fingerte das Kreidestück aus meiner Kitteltasche und schrieb die chemische Strukturformel an die

Tafel. Dann schaltete ich den Overheadprojektor ein, entnahm meiner Aktenmappe die vorbereiteten Folien und legte eine von ihnen auf die Glasplatte. Was mich nur immer mehr verwirrte und doch sprach ich komplett ruhig weiter. Was erzählte ich da? Immerhin schien es Bedeutung zu haben, denn die Kollegen begannen zu tuscheln, zweidrei klatschten sogar. Andere starrten mich ebenso fassungslos an, wie ich es selbst war. Dann stellten sie Fragen, auf jede derer ich Antworten wußte. Ich lächelte sogar, aber worüber? Da bekam eine der Frauen etwas latent Aggressives in die Stimme. Irgendetwas hatte sie verärgert. Nervös fuhr mein rechter Zeigefinger über die Oberfläche des Konferenztisches und ertastete eine Vertiefung. Indem ich mich in sie hineinversenkte, sprach ich so beiläufig weiter, wie mir nur irgend möglich war. Noch, als ich mich im Schacht längst aufgerichtet hatte, murmelte ich weiter.

Zum ersten Mal stieg ich in die Zwischenwelt nun von oben ein. Dennoch tat ich's nicht kopfunter, sondern kaum daß ich drinnen war, konnte ich mich hinstellen und kam auch aufrecht gut voran. Natürlich mußte ich an den Wänden dieses hier deutlich röhrenhaften Ganges immer wieder einen Halt für die Füße suchen. Am ehesten war mein Abstieg mit dem eines Bergsteigers durch einen Felskamin vergleichbar. Es war eine anstrengende Kletterei und dennoch nicht ohne Komik, ging es doch ins Innere eines Konferenztisches, um den sicher immer noch die Kolleginnen und Kollegen standen, um einem Spezialisten zuzuhören, der, ohne daß es bemerkt worden wäre, ausgetauscht worden war. Da nämlich war ich mir sicher: Im selben Moment, in dem ich verschwand, war ein anderer Zilts in meinen Kittel gefahren, ob nun der – also dort – »wahre«, ob nun ein dritter oder vierter.

Einen Kittel hatte ich übrigens gar nicht mehr an, sondern trug die Kleidung meines dritten Aufbruchs. Weshalb erneut die Taschenlampe fehlte. Ich müsse in der nächsten Welt, in die ich gelangte, unbedingt eine auftreiben, dachte ich, nein, versuchte ich zu denken, hing aber schon mit den Füßen im Freien und hielt mich im Kamin mit beiden Händen fest.

Sollte ich einfach loslassen? Unter mir war Lichtdunst. Keine Ahnung, wie tief es hinabging. Nur blieb keine Wahl.

So fiel ich wieder, kam aber federnd auf, in den Knien federnd. Vielleicht, daß ich von dem Kittelzilts etwas mitgenommen hatte, eine sportliche Technik, mag sein. In jedem Fall war ich dankbar.

Und sah mich um.

Dieses Relais war nicht hoch. Als sich über mir, ich war ein wenig weitergeschritten, der Lichtdunst sozusagen verzog, mußte ich indessen feststellen, daß von hier Verbindungsschächte ausschließlich nach oben abgingen. Ich hätte eine Leiter haben müssen, um an sie heranzukommen. Es gab aber nirgendwo eine. Dann wurde der Saal sogar n o c h niedriger, so daß ich die folgenden hundert Meter nur gebückt vorankam. Erst dann hob sich die Decke allmählich wieder, und am anderen Ende des flachen, diskusweiten Raums führten die Gänge schließlich horizontal, wie ich es kannte, hinaus. Nach vielleicht weiteren fünfhundert Metern gelangte ich erneut in einen … nein, nicht mehr Saal, dazu war der Raum viel zu klein. Es war geradezu ein Zimmer, doch in der Form eines der Verteilersäle.

Da saß ein älterer Herr zwischen drei Tapetentischen, die er u-förmig aneinandergestellt und mit Büchern, unzähligen Blättern, Stiften und lauter meist leeren Bonbontüten angefüllt hatte, neben ihm zwei Kaffeebecher. Er trug einen braunkarierten

Anzug, Stulpenstiefel und Seidenfliege. Es gab eine Couch und weiter hinten eine Kommode, aus deren unterer aufgezogener Schublade Wäsche quoll. Ich erblickte außerdem ein paar Wasserkanister an einer altertümlichen Waschstelle.

Die Szenerie hatte etwas völlig Absurdes. Doch als ich, um mich bemerkbar zu machen, hüstelte, drehte der Herr sich zu mir, ohne den Federhalter abzulegen, und sprach mit frischer, für ihn viel zu jugendlicher und geradezu aufgeräumter Stimme: »Sieh da, sieh da! Ein Wanderer.«

Ich blieb stehen und schwieg. Ließ ihn aber nicht aus den Augen. So freundlich er wirkte, etwas Bedrohliches war dennoch an ihm.

»Ja, da staunen Sie, nicht wahr?« sagte er, stand auf und ging für sein Alter unangenehm elastisch auf mich zu, fast agil. – Mißtrauisch tat ich einen Schritt zurück.

Da blieb er stehen. »Verstehen Sie mich?« fragte er und murmelte »Es wäre schon ein arger Zufall« in sich hinein. Dann wieder lauter zu mir: »Do you speak English? Parlez-vous français? Italiano?« Hiernach sprach er, glaube ich, Russisch und irgendeine wahrscheinlich asiatische Sprache, schließlich Spanisch: »¿Hablas español?« Da ich ihm immer noch keine Antwort gab, rieb er sich mit zwei Fingern der Rechten die Nase und murmelte wieder für sich: »Dann eben nicht. Ich sag's ja: Was ein scheues, verlorenes Völkchen!«

Freundlich blickte er mich an. Wieso hatte ich ihn für bedrohlich gehalten?

»Wie schade. Wirklich schade. Aber gut. Wissen Sie, mein Freund, gehn Sie Ihres Weges. Dann kann ich alter Mann mich wieder meinen Studien widmen. – Nein, nein, ich will nicht unhöflich sein, Sie können auch bleiben. Legen Sie sich meinetwegen auf die Couch. Vielleicht werden Sie ja gesprächig, wenn Sie ein wenig Vertrauen gefaßt haben sollten.« Mit dem Seufzer »Armes Tierchen!« wandte er sich weg. – Hatte er mich schon vergessen?

So schien es.

Er beugte sich über seine Papiere, schlug ein Buch auf, blätterte darin, schlug ein nächstes Buch auf. Doch er konnte mich nicht täuschen. Ich spürte, wie er mich aus den Augenwinkeln beobachtete. Aus Vorsicht? fragte ich mich. Was hätte ich ihm antun können?

Im gleichen Momente war eine nächste Prozession zu hören. Diesmal klang der Gesang nach Kofferradiomusik. Dazu Gemurmel und ein helles, blechernes Schellengeklapper. Schon traten die wandelnden Leute aus dem Gang heraus und zogen durch das Zimmer, wobei sie auch diesmal nicht auf mich merkten. Indes genausowenig auf den alten Mann.

Dann war der Zug wieder verschwunden. Ich starrte konsterniert hinterher, wie er meiner neuen Bekanntschaft durch das Arbeitszimmer geflossen war. Auch der alte Mann sah der Prozession hinterher, doch melancholisch verhangen wie beinah schon versunkenen Erinnerungen.

»Wer sind die?« fragte ich endlich, als er sich aber längst seinen Büchern neu zugewandt hatte.

Er hob nicht den Kopf, sah weiter auf seine Arbeit, während er mit allerdings gehobener Stimme sprach: »Ach, die ...! Die haben sich beim Sterben noch einmal davongestohlen. Jetzt ziehen sie in ständiger Furcht herum, durch einen der Schächte zurück in ihren Tod zu fallen. Sie können mir glauben, die Wahrscheinlichkeit dafür ist ausgesprochen gering.« Dann sah er zu mir, indem er seinen Kopf durch den Bogen der linken Achselhöhle steckte, und fügte unbetont bei: »Soso. Soso. Also sprechen können Sie doch.«

Was sollte ich jetzt sagen? Schon gar, als er hinzufügte, das sei ganz erstaunlich. »Wirklich, wirklich erstaunlich«, wiederholte er mit dezentem Ausrufezeichen.

»Verzeihen Sie, ich …«

»*Verzeihen*? Aber was denn verzeihen? Nein, nein, ich verstehe Ihre Situation, bin nur irritiert … weil … kurz: weil Sie nicht davonlaufen.«

»Wieso sollte ich das tun?«

»Dann sind Sie noch nicht lange hier.«

»Seit heute morgen. Doch beschwören könnte ich es nicht.«

»Das müssen Sie auch nicht.« Er stand auf, reckte sich in den Schultern, machte »Aua!«, sagte: »Verspannt.« Dann kam er achtsam näher. »Darf ich mich vorstellen? Ich bin Moosbach, Anton Moosbach. Und wer sind bitte Sie?«

Er streckte mir die Hand zu, ich nahm sie.

»Joachim Zilts«, sagte ich.

Weich wie eine Tatze lag seine Hand in der meinen. Schon zog er sie wieder zurück und fragte in Art eines Übersprungs: »Falls Sie einen Kaffee mögen …? Setzen Sie sich doch! Hier, bitte.« Er zeigte auf die Couch und davor den Tisch und zwei Sessel. – Auf meinen irritierten Blick: »Oh, ich bin gut ausgestattet. – Warten Sie, die Thermoskanne. Und hier, eine Tasse … oh, staubig, Entschuldigung.« Er pustete drüber und polierte die Tasse mit seinem rechten Jackenärmel. Dann schritt er zur Waschstelle, goß aus der Porzellankaraffe etwas in die Tasse und wusch sie mit den Händen aus.

»Nicht so viel Umstände!« bat ich. »Lassen Sie nur, es geht schon.«

Dann stand, es war nicht zu fassen, dampfend und duftend vor mir Kaffee.

»Darf ich Ihnen ein paar Fragen stellen, Herr …?«

»… Zilts«, wiederholte ich. »Doch eigentlich … Sie wissen sicher viel mehr als ich.«

»Selbstverständlich. Selbstverständlich werden auch Sie tausende Fragen haben. Das ist doch völlig klar. Doch haben wir Zeit, genug Zeit, Herr Zilts. Wir haben alle Zeit, im Wortsinn, der Welt.«

»Ich nicht«, widersprach ich. »Ich möchte so schnell wie nur möglich zurück.«

»Ich fürchte, Herr Zilts, das wird nicht gehen. – Wie lange, sagten Sie, daß Sie schon hier sind?«

»Ich glaube, seit heute früh.«

»Aber Sie wissen es nicht mehr genau.«

»Eigentlich«, sagte ich, »weiß ich gar nichts mehr.«

Er nickte. – »Darf ich bitte?« Er beugte sich vor und zog mit dem rechten Zeigefinger die Haut unter meinem linken Auge herab; der linke Zeigefinger hielt das Lid. Die Bewegung hatte etwas Professionelles. Als er meinen, glaube ich, Augapfel ansah, pfiff er tonlos durch die Zähne. »Das ist leider typisch«, kommentierte er.

»Was ist typisch?«

Er blinzelte nervös, lehnte sich zurück und antwortete: »Noch ist es aber nicht ernst.«

»Was ernst?«

»So viel Zeit, junger Mann, so sehr, sehr, sehr viel Zeit.«

»Hören Sie …!«

»Andererseits auch gar keine Zeit. Aber nicht Ihrer Eile wegen. Sondern weil hier Zeit nicht existiert. Wer hier ist, wird nicht älter. Was meinen Sie, weshalb ich so oft herkomme? Natürlich, man muß sich einschränken, es gibt zum Beispiel keinen Strom. Verstehen Sie?«

»Nein.«

»Elektrizität. Keine Elektrizität. Oder sie funktioniert hier anders. Das habe ich noch nicht heraus. Doch wenn man mal in der Arbeit ist …« Er kicherte plötzlich. Was für ein Kauz, dachte ich. Was ein seltsamer Humor! – »Hier, nehmen Sie ein Zuckerstückchen«, sagte er.

Er hatte sogar ein Döschen Sahne im Regal.

Und fragte, als er wieder saß: »Aus welcher Ära sind Sie gekommen?«

»Wie meinen Sie das?«

»Welches Jahr schrieb man, als Sie aufgebrochen sind?«

»1983. 16. April. – Weshalb?«

»Interessant, höchst interessant. – Wissen Sie, ich komme von 1912. Da war ich vierundfünfzig. Ich stamme aus Hamburg.«

»Ich verstehe nicht ganz …« Ich verbiß mir die Bemerkung, daß er, wenn er 1912 vierundfünfzig Jahre alt war, längst hätte tot sein müssen. Statt dessen fragte ich: »Was tun Sie dann hier?«

»Das fragen Sie ernsthaft? – Ach ja, die Pupillen …«

»Was für Pupillen?«

»Ihre Pupillen. Die Iriden sind bereits trübe, das wird Sie blind machen. Aber werden Sie deshalb nicht nervös. Es kann noch hundert Jahre dauern, bei anderen, glaube ich, hat es zuweilen noch länger gedauert, vielleicht dreihundert Jahre – also nach unserer Rechnung.«

»Was meinen Sie mit unserer?«

»Der Welt, die wir für wirklich halten. Genau weiß ich es auch nicht. Doch bin ich dabei, es zu erforschen.«

»Was zu erforschen?«

»Die Ewigkeit, Herr Zilts. Und die Verwandlungen natürlich.«

Hätte er nicht so sicher gewirkt, und gebildet vor allem, ich hätte ihn für einen Idioten gehalten. Das war er aber nicht, trotz seines mitunter fehlgeleiteten Kicherns. Es erinnerte mich an das eines Bekannten, wenn er Heroin nahm.

»Ah!« rief er aus. »Sie glauben, ich habe Opium geraucht.«

»Haben Sie? Nehmen Sie Halluzinogene?«

»*Hallu…*? ah, Sie meinen Opiate! – Aber nein!« Er lachte auf. »Schmerztabletten, bisweilen, meines Rückens wegen. Und manchmal was, um einzuschlafen. Hier zu schlafen, ist nämlich gar nicht so einfach. Es ist sogar das Allerschwerste. Doch wer draußen schläft, altert. Mit draußen meine ich die andere Welt. Da zieht dann die Zeit ganz ungenutzt vorüber. Deshalb hab ich ja diese Couch hergebracht«, er klopfte aufs Polster, »*hören* Sie?: Hochklappbar, ich hab Decken und Kissen da drin. Praktisch, nicht wahr?«

»Das haben Sie durch solch … solch ein Loch durchgezwängt?«

»Es war kompliziert. Aber ich war vorbereitet, schon als ich zum ersten Mal einstieg.«

»Sie wußten von den … wie nenne ich sie? *Labyrinthen*?«

»Sagen wir, ich hatte eine Theorie. In der ging es um, wenn Sie so wollen, Raumzeit-Nähte. Schon bei Zenon – aber das wissen Sie doch! Kierkegaard zum Beispiel hat das Paradox für das einzig Wirkliche gehalten. Daß ich mit meinen Ideen ausgelacht wurde, muß ich Ihnen sicher nicht sagen. Ich meine: 1912, das war ja noch vor Einstein. Nein, nein, was ich mitnehmen wollte, habe ich einfach an mir festgebunden. Es war mühsam, aber es klappte. Auch mit der Couch hat es später geklappt. – Und Sie?«

»Ich?«

»Wie sind *Sie* hereingekommen?«

»Es war ein Zufall. Ja, Zufall.«

»Das ist schlecht«, sagte er. »Wirklich schlecht.« Und, ehe ich etwas erwidern konnte, abermals: »So ganz ohne Absicht? – Und doch, ich dachte es mir.«

»Was dachten Sie sich?«

»Waren Sie schon einmal zurück?«

»Das ist es ja gerade. Schon zweidreimal ... viermal vielleicht.« Ich wußte es tatsächlich nicht. »Aber es war ... Wie soll ich es Ihnen erklären? – *anders* ... Selbst wenn es nicht mehr anders würde: Woran soll ich die richtige Welt denn erkennen?«

Abermals kicherte er. »Gar nicht«, sagte er. Da hätte ich ihm eine reinschlagen können. Was mir zugleich völlig fremd war. Früher war ich nie aggressiv. – Er gab sich einen Ruck, legte mir seine Hand erneut auf den Arm. »Das müssen Sie vergessen, vergessen Sie das Wort. Es gibt keine ‚richtige‹ Welt, und ... es gibt keine ›falsche‹. Genauso wenig ist alles Schein. Aber wahrscheinlich sind Sie verheiratet.«

»Ich habe eine Frau, ja.«

»Schlecht.« Er nickte. »Sehr schlecht. – Lieben Sie sie?«

»Verzeihung, ich wüßte nicht ...«

»Ich werde Ihnen, und wenn ich's auch wollte, nicht helfen können. Wenn Sie sie lieben, wird es hart für Sie werden. B e s o n d e r s hart, meine ich. Sie sind unklug gewesen, haben Ihren Weg nicht markiert. Was hingegen ich schon beim ersten Mal getan habe. Natürlich für andere unsichtbar, damit nicht *die* es sehen.«

»Die?«

»Die Wanderer. Die haben ihre Freude daran, andere zu schädigen. Sie würden meine Zeichen auslöschen, zerkratzen, sie an falschen Stellen anbringen, die mich in die Irre führen.

Das ist ihr Charakter, weil es die einzige Freude ist, die sie kennen. Mit allem anderen läßt es sich leben, aber vor den Wanderern fürchte ich mich. Immerhin, ich bin nicht unbewaffnet.«

»Bitte?« Waffen waren nirgendwo zu sehen; es gab nicht mal ein Messer.

»Meine Augen doch!« rief er aus. »Meine nach wie vor scharfen, gänzlich ungetrübten Augen. Die sind keinen Tag mehr gealtert. Wahrscheinlich sind wir beide, Sie und ich, derzeit die einzigen Wesen, die in diesem Labyrinth noch sehen können.«

»Aber es muß doch einen Weg zurück geben!«

»Natürlich gibt es ihn. Aber ihn finden, mein Freund, ihn finden!« Er schlug die Beine übereinander und hob mit abgespreiztem kleinen Finger die Tasse. Vorsichtig nahmen seine spitzgestülpten Lippen ein Schlückchen. Dann setzte er die Tasse wieder ab. »Da haben Sie sich was Schönes eingebrockt.«

»Wie hätte ich sowas denn ahnen sollen?!«

»Ich hab's Ihnen gleich angesehen, daß Sie ein Wanderer sind«, sagte er. »Also einer werden. Nein, ich hatte von Anfang an keinen Zweifel. Aber daß Sie mit mir sprechen, zeigt, Sie sind noch wunderbar jung.«

Ich beherrschte meinen Ärger. »Und was ist das nun«, fragte ich, »ein Wanderer?«

»Die irren sinnlos herum, seit Ewigkeiten, könnte man sagen. Oder auch, daß sie gottlos geworden sind. Nein, ich bin nicht gläubig. Aber ich habe ein Zuhause, da ist ein Gott nicht nötig.«

»Ich habe auch ein Zuhause.«

»Eben, eben! Nur werden Sie nicht mehr dahin zurückkommen, und selbst wenn, selbst wenn Sie es schaffen, werden Sie sich nie wieder sicher sein können. – Sehen Sie«, er

zeigte mit weiter Geste zur Decke, zu den Nebengängen, zu den Öffnungen im Boden. »Jeder Weg führt in eine präzis bestimmte Welt. Manche wird der Ihren fast gleichen. Es wird nur kleine … Verschiebungen geben, die Küchenuhr hängt woanders … sowas. Wissen Sie noch, ob in Ihrer Wohnung die Lichtschalter rechts oder links der Türen angebracht sind? Es *gibt* doch Lichtschalter bei Ihnen unterdessen?«
»Ja, sicher gibt es die.«

»Das dachte ich mir. Die Elektrizität muß alles übernommen haben, schon gar bis 1983. Ich hatte daran nie einen Zweifel.«

»Rechts.«

»Rechts?«

»Ja, sie sind rechts angebracht.«

»Sie sind sich sicher?«

Ich zögerte. In der Tat, mir kamen Zweifel … – wobei: *Zweifel?*

Nein, nur ein ungutes Gefühl.

»Sehen Sie, ich merk es Ihnen schon an. Mir wäre es genauso ergangen wie Ihnen, wäre ich unvorbereitet gewesen. Es ist also völlig normal. Und genau deshalb hüte ich mich, jemals eine andere Welt als meine eigene zu betreten, abgesehen natürlich von dieser Zwischenwelt. Nein, bis heute trete ich hier extrem vorsichtig auf, wäge, wenn ich den Arbeitsraum verlasse, jeden Schritt vorher ab. Natürlich verlasse ich mich auf meine Zeichen. Obwohl ich unterdessen fast jeden Winkel kenne. Aber man muß sich bescheiden. Sie sehen ja, welches Glück ich habe … nach so einem langen Aufenthalt noch. Meine Güte, 1983! Daß ich das erleben darf! Sie müssen mir ganz viel von Ihrer Welt erzählen. Gibt es unterdessen motorisierte Wagen, ich meine, richtig praktische, die auch schnell und wendig sind? Und wie wird bei Ihnen die Elektrizität erzeugt? Immer noch über Kohle?«

»Erdöl.«

»Erdöl? – Und was ist mit der Energie aus den Molekülen?«

»Meinen Sie Kernkraftwerke?«

»Kernkraftwerke? – Äh … – Du lieber Gott! Da spaziert mir jemand in meine Arbeitsstube und kann prall von Erfahrungen aus der Zukunft berichten! Was für ein unwahrscheinlicher Glücksfall!« Er strahlte, merkte plötzlich, wie unpassend es war, und entschuldigte sich. »Sehen Sie einmal *meine* Situation«, sagte er.

»Ja, Ihre«, sagte ich. »Und meine? Ich habe wirklich keine Chance?«

»Haben Sie nicht. Dafür werden Sie aber verstehen.«

»Was verstehen?«

»Daß diese armen Wanderer irre an ihrem Herumirren werden. Was bleibt denn solchen Geschöpfen? Sie finden nicht zurück, können sich auch nicht einrichten und sterben nicht einmal.«

Er hielt unvermittelt inne, räusperte sich, nahm wieder ein Schlückchen und sprach schluckend über den Becherrand weg: »Wissen Sie, Herr Zilts, was vernünftig wäre?« Ich schwieg.

»Das beste wäre, sie sprängen jetzt irgendeinen Schacht hinab und arrangierten sich mit der darunterliegenden Welt. Völlig egal, wie sie aussieht. Akzeptieren Sie sie und spielen Sie Ihre dortige Rolle.«

»Auf gar keinen Fall!«

»Hören Sie, ich bin mir fast sicher, daß es einige gibt, die diesen Ausweg nahmen, den einzigen Ausweg, Herr Zilts, den es gibt. Vielleicht heilt sogar das dann wieder.« Ich wußte, er meinte meine Augen. »Denn weshalb«, fragte er, »fühlen sich so viele Menschen in ihrer Welt fremd? 1914 jedenfalls war das noch so, und ich bezweifle, daß es sich bis in Ihre Tage geändert hat.«

Ich schwieg.

»Doch entscheiden müssen Sie selbst. Darum vergessen Sie folgendes niemals: Dort können Sie sterben, hier aber nicht.«

»Und die Prozessionen? Das sind ebenfalls Wanderer?«

»Hab ich doch schon erklärt, oder nicht? Ich nenne sie Halbtote, aber das ist nicht ganz richtig. Oder eben nur halb. Die lagen alle schon im Sterben, also bei sich zu Hause oder nach Unfällen, was weiß denn ich? Doch in ihren letzten Momenten entdeckten sie den Einschlupf. Die wollen nun nicht mehr zurück, einfach weil sie wissen, daß sie dann sofort sterben würden. Was manchmal ja auch schmerzhaft ist. Hängt von der Zeit ab, aus der sie kommen. Lange gab es nicht einmal Morphium. Machen Sie sich das klar. Die erwarten dann nur Qualen. Ihr jetziges Dasein finden sie besser. Sie schaden ja auch keinem, ziehen einfach in einer Tour herum. – Von denen, fällt mir grad auf, habe ich nie einen schlafen gesehen. Vielleicht haben sie vor dem Schlaf eine vergleichbare Angst. Sie können, glaube ich, gar nichts vergessen. Während die Wanderer nach und nach alles vergessen, sogar den Schmerz. Doch sie spüren es. Es sind Geschöpfe ohne Hunger, aber aggressiv.«

»… man kann doch auch sein wie Sie …?«, wandte ich ein.

»Vielleicht«, sagte er. »Darüber hab ich auch schon nachgedacht. Wenn man sich vorbereitet hat. Es wäre auch höchst unwahrscheinlich, daß ich einzigartig bin. Das stimmt. Dennoch bin ich eine Monade. Denken Sie an die Unendlichkeit. Ganz bestimmt gibt es auf anderen Planeten Leben, aber so weit weg, daß man unmöglich von dort bis hierher gelangt. Und außerdem, ich sagte doch, daß ich nur in meine eigene Welt zurückkehre, allein für Vorräte und dergleichen oder um ein paar kurze Gespräche mit Menschen zu führen. Manchmal einfach, um ein freundliches ›Guten Morgen, Herr Moosbach‹ zu hören. Ich werde sicher nicht den Fehler begehen, in der Zwischenwelt nach Gleichen zu suchen, oder Ähnlichen, und mich da auf dem Weg dann verirren. Nein, nein! Ich bleibe schön brav am Platz. Ein einziger Schritt in einen fremden Gang könnte auch mich zum Wanderer machen. Insofern bin ich halt doch allein.«

»Wie einsam!« rief ich aus. »Das ist doch ganz genauso einsam!«

»Finden Sie?« Er kicherte wieder. »Ich will Ihnen mal was sagen. Erinnern Sie sich an den Strohduft aus den Achselhöhlen der Frauen? An das stumme Bauschen von Röcken, unter die eine Bö fährt? Ah, gehen Sie mir! Solange, Herr Zilts, ein Mensch bewundern kann, solange er schwärmt, so lange wird er nicht boshaft. Das wird man erst, wenn man sucht und sucht und aber niemals findet. Niemals *bleiben* kann, Herr Zilts. Ich hingegen bleibe und kehre von Zeit zu Zeit allein in die einzige der mir möglichen Welten zurück, so viele es sonst auch geben mag. Glück, Herr Zilts, kommt stets nur aus Begrenzung.«

»Die anderen Welten locken Sie nicht? Das nehme ich Ihnen nicht ab.«

»Und wie sie locken! Was gäbe ich drum, sie sehen zu können! Aber ich gäbe eben nicht alles. Und gebe es nicht.« Er verstummte, blickte auf den Tisch, seine Wangenknochen kauten. Ich sah es an den Schläfen. »Ihr Kaffee wird kalt«, sagte er.

Ich nahm einen Schluck, er schmeckte nicht mehr. Sowieso wollte ich jetzt weiter.

Er merkte es. »Bitte, Herr Zilts, auf keinen Fall Eile. Versuchen Sie, besonnen zu bleiben. Vor allem … wissen Sie … Es gab hier vor ein paar Monaten, nach meiner Zeitrechnung also, einen Plagegeist. Ja, einen Wanderer. Ständig versuchte er, mich aus meiner Bleibe herauszulocken. War ich nicht da, randalierte er herum, warf Schränkchen um, kippte Bücher aus den Regalen, wischte die Papiere von den Tischen. Hinter meinen Zeichen war er natürlich erst recht her. Als ich mich nicht verunsichern ließ, schickte er mir lockende Rufe aus den Tiefen des Labyrinths. Es gab da wunderbare Musik. Dann hörte er irgendwann auf. Ich war einfach ruhig geblieben, ganz so, wie ich es jetzt bin. Denn denken Sie nach! Sind nicht auch Sie schon dabei, mich zu verführen? Es fängt schon an mit dem Wanderersein. – Aber dieser Kobold … Er ist wirklich verschwunden. Ich nehme an, er ist ausgerutscht und in einen der Schächte gefallen und dann aus der Welt, die ihn aufnahm, durch einen anderen Schacht wieder weg. So daß er nicht nur nicht seine Welt mehr, sondern auch mich nicht mehr findet. – Nun aber, mein lieber Herr Zilts, erzählen Sie mir ein bißchen von sich. Ich habe wirklich nicht oft die Gelegenheit – ja eigentlich, wie ich eingangs sagte, nie. Unten, wenn ich es so ausdrücken darf, kann ich nur schlecht über dies alles sprechen.«

Ich hatte nicht die geringste Lust, ihm etwas von mir oder meiner Welt zu erzählen. Weshalb sollte ich so etwas tun? Ich war der Verlorene, nicht er, der nun beiläufig zur Öffnung eines Ganges zeigte, die frisch mit grüner Ölfarbe markiert war. Als er meinen Blick bemerkte, rief er aus: »Oh, ich habe da ein Verschlüsselungssystem weit über dem Horizont jedes Wanderers. Wobei, bei Ihnen bin ich mir da noch nicht sicher.« Erneutes Zusammenziehen der Brauen, erneut die schnelle Entspannung.

»Wieso sollte ich Sie verführen wollen?« hakte ich nach.

»Wanderer ertragen die Einsamkeit nicht. Sie möchten alle Gesellschaft. Sie auch, geben Sie's nur zu! Ich hingegen ertrage Einsamkeit ganz gut. Ich habe ja auch Freunde da unten. Mit denen kann ich zwar über die Labyrinthe nicht sprechen, jedenfalls sollte ich es nicht, aber auch daran gewöhnt man sich. – Kommen Sie, rutschen Sie nicht dauernd hin und her! Sie haben es immer noch eilig … Machen Sie sich besser klar, was es bedeutet, solch ein armes Geschöpf zu sein. Die meisten können sich nicht mal untereinander verständigen. Sie stammen aus viel zu unterschiedlichen Kulturen, sprechen hunderte von Sprachen. Ich habe auch welche gesehen, die gar nicht von hier sind, ich meine von der Erde. Dabei sind sie so voll mit Geschichten, weil sie eben gar nichts vergessen. Die wollen heraus, aber niemand hört zu.« Er räusperte sich. »Was ich sagen will, ist, daß so jemand schließlich boshaft wird, ja, wer will es ihm verdenken? Es wäre also besser, Sie richteten sich irgendwo hier ein, vielleicht im Saal nebenan. Da würde ich auch immer hinfinden, und Sie fänden genauso leicht zu mir. Ich leihe Ihnen gerne Bücher, bringe Ihnen auch gerne aus meiner Welt etwas mit. Dann hätten Sie die Gesellschaft, die Sie brauchen. Denn wenn Sie jetzt gehen, werden auch Sie boshaft werden. Einzig aus Verzweiflung. Dann werde ich mich vor Ihnen ganz genauso – ja mehr noch – in acht nehmen müssen. Wenn ich Sie denn jemals wiedersehen sollte. Was freilich unwahrscheinlich ist. – Also ich könnte wirklich einen, sagen wir, *Assistenten* gebrauchen, der aufpaßt, wenn ich weg bin, der mir hilft, Dinge entgegenzunehmen, wenn ich wieder herkomme, der mir auch Sachen anreicht und so weiter. Es wäre eine große Erleichterung, und Sie kämen um die Bosheit herum. Aber dazu müßten Sie in diesem Raum bleiben oder nebenan.«

»Für immer?«

Er gab keine Antwort.

»Und Christine?«

»Wer?«

»Meine Frau …«

»Sie haben noch immer nicht verstanden, Herr Zilts. Sie werden sie nicht wiedersehen, und wenn doch, wüßten Sie es nicht. Bei mir hingegen könnten Sie lernen – und ich genauso von Ihnen. Sagen Sie, sind wir schon auf dem Mond gewesen? Vielleicht auf dem Mars? Gibt es schon Maschinen, die denken? Gibt es endlich eine Impfung gegen Polio? Das ist ja ein furchtbares Problem in den Kolonien.«

Ich konnte nicht antworten, rang mit der Wut, bohrte die Fingernägel meiner Rechten in meinen linken Handrücken. Natürlich merkte er das. Weil es so wehtat, verzog ich wahrscheinlich mein Gesicht.

»Herr Zilts, ich bitte Sie. Es ist Ihre einzige Chance.« Sein Antlitz wurde eine sorgenreiche, zugleich aber, spürte ich, hämische Grimasse. Wie ein kleiner Hund sah er aus, der jeden Moment zubeißen würde.

»Es bleibt Ihnen doch gar keine Wahl«, setzte er leise nach.

Das Zimmer füllte sich mit elektronischem Rauschen. Obwohl es Elektrizität doch nicht gab. Falls Moosbach die Wahrheit gesagt hatte. Wie konnte ich da sicher sein? Dabei war klar, was er wollte. *Er* war der Einsame! Er wollte nicht allein zurückbleiben, wenn ich heimfinden und von Christine umfangen würde. Vielleicht stimmte von dem, was er erzählt hatte, überhaupt nichts oder nur kaum was. »Wo sind Sie zuletzt eingestiegen?« fragte er nun.

Ich nahm mich zusammen, antwortete: »In eine Schreibtischplatte.«

»Und das erste Mal?«

»In ein Loch in der Decke.«

»Was meinen Sie, wie viele Kilometer liegen dazwischen?«

»Ich weiß es nicht. Fünf vielleicht? Und meine Mutter wohnt zwanzig von uns weg.«

»Gar keine Aussicht!« rief er da. »Begreifen Sie doch! – Ah …«, er wandte sich zur Seite, stand auf, ging zu den Tapetentischen, kramte in den aufgetürmten Haufen, stieß einen kleinen Freudenruf aus und kam wieder her. »Ich wußte – wußte! –, daß ich noch welche habe!«

Er hielt mir ein Lederetui mit Zigarren hin. »Man raucht doch in Ihrer Zeit noch, oder?«

»Ich schon lange nicht mehr.«

»Ach, wie schade! Die Zigarren sind meine Uhr, um es mal *so* zu sagen. Wenn das Kästchen leer ist, muß ich zurück, um ein neues zu holen. Erika sagt immer, das ist meine Haushälterin, also ›Ja, Herr Moosbach!‹ ruft sie immer, ›was tun Sie nur dauernd mit den ganzen Zigarren?‹ Weil da unten, wenn ich weg bin, doch keine Zeit vergeht. – Ist Ihnen übrigens aufgefallen, daß hier zwar die Uhren funktionieren, schon aus mechanischen Gründen, sie aber nichts mehr von Bedeutung zeigen, jedenfalls keine richtige Zeit? Ich habe anfangs versucht, zwischen der – ich nenne es inneren – Zeit und der äußeren ein regelhaftes Verhältnis zu finden. Es gibt keins. Bleibe ich nach hiesiger Zeit, also nach dieser Uhr, achtundsiebzig Stunden herinnen, komme ich draußen wieder genau zu der Stunde an, in der ich aufbrach. Bleibe ich aber nur fünf Stunden hier, oder zehn Tage, ist es ganz das gleiche … egal. Verzeihen Sie. Aber entscheiden Sie sich.«

Ich schüttelte den Kopf.

»Bitte«, flüsterte er, »bitte bleiben Sie bei mir. Von hier aus heimzukehren, das ist, als wollten Sie zu Fuß bis Alpha Centauri.

Aber wie Sie sich auch entscheiden, lassen Sie mich in Ihrer Gegenwart wenigstens noch diese Zigarre rauchen. Ein Glücksfall wie mit Ihnen begegnet mir in zweitausend Jahren nicht mehr.«

6

Ich blieb tatsächlich noch etwas bei ihm, so sehr es mich auch fortzog. Vielleicht gab es ja doch einen Weg, ihn aus seinem Arbeitszimmer zu bekommen. Mit welchem Recht durfte er sich dort ungefährdet aufhalten, während ich selbst auf Ewigkeiten herumirren sollte? Zugleich brachte ich die immer wieder in mir aufwogende, freilich sich auch wieder legende Wut mit mir selbst überhaupt nicht zusammen. Schon war sie wieder da. Vielleicht hatte Herr Mossbach ja doch einen guten Verhaltensratschlag für mich, vielleicht verbarg er mir etwas, vielleicht war ihm auch gar nicht bewußt, was er wuße, und er verriet es mir nur deshalb nicht.

Darum kam ich auf die Wanderer zurück.

»Sie meinen wirklich, sie könnten auch mir etwas antun?« fragte ich.

»Sie tun sich doch selbst beständig was an.«

»Und wenn ich hier bei Ihnen bliebe«, beharrte ich, »verschwände ich dann nicht aus *allen* Welten – allen, die es mit mir gibt? Das verstieße – geben Sie's zu! – gegen sämtliche Naturgesetze.«

»O nein.« Ein feines Lächeln lief über seine Züge. »Tatsächlich würde es niemand bemerken. Denken Sie an die Halbtoten! Wenn Sie verschwinden, junger Mann, bleibt in Ihrer Welt, solange Sie fort sind, die Zeit einfach stehen. Denn jedes Element ist da unmittelbar und uneingeschränkt und für immer mit jedem andren verbunden und ohne es nicht einmal möglich.«

»Dann würde meine Welt sozusagen getötet werden?«

»Nein. Sie steht einfach still. – Haben Sie, bevor Sie hierherkamen, nicht noch mal schnell nach unten geschaut? Das müssen Sie doch gesehen haben, wie erstarrt da alles dann aussah.«

Ich schwieg.

Er schwieg auch, aber paffte. Ich rang mit dem Impuls, die Zigarrenkiste vom Tisch zu nehmen und damit abzuhauen. Dabei spürte ich zugleich, welch freundlicher Mann das war. Was mich aber erst recht wütend machte.

Ich mußte auf andere Gedanken kommen. »Kann man auch in der Vergangenheit herauskommen oder in der Zukunft?« fragte ich deshalb.

»In der Zukunft, nun ja. Die war ja noch nie. Mit der Vergangenheit ist's etwas andres. Das kann ich mir s c h o n vorstellen. Aber eben nur vorstellen. Bloß wäre es keine – gibt es sowas unterdessen? – … wie soll ich es nennen? *Zeitmaschine*? – Es würde ja sonst die Gegenwart ändern.«

»Und was«, fragte ich, »denken Sie über die Toten, Herr Moosbach?«

Er bekam große Augen, sah zu Boden und antwortete: »Wenn ich das nur wüßte, mein Freund. Wenn ich das nur wüßte. Doch ich habe Zeit, viel viel Zeit. – Verzeihen Sie, aber ich muß wirklich jetzt wieder was tun. Wenn Sie mögen, bleiben Sie, wie gesagt, hier. Mein Angebot steht.« Damit erhob er sich und schritt an seine Tische zurück.

Da ergriff mich ein Gedanke. Vielleicht müßte ich nur dem Gang mit der grünen Markierung folgen, um ins Hamburg des Jahres 1912 zu gelangen. Das wäre nun wirklich ein Erlebnis gewesen. Was riskierte ich denn, das ich nicht ohnedies ständig aufs Spiel setzen mußte?

Also schnappe ich mir die Zigarrenkiste und machte mich auf. Den kleinen Diebstahl würde Herr Moosbach erst später bemerken. Es war eine wirkliche Freude, mir vorzustellen, wie traurig er dann wäre. Da ich aber ja nicht rauchte, warf ich die Kiste samt den Zigarren in die nächste Ecke und trat ein paarmal drauf. Das erleichterte mich enorm. Dann tappte ich durchs Dämmerlicht des Gangs zum nächsten abwärtsführenden Schacht. Ich war mir sicher, daß Moosbachs Heimat von seinem Arbeitszimmer nicht sehr entfernt liegen konnte. Ich entdeckte auch zwei Schachttiefen weiter ein gespanntes Seil, nicht so dick wie ein Tau, doch fest genug, um die Strickleiter zu halten, die daran tatsächlich festgemacht war. Neben dem Seil fand ich Markierungen in den Boden geritzt. Unwillkürlich rieb ich mit dem Fuß darüber, versuchte, sie zu verwischen. Verdammt, die mußten sich doch irgendwie wegmachen lassen! Erst als ich längst kniete und mit beiden Händen und aller Kraft an den Zeichen herumrieb, wurde mir klar, was ich eigentlich tat.

Unmittelbar fuhr ich herum, weil mir war, als stünde jemand hinter meinem Rücken.

So war es auch. Da lehnte Herr Moosbach mit übergeschlagenen Füßen an der Wand und lächelte in sich herein.

»Sehen Sie, Herr Zilts«, sagte er. »Ich habe es Ihnen gesagt. Sie sind ein Wanderer.«

»Aber nein!«

»Aber ja. Doch lassen Sie nur. Sie können nichts dafür. – Und jetzt aber machen Sie Platz, ich möchte gerne heim. Sie wissen doch, meine Zigarren.«

Ich hatte mich sehr langsam erhoben und wich nun rückwärts nach hinten. Fast wäre ich dabei in einen ganz anderen Schacht gefallen, der viel schmaler war und den ich deshalb übersehen hatte. »Vorsicht, Vorsicht, junger Mann!« rief Herr Moosbach. »Sie dürfen nicht so eilig sein. Ich kann es nur wiederholen.« Dann ließ er ein wenig die Finger seiner Rechten schlenkern, um mir zu bedeuten, ich möge mich entfernen. »Aber falls Sie die Lust ankommen sollte«, sagte er, »sich über meine Bücher herzumachen oder sonstiges Chaos zu veranstalten, so sparen Sie sich diese Mühe. Erstens hab ich von denen, die draußen liegen, Doppel, und die anderen sind fest verschlossen. Es war mir eine ziemlich gute Lehre mit diesem Kobold damals.«

»Ich würde nicht im entferntesten an so etwas denken!« rief ich aus.

»Und außerdem«, fuhr er lächelnd fort, »bezweifle ich, daß Sie sogar in mein Arbeitszimmer noch zurückfinden werden. – Damit tat er einen ersten tastenden Schritt hinab, hielt sich dazu an dem Seil fest. »Nun denn, Herr Zilts, gute Nacht.«

7

Einige Zeit blieb ich noch stehen. Sollte ich ihm folgen? Oder warten, bis er wieder herauskäme? Es wäre für mich dies von Gleich auf Jetzt – wenn also stimmte, was er mir erklärt hatte. Allerdings konnte ich genausogut das Seil zerschneiden. Bloß daß ich so wenig wie die Taschenlampe eine Schere bei mir hatte, auch kein Taschenmesser, schade.

Über meine Unschlüssigkeit wurde es dunkel. Ich fing erneut zu frösteln an. Das Gewölbe war still wie ausgestorben. Die Angst stieg wieder hoch. Was vermißte ich Christine! Ja, selbst nach Clausnitzer sehnte ich mich. Ich war einfach nur hilflos. Dann kam mir das meckernde Ziegenlachen in den Sinn, als ich bei der Verfolgung des ersten Wanderers abgestürzt war. Wann war das gewesen?

Ich durfte nicht hier stehenbleiben.

Hatte mir Moosbach etwas verschwiegen? Herrschte in seiner Welt, seiner Heimat, jetzt wohl die Nacht? Also wenn ich nun doch ihm nachkletterte, hinabklettern würde, käme ich in seinem Bett zu liegen? Er schlief sicher allein, er hätte sonst nicht von seiner Haushälterin, sondern einer Ehefrau gesprochen. Oder konnte es sein, daß er mich unten sogar erwartete, um dann was weiß ich mit mir anzustellen? Vielleicht war er im Auftrag eines Instituts unterwegs, das Wanderer einfing, um an ihnen zu experimentieren.

Einerlei. Es konnte nicht angehen, daß ich weiter nur herumstand. Nein, nein! Besser hinab.

Ich überkletterte das Seilgeländer, zog mit einem Fuß die Strickleiter heran, bekam Halt, faßte zu und sicherte mich. Dann stieg ich langsam hinunter. – Der Schacht war sehr lang, schien sich immer noch zu dehnen, einfach kein Ende zu finden. Irgendwann war ich erschöpft, hielt an, versuchte, ein wenig auszuruhen. Mir sackten, ja *sackten* die Lider über meine Augen. Mein Kreislauf drehte sich. Ich meinte, Wollfäden zu spüren, die um mich gewunden wurden. Die Stangen unter meinen Füßen bogen sich durch, als wären sie aus Gummi. Da ließ ich einfach los.

»Ach Zilts, da sind Sie ja endlich!«

Ich fuhr herum. – Es war Clausnitzer, mein Chef.

»Gott«, sagte er, »wo stecken Sie die ganze Zeit? Wir warten schon über eine halbe Stunde auf Sie! – Haben Sie den Vorgang?«

Ich brauchte zweidrei Sekunden.

Er zeigte auf die dünne Aktenmappe in meiner Hand. »Ah da«, sagte er. »Prima.«

Ich stand im Archiv des Instituts, in Arbeitskleidung, sogar den Kittel vorgebunden. Und furchtbar schwindlig war mir.

»Fühlen Sie sich nicht gut?« Er sah mich gar nicht mehr verärgert, sondern leicht besorgt an.

»Doch, doch, ich war nur …«

»Ist was mit Ihren Augen?«

»Meine Augen? Nein. Wieso?«

Er winkte ab. »Dann kommen Sie jetzt bitte.«

Indem ich ihm widerspruchslos folgte, bemühte ich mich um eine Erinnerung an die neue Situation, schaute aber auch nach dem Loch, aus dem ich herabgefallen sein mußte. Ich entdeckte eines im oberen Wanddrittel rechts, doch zwei weitere in der Decke. Es war nicht zu sagen, aus welchem ich gekommen war. Vor allem aber – Herr Moosbach hatte ganz recht –, vor allem aber die Zeit! Ich hörte in meinem Innern die Halbtoten singen. Es war Einbildung, gar keine Frage. Doch was, wenn ich in eine Welt stürzen würde, in der ich grad starb? Waren die Prozessierenden vielleicht auch einmal Wanderer gewesen, weil sie ja wußten, wie der Realwelt entkommen – noch vorm Moment ihres Todes? Da wurde mir schwindlig.

»Was ist denn, Zilts?« fragte Clausnitzer wieder. »Kommen Sie schon … die warten doch auf uns.« – Wer wartete? Was wollten diese Wer? Erwarteten sie etwas von mir? Aber was?

Nur schnell wieder weg!

Für einen Moment mag mein Blick zur Einstiegsöffnung allzu flehentlich gewesen sein. Denn eine nächste Spontanflucht gelang nicht. Vielleicht – ich hatte aufgeholt, ging neben ihm – weil Clausnitzer mich nun am Arm nahm. »Wir müssen uns jetzt wirklich beeilen.«

Fünf Minuten später stand ich am Kopfende unseres langen Konferenztisches, und Clausnitzer, nach kurzer Begrüßung der Anwesenden, bat mich um den *Abstract*. Nur wußte ich nicht, welchen und wovon. Improvisierend stotterte ich mikrobiologische Einleitungsfloskeln, dann, nahezu mechanisch, warf ich ein paar Formeln aus dem Ärmel, die von irgendwo aus meinem Inneren stiegen, die ich konkret aber gar nicht zuordnen konnte, ja nicht einmal verstand. Ich hatte auch niemals zuvor einen Kittel getragen. Dennoch sagte ich: »Wie Sie wissen, ist Dimethyltryptamin dem aus Krötensekret gewonnenen Bufotenin außerordentlich ähnlich.«

Ich drehte mich um, fingerte das Kreidestück aus der Kitteltasche und schrieb die chemische Strukturformel an die Tafel. Dann schaltete ich den Overheadprojektor ein, entnahm meiner Aktenmappe die vorbereiteten Folien und legte eine von ihnen auf die Glasplatte. Was mich nur immer mehr verwirrte, und doch sprach ich komplett ruhig weiter. Was erzählte ich da? Immerhin schien es Bedeutung zu haben, denn die Kollegen begannen zu tuscheln, zweidrei klatschten sogar. Andere starrten mich ebenso fassungslos an, wie ich es selbst war. Dann stellten sie Fragen, auf jede derer ich Antworten wußte. Ich lächelte sogar, aber worüber? Da bekam eine der Frauen etwas latent Aggressives in ihre Stimme. Es hatte sie etwas verärgert. Nervös fuhr mein rechter Zeigefinger über die Oberfläche des Konferenztisches und ertastete eine Vertiefung. Indem ich mich in sie hineinversenkte, sprach ich so beiläufig weiter, sprach ich so beiläufig weiter, wie mir nur irgend möglich war. Noch, als ich mich im Schacht längst aufgerichtet hatte, murmelte ich weiter.

Dann, während des mühsamen Abstiegs, erinnerte ich mich, die soeben entflohene Situation ganz so schon einmal erlebt zu haben. Ich wußte nur nicht, wann und wieso. War ich zu allem Elend in ein Zeitkarussell mit mir selbst geraten?

Warum war ich nicht in Moosbachs Bett, zumindest seinem Schlafzimmer, oder doch wenigstens sonstwo im Hamburg des Jahres 1912 gelandet? – Indes, wenn sich die Zeit verwickelte und Labyrinthe bildete, müßte ich ja nach überschaubarer Weile wieder auf Moosbach treffen. Wüßte er da schon Bescheid? Kann man sich in einer Schlaufe verfangen, aus der niemand sich jemals befreit? – Wäre dem so gewesen, ich hätte es keine dreimal mitgemacht, ohne schließlich Hand an mich zu legen.

Doch mein Bewußtsein unterschied sich, ich *wußte* von der Schlaufe. Das war vorher anders gewesen. Vor allem hatte ich von dem Konferenztisch einen DIN-A-5-Block mitgenommen. Ich hielt ihn alle Zeit in der Hand. So konnte ich immerhin hoffen.

Auf das indessen, was nun kam, war ich in keiner Weise gefaßt. Denn kaum hatte ich unter mir den Gangboden erreicht und war in die gleiche Richtung wie vorher gegangen und schon auf die Öffnung des kleinen Saals oder Zimmers zugeschritten, wo ich Herrn Moosbach tatsächlich sitzen sah, huschte ein Schemen an mir vorbei und versetzte mir einen solch derben Stoß, daß ich umfiel, jedenfalls mit den Armen rudernd um mich schlug, um das Gleichgewicht wiederzuerlangen. Bloß war es schon zu spät.

Dreierlei, während ich fiel, füllte mich gleichzeitig aus:

Zum einen wunderte ich mich, daß es jetzt hier, anders als vorher, auch nach unten führende Schächte gab. Zum anderen vernahm ich Moosbachs Stimme, die mir verwundert hinterherrief: »Aber Herr Zilts! Wo kommen Sie denn jetzt her? Ich hab Sie ja schon Jahrzehnte nicht mehr gesehen!« – Das dritte war das Ziegenlachen eines Wanderers.

»Ach Zilts, da sind Sie ja endlich!«

Ich fuhr herum. – Es war Clausnitzer, mein Chef.

Die nächstbeste Wandvertiefung fixierend, machte ich, daß ich davonkam.

In einen nun wieder kaminähnlichen Schacht eingekeilt, hätte ich mich für meine Unüberlegtheit ohrfeigen mögen. War es denn nicht, jagte es mir durch das Hirn, unterdessen gleichgültig, ob die abermals panisch verlassene Welt wirklich meine eigene war oder eine Parallelwelt? Hätte ich doch nur wieder vertraute Personen um mich gehabt, egal, ob sie sich ein bißchen von den wahren unterschieden. Anton Moosbach hatte recht gehabt. Alles war besser, als erneut in einer Zeitschlaufe festzustecken. – Was war ich für ein Idiot, so völlig ohne Verstand zu handeln! Ich hätte doch diesen scheiß Vortrag nur zu halten brauchen, wo war das Problem? Hatte es als kompletter Laie doch schon einmal mit äußerster Kompetenz getan. Danach wäre ich einfach nach Hause gegangen, egal ob vermeintlich oder wahr. – Und aber nun?

Besser, ich fing erst gar nicht mehr an, ohne System drauflos zu suchen. Ich brauchte einen Plan. Deshalb beschloß ich, sowie ich oben angekommen sein würde, es Herrn Moosbach gleichzutun und meinen Weg mit verschiedenen Orientierungszeichen zu versehen, auch den Kamin. Hier wüßte ich immerhin, wo ich herauskommen würde, und als wer. Wie gut außerdem, daß ich den DIN-A-5-Block über die beiden letzten Windungen der Schlaufe nicht verloren hatte!

Endlich ins Labyrinth gezogen, fand ich in meiner Jackentasche sogar einen Kugelschreiber, mit dessen Hüllenspitze ich – die Miene wollte ich dem nicht aussetzen – einen Kreis in den Boden ritzte. Das ging hier, wo er wieder mörtelig war, recht gut.

In die Gangwand wiederum ritzte ich ein Kreuz. Dann machte ich mich im gleich nächsten, ebenfalls gekennzeichneten Schacht an den Abstieg und ließ mich am Ende fallen. Wie beglückt ich da wurde! Denn ich fand mich tatsächlich zuhause wieder, in meinem wirklich eigenen Bett. Alles roch nach Vertrautheit, und an der Zimmerdecke gab es genau das Loch, durch welches ich mich erinnerte, meine Welt und mein Leben zum ersten Mal verlassen zu haben. Meine Erinnerung war gleichfalls zurück.

8

Doch indem ich von der Dusche her wieder das Plätschern des Brausestrahls vernahm, kamen mir Zweifel. Hatte es vorher auch so geplätschert? Ich meine, war es nicht vielmehr ein Prasseln gewesen, wenn die druckschnell herausschießenden Tropfen gegen die hohlen Wände der Duschkabine prallten? Das allzu laue Geplatsche war geradezu verdächtig.

Ich versuchte, mich zu beruhigen. Aber wenn man sowieso schon ausgestreckt daliegt, ist dies nahezu unmöglich. Der geringste Anlaß läßt einen auffahren. Man sieht den Knauf der Nachttischschublade an, bemerkt seine ungeheure Widerlichkeit, die aber eben nur eingebildet sein kann. Weshalb man sich zur anderen Seite dreht und dort die Nachttischlampe ansieht, die nun erst recht entsetzlich ist. So dreht man das Gesicht zur Decke und findet außer dem bekannten Einschlupf noch ganze Löcher, die es vorher nie gegeben, sogar riesige, die ich ganz bestimmt mit Spatelmasse gefüllt und nachher überstrichen hätte, sowie ich sie bemerkte. Es gibt auch in meinem Leben Nachlässigkeiten, gar keine Frage. Aber solche Löcher wären mir peinlich gewesen.

Aber wenn ich sie doch übersehen hatte? Und was den Knauf und die Lampe anging – nach meinen Erlebnissen war ich aufgewühlt, war hochnervös. Da bildet man sich schnell mal etwas ein und neigt gerade nach Träumen, die sich ungut ins Halbschlafen fortgesetzt haben, zu fiebriger Wahrnehmung. War es deshalb, daß mir meine Umgebung, je mehr ich sie als die meine tatsächlich erkannte, nur umso fremder und gleichsam schal erschien? – Nein, ich wollte mich nicht erneut verwirren lassen, ja *wollte* einsehen, daß ich wieder zuhause war. Worin, insofern, würde sich die hiesige Christine von einer eingebildet wahren unterscheiden? Die letzten beiden, derer ich mich durchaus entsann, hatten sich imgrunde gar nicht unterschieden, außer eben in dem vielleicht ja nur fantasierten Umstand ihrer Zugehörigkeit zu verschiedenen Welten. Im übrigen waren sie identisch gewesen bis hin zur Façon der Frisuren. Was also machte eine Person zu der einen und bestimmten? Hauptsache doch, ich hielte Christine wieder im Arm.

In diesem Moment ertönte aus dem Flur eine derartig schrillfremde Stimme, daß ich schon dachte, irgendeine Nachbarin habe geklingelt und Christine ihr im Bademantel aufgemacht. Doch nur der, der Bademantel, stimmte. Denn nun trat eine Frau in mein Schlafzimmer, unähnlicher meiner liebsten Christine, als es sich überhaupt ausmalen läßt. Meine Frau war dunkelhaarig und schlank, doch dieses … ja, *Monster* künstlich blond und dicklich. Es war auch viel älter oder sah älter aus. Das Gesicht war aufgedunsen und schrecklich verlebt. Sowas findet man sonst nur bei Leuten, die schon seit Jahren obdachlos sind.

»Na, was is'? Haste gar keinen Hunger? – Beeil' dich, wenn wir noch pünktlich zum Golfspiel wolln.«

Zeit meines Lebens habe ich keinen Golfschläger in den Händen gehalten! Wer war um Himmels willen diese Person?

»Wer sind Sie?« fragte ich. – Das Ungeheuer lachte.

»Scherzkeks. Nu' mach ma zu!«

»Wie kommen Sie hier herein? Herrje, welches Jahr schreiben wir?«

»Komm, mein Klößchen« – Klößchen! – »hör mit dem Quatsch auf und mach dich fertig.«

»Wo ist Christine?«

»Wer?«

»Wo Christine Zilts ist, meine Frau …!«

»Jetzt reicht's mir mitten Faxen! Wennde nich' aufstehst, hol ich die Blumenspritze.«

Schon stapfte sie fort, der ganze Boden vibrierte. Schon kam sie mit der Sprühflasche zurück. Und spritzte mich, irre lustig, naß. Dabei lachte sie in einem Anfall aggressivsten Humors. Wie ein Wanderer selbst kam sie mir vor. – Nein, nicht daran denken!

»Verdammt nochmal, hören Sie auf!« Ich sprang aus dem Bett, stürmte auf das Ungeheuer zu und entriß ihm das Ding. Dann schleuderte ich es in eine Zimmerecke. Es sprang auf, jedenfalls löste sich die obere Verschraubung, und die restliche Füllung verteilte sich auf dem Boden. Am liebsten hätte ich die Schlunze dazugeschmissen.

»Spinnst du?« keifte die. – Da war ich aber schon, um weiteres Unglück zu vermeiden, ins Bad gerannt und hatte die Tür zugesperrt. Im Schlafanzug hockte ich mich auf die Toilettenbrille und vergrub mein Gesicht in den Händen.

Einige Zeit war es ruhig. Dann klopfte es zögerlich an die Tür.

»Lassen Sie mich in Ruhe«, zischte ich.

»Aber Joachim … mein Klößchen …«

»Sie sollen mich in Ruhe lassen!«

»Komm da so-fort jetzt raus!«

Trat sie gegen die Tür? Ja, tat sie.

»Hau ab, du Trampel! Hau bloß ab!«

Einen Moment war wieder Ruhe. Dann hörte ich, angestrengt, wütend, eingeschnappt: »Gut, wie du willst. Wirst schon sehen, wasde davon hast. Komm aber hinterher nich' angekrochen, weilde deine Pillen brauchst.« – Wenige Augenblicke später knallte die Wohnungstür.

Ich wartete trotzdem noch dreivier Minuten, bevor ich vorsichtig den Schlüssel herumdrehte und zaghaft die Klinke hinunterdrückte. Ich lugte durch den entstandenen Spalt. Das Ungeheuer war fort.

Also so schnell es ging mich waschen, die Zähne putzen – wann hatte ich das zuletzt getan? – und mich ankleiden. Danach die Wohnung inspizieren. Sie sah immer noch wie meine aus. Das konnte mich aber nicht täuschen.

Im Arbeitszimmer zog ich meine Reisetasche vom Schrank und füllte sie mit Wäsche zum Wechseln. Nahm mir in der Küche was zu essen und zu trinken aus dem Kühlschrank, verpackte es, barg es ebenfalls in der Reisetasche. Schließlich streifte ich mir den Mantel über, nahm meinen Hut und verließ die Wohnung. Mein Schlüssel lag, wo er stets deponiert war, neben dem Portemonnaie. Natürlich nahm ich beides mit, ich schloß sogar ab, auch wenn ich mich für ein paar Tage im Institut einquartieren wollte. Die abermalige Flucht durch einen der Krater untersagte ich mir, Anton Moosbachs Worte jetzt sehr wohl im Kopf.

Als ich im Hausflur stand und mich noch einmal zu meiner Wohnungstür wandte, las ich auf dem Namensschild: »Elke und Joachim Zilts«. – Schaudernd hastete ich den Treppenflur hinunter und trat draußen in die Luft eines ausgehenden

Herbstes. Seit meinem ersten Aufbruch, der keine zwei Stunden zurückliegen konnte, war ein halbes Jahr vergangen.

Schon auf dem Weg wurde mir klar, daß wir Sonntag hatten. Nahezu alle Geschäfte waren geschlossen und des Novemberwetters wegen kaum jemand draußen. An einem Kiosk erstand ich eine Zeitung, las sofort das Datum. 16. November 1986. Ich war nicht ein halbes, nein dreieinhalb Jahre unterwegs gewesen. Was war in der Zwischenzeit passiert?

Die Straßen waren mir nach wie vor vertraut, ich kannte jede Ecke, jede Ampel. Selbst die Läden waren dieselben. Offenbar hatte es keine Konkurse gegeben, jedenfalls nicht auf meinem Arbeitsweg. Dennoch fühlte ich mich an die Labyrinthe erinnert und war auch deshalb froh, als ich endlich vorm Institut stand. Als Geschäftsführer war an meinem Schlüsselbund selbstverständlich ein Generalschlüssel. Ich öffnete die Hauptpforte und trat, nachdem ich die breite Treppe zum ersten Stockwerk hochgegangen war, in den Gang zu meinem Büro.

Es herrschte eine unangenehme Stille. Die Neonlampen brannten. Sie, als einziges, surrten. Ich war fast schon an den Laboren, da vernahm ich dort ein leises Geräusch von dünnem, gegeneinanderschlagendem Glas. Retorten mochten es sein. – Eine Tür stand halb offen. Ich trat ein und erblickte einen mittelgroßen Mann im weißen Kittel emsig mit der Herstellung einer Lösung beschäftigt. Er kam mir ungefähr bekannt vor. Noch wandte er mir den Rücken zu.

»Guten Morgen«, sagte ich.

»Einen Moment bitte noch.« – Er stellte die Reagenzgläser in den hölzernen Ständer und schnalzte. Dazu schüttelte er sehr leicht den Kopf und drehte sich nun um. Es war Anton Moosbach.

»Ah!« machte er. »Herr Dr. Zilts! Guten Morgen.«

»Wie kommen denn *Sie* hierher?« fragte ich.

»Wie meinen Sie das?«

»Sie sind doch Moosbach, Anton Moosbach.«

»Selbstverständlich. Äh, Sie scherzen? – Meine Güte, Sie sind ja ganz bleich.«

»Aber es ist doch Sonntag«, sagte ich. Was hätte ich anderes sagen können?

»Natürlich ist Sonntag.«

»Wieso arbeiten Sie dann?«

»Aber das wissen Sie doch! Meine Güte, wir sind sowas von zu spät! Aber selbstverständlich wäre ich lieber daheim. Doch hatten Sie ganz recht. Bitte verzeihen Sie, daß ich so harsch reagiert habe.«

Harsch? Er? Wann? Und worauf?

»Aber meine Frau. Sie versteht es manchmal nicht. Schon wegen der Kinder.«

»Was versteht sie nicht?«

»Herr Dr. Zilts, die Überstunden, die Sonntagsarbeit. – Bitte!«

»Ich habe von Ihnen verlangt, Überstunden zu machen?«

»Ich bin halt schon etwas früher … Aber Sie, Herr Dr. Zilts, sind pünktlich wie immer. Genau auf die Minute, wie Herr Clausnitzer immer gesagt hat.«

Clausnitzer!

»Clausnitzer?«

»Ihr Vorgänger doch. Wir haben uns alle gefreut, das kann ich Ihnen versichern, daß ausgerechnet Sie an seine Stelle …«

»Von Herrn Clausnitzer? Wieso von Clausnitzer?«

»Das ist ja ganz furchtbar, Herr Dr. Zilts, wenn Sie sich nicht … – Bitte, setzen Sie sich doch. Soll ich Ihnen ein

Wasser bringen? Wahrscheinlich sind Sie überarbeitet. Wenn ich mir vorstelle, was alles auf Ihnen lastet! – Warten Sie, ich hole Ihnen ein Glas. Bleiben Sie auf jeden Fall sitzen. Versprechen Sie mir, sitzen zu bleiben?« Dann war er fort.

Auf dem Gang hörte ich ihn telefonieren, blickte mich nun doch nach einem Ausgang um. Abermals mag es der Hast und Fahrigkeit meiner Blicke zuzuschreiben sein, daß ich keinen fand. Es war, als wenn ich um Luft ringen müßte. Umso dringlicher wollte ich fort. Denn schon vernahm ich diesen Herrn Moosbach das Gespräch beenden. Jeden Moment käme er zurück. Und kam. Da griff ich, aufspringend, meine Reisetasche und stürmte davon. »Aber wo wollen Sie denn hin?!« hörte ich hinter mir. »Gottogottogottogott, was ist denn nur los?«

Ich stolperte, rasenden Hirnes, die Treppe hinab. Bloß schnell zurück in die Wohnung, dachte ich, und dort zurück in den Schacht. Hoffentlich war diese Elke noch fort. – Ich tauchte in den Nieselregen, der eingesetzt hatte. KRACHWUMM machte die Pforte.

Nein, es ging nicht. Ich konnte, durfte nicht mehr nach Hause. Wohin aber sonst? Ich durfte auch mit niemandem sprechen. Wenn ich Wilhelm angerufen hätte, zum Beispiel, hätte auch der sofort gemerkt, daß etwas nicht stimmte. Und Christoph sowieso. Der nun erst recht.

Ich kehrte in eine Kneipe ein und begann zu trinken. Im Gastraum war es wenigstens warm. Doch je mehr ich trank, desto konturierter sah ich wieder die Gänge vor mir, sah ich die Verteilersäle, sah ich die Schächte, durch die man hinab und dann besonders ins Elend fiel. Welch eine ungeheure Gitterwelt aus Röhren, Gängen, Relais! Vor meinen Augen zogen die Prozessionen, deren Gesänge in meinem Kopf lauter und immer lauter wurden. Ich hörte das Keckern der Ziegen, sah die Wandereraugen ohne Pupillen. Und darüber noch schob sich das fette Gesicht dieser Frau, die sich vor irrsinnigem Lachen mit beiden Händen den Bauch hielt. Dann riß sie ihre wulstigen Lippen auseinander, zerrte mit drei Fingern die Zunge heraus, zog sie noch weiter aus und noch weiter und noch weiter – die ganze Person stülpte sich komplett um, ihren gesamten Leib. Die Organe hingen jetzt draußen wie hunderte verwachsene Brüste. Dazu das Blut.

Hände faßten mich, schüttelten mich. Ich blinzelte durch die Lider, erkannte verzerrte Gesichter. Irgendjemand schlug mich. Dann hätte mich fast ein Speichelspritzer erstochen. Eine boshafte Tonfolge folgte, durchschnitt mich mindestens dreimal quer. Ich wurde hochgehoben, spürte unter mir Schritte, darauf eine Trage, also darüber. Zwei heftige Türschläge noch, ein spitzes Piksen in der linken Ellenbeuge, dann verschwamm mir alles zu Nebel.

9

Wie soll ich jemanden von Verstand so überzeugen, daß er das, was geschehen ist, glaubt? Bislang ist jede Bemühung vergeblich gewesen. Ich kann beteuern, wie ich will. Das einzige, was ich bewirke, ist Mitleid bei Bekannten und Freunden, aber eines, das meine Zurechnungsfähigkeit bezweifelt, sowie bei den Ärzten ein ununterbrochenes Messen meiner physischen Werte. Der EEGs und MRTs nimmt es kein Ende. Dann aber, plötzlich, eines Morgens, wird man mit einem Schälchen voller Tabletten in Ruhe und einem stumpfen Frieden gelassen, den nur Medikamente dir geben. »Verleihen« kann ich nicht schreiben; es ist ja das Gegenteil einer Ehrung.

Dennoch, ich hätte dieses friedlichen Zustands früher teilhaftig werden müssen. Es tut wohl, meine Tage in der Gegenwart einiger weniger Menschen zu verbringen, die ein ähnliches, von Medizinern und Laien *Leiden* genanntes Erleben eint. Man ist nicht länger verantwortlich, weder für andere Menschen noch für Dinge, lebt leise vor sich hin, ergeht sich im Park, der mit seinen hohen, weiten Kastanien sehr schön ist, den freien Rasenflächen, den verschwiegenen Lauben und schlanken, silberrauschenden Birken, dahinspazierend an Rittersporen und Flammenblumen vorbei.

Wie sehr ich jetzt Anton Moosbach verstand und fast auch bereute, nicht bei ihm geblieben zu sein! Denn jemals ihn, und gar Christine, wiederzufinden – diese Hoffnung gab ich auf. Es war der Bittertropfen in meinem nunmehrigen Leben. Vielleicht versagte sich mir das Labyrinth deshalb für so lange Zeit. Wie viele Einstiegslöcher ich auch entdeckte – es gab sie in grenzenloser Anzahl: in den Wänden, den Decken, den Tischen, Fußböden, in Bäumen und Bänken, ja sogar in den Müllkübeln –, es gelang mir nicht, wieder in einem von ihnen Fuß zu fassen oder wenigstens eine Hand hineinzukriegen, um mich mit der anderen dann ganz hochzuziehen und hinein und davon. Dabei lockte es mich so sehr.

Ohne die Medikamente hätte ich schlimme Entzugserscheinungen gehabt und hätte auch die mir zunehmend abstrakter werdende Welt, in der ich gelandet war, nicht so versöhnlich, ja dankbar erlebt, wie ich es eben beschrieben. Psychopharmaka sind, das kann ich heute sagen, von unendlichem Segen auch denen, die krank gar nicht sind, aber Sachverhalte wissen, die sich mit einem normalen Leben nicht in Übereinstimmung bringen lassen. Man sollte es, fürchte ich, nicht mal versuchen. Ich tat es allein einer einzigen Unerträglichkeit halber: daß niemand von einer Christine Zilts je gehört haben wollte. Immer gab es nur Elke, ich konnte jammern, beschwören und schließlich wüten, wie ich nur wollte. Auch davon erlösten mich die Tabletten, so daß ich selbst den Namen meiner Frau in mein Inneres einschloß, wie um sie vor weiterer Entweihung zu schützen.

Ich begann also zu schweigen. So etwas geht in Kliniken, vor allem, wenn man aus dem geschlossenen Haus entlassen wird und sich, man muß dazu einfach ruhig bleiben, frei bewegen darf. Man kann lesen oder mit seinen Gedanken spazieren, deren langsam-unaufgeregtes Dahinfließen so guttut, daß man auf die Idee auszubrechen gar nicht erst verfällt. Wohin hätte ich auch flüchten können? In ständiger Fremde mag niemand leben. So daß ich schließlich sogar die peinsamen Liebenswürdigkeiten meiner vorgeblichen Frau über mich ergehen ließ. Mehr als ein Halbjahr strich so dahin.

Dann sah ich den Einschlupf.

Es war ein strahlender Frühjahrstag, nachmittags schon, und derart warm, daß ich in dünnem Pulli und sogar Shorts in den Park gehen konnte. Gedankenverloren rauchte ich eine Zigarette und lauschte den Vogelstimmen im Buschwerk. Noch stand die Sonne beinahe hoch. Ich setzte mich unter eine Kastanie und sah mit zurückgelegtem Kopf in ihre auslandend weite Krone. An den Zweigen waren bereits Ansätze der Blüten zu erkennen. Da gewahrte ich kurz vor dem ersten Abzweig eines Astes die Vertiefung im Stamm. Sie war wie von Narben ein Wundrand von gleichsam Lippen gesäumt. Erst sie ließen die Labyrinthe in meiner Erinnerung erstehen, auf*er*stehen fast. Es ging von ihnen jener starke und unmittelbare Reiz aus, den ich so lange Zeit nicht nicht nur gemißt, nein, nun schon fast vergessen hatte. Mit ihm kehrte der Drang zurück, einer falschen Welt, nämlich dieser, den Rücken zu kehren.

Ich faßte die Vertiefung schärfer ins Auge. Dann schob ich mich den senkrecht durch die Rinde gebohrten, bald schon eigenwillig geschlängelten Schacht entlang. Er schien mir länger als alle früheren Schächte oder Trichter zu sein. Aber schließlich kam ich wieder in einem Verteilersaal heraus. Wo ich sofort, nach derart langer Zeit, auf einen Wanderer traf.

Er hockte am Boden, über den verstreut Steinbrocken lagen, und zeichnete Kreise. Sie erinnerten an mathematische Graphen. Daß er es so versonnen tat, wie um mein eben vergangenes, beruhigtes Leben in der Klinik zu persiflieren, machte mich wütend. Ich meine, es war wirklich erlösend, mit einem Mal wieder Emotionen zu haben. Doch bevor ich es ihm heimzahlen konnte, bemerkte er mich, sprang auf, rief kreischend ein unverständliches Wort und hastete davon. Zwar widerte mich seine Feigheit erst recht an, aber ich mochte mich nicht auch noch demütigen lassen, hinter ihm einherzulaufen. Vielmehr entledigte ich mich sofort meines Pullis und fing die Zeichnungen wegzuwischen an. Bis auf das letzte Restchen wischte ich sie aus.

Je besser ich vorankam, desto erlösender spürte ich meine Befreiung, ja sogar Glück. Angesichts schließlich der blinden, weißlichen Flecken, fühlte ich mich am ganzen Körper gestreichelt. Ich war von Liebkosung wie durchpulst. Auch in der Seele. Ach, welch ein Rausch! – Dann aber, plötzlich …

Ich wurde von hinten gepackt, jemand riß mir am Haar, etwas trat mir in die Kniekehlen, und ich fiel. Da warf sich der Wanderer auf mich, eben der, dessen Zeichnungen ich zerstört hatte. Er packte mit einer Hand meinen Kragen und schlug mir mit der andren ins Gesicht. Dennoch empfand ich nicht den geringsten Schmerz. Erneut brach ein Hagel von Hieben über mich herein. Ich spürte, wie meine Augenlider schwollen, konnte kaum mehr was sehen – nur, daß der Wanderer nach einem Stein griff und den Arm hob, den spitzen Brocken in der Faust.

Ich bäumte mich und griff hoch, fuhr ihm unter die Hand und preßte zwei Finger meiner andern in seine toten Augen. – Er stöhnte. Der Stein entglitt ihm, knallte neben uns hin. Ich schüttelte den Wanderer ab, sprang auf. Auch er sprang auf. Wir standen einander gegenüber. Er hechelte wie ich. Doch anders als meiner p f i f f sein Atmen.

Langsam bückte ich mich, behielt den Gegner scharf im Auge. Ich griff nach dem Stein. Der Wanderer fauchte drohend zwischen den Zähnen. Ich holte aus und traf ihn genau überm Schlüsselbein. Er warf die Arme hoch und japste. Dann kippte er vornüber.

Wahrscheinlich bewußtlos lag er da. Ich beugte mich vorsichtig über ihn. Vielleicht tat er ja nur so. Doch blieb er regungslos liegen. Also nahm ich, noch tiefer hinuntergebeugt, seinen Hals in die Hände und drückte vorn meine Daumen in den Kehlkopf. Ich hatte nicht gewußt, wie anstrengend so etwas ist. Trotzdem ließ ich erst ab, als er nicht mehr atmete. Dann kehrte ich zu den Flecken der weggewischten Graphen zurück und versuchte, erneut in den Zustand des Glückes zu kommen – vergebens.

Ich schreckte auf. Beobachtete mich wer? Ich ließ mir nichts anmerken. Spürte aber den, dachte ich, *Spitzel* deutlich weiter. Er schien genau wie ich den Atem zu verhalten. Es war fast komplett still, nur das stetige Surren des Dämmerlichts zu hören.

So ging es für Minuten. – Ich hatte mich offensichtlich geirrt, streckte mich wieder und schritt zu der Leiche zurück.

Mir war überhaupt nicht mehr klar, weshalb ich den Wanderer getötet hatte. Es wäre, nachdem ich ihn besiegt hatte und er bewußtlos dalag, nicht nötig gewesen. Sei's drum, dachte ich. Es gab in der Zwischenwelt ja keine Gesetze, geschweige Polizei. Wer hätte mich hier richten können, ja selbst wollen?

Ach, wie irrte ich mich!

Noch war ich freilich ahnungslos und bückte mich, um den Toten zu durchsuchen. Vielleicht hatte er etwa Nützliches bei sich. Ich fand indessen nichts als ein paar Kreidestückchen und einen Bissen Brot, den ich mir sofort in den Mund schob. Kauend sann ich über mein weiteres Vorgehen nach. Sollte ich mich aus dem Staub machen und die Leiche liegen lassen? Die Vorstellung behagte mir wenig. Deshalb faßte ich die Füße und schleifte den Wanderer bis zu einem der hier abgehenden Gänge, zog ihn hinter mir her bis zum nächsten Schacht. Natürlich wäre es um den Anorak schade. Ich zerrte den Körper aus ihm raus und warf die Leiche hinab.

Während ich mir selbst den Anorak anzog, lauschte ich. Man hätte doch irgendwas hören müssen, wenn der tote Wandererkörper eine der Wände streifte, ein Scharren, ein Ratschen, irgendwas, und wenn er unten aufschlug. – Nichts. Einfach nichts. Nicht mal ein Wehen. – Mit der Kreide ritzte ich einen durchgestrichenen Kreis auf die Schachtwulst. Auf keinen Fall durfte ich selbst hier jemals hinab. Wenn ich das mißachtete und unten dann neben der Leiche stünde, entdeckt werden würde, verhaftet wahrscheinlich – wer sagte mir, daß ich dann nicht abermals meiner Fähigkeit verlustig ginge, mich durch einen Ausschlupf davonzumachen? Genau das hatte ich doch gerade erlebt. – *Gerade?* Meine Zeit in der Klinik kam mir bereits vor wie Jahre, ja Jahrzehnte her.

Aber was, wenn ausgerechnet dieser Schacht zurück zu Christine führte? Welch ein entsetzlicher Gedanke! Tatsächlich spürte ich im selben Moment, da ich ihn dachte, von eben diesem Schacht eine geradezu leibliche Lockung strahlen, wie Sonnenstrahlen auf der Haut, daß es schon beinah Verheißung war. Es war zum irrsinnig Werden. Je mehr ich grübelnd fantasierte, umso heftiger wurde der Drang. Dem ich alleine widerstand, indem ich sofort weglief, ja -hetzte. Bewegung, Bewegung! Wenn ich rastlos schweifte, dachte ich nicht nach. Wenn ich rannte und rannte, bis ich nicht mehr konnte.

Als ich nicht mehr konnte, ließ ich mich an einer Wand nieder und zog mir, weil ich weinen mußte, tief die Kapuze ins Gesicht. Ich weiß nicht, wie lange ich so dahockte. Dann sagte jemand hinter mir »Hallo«.

Ich begriff erst nicht. Aber hörte die Stimme erneut: »Hallo, Sie«. Es war die gesenkte eines Mannes. – Ich war noch zu geschwächt, als daß ich mir hätte etwas anmerken lassen dürfen. Schon gar nicht durfte ich mich rühren. Da spürte ich die Hand des Mannes auf der Schulter. So schnell ich nur konnte, schnellte ich hoch, schleuderte herum, fixierte den Fremden, schleuderte abermals herum und rannte davon. Weshalb ich dabei so lachen mußte, weiß ich nicht.

Ich rannte und rannte. Hinter mir hörte ich rufen: »So bleiben Sie doch stehen!« Ich hörte den hastigen Atem. Dann hatte dieser Mann mich fast, schnappte nach meinem Anorak. Ich fuhr herum und trat zu. Dann trat ich noch einmal zu. Er strauchelte, fuchtelte herum, ich mußte ihn nur noch stoßen. Ich hatte ihn, indem er hinabfiel, tatsächlich besiegt, hatte zum ersten Mal, seit ich mich entsinnen konnte, einen Kampf gewonnen. Und jubilierte.

Lange aber nicht. Denn es näherte sich eine Prozession, deren Singsang in mich eindrang und mich furchtbar milde stimmte. Ich drückte mich sanft an die Wand, um die Sänger vorbeizulassen – eine völlig bewußtlose, doch so grausam würdige, derart unantastbare und in höchster Eintracht ergebene Herde, daß mir meine Einsamkeit von neuem, ja überhaupt erst wirklich bewußt wurde. Da schwoll die Verzweiflung in mir, blähte sich, blies mich auf wie einen Ballon. Weshalb ich, um nicht zu platzen, einen der Halbtoten faßte, zu mir herumriß – ich hatte nun ja schon einmal gesiegt –, dann, weil ich die Demut seines Blicks nicht ertrug, gegen eine der Wände klatschte.

Das Geschöpf gab keinen Laut von sich, ließ es einfach geschehen. Schon folgte es der Prozession aufs neue. Was mich erst recht zornig machte, mehr noch, in eine Lava rasendster Verweiflung, schneidendsten Schmerzes und aufbegehrendster Wut hineinwarf, die diesen Gipfel meines Elends nur noch hinwegsprengen konnte. Weshalb auch ich den Halbtoten folgte, doch hastend aggressiv, und von hinten in den Zug wie ein Mähdrescher einfiel. Er wurde, so halbtot er war, mein Getreide. In einer langen Schneise fiel er zu den Seiten. Doch es war nicht genug, ich kehrte um, und wieder fielen und fielen die Stengel. Erst als niemand mehr, wirklich niemand mehr stand, geschweige denn zog, beruhigte sich meine Raserei und wurde taub genug, um das, nicht nur bildlich gesprochen, Schlachtfeld zu säubern. Ein Geschöpf nach dem anderen warf ich, wie den Wanderer davor, in die Schächte. Da erhielten die Wesen ihre Stimme zurück, schaurige Stimmen in Sprachen, die ich fast alle nicht kannte. Es war mir, wie wenn sie um Hilfe schrien.

Mindestens zwanzig, wenn nicht dreißig dieser Wesen waren es, die ich auf diese Weise dem Tod zurückgab, vor dem sie sich gedrückt hatten, manche vielleicht schon jahrhundertelang.

10

Mein Wüten hatte mich ernüchtert. Ich schwitzte am ganzen Leib. Mir waren sogar Äderchen in der Nase geplatzt, die erst schwallhaft bluteten und sich allmählich stillten. Ich preßte den Pulli vor, den ich in eine Tasche des Anoraks gestopft hatte. Dann wankte ich hinfort – benommen wie einer, der nach einem Unglück fast nichts mehr weiß. Je weiter ich in das Labyrinth eindrang, desto unwirklicher mutete mich, was geschehen war, an. Schließlich war es nichts mehr als ein schlimmer Traum. Nur daß weiter meine Nase blutete. Der ganze Pulli war schon klitschig verklebt. Ich müßte ihn, mit kaltem Wasser am besten, auswaschen, dann wieder und wieder tränken, auswringen und so gekühlt auf meine Stirn legen. So hat es Mutti immer getan.

Außerdem hatte ich Durst. Gab es nicht irgendwo einen Wasserhahn oder sonst eine Quelle? In manchen Gängen war es feucht gewesen. Es gab doch sogar Moose, die irgendwo wuchsen. Doch alles blieb kalkig, mörtelig, staubig. Und die Pflanzen, die diese Spiralblätter hatten? Was war mit denen? Ich brauchte einfach Wasser.

Und stieß auf keins. So wurden wieder die Schächte verlockend. Denn wenn es zu trinken gab, dann auf jeden Fall in einer der Welten. Gedurstet hatte ich da nie. Ich könnte mich dort sogar waschen, die furchtbaren Spuren der Gewalt abwaschen, nicht nur meine weiterhin blutende Nase. Andererseits war ich viel zu geschwächt, um mich auf ein nächstes Abenteuer einzulassen, ein Wort, das seinerseits farbiger klingt, als seine Wirklichkeit, oft eine der Entbehrung und des Leids, dann ist. So glitt ich nieder, wo ich stand, streckte die Beine aus und schlief ein. Dabei vernahm ich fern den raunenden Singsang einer neuen Prozession, dann mal ein

Wandererkeckern. Darüber aber ging Christines Gesicht wie eine Morgenröte auf und leuchtete auf mich herunter.

Ich erwachte in einer Zelle. Wie war ich da hineingeraten?

Einen der Schächte hinab war ich nicht. Jedenfalls hatte ich keine Erinnerung dran. Erinnern tat ich mich nur an Chaos und Blut, an Schreie, an Durst und Erschöpfung.

Ich lag auf einer Pritsche. Eine Steppdecke war über mich geworfen, nur mein Kopf lag frei. Jeder Knochen tat mir weh. Meine Augen waren verquollen, und mein Nasensattel pochte. Ich tastete hin. Die Stelle war furchtbar geschwollen.

Langsam versuchte ich, mich aufzurichten. Am Fußende der Pritsche lag, auf der Decke zusammengeknüllt, mein blutdurchsogener Pulli. – Wo gab es die nächste Vertiefung?

Meine Blicke hasteten Decke und Wände ab, links stand ein offenes Klo, daneben ein Kübel. Doch da rasselte schon ein Schlüsselbund, und ohne irgendein Quietschen ging die Tür auf.

»Hoch mit Ihn'!«

Ein uniformierter Wärter.

»Wo bin ich?«

»Mitkomm'!« Und als ich nicht gleich reagierte: »MachnSe zu!«

»Ich brauch was Saubres zum Anziehen.« Mich weiter aufzurichten, gar mich aufzusetzen, verursachte solch einen stechenden Schmerz, daß ich zurücksackte.

»StellnSe sich nich' so an!« barschte der Mann.

»Tut mir leid, ich ...«

Er half mir grob auf.

»Es ist kalt«, sagte ich.

»Es wird gleich noch viel kälter. – WollnSe was essn?«

»Wie lange bin ich schon hier?«

Er grinste. »Tief geschlafen hamSe ja«, sagte er und antwortete: »Seit gestern früh. Jetz' müssnSe sich für'e Verhandlung fertigmachn. Fehlen tut Ihnen ja nix. Unt'ie paar Narbn wee'rn vaheiln.«

»Was ist denn boß passiert?«

»Das fragnwa S i e ! «

Was hatte ich in dieser neuen Welt bloß getan? Daß es solch eine war, eine wiedernächste also, war mir schon klar – egal, wie ich in sie geraten.

»Aba kommSe ers' ma mit, Sie kleines armes Schweinchen.«

Wie sprach dieser Mensch mit mir?! Der sich hernach in Schweigen hüllte.

Ich tat es ihm nach. Wir schritten durch die Gefängnisgänge, denen der Labyrinthe durchaus verwandt. Hatte ich mich, als ich schlief, versehentlich ungut gedreht und war in einen der Schächte gestürzt? Was ich in meinem ohnmachtsähnlichen Zustand nur nicht gemerkt hatte? Daß mich ein Wanderer hinabgeworfen haben sollte, konnte ich nicht glauben. Sie tun so etwas nur dann, wenn sie sich am Schrecken ihrer Opfer weiden können. Das nun wußte ich genau.

Ich wurde in einen Einkleideraum geführt und mit langer Hose, Hemd sowie festem Schuhwerk ausgestattet. Danach führte mich der Wärter in einen anschließenden, diesmal geräumigen Gang, auf dessen linker Seite riesige Türen in wahrscheinlich Gerichtssäle führten. Denen gegenüber waren unter hohen, vergitterten Milchglasfenstern massivhölzerne Bänke aufgestellt. Auf eine davon sollte ich mich setzen, um zu warten. Worauf, sagte der Wärter nicht. Und ich, ich wollte nicht mehr fragen.

Er pochte an eine der Monumentaltüren, öffnete sie, trat hindurch. Drinnen hörte ich ihn sprechen, auch eine andere Stimme, verstand aber nichts. Besser, ich suchte den

Gerichtsgang nach Fluchtlöchern ab, nach Spalten vielleicht, nach Verletzungen, könnte man sagen. Doch alles war auf unheimliche Weise glatt. Selbst das Holz der Fensterrahmen, Türen und Bänke hatte etwas Künstliches oder war von einer undurchlässigen Beschichtung überzogen. Das gesamte Gebäude schien mir so isoliert zu sein wie jeder Gegenstand drin. Die Sterilität war Falle, war selbst ein Verließ.

Der Wärter kam wieder heraus und nahm neben mir Stellung. Er stand wie ein Bildnis aus Stein. Wie lange es währte, weiß ich nicht mehr. Dann steckte ein Justizangestellter seinen Wieselkopf durch die Tür und rief uns, wie ein Wanderer keckernd, herein.

Mir voran der Wärter, betraten wir nicht einen Saal, nein, eine Halle. Sie maß von vorne nach hinten mindestens einhundert Meter und mochte fünfzig breit sein. Ganz vorne rechts neben der Tür saß das Wiesel vor einer vorsintflutlichen Schreibmaschine. Sonst die Halle war leer, nur daß ganz am anderen Ende ein Hockerchen stand. An der Wand hinter ihm, darüber, hing eine mächtige Kette, die, soweit sich aus der Entfernung erkennen ließ, aus Holzkugeln geknüpft war und zwischen ihnen etwas wie ein Amulett.

Der Wärter führte mich bis in etwa Hallenmitte. Da standen wir dann Ewigkeiten weiter, er wieder wie eine Gipssäule. Ich solle mich auf keinen Fall rühren, raunte er mir zu. Dann war nur noch das permanente, insistierende Schreibmaschinentippen des Wiesels zu hören. Als tippte es ein Protokoll.

Irgendwann wurde es komisch. Ich kicherte. Der Wärter stieß mich an.

»Warum saa'ngSe nichts?« fragte er. »Mensch, Sie müssen doch antworten!«

»Ja – aber auf *was*?«

Ernst und mißbilligend schüttelte er den Kopf, und als ich mich ihm, schräg den halben Oberkörper hochdrehend, noch einmal zuwandte und schon ansetzte, etwas Weiteres zu fragen, legte er einen Zeigefinger auf die Lippen und machte »Psssst«.

So standen wir da, er fast wie vorm Buckingham Palace ein Queen's Guard. Dann drückte meine Blase.

»Ich muß mal«, raunte ich.

»Nich' jetzt«, raunte er zurück. – Ich verkniff den Druck, hätte es lange indes nicht mehr ausgehalten. Als mir der Wärter endlich das Zeichen gab. »Ach«, sagte er, »tut mir leid für Sie.«

»Was tut Ihnen leid? Es war doch gar niemand da!«

Er lachte trocken. Auch das Wiesel, fünfzig Meter hinter uns, lachte. Das Ziegenkeckern ließ mich fast erstarren. Sofort suchte ich abermals nach einem Fluchtloch.

»LassnSe das!« zischte der Wärter. »Für Sie gibt es kein' Weech hier heraus. – Außer«, fügte er, unbestimmt drohend, an, »einem. – Aber jetz' kommSe mit und seinSe vanünftich. Glau'mSe mir, 's'is'as Beste für Sie.«

Das Wiesel hörte zu kichern gar nicht mehr auf. Noch als wir die Halle längst verlassen hatten, meinte ich, die häßlichen Splitter seines fliegenden Lachens zu hören.

Nun wurde ich durch ein System aus Gängen und Foyers geführt, deren Anzahl der des Labyrinthes in nichts nachstand. Stunden später erst, die mir wie Monate vorkamen, so taten mir schon die Beine weh, und ich hatte Blasen an den Füßen nach derart vielen Abzweigungen, Türen, auch immer wieder Kontrollen, machten wir vor einer sich schroff aufrichtenden Mauer halt, in die eine niedrige schmiedeeiserne Pforte eingelassen war. Ein vermittels zweier Vorhängeschlösser festgestellter Riegel sicherte sie. Der Wärter zog seinen ungeheuren Schlüsselbund aus der Tasche und durchsuchte die Schlüssel. Dann öffnete er die

Schlösser und klappte den Riegel bis zum Türrahmen hoch. Er zog die Pforte nach außen auf. Steckte erst den linken Arm in die Kammer dahinter, tastete rechts die Wand ab, fand den Schalter. Stockernd klackte sich eine Batterie Neonlampen ein. Die Kammer war nichts als ein nächstes Verließ und jede Wand derart plastin isoliert, daß es leerstand, selbst wenn man drin war.

»KommSe«, sagte der Wärter. »Nu kommSe schon. Nur hier, nirgends sonst, finden Sie, wasse suchen.«

Aber ich wollte auf keinen Fall weiter, auf keinen Fall da hinein.

»Das hat doch keinen Sinn!« rief der Wärter und zog mich am Ärmel. »MachnSe mir keine Scherereien.«

Ich ergab mich. So, er mir wieder voran, betraten wir die Kammer. Oder das Verließ. Wo sollte hier ein Ausgang sein?

»Da«, sagte er, als hätte er meine doch nur gedachte Frage gehört. Er zeigt auf eine in der linken unteren Ecke derart verborgene Vertiefung, daß man hätte annehmen können, sie wolle sich verstecken. »Da müssnSe rein.«

Ich beugte mich darüber. Welch ein Entsetzen aber! Neben dem Loch war mit Kreide eine Markierung angebracht. Es war der durchgestrichene Kreis.

»Um Gottes willen!« rief ich aus. »Um Gottes willen, nein!«

Der Wärter zuckte mit den Schultern. »WieSe wolln«, machte er. »Haa'm ja Zeit genuch, sich's zu übaleegn. Ich laß'Se jetz' allein. WennSe mor'ng wech sin', isses gut. WennSe noch da sint'auch. Jee'nfalls blei'mSe ers'ma hier drin. Un' wennSe nach einem Monat noch immer …«

Er wischte den Rest des Satzes mit einer lasch geschleuderten Hand weg.

»*Was*, wenn ich dann noch immer?«

»Wiss'n Se doch selbs'.«

»Ich weiß gar nichts. Gar nichts weiß ich!«

»Dann wer'nSe einem Zuch zugewiesn.«

Zuch? Was meinte er? Meinte er – *Zug*? Eine Prozession meinte er?

»Sprechen Sie, Mann! Erklären Sie's mir!«

‚Mann, Se kenn' doch die Totn, die sich feige vorm Tod vadrückn! Die kenn'Se doch! – Man wirdSe da einweisen, zuweisn, wennSe Ihr Schicksal nich' annehm' wolln.«

»Nein!« rief ich. »Nich' mit mir!«

»Se haa'm doch gaa keine Wahl. Also nehm'Se'en Ausweg. Blind wer'nSe so oder so. – Bis mor'ng früh dann, Herr Zilts. Oda auch nich'.«

Er schlug das Licht aus, und herrisch knallte die Tür. Sie knallte unwiderruflich. Davor drehte sich ächzend der Riegel herunter. Die Sicherheitsschlösser schlossen ihn klirrend ab. Es brauchte abermals Stunden, bis die schlurfenden Schritte des Wärters verhallten.

11

Dunkelheit folgte. Zermürbendes Warten, auch wenn ich sofort in ein emsiges Herumtasten verfiel – erst nach dem Lichtschalter, den ich auch fand. Er funktionierte aber nicht. Dann, wider Wissen und Glauben, nach weiteren Vertiefungen. Keinen Quadratmillimeter, sei es des Bodens, sei es der Wände, wollte ich ununtersucht lassen. Es mußte doch etwas geben, und wäre das Löchlein noch so winzig.

Doch die Isolierung war perfekt. Alles schien von einer hauchdünnen, gleichzeitig unzerbrechlichen Glasschicht überzogen zu sein. Jede Fuge fühlte sich damit ausgegossen an. Nur aus dem markierten Schacht wehte eine ungefähre Zugluft.

Endlich ließ ich mich, matt und ergeben, am Boden nieder, Schultern und Hinterkopf an der Wand, ließ die Arme hängen und streckte meine Beine aus – wie damals auf der irrenden Suche nach Wasser, bevor ich unwillentlich eingeschlafen war. Diesmal war es ein Fluchtschlaf, für den ich mir wieder die Morgenröte ersehnte, aus welcher Christine auf mich so wärmend heruntergeschienen. Ich fand ihn, sogar ohne das Raunen einer Prozession und ohne die Meckerei eines gefährlichen Keckerns.

So endete der erste Tag meiner Haft.

Als ich erwachte, gähnte das dunkle Schachtende meines einzigen Auswegs mit mir. Dann hörte ich schon Schritte: die stumpfen, mühsam schweren des Wärters. Aber zwischen meinen Augen liefen winzige Holzmarionetten aus Glas und sprangen seitlich in die Schläfen, von dort in die Ohren, in denen sie zu einem Ton aus zahllosen Kehlen gerannen. Schon waren sie stehender, schwebend oszillierender Sang. Da rasselte wieder der Schlüsselbund, ächzte in seiner Führung der Riegel. Ich hörte die Tür sich öffnen, aber wollte nicht sehen, kniff meine Augen zusammen. Dann vernahm ich die Neonlampen sich einflattern.

»Na, sin' ja noch da. – Hier. Das Frühstück.«

Er trat wieder raus, schloß die Tür. Der Riegel ächzte. Die Schlüssel klimperten. Ich bewegte mich nicht. Wenn ich die Augen öffnete, wäre die Lockung des Ausgangs noch gewachsen. Gäbe ich ihr nach … Ich wußte, was dann käme.

Nein, ich wollte nichts essen. Trinken aber mußte ich.

Also zu dem Tablett tasten, das ich gehört hatte: wie es der Wächter auf den Boden stellte. Ich berührte eine Flasche. Nein, die Augen auf keinen Fall öffnen. – Zu trinken labte nicht, es schmerzte. Es gab mir auch keinerlei Kraft.

Ich verharrte. So verging der zweite Tag.

Wie der dritte und der vierte vergingen, wie viele Tage es insgesamt waren, weiß ich nicht. Nur daß ich zu halluzinieren begann. Vor meinen Augen zogen endlose Reigen murmelnder Toter dahin, Halbtoter, ich kann es wirklich nicht sagen. Es wurden immer mehr, Völkerscharen schließlich, die, alle in Reih und Glied, raunend und betend wandelten, empfindungs- und fühllos von einer Ewigkeit getrieben, die ihnen die Pupillen erfror. Denen sollte ich zugehören? Nein! Lieber ein Wanderer bleiben, lieber in die nächste Not Hals über Kopf. Dann konnte ich wenigstens manchmal schlafen und von Christine dabei träumen. Ja, lieber über andere Wanderer herfallen, lieber die Anton Moosbachs triezen, die es trotz allem gab, und lieber, das nun sowieso, in eine Klinik eingewiesen werden, in deren Park man sich ruhig ergeht, und mit den Krankenschwestern und Pflegern gibt es gutes, erlösendes Scherzen. Müßte ich nur kein Halbtoter werden. Christine! rief ich stumm, Christine, so hilf mir! Schon rief ich es laut und hörte, wie die Wände meinen Ruf reflektierten. »Christine!« »...tine ...« »...ine!« hallte es wider.

Ich brach ab. Die Stille lag auf dem Boden wie Sand und füllte jeden Winkel.

Wieder versuchte ich es mit dem Licht. Aber sowie die Tür geschlossen war, funktionierte nie der Schalter. Immer noch nicht gab ich der Lockung nach, immer noch nicht besaß ich den Mut, entschieden zu sein und mich zu stellen.

»Jetz' hamSe wirchlich nich' mehr viel Zeit«, sagte der Wärter. Ich riß die Augen auf. Er war gar nicht da. Ich hätte ihn selbst in dieser Dunkelheit bemerkt, die auf Dauer jeden anderen Sinn, wenn die Augen versagen, höchst schärft. Aber sie waren nun offen, die Augen, auch wenn sie nichts sahen.

Ich wollte zur anderen Verließseite kriechen. Doch ich kam nicht voran. Es war nicht zu begreifen. Ich war nicht gelähmt. Trotzdem schaffte ich keinen halben Meter. Erst nach Ewigkeiten ertastete ich die Wand. Der ungefähre Zug wurde konkret.

Frische Luft, gar keine Frage. Überhaupt, Luft!

Sie zog an mir, zerrte an mir, säuselte mir zu. »Komm!« hörte ich. »Komm – komm – komm …«

Ich wollte nicht, ich will nicht. – Tastete wieder, spürte die Wölbung, hielt mich an ihr fest. Sie hielt mich ebenfalls fest. Denn fünf, sechs, ich weiß nicht, sieben wie von Kindern kleine Hände, oder von Geistchen, umfaßten meine Finger. Ein Waschbär hatte mich so, ich erinnerte mich, einmal in einem Zoo angefaßt, da war ich selbst noch Kind gewesen. Diese weiche Zartheit! Und doch rief ich noch immer: »Ich will nicht!«

Trotzdem ließ ich mich zur Seite rollen und mich fallen. Im Stürzen hörte ich mich weiterhin rufen, von hoch, weit oben über mir. Meine Stimme war bei denen geblieben, die weder leben, noch sind sie tot. »Nein!« rief sie von oben herab.

12

Es hallte das »Nein!« durch den Gang.

Ich schrak davon hoch. – Wer hatte da geschrien? Ah, ich selber nur, im Traum. Aus dem war ich zurück. Aber schwamm noch im Angstschweiß.

Mein Nasensattel pulste. Immerhin hatte das Bluten aufgehört. Neben mir lag der Pulli starr verklumpt. – Jeder Knochen tat mir im Leib weh. Indes, ich hatte keinen Durst mehr. Vielleicht genügte es für die Zwischenwelt, wenn man im Traum trank. Das hätte manches erklärt. Zumal ich wieder sehen konnte, gut sogar sehen, auch wenn sich meine Blicke in der Länge dieses Ganges verloren.

Außer dem Surren des Dämmerlichts war es still. Den Singsang einer Prozession hätte ich auch kaum ertragen. – Doch was war *das*?!

Direkt neben mir die Öffnung des mit dem durchgestrichenen Kreis markierten Schachtes, eben der, in den ich die Leiche des Wanderers geworfen hatte. – Wann war das gewesen? Ich wußte es nicht. Aber daß mich meine Erschöpfung genau hier hatte zusammensinken lassen, ob nun vor Stunden oder Tagen, konnte kein Zufall sein. War es Geschick? Vielleicht sogar Glück – ein mir geschicktes?

Ich mußte an den groben Traumwärter denken, auch an die – das war sie wohl gewesen – Verhandlung und den für mich unhörbaren Urteilsspruch sowie an das Kichern des wieselhaften Justizangestellten. Sollte ich mich davon beeinflussen lassen? Gewiß nicht. Außerdem hatte ich Hunger, zwar im Traum getrunken, gegessen aber tagelang nichts. Und Nahrung gab es nur drunten. Ich mußte also so oder so in eine der wirklichen Welten.

Trotzdem blieb ich noch liegen, zog Beine und Arme an, spähte und lauschte, ob irgend Gefahr war. Alles blieb ruhig. Nur noch ein Viertelstündchen, dachte ich und dachte an die Morgenröte. Aber ich fand nicht einmal wieder ins Schlummern. Also stand ich endlich auf.

Ich tat ein paar Schritte, wollte zum nächsten Verteilersaal, entschied mich spontan um. Was, wenn ich den Schacht mit dem Kreuz nicht mehr fände? Was, wenn zwischenzeitlich ein Wanderer das Zeichen boshaft entfernte? So etwas durfte ich auf keinen Fall riskieren.

Schon stand ich wieder vor der hinabführenden Öffnung, die Rückkehr und so viel Befreiung verhieß. Hatte Christine, als ich zum ersten Mal aufbrach, nicht unter der Dusche gestanden? Und ich war wieder eingeschlafen? Dann hörte ich:

»Joachim, Liebster, nun steh doch endlich auf!« Da ich nicht reagierte, würde sie sich über mich beugen, mir einen Kuß geben, mir zwei Küsse geben, würde mich vielleicht wachkitzeln wollen. Ich roch schon ihr Parfum, sah im Weichzeichner der Wimpern meiner zusammengepetzten Lider ihr Lachen und sah ihre Zähne, spürte das lange dunkle Haar auf mein Gesicht fallen. Da umgriffe ich sie, der sich doch nur verstellt hätte, und zöge sie auf mich herab. Ach, und nachher! Mit welchem Appetit wir frühstücken würden! Mindestens fünf Brötchen würde ich verzehren und ganz viel schwarzen Kaffee trinken. Dazu gäbe es ein weichgekochtes Ei und von ihrer Mama selbstgemachte Marmelade. Und später gingen wir hinaus. Es war doch solch ein Sommerwetter, Sommerwetter im April! Wie wir uns nun in die Wiese legten, Schafgarbe und Bärenklau, Fingerkraut und Flockenblume …

Da indes, in diesem Moment glückseligster Erinnerungen, drang ein Prozessionsgesang an mein Ohr. Er war noch ferne, ja, aber rückte unaufhaltsam näher. Weglaufen wollte ich nicht. Es würde sich immer und neu wiederholen. Ich mußte es unterbrechen, den Kreislauf unterbrechen, die ewige Wiederkehr ein und derselben Abscheulichkeit. Wenn es denn wahr war, daß, solange ich mich in diesem unentwegten Dazwischen aufhielt, die Welt meiner Frau stillstehen würde, müßte ich schon ihretwegen hinab. Sie hatte nicht nur ein Recht zu leben, sondern mit all meiner Liebe wünschte ich, daß sie's auch tat. Da war es doch völlig egal, was mit mir selbst geschah.

Es war dieser, nein, nicht Gedanke, vielmehr dieser Wunsch, das ihr und nicht mir alles Gönnen, alles, was ein geliebter Mensch sich ersehnt – *das* war es, was mich meinen Entschluß nicht nur fassen, sondern endlich auch durchführen ließ.

Langsam kniete ich nieder. Es hatte dies etwas von Opfer, einem, das man gerne nicht einem Gott, nein seinen Liebsten darbieten möchte und sich ersehnt, daß sie's annehmen mögen. So verharrte ich einen Moment. Dann setzte ich mich auf mein Gesäß, streckte die Beine vor und robbte vorwärts, halb über die Wölbung, halb schob ich mich und ließ die Beine schon baumeln. Bevor ich das Gesäß nachschob und meine Unterarme auflegte, die allein meinen Körper dann noch halten würden, stellte ich mir das Wort »Glück« vor. Ja, *geschrieben*, in die Luft, auf eine Tafel, in ein Heft, gleichviel. Auf die Innenhäutchen der Lider meiner geschlossenen Augen. Permanent dachte ich »Glück«, dachte »Glück«, dachte »Glück«, dachte »Glück«. Und eben wollte ich loslassen, einfach die Arme heben, da hörte ich neben mir einen Wanderer keckern. Ich riß die Augen auf, es war zu spät. Seine völlig leeren brannten sich in sie ein. Dann hob er, nicht ich selbst, meinen rechten Arm, und ich rutschte. Das Ziegenlachen hinter mir her.

»Ach, Zilts, da sind Sie ja endlich!«

Ich fuhr herum. – Es war Clausnitzer, mein Chef. Ich griff den Wanderer an, bevor er noch »Gott« sagen konnte. Alles Weitere entzieht sich meiner Erinnerung. Nur eines weiß ich genau. Daß ich es nämlich da schon wußte: Meine Wanderungen waren zuende.

13

Was sich faktisch ereignet hat, ist bekannt. Ich will mich auch gar nicht rechtfertigen. Denn was mit mir passiert, ist ohne jede Bedeutung. Ich wollte nur erzählen, was mir widerfahren ist – es im Zusammenhang erzählen und nicht dauernd von

Gegenfragen unterbrochen werden oder gar von Häme und falsch verstandenem Mitleid. Das betrifft auch Christine, die wirkliche Christine, die es besser aber nicht weiß. Indessen ich aber weiß, ihr Mitleid ist echt. Wirklich ist ihres auch Leid. Ich hoffe innig, daß sie darüber hinwegkommen wird. – Zugleich ist sie sehr bemüht, hat einen guten Anwalt besorgt, der für den kommenden Prozeß einige mildernde Umstände sieht. An Clausnitzers Tod ist allerdings nichts mehr zu ändern.

Ich habe alles erwogen. Zwar wäre es ein leichtes, durch eines der zahllosen Fluchtlöcher wieder zu entkommen. Gar keine Frage. Doch darum kann es nicht gehen. Zumal mich Christine fast täglich besucht. Es wird später weniger werden, ich weiß. Doch wenn ich sie nur einmal im Monat sehen darf, ist es schon mehr, als es einem Wanderer sonst vergönnt ist. Unermeßbar mehr.

Dennoch fürchte ich mich, einfach durch Zufall in einen der Trichter zu rutschen. Die – kann man das sagen? – *Technologie* gibt es in der Untersuchungshaft nicht, Wände, Böden und Decken komplett zu isolieren. Auch in der Vollzugsanstalt später, oder der Klinik, wird es sie nicht geben. Vielleicht eines Tages, doch nicht zu meinen Lebzeiten. Deshalb schlafe ich nur unruhig. Auch das wird sich nicht mehr ändern.

Dennoch. Ich bin einverstanden.

Nachtrag

Hier brechen die Aufzeichnungen Joachim Zilts' ab, Er erhängte sich während der Untersuchungshaft in einer Zelle der JVA Butzbach bei Frankfurt am Main am Tage vor der Hauptverhandlung mithilfe eines zerrissenen Bettuchs. Die Obduktion ergab, er sei aus unerfindlichen Gründen erblindet.

Der Gräfenberg-Club

In der *Frankfurter Allgemeinen Zeitung* dieses Jahres fand sich ausgerechnet in der Montagsausgabe vom 7. Februar eine Annonce. Sie hat mich zunehmend in Verzweiflung gestürzt. Wie weit der Abgrund hinablangt, kann ich heute nur ahnen. Die Anzeige lautete:

WIR SUCHEN GLEICHGESINNTE MIT FÜHRERQUALITÄTEN ZWECKS NEUORDNUNG DER GESELLSCHAFT ALS GEMEINSAME FREIZEITGESTALTUNG.

Darunter war eine Chiffre angegeben. Nach etwas längerem Sinnieren, was der doch ziemliche Unsinn bedeuten möge, entschloß ich mich, auf das Inserat zu antworten, wußte aber lange nicht wie und entschied mich deshalb für Kürze:

»Bin interessiert. Alban Herbst«, Adresse undsoweiter.

Eine Woche später erhielt ich auf geschöpftem Bütten einen Brief. Absender: GRÄFENBERG-CLUB Frankfurt/London/Genf, Sektion Deutschland, Postfach 1955, 67255 Frankfurt am Main, Der Vorstand, PD Dr. Harold Melas Latimer, 1. Vorsitzender.

»Sehr geehrter Herr Herbst,

Ihr Interesse an unserem Club haben wir zur Kenntnis genommen. Um zu entscheiden, ob Sie zu den Personen gehören, mit denen ein persönliches Gespräch zu führen und die eventuell in unsere Gemeinschaft aufzunehmen wir interessiert sind, bitten wir Sie, die aus beiliegendem Bogen ersichtlichen Fragen kurz und bündig schriftlich zu beantworten.«

Die Fragen lauteten:

1. Wie groß ist der Einfluß des Minnesangs auf das ziemlich landläufige Werk Herbert Quains?
2. Wo trafen sich Ottorino Respighi und Matthias Erzberger im Juli 1920?
3. Nennen Sie drei Arten einer amphibischen Spinne.
4. Welchen Schritt würden Sie zur Abschaffung der Religion als erstes einleiten?
5. Wenn es Gott nicht geben sollte: Warum nicht?

Bereits die erste Frage überforderte mich. Ich fand den Namen Quains nicht in meinem dtv-Lexikon, und als ich Freunde anrief, die eine umfassendere Sammlung von Lexika haben, wußten auch deren Nachschlagewerke nichts über einen Herbert Quain zu vermelden. Für die zweite Frage wurde ich fündig, aber es gab nicht den geringsten Hinweis darauf, daß Erzberger und Respighi sich überhaupt kannten. Natürlich hätten sie sich zufällig treffen können, in irgendeinem Café möglicherweise, aber: Wie das herausbekommen? – Nachdem ich auch diese Frage erstmal beiseiteließ, rief ich beim Frankfurter Zoo an. Nein, amphibische Spinnen gebe es nicht. Höchstens, meinte der Wissenschaftler, in der Mythologie. Aber wollte Dr. Latimer denn die Namen real existierender Spinnen wissen? Hätten ihm möglicherweise Fabelwesen genügt? Bei Frage vier wußte ich nicht einmal, ob allein ein solcher Versuch ratsam sei. Und Frage fünf war fies.

Das nun gerade reizte mich. Ich meine, ich hätte den Gräfenberg-Club links liegenlassen können, oder rechts, wo immer er nun politisch anzusiedeln war. Doch ich konnte nicht. Leider war keine Adresse, eben nur das Postfach angegeben. Ich zog Erkundigungen ein über Frankfurter Clubs, erfuhr von Lions und Rotaries, aber nichts über Gräfenbergs; wenn man einmal, bezüglich des Namens, von einer pikanten Assoziation absieht. *Durfte* ich aber absehen? Hatte ich's mit einem Sex-Club zu tun? Es kam aus alledem nichts heraus als ein unsägliches Gebrüte. Ich ließ meine Arbeit liegen, öffnete schließlich kaum noch die Post, saß stundenlang in meinem Musiksessel und dachte ergebnislos nach. Natürlich hatte ich versucht, etwas über einen Herrn Dr. Harold Melas Latimer herauszukriegen. Er war aber weder im Telefonbuch noch beim Einwohnermeldeamt registriert.

Endlich gab es einen Hinweis, und zwar von Jochen Hieber, der bei der FAZ Feuilleton-Redakteur ist und den ich auf die obskure Annonce angesprochen hatte. Sie selbst war seiner Aufmerksamkeit zwar entgangen, aber mit Herbert Quain wußte er etwas anzufangen. »Das ist doch ein fiktiver Autor, dessen Werk Borges rezensiert hat«, erklärte er mir in einem Ton, der durchaus nicht respektvoll war: Das müßten gerade *Sie* doch wissen, wollte er wohl sagen. Immerhin kam ich nun weiter: Borges, recherchierte ich, liegt in Genf begraben, und einer der Sitze des Clubs war ja Genf. Ich rief Martin R. Dean in Basel an und bat ihn, seinerseits mal nachzufragen, resp. die Genfer Telefonbücher durchzublättern. Aber auch dort: keine Eintragungen. Ich war wirklich nahe daran, die Sache aufzugeben. Doch anläßlich eines Familientreffens brachte ich das Gespräch auf meine frustrierende Beschäftigung. Nun muß man wissen, daß Anton Thums, mein Schwiegervater, aus beruflichen Gründen öfter in England zu tun hat, und er hat eine Neigung zu *spleens*. Jedenfalls horchte er auf und bemerkte, gelegentlich nachforschen zu wollen. Drei Wochen später flog er hinüber, blieb zwei Tage, und außer einer wundervollen Ausgabe der Lebenserinnerungen Elberich Lipoms, die er bei FOUL's ausgegraben hatte, brachte er folgende Nachrichten mit: Der Club existiere tatsächlich, man finde aber nur selten Aufnahme dort; ihm, also Thums, sei aus unerfindlichen Gründen – er sei nun wirklich exzentrisch genug – sogar ein Besuch verweigert worden. Trotzdem habe er einiges herausbekommen: Der Gräfenberg-Club logiere in der Baker Street, seitdem er sich in den Vierzigern von dem in Pall Mall ansässigen Diogenes Club abgespalten habe. Dieser beherberge bis heute die ungeselligsten und clubunfähigsten Männer der Stadt. Keinem Mitglied sei es gestattet, von einem anderen auch nur die geringste Notiz zu nehmen. Außer im Fremdenzimmer sei Reden unter keinen Umständen gestattet, und drei Verstöße zögen, so dem Komitee zur Kenntnis gebracht, den Ausschluß des Redenden nach sich. Der Gräfenberg-Club nun habe sich aus eben solchen Ausgeschlossenen formiert, aus »lauter sokratischen Charakteren«, erzählte Thums, die im Diogenes Club mitunter aufgesprungen seien, wie von der imperialistischen Tarantel gestochen, um den übrigen sehr abstruse Fragen nicht nur zu stellen, nein, sie in die vornehmen Räumlichkeiten hineinzuposaunen. Angefangen damit habe während eines gelegentlichen Londoner Aufenthalts eben jener Jorge Luis Borges, bekanntlich korrespondierendes Mitglied des Diogenes Clubs. Das Schlimme an alledem sei gewesen, daß es sich offenbar um etwas Ansteckendes gehandelt habe, um irgendeine nur im Ausland virulent werdende argentinische Seuche – und ehe sich der Diogenes Club völlig durch Konversationswut entvölkerte, sei etwa ein Drittel der Mitglieder ohne Ansehung von Ober- oder Unterstüblichkeit auf die Bäckerstraße gestellt worden. Man habe sich dann, nach Art um sich greifender Sekten und von einem erstaunlich funktionierenden Kader geführt, von London aus über drittel Wales und halb Schottland verstreut, schließlich habe Borges die erste Niederlassung auf dem Kontinent gegründet, eben in Genf. Von hier aus habe die sophistische Bewegung nach Deutschland übergegriffen. – Mir rauschte von diesen Informationen der Kopf.

Zu dieser Zeit ging ich nach Berlin. Ich hatte erst einiges Behördliche zu tun, doch wurde die ominöse Vereinigung, gerade weil ich mich jetzt nicht um sie kümmern konnte, zu einer Art Hintergrunddrohung, die bis in meine Träume reichte. Da setzte ich mich endlich an meinen Schreibtisch und schrieb, es war eine große Erleichterung, dem Frankfurter Gräfenberg-Club folgenden Brief:

»Sehr geehrte Damen und Herren,

bin über Ihre Fragen schrecklich ins Grübeln geraten. Fühle mich unwohl, weil alles in mir neblig ist. Die Welt scheint sich in eine unentwegte Dämmerung unklarer Genese zusammenzuziehen. Bitte geben Sie mir noch anderthalb Jahre Zeit. In der verstörten Hoffnung auf mehr Licht, Ihr Herbst.«

Wiederum eine Woche später berichtete mir meine Frau bei einem unserer regelmäßigen Telefonate von einem Brief in eigenartigem Format (»diagonal durchgeschnittenes DIN A5, sieht ziemlich nach Sparsamkeit aus, kann eigentlich nichts für dich sein«), Absender: GRÄFENBERG-CLUB. – Ich schrie fast ins Telefon: »Öffnen!« – Dann ging mir der Hocker unterm Hintern weg, auf denen beiden ich saß.

Nämlich:

»Bitten Sie für den 9. April auf 1 Uhr 55 p.m. zu einem vertraulichen Gespräch in unsere Räumlichkeiten, Bockenheimer Landstraße 102, 1. Stock. Seien Sie pünktlich und kleiden Sie sich dem Anlaß gemäß.

gez. Latimer, nach Diktat verreist«

Unterschrieben habe, im Auftrag, so meine Frau, ein Mann namens Becker. Ich blitzschnell meinen Terminkalender gezückt, am 8. nachmittags Veranstaltung, am 9. nichts, am 10. Tannhäuser in der Deutschen Oper, also alles geritzt, es war zu schaffen. Nachtzug nach Frankfurt kurz vor Mitternacht, mit der Bahncard hin und zurück keine hundert D-Mark, ließ sich finanzieren, am 9. den Nachtzug nach Berlin retour, na prima ... – *nur*: Wie kleidete sich jemand für solch einen Anlaß? Besser, ich rief meinen Schwiegervater an. Doch der war verreist. Abermals geriet ich ins Grübeln; überhaupt führte alles, was mit dem Gräfenberg-Club zusammenhing, in eine unablässige Brüterei. Nun ahnte ich, was englische Mode war, und mir war nach meinen Recherchen ebenfalls bekannt, daß Doña Leonor den Señor Borges aristokratisch zu konfektionieren liebte; drum: – raus aus den Klamotten, die Fußnägel geschnitten, mit einem Bimsstein das artistische Nikotingelb von den Fingerkuppen geschmirgelt, Haarewaschen nicht vergessen, was bei mir enormen Aufwand macht, ein bißchen Zeug zusammengepackt und ab.

Dann saß ich, in der großbürgerlichen Bondage kleiner Nadelstreifen, dem Dr. Latimer gegenüber. Ich war nervös, er war still. Er war nicht nur still, nein, er sprach auch zehn Minuten lang Doch der war. Man kann kaum behaupten, daß er mich angesehen hätte, das heißt: anfangs, flüchtig, schon. Ich trat also – die Bockenheimer Landstraße 102 ist eine Patriziervilla im Westend Frankfurts, holzgetäfelt und ruhig; allerdings gibt es unten im Haus ein Café – ich trat – obwohl draußen herrlichster Sonnenschein war, brannten im gesamten Gebäude die Lampen –, ich trat – nachdem ich bei dem Sekretär, jenem Mann namens Becker, geklopft hatte, aber ohne Herein geblieben war –, ich trat – erst allerdings ging ich die Türen ab und las die Namensschildchen außen an den Holzrahmen –, trat ein, Herr Dr. Latimer sah auf, zog die Brauen zusammen, schien ins Nachdenken nicht zu verfallen, nein: in ihm unterzutauchen, und fast befürchtete ich schon, es ersäufe ihn, da wies er, doch ohne mich noch anzublicken, auf den breiten schwarzen Ledersessel vor seinem Schreibtisch. Ich sackte hinein, er sackte noch tiefer ins Grübeln, plötzlich erhellte sich etwas in seinen Pupillen, und er rief laut aus: »Sagen Sie nur, lieber Herr Herbst, was hat die Erhöhung der Mineralölsteuer mit der gekrümmten Zeit gemein?!« Er schnaufte und setzte nach: »Ich komme einfach nicht drauf. Wissen vielleicht Sie eine Antwort?«

Bedauerlicherweise wußte ich sie nicht. Mir kam schon die Frage abseitig vor. Ihm nicht. Er grübelte. Nun kann ich nicht verhehlen, daß über die bohrende Dauer seines Denkens auch mir bewußt zu werden begann, es liege hier ein Problem vor. Allerdings kam ich, anders als wahrscheinlich er, bereits bei der Krümmung der Zeit nicht weiter, die mir noch nie recht einleuchten wollte.

»Ich bin Dolmetscher griechischer Herkunft«, sagte Latimer unvermittelt.

»Ah ja?«

»Mein Großvater war ein Verbrecher. Ich habe bis heute nicht verstanden, weshalb mich mein Vater mit zweitem Vornamen Melas genannt hat.«

»Hm.«

»Können Sie ermessen, daß mir eine Antwort auf diese Frage von unendlicher Erleichterung wäre?«

»Warum?«

Er blickte mich jetzt doch an, und zwar erstaunt. »Wie meinen?«

»Warum wäre Ihnen das eine Erleichterung?«

Er blickte noch baffer drein, zog dann sein Gesicht in den Ausdruck der allerhöchsten Irritation zusammen, wurde unversehens melancholisch und fragte sich selbst: »Ja, warum eigentlich? Sie haben ganz recht. Darüber habe ich überhaupt noch nicht nachgedacht.«

Jetzt tat er es, er tat es, ohne nachzulassen. Seine Kiefermuskeln kauten. Ich traute mich kaum, einen Mucks zu machen. Mir blieb imgrunde nichts übrig, als meiner eigenen Namensgebung hinterherzumeditieren. Die und das Grübeln über sie wurden mir höchst kompliziert. Ehe wir uns versahen, war eine Stunde verstrichen.

»Fragen über Fragen«, sagte Latimer. »Es ist ein Verhängnis. Haben Sie schon einmal darüber nachgedacht, weshalb die Räder von Untergrundbahnen aus Metall sind?«

»Wegen der Schienen wahrscheinlich.«

»Die Pariser Métro fährt aber auf Gummireifen.«

»Tatsächlich?«

»Mir will nicht einleuchten, weshalb Gummi dort und Metall hier. Verstehen Sie? Es gab vor dem Weltkrieg vierhundertachtundsiebzig Apfelsorten in Deutschland. Davon sind jetzt noch sechs übrig, der Rest ist ausgestorben. Und die Gravitation! Warum, Herr Herbst, gibt es die Gravitation?«

»Sie überfordern mich, Herr Dr. Latimer.«

Er strich sich mit einer Hand übers Gesicht. Dann fing er zu weinen an. Ich rutschte auf meinem Stuhl hin und her. Er verlor ziemlich viel Flüssigkeit.

»Soll ich Ihnen ein Glas Wasser holen?«

»Das Unglück«, sagte er, »das ganze Unglück meiner Familie fing mit Paul Kratides an.«

Ich schwieg und versuchte zu erschließen, von was er nun wieder sprach.

»Und weshalb wollen Sie in unseren Club?« Das kam völlig übergangslos.

Ich hatte keine Ahnung.

Er sah mich erwartungsvoll an.

»Darüber werde ich nachdenken müssen.«

»Holen Sie sich von Herrn Becker den Mitgliedschaftsantrag.«

Damit entließ er mich.

Ich ging nach nebenan, klopfte nochmal, keine Antwort, ich öffnete einfach. Auf dem Schreibtisch lag ein Stapel Anträge, ich nahm umstandslos einen an mich. Verließ das Sekretariat, schaute mir den Nebenraum, offenbar den Clubsaal, an. Es gab mehrere Tischensembles, auf dem polierten Mahagoni Journale und Zeitungen, außerdem an der Wand eine recht umfangreiche Bibliothek, fast durchweg Lexika und Enzyklopädien. Zum Teil verschollene, mir jedenfalls unbekannte. Etwa *Der große Alexander/Michael* in 72 Bänden, Refrath 1955. Oder *Hagen Markwarts Wortschatz der Deutschen Sprache*, 45 Bände, Traunstein 1958. Außerdem zwei Folianten in Leder, eine *Enzyklopedia Babilonica*, herausgegeben – ach nein! … jawohl!! – von Jorge Luis Borges.

Ich stand fassungslos da, den Band G–Z aufgeschlagen auf Händen und Unterarmen. – Moment mal!: »G«. Natürlich! Ich blätterte, las:

Graf; Grafenberg → Wirnt; Gräfenberg, Ernst, * 1881 in → Kiel, deutscher Frauenarzt; → Gräfenberg-Ring (Pessar, 1929) → G.-Theorie; → G.-Zone (G-spot; 1944).

Ich schlug eine Seite weiter bei »Gräfenberg-Theorie« nach und fand:

Gräfenberg-Theorie: die anläßlich des Auffindens einer → Hypernephrommetastase im → Vulvabereich aufgestellte Behauptung, daß unter besonderen Umständen eine → hämatogene → Tumor→metastasierung auch retrograd erfolgen kann.

Wenige Wörter verstand ich, aber darauf kam es hierbei nicht an. Ich schlug die Seite zurück. Das konnte nicht sein! Ich suchte. Ich suchte weiter. Der Eintrag unter »Gräfenberg« war verschwunden. Hektisch blätterte und blätterte ich. Die »Gräfenberg-Theorie« hingegen war auf Anhieb wiederzufinden. Ich mußte mich setzen, so schwindlig wurde mir. Ich atmete schwer, strich mir übers Gesicht. Um mich zu wehren, sah ich bei »Latimer« nach. Und tatsächlich:

Latimer, Harold, * 1853 in Kensington: Entführte zusammen mit → Wilson Kemp → Paul Kratides, → Sophy Kratides' Bruder, mit der er angebändelt hatte. Später wurde angenommen, Latimer und Kemp hätten sich, als sie mit der Griechin durch Ungarn reisten, gegenseitig erstochen.

Welch blühender Unsinn! Aber es gelang mir nicht, ihn für komisch zu nehmen. Es ging etwas Unheimliches davon aus. Hatte nicht Latimer behauptet, das Unglück seiner Familie habe mit Paul Kratides begonnen? Und war derselbe Mann gemeint, mit dem ich eben gesprochen hatte? Nur nicht darüber nachgedacht! Besser gleich weitergesucht unter »Melas«. Der Eintrag nun goß auf den Gräfenberg-Komplex ein geradezu schwarzes Licht, widerwärtig war das:

Melas, Mr., * 1868 in Athen: Sprachen-Experte; Mieter über → Mycroft Holmes' Wohnung in der → Pall Mall und wie dieser Mitglied des → Diogenes Clubs. Wurde zweimal von → Harold Latimer entführt und gewaltsam in → THE MURTLES, Beckenham, festgehalten.

Nichts von dem, was ich wahrnahm, war wahr. Davon war ich um meiner selbst willen überzeugt. Ich hätte aufhören, hätte das Buch liegenlassen und schnellstens davonlaufen sollen! Aber das dumpfe und doch süße Aroma, das aus jedem Gegenstand dieses Clubhauses stieg, schien süchtig zu machen.

Holmes, Mycroft: Um sieben Jahre älterer Bruder von → Sherlock Holmes. Regierungsrechnungsprüfer und interministerieller Beamter.

In was war ich geraten? Alles eine einzige Fiktion? Aber es *gab* ja nicht nur den Gräfenberg-, nein auch den Diogenes Club, jedenfalls Anton Thums zu trauen. *War* ihm zu trauen? Hielt er mich, wie alles andere offenbar, zum Narren? Ich bedeckte meine Augen mit den Handflächen und dachte angestrengt nach. Sherlock Holmes hat es nie gegeben. Oder doch? Ich war verunsichert. Holmes – Gräfenberg – Borges. Wie hing das zusammen? Das Haus in der Bockenheimer Landstraße, worin ich saß, das eigenwillige Gespräch mit Dr. Latimer, der entführte Kratides … dies alles verschmolz. Ich brauchte dringend ein Netz, das mich auffing, irgendeine Halteschlaufe, in der ich mich festklammern konnte. – Also weiter:

Holmes, Oliver Wendell, * 1894 in Boston: → Holmes, Oliver Wendell jr.:

Und – na Gottseidank – :

Holmes, Sherlock, * 1854: Figur des englischen Schriftstellers Sir → Arthur Conan Doyle. Prototyp des modernen Meisterdetektivs.

Da war er endlich wieder, mein geliebter Realismus! *Figur*! Jawohl: *Figur*! Den Folianten unterm Arm, einen Finger zwischen die Seiten gesteckt, verließ ich triumphierend den Raum, wollte, als hätte ich ihm etwas beweisen müssen, bei Latimer klopfen. Doch es kam nicht dazu. Denn schon hatte ich zum Pochen die Faust geballt, da hörte ich hinter mir eine brüchige Stimme:

»Helfen Sie mir bitte. Ich habe mich verirrt.«

Ich drehte mich um. Wie aus dem Nichts getaucht, was zu der gebrechlichen Gestalt nicht passen wollte, stand da ein gebeugter Herr mit dünnem, strähnig weißem Haar, schütteren Koteletten und buschigen Augenbrauen und stützte sich auf einen hölzernen Gehstock, um dessen Knauf sich die gichtigen Hände legten. Die stumpfen Augen seines schmalen, arroganten Gesichts mit den schweren Nasolabialfalten blickten schräg an meinem Scheitel vorbei gegen die Decke.

»Ich bin seit langem im Begriff, junger Mann«, setzte er nach, »ein Geheimnis zu ergründen. Aber ich finde nicht mehr hinaus.«

Er verströmte eine entsetzliche Schwermut. Sie machte einen frösteln.

Woher kannte ich sein Gesicht? Ich hatte es schon gesehen, ja. Aber wo?

Wir standen einander gegenüber, jeder in sich hinabgesunken. Um uns klirrte die Stille.

»Ich kenne Sie«, sagte der alte Herr und setzte erschreckenderweise fast in den Wörtern meiner eignen Gedanken hinzu, »aber ich weiß nicht, woher. Helfen Sie mir aus Ihrer Erinnerung heraus.«

Es knackste hartnäckig in der Wandtäfelung.

»Wer sind Sie denn?« fragte ich mühsam.

»Ernst Gräfenberg«, sagte er. »Warten Sie, ich entsinne mich. Ich habe, glaube ich, unsere Vereinigung gegründet.«

Hatte er das? Sei das nicht Borges gewesen?, wollte ich fragen. Doch ich brachte den Satz nicht auf die Zunge. Denn ich hatte begriffen, an wen der alte Mann mich so schrecklich erinnerte. »Sie sehen aus«, sagte ich mutlos, »wie Borges.«

»Borges? Wer ist das?« Er lächelte bitter. »Lassen Sie mich nachdenken. Borges ... hm, Borges. Den Namen habe ich schon einmal gehört.« Ständig sah er an mir vorbei. »Aber was ist gedacht, was ist geschehen? Es hat mich niemals gegeben.«

»Sie stehen vor mir. Gräfenberg aber können Sie nicht sein.«

»Wissen Sie: die Zeit. Als mich Ulrike verließ – dies Mädel, nicht wahr?, mit dieser anetoxen Zone im Unterleib –, als sie mich verließ, wurde mir die Zeit bewußt. Immer wieder habe ich seitdem über sie nachdenken müssen.«

Er schwieg.

Ich schwieg.

Schließlich murmelte er sinnierend in sich hinein: »Sekret paraurethraler Drüsen, der Prostata schrecklich homolog.« Sein Kinn hob sich, die Augen – sie wirkten weiß – richteten sich abermals zur Decke. »Die Homologie! Maimonides. Wir sind ins unendlich Gleiche gesperrt.«

Er verstummte.

Ich hatte das Gefühl, der Korridor, in dem wir einander gegenüberstanden, krümme sich in sich selbst zurück.

»Wollen wir uns nicht setzen, junger Mann?«

Er drehte sich leidend zur Seite. Ich kam ihm zu Hilfe und bugsierte ihn am linken Ellbogen zu einem Sessel, in dem er Platz nahm. Nun saß er vorgebeugt da, wieder die Hände, wie Vogelkrallen, um den Stockknauf gebogen. Seine Fingernägel waren nicht nur manikürt, es war auch ein durchsichtiger Lack aufgetragen.

Ich stand unschlüssig vor ihm. Und beharrte: »Sie *können* nicht Gräfenberg sein.«

»In einem berühmten englischen Club … – Wie hieß er denn gleich? Irene Adlers Sohn Auguste hatte mich dort eingeführt – ach ja, ich vergaß!« Und mit einem so feinen wie sardonischen Lächeln: »Halten Sie sie für erfunden?« Er sprach sehr verspeichelt. »Wie hieß nur der Club?«

»113 Jahre?« fragte ich. Ich setzte mich und legte das Buch, das ich ja weiterhin hielt, auf den Boden.

»Es fehlt Ihnen nicht an Fantasie, junger Mann«, sagte er, »aber Sie wissen sie nicht zu nutzen.«

»Tatsächlich 113?«

»Ulrike war weit über zweitausend Jahre alt. Ich bin imgrunde noch sehr jung.«

»Gräfenberg, Ernst Gräfenberg? Der, der das Pessar erfunden hat?«

»In jedem, dem ich begegne und mit dem ich sprechen kann, denke ich mit mir.« Er grübelte in meine Beklemmung hinein. Der arrogante Ausdruck seines Gesichtes verlor sich und ging in eine unstete Verlorenheit über. »Nach unserem Gespräch«, sagte er, »werden Sie sehr einsam sein. Wie kann es aber Einsamkeit geben, wenn alles homolog ist?« Er seufzte.

Ich konnte nicht anders und tat es ihm nach.

Es verstrichen Minuten. Weder aus Latimers noch Beckers Büro kamen Geräusche. Auch von draußen, von der Straße her, nicht. Meine Ohren verwattet. Blei im Kopf. Kratides, Paul. Die Métro. Alles gekrümmt. Der Korridor war reine Zeit. Die Holztäfelung war eine Sekunde, der Teppichläufer auf dem Parkett ein Tag, der alte Mann die Ewigkeit.

»Hatten Sie nicht ein Buch bei sich? Darf ich wissen, welches?«

Ich nahm es mit großer Mühe vom Boden. Es schien mir sehr schwer geworden zu sein. Auch fühlte ich mich im Sprechen behindert. Ich mußte mich konzentrieren. »Den zweiten Band der Encyklopaedia Babilonica.«

»Gott schütze uns«, seufzte er belegt.

Ich hatte das Gefühl, von einer zu dichten, aus mehreren Lagen gepreßten Luft in meinem Sessel festgedrückt zu werden.

»Jedes Exemplar ist anders. Es gibt nur elf. Bitte glauben Sie nicht, daß in den Bänden, die in Genf stehen, dasselbe zu lesen wäre wie in diesem hier.«

»Weil es verschiedene Jahrgänge sind.«

»Aber nein! Es sind dieselben. Ich habe die Babilonica nur ein einziges Mal auflegen lassen …«

»Borges hat das getan. Jedenfalls steht es so auf dem Titel.«

»Ach ja? – Dieser Herr Borges ist eine Manie von Ihnen?«

Ich antwortete nicht, sondern schlug den Band auf und das Vorsatzblatt beiseite. Als ich vorlas, ahnte ich, ein für alle Mal mit der Welt verfallen zu sein. »Encyklopaedia Babilonica«, las ich vor. »Herausgegeben von Ernst Gräfenberg. Frankfurt am Main, Juni 1960.« Ich kämpfte. Ich wußte doch, was da vorhin gestanden hatte! »Wie kann das denn angehen?« rief ich, gereizt vor Ekel.

Er seufzte. »Was habe ich getan?! So helfen Sie mir!«

Nervös blätterte ich die Seiten durch, mein rechter Zeigefinger flog über die Spalten, verharrte:

Herbst, Alban Nikolai, * 1955 in → Refrath, deutscher Fantast.

Es folgte eine komplette Liste meiner Veröffentlichungen. Sogar das Buch, an dem ich gearbeitet hatte, bevor mir der Gräfenberg-Club dazwischengekommen war, war aufgeführt, jedoch ohne Editionsangabe und in einer eigentümlich verschwimmenden blassen Schrift.

»Aber das hat doch 1960 niemand wissen können!« rief ich erbost.

Alle meine Sicherheiten wären von heute an paralysiert.

»Sie haben völlig recht. Es stand auch bei Drucklegung noch nicht darin.« Überaus leise fügte der Mann ein »leider« hinzu.

»Aber das verstehe ich nicht! Das will ich auch gar nicht verstehen!«

»Es ist das Geheimnis, von dem ich gesagt habe, ich sei im Begriff, es zu entdecken. Dabei habe ich selbst das Geheimnis geschaffen. Bekommen Sie nun eine Ahnung von unser jetzt beider Problem?«

»Moment mal, Moment mal, Herr Gräfenberg …!«

»Ich habe, als ich es schrieb, nicht gewußt, was ich tat. Das ist das einzige, was ich zu meiner Verteidigung vorbringen kann.«

»Ich verstehe das nicht. Ich verstehe überhaupt nichts mehr, kein Auto mehr, keine Straße, nicht die Uhr, die ich trage.« Plötzlich flog mich eine Ahnung an, weshalb Dr. Latimer vorhin so geweint hatte.

»Nur noch sechs der ehemals vierhundertachtundsiebzig Apfelsorten werden Sie in dem Buch verzeichnet finden.«

Fassungslos starrte ich Gräfenberg ins Gesicht.

»Ich habe mitansehen müssen, wie eine nach der anderen vor meinen Augen aus meinem eigenen Buch verschwand. Und eines Tages werde ich selbst verschwinden. So jedenfalls nehme ich innigst an.«

»Das Buch müßte, wenn Sie recht haben sollten, aus unendlich vielen Seiten bestehen.«

Er lächelte müde. »Sie meinen ein anderes Buch. Dies hier ist endlich. Schauen Sie nach. Die Bibel der Grübler, so hat Holmes diese Bände 75 Jahre vor ihrem Erscheinen genannt, ist auf zweimal 333 paginiert. Das sind für eine Enzyklopädie dieses Umfangs sehr wenige Seiten.« Er hob den Kopf und fügte boshaft hinzu: »Ich hoffe, Sie begreifen, daß meine Formulierung ein phänomenologisches Paradox beschreibt und nicht etwa sprachliche Entgleisung ist.« Er versank in längeres Brüten.

Ich streichelte den Einband. Meine Schädeldecke knackste. Oder etwas anderes knackste. Ich zerbrach mir den Kopf. Wir trieben zusammen auf einem Floß. Es gab keine Aussicht auf Land.

»Die Babilonica enthält nur die Gegenwart«, flüsterte Gräfenberg. »Was nicht auf sie wirkt, radiert sich aus. Der dieses

Buch permanent schreibt, würdigt nach entsetzlichen Gesetzen, die mir, je näher ich der Ergründung ihrer Strukturen komme, nur umso undurchschaubarer werden.«

Mein Kopf begann leise zu schmerzen; ich mußte dieses Haus schnellstens verlassen. Auch Gräfenberg schloß die Lider, flüsterte mit unsicherer Stimme: »Liegt unsere Bekanntschaft nicht schon Jahre zurück?«

Ich antwortete nicht.

Er bohrte: »Spüren Sie, wie alleine wir sind?«

Sein Kopf fiel vornüber, durch den Mann ging ein Zucken. Er faßte sich, straffte angestrengt den Körper.

»Lassen Sie es gut sein und uns ein andermal weitersprechen, in zehn, in zweihundert Jahren vielleicht, als wem immer ich mir dann in Ihnen begegnen werde. Ich muß mir Zeit in Ihnen lassen. Also vergessen Sie nicht, das ausgefüllte Formular abzugeben.«

Er reichte mir seine rechte dürre Hand; sie lag wie ein schmaler Vogel in meiner.

»Und stellen Sie doch bitte das Buch zurück.«

Er schien nun wirklich einzuschlafen. Ich hatte nicht die Kraft, ihn zu wecken. Wir blieben stumm nebeneinander sitzen. Erst als Gräfenberg an den Konturen seines Körpers zu flirren begann, brachte ich den Folianten in die Bibliothek zurück. Das brauchte, schien's mir, wiederum einen halben Tag. Unendlich viele kleine Strecken waren zu überwinden. Hätten sie einander nicht überlappt, es wäre mir nicht gelungen. Auf halbem Weg verstand ich, warum Achill die Schildkröte immer wieder einholen w i r d.

Als ich aus dem Clubsaal zurückkam, saß Gräfenberg nicht mehr im Sessel. Der getäfelte Gang hatte etwas Kahles, Abweisendes. Ich klopfte bei Latimer. Niemand antwortete. Die Tür war verschlossen. Durch das Schlüsselloch mochte ich nicht spähen. Also versuchte ich es noch einmal bei Becker, dem Sekretär. Auch dieser gab keinen Laut, und auch seine Tür war abgeschlossen. Lange stand ich davor. Ich dachte: Nicht denken. Das gab mir für Momente die Freiheit, mich zu bewegen. Ich kehrte zum Clubraum zurück, warf, um mich mir selbst zu bestätigen, einen letzten Blick hinein, fand nichts unverändert. Eigentümlich achtsam schloß ich die Tür, lauschte, fühlte mich benommen, müde, der Kopfschmerz pulste weiter und weiter. Dann, auf der Treppe, kam mir der erlösende Gedanke: Wer hinderte mich daran, das eigenwillige Buch einfach mitzunehmen, um einen Beweis zu haben für das, was mich, seit ich damals die Anzeige las, so vollkommen aus meiner Realität und der eines jeden anderen vernünftigen Menschen geschleudert hatte? Doch wie ich umkehrte, hörte ich, daß jemand leise einen Schlüssel herumdrehte, – das gab im Treppenhaus einen pfeifenden Nachhall, als schlösse jemand ein nahezu luftdichtes Kästchen. Ich hatte nicht einmal mehr den Mut, die Klinke der Tür zum Clubsaal hinunterzudrücken, denn ich wußte, daß mich die Unendlichkeit wieder ausgesperrt hatte und ich ins Leben entlassen war.

Seit anderthalb Monaten bin ich nun wieder in Berlin. Ich habe mich etwas erholt. Das ist gut so, denn ich weiß, ich stehe am Anfang eines langen und schrecklichen Krieges, den das Undenkbare der Realität erklärt hat und den ich ganz allein führen muß. Denn es glaubt mir niemand. Ich allein stehe noch für die Demokratie, für das Menschenrecht auf Begrenzung.

So emsig wie vergeblich bemühe ich mich seit Wochen, etwas über Ernst Gräfenberg herauszufinden, das über Notizen ohne Aussagekraft hinausgehen würde. Doch außer einem kurzen

Text im *Pschyrembel*, einem knappen Hinweis bei Bornemann und dem Indiz, es sei der in Kiel geborene Frauenarzt in die Vereinigten Staaten ausgewandert, hat sich kaum etwas finden lassen. Zwar wurde zu seinem einhundertsten Geburtstag ein Internationaler Gedächtniskongreß in Helsinki abgehalten. Aber selbst darüber deckt sich – jedenfalls in Deutschland – ein eigentümlich dunkles Tuch stillschweigender Nichterwähnung, die mich unruhig macht und ständig an Borges denken läßt. Denn ich erinnere mich, daß die *Encyklopaedia Babilonica* Gräfenbergs Todesdatum nicht angibt. Selbst Professor Taubert, der Chef der Abteilung für Frauenheilkunde am Universitätsklinikum Frankfurt am Main, hat mir nicht weiterhelfen können. Er hat nach unserem Telefonat eigens für mich in seiner Bibliothek recherchiert. Es sei ihm, so nutzlos seine freundliche Bemühung auch war, an dieser Stelle gedankt. Ich werde nun in den USA nachfassen müssen.

Denn Gräfenberg ist der Schlüssel. Davon bin ich überzeugt. Er hat, wie Borges, eine Tür geöffnet, die unbedingt geschlossen werden muß. Ich habe deshalb zwei Briefe an den Frankfurter Gräfenberg-Club geschrieben; sie sind unbeantwortet geblieben. Ich habe meine Frau gebeten, ihrerseits in der Bockenheimer Landstraße 102 vorstellig zu werden; jetzt behandelt sie mich, als hätte ich einen schlechten Witz gemacht. Sie habe mit dem Mann namens Becker gesprochen: Er heiße Beckermann. Von einem Gräfenberg-Club habe der nie gehört.

Ich kann das nicht glauben, aber ich komme hier im Moment nicht weg. Ich darf mein Zimmer nicht verlassen. Denn ich muß mich wappnen. Der Tag wird kommen, an dem ich Gräfenberg abermals begegnen werde. Dann muß ich gestählt sein.

Gott, so es einen gibt, schütze uns.

Geständnis für die literarische Welt

Hiermit gestehe ich, nicht der Autor meiner Texte zu sein. Zwar habe ich das bereits 1987 mitgeteilt, nämlich in der seinerzeit bei Athenäum erschienenen Repräsentationswulst *Literatur in Frankfurt.* Und 1991, in Keller/Rutschkys *Alltag*, ging ich nochmals darauf ein. Doch war die Aufmerksamkeit für beide Foren zu beschränkt. So wiederhole ich an dieser Stelle: Hans Erich Deters ist der Urheber meiner Bücher.

Er hatte damals gar nichts dagegen, sein Pseudnoym, also mich, lüften zu lassen, weil er meinte, mir glaube ohnedies niemand. Bis heute hat er recht behalten: Bitte ermessen Sie mein Problem. Es ist beileibe kein stetiges Glück, für Deters den Kopf auf den Holzbock zu legen. Andererseits hat mich der Mann immer gut entgolten. Doch schon, daß er zwei seiner Romane meiner langjährigen Lebensgefährtin widmete, war infam. Obendrein hat er mich selbst zum Gegenstand seines literarischen Umtriebs gemacht. Trete ich nicht persönlich in seiner *Sizilischen Reise* auf – als nicht nur Kunst-, nein Spottfigur? Freilich hat er auch vor sich selbst nicht gescheut, wenngleich auf dem Pferd eines Namens, der ganz und gar aus Stroh war. Das ist zwar de facto vorbei, denn der Vertrag, der mich band, ist unterdessen abgelaufen. Dennoch sind die Reißzwecke, die mich auf die Seiten der Feuilletons pinnten, mir nicht mehr aus der Haut zu ziehen.

Ich lernte Deters 1981 kennen, im Juni, als ich infolge der hetzjagdartigen Not, von Studienräten verfolgt zu sein, nach

Frankfurt am Main geflohen war. Kurzatmig, am ganzen Leibe zitternd, kam ich an. Faßte mich. Schrieb mich an der Goethe-Universität ein und besuchte zweidrei Seminare. Dann wurde ich mit Iris Radisch bekannt. Wie jeder gehemmte junge Mensch hatte auch ich ein paar Gedicht- und Geschichtchen geschrieben. Die zeigte ich ihr. Sie wiederum zeigte sie dem Jahrhundertdichter Roon. Der bestellte mich in ihrer beider Heim. Dort machte er mich fertig. Er hatte völlig recht. Nur besaß ich, schon wegen der Studienratsmeute, noch immer nicht die nötige Distanz, heulte also erbärmlich, wütete, brach schließlich zusammen und mußte in solcher Entkräftung dem Zürnenden schwören, nie wieder eine Zeile Dichtung zu papieren. Damit entließen mich Roon und Radieschen in die naßklamme Nacht.

Ich schleppte mich ins Bahnhofsviertel, um mich zu betrinken. Im Mosel-Eck Münchener Straße sprach mich ein schmaler und elegant gekleideter Herr an: Was mir fehle? Ich schüttete mich aus. Er bestellte mehrere Biere und versprach, mir zu helfen. Nämlich er habe ein dem meinen sehr reziprokes Problem. Man müsse uns nur einfach aufeinanderlegen. – Ach! Wäre ich nicht derart betrunken gewesen, ich hätte mich kaum darauf eingelassen. Außerdem interpretierte ich sein Ansinnen anfangs komplett falsch.

Er stellte sich als Hans Erich Deters vor.

Seit seiner Kindheit fülle sich, erzählte er, sein Gehirn mit Geschichten; die müßten irgendwie raus, wolle er nicht platzen. Er leide unter Kompensationszwang und habe, als Pubertierender, den Fehler begangen, Conan Doyle und Freud mit *Fix & Foxi* simultanzulesen. Er könne es sich seinen Kunden gegenüber seriöserweise nicht leisten, derart beeinflußt, schon gar nicht aber, eine öffentliche Person zu sein; seine Geschäfte bedürften hoher Diskretion. Zwar schreibe er sich sein Zeug vom Leib, doch mit dem nun zweifelhaften Erfolg, nein, dem putzfrauvertreibenden Elend, daß das schöne Parkett seines Lofts sich unter Manuskriptstapeln biege, alles, wirklich alles verstaube, und überhaupt, auch für ihn selbst, kein Durchkommen mehr sei. Schon gar nicht könne er Geschäftspartner empfangen. Also das Zeug müsse weg. Allerdings er selber, wie gesagt, habe im Hintergrund zu bleiben. Weshalb er auf Tantiemen, Ehrungen, all dies, nur allzu gerne verzichte. Er entstamme zudem einer historisch belasteten Familie; zwar sei ihm das an der bundesdeutschen Börse vonnutzen, in der Literatur indessen ekle ihn, damit zu reüssieren. Wenn sich deshalb einer fände, die Konsequenzen aus der Not seiner Produktionen – er sagte englisch *productions* – zu ziehen, wolle er im Gegenteil auf ein damit erwirtschaftetes Einkommen einiges noch drauflegen. Zwar hätte ich geschworen, jetzt erst sah er mich wieder direkt an, niemals wieder schreiben zu wollen – »Das dürfen Sie, sollten wir handelseinig werden, auch gar nicht mehr tun!« –, doch sei das sicher kein Grund, nichts zu veröffentlichen. »Träumten Sie nicht, berühmt zu werden?« Er schwieg und wartete ab.

Dann fragte er mich, wovon ich denn lebte. Ich erzählte etwas vom BAföG. Er lachte mokant und nannte eine Zahl, die mich restlos besoff. »Jährlich?!« fragte ich. »Pro Monat«, sagte er. Da nahm ich die mir zugestreckte Hand.

Bereits zwei Tage später trafen wir uns abermals. Er hatte drei Vertragsexemplare dabei, je eines für uns und eines für den Notar. Achtzehn Paragrafen, peinlichst genau formuliert. Der Vertrag solle für vierundzwanzig Jahre laufen. Auf mein Nachfragen erklärte Deters süffisant: »Ich werde im Oktober dieses Jahres mein literarisches Werk beginnen und im

Oktober 2005 abgeschlossen haben. Danach steht es Ihnen selbstverständlich frei, ob Sie Ihren Roonschwur noch halten.«

So hub mein pekuniäres Wohlsein an, aber auch, wie ich unterdessen weiß, mein Verhängnis. Bereits vier Monate später erschien unter meinem Namen Deters' erstes Buch. Das brachte mir anfangs sogar Spaß. Ich durfte zu meinen Monatsschecks einen kleinen Literaturpreis einstecken und wurde sehr viel geknipst. Damals trafen Deters und ich ziemlich häufig zusammen; es waren märchenhafte Mittagessen. Als 1982 der List-Verlag einen Roman bei mir bestellte und ich Deters informierte, ließ er mir das Typoskript umgehend schicken. 1983 erschien das Ding. Es wurde furchtbar verrissen: Man solle mir Geld dafür zahlen, daß ich aufhörte zu schreiben, ließ Armin Ayren in der FAZ verlauten. Das hatte Witz. Er konnte ja nicht wissen, daß ich eben dafür mein Geld längst bekam. Doch verfolgten mich meine Nachbarn wochenlang mit höhnischen Blicken.

Zukunftsfroh ertrug ich das noch. Mußte allerdings das Buch auch lesen, weil ich zu Vorträgen eingeladen war, zu denen schlecht Deters selbst erscheinen konnte. Um es kurz zu machen: die Lektüre war schrecklich. Er hatte Erlebnisse recycelt, die ich ihm während unserer Treffen aus meinem Leben erzählt hatte, und sie mit gänzlich irrsinnigen Konnotationen versehen, ja nicht einmal Halt davor gemacht, meine sexuellen Bänglichkeiten hemmungslos zu affichieren. Vor allem ist es nicht wahr, daß Ulf Laupeyßers Vater Apotheker von Beruf war. Sondern das war mein Vater. Deters meint in Wahrheit meinen Onkel. Auch hat bis 1981 nicht Laupeyßer in Bremen gelebt, sondern das war wiederum ich. Schon 1982 also hat Deters versucht, seinem Publikum die eigene Autobiografie mit der meinen zu verstellen. Geradezu schändlich ist die

Behauptung, die junge Frau namens Agnes, die in dem Roman eine so große Rolle spielt, sei Laupeyßers Freundin gewesen. Sondern es war meine; Deters beschreibt sie überdies falsch: Agnes war brünett, nicht blond. Mehr noch, Deters situiert die Wohnung seines Helden an meine alte Adresse, Admiralstraße 118, kennt sich aber in den Räumlichkeiten überhaupt nicht aus. Ich versichere Ihnen, niemals einen Kohleofen in Bremen gehabt zu haben. Hinwiederum sind die Angestellten des vorgeblichen AUTOHAUSES SCHMIDT in Wahrheit diejenigen der Anwaltskanzlei, in der ich meine ReNo-Lehre machte.

Empört rief ich Deters damals an. Er lachte und verwies auf unsern Vertrag.

Das ging nun über Jahre hin, in denen ich immer wieder versuchte, etwas über ihn herauszubringen. Nämlich ist in keinem Frankfurter Brokerhaus ein Hans Deters bekannt. Ich habe ihn verschiedene Male beschattet, einmal sogar eine Detektei eingeschaltet; die Leute drucksten später nur noch so rum. Wahrscheinlich hat er sie geschmiert. Er ließ sich aber nie etwas anmerken, wenn ich ihn, dreiviermal monatlich, traf, um meinen Monatsscheck, beziehungsweise neue Stöße beschriebenen Papiers entgegenzunehmen: die sollte ich herumschicken. Selten blieb es nicht ohne Erfolg. Ein Ende meiner Leiden war nicht abzusehen.

Lange habe ich darüber nachgedacht, und bisweilen tu ich's noch immer, was tatsächlich den Menschen bewogen haben mag, mir solch ein Geschäft vorzuschlagen. Bis heute kann ich nur spekulieren. Er selbst schweigt dazu stur. Wie etwa läßt sich die Figur Alexander Bertrecht interpretieren? Ist er eine höhnische Karikatur, die Deters von sich selbst zeichnet? Auch Bertrecht ist ein Dichter, den es quält, daß er dichtet. Wie aus epileptischen Anfällen erbrechen sich die romantischsten

Stanzen aus diesem politischen, nüchternen Denker heraus. Deters' Texte sind dagegen voller Anarchismus; daß an seinen Warenbörsen so etwas von ihm nicht bekanntwerden durfte, war mir allerdings klar. Er machte mich, sozusagen, zu seinem leibhaften Abtestat. Wären nicht wiederum – hätte nicht scheinbar ich sowohl den *Wolpertinger* als auch *Thetis. Anderswelt* geschrieben – beide Bücher als Autobiografien zu lesen gewesen? Hie wie da heißt die Hauptperson immerhin »Deters«. Nun also! Nur meinetwegen ist niemals ein Interpret auf den Gedanken verfallen, diese Bücher seien mehr als literarisches Spiel. Ich hingegen habe allen Grund, Ihnen zu versichern, daß diese Bücher Lebensabschnittsmemoiren sind. Denn alles, was man über Deters wird herausfinden wollen, wird sich in ihnen finden lassen. Von mir hingegen nichts.

den Schlaf, der nicht endet: Ich kann, in diesen Kreis geknüpft, nur warten. Denn vielleicht kommt die Dame zurück. Bis zum Abend, vielleicht, habe ich Zeit. Etwas länger, wenn es mir gelingt, nicht einzuschlafen. Schaff ich das n i c h t, ist es vorbei, dann wird mir der letzte Genuß entgangen sein. Noch aber stehen Schälchen und Messerchen ganz dicht bei meinem Kopf, als warteten sie auch. Also werde ich mich konzentrieren. Auf unsere erste Begegnung, die von gestern? Von vor einem Jahr? Den Mann kenn ich. Hab ihn schon einmal gesehen, als ich Junge war. Mir ist etwas heruntergefallen, auf der Treppe im Flur, aber ich weiß nicht mehr, was. Es weht bereits aus den Augen, mit meinen Blicken halt ich es fest. Der Mann hebt es auf? Ich kann nur versuchen, momentlang versuchen, den verlorenen Ekel, die vergessene Angst zurückzugewinnen. Ein wenig nur, ich darf nicht übertreiben. Es braucht nur eben so viel zu sein, daß es mich und meine Erinnerungen in diesem zunehmend ermattenden Leib noch hält. So warte ich. Ich will mir ständig vergegenwärtigen, was geschehen ist. Mit mir. Mit der Dame. Bis sie zurückgekommen sein wird, weil sie das nächste Modell braucht. Dann werde ich schon da, werde es n o c h sein und völlig bereit. irgendetwas hat sie vom letzten Akt abgehalten. Nun wird sie lächeln und sich über mich beugen. »Sie beschämen mich, Herr v. Darlhaus«, wird sie sagen, »Sie machen mich glücklich. Ich habe nicht geahnt, daß Sie dazu fähig sind, zu einer solch disziplinierten Präsenz!«

Ich werde ihr nicht antworten können, aber sie wird meinen Blick verstehen. Und sich an ihre Arbeit setzen. Wenn ich mir das vergegenwärtige, dann verwehe ich nicht. Bin aber schon jetzt kaum mehr ein Hauch. Bis zum Abend, denke ich, habe ich Zeit, bis zum Abend *halte* ich mich. Oder länger. Sofern es mir gelingt, nicht einzuschlafen. Sonst ziehe ich durchs Fenster fort, durch die angelehnte Tür und durch das Schlüsselloch am Eingang. Ich warte. Und versetze mich in

Tippmanns Atelier. Da lernte ich sie kennen, auf seiner Vernissage. Die massige Dame, Matrone, zugleich Bäuerin, da ihr Leib so die Hüften betonte, fiel aus der Versammlung gleichsam heraus. Derart unproportional wirkte sie. Die Fügung hatte sie aus Teilen ganz verschiedener Frauen zusammengesetzt. Weder komisch noch häßlich. Eine fremde, gefährlich lockende Faktizität. Auf ihrem vergleichsweise dürren Hals hockte ein riesiger Kopf, den das aufgesteckte brünette Haar signalhaft überhöhte. Es war vordem rot gewesen, der gefärbte Spliß fiel auf. Das schien ihr völlig egal zu sein. Etwas Vogelhaftes umgab sie, denn über den Schultern stellte sich ihr knielanges Kostüm auf das groteskeste aus, wie bei Betschwestern mitunter die Kutte. Am Rücken lief es jedoch gegen die Hüftknochen derart spitz zu, daß man es für Schwingen halten konnte oder für die Flügel eines überdimensionierten Insekts. Die Dame trug sehr hohe Absätze, weshalb sie auch wie ein Vogel schritt. Mehr als das verwunderte und ängstigte mich, daß sie nicht ihre Augen bewegte, sondern ruckhaft den ganzen Schädel in die Richtung eines neuen Interesses drehte. So auch zu mir. Ihr Instinkt hatte sie spüren lassen, daß ich sie beobachtete. Es war nicht leicht, ihren Blick zu erwidern, mich durchschoß der Impuls, meine Lider zu senken. Aber ich hielt stand. Ich wollte abwehren, nicht mich ducken. Nicht bei einer wie ihr. Ich wußte, es gehe um Haltung. Man muß sich der Dame würdig erweisen. Sie spielt nicht mit einem, der schwach ist. Und ich w o l l t e spielen, sofort. Schon fiel ich innerlich in

den Raum, auf diesen Tisch, auf dem sie mich geliebt hat. Ja, geliebt, wenn auch in ihrer mir anfangs widerlichen Manier. Ich habe vom Ekel geschmeckt, bis gar nichts mehr zu spüren ist, auch die Einstiche sind nicht zu spüren. Ich will, daß sie zum Äußersten geht. Ich will konsequent sein. Endlich. Die Gefühle sind bereits weg, aber der Körper hat unglaubliche Kraft. So ist die letzte Erlösung ausgeblieben. Wie schwer es ist, mich von meinen Beinen zu heben! Eines gleitet seitlich vom Tisch. Ich kann es nicht steuern, weiß nicht, wie sich die Muskeln anspannen lassen. Jetzt rutscht das andre Bein nach. Nein, ich will nicht unten aufschlagen, so hilflos an dem Körper noch dran. Derart gehälftet. So noch nicht *da*, aber auch nicht mehr hier. Nur wenn ich mich wieder ekle, bekomme ich meinen Leib in den Griff. Die Fersen schlagen auf, ich spüre es nicht, doch falle ich insgesamt hinterher, der Hintern, der Rücken, mit einem Krachen der Kopf. Wie elend das ist! Hier die Finger. Ich muß sie ansehen, damit sie sich bewegen lassen. Sie mit den Blicken ans Tischbein manövrieren. Sie sollen sich schließen, sich festhalten. Jetzt schmerzen die Einstiche d o c h. Darauf kommt es nicht an. Dann der andere Arm, Brustkorb und Hüfte drehen. Ich will hier unten nicht liegenbleiben. So darf sie mich nicht finden. Stolz will ich sein, wenn sie zurück ist. Ausgebreitet. Bereit. Nicht dieses Häufchen auf Nadelfilz. Also weiter. Und ziehen. Wie krieg ich den Hinterkopf aus dem Genick? Mach schon zu! Komm auf die Knie! Der Tisch ist sehr schwer, ich kann an ihm ziehen, er gibt nicht nach. Über die Platte nach drüben greifen, die rechte Hand hält, die linke faßt unters Bein und hebt es hinauf, schiebt es hinüber. Nun die rechte Hand mit der anderen Seite der Platte verkanten. Das linke Bein nachziehen. Es muß irgendwie gehen. Kräftiger ziehen. Noch mehr. Den linken Fuß anschauen. Den linken Fuß hinter die Platte kanten. Jetzt. Jetzt. Aber ich lieg auf dem Bauch. Wie drehe ich mich? Ich schlafe so ein. Ich will das nicht. Wach will ich warten. Gegenwärtig. Und wenn es zu spät ist, wenn alles Einbildung wäre? Daß sie mich nie mit den Händen berührt hat? Als fürchtete sie, sich anzustecken, hat sie Desinfektionshandschuhe übergezogen. Doch eine wie sie fürchtet sich nicht. Sie hat sich nur nicht erniedrigen wollen. Hat mir die Leinwand übers Gesicht gelegt, auf die Brust und mein Geschlecht und bis zu den Knien die Beine bedeckt. Dann hat sie gemalt. Auf mir. Durch die Leinwand hindurch. Doch sie hat nur *vor*gemalt, es sind dürre Striche gewesen. Allenfalls Konturen. Mit der Spitze des Messers hat sie die dann nachgeritzt. Farbe gewonnen. Sie will mich lehren, was Kunst ist. Erst der Schmerz hat mir den Unterschied bewußt gemacht, nun zieht er mich in

einen seit langem nicht mehr genossenen Rausch. Momentan sah sie weg, im Gespräch mit dem stadtbekannten Kultur- und Partylöwen Nauing. Ich schaute nach anderen Frauen. Deretwegen schließlich war ich da. Des freien Weines wegen. Ich wollte mich amüsieren. Keine Vernissage ließ ich aus. An Bildern selbst ist nichts zu finden. Es kam auf die auch nicht an. Tippmann verstand. Er glaubte an das, was er tat, so wenig wie ich an das meine. Dennoch verkaufte er gut. Sogar Museen sammelten ihn, das zog Frauen an, was wiederum mich interessierte. Und Tippmann heuchelte nicht. »Mein Zeug ist Mist«, sagte er und bekam Applaus für den Satz. »Ich zeige das Nichts.« Das hatte bis in die Art Furore gemacht. Über manche feuchte Nacht hinweg erfanden wir gemeinsam für seine Skulpturen die Namen. Nannten einen Schrottkloß »Diomedes« und drei Stückchen Holzschutt »Laokoon-Gruppe«. Kicherten und leerten in Plastikbechern ganze Cognacflaschen aus. Eben kam er herüber, eine Flasche Orvieto noch unaufgeploppt unterm Arm. Ich bat ihn, mich der Dame vorzustellen. »Oh, ich hab sie selbst grad erst kennengelernt«, sagte er, »Hebelkorn«, das war unsere lesbische Quotenemanze, »hat sie mitgeschleppt. Also paß ein bißchen auf, was du sagst.« »Hebelkorn und diese Frau? Das ist absurd!« »Eine absolut surreale Erscheinung, was? Geradezu konstruktivistischer Körperbau.« Mit der Flasche malte er einen eckigen Leib in die Luft. »Wie heißt sie?« »Keine Ahnung. Ich werd sie Dora nennen, ob sie will oder nicht.« Ein paar Leute sahen her. Auch *sie*. Nicht aber auf ihn. Ich bekam eine Art Ohrensausen, durch das, wie metallisches Echo, sein Lachen hallte. Ein unangemessenes Lachen, wie ich fand. Sie starrte. Hatte sie unsere Unterhaltung erlauscht? Ich starrte zurück, und Tippmann ergriff die Initiative. Nahm mich am Arm, führte mich hinüber, schob mich zwischen sie und Nauing. »Dora, dich will einer kennenlernen.« »Entschuldigung, aber wir haben uns soeben ...«, hub Nauing an. »Es ist schon gut«, sagte die Dame und winkte ihn weg – sozusagen, denn in Wirklichkeit blieb sie unbewegt. Fixierte mich weiter, ohne Lidschlag. Die Iriden beider Augen hatten etwas Trockenes, als wären sie stumpf. Ihr Mund zeigte eine Art Lächeln. In einer präzisen Bewegung hob sie die Rücken ihrer rechten oberen Fingerknöchel zur Schläfe. Es war rundweg abscheulich. »Das ist Gregor v. Darlhaus«, sagte

Tippmann. »Wie angenehm«, erwiderte sie, ohne eigentlich auf ihn einzugehen. Ließ die Hand wieder herunter, reichte sie mir. Es war eine geradezu leidvolle Geste. Tippmann wandte sich an Nauing, die beiden lachten, verließen uns. »Ich bin Martha Werschowska.« Ich faßte etwas Eckiges, das zugleich weich war, konsistenzlos, ein wenig wie Gelee. Ich spürte, das Gefühl bleibe haften. Das ging nicht mehr ab. Es kroch unter

meine Haut. Es waren bereits ihre Figuren. Die hat sie da hineingeätzt, nein, sie aus ihr heraus in die Leinwand gezogen. Das hat wehgetan. Doch die Dame hat recht, der Schmerz ist bloß physisch, es kann ihn abschalten, wer will. »Lassen Sie einfach los, geben Sie sich ihm hin. Spüren Sie das? Er hat, wie Farben und jedes Objekt, Nuancen. Er kennt Zwischentöne, Schattierungen. Ich muß Ihre Schmerzpigmente konditionieren, sonst kommen wir nicht an Sie ran. Fächern Sie Ihre Empfindungen *auf*, Herr v. Darlhaus! Und stöhnen Sie nicht. Es ist wichtig, daß Sie Ihre Reflexe in den Griff bekommen, daß *Sie* die Reflexe beherrschen, nicht umgekehrt.« Ich versuchte es, nicht immer gelang es. Dann hat sie jedesmal von mir abgelassen. »Ich kann auch aufhören. Ich finde auf einszweidrei einen andern. Das macht mir gar nichts aus.« Ich versuche es erneut. Die Dinge verflüssigen sich. »Sie müssen Ihr Karma finden.« Immerhin konnte ich mich auf den Rücken drehen. Das ist ein ganz enormer Triumph. So liege ich, liegt mein Körper, auf einem Tisch, den der Rücken kaum wahrnimmt. Meine Augen sind geöffnet, ich kann sie auch bewegen, meine Blicke kreisen in einer verhaltenen Bewegung durch den Raum. Weil es dämmert, verschwimmen Bilder, Tapeten, Bücher in eins. Bäche rinnen über mich. Vielleicht sind die Zeichnungen aufgeplatzt, als ich hinabfiel, und über die

Anstrengung, mich hochzuziehen. Die Wunden sind kaum verschorft, dünne Blutkuchen, lang wie getrocknete Regenwürmer, die in eigenwilligen Mustern über den Oberkörper mäandern. Bevor die Dame gegangen ist und mich nun derart warten läßt, hat sie einen Spiegel über mich gehalten. Aber es ist noch nicht zu erkennen gewesen, was das würde. Doch ich habe gewußt, ich darf nicht fragen. Ich soll abzuwarten lernen. »Sie sind immer noch nicht da«, hat sie gesagt, »immer noch halten Sie sich an etwas fest, auf das es längst nicht mehr ankommt.« Ich habe etwas antworten wollen, mein Kehlkopf hat gebrannt. »Lassen Sie das. Sie müssen nicht sprechen. Zu sprechen bedeutet aufzubegehren. Ich verstehe Sie auch wortlos.« Ich bin in einen Kokon aus meiner eigenen Haut gesponnen. Das bin ich schon immer gewesen, jetzt hingegen fühle ich es. Fühlte meine Mitte. Martha Werschwoska schält sie heraus. Deshalb habe ich mich nur auf mich selbst konzentrieren sollen, die Dame *schnitzt* es in

meinen Leib. Schon bei Tippmann nahm sie ihn. Ohne daß ich es eigentlich merkte. Doch wollte sie mehr. Da war dieser Sog. Als wäre ein starkes Vakuum hinter ihren Lippen, das mich in sich hineinsaugte. Es gab zwischen all diesen Schwätzern nur sie. Noch immer lag ihre Hand in meiner, ich ließ einfach los. Doch die Werschowska, als wäre die Hand noch umschlossen, behielt die Position. Sie schien den Unterarm schwerelos in der Luft aufzulegen und es erst nach einigen Sekunden zu merken. »Wie angenehm, einen so interessanten Menschen zu treffen«, sagte sie. Das Kompliment versetzte mir einen Schrecken. Ich vergaß darüber ganz, nach ihrem Verhältnis zur Hebelkorn zu fragen. Statt dessen sie: »Ist Ihnen die Gegenfarbentheorie bekannt?« »Bitte? Nein.« »Das polare Funktionsprinzip der tertiären Neurone …« »Im Moment … wirklich, Frau …« Abermals die Fingerrücken zur Schläfe. »… Werschowska.« »Ich bin Historiker, Frau Werschowska.« »Das will ich gar nicht wissen.« Ich gebe zu, eine Entgegnung fiel mir auf diese Frechheit nicht ein. Kurz senkte ich den Blick. Als ich wieder aufsah, setzte sie nach: »Nicht gut, Herr v. Darlhaus. Sie haben Bildung, das spüre ich, doch fehlt es Ihnen an Haltung. Wenn Sie mich bitte entschuldigen wollen.« Da war ich restlos verdutzt, fast schon verletzt. Sie glitt herum, glitt – ja: glitt – auf ihren High-Heels in die Menge, man sieht nur immer ihr aufgestecktes spröd-falbes Haar. War das jetzt ein Korb gewesen? Ich war mir nicht sicher. Kippte meinen Wein, ging, einen nächsten zu holen. Ich gebe zu, daß ich mich ziemlich hilflos betrank. Die anderen Frauen hatten überhaupt keinen Reiz, der ganze Abend wurde schal. Dennoch, ich konnte die Gesellschaft nicht verlassen. Tippmann lag längst auf seiner sogenannten Malercouch, in jedem Arm ein Groupie. Nauing beugte sich ins Gespräch mit Frau Roth. Sonst kannte ich keinen, jedenfalls niemanden, der auch nur den Smalltalk wert gewesen wäre. Wie ein pubertierender Junge stand ich herum. Es wurde elf, wurde eins. Das Atelier lichtete sich. Die Werschowska blieb. Erstaunlich, dachte ich, denn Eva Hebelkorn war schon seit langem weg. So eng schien ihre Verbindung also nicht zu sein. Schließlich waren vielleicht noch zwanzig Leute da, mag sein fünfundzwanzig. Es ging auf zwei Uhr zu. Und dann passierte, worauf ich wirklich nicht mehr vorbereitet war: Die Dame gleitet zu mir, ganz direkt, ihren Blick wie von einem, der ein anlegendes Boot vertäuen will, auf die Poller, also meine Augen, gerichtet. »Ich bin davon überzeugt, daß wir telefonieren sollten.« Sie reichte mir ihre Visitenkarte, wartete keine Entgegnung, nicht einmal ein Danke ab, sondern wandte sich um. Nauing reichte ihr den Mantel, ein wadenlanges, satinweich fallendes grünes Kleidungsstück, das metallisch schimmerte. Er half ihr hinein, und sie war fort. Wir telefonierten am nächsten Abend. Den ganzen Tag über versuchte ich, der Versuchung zu widerstehen. Aber sie hatte ja meine Telefonnummer nicht; imgrunde blieb mir gar nichts anderes übrig. So rief ich sie denn doch an. Ich folgte ihrer Inszenierung. Sie trieb es auf die Spitze. Klagte über ein Unrecht, das ihr angetan werde. Man anerkenne sie nicht, neide ihr ihr Talent. Undsoweiter. Normalerweise hätte ich nach solch einer Arie jeden Kontakt abgebrochen. Doch ich konnte nicht. Niemals habe sie einen wirklichen Freund gehabt, ich ahnte ihre Fingerrücken an der Schläfe. Die heutigen Männer zumal hätten überhaupt keinen Reiz, niemand mehr komme auch nur entfernt als Modell infrage. Wie sie sich nach einem Vertrauten sehne. Und all das am Telefon! »Aber Sie … Sie scheinen mir geeignet zu sein.« Sie sagte wirklich »geeignet«. »Möchten Sie mich nicht einmal besuchen kommen?« Wir hätten uns doch bei Herrn Tippmann so glänzend verstanden. »Herr v. Darlhaus, Sie haben mir das Herz geöffnet.« Es war furchtbarer Kitsch, ich merkte es, sicher. Und sie wußte, daß ich es merkte. Das machte das ganze Gespräch zu einer höchst aggressiven Attacke, die obendrein nicht ohne Hohn war. Ich sehe ihre Reptilienaugen. Sie forderten mich. Hatten schon bei Tippmann gewußt, ich reagierte auf sowas. Da schon wußte sie Bescheid. Und, sofort, hatte sie

die Seele. Will sie abschälen, wenn es nur irgend möglich ist. Genau das hat sie vor. Sagt sie. Sagt: »Es wird wehtun, Herr v. Darlhaus. Wollen Sie das?« Ich habe erst nicht gewußt, was sie meint. Sie hat das linke Bein übers rechte geschlagen, wir sind für uns gewesen. Das Fenster ist gekippt. »Ich hasse geschlossene Räume.« Sie lege Wert auf Kontakt. »Wer sich trennt, braucht Verbindung.« Wovon spricht diese Frau? Ich habe so etwas noch niemals erlebt. Keine zuvor ist wie sie. Ihre Brüste locken mich nicht, so prächtig sie sich unter der Bluse auch spannen. Ich kann sogar die Abnäher des Brustteils erkennen. Und den gesteppten Saum. Die Werschowska steht nicht nur, nein, sie sitzt auch gerade. Nie verliert sie die Haltung. Ist bis in die Fingernägel designt. Mir haushoch überlegen. Normalerweise sähe ich zu davonzukommen. Nun stehe ich neben mir selbst, der liegt, beobachte uns und merke durchaus, wie klug sie ihre Trümpfe spielt. Sie ist strategisch bis ins Mark. Noch keine Frau habe ich erlebt, die sich so wenig greifen läßt. Die dennoch nicht flieht, sich nicht versteckt, sondern sich, ganz im Gegenteil, mitten in den Wind stellt, ihm trotzt, und knickt nicht dabei um. Wo ist sie verwundbar? Nirgendwo. Das weiß ich jetzt. Darum will ich liegenbleiben. Sie hat mein Opfer mehr als verdient. Welch eine Kraft! »Bewahren Sie Haltung!« zischte sie. »Nicht ein einziges Zucken will ich sehen. Blicken Sie stolz! Was immer ich anstelle mit Ihnen. Bleiben Sie rein unbewegt.« So formt sie mich. Ich werde, was ich niemals war: *Jemand*. Das Glück ist sehr schmal. Es paßt durch das Leid. Dennoch ginge ich jetzt gerne ein wenig herum, schaute umher. Ich will die Wohnung ja nicht verlassen. Nur das. Diese Sehnsucht. Ich fiebre, ja, aber leide nicht mehr, nicht an mir, nicht an anderen. Martha Werschowska hat mich befreit. Keine sieben Stunden ist es her, da hat sie meine Seele erwähnt. Und hat, ich bin mir dessen gewiß, bereits gestern

den Entschluß gefaßt, mich zu verführen. Kein Zweifel. Ich möge mir einmal ihre Gemälde und Zeichnungen anschauen kommen, schlägt sie mir am Telefon vor. »Sie werden fühlen, wie einzigartig sie sind.« Ich erlag einem Hörfehler, verstand das »sie«, nämlich als Anrede, falsch. »Sie werden es mir hoffentlich nicht verübeln, daß mir das Werk Ihres Freundes Tippmann überaus fremd ist. Er ist ein netter, ziemlich abstrakter«, sie stockte und brachte so etwas wie ein Lachen heraus, »Lulatsch. Ich hingegen, aber das zeige ich Ihnen besser, bevorzuge Gegenständlichkeit.« Sie sei eine Liebhaberin des Konkreten. Der Haut. Die Intonation verleimte in ihrer Stimme die Silben. Ich bekam davon einen ganz sauren Geschmack auf die Zunge, doch an der Spitze war er süß. Was für ein Größenwahn! In seiner gestelzten Depression so lächerlich wie reizvoll. Mich erwartete keine quicke Affäre, das war schon heraus. Wir verabredeten uns für den nächsten Abend. In einer mir gänzlich fremden Lethargie verbrachte ich den kommenden Tag, der sich nicht neigen wollte. Blieb lange liegen, dämmerte ein, träumte irgendwelchen Unsinn, gegen den ich nicht ankam. Stand endlich auf, aber an Arbeit war nicht zu denken. Bis in den späten Nachmittag ging mir ein Satz nicht aus dem Kopf, den sie mittags gesagt hat, und zwar anstelle einer Begrüßung als erstes: »Man hat sich unterm Einfluß des technologischen Weltbilds angewöhnt, die Frage nach der Seele nicht mehr zu stellen. Mich hingegen beschäftigt sie dauernd. Sie auch, Herr v. Darlhaus?« Das Telefon hatte geklingelt, ich wußte erst gar nicht, wer dran war. »Meine künstlerische Arbeit taucht in den Grund der Seele.« »Frau Werschowska?« Wollte sie sich vergewissern, ob ich auch käme? Fürchtete sie, versetzt zu werden? Sie sprach einfach weiter, gleichsam dozierend, und überging meine Frage. »Denken Sie nicht, Herr v. Darlhaus, mir sei nicht bewußt, wie sehr ich deshalb gemieden werde?« Und abends, als ich zwischen diesen riesigen Panoramen und den mannshohen Statuen bei ihr saß, erklärte sie, weder dem, so drückte sie es aus, »Positivismus moderner Kunst« noch dem sentimentalen Idealismus des vergangenen Jahrhunderts sehr gewogen zu sein. »Ich bin isoliert, Herr v. Darlhaus. Nur das ist schlimm … persönlich schlimm, wenn Sie verstehen, was ich meine.« Sie führte ein mit grüner Flüssigkeit gefülltes Likörglas an ihre in Strawberry-Cream leuchtenden Lippen. Ich hatte meinen Wagen stehenlassen und war die paar Kilometer in der Hoffnung zu Fuß gegangen, die kühle Luft dieses Abends werde mir ein wenig die Beklommenheit nehmen. Doch das in die Dämmerung sinkende Oktobergelb lud sie noch auf. Außerdem drückten mich die neuen Anzugschuhe, rieben die rechte Ferse wund. Keine Ahnung, weshalb mich das an die ewig zurückliegenden Schulwege meiner Kindheit denken ließ. Aber als ich den uralten, grotesk weiten Flur des Treppenhauses hinaufstieg und die Dielen unter meinen Schuhsohlen knarrten, trat ich in denselben Duft von Holz und Bohnerwachs, der mich immer zur Wohnung meiner heute verstorbenen Mutter geleitet hatte. Das nahm so völlig von mir Besitz, daß ich mich in kurzen Hosen hinaufpesen sah – und lief wirklich, die Hand am Geländer, roch bereits die unvergleichlichen Kartoffelpuffer, hatte den Ranzen nur noch über einer Schulter – blieb außer Atem stehen – halb ängstlich, weil ich wieder einmal zu spät war, aber halb auch erleichtert. Und wirklich, das war unsere Tür, ganz dieselbe Klingel, selbst das Namensschild, vornehm, nur DARLHAUS. Ich hörte Mutti schon: »Wo kommst du denn jetzt erst her? Ich habe fast eine Stunde gewartet!« Mein Bruder saß futternd am Küchentisch, verschmierte Zuckerhügelchen auf den Reibekuchen und grinste verstohlen. Auch er ist lange tot. »Na, nun setz dich schon! Aber wasch dir erst die Hände. Oder …

Halt, wart einmal ...« Was geschah mit mir? Die Wohnungstür war nicht versperrt. Ich ahne, Frau Werschowska hat

ihre Tür absichtlich bloß angelehnt. Ich habe mich vergewissern können. Denn ich gehe wirklich herum. Obwohl mein Körper weiterhin bauchoben auf dem Tisch liegt. Wenn ich mich umdrehe, kann ich ihn betrachten. Aber ich drehe mich nicht um. Dabei ist es nicht einfach, Fuß vor Fuß zu setzen. Nicht daß ich zu schwer wäre, doch der Boden saugt an meinen Sohlen. Sein Nadelfilz kitzelt ein wenig, wenn ich den nächsten Schritt versuche; er will mich festhalten, feststellen, dauernd. Ich störe diesen Raum, störe nicht *in* ihm, sondern ihn selbst. Ich soll feststehn, gebunden, wie auch immer. Schon, daß ich atmete, war zuviel an Bewegung. Man müßte mich eingießen, erstarren lassen, steif wie die Statuen um mich herum. Wie die stillgesetzte Standuhr aus Messing und Kirschholz. Ihr schmales, geschliffenes Glas. Wie die Sessel. Hier warten die Dinge. Selbst die Lichtbahnen warten. Die Lebewesen sind Dinge, die Dinge harrende Wesen. Darüber habe ich noch nicht völlig entschieden. Und weil ich weiß, daß die Sessel und Bücher und die Tapeten mich nicht nur beobachten, nein, daß sie mich hören können, darum spreche ich diesen Satz aus und denke ihn nicht nur. Natürlich kommt keine Antwort. Ich bin, so lange ich mich rühre, nicht akzeptiert. Also wiederhole ich mich, spreche lauter. »Die Dinge sind harrende Wesen.« Nicht der geringste Nachhall. Ich ziehe meinen Fuß aus dem Nadelfilz. Stand vor der Tür, hinter der man

ganz bewußt auf mein Klingeln nicht reagiert. Deshalb drückte ich sie einfach auf, spähte durch. »Ist jemand da? Hallo?« Ich trat in einen rauhfaserblau getönten Flur, tat ein paar Schritte.

Alles stand in geducktem Schweigen herum, die bullige Kommode unter dem neobarocken Spiegel, ein Hocker am stilisierten Rokokotischchen, darauf die dunkle Ladestation der Telecom ohne den schnurlosen Hörer. Zwei in den Türkant gelehnte Regenschirme. Dann die Stimme der Dame, zwar aus einem der Zimmer nebenan, deren Türen sämtlich spaltbreit offenstanden, dennoch sehr unvermutet nah und als hätte sie mich sehen, mich beobachten können. Instinktiv suchen meine Augen Wände und Decke nach einer Kamera ab. Es war keine zu entdecken. »Halten Sie sich rechts, Herr v. Darlhaus. Gleich die zweite Tür führt in mein Atelier.« Die Dame grüßte nicht einmal. »Ich komme sofort nach. Auf dem Servierboy steht Cognac. Bedienen Sie sich.« Über dem Türrahmen war ein trockenes Grabgebinde angebracht, eine blaue Schleife daran, dunkler blau als die Tapeten. MEINEN LEHRERN. In den Rahmen selbst, etwa schulterhoch, war eine vergilbte Fotografie ins weißlackierte Holz gepinnt. Ich trat ein, als passierte ich eine Luftschleuse oder als verließ man in den Tropen ein Flugzeug. Die Luft, obwohl hier ganz offenbar niemand rauchte, war schwer wie ein Regen. Die Statuen, Büsten und Torsi, schwiegen gipsern. Das Fenster, obwohl es gekippt war, schien die Straßengeräusche auszufiltern. Eine enorme Stille deckte sich auf meine Ohren. Sie roch entfernt nach mit Orangenschale versetzter Myrrhe. Die zur Seite gebauschten Übergardinen schimmerten in sattem Samtblau; Falte für Falte drapiert, waren sie wie gemalt. Unwillkürlich nahm ich den Stoff zwischen die Finger und rieb. Ein paar Schritte zurücktretend, war es, als hätte das durch die Stores einfallende Licht enorme Strecken zurückgelegt und sich in zwei bis zum Parkett stehende Bahnen erschöpft. Der Boden hatte den Glanz polierten Kunstharzes und erinnerte, wie auch der Schimmer auf den Möbeln, an Karosserielack. Auf dem Fenstersims, hinter Glas, in den Schränken sowie offen auf Konsolen standen in Vasen vertrocknende Blumensträuße. Daher der zwar dezente, doch insistierende Duft. Alles strömte etwas laborhaft Künstliches aus. Nichts davon lebt, begriff ich. Ein Zimmer, das Stilleben war. Mir schwindelte kurz, vorsichtig setze ich mich auf das kleine blaue Verlobungssofa, als ich die Gemälde und Zeichnungen sah. Sie hingen von Bauchhöhe an zur Decke hoch in russischer Hängung. Es mag Notwehr gewesen sein, was sie mich erst nicht wahrnehmen ließ. So wenig, so gar nichts strahlten sie aus. Sie sogen, was sich nur rührte, in sich hinein. Auch mich. Von äußerster Präzision gestaltet, wurden sie Vakuum. Das schächtete jedes Geräusch. Trotz ihrer Gegenständlichkeit verurteilt, in nichts als Fläche und Form zu verfallen – ich entsann mich der tertiären Neuronen, von denen die Dame bei Tippmann gesprochen hatte –, haben sie etwas Insistierendes : das nämlich

das Licht anschweigt, das auf es fällt. So schweigt das Licht, derart zur Ruhe gekommen, zurück. Jeder Schritt, der mir gelingt, wirbelt ganze Hocken vergessener Zeit auf, die sich erst langsam wieder über Boden und Gegenstände zurücklegt. Ich bin schwerer als die Dinge, noch immer, schwerer als diese Zeit, weshalb sie dazu neigt, sich in kleinen schrägen Haufen an meine Füßen zu lagern: Das ist es, nicht etwa der Filz, was sie so festhält. Ich muß nur lange genug stehenbleiben. Man kann es fast sehen. Meist aber folgt der Zeitstaub der ungleich massiveren Gravitation dieser Bilder. Die auch auf mich wirkt, entweichen will, aber nicht kann. Jedenfalls nicht, begebe ich mich nicht auf diesen Tisch zurück. Noch schau ich stur die Stilleben an. Viel totes Tier. Rißzeichnungen, anatomische Studien. Jagdszenen, auf denen Eber verbluten. Ein

Schlachtenpanorama, deutlich an Tübke gemahnend. Dazwischen Früchte und Schalen. Zerlegte Insekten von Modellflugzeuggröße. Gräser und Obst. Meditationen über Muskeln und Sehnen, wie DNS ineinander verdreht. Sie könne sich bemühen, wie immer sie wolle, hat mir die Dame erzählt, immer fehle dem Abbild das Leben. Imgrunde sei ihr keines dieser Bilder gelungen. »Es ist keine Frage des Handwerks, verstehen Sie? Ich bin überzeugt, es liegt am Modell.« Doch ich, ja ich, davon sei sie überzeugt, könne ihr helfen. Wenn ich denn wolle. Es stehe außerhalb ihrer Macht, mich zu zwingen. Man müsse bereit sein, alles andere wäre vergeblich, so oder so. »Sie sind ein derart schöner Mensch! Und ein kluger Mensch! Sie werden sie mir zeigen, werden sie mich malen lassen: Ihre Seele. Nur darum, nur um Seele, geht es mir. Keinem wahren Künstler ist es je um etwas andres gegangen. Nur darum tragen wir alle das Risiko wie eine ständige«, sie hob die Fingerrücken zur Schläfe, »Migräne: daß wir das tiefste Innere unserer Gegenstände verfehlen.« Ich indessen vermöge ihr zu helfen, da eben sei sie sicher. Sie konnte es auch sein. Längst ist mir klar, was mich an diesem Atelier so anzog: Seit meiner frühen Jugend gehöre ich hierhin. Nur deshalb bin ich im Treppenhaus an meine Mutter erinnert gewesen. Sie holt mich nun heim. Nur hat es keinen Sinn, hier körperlos herumzuwandeln. Ich will mich wieder legen. Warten. Sie wünsche sich ein Kind von mir, hat die Dame vorhin noch gesagt. Hat sie das symbolisch gemeint? Sie wolle mich erst malen, und das Kind dann, später, male sie auch. Sie sei sich ganz sicher, diesmal gelinge es ihr. Ich schluckte, habe erst nicht begriffen, d o c h begriffen, ein handbreiter Schal allersanftester Seide, die beiden Bahnen schmiegen sich genau um den Hals. Diese Empfindung verhieß ein so dauerhaftes Glück, daß es wehtat. Erst jetzt verstand ich, worunter Martha Werschowska so litt. Denn obgleich allein nach der Natur gemalt worden war, und wenn auch die prächtige Ähnlichkeit, ja Identität mit den Vorlagen etwas so Imposantes hatte, daß einem wie ein Reflex der Respekt kam, blieb doch alles schmerzhaft fern. Das ähnelt dem Verhältnis des ganzen Ateliers zu den Verkehrsgeräuschen draußen. Sowie es die Dame berührte, schien sich das Leben zu plastifizieren. Ich sah das, spürte es, versuchte, dem auf den Grund zu gehen. An mangelnder Meisterschaft konnte es nicht liegen. Vielleicht ist sogar die perfekte Faktur das Problem. Kann es das geben: ein *zu* gut beherrschtes Handwerk? Ich mochte solche Fragen nicht, sie waren mir zu akademisch, hatten kein Fleisch. Man mußte sich wehren oder ergeben. Da trat die Dame ein, ihren schweren Leib unter einem mehrfach um Schultern und Hüfte gewundenen Tuch verborgen, das durch farbige Glasbroschen sowie von Kameen gehalten wurde und dessen Schwärze die Blässe ihrer Haut sowie die nervösen rötlichen Flecken betonte, die sich ihr über Hals und Schläfen zogen. Der brünette Haarballen flammte, im Nacken nicht mehr verknotet, auf die Schulterblätter herunter. Nur die Fingernägel leuchteten in der pastellenen Starre des Ateliers. Ich ahnte, daß die Bilder auch an Martha Werschowska saugten. Sie kam sehr schnell, fast über den Boden gleitend, so durchzieht sie den Zeitstaub, auf mich zu, geradezu schwerelos, ich sah nicht mal, daß sie ihre Füße bewegte. Sie reichte mir, aber lächelte indisponiert, die Fingerspitzen. Wie schön, daß ich hier sei. Und klagte auch schon, es gehe ihr schlecht. Der Kopfschmerz. Mitunter etwas Kataleptisches. Natürlich psychisch. Ob ich vom Cognac genommen hätte? Nein? »Möchten Sie lieber einen Riesling?« Während sie mir den Wein und sich selbst den verdächtig langsam aus der Flasche schwappenden Likör einschenkte, sprach sie weiter, halb larmoyant, halb aggressiv. Sie werde derart gemieden! Man rede hinter ihrem Rücken. Und zu alledem die Gicht. Und die Kunst. Sie setzte sich zu mir, reichte mir erst mit der Linken mein Glas, in der Rechten hielt sie ihr eignes. Als wir angestoßen hatten, legte sie die Linke auf meinen Unterarm, wozu sie mir ihren Oberkörper weiter zudrehen mußte. Dabei ließ sich ein leises Raunen vernehmen. Kühl wie Porzellan die zu weiche Hand. Wie froh sie sei, endlich einen Vertrauten gefunden zu haben! Wer in diesen technokratischen Zeiten bringe noch Verständnis für die Leidenschaft auf? Sie beugte sich vor. Ihr roter Mund dehnte sich in ein nächstes Lächeln. Unangenehmer aber war, daß sich dabei das Tuch von ihren Schultern löste und bis zum Ansatz des fleischfarbenen Fischbeins beide Brüste freigab. Sie zog das Tuch sofort wieder fest, doch ich habe die satten, absurd fahlen Schwämme gesehen. Die Porzellanhand floß von meinem Arm auf meinen linken Schenkel. An sich genügte diese Geste. Ich konnte mich nicht rühren, wich dennoch dem Blick der Dame aus. Nur war außerhalb dieses Blicks die furchtbare Kunst. Ich muß irgendein Gespräch, muß etwas beginnen, das diesen Bann zerreißt, in dem ich zappelte, ohne mich doch eigentlich rühren zu können. »Haben Sie noch andere Arbeiten?« Die Frage kostet mich Überwindung. Allein schon zu sprechen, erschöpft unendlich. »Kann ich ein Glas Wasser bekommen?« Wie froh ich war, daß sich ihre Hand von meinem Schenkel hob und daß sie, um das Wasser zu holen, in die Küche ging. Zwanzigmal entschloß ich mich, aufzuspringen und wegzulaufen. Es gelang mir lediglich, auf einen separaten Sessel zu wechseln. Die Dame, zurückgekommen, registrierte es mit nachgeschärftem Lächeln. Sie stellte einen Glasbecher und die gefüllte Wasserkaraffe zu meinem Wein- und ihrem Likörglas auf den Tisch. Dann holte sie ihre Zeichenmappe, nestelte am Bändel, ich räumte den Tisch leer, stellte Gläser, Karaffe und die beiden Flaschen auf den Boden. Warf dabei einen Blick auf das Etikett des Likörs. Ich hatte eine solche Schrift in meinem Leben nicht gesehen: Lateinische Buchstaben waren es nicht, auch keine arabischen; nicht einmal Hieroglyphen oder asiatische Bilderschriften kamen ihr nah. »Woher haben Sie die?« fragte ich. »Ein Geschenk«, sagte sie. »Aber bitte schauen Sie jetzt.« Sie wendete Zeichnung für Zeichnung um. »Sehen Sie, Herr v. Darlhaus, an denen hänge ich besonders.« Mein Entsetzen war leise. Aber ich spürte, wie sich die Kette um mich zusammenzog. Und daß ich das will. Gegen all meine Angst. Angst, begriff ich, hatte mein Leben beherrscht. Ich war immer wieder geflohen. Hatte mich fast manisch von ihr abgelenkt. Mit Frauen. Mit Alkohol. In den Clubs. Ich wollte nicht hinter die Tür sehen, man erkennt da ja nichts. Da ist immer nur Luft. Also rennt man schnell an dem Schatten vorbei. In diesem Atelier jedoch trat sie mir wie ein Geschöpf gegenüber, das man besiegen kann. Sie hatte Form bekommen, hat Martha Werschowskas Gestalt angenommen. Wäre ich jetzt geflohen, sie hätte sich ins Ungefähre wieder aufgelöst und mich als Ungefähres bis an mein Ende begleitet. Wie erbärmlich wäre das gewesen! Um es mir zu ersparen, ist sie mir als die Dame gestern bei Tippmann entgegengetreten und

hat sich nicht ohne die uns beiden eigene Frivolität zu erkennen gegeben. Die, zuerst, muß weg. »Wir sollten beginnen.« Das ist fast ein Befehl, wenigstens eine Anordnung. Doch weiß ich nicht, wie. Die Dame bemerkt meine Unsicherheit, genießt sie. »Es ist I h r e Entscheidung«, sagte sie. Wiederholt sie. Sagt sie vielleicht zum ersten Mal. Ich weiß es nicht mehr. Sie fügt hinzu: »Ich will Stolz sehen in Ihrem Gesicht.« Woran ich mich erinnere, liegt nebeneinander wie die Bilder in der Mappe, ob Sätze, ob Geschehen. Kante an Kante liegen sie vor meinen Augen. *Gleichzeitig*, nicht sukzessiv. Daß etwas folgte, war völlig dahin. Allerdings kann ich noch ordnen, noch trennen, ein Bild vom andern, Erinnerung für Erinnerung. Ist es möglich, daß ich die Dame schon vor der Begegnung bei Tippmann traf, daß wir uns dort nur verstellt haben, weil so was zum Spiel gehört? Haben wir unser erstes Treffen schon einmal inszeniert und inszenieren es nun wieder? Geht es immer so weiter? Vielleicht aber nicht. Mir bleibt nichts, als darauf zu warten, daß die Dame zurückkehrt. Ich sehne mich nach ihrer letzten erlösenden Handbewegung, in der wir verschmelzen. Es fehlen nur noch wenige Striche. Da drüben, von wo wir einen Tisch und zwei Sessel weggeschoben haben, und ich habe, damit genug Platz für die Leinwand wird, zwei hohe Bücherstapel beiseitegeräumt, Kataloge, Magazine, – da drüben liegt das beinah vollendete Bild auf dem Boden. Die Dame hat es abgedeckt, »gegen die Zeit«, sagte sie. »Das Leben«, hat sie gesagt, »stellt sich der Zeit entgegen, darin liegt seine Substanz. Die will ich finden und erhalten.« Seltsam, daß ich kein Bedürfnis habe, mir das Bild anzusehen. Etwas Heiliges geht von ihm aus. »Devot«, sagt die Dame und löst, wobei sie aufsteht, das Tuch von der Schulter, »kommt von *gottergeben*. Das devote Modell gibt sich hin, wußten Sie das? Es ist *geweiht*. Eine Singularität, die so sein möchte wie Gott. Und dennoch möchte sie leben. In diesem Sinn sind alle meine Gemälde Devotionalien.« Sie trägt unter dem Tuch eine enge, für die Brüste offene Corsage. Die massiven, bestürzend blassen Schwämme fallen tief über den umsteppten, gespannten

Fischbeinrand dieses samtblauen Mieders. Die Warzen haben breite, flächige Höfe, die nicht fleischlich rot, sondern so bläulich wirken, als wären sie auf das Dessous abgestimmt. Die viel zu kleinen Nippel stehen kaum vor. Immer noch saß ich, sah die Dame hilflos an. Sie rollte die halterlosen Strümpfe hinab, zieht sie an den Zwickeln von den Füßen. Dann steigt sie aus ihrem Slip. Das ist Arbeitsroutine, nicht Verführung. »Soll ich die Heizung etwas aufdrehen?« Ich antworte nicht. »Sie werden nicht frieren, das garantiere ich.« Ich begreife endlich, lege das Jackett ab, öffne die Gürtelschnalle. »Wenn Sie sich entkleidet haben, dann legen Sie sich bitte mit dem Gesicht zur Decke auf den Tisch.« Sie dreht mir den Rücken, dreht mir die kreuzgebundene, beidseits zu gespannten Bögen verstärkte Naht der Corsage zu und ihr monströses Gesäß, als sie die Zeichnungen zurück in die Mappe ordnete, die Mappe schloß und wahrscheinlich das Band in Knoten und Schleife zuzog. Die Backen sind so blaß wie die Brüste und stark vorgewölbt, aber nicht fett, sondern prall. Das Fleisch hängt nicht. Es droht. Die Dame kann mich in sich aufnehmen, sich über mir schließen, wenn sie will. Aber sie wollte nicht, sah endlich ihrerseits mich an, ihre Blicke sind Finger. Nicht zärtlich, nein, nüchtern, professionell. Ein plastischer Chirurg. Ein von Hagen, auseinandergegangen als Frau. »Schade«, sagt sie, »ich weiß nicht, ob ich das so kann.« Ich habe keine Erektion. Meint sie d a s? »Sie sind zu behaart«, sagt sie, »ich muß Sie rasieren. Ist Ihnen das recht?« Ich wehre mich nicht, werde mich in alles ergeben. »Gucken Sie Ihre Brust an. Gucken Sie Ihre Hoden an. Und die Schultern sogar. – Herr v. Darlhaus, das wird dauern.« »Entschuldigung, ich wußte nicht …« »Wir haben Zeit«, sagt sie, »viel Zeit. Oder wollten Sie heute noch heim?« »Nein, es gibt keinen Grund.« »Dann machen Sie sich jetzt bereit. Die Handflächen anfangs unter dem Kopf.« Ich legte mich auf den Tisch. »Konzentrieren Sie sich. Versenken Sie sich. Lassen Sie sich fallen. Ich bin nur kurz ins Bad, wir werden einige Klingen brauchen. Ich bin sofort wieder zurück.« Ich atme, mein eigenes Ich

breitete sich in ihrem Atelier vor mir aus. Vor mir selbst. Abgefallen die Scham. Ich mußte und mußte gucken, hatte nicht einmal mehr den Impuls wegzuschauen. Bloß und gehäutet, flezt sich meine Angst in den Zeichnungen, die Martha Werschowska Blatt für Blatt aus der Mappe löst und Blatt für Blatt aufeinanderlegt. Sie zeigen Fleischstücke, nichts als herausgetrennte Innereien, auch separierte, offene Wunden. Es sind mit nahezu fotografischer Besessenheit rekonstruierte Studien der Anatomie. »Bitte seien Sie nicht enttäuscht. Hier und da mißlingt mir immer wieder mal ein Strich. Das ist sehr ärgerlich, ich weiß, aber es sind ja nur Etüden.« Sie arbeite gerne nach der Natur. Allein im Kopf entstehe bei ihr nichts. »Und glauben Sie mir, es ist nicht leicht, an die Objekte zu kommen. Man kann sie in Formalin kaufen, das schon, oder man beantragt Zutritt in der Pathologie. Aber das ist es nicht, Herr v. Darlhaus. Sondern das Fleisch muß noch warm sein, muß leben. Sonst ist die Seele längst weg. Nur in der Wunde bekommen Sie sie hautlos, also unverstellt, zu fassen. So, daß sie einen nicht durch ihre kosmetische Erscheinung täuscht. Gehen Sie spazieren, besuchen Sie Feste, schauen Sie sich um: Im heilen Körper *verbirgt* sich die Seele. Nur im versehrten, weil sie dann schwach ist, können Sie sie zu fassen kriegen. Aber selbst da, Sie sehen es selbst, schlüpft sie nur allzuschnell weg.« Wie oft schon habe sie geglaubt, etwas davon ins Bild bekommen zu haben! »Und wie oft war hinterher gar nichts mehr da!« Sie finde das zunehmend unerträglich. Aber gebe nicht nach. »Alles ist, Herr v. Darlhaus, so – unsauber!« Genau danach, nach Unsauberkeit, stand mein Bedürfnis in diesem Moment. Deshalb bat ich darum, rauchen zu dürfen. Zwar rauche ich seit Jahren nicht mehr, hatte auch gar keine Zigaretten dabei, nun aber, in Gegenwart solcher Sterilität, wäre mir jedes Streichholz, das Tabak entzündet, wie eine Fackel vorgekommen. Außerdem bekam ich dadurch einen Grund, das Atelier, die Wohnung, das ganze Haus zu verlassen. Doch die Dame ignoriert meine Frage, zieht statt dessen eine weitere Zeichnung heraus, bei deren Anblick mein Herz zu schlingern begann, derart schwindlig macht es. Auf einen Tisch, ähnlich dem, worauf die Zeichnungen liegen, war ein nackter Jungenkörper gestreckt, der Kopf, in einem sehr unnatürlichen Winkel, hing über den Nacken die Kante hinab. Dem jugendlichen Menschen war die Kehle durchschnitten; ein Obstmesserchen lag daneben, mit einem weißen Spitzenhandschuh arrangiert. »Eine ganz besondere Arbeit, finden Sie nicht? Betrachten Sie einmal die grazile Beugung der Schenkel und die Weiße der Haut.« Sie sah mich, während sie ihre Arbeiten zeigte, nicht an. Ich hatte nicht das Gefühl, gemustert zu werden. Die Werschowska war rein in ihre Bilder versunken. Sie hat kein Gefühl, dachte ich. Sie kennt kein Mitleid. Ob sie schmerzempfindlich ist? Ich nahm einen Schluck von dem für einen Riesling zu öligen Wein. »Schaun Sie jetzt hier: Dieses Bild habe ich ›Material‹ genannt.« Es war eine auf blauem Batist angeordnete Sammlung von ganzen Körperteilen: Armen, Beinen, Füßen, Geschlechtsorganen, Bauch- und Bruststreifen. In einer Emaildose lagen drei abgetrennte Ohren. »Eine Notiz aus den *Tränen des Eros* brachte mich darauf.« »Das ist«, sagte ich, »grauenhaft.« »Aber es entgeht mir nichts …

das müssen Sie zugeben.« Sie hält die Zeichnung schräg gegens Licht, betrachtet sie geneigten Kopfes, lächelt zufrieden. »Doch, recht genau.« »Warum malen Sie so fürchterliche Dinge?« »Sie finden sie fürchterlich?« Jetzt sah sie mich an. Sah wieder zurück: »Wirklich?« Sie schüttelt den Kopf. »Wissen Sie, ein Verkehrsunfallopfer ist fürchterlich. Als es noch lebte. Vielleicht, als es starb, also während es starb. Was aber zurückbleibt, ist nur noch Stoff. Deshalb bin ich davon überzeugt, den Moment des Sterbens erwischen zu müssen, diese eine miniaturisierte Sekunde, in der jeder hinübergehende Körper plötzlich so leicht wird. Ja, grausam, mag sein. Aber dann verläßt ihn etwas – verläßt ihn das, was ich suche.« Ich schwieg. »Verstehen Sie mich?« Ich schwieg weiter. »Übrigens nenne ich«, sagte sie, »diese Serie *Das Leben*. Gewissermaßen summiere ich rückwärts.« Sie lächelt müde, fast lehnt sie sich nach hinten, berührt abermals die Schläfe mit dem Handrücken. Das ist gespreizt. Wie eingeübt, muß ich denken. »Der Kopfschmerz, Sie müssen verzeihen.« Sie atmet betont und tief. »Aber vielleicht haben Sie recht, vielleicht i s t es auch grauenvoll. Weil mir die Vollendung bislang nicht gelang. Weil das richtige Modell gefehlt hat. Weil niemand begreifen wollte, an welchem Werk er hätte mittun können.« Aber nun sei ja ich da. Das sagt sie freilich nicht mehr. Es lag auf der Hand. Auf der Lehne jedes Sessels. Auf dem Nadelfilz. Das klebt an der Fensterscheibe, hat sich in den Stores verfangen. Und in mir selbst, einem verschütteten Ich. Es

fiebert seiner Lösung entgegen. Ich registrierte wieder und wieder die allmähliche Vorbereitung meiner präzisen Einsegnung, wieder und wieder spielt sie sich ab in ihrer kanonischen Präsenz. Ich lege mich auf den Tisch. Die Dame, aus den Nebenzimmern zurück, seift mich mit Rasierschaum ein. Zuvor hat sie die Desinfektionshandschuhe über ihre Hände gezogen. Sie will mich nicht berühren. Auch die Corsage behält sie an. Was sie erklärte: »Eigentlich sollte ich so bloß sein wie Sie. Aber ich bin eitel, verzeihen Sie. Zumal haben Sie, Herr v. Dahlhaus, mir Ihren Körper voraus. Sie müssen nämlich wissen: mein Bauch.« Dazu sage ich nichts, es ist mir völlig egal. »Also Sie gestatten mir den Stilbruch? Wir müssen uns beide wohlfühlen, beide ganz frei sein. Nur dann haben wir eine Chance.« Dabei läßt sie die vierfach gesicherten Messer über mich fahren, Partie für Partie, den dünnen Streifen Aloe im Rasierkopf immer hintennach. Über die Schultern zuerst, dann die Brust, den Bauch, das Geschlecht. Ganz zuletzt über die Beine. Eine große Schüssel voll heißen Wassers hat die Dame gebracht, darin ließ sie die Klingen zwischendurch tanzen. Schließlich tupft sie mich ab, cremt mich ein. Massiert die Lotion in die Haut. Das Latex ihrer Hände ist kühl. »Sie dürfen nachher nicht fetten. Ich male auf einer Leinwand, die dünn ist wie Seide.« Ich spüre, daß sich mein Glied hebt, sie schlägt scharf dagegen. »Noch nicht, Herr v. Darlhaus, dafür ist es noch lange zu früh.« Und schlägt erneut. Ich ächze. »Seien Sie still! Sie müssen sich beherrschen. Hören Sie? Stolz sollen Sie sein! Ich will in Ihrem Gesicht nicht die geringste Regung sehen. Wenn Sie glauben, sich nicht beherrschen zu können, wenn Sie keine Haltung haben, dann breche ich sofort ab. Noch einen solchen Laut, und Sie dürfen nach Hause gehen.« Ich starre zur Decke, erleichtert, die Erektion ist zusammengefallen. So ließ die Dame mich liegen. War weg. Stundenlang. Ich sitze auf dem Verlobungssofa. Die Dame ordnete ihre Zeichnungen. Ich lege mich auf den Tisch. Sie beginnt, das Tuch von ihren Schultern zu lösen. Nur angelehnt ist die Tür, das Fenster gekippt. Lichtjahre fern die Straße, deren Geräusche als durchsichtige Kokons in meinen Blicken schweben und durch sie hindurch den Bildern an den Wänden zu. Sie segeln in die Bilder hinein. Dann segelte die Leinwand, sanft und kühl und wie feucht, auf mich herunter und schmiegte sich mir an. Ich halte die Augen unter dem weißen Tuch geöffnet, das ein Schnee ist, ein Chrysanthementreiben, das auf der Iris schmolz. So daß die Tränen kommen, wenn an deinem Körper die Leinwand befestigt wird. Nachher, lange nachher. Vorher ziehen Stifte über deine Tuch gewordenen Konturen. Sechs Sicherheitsnadeln wurden überaus sicher gesetzt: zwei in das Fleisch deiner Schultern, du zuckst nur, doch die Lektion ist gelernt. Du beißt dir zwar auf die Lippen, das sieht die Dame ja nicht. Zwei weitere jetzt, die den Stoff sehr spannten, links und rechts in die Oberschenkel. »Sie sind tapfer. Ich wußte, ich irre mich nicht.« Sie wartet. Alles wartet. »Nur noch zweimal, Herr v. Darlhaus, die Leinwand muß anliegen. Eng.« Sie nimmt Haut und Fleisch meiner Taille zwischen zwei pressende Finger. Erst auf einer Seite. Dann auf der andren. Ich sitze auf dem Verlobungssofa, die Dame schenkt uns ein. Wir stießen an. Sie nippt von der grünen Flüssigkeit. »Wenn Sie wüßten, Herr v. Darlhaus, wie ich leide!« Sie hat ihr Leid in mich gegeben, so kann sie es fühlen. Es nehmen und bannen, indem sie es malt. Imgrunde ist nur noch eines nötig. Aber ich fürchte, Frau Werschowska hat mich vergessen. Die Leinwand hat sie hiergelassen. Sie liegt dort ausgebreitet am Boden. Als müßte sie trocknen. Aber ich schaue nicht hin. Nicht ohne die Dame. Nicht ohne das Ende. Deshalb bin ich sehr froh, daß die Dame, bevor sie ging, ein weites blaues Tuch darübergedeckt hat. Will sie uns, mich und das Bild, in alle Fernen hier liegenlassen? Ich werde müde und darf doch nicht schlafen. Wenn ich schlafe, verpasse ich es, dann merk ich es nicht. Denn hat sie nicht etwas andres von mir gewollt? Nicht von einem Kind gesprochen? Und verzichtet jetzt darauf? Das kann nicht sein. Was sollte ich tun? Fortgehen? Meine Glieder waren viel zu schwer. Nicht schwer, viel zu leicht. Erhöbe ich mich, es trüge mich zur Decke. Oder durch das gekippte Fenster hinaus. Der Spalt der angelehnten Wohnungstür ist gefährlich. Nur auf dem Tisch war ich sicher. Da liege ich unberührt wie früher. Ein göttliches Kind, ein Frühlingsopfer, das völlig begreift und fühlt und

wollte, daß die Dame es sich nahm: mein Plasma, meine Essenzen, die Seele in biodatischer Form. Ein Kind, ja, das sagte sie so, wünsche sie sich; es müsse ihr ganz allein gehören. Niemand dürfe von ihm erfahren, kein Amt und kein Lehrer. Sie müsse mit ihm anstellen können, was immer ihr gefalle. Was nötig sei. Die Seele ganz zu Beginn, da sie noch keine Sprache hat, die sie um sich herumschlagen kann. Sie werde es sezieren und zeichnen und wieder sezieren, vorsichtig, damit es möglichst lange lebe; die abgetrennten Teile kämen daneben, die Seele bleibe im Leib, bis er tot sei. Werde der Leib immer kleiner, so finde die Seele zunehmend weniger Verstecke. Zum Schluß sei sie im Ganglion noch, in den tertiären Neuronen, vielleicht hinterm Kehlkopf oder in einer Hand. Das wisse sie, Frau Werschowska, noch nicht. Es werde ihr allergewagtestes Stück. Noch stehe ihr auch nicht das nötige Instrumentarium zur Verfügung, doch neun Monate habe sie Zeit. Ich liege, mein Kopf hing nackenabwärts von der Kante, doch meine Kehle blieb unangerührt, auf dem Tisch. Die Dame war zurückgekommen. »Ich habe so gehofft«, sagte sie, »daß Sie noch da sind. Ich danke Ihnen! Ich danke Ihnen so!« Sie ergreift meine Hand, ich fühlte ihre Latexfinger. »Wie habe ich auf einen gewartet wie Sie!« Ich hörte ihren Riesenkopf sich heben. Mein Gesicht ist längst verschwommen, aber das Zimmer hat sich aufgehellt. Es scheint der nächste Morgen zu sein. »Sie, nicht wahr?, haben verstanden, worum es geht. Möchten Sie Wein, wieder Wein?« Sie träufelt mir auf die Lippen. »Das ist Ihr Abendmahl, Herr v. Darlhaus, wir schaffen es, wir beide zusammen. Wir haben den Tag auf den Kopf gedreht. Trinken Sie nur, ja, so ist es gut.« Und dann seufzt sie flüsternd: »Ich bin so einsam. Lieben Sie mich.« Ein spitzer Stift lief mir durch die Haut und teilte sie. Langsam begreife ich, daß Frau Werschowska kein Mensch ist. Eine Hand, ganz stumpf das Material, legte sich um meine Hoden. »Spüren Sie mich noch, Herr v. Darlhaus? Es ist jetzt soweit.« Aber das war keine Sprache mehr, das ist ein sirrender Gesang, ist ein Pfeifen. Wieder gab die Dame mir Wein. »Kommen Sie zu sich. Kommen Sie zu sich.« Irgendetwas sang da, ein Morsen mit Tönen, aus ihr heraus. Der Wein steht mir im Mund, ich kann ihn kaum schlucken. Nach oben schlucken, dachte ich und versuche es. Ich war ein Gefühl und Wahrnehmung, war das reinste Bewußtsein, bin eines,

das auch akzeptiert, daß es gegen Dunkelheit nichts vermag und nichts gegen die Starre des Herzens, meines Zimmers daheim. Nebenan schimpfte die Mutti. Vor meinem zitternden Herzen. Das ist das schlimmste. Daß ich nicht mehr sehen konnte, ängstigt mich sehr viel weniger. Denn ich weiß, es kommt wieder. Aber was tun die Dinge? Schauen sie mich nur an oder befühlen sie mich? Bin ich zu einem von ihnen geworden: eine der Statuen, die ich in dem Atelier stehen sähe, hätte ich noch Augen? War es abermals Abend geworden? Und abermals komme ich her, zu Fuß, betrete den Jahrhunderteflur, renne all die knarrenden Dielen hinan, den Ranzen nur halb auf der Schulter, wieder bin ich zu spät, wieder wird es Blicke setzen, eine Ermahnung, mein grinsender Bruder verschmierte auf den Reibekuchen den Zucker, und Mutti sagte: »Halt, wart einmal … Wenn du schon immer zu spät kommst, dann bring wenigstens den Müll runter jetzt, essen kannst du auch später, es kommt dir ja sowieso auf die Zeit nicht so an.« Der Plastiksack ist schwer, ich muß ihn mir über die Schulter wuchten, ich war nicht einmal zwölf, und das ist etwas für Kohlenträger. Fast schon unten, im Hausflur, stürzte ich. Der Sack platzte auf, Kaffeesatz drang heraus, aneinandergebackte Kartoffelschalen glitschten auf die Stufen und fahle Markknochen, blasse Fleischfetzen noch dran. Die Mutti hat für morgen Suppe gekocht. Und meine linke Hand, ich erkenne sie sofort, der Ring, der eingerissene Nagel. Dann ein Fuß. Hose und Jackett und das Hemd, das ich getragen habe, die Wäsche, frisch gewechselt, bevor ich zur Dame spaziert bin. Sogar die neuen, so drückenden Anzugschuhe. Die Haustür knallt. Ein Mann kam herein, erst schattig vorm Lichteinfall. Dann sehe ich, daß er einen grauen, breitgestreiften Anzug trug, mit weißem Hemd und Krawatte »Na, mein Junge«, unnatürlich hoch seine Stimme, »das ist aber eine Schweinerei.« Er streicht mir über den Kopf, nimmt meine abgeschnittene Hand vom Boden auf, lächelt mich an und stopft sie in den kaputten Plastiksack zurück. »Nicht, daß man mir nachsagt, ich würde nicht helfen.« Er lacht und beginnt hinaufzuschreiten, dreht sich aber noch einmal um. »Weißt du, in welchem Stock die Darlhausens wohnen? Und hol dir doch besser ein Kehrblech.« Das Telefon klingelte. »Entschuldigen Sie mich«, sagt die Dame, »bestimmt nur einen Moment.« Ich höre sie hinausgehen. »Wo ist denn wieder dieser Hörer?« Abermals klingelt es, klingelt unentwegt. Dann hört es auf, die Dame spricht leise, aber mein Gehör ist gespannt, es gibt ja sonst kein Geräusch. »Er ist hier«, höre ich, »wie versprochen. Ja. Sicher. Nein, er hält noch durch. Aber beeil dich. Ja. Dann bis gleich.« Ich kann jedes Wort so deutlich vernehmen, so scharf, daß es mir in die Hörgänge schneidet. Mein ganzer Körper brennt, als glühte er auf. Aber ich schreie nicht, denn ich bin ein Modell,

das dies alles nichts mehr anging. Die Dame hatte vollkommen recht: Ich erlebte meinen größten Triumph. Vielleicht den allerersten. Einen, der echt war. Denn indem ich die Herrschaft über mich antrat und jede physische Empfindung kurzerhand ignorierte, konnte ich sogar wieder sehen. Vielleicht lag es an dem schweren Wein, noch vor zwei Tagen hätte ich behauptet, ich halluzinierte. Doch das glaube ich nicht. Ich war nicht ohnmächtig. Nichts war ein Traum. Ich drehe den Kopf. Das Zimmer ist auf-, ist umgeräumt worden. Neben mir, in der fixierten Lichtflut, steht die Emaildose mit dem Obstmesser. Frisches Blut haftet auf der Klinge. »Bleiben Sie ruhig«, sagte die Dame. »Entspannen Sie sich.« Sie saß vor einer Staffelei und zeichnete. Ihre Reptilienaugen blickten immer wieder her und verglichen. Endlich erhob sie sich, sie hatte sich angezogen. Ihre rechte Hand, in dem Plastikhandschuh, legte sie mir sanft auf die Brust. »Sie müssen noch etwas unterschreiben«, sagte sie. Ich konnte nicht sprechen, aber nickte. Aus ihrem Rücken schiebt sich – unbemerkt ist er durch die Tür gekommen – ein Mann, der einen grauen, entsetzlich gestreiften Anzug trägt. »Was für eine Schweinerei«, sagt er mit viel zu hohem Ton und sieht auf mich und meine

Stigmata herunter. »Ist er bei Bewußtsein?« »Natürlich«, sagt die Dame, »er hat nur keine Stimme mehr. Hilf mir, ihn aufzurichten.« Gemeinsam ziehen sie mich über meine Schenkel und bringen meinen Oberkörper in Haltung. Dann legen sie mir eine Mappe auf die Knie und auf die Mappe ein Papier. »Es ist bald vorbei«, sagt die Dame, »nur das hier noch bitte.« »Eine reine Formalität«, versicherte der Mann. »Bitte«, sagte die Dame, »nicht weinen.« Ich weine auch nicht, es ist nur der Schweiß. Wie lange habe ich keinen Kuli mehr in den Fingern gehabt. Ich bin ganz ungelenk, man führt mir die Hand. Der Schweiß – ein roter, wie mit Milch vermischter Schweiß, derart blaß ist er – tropft auf das Papier. »Das macht nichts, mein Junge.« Sanft drückt der Mann mich ins Liegen zurück. »Sind Sie jetzt bereit, Herr v. Darlhaus?« fragte die Dame und sie fragt den Mann: »Hast du das Behältnis?« Er nestelt in einem aufgeklappten Köfferchen herum, reicht ihr ein schmales Reagenzglas. »Sind Sie noch bei mir, Herr v. Darlhaus? Es wäre schön, wenn Sie jetzt …« Ihre rechte Hand reibt, die linke hält das Gefäßchen. »Bitte konzentrieren Sie sich. Ich möchte unbedingt dieses Kind. Von Ihnen, Herr v. Darlhaus. Nein, von keinem anderen sonst. Also genießen Sie es. Ich liebe Sie sehr.« Ein Grauen aus purer Sehnsucht, sich zu verspritzen, meine Seele hinauszuspritzen, durchschießt mich. Es ist bereits der zweite Raptus. Ich bäume mich auf, als ich komme, und falle zitternd zurück, mich in eine Stellung zusammenziehend, die den Schlaf in einem Leeren sucht,

das keine Zukunft mehr mochte. Denn ich war angekommen. Wozu also brauchte die Dame mich noch? Wieso bewahrte sie mich auf? Daß sie mich nicht mit hinwegnahm, sondern wie eine Hülle liegenließ! Ob in mir noch etwas lebt, war ihr einerlei. Ich starrte zur Decke, die Minuten waren stehengeblieben, die Stunden waren stehengeblieben, kann sein, daß ich schon seit Tagen so lag. Man sollte mich finden. Vielleicht. Welchen Grund hätte es sonst, daß beide, Martha Werschowska und dieser Mann, nicht nur mich, sondern auch das Papier, das ich unterschrieben habe, zurückgelassen hatten? Wenn ich mich umschaute, wußte ich, das Atelier war eine Schleuse. Nicht das Atelier selbst, aber der Wohnungsflur. Oder eines der Seitenzimmer. Dadurch kommen sie herein und dadurch gehen sie wieder. Sie wohnen hier nicht. Hier bereiten sie nur ihre Männchen vor, auch ihre Weibchen, mag sein. Der Mann nahm ein paar der Bilder von den Wänden und trug sie nach drüben. Die Dame verstöpselte das Reagenzglas mit einem Korken und stellte es zwischen die Farbtuben. Sie wusch die Pinsel aus, putzte die kleinen Stichel, spitzte die Stifte. Dann nahm sie Stück für Stück auf und ordnete Farben und Pinsel, das Reagenzgas und die Stichel in das Köfferchen ein. Auch das trug der Mann dann hinüber. »Wir müssen gehen. Es wird Zeit.« Frau Werschowska griff ihre Mappe, drehte sich noch einmal zu mir. »Tapfer«, sagte sie, »sehr tapfer.« Damit ging sie. Ließ mich zurück, ließ das Zimmer zurück. Am Boden lag die Leinwand, von der ich bedeckt gewesen war und auf die Martha Werschowska mich abgemalt hatte. Auf meinem Bauch lag das Papier. Ich konnte nur die Augen bewegen. Meine Blicke wanderten herum. Alles übrige Ich war nicht zu rühren. Es verharrte und erlebte

den Schlaf, der nicht endet: Ich kann, in diesen Kreis geknüpft, nur warten. Denn vielleicht kommt die Dame zurück. Bis zum Abend, vielleicht, habe ich Zeit. Etwas länger, wenn es mir gelingt, nicht einzuschlafen. Schaff ich das n i c h t, ist es vorbei, dann wird mir der letzte Genuß entgangen sein. Noch aber stehen Schälchen und Messerchen ganz dicht bei meinem Kopf, als warteten sie auch. Also werde ich mich konzentrieren. Auf unsere erste Begegnung, die von gestern? von vor einem Jahr? Den Mann kenn ich. Hab ihn schon einmal gesehen, als ich Junge war. Mir ist etwas heruntergefallen, auf der Treppe im Flur, aber ich weiß nicht mehr, was. Es weht bereits aus den Augen, mit meinen Blicken halt ich es fest. Der Mann hebt es auf. Ich kann nur versuchen, momentlang versuchen, den verlorenen Ekel, die vergessene Angst zurückzugewinnen. Ein wenig nur, ich darf nicht übertreiben. Es braucht nur eben so viel zu sein, daß es mich und meine Erinnerungen in diesem zunehmend ermattenden Leib noch hält. So warte ich. Ich will mir ständig vergegenwärtigen, was geschehen ist. Mit mir. Mit der Dame. Bis sie zurückgekommen sein wird, weil sie das nächste Modell braucht. Dann werde ich schon da, werde es n o c h sein und völlig bereit. Irgendetwas hat sie vom letzten Akt abgehalten. Nun wird sie lächeln und sich über mich beugen. »Sie beschämen mich, Herr v. Darlhaus«, wird sie sagen, »Sie machen mich glücklich. Ich habe nicht geahnt, daß Sie d a z u fähig sind, zu einer solch disziplinierten Präsenz!« Ich werde ihr nicht antworten können, aber sie wird meinen Blick verstehen. Und sich an ihre Arbeit setzen. Wenn ich mir das vergegenwärtige, dann verwehe ich nicht. Bin aber schon jetzt kaum mehr ein Hauch. Bis zum Abend, denke ich, habe ich Zeit, bis zum Abend *halte* ich mich. Oder länger. Sofern es mir gelingt, nicht einzuschlafen. Sonst ziehe ich durchs Fenster fort, durch die angelehnte Tür und durch das Schlüsselloch am Eingang. Ich warte. Und versetze mich in

Pyramiden

Nie zuvor, sag ich Ihnen, habe ich so sehr unglücklich und wiederum begeistert gelacht, wie an dem Tag, als das Ding vom Himmel fiel. Eigentlich fiel es gar nicht vom Himmel, sondern – das macht die Angelegenheit besonders absurd, zumal jetzt niemand die Geschehnisse wahrhaben will – es fiel von der Decke, von einer hohen Decke, zugegeben, doch immerhin Decke. Saling und ich und eine junge Dame, um die wir uns beide bemühten, standen im zweiten Stockwerk des Museums für Moderne Kunst, aus dem Sie mich heute früh ja weggeschleppt haben, und betrachteten Bilder. Es waren eher gerahmte Objekte als Bilder. Ich betrachtete sie auch nicht, sondern langweilte mich. Das war nichts Neues für mich, ich langweile mich meistens in Museen, vor allem in solchen, in denen Exponate nicht nur *aussehen*, sondern noch in getrocknetem Zustand auch riechen, weil der Künstler meinte, Farben durch Butter ersetzen zu sollen.

Saling hatte entschieden die besseren Karten. Die junge Dame mit dem aparten Namen Amanda Maria Hinz ist ihrerseits Künstlerin, und zwar eine wenig erfolgreiche und darum mit besonderem Nachdruck auf avantgardistisch gestimmt; Saling wiederum ist Galerist. Das ließ die Langeweile für mich bohrend werden, und wäre Frau Hinz nicht derart schön gewesen – heute ist sie freilich nur noch ein ehemals gleichseitiger, doch längst weggeplatzter Kubus –, ich hätte längst Reißaus genommen. Saling wiederum ist ziemlich ungepflegt, das ließ mich hoffen. Er trägt wochenlang denselben Pullover, und die Nasenhaare wachsen ihm in klumpigen Büscheln bis auf die Oberlippe. Natürlich weiß ich, glauben Sie mir, ziemlich genau, daß im – ich will es einmal »künstlerischen Geschäftsleben« nennen –, daß darin Äußerlichkeiten wenig Gewicht haben, und schon gar keines, wenn man Bilder produziert wie Frau Hinz. Will sagen: Ich verstehe recht gut, daß sie sich nicht erlauben durfte, besonders wählerisch zu sein. Als ich zum ersten Mal eines ihrer Erzeugnisse sah, protestierte mein Magen. Es wäre Ihrem nicht anders ergangen. Ich hatte das Gefühl, daß sich Amanda Marias hinzescher Geist an ihrem Körper rächen wollte, um sozusagen zum Zwecke der Harmonie mit der Realität aller Kunzes eine Entente einzugehen.

Jedenfalls: »Haben Sie das gehört?!« Saling stand mit offenem Mund vor mir, den starren Zeigefinger am seitlich ausgestreckten Arm. Die Nasenhaare flatterten. Er atmete flach und schnell.

Ich sah vom Bildobjekt weg, über Salings Pupillen jagten sekundenlang flächige Streifen. Auch Frau Hinz war zusammengefahren; sie hatte die kupferbraune glatte Stirn gesenkt und schien für den Moment erstarrt zu sein.

»Bitte?«

»Den Knall doch, Herr Jochum.«

»Nein … tut mir leid.«

»Aber ich … ich habe den Knall gehört«, sagte Frau Hinz.

Die beiden waren wohl für den Moment die einzigen, die ihn wahrgenommen hatten. Allerdings war auch kaum wer sonst da. Ich schaute herum. Verdächtiges war nicht zu bemerken. Auch Sie hätten gewiß nichts gemerkt.

Saling indessen beharrte. »Irgendetwas stimmt hier nicht.«

»Ich verspüre eine starke Energie in diesem Raum«, raunte die Hinz und wurde esoterisch hinter ihren Lidern.

Energie verspürte ich auch, schüttelte aber den Kopf. »Ich spüre nichts.«

»Was sind Sie profan!« rief die Hinz. »Finden Sie nicht auch, Herr Saling, daß er geradezu langweilig ist?« Sie lachte, und ich überlegte, wie ich mich für diese Bemerkung an Saling schadlos halten konnte. Zumal er in die Hand einschlug, die sie ihm reichte:

»Er hat noch nie Verständnis für künstlerische Intuitionen gehabt«, sagte er. »Ich kenne diesen prosaischen Menschen seit Jahren.«

Es wäre besser gewesen, ich wäre gegangen. Da geb ich Ihnen recht. Aber kaum hatte ich mich gegen meinen Stolz durchgerungen, es auch zu tun – ich stellte mir den erbärmlichen Halunken schon vor, wie er auf dem prächtigen Hinzkörper rein- und rauswabberte –, kaum drehte ich mich weg, da – da eben fiel dieses Ding von der Decke. Es war ein absonderlicher Gegenstand. Er erinnerte mich an eines jener Erzeugnisse, die die Hinz Installationsobjekte nennt: eine metallische, silberne Pyramide, die aber nicht kräftig aufschlug, sondern – als man hätte meinen können, das Ding knalle beim Aufprall krachend auseinander oder verbiege sich zumindest – bloß als ein häßliches Platschen, wie wenn ein mit Wasser gefüllter Latexballon auf den Boden geklatscht wird.

»Das ist ja wunderbar!« rief die Hinz und applaudierte.

»Sofort gekauft«, hustete Saling.

Ich begab mich drei Schritte rückwärts; es war ziemlich widerlich, was ich sah. Aber ich war wohl der einzige, der diese einigermaßen normale Empfindung hatte. Denn ziemlich schnell hatten sich die wenigen Museumsbesucher, natürlich die Hinz und Saling mittendrin, um das Ding geschart, so daß ich erstmal nicht sehen konnte, was weiterhin vor sich ging. Sonderlich neugierig war ich auch nicht drauf; wiederum wollte ich das Museum jetzt nicht mehr ohne weiteres verlassen.

Ein Wachmann kam herbeigelaufen und versuchte, die kleine Menge zu zerstreuen; die öffnete mir einen Blickkanal. Da wurde es auf eine verzweifelte Weise komisch, nämlich stülpte das Ding, das vermutlich ein paar Augenblicke gebraucht hatte, sich von dem Aufklatschen zu erholen, oben drei Tentakel aus, auf denen Facettenaugen saßen, drehte die und nahm die Anwesenden offensichtlich in Observation.

»Wer hat dieses Ding mitgebracht?« fragte der Wachmann. Da kroch es, eine schnell trocknende Schleimspur zurücklassend, auf ihn zu. Er hantierte nervös an seinem Funktelefon. Bevor er hineinsprechen konnte, hatte das Ding einen geriffelten, rosanen Strahl aus einer vierten Tentakel, die unversehens hochgeschnellt war, in seine Richtung verschossen, in die auch die drei Augen glotzten. Eigentümlich war, daß der Strahl nicht nur nicht stetig war, sondern sich sehr langsam und ruckhaft bewegte, wie in Zeitlupe, auch gewissermaßen von der Tentakelmündung aus horizontal in der Luft stehenblieb. Der Wachmann hätte problemlos weglaufen können, doch schien er von dem absurden Vorgang gleichsam hypnotisiert zu sein. Deshalb traf ihn der Strahl.

Er löste ihn nicht auf, verbrannte ihn weder, noch wurde er zerfetzt. Nein, er kristallisierte; – klirrend rasselte vom Kopf her sein ganzer Körper auseinander und stand schließlich selbst als plumpe, etwa bauchnabelhohe gleichseitige Pyramide da. Dies war der Moment, an dem die sensationshungrigen Besucher Zeichen einer in sie rückkehrenden Zurechnungsfähigkeit zeigten, nämlich schreiend auseinanderspritzten.

Sogar Saling gehörte zu ihnen, nur die dumme Hinz blieb überwältigt stehen.

Die Feuersirene ertönte; jemand hatte wohl Alarm ausgelöst. Das Ding richtete seine Rasteraugen nun auf mich. Vermutlich stellte es mich scharf. Dann schoß es erneut. Jetzt hatte der Strahl eine violette Färbung. Ich fand rechtzeitig hinter einem mißglückten Kupfergebilde Schutz, das »Ariadnes Frühstück« genannt war und tollerweise zwanzigtausend Mark kosten sollte. Es war zwar jetzt heikel, aber gerecht, daß sich dieses Kunstobjekt binnen Sekunden in eine ebensolche Pyramide transferierte, wie der Wachmann eine war. – Weniger gerecht fand ich, was folgte:

Offensichtlich fingen die Neupyramiden ihrerseits zu leben an, es gab mehrerlei Quatschs und Glubschs, aus den Pyramidenspitzen spuckten sich Stöpsel, und schon ploppten auch hier je drei Tentakel heraus, die ganz ähnliche Facettenaugen hatten wie das Ur-Ding, das mittlerweile unter Rücklassung einer erst feuchten, dann pergamenten knisternden flächigen Spur die Wände entlangzog und aber auch sämtliche Kunstobjekte pyramidierte. Das hätte ich eigentlich als sehr vernünftige Aktion angesehen, wäre eben ich selbst nicht gefährdet gewesen.

Immer noch stand die Hinz, bildschön und blöde, mitten im Raum, ja klatschte wie ein kleines Mädchen beglückt in die Hände, jauchzte bisweilen. Das wurde einer der Pyramiden zuviel, jedenfalls drehte sie der Künstlerin die Augen zu und schoß, was, wie gesagt, schade um die Formen und weniger schade um den Geist war, den sie so wohltätig verhüllt hatten. Ich blieb zwischen lauter amoklaufenden Pyramiden ziemlich allein mit mir zurück, einesteils furchtsam, andernteils aber im Gefühl, bezüglich der Allianz Hinz-Saling durchaus gerächt worden zu sein; überhaupt war es unklar, ob etwas Komisches oder Tragisches vor sich ging.

Es wurden der Pyramiden mehr und mehr. Bis auf die erste Attacke durch den ehemaligen Wachmann nahm man erstaunlicherweise keine weitere Notiz von mir; wenigstens vorerst. Ich hatte allerdings eine leise Befürchtung wegen Frau Hinz. Ehe also auch sie Tentakel ausstülpen konnte, erhob ich mich aus der Hocke und schritt – dabei immer mal wieder Deckung nehmend – zum Ausgang.

Auch der Nebenraum war pyramidal längst durchflutet. Mehrere Wachleute hatten sich in ihm verschanzt oder rückten mit vorgehaltenen Stühlen und Besenstielen auf die Dinger vor. Unversehens hielten sie dann selbst kleine Pyramiden in Händen, die sie, bevor sie davonstürmten, kreischend fallen ließen. – Ich drückte den Aufzug heran, die Türen schoben sich auseinander, drinnen stand, mit unbekleidetem Oberkörper, die Trichterbrust pumpte, – drinnen also stand Saling und zog an seinem Nasenhaar.

»Was machen Sie denn hier?«

Er kicherte. »Das Neue Zeitalter«, sagte er.

»Verstehen Sie, was geschehen ist?«

Er wippte mit dem Daumen der rechten Hand hinter seinen Nacken, drehte sich um. »Turbinen, Jochum, ich hab immer gesagt, wie müssen mehr Wert auf die Entwicklung von Turbinen legen.« Aus seinen Schulterblättern waren Flügel aus Marabufedern gewachsen. – »Das sind *Federn*, Herr Saling«, korrigierte ich ihn deshalb.

»Federn, eben, keine Turbinen. Sag ich doch, daß wir Turbinen brauchen.«

Der Lift hielt, die Türen gingen auf, Saling, flatternd, entkropfte.

Menschen rannten durcheinander, dazwischen hielten erbitterte Reporter Kameras im Anschlag. Überdimensioniert gingen Blitzlichter los. Sanitäter drängten herein. Durch die Fenster sah ich Feuerwehr-, Polizei- und Krankenwagen die Straße blockieren. Kaum trat ich aus dem Lift, wandten sich alle mir zu. Einige schrien, wichen zurück, die Reporter drängelten heran, es blitzte. Das machte mir eine Irrsinnswut. Im Nu waren auch sie Pyramiden.

Das gefiel mir. Seit wann konnte ich das?

Ich lauschte. In der Luft lag das Sirren von Hochspannungsleitungen. Meine Haare luden sich damit auf; ich spürte überm ganzen Rücken den Schauer. Da kam das SEK, vermummt und die Maschinenpistolen gehoben. Wir feuerten, was nur das Zeug hielt. Daraus entstand eine Flut Pyramiden. Die, ich, wir alle rückten vor. Einige sicherten die Glastür, wir andern durchjagten das Erdgeschoß. Die so erzeugten neuen Pyramiden verfügten sich in den Keller. Ich hingegen trennte mich von ihnen und sah in der Garderobe nach. Dort auf dem Tresen übte Saling fliegen. »Turbinen!« krächzte er. »Ich brauche Turbinen.« Sein Kropf war um einen Viertelmeter angewachsen und baumelte ihm über der Brust.

Wie lange es so weiterging, weiß ich nicht. Man hat, Herr Kommissar, kein Zeitgefühl als Pyramide. Doch auf der Straße gingen nicht nur schon die Lampen an, sondern das Museum wurde von den Einsatztruppen vermittels kräftiger Halogenstrahler beleuchtet. Nicht einer von uns sollte entwischen. Wir waren ja nun zu tausenden im Museum unterwegs.

Als es keine moderne Kunst zu pyramidieren mehr gab, schossen wir aus unversehener Langeweile aufeinander. Nun kamen Kuben dabei heraus, die alle ziemlich genau ein mal ein mal ein Meter maßen und selbst nicht mehr schießen konnten, sondern nur noch herumstanden. Saling machte es dann Freude, von einem von uns auf den anderen zu flattern. Jedesmal, wenn er landete, zerplatzte der zu Nichts. Ich selbst hatte Glück, im Zwielicht meiner Ecke sah er mich nicht. Sie haben ihn so flügelschlagend ja heute morgen gefunden. Daß Sie seine Marabuflügel nicht sehen, liegt nicht an mir. Doch bitte nehmen Sie zu Protokoll, daß ich an allem unschuldig bin – ganz egal, was Saling behauptet. Und daß die Kunstwerke vernichtet sind, wie hätte ich das denn verhindern können? Ja, am Ende ist alles einfach geplatzt. Auch Frau Hinz, nehme ich an. Daß ich dafür keine andere Erklärung habe als das, was ich soeben erzählte, bedauere ich nicht.

Geliebte Männer

Ich war in der Klemme. Seit Hans Deters ein paar Texte unter meinem Namen veröffentlicht hat, womit ich mich über Wasser halte, indes er inkognito bleiben kann (ich dürfe den Sachverhalt gerne öffentlich gestehen, spottete er einmal, es glaube ihn sowieso keine Seele), klingelt bei mir bisweilen das Telefon, und irgendwer bittet um einen Beitrag. So auch vor vier Wochen. Es gehe um Männer und Frauen, was ich nun nicht so sonderlich ausgefallen fand, daß ich nicht sofort witterte, hier ließen sich ein paar Märker dazuverdienen. Ich rief sofort bei Deters an; er war jedoch nicht da. Gleichwohl traf ich ihn gegen zwölf im Kranzler, wo er mittags gerne pausiert. Es war einer der ersten frischen, doch leuchtenden Herbsttage; er saß elegant an den Fenstern, ein bißchen blaß vielleicht, doch voll innerer Ruhe. Sein Blick streifte in gewohntem Spott über meinen Borsalino.

»Einen wunderbaren Autor geben Sie ab«, begrüßte er mich, »so habe ich mir immer einen vorgestellt.«

»Wieso?«

»Ich bin der Autor von innen, und Sie, mein Freund, krempeln ihn für die Umwelt hinaus. Das nennt man dann wohl Arbeitsteilung. Sie kommen doch nicht grundlos?«

Ich berichtete ihm. Er hob die rechte Hand, zwischen deren Zeige- und Mittelfinger er seine Zigarette hielt. »Um Gottes willen«, sagte er, »ich habe keine Zeit. Vielleicht tun diesmal Sie die Arbeit.«

»Aber wie soll ich …?! Mir fällt doch niemals etwas ein! Da kann man ja nun schlecht recherchieren …«

»Das sollten Sie auch nicht. Ein forschender Dichter ist schrecklich. Seien Sie ein bißchen fiktiv, nicht nur bei der Auswahl Ihrer Krawatten. Ich habe wirklich keine Zeit im Moment. – Waren Sie schon mal ein Geliebter?«

»Bitte?«

»Man kennt das sonst ja nur umgekehrt. Ich meine nicht den Liebhaber, bewahre! Das wäre Klischee.«

»Gewiß … anfangs der achtziger …«

»Dann machen Sie was draus. Keine Erinnerung, keine Beichte, bloß das nicht. Drehen Sie es um.«

»Ich kann nichts erfinden.«

»Sie erfinden sowieso nicht. Es erfindet sich. Nein, nein, das ist keine Metaphysik. Ich meine es ganz banal. Reine«, er lächelte zart, »Magnetoelektrochemie … *Physiologie*, wenn Sie wollen. Und dieses Thema hat solch feine Raffinesse, daß selbst Sie nichts falsch machen können. Wie mein Freund Daniello sagen würde: das Spiel erfindet.«

Ich bestellte einen Cappuccino, er einen Kakao. Die Kellnerin war braungelockt und hübsch.

»Sprechen Sie sie an«, sagte Deters, sah indessen durch die Scheiben hinaus, als redete er mit jemand anderem. Er drückte seine Zigarette aus, nahm eine neue aus dem Etui, lächelte und sprach in sich hinein: »Ich denke, daß der Geliebte eine sehr viel größere Verbreitung hat als sein weibliches Gegenstück. Das wäre einmal etwas, das man untersuchen sollte … – Sie wissen schon, wie ich ›untersuchen‹ meine. Gehen Sie einmal davon aus, daß es kaum Frauen gibt, die nicht neben ihrem ständigen Partner wunderhübsch geschickt ein paar Affären köcheln lassen.«

»Etwas sehr generell, meinen Sie nicht?«

Er lachte. »Sie können, als Dichter, gar nicht generell genug sein, mein Lieber. Das liegt doch auf der Hand. Es interessiert Sie niemals der Einzelfall, sondern der Phänotyp. Wir sind Artefakte, das Individuum ist Sache der Natur, nicht der Kunst. Also sage ich Ihnen, es hat gegeben, gibt noch immer bedeutend mehr männliche als weibliche Geliebte. Die greisen Playboys, deren Zinserträge junge Mädchen finanzieren, sind der Sonderfall.«

»Dann aber einer, den man allgemein akzeptiert.«

»Aber ja doch! Das ist ja gerade der Trick.«

»Ich verstehe nicht recht …«

»So funktioniert das Patriarchat. Lassen Sie uns etwas herumspinnen, und Sie werden sehen, wie schnell selbst die fremdartigsten Hypothesen – sofern sie ästhetisch stimmen – der Wahrheit auf die Füße treten.«

»Was hat das jetzt mit dem Patriarchat zu tun?«

»Der männliche Geliebte ist sein geheimes Produkt.«

»Sie gehen zu weit …!«

Er sog an der Zigarette. »Wo haben Sie Ihren Gehstock heute?« fragte er spöttisch.

Ich schwieg.

»Schauen Sie«, fuhr er fort. »Allein aus Notwehr sind die Diener immer klüger als die Herren, und noch die Putzfrau ist in ihrem Inneren *frouwe*. Das heißt nämlich: Sie ist die Dichterin und formt sich Wirklichkeit zurecht. – Ich meine das übrigens naturalistisch.«

»Sie tun der Frauenbewegung nicht eben einen Gefallen.«

»Ach, denken Sie? – Das Ganze ist sowieso ein Mißverständnis. Ich spreche schließlich nicht gegen das Matriarchat, im Gegenteil! – Der Mann ist immer ein bißchen wie …«, er hüstelte, »... Sie, wie Sie und meistens auch ich noch. Na ja, ich arbeite dran.« Er schwieg.

»Worauf wollen Sie hinaus?«

»Und wenn Sie mir nun die unteren Klassen entgegenhalten wollen, so werde ich antworten müssen, darin sei es nicht nur Frauen schlechtgegangen.«

»Bitte?«

»Ohne Zweifel bedeutet es einen Luxus, sich einen Geliebten zu halten, will sagen: Man muß ihn finanzieren können – wie in gewisser Weise ich es mit Ihnen tue.«

»Herzlichen Dank.«

»Niemand weiß Lust so gut zu organisieren wie eine Frau. Verstehen Sie mich recht: Sie hat das lernen müssen nach ihrer Unterwerfung. Verzichtet hat sie nie, nur umgedreht. Das finde ich übrigens fantastisch! Denn nunmehr hat sich das Patriarchat gewissermaßen selbst unterworfen. Mit der Liebe nämlich, die die Frau gegen den Mann ausspielt, *full hand.*« Er lehnte sich zurück, legte – die Zigarette noch zwischen den Fingern – die Hände aneinander und schloß die Augen. »Wie köstlich!« seufzte er.

Er schien wenig geneigt zu sein, aus seiner kapriziösen Versenkung herauszuwollen. »Und mein Text?« fragte ich.

»Wir sind doch schon dran.«

»Weshalb die Liebe?«

Er schaute zur Raumdecke und dozierte: »Die wirklichen Lieben enden alle mit dem Tod«, er sah wieder zu mir, »in der Kunst natürlich. Im Alltag enden sie im Alltag, zerfasern an den Rändern, sickern in die Waschmaschinen, den Einkauf und den Haushaltsputz. Das hat große Lieben immer zu Tode gebracht, daß sie sich bedingungslos zugeben müssen. Sehr sehr männlich, das ganze. Ein Geliebter hingegen agiert heimlich, verschwiegen; gleichzeitig darf er nie kalt sein. Nur die Frau, nach außen, wirkt kühler. Sie muß das Konstrukt auch zusammenhalten, vergessen Sie das nicht. Können Sie sich vorstellen, welch eine Hitze es macht, wenn man glüht, sich aber beherrschen muß und erst platzen darf, wenn man endlich wieder aufeinandertrifft?! – Es gab für die Väter nur eine einzige Möglichkeit, sich gegen solche Konstruktionen zu schützen.«

»Nun?«

»Eine des Rechts. Man band die Erbfolge an den Mann. Ziemlich logisch, finden sie nicht?«

»Logisch?«

»Ein Irrtum der Gleichheit, heißt es bei Nietzsche. Wenn man schon die Leidenschaft nicht an die Kandare nehmen konnte, so galt es, zumindest die Penetration zu unterbinden. Man erfand den Keuschheitsgürtel, das ist doch wohl klar. Hat es jemals einen Mann gegeben, der sich sicher sein konnte, er sei tatsächlich ein Vater? Nun also!«

»Was wollen Sie eigentlich sagen?«

»Männliche Erfindungen geschehen aus Notwehr. Darum sind sie so mechanisch. Tatsächlich hat sich das Matriarchat, allerdings invers, bis heute nahtlos durchgehalten. Übrigens glaube ich, daß kluge Männer das immer gewußt haben, und dumme Männer – zugegebenermaßen sind sie in der Mehrzahl – haben es wenigstens gewittert. Und was tun sie, wenn sie eine unangenehme Wahrheit ahnen, aber nicht beweisen können?«

»Nun?«

»Sie schlagen mit Boxhandschuhen auf Magnetfelder ein. Das ist männlich. Weiblich dagegen ist es, selbst die subtilste Unterdrückungserfindung des Patriarchats, nämlich die

Jungfrau Maria, wollüstig herumzudrehen. Braut des Heilands, – ja du meine Güte!«

Ich lachte nun auch; Deters' Sophistik begann mir Spaß zu machen.

»Nehmen Sie sich einen Mirabellengeist«, sagte er. »Er ist wirklich hervorragend hier ...«

Ich winkte der Kellnerin. Sie trug einen Ehering. Hatte wohl auch sie einen Geliebten? Deters zwinkerte mir zu und drückte seine Zigarette aus. Während sie sich vorbeugte, um unsere Tassen auf ein Tablettchen zu stellen, fragte ich sie.

»Haben Sie einen Geliebten?«

Sie schaute mich spitz an, von unten nach oben, antwortete nicht. Ihre Zunge spitzelte für einen Moment zwischen den geschminkten Lippen. Deters, völlig Voyeur, betrachtete die Szene mit deutlichem Wohlgefallen.

»Haben Sie einen Wunsch?« fragte die Kellnerin und ging dann nicht, nein, schlenderte davon.

»Sehen Sie«, sagte Deters. »Jetzt erst sind Sie für sie interessant geworden. Aber sie weiß natürlich noch nicht, ob Sie genug weibliche Beherrschung haben.«

»Wieso?«

»Na aber! Eine Ehefrau muß ständig auf der Hut sein. Wo denken Sie hin!«

»Wie erniedrigend das ist ...«

»Sie sind wirklich ein sentimentaler Mensch!«

»Durchaus nicht. Aber man muß ehrlich sein.«

Statt einer Antwort blähte er die Wangen. »Sie taugen tatsächlich nicht zum Dichter«, seufzte er dann. »Denken Sie doch mal an die Nacktbadestrände oder die Sauna! Welch einer mentalen Kraft bedarf es dort zur Erektion! Welch einer Beherrschung! Nur, wo es Tabus gibt, sind Orgien möglich.

Deshalb lieben Frauen besser, und deshalb, seien wir ehrlich, schätzen sie es, unterdrückt zu sein. Das können Männer lernen, erst dann taugen sie zu Geliebten. Dann erst, mein Lieber, sind sie sie, nämlich – mit einem Wort: Drohnen.« Er nahm eine neue Zigarette, setzte sie mit übertriebener Sorgfalt in Brand. »Ein Ehemann«, sagte er und stieß Rauch aus, »ist für die Liebe verloren.«

»Aber die Frau doch hat sich verkauft, nicht er!«

»Er hat sein Geschlecht gegen die Herrschaft getauscht. Jeder Gatte ist Alberich. Punktum. Es gibt männliche Erotik nur bei Drohnen. Oder meinen Sie, so sehr auf Macht fixierte Geschöpfe riskierten Affären, wenn sie nicht genau spürten, daß ihnen etwas abhanden kam? An sich ist, Geliebter zu sein, der wahre Beruf eines Mannes. Deswegen nur, mein Lieber, trieb es Zeus – einen ziemlich gewieften Herrscher, geben Sie zu! – bis zur Sodomie. Weil er das wußte. Und noch etwas wird klar hier ... Sagen Sie es mir!«

»Keine Ahnung.«

»Etwas Tragisches. Der Geliebte ist immer monogam. Noch etwas, woraus das Patriarchat mühsam einen Kopfstand machte. Er will nur die eine, aber darf sie letztlich nie haben, nie endgültig, nie ehelich, weil gerade das die Leidenschaft zerstören würde.«

»Und die Frauen?«

»Herrjeh! Es hat wohl noch keine gegeben, die monogam gewesen wäre. Sie haben, ich sagte es schon, alle ihre Freunde im Keller. Sofern sie Frauen s i n d .«

»Oder im Kloster.«

»Na ja eben. Das sind nun wirklich die Schlimmsten, die sich mit drei oder vier oder fünf Geliebten nicht abfinden mögen und alle Männer, alle in einem, wollen. Noch den vorgeblich keuschesten, den fiktiven, entsinnlichten Mann, den sogenannten Heiland, wollen sie. Die Nonne sexualisiert das allermännlichste Herrschaftsabstraktum mit ausgesprochen perverser Freude.«

»Eigenwillige Kategorie.«

»Was ich entwerfe, ist nicht weniger wahrscheinlich als eine Beobachtung. Es ist immer denkbar. – W i e war das? Sie waren auch schon einmal Geliebter?«

Ich sah ihn erstaunt an. »Ach ja«, sagte ich. Ich nickte.

»Nun, und? Werden wir doch«, schneller Augenaufschlag, »empirisch.«

»Was wollen Sie wissen?«

»Sie hat es genossen, solange es keine Komplikationen gab, nicht wahr?«

»Gewiß …«

»Es gab aber Komplikationen … Sie hatten nicht das rechte Format.«

»Nein, nein, es war anders. Ich liebte sie.«

»Eben.«

»Was heißt eben? Ich liebte sie, und ich wollte mit ihr zusammensein, jeden Tag, jede Sekunde …«

»… was nicht ging …«

»… was schon gegangen wäre, hätte sie sich …«

»… hätte sie sich von ihrem Mann getrennt?«

Ich nickte.

»Aber das wollte sie nicht, habe ich recht?«

»Tun Sie nicht so schrecklich triumphierend!«

Er schüttelte belustigt den Kopf. »Darüber haben wir doch all die Zeit gesprochen … Sie haben ihr eine Szene gemacht, und das war dann das Ende.«

»Gewissermaßen.«

»Nicht gewissermaßen. Tatsächlich ist es fast immer so. Dabei hatte ihre Freundin letztendlich recht, verstehen Sie? Denn zwar werden Sie ein bißchen gelitten haben damals, das möchte ich Ihnen zugestehen, aber gefallen hat es Ihnen trotzdem … oder, damit wir klar sind miteinander: eben deshalb.«

»Ich weiß bis heute nicht, wen sie eigentlich geliebt hat, mich oder den … den andren.«

»Tja.«

»Sie war die erste Frau, bei der ich erlebte, daß sie – das klingt vielleicht etwas stark, aber trotzdem – daß sie erotisch besessen war. Sie *brauchte* Männer.«

»Sie hätten sie wohl gern in Frapan verpackt und mit nach Haus genommen, um …«

»… nicht gerade in die Küche gestellt«, unterbrach ich ihn. »Das nun wirklich nicht.«

»Aber etwas Häuslichkeit, etwas, wie es heißt, Geborgenheit dann doch? Ein bißchen Ansehen, ein bißchen Akzeptanz als Mann …? – Ich pflege das bei mir den Drohnenkomplex zu nennen. Das erotische Unheil fängt immer mit der Mutter an.«

»Der Mutter?«

»Sagen wir: Vermütterlichung des Eros. Sie macht uns klein und vertraut, schon ist die Fremdheit verflogen. Verstehen Sie? Man kann sich nicht mehr unterwerfen. Sexualität aber will Verbote überschreiten. Außer dem Inzesttabu gibt es indessen keine zwischen Mutter und Kind. Diese Beziehung ist nur erotisch, solange sie inzestuös ist.«

»Sie drehen einem alles herum.«

»Das Patriarchat hat alles herumgedreht. Doch, doch. Je länger ich darüber nachdenke … Man möchte gern akzeptiert sein als Mann, das heißt als Vormund. Es ist immer der Vormund. Mir fällt da ein dummes Wortspiel ein. Na ja.«

»Und die Geschenke … Das tat weh.«

»Wie?«

»Ich habe ihr manchmal etwas mitgebracht. Sie hat es dann sofort verstecken müssen. Ich fand das jedesmal entwürdigend …«

»… verletzend?«

»Nein, entehrend für sie.«

»Ist Ihnen schon einmal der Gedanke gekommen, sie könnte Ihre Geschenke nicht versteckt, sondern einfach weggeworfen haben?«

»Weggeworfen?«

»Aber gewiß! Das Verstecken hat sie möglicherweise für Sie inszeniert – damit Sie sich nicht entehrt fühlten …«

»Hörn Sie auf!«

»Daß Männer immer nach außen manifestieren müssen! Für alles brauchen sie ein Bild, ein Symbol, einen Begriff, um sich zu zeigen. Wir können einfach nicht frei sein … Glauben Sie mir, Frauen sind anders, sogar als Unterdrückte sind sie souverän. Sowie sich ein Schlupfloch auftut, schlüpfen sie durch. Männer hingegen, wenn sie's überhaupt sehen, rätseln davor herum, und wollen sie dann endlich hindurch, warten sie drauf, daß jemand zuguckt und klatscht. Blöde, nicht wahr?« Er lachte gutmütig. »Aber natürlich hat auch das seinen Grund.«

»Nämlich?«

»Er riskiert ja letztendlich nichts. Anders die Frau. Sie riskiert permanent. Ihr sieht man nichts nach. Sie muß das Kunststück fertigbringen, zugleich heiß zu sein … jaja, auch pathetisch, ganz besonders pathetisch … was wäre eine Liebe ohne Pathos?!, aber doch … Ich sagte schon: Sie muß ihr Pathos und das ihres Geliebten organisieren. Es ist immer sie, die das Gleichgewicht hält. Dafür darf sie wohl von ihm Contenance erwarten.«

»Und wenn ihr Geliebter leidet?«

»Na ja, soll er, soll er doch! Nur eines darf er nicht: Es ihr sagen.«

»Das ist ziemlich inhuman ...«

»Inhuman?! Ja, was meinen Sie, worum es hier geht?! Ein jammernder Geliebter hat vollkommen ausgespielt, ist kein Geliebter, keine Drohne mehr, sondern ist Kind und will über den Kopf gestreichelt werden. Schon ist die Erotik zum Teufel.«

Wir schwiegen einen Moment.

»Es hat, denke ich«, sagte er schließlich, »eine ungeheure Verpolung stattgefunden, eine Umleugnung sondergleichen, und sie hat nicht einmal so sehr die Frauen getroffen als die Männer selbst, die das ganze angezettelt haben, ob nun absichtlich oder nicht. Sie wissen ja: Mich interessieren niemals Motive.« Er sah zur Uhr.

»Sie müssen los?«

»Vielleicht.«

»Aber Sie haben schon recht. Eine Szene ließ sich meine Freundin damals gefallen, im Laufe der zweiten setzte sie mich vor die Tür.«

»Stellen Sie sich einmal vor, sie hätte Sie tatsächlich geliebt.« Er lächelte boshaft. »Auf Frauenart, nicht wahr? Es ist mir bei alledem ganz und gar erstaunlich, daß diese Spezies es noch nicht zu verachten gelernt hat. Denken Sie nur an die vielen Bordelle ...«

»Wieso nun ...?«

»Männer haben versucht, Frauen mit männlicher Identität aufzuladen, um sie auf diese Weise zu entschärfen. Aber selbst im Puff, gegen Bargeld, sind sie noch Drohnen. Sie bezahlen sich sozusagen das Drohnenhafte vom Leib. Oder im pornografischen Film. Noch in der letzten Unterwerfung lockt immer sie. Denjenigen Frauen, die das begriffen haben, liegen ganze Generationen zu Füßen. – Wann, sagten Sie, hatten Sie Ihre Affäre?«

»Wieso?«

»Sie möchten doch gern noch etwas drüber wissen … Nein, nein, Intimitäten interessieren mich nicht.«

»Im Sommer 1980, glaube ich.«

»Nicht 81?«

»Das ist möglich. Wieso?«

»Wo haben Sie sie kennengelernt?«

»Nun wirklich, Deters …!«

»Sie war blond?«

»Bitte? Ja, schon.«

»Vielleicht verrate ich Ihnen ein Geheimnis.«

»Kommen Sie schon.«

»Und sie hat gar nichts angenommen? Und sie wohnte in der *straße, nahe dem Klinikum …?«

»Woher um alles in der Welt …?!«

Er erhob sich nervös, steckte das Zigarettenetui ein. »Verzeihen Sie«, sagte er, »wir machen doch immer dieselben Fehler.« Er griff nach seinem Mantel, besann sich, setzte sich wieder. »Sie hieß Nadja, nicht wahr?«

»Nein«, sagte ich. »Sie hieß Lara.«

»Das macht keinen Unterschied.« Er lachte. »Es holt einen stets wieder ein, mit der kalten Hand und, verzeihen Sie, ausgerechnet durch einen wie Sie …«

Plötzlich tat er, der so Sichere, mir leid. »Auch Sie sind nicht zurechtgekommen mit ihr?«

Er zog das Etui wieder hervor, eine nächste Zigarette heraus, zündete sie an, rauchte. »Wissen Sie zufällig noch ihre Telefonnummer?« fragte er.

»Ich hab sie nicht im Kopf. Wahrscheinlich steht sie noch immer in meinem Terminkalender.«

»Sehen Sie, nach so vielen Jahren! Solche Frauen sind wirklich erstaunlich!« Einen Moment fixierte er mich, als stünde er vor einer Entscheidung. Dann griff er ins Jackett, langte die Brieftasche hervor, fingerte darin herum, holte einen Zettel heraus. »Wollen Sie die Nummer sehen?« fragte er. »Wollen Sie Gewißheit?«

Ich streckte die Hand aus. Er lächelte, zerknüllte den Zettel, legte ihn behutsam in den Aschenbecher, zündete ihn an. Er brannte langsam, widerstrebend weg.

»Wahrscheinlich«, sagte er, »bin ich von uns beiden der bessere Geliebte, letztendlich doch.« Er warf das Streichholz zur Asche. »Trotzdem, ich muß Ihnen danken. Sie haben mir einen großen Dienst erwiesen, wenngleich ich bezweifle, daß Sie verstehen, womit.« Er lehnte sich zurück, legte den Kopf schräg und blickte lethargisch durch die Scheiben auf den durchsonnten Hauptwachenplatz.

»Und mein Text?« fragte ich nach ein paar wenigen Minuten. Aber Deters antwortete nicht mehr, sondern sinnierte mich wortlos aus seinen Gedanken hinweg. Als es mir zu dumm wurde, ging ich.

Der Hundstod

Bereits im Jahr 1887, also noch vor dem Kolonialvertrag Caprivis mit England, brachte ein verstaubter deutscher Lindsay den Hundstod nach Frankfurt am Main. Nur bemerkte er nicht, was er sich im Palmenhaus aus dem Khaki klopfte und was sich sogleich in den frisch hochgeschütteten, nach dumpfem Wasser riechenden Beeten verwurzelte. Nahe St. Michael in Unjamwesi war es aufgefangen worden, unwillentlich, wo es als das Restkorn und Spaltprodukt einer sehr alten, doch über die Jahrtausende verkommenen Kultur niedergetrudelt war, die sich ein paar Äonen zuvor durch den Weltraum verstreut hatte. Was jedenfalls dem Lindsay in den Kragen geschwebt war, von etwa Fingernagelgröße, mit feinen seitlichen Pendelhaaren und dem unterhalb des linken Keimblatts gelegenen Ausstulp, mit dem es sich im Gewebe verklammern konnte, – war nicht so sehr der Stolz der alten Maari-Kultur von Cephalodoin, genannt Cephili, als vielmehr ein Trittbrettschmarotzer, dort einst verbreitet wie hierorts heute die Tauben, die man vergiften muß, weil sonst der Frieden überhand nimmt.

Professor Lindsay jedenfalls – er hieß Dr. Schulzhorst und war Botaniker des Senckenberg-Instituts – konnte wirklich nicht ahnen, was er einer guten Hundertschaft alter Damen sowie einer jungen Mutter antun würde, die allesamt, als er den Fötus auffing, noch gar nicht geboren gewesen. Zudem lag die Wahrscheinlichkeit, ausgerechnet in Frankfurt am Main keime ein solches Biest aus, bei 1:10512. Es brauchte allerdings noch einige Jahrzehnte, bis die fremden Lebensdrüsen sich verpuppten und vom floristischen in den Faunszustand hinübertransponierten.

Jedenfalls fiel das Ding erst in den späten Sechzigern auf. Doch waren damals ein paar abgegangene Hundchen nicht von politischem Interesse. Also ignorierte man sie. Erst als 1975 im alten östlichen Palmenhaus ein kaum zwei Monate zählender Säugling aus seinem Kinderwagen in Verschwindung kam, da aus Gründen ihres Naseputzens die Mutter kurzfristig abwesend war, stellte die mehr oder minder hektische Suche eine große Menge abgeschabter Hundeknöchelchen sicher, die des Kindleins allerdings nicht. Die tierischen Reste waren einen Meter tief durch die gesamte Länge der Beete verbuddelt. Jetzt sah man die Archive durch, Verlustmeldungen, tief betroffenes Nachfragen, und es kam, den Knöchlein beinahe gleichend, zu Tag, es seien seit dem Jahr 1968 an die 105 Hundchen von vorwiegend Unterarmlänge hierorts gestohlen und augenscheinlich weggegessen worden. So stand zu befürchten, dies sei dem Säugling gleichfalls widerfahren. Doch allein, um die vonsinnige Mutter davor zu schützen, es ein paar Frauchen nachzutun, gab man die Suche nicht auf; jene waren aus Eigenentschluß ihren Haustieren nachgestorben. Tatsächlich wurde der Hunde- und einmal nun auch Babyverkoster über sechs weitere Jahre nicht gestellt, geschweige denn in Sicherheitsverwahrung genommen. Dennoch, selbst unter den wachsamsten Augen des Sicherheitsdienstes, ja der sensiblen, in den Beeten ringsum installierten Elektronik zum Trotz, kamen bis 1983 weitere 56 Hundchen, hingegen kein weiteres Baby in registrierte Verschwindung und also ums Leben. Gärtner legten hinter dem Palmenhaus eigens einen Komposthaufen an, den der Volksmund Monte Ossolino nannte; abergläubische Arbeiter kippten fortan immer mal wieder ein Schöppchen Äppler hinein.

Ein einziges Mal nur ließ der Hundstod sich blicken, und zwar für anderthalb Sekunden, auf einem Streifen Silberbrom. Das Foto genügte, die Palmengarten-Direktion durchaus zu verstören und, nachdem sie sich wieder gefaßt hatte, endlich durchgreifen zu lassen. Zu sehen war nämlich die näherungsweise Gestalt eines abgeflachten Radiogeräts, das über drei ohrähnliche Ausstülpungen und ein ziemlich umfangreiches Facettenauge verfügte, darunter Nase nicht und Mund mit Zähnen, sondern ein Rüssel, aus dem es zähe tropfte und von dem sich's vorstellen ließ, wie schlimm er sich über die Opferchen legte, um sie, nahm man an, einzuschlürfen oder auf noch effektivere Weise – egal, ob Hund oder Baby – dem Unholdsstoffwechsel zuzuführen. Jedenfalls begann nun die ernstliche Jagd auf das Alien, übrigens gegen erbitterten Widerstand des WWF unter der Führung der Grzimek-Erben. Kubikzentimeter um Kubikzentimeter Erde wurden umgewühlt, man mußte Pflanzen entwurzeln, die Palmen gingen sämtlichst ein, und weil an der Stelle eines wilhelminischen Glas-Stahl-Gebäudes nur noch ein riesiger Schutthaufen blieb, beschlossen Stadt- und Gartenverwaltung, endlich mit der ohnedies allfälligen, aber von einem dauerschwelenden Kämmererstreit bislang verhinderten Modernisierung zu beginnen, also insgesamt den Abriß der architektonischen Kolonialität einzuleiten. Des Aliens zwar wurde man auch nun noch nicht habhaft, doch nächste und abernächste Hundeknöchelchen kamen in Fund und Fundus. Inoffiziell tendierten die Abgänge deutlich gegen fünfhundert. Sehr böswillige Stimmen behaupten bisweilen, es habe sich damals, wohl aus

Gründen der Kostenersparnis, ausgebig das Tierheim des Palmenhauses bedient.

Nachdem im Lauf dreier weiterer Jahre alles Untere zuoberst gekehrt, die alten Gebäude flachgelegt und zersägt, die Böden danach festgestampft und von Grund auf postmodern nachgestaltet die östlichen Palmengartenbezirke; weil zudem keine neuen Abgänge von Hund oder Säugling mehr verbucht werden mußten, nahm man stillschweigend an, es sei dieser Hundstod gewiß unter die Räder geraten – zum Beispiel der drei eingesetzten Bulldozer. Da gab auch Grzimeks Frankfurter Zoo seine Rettungsinvektiven auf. Tatsächlich war das Alien mit einem Geräusch, das nach »Quatsch« klang, unter dem Stiefel eines Maurers auseinandergeplatzt und seitlich in den Bauschutt gesickert, wo es sich indessen in allerlei fingernagelgroße Keimlinge teilte, die ihrer Aktivierung harrten.

Als der Mann hinabsah, in was er da getrampelt war, fand er nichts als ein Stück zertretene Hirnschale und ein paar Wirbelknochen des seinerzeit abgegangenen Säuglings; wahrscheinlich war der innerlich im Hundstod steckengeblieben.

Wie auch immer, im großen und ganzen gaben sich Stadtverwaltung und Palmengartendirektion mit der Entwicklung zufrieden. Immerhin war dem Hundstod zu danken, daß man, allein der neuen Häuser wegen, die Eintrittspreise erhöhen durfte, ja überhaupt hatte der Alien dem Palmengarten gut, jedenfalls sehr viel besser getan als den verschiedenen Hundchen und dem nach wie vor einzigen Baby.

Noch allerdings stand das alte Hauptgebäude, dem sich ein wilhelminisches Palmenhaus anschloß, weit höher als zwanzig spatzendurchschmetterte Meter, eine Dschungel aus tropischen Pflanzen darin und aus Wassersprühgarben und Düften sowie den Schreien von Papageien. Bisweilen blieben hier

Türen nach draußen geöffnet, vor allem jedoch blieben es, und meist über Tage, die länglichen Glasklappen der geneigten, luftigen Dachkonstruktion, durch welche nun nicht nur Vögel Einflug finden konnten. So daß geschah, was geschah.

Es wurde erst manifest, als der rote Ara spur- und federnlos verschwand und gleich darauf der blaue. Man rief nach den beiden umsonst. Einen Monat später fehlte einer der zehn Kakadus, alle anderthalb Tage fand sich ein nächster im Abgang. Somit war klar, des Frankfurter Palmengartens architektonische Umgestaltung habe noch ihr Ende nicht gefunden. Gegen neuerlich ökologisch-zoologischen Protest wurden die zwei letzten anderthalb Kakadus evakuiert – die Nummer zehn war zu alterskrank, um als ein ganzer noch gerechnet zu werden – , die Dachklappen wurden geschlossen, die Türen versiegelt, verschiedene Flüssigglase drübergegossen und diverse Gase getestet, hernach zwei bis drei Caterpillars bestellt. Dann machte man – wenngleich mit lautem Geschrei fünfer Kontinente GREENPEACE die Stimme erhob und mit einem Konvoi von Trucks die Palmengartenstraße blockierte, so daß das dort situierte Café OPUS 111 nicht nur wie einst kulturell, sondern nunmehr ganzheitlich zur Wohlfahrt der Grünen kapitulierte –, also machte man das historische Erbauungsgebäude auf dem Luftweg dem Erdboden gleich. So erhielt die Stadt nun endlich, was ihr seit jeher gefehlt hat: einen freien weiten Platz auch für die Augen, den zwar, um ihre Lieblinge bangend, die alten Damen meiden, die jungen Mütter aber genauso, und den man mit Grund, anders als sonstwas in Frankfurt am Main, des Ungeheuerlichen zeihen darf. Ohne das eine Stadt Stadt gar nicht wäre.

Selzers Singen

Selzer ist ein nicht sehr hochgewachsener, vorgeblich schüchterner Mann mit eingefallener Bauchdecke. Das steht ihm recht gut. Als mir ein Geschäftsfreund erzählte, der Mann befinde sich in ständigen Liebesnöten, dachte ich noch nicht daran, diesem Mißstand abzuhelfen. Dessen kann ich Sie versichern. Ich verfüge nämlich, ohne mir schmeicheln zu wollen, über Geschmack. Und er ist auf den ersten Blick fast ein Repräsentant des in der Ministerialbürokratie festgefahrenen Beamten. Ich traf ihn dann aus Anlaß einer Museumseröffnung, bei welcher der bekannte Kulturreferent H* sprach, von dem ich ursprünglich hatte kosten wollen. Bis mich, unter vielerlei literarbetrieblichen Devotionen, der Fernsehmoderator und neuerliche Emporkömmling Sch* mit Selzer bekanntmachte. Der stand nämlich unweit von mir und starrte mich mit blöder Eindringlichkeit alle Zeit an. Ich erkundigte mich bei Sch* nach ihm, und dieser tätigte die Auskunft, von der ich erzählte. – Da Selzer mit seinem Starren nicht einhalten wollte, das mich nicht einmal zu entkleiden schien, sondern sozusagen für ein Standbild nahm, wurde ich allmählich ungehalten, zumal ich nur selten ertrage, daß mich ein Mensch für etwas anderes hält, als er selber ist. Bei einer günstigen Gelegenheit – die Gesellschaft drängte sich um die Kulinarien – schob mich Sch* ihm zu und stellte uns einander vor. Er schien darüber, wie sagt man? – ja: *entzückt* zu sein. Er kam mir zwar ein wenig blutarm vor, auch lagen seine Augen fast ein bißchen kränklich in den Höhlen; aber so zurückhaltend und unprätentiös er sich mir gegenüber jetzt auch verhielt, es entging mir an ihm etwas Brennendes nicht. Ihm schwelte schwarzes Feuer in jeder Iris; es war, als glühte es hinter den Pupillen, und die hellweißen kleinen spitzigen Zähne besaßen einen eigenartigen Reiz. Selzer nahm nun also meine ihm zugereichte Hand und küßte sie, in altem Stile, eben nicht. Wenn ich also auch beabsichtigt hatte, ihn für sein vorheriges Gaffen zurechtzuweisen, so war ich jetzt ehrlich genug, mir einzugestehen, daß er mich in Sekundenschnelle nachhaltiger für sich eingenommen hatte, als mir gewöhnlich dergleichen geschieht. Und ich nahm mir vor, seine nähere Bekanntschaft zu machen. Es gibt ja nichts Leichteres, als daß eine nur einigermaßen wohlgebaute Frau einen ihr gewogenen Mann verführt, zumal wenn sie versteht, den Anschein zu geben, sie selbst sei die Verführte.

Praktischerweise stellten sich eine Reihe gemeinsamer Neigungen heraus, wobei wir uns unter Anspielung auf Sch* über den Niedergang von Künsten und Stil verständigten, so daß Selzer im Laufe des Abends wagen konnte, ein wenig weiterzugehen. – »Meinen Sie nicht, gnädige Frau, daß wir unseren Gemeinsamkeiten anderswo – intensiver – nachhorchen sollten?« – Ich lachte. Er lachte auch und führte mich, sehr galant, am Ellbogen um einen Pulk schwatzender Kunstrezensenten herum. »Wenn ich auch nicht mehr zu bieten habe als meinen alten Kopf …« – »Herr Dr. Selzer«, rief ich, blinzelte ihm zu, »der genügt mir vollauf!« – »Sie sind eine noch so junge, so sehr schöne Frau«, sagte er, als hätte ihn der Rotwein sentimental geschwächt. Aber es entging mir nicht, daß er sich verstellte und tatsächlich sehr vorsichtig, abwartend, ja sogar ein wenig kühl blieb, Taktiker war. Ich wollte mich vorsehen. – »Sie kennen sicher ganz andere Männer als mich.« – »Dem mag so sein.« – »Es wäre mir unlieb, wenn Sie irgendwann einmal das Gefühl bekämen, mir zu etwas verpflichtet zu sein.«

Wir standen vor seiner Haustür, er hatte mich gefragt, ob ich mit ihm noch einen Kaffee zur Nacht nehmen wolle. Nun schien ihn seine Courage bereits zu reuen, wenn er freilich auch nur gedrängt werden wollte. Allzu oft bat er mich, achtzuhaben vor ihm, nicht allzu freigebig und gutgläubig mit ihm umzugehen; mancher sei nicht, was er scheine. – »O wie haben Sie recht, mein Lieber«, bestätigte ich. – »Ich bin ein alter Mann, gnädige Frau«, wiederholte er. »Und S i e haben noch nicht einmal ein einziges Leben gelebt … Keine dreißig, fünfunddreißig Jahre dürften Sie sein?« Wir schlossen hinter uns die Tür.

Selzer bewohnte ein penthouse-ähnliches Appartement im dritten Stock. Die Wohnung hat, schätze ich, an die 160 Quadratmeter. Es war mir sofort erstaunlich, daß ein zwar wohlsituierter, aber doch nur in mittlerem Dienste stehender Mann sich solch einen Luxus erlaube. Ich meine nicht, daß er mir nicht geheuer war – ein solches Wort steht mir nicht an –, aber daß er mir doch rätselhaft wurde. Was seine Attraktion noch erhöhte. Er zog mich an wie Nacht. Hinter seiner anfänglichen, fast ein wenig altväterlichen Redseligkeit verbarg sich eine erstaunliche Kühle, der ungemein Erotisches anhaftete. Seine Aura erregte mich. Ich mußte an mich halten, mich nicht vor der Zeit zu zeigen. – O nein! Denken Sie jetzt bitte nicht, daß ich etwas bereute. Auch jetzt noch bereue ich es nicht, mit seinem Geschmack in Mund und Kehle.

Er führte mich zum Tisch, nachdem er mir mein Cape abgenommen hatte. Er entzündete Kerzen, deren Licht sein ohnedies bleiches Antlitz noch blichen, so daß das Feuer seiner

Augen wie schwarze Perlen schimmerte. Wir tranken roten Wein aus uralten Kristallbechern. Ich spürte den Puls in meinem Schoß, wie mein Geschlecht schwoll und sich mit der Farbe meiner Lippen überzog. Dabei beobachtete Selzer mich auf das peinlichste, registrierte jedes noch so heimliche Beben meiner Lust. Darüber verschwand die letzte Wärme seines Ausdrucks, seine Gesichtszüge nahmen etwas Starres an, das mitunter zuckte. Es war, als spräche nicht er zu mir, sondern als hieße er seine Sprechwerkzeuge agieren, derweil er selbst sich woanders, in seinen Blicken und Gesten aufhielt.

»Glauben Sie mir, gnädige Frau«, versicherte er im Leidenston eines Menschen, der nicht sterben darf; derweil indes das Zucken seines Mundes den Tonfall verhöhnte, »glauben Sie mir, ich liebe dieses Zeitalter nicht! Es ist banal, ist stereotyp. Alles, meine Liebe, ist eine Kopie von wiederum Kopien. – Selten nur noch trifft jemand wie ich auf echte Menschen … solche, wie Sie einer sind, gnädige Frau! Wie rar sind sie geworden, die blutvollen, begeisterten, begeisternden Menschen!« Trotz der Emphase des Ausrufs musterten mich seine Augen kühl, nicht verstohlen, nein, aber erkaltet, und vermaßen mich wie unter scharfgeschliffenen Merianen. – »Ich sage Ihnen, gnädige Frau«, fuhr sein Mund fort, »andere Jahrhunderte hat es gegeben, in denen Stil und Schönheit noch gewürdigt wurden, da wäre eine Frau wie Sie – o ja, eine Königin gewesen!« – »Sie haben andere Zeiten gekannt?« fragte ich und war im Augenblick tatsächlich erstaunt. – »Aber gewiß!« Er holte mit weiter Geste aus, wies auf die Bände seiner in der Tat bemerkenswerten Bibliothek. »Manchmal ist mir«, fügte er mit feinsinnigem Lächeln bei und entblößte die obere Reihe seiner spitzen Schneidezähne, »als hätte ich nur damals gelebt … und wäre verdammt nun zu einem leisen, einem einsamen Tod.« Süffisant kräuselten sich seine Lippen, die Mundwinkel zuckten. Nein, es entging mir durchaus nicht, wie sehr er sich meines Besitzes sicher war – und ich sage Ihnen, ich genoß es nicht nur, nein, er hatte auch recht. Gleichwohl war ich ungeduldig und fragte, was er vom Tode wisse. Er ignorierte den Einwurf und fuhr, wie heimtückisch, fort: »Es ist mir, gnädige Frau, als hätte ich mehrere Leben auf eine *Branwen* wie Sie warten müssen, eine Freia, wenn Sie verstehen, was ich meine, eine Hulda … – und als hätte ich sie endlich gefunden ausgerechnet in dieser leidigen, profanen Zeit. Fast ist mir – verzeihen Sie! –«, mich traf ein völlig seelenloser und berechnender Blick, »als ob mir mit Ihnen mein Schicksal begegnet wäre.« – »Gewiß«, erwiderte ich und lächelte, um seinem Pathos zu begegnen, »als Schicksal eigne ich mich gut.« – Dennoch rief er aus, wozu er sich erhob: »Ich wußte es, wußte es!« – als hielte er mich für nichts als eine seiner Kokotten. Ach, diese dummen Dinger, die, seiner vorgeblichen Schüchternheit, seinem warmen Pathos vertrauend, nicht geahnt haben werden, welch ruchloser Zynismus sich hinter seiner Fassade verbarg! So trat er an mich heran, im langen seidenen Hausmantel, den er des Klischees wegen übergezogen hatte und über den mich zu amüsieren ich anfangs nicht umhingekommen war. Er legte mir eine Hand auf die unbekleidete Schulter, wollte mich an sich ziehen, nahm die Hand aber, für einen Moment irritiert, sofort wieder zurück. »Sie müssen frieren, ganz sicher«, sagte er. »Soll ich die Heizung anstellen? Sie sind ja ganz kalt.« – »Lassen Sie nur, das … das ist die Erregung.« – Er lächelte über die Auskunft, und mir entging sein triumphierender Blick nicht. Sollte er sich laben! Sollte er es genießen! Es käme der Moment, daß –

Er legte eine Hand auf meine linke Brust. Ich ließ ihn nicht nur gewähren, nein, unterstützte ihn, half ihm mein Kleid abstreifen, öffnete seine Krawatte, seine Hose. Er trug mich in sein Schlafzimmer. Neben meinen Augen pulste begehrlich seine Halsschlagader. Ich hielt es nicht mehr aus, schürzte die Lippen, entblößte die Fänge, schlug ihn aber noch nicht. Er war wie doppelt schutzlos, wollte es partout für einen Scherz halten. Aber es war kein Scherz. Ich ließ ihn sich entkleiden, langsam, er entkam meinen Augen nicht mehr. Und als ich endlich, endlich – meine Wollust nicht länger zügelnd, leidenschaftlich, voll Wut, voll Gier – sein Blut schmeckte, sein weißes, sein rotes, da verwandelte sich sein entsetzter, panischer Aufschrei in ein leise wimmerndes Singen, das im Stürzen unterging.

Apokalypse New

Für Jorge Luis Borges

1

Kaum etwas in einem Film der letzten Jahre, dem ich mich in heftigerer oder auch nur gleicher Weise ausgeliefert gefühlt habe wie jenem Ausruf eines jungen GIs in Coppolas *Apokalypse Now*. Er hat nicht nur Teil an einer fast jedes gelungene Einfangen von Wirklichkeit in ein künstlerisches Medium kennzeichnenden Paradoxie, sondern unterwandert unsere moralischen Vorstellungen dermaßen subtil, daß mir ein Schleier von den Sinnen fiel, von dem ich nicht gewußt hatte, daß er da hing. Dabei gebe ich die Subjektivität dieses Eindruckes, ganz wie meiner Empfindungen, zu. Doch die dem Ausruf innere Wahrheit kommt ausgesprochen meinem Verständnis von Wirklichkeit nahe. Gerade deshalb weise ich auf meine Subjektivität ausdrücklich hin.

Ich versuche mich erst einmal weniger an einer Inhaltsangabe des ohnedies bekannten Films, wohl aber an der Aufzählung einiger seiner Geschehen – wobei ich für die korrekte Chronologie nicht einstehen möchte –, bis ich zu dem genannten Ausruf kommen werde, dem Gipfelpunkt, wie ich meine, der entscheidenden, dabei nicht länger als ein paar Sekunden währenden Szene, den erklommen zu haben gemessen an der Dauer des Spielfilms grotesk flüchtig anmuten mag und eben deshalb vergessen oder gar nicht erst bemerkt worden sein könnte. Dieses genau befürchte ich.

Es kann nun sein, daß meine Nacherzählung Coppolas Absicht völlig verfehlt und meine, ja, *Interpretation* ganz genauso, weil meine Wichtung den Spielfilm nicht nur, wie von mir intendiert, auseinanderreißt, sondern seinen angeblich künstlerisch bedeutsamen Schlußteil – die »Apokalypse« – gleich nichts setzt. Ich verlege sie kurzerhand in diesen einen Ausruf vor.

Dieses und mehr, was man mir aus dokumentarischen, künstlerischen, meinethalben auch moralischen Gründen vorwerfen mag, kann mich nicht abhalten; ebensowenig meine wahrscheinlich bezeichnende Unkenntnis der, abgesehen von Brando, Namen von Darstellern und Dargestellten. Ich *erfinde*, als wäre es tatsächlich von mir, und streiche den Schlußteil ganz, so wichtig er dem eigentlichen Film auch sein mag. Dadurch wird meiner um mindestens eine und eine halbe Stunde kürzer, doch die von mir gesetzte Apokalypse hat an relativer Dauer mindestens das Doppelte – und ein Zigfaches dadurch, daß sie am Ende völlig ungelöster Handlungsstränge steht und die Zuschauererwartung eben *nicht* erfüllt, kurz: am Ende eines Fragments, bei dessen nur scheinbarem Ende die Scham dem Regisseur weiterzudrehen verbot, indem das Drehbuch in die Realität überging.

2

Der militärische Geheimdienstmann F. wird, nachdem er sich auf Abruf einige Tage lang in einer US-amerikanisch besetzten Küstenstadt Vietnams aufgehalten hat, im dortigen Führungsquartier auf eine prekäre, ihn schließlich moralisch belastende Mission geschickt: nämlich einen im Rang weit höher gestellten

Offizier zu töten, wobei gleichgültig ist, mit welchen Mitteln. Es handelt sich um einen hochdekorierten Obristen, der sich mit einer ungewissen Anzahl Soldaten in ein von den US-Streitkräften noch unbeherrschtes, weil vom Vietcong kontrolliertes Areal der Dschungel abgesetzt hat. Gerüchten und den seltsamen Funksprüchen nach, die dieser Mann, nennen wir ihn K., von Zeit zu Zeit in den Äther schickt, scheint er dort ein berserkerhaftes, grauenhaft diktatorisches Regime über seine Untergebenen, sowohl die Deserteure als auch die Bewohner einiger Dörfer, sowie über zugelaufene oder gefangene Vietcong zu führen. Den Desperados und Guerillas scheint er zu etwas wie einem blutigen Gott geworden zu sein, dessen elitäre Leidenschaft darin besteht, zerstückelte Verse Baudelaires in sein Funkgerät zu sprechen oder sie sprechen zu lassen.

Das tut zu meiner Sache eigentlich nichts.

Zu ihr tut, daß F. sich auf einem – von den GIs lautmalerisch *Pibber* genannten – Patrouillenboot, dessen Besatzung von dem Auftrag nichts weiß und nichts wissen soll, flußaufwärts begibt. Der Befehl an die Besatzung lautet, F. ein paar Kilometer jenseits des letzten US-Vorpostens abzusetzen, von wo aus er sich allein durchschlagen soll. Dieser ausgesprochen gefährdete Stützpunkt an einem Ort, der sich mit »Front« kaum mehr bezeichnen läßt, besteht aus einer nur teils gesicherten, von ständigem Feindbeschuß belegten Brücke. An den sind die Soldaten derart gewöhnt, daß sie ihn sogar dann noch wahrnehmen, wenn er kurz aussetzt, weshalb sie selbst ununterbrochen schießen. Salve nach Salve knattert in die Dschungel. Es ist ein Kampf gegen Gespenster, der Feind quasi niemals zu sehen.

Zuvor dagegen sind die von dem Patrouillenboot passierten Ufer von im Maschinengewehrfeuer umgekommenen

Menschen wie gesprenkelt. Häufig liegen auch vietnamesische Frauen da, sogar Kinder und Greisinnen, Greise; deren Glieder verrenkt, nicht selten längst faulig. Die Bootsbesatzung, jederzeitigen Beschusses gewärtig, hochgradig angespannt. Die Gesichter naß, triefend vom eigenen Schweiß.

Als man den genannten letzten Vorposten hinter sich hat, ist es, als glitte das Boot nicht mehr über einen Fluß, sondern auf einer träge-grünen, giftig schleimigen Substanz. Die Blätter der beidseits wuchernden Pflanzen streichen mit langen Lappen hinein.

Ein paar Stunden oder Tage später – es ist gleichgültig – kommt dem Pibber ein schluppenähnliches Hausboot entgegen; es wird angetrieben allein von der Strömung. Denn das Focksegel ist über dem Aufbau gerefft, indes das Vorsegel durchhängt. – Die Soldaten halten auf das Boot zu, von dem aus ihnen eine junge Vietnamesin, fast noch ein Mädchen, furchtsam entgegenblickt. Es ist, als könnte man in ihren Augenwinkeln das Zittern erkennen. Sichtbar an Bord befinden sich ferner ein alter Mann mit ausgemergeltem Antlitz, eine Ziege und ein kleiner drahtiger Hund. Tiere haben nur selten Angst im voraus; das unterscheidet sie.

Die GIs drehen am Hausboot bei. Schroff gestikuliert einer der Soldaten dem Mädchen, an der Seite des Pibbers festzumachen. Dabei hält er seine entsicherte Maschinenpistole auf es gerichtet. Das Mädchen gibt dem Alten ein Zeichen. Der Soldat springt hinüber und durchsucht die Schaluppe, auf der er Lebensmittel und sogar drei lebendige Hühner entdeckt, die in einen mit Gittern versehenen Kasten gesperrt sind.

Da läßt ein gräßliches Quieken den Soldaten auffahren. Unkontrolliert löst sich aus seiner Waffe ein Schußschwall, der den alten Mann trifft. Das Mädchen schreit auf, wirft sich über ihren, wahrscheinlich, Großvater, schreit den Soldaten an. Entsetzt schießt er nun auch auf sie. Der kleine Hund schlägt an, sein wüstes, wütendes Kläffen gellt über den sumpfigen Fluß, und selbst die Ziege tobt dermaßen an ihrem Pflock, daß der Soldat vollends durchdreht. Seine Anspannung fällt erst von ihm ab, und dann weint er, als auch die Tiere, alle, hingemetzelt sind und nachdem er selbst noch auf die Leichen mehrmals eingeschossen hat.

Das Quieken, so stellt sich nunmehr heraus, stammte von einem kleinen, gleichfalls in eine Kiste gesperrten Schwein, das man, seit dem Vorfall in vollkommenem Schweigen, noch am Abend verzehrt. Auch dieses Tier war hingerichtet worden, die Kiste komplett von den Geschossen durchlöchert.

Wiederum ein paar Tage oder Stunden später tritt endlich ein, was erwartet, ja beinah erhofft war: ein Angriff aus der Dschungel. Zwar besteht er nur aus einem Schwarm kleiner, geradezu winziger Pfeile, aber sie schwirren in solcher Anzahl – ein paar davon durchbohren den Hals des Bootsführers –, daß sich die Soldaten wirklich im Gefecht glauben, obwohl es genügt hätte, sich unters Schutzdach des Pibbers zurückzuziehen. Ein hippiehafter GI, voll der Lieder Bob Dylans, läuft, sein Stirnband fest um den Kopf, zum vordersten Bug, wo ein drehbares Maschinengewehr verankert ist. Durch den Pfeilschwarm feuert er ins Grün, hin und wieder rascheln daraus Menschenleiber ans Ufer. Das Knattern des Maschinengewehrs übertönt fast jedes andre Geräusch – lauter aber, noch lauter ist das *Singen* dieses jungen Menschen. Es ist kein schreiender Gesang, keiner des Entsetzens, schon gar nicht ein Song, der ihn und seine Freunde in der Heimat bewegte. Sondern hymnisches Jubilieren. Und dann, dann ruft er aus: »Das ist Leben! Das ist *mehr* als Disneyland!«

3

Soweit der Film.

Was nun kam, ist anders.

Nachdem nämlich diese Szene, so lautet tatsächlich das Wort, *abgedreht* ist, springt der Regisseur unvermittelt den Kameramann an, entreißt ihm das Gerät, wirft es zu Boden. Teile wie Trümmerstücke springen ab. Dann ohrfeigt er den Darsteller des jungen GI, herrscht ihn an, ist wie toll vor Verzweiflung. Noch sind alle Anwesenden der Meinung, es handele sich um einen jener Anfälle, die das allgemeine Vorurteil besonders den großen Künstlern andichten will. Sie irren sich aber. Denn über das mitgeführte Funkgerät – man dreht in der Dschungel Venezuelas –, teilt der Regisseur dem Äther mit, daß er sich nicht mehr imstande fühle, diesen Spielfilm zu beenden. Das Grauen sei über ihn gekommen, das unsagbare, unbeschreibliche und unendliche Grauen. Dann schlägt er sich in den Urwald. Seine Spur verliert sich südlich des Orinikos und mit ihr die des gesamten Aufnahmeteams und sämtlicher Darsteller, die ihm alle offenbar folgten und einen Teil der Ausrüstung mit sich schleppten. Denn in den folgenden Wochen werden von einheimischen Bewohnern wie von Teilnehmern gelegentlicher Expeditionen da und dort defekte Geräte, seltener angeschwemmte Leichen gefunden.

Nachtrag

Das Gerücht besagt, es habe sich der Regisseur, nennen wir ihn C., mit all seinen Leuten in ein gänzlich unbeherrschtes, weil kaum noch erschlossenes Areal der Dschungel zurückgezogen, wo er ein berserkerhaftes, grauenhaft diktatorisches Regime über die Schauspieler sowie einige eroberte Dschungeldörfer führe. Denen scheine er zu etwas wie einem blutigen Gott geworden zu sein, dessen elitäre Leidenschaft darin bestehe, zerstückelte Verse Baudelaires in sein Funkgerät zu sprechen oder sie sprechen zu lassen.

Das Gerücht besagt ferner, die US-Amerikaner hätten den CIA-Spezialisten K. mit dem Geheimauftrag entsendet, den Regisseur zu töten, wobei die Mittel gleichgültig seien. Dazu habe sich K. auf einem kleinen Patrouillenboot, dessen Besatzung von dem Auftrag nichts gewußt habe und habe wissen auch nichts sollen, flußaufwärts begeben.

Diesem letztren Gerücht nach, und es ist eins, soll der Regisseur am 19. Mai 1981 gegen 18.30 Uhr drei Vollmantelgeschossen erlegen sein. Das eine habe seinen Kopf durchschlagen, das andere sein Herz, das dritte seinen Unterleib.

Bücherkoffer

»Wie? Bücher in den Urlaub mitnehmen?«

»Nein, auf eine einsame Insel.«

»Eben.«

»Nicht *Urlaub*, Deters: Eine Katastrophe: die Welt, wie in Ihrem furchtbaren Thetis-Buch, wird überschwemmt.«

»Und ich konnte mich retten? Wieso hab ich dann Bücher dabei?«

»Zufällig.«

»Zufällig?«

»… mit letzter Kraft schwimmen Sie ans Ufer …«

»… und ziehe einen Bücherkoffer mit wie einer von der DLG 'nen halb Ertrunkenen schleppte?! Kommen Sie, Herbst!«

»Wir stell'n uns das ja nur mal vor …«

»… daß ich um mein Leben schwimme und dazu einen Koffer voller Bücher ziehe? Gut, daß nicht *Sie* meine Texte schreiben.«

»Ich will doch nur wissen, welche Bücher Sie dann mitnähmen.«

»Gibt's da Telefon?«

»Gar nichts. Kein Telefon, kein Fernsehen …«

»… das ist gut. Das macht mir Ihre Insel schon wieder sympathisch. – Auch keine Musik?«

»Wenn Sie nicht ein Instrument spielen …«

»Das soll ich auch noch hergeschleppt haben?! – Außerdem hat irgendwer garantiert einen Weltempfänger dabei.«

»*Alleine*, Deters, Sie sind allein!«

»Verlockend. Aber was soll ich dann mit Büchern? Ich muß mich doch von keinem mehr ablenken dann …«

»Lesen.«

»Lesen?«

»Lesen.«

»Finden Sie nicht, daß es reicht, wenn man schreibt?«

»Sie haben keinen Laptop, es gibt keinen Strom …«

»Die Batterien meines Handys sind irgendwann leer.«

»Richtig. Die Entfernungen sind auch zu groß, als daß sie jemand empfangen könnte. Die Welt hat sowieso andere Sorgen.«

»Ich könnte meine Geschichten in die Zeilenbrüche der anderen Bücher schreiben.«

»Sicher, aber in welche?«

»Hm. Und das hat man Sie tatsächlich gefragt?«

»Ich hab der charmanten Signora Gazzetti gesagt, ich stellte ihr einen Rucksack zusammen.«

»*Rucksack?* Herbst, wie konnten Sie auf s o was verfallen?! Das ist ja furchtbar.«

»Hätte ich *Seetruhe* sagen sollen?«

»Wäre immerhin eine reizvolle Anspielung gewesen.«

»Na gut, Benbow.«

»Was fänden Sie denn dann so als Jim Hawkins, hm? Vielleicht *Der Blaurote Methusalem*? Nein. Auch nicht Walser, wenn Sie sich sowas vielleicht vorgestellt haben.«

»Jelinek?«

»Möglichst wenig Belletristisches. Ich würde mich an Arno Schmidts Vorschriften für eine Handbibliothek halten.«

»?«

»Dreißig Prozent Nachschlagewerke; dreißig Prozent die Fremdsprache, aus der man übersetzt; dreißig Prozent Fachliteratur und die andern zehn …«

»Sie übersetzen nicht!«

»Na gut – also: vierzig Prozent Nachschlagewerke, vierzig Prozent Fachliteratur, dann wichtige Zeitschriften: Spektrum der Wissenschaft, zum Beispiel. Ist mir schleierhaft, wie man ohne die auskommen kann.«

»Und die andern zwanzig Prozent?«

»Welche andern?«

»Das sind erst achtzig Prozent ...«

»Aber liebliebster Herbst! Ich will doch nicht untergehen ... das wird mir zu schwer ... lassen Sie's bei den achtzig Prozenten bewenden.«

»Deters, bitte, ich hab da eine *Aufgabe* zu lösen ... und sind nun Sie der Schreiber oder ich?«

»Schriftsteller. Sie sind der Leser. Außerdem ist Ihr letzter Satz halbfalsch. Na, Sie sorgen schon für den literarischen Rest.«

»Soll ich Ihre eigenen Bücher nennen?«

»Meine, also Ihre? – Tun Sie, was Ihnen gefällt.«

»Na gut.« Ich stand auf.

»Aber keinen Walser! Und besonders Härtling nicht«, sagte er noch, versann, blickte auf, lächelte: »Insel? Kein Mensch? Kein Strom? – Hab ich ein Feuerzeug gerettet?«

»Und Proviant.«

»Vielleicht nehmen Sie den Härtling *doch* mit ...« Er schnippte das Feuerzeug an, blickte seltsam verklärt in die Flamme. »Vielleicht sollte man eine Liste derjenigen Bücher zusammenstellen, die man auf keinen Fall mitnähme.«

»Deters, ich bitte Sie!«

Er blickte mir nicht einmal nach, als ich, auf ein neues derart ohne Beistand geblieben, das KRANZLER verließ.

Die Orgelpfeifen von Flandern

Novelle

> Da sie aber hingingen, sie zu begraben, fanden sie nichts von ihr denn den Schädel und die Füße und ihre flachen Hände.
> *2. Könige 9, 35*

Der Zug kam vier Minuten nach sieben Uhr an. Als die Schaffner die Reisenden weckten, um ihnen die wegen nächtlicher Grenzkontrollen einbehaltenen Ausweise zurückzugeben, schlug man in seltsam verschlafener Heiterkeit die Augen auf. Ansgar hing das beständige Rollen des Zuges im Leib. Einige Zeit schmeckte er dem dösend nach. – Ein letztes Rucken. Dann stand der Zug. Menschen und Koffer drängten vor den Abteilen. Jetzt erst zog Ansgar Hemd und Jeans an, derer er sich im Liegewagen unter einem Reiseplaid entledigt hatte, stopfte seine Siebensachen zusammen, streifte den Regenmantel über, halfterte Reise- und Umhängetasche und verließ den Waggon. Im Jackett steckte die eingerissene, verknüllte, mehrmals geglättete Zeitungsseite. Im Dunklen war er abgereist, im Dunklen kam er an. Er hatte eigentlich nicht das Gefühl, weggefahren zu sein.

Im Ostbahnhof waberte müde Betriebsamkeit; noch zwar waren die Läden überwiegend geschlossen, aber um zwei

Bartheken knäulten sich Trauben von Leuten, die, wie weiterhin im Schlafen hängend, sich gedämpft unterhielten. Auch Ansgar nahm einen kurzen Kaffee. Danach entschlurfte er dem Hauptportal, witterte in die für November erstaunlich warme Luft und straffte sich. Es schien ihm noch zu früh zu sein, um nach einem Hotel zu schauen. Er wandte sich nach rechts, tat ein paar Schritte, bog um die Ecke. Einige Meter entfernt führte neben dem Gebäude eine Treppe, in die die Straße überging, oberhalb der rechts unten verlaufenden Geleise entlang. Indem Ansgar diesem Pfad folgte, sah er in der von glitzernden Lampenpartikeln durchsetzten, funkelnden Dunkelheit über das Bahnhofsgelände und das östliche Stadtareal, über welchem erste Dämmerung hing. Drüben stürzte sich eine wuchtige Häuserzeile, ein Felshang, schwarz auf die Geleise hinab. In wenigen Fenstern schimmerte rechtwinklig Licht. Männer in Popelines passierten das Szenario, Regenschirme oder Mappen unter die Arme geklemmt. Es tat Ansgar wohl, ihnen nicht aufzufallen. Englische Wortschnipsel umflatterten ihn. Er lächelte matt, fast zufrieden, ein bißchen dumm.

Ein letztes Mal, wie zum Abschied, nahm er an dem weiten Rangierbetrieb wie der Bahnhofsrückfront Maß, dann, die Straße überquerend, schon wie verführt, schritt er in die nächste schräg nördlich biegende Straße am Lyzeum vorbei, dann rechts auf den breiten, aber noch kaum befahrenen Wall. An Läden, verglasten Bistrots und Mauerrissen hing Orient. Kleine Busse spien in erstaunlicher Anzahl Schwarze in grünem Ölzeug aus, die mechanisch die Straßen zu fegen begannen. Dann erschien, würdevoll verhüllt, ein Beduine, den Allah weiß welches Geschäft durch das Viertel zog.

Ansgar erreichte einen verbauten Platz, eine Halde voll Schutt, umgeworfener Bauzäune und Plastikmüll. Man schien begonnene Tiefarbeiten aufgegeben zu haben. Er stand für zwei Minuten und lauschte. Jemand schob blechlamellene Fensterläden beiseite: eine brünette Frau mit Lockenwicklern, im Bademantel. Auf dem schmalen Balkon trat eine rosafarbene Pusche gegen sperrige Streben. Nicht nur ratterte erhöht auf der Metallüberführung, die in weiter Kurve um den Platz zog, eine Tram. Nicht die jetzt über die nachtnasse, teils aufgerissene Asphaltierung rauschenden Pneus waren es, was Ansgar aufhorchen ließ, – sondern er hatte einen völlig anderen, eher singenden Laut wahrgenommen. Gewissermaßen hing wie Nebel eine Stimme über Pflaster, Erdreich und Zementkarren, als streuten sie die Platanen, die links die Allee hinaufstanden, wie Samen aus. Der Wind fächerte den singenden Laut in Ansgars Bewußtsein.

Über sein Dämmern war es hell geworden und, als er in die Realität zurückfand, hektisch die Stadt ausgebrochen. Er kniff die Augen zusammen, bog in die Allee und folgte ihr ein Stückchen. Sie führte nach vielleicht einem halben Kilometer auf ein Hochhaus- und Neubaugebiet. Das ernüchterte Ansgar nun gänzlich. Und dann, zur linken Seite ein Zement- und Glasgebäude, erschrak er sogar; ein weniger furchtsames oder scharfes Zusammenzucken war dies als ein bereits im ersten Moment bezwungenes, gleichsam inhaftiertes Gefühl. Ansgar fror. Leichter Nieselregen setzte ein. Er schlug den Mantel fester um sich, warf die Riemen der in der Schulter ziehenden Taschen zurecht.

Vier Menschen lösten dieses innere Sichzusammenziehen aus, als wäre Ansgar in Zeiten zurückversetzt, an die man eine üble Erinnerung hat; doch kennt man sie eigentlich nicht. Es geschah dies zu schnell, um darauf reagieren zu können. Etwas Fremdes drang auf ihn ein, das Ansgar nicht nur in Frage stellte, sondern ihn wegstieß. Er senkte, beschämt, den Blick.

Doch umso nachdrücklicher, nämlich im Augenwinkel, *registrierte* er. Der Vater trug, wie sein noch glattgesichtiger Sohn, den dunklen Hut mit kleiner Krempe; Mutter und Tochter, beiden in geringem Abstand folgend, hielten das Haar mit Tüchern aus dem Gesicht. Sabbath.

Ansgar quälte nicht eingestandene Schuld. Sie war naiv, nicht begründet, aber widerstrebend strengte ein zerebrales Etwas sie herzuleiten an. Unmöglich, den vieren offen in die Gesichter zu sehen. Gleichwohl hatte Ansgar gemeinhin mit Fremden kein Problem. Man roch bisweilen unvertraut, sah womöglich anders aus. Das war auch schon alles. Hingegen schwang bei gläubigen Juden ständig etwas quälend Auserwähltes mit. Und doch: Attackierte ihn eigentlich dies? Machte ihn nicht etwas ganz anderes, etwas sehr Persönliches, derart beklommen?

Er fand, nach einem Rundgang, Quartier in einem Hotel namens Terminus. Das hielt er sofort für ein Zeichen, so daß er gegen den Pförtner oder Eigentümer beharrlich bleiben konnte, der ihn anfangs nicht minder deutlich hatte abweisen wollen als dessen zähnebleckender Schäferhund. Wäre das Monstrum nicht durch ein zwischen Empfangsräumchen und Flur angebrachtes, hüfthohes Brett daran gehindert worden, kein Zweifel, es hätte sich umstandslos auf den Fremden gestürzt. Und vermutlich nur, weil der bereits einen Geldschein in der Hand hielt, wurde er so gierig wie widerwillig akzeptiert. Zwar noch schüttelte der kleine Mann mit dem schütteren Oberlippenbart verkniffen den Kopf; aber kaum daß er die Note sah, griff er schon danach.

Es regnete Bindfäden. Ansgar nahm in einem hellen Bistrot, Chez Rémy, Zuflucht, den kubischen Bauten gegenüber, vor denen er bereits nach seiner Ankunft gestanden hatte und deren wohlgepflegte Häßlichkeit ihn anzog, als hätte er etwas zu schaffen mit ihr, als gäbe es da eine wenn auch nur ungefähre Verbindung. Zur Flandernstraße duckte sich zwischen zwei bizarr geformten, weiß verschieferten siebzehnstöckigen Häusern – Ansgar hatte die Fensterreihen gezählt –, zudem mit ihnen über je einen modernistisch verkachelten Sims verbunden, ein kleines rundes Steintor, das die Inschrift FLAMENVIERTEL trug. Ansgar war, auch das schon frühmorgens, hindurchgeschritten, hatte die Schuhe unachtsam auf ein lädiertes Mosaik gesetzt, welches den Quartiersaufriß zeigte, und in der Hof- und Rasenanlage für einige Momente auf einer der Bänke Platz genommen. Abermals schien das Singen anzuheben, ungeachtet der Kinder, die plötzlich, bunte Schulranzen aufgeschnallt, aus den Milchglastüren stürmten: Schwarze, Araber, Europäer, einträchtig, manchmal sogar Hand in Hand, auch Asiatenkinder, sich balgend, Stimmchen, schuld- und arglos, kleine Hunde. Das gefiel ihm, und er konnte sich, obwohl alles so naß war, nicht von seinem Sitz lösen. Die architektonische Scheußlichkeit beeinträchtigte seine leise Hochstimmung kaum.

Aber er brauchte eine Unterkunft. Nachdem er den Flamenbogen wieder durchschritten und sich nach links gewandt hatte, streckte ihm ein versehrter Bettler, der neben einer Pfütze vor einem chinesisch-vietnamesischen Restaurant saß und ihn aus verschwieltem Gesicht keineswegs bittend, sondern mit derselben Unerbittlichkeit ansah, die Ansgar vorhin in den Bewegungen der Chassidim gefunden hatte, eine von durchbrochenen Lappen umwickelte Hand entgegen. Vor seinem Leibstumpf stand, wenige Münzen darin, eine Zigarrenschachtel. Ein Pappschild daneben, ungelenk war

Frère Jacques a faim darauf gekritzelt. Beiseite kauerte ein kleiner Hund, Pudelmischling wohl, und besabberte den Boden. Ansgar beachtete den Menschen nicht weiter, war aber kaum an ihm vorbei, als der ihm etwas nachrief. Zwar verstand Ansgar das Wort nicht genau, doch schien es ihm eine Verfluchung gewesen zu sein, etwas wie »Stürze!« Sofort drehte er sich um, aber der Bettler starrte bewegungslos, mit seiner Leere beschäftigt, auf die grobe Wolldecke, die über seinem Unterleib lag.

Zwei Stunden später saß Ansgar an einem quadratischen Tischchen vorm Fenster des Bistrots und schaute immer wieder hinüber. Der Kir schmeckte wunderbar süß. Ständiges Kommen und Gehen. Von Zeit zu Zeit schmetterte eine Musikbox Schlagersequenzen zwischen die Gäste. Ansgar blieb davon unberührt. Er blickte versonnen in den Regen und beobachtete, wie der kleine stromschnelle Bach zwischen Bordsteinkante und Autoreifen Papierfetzen und Sand mit sich spülte. Der billiggrüne Strohwisch eines des Straßenkehrer fegte vom Gehsteig Unrat hinein. Durch die Scheibenfugen strich Zugluft. Ansgar fror schon wieder; den Mantel hatte er über die Knie und seinen Schal um den Nacken gelegt.

Das Hotelzimmer war einfach, so wie er es wollte; fließend Warmwasser, Bett, Stuhl und Tisch. Aus der nach hinten hinaussehenden Luke schaute Ansgar auf mauerumbautes, welkes Grün. Welch stilles Erschrecken abermals! Denn auf dem Stadtplan hatte er gefunden, es sei ein israelitischer Friedhof. Jedenfalls war es vor Zeiten einer gewesen. Bevor nämlich Ansgar das Chez Rémy aufsuchte, hatte er einmal das Viertel umschritten – durch den Flandernpaß zum Kai des sich dahinter erstreckenden Wasserbeckens, von dort rechts ab in die nächste kleine Straße zu der von Flandern hin und diese entlang bis an seinen Ausgangspunkt zurück –, ohne den Eingang zu finden. Es schien also ein aufgelassener Grabplatz zu sein. Eigenartig. Als hätte das Singen wieder eingesetzt.

Weshalb war er hergefahren? Irgendetwas schien sich zu verbergen vor ihm. Dabei war er sich sicher, niemals hiergewesen zu sein. Was nur lockte ihn so an den Hauskolossen, diesen bizarren Orgelpfeifen?

Eine Frau trat ein, deren schlanke, hochgewachsene Erscheinung alle Aufmerksamkeit abzog: Es gibt keine höchstrangige Schönheit ohne eine gewisse Fremdartigkeit in ihren Proportionen. Die Schönheit setzte sich, mechanisch graziös, an den Nachbartisch. Ein Duft gefallenen Laubes schwang herüber; verhaltene Wärme haftete dem an. Welch eigentümliche Augen! Zu groß eigentlich, dennoch perfekt. Was Ansgar in dem Gesicht entdeckte, war allerdings etwas, das mit der Form, der Farbe, dem Glanz der Einzelzüge keineswegs zusammenhing, sondern es mußte letzten Endes ihrem *Ausdruck* zugeschrieben werden. Er stutzte. Hatte er nicht schon einmal jemanden mit diesem Zitat zu beschreiben versucht?

Die Frau, offenbar aufmerksam geworden, sah herüber und, er täuschte sich kaum, begriff sofort. Lächelte sie? Ansgar sah weg, starrte auf billigstes Plastikfurnier. Sie fing einen seiner Seitenblicke auf, lächelte, ja zwinkerte ihm zu. Es war, wie wenn sie sich von früher kennten. Doch woher? Vermutlich verstand sie nicht Deutsch. Man mußte es einmal versuchen. Und wirklich überwand er die Scheu, erhob sich, zögerte noch, dann schritt er ungelenk hinüber.

»Entschuldigen Sie, wenn ich Sie anspreche.« Er nahm Platz. Sie schien nicht erstaunt zu sein. Eher amüsiert. »Sehen Sie mich nicht so an mit Ihren …«, er gewann an Zuversicht, als er sie weiterlächeln sah, »... Ihren Rehaugen.« Da sie schwieg, versuchte er es in der fremden Sprache. »Wie heißen Sie?« – Sie wartete, in sich ruhend, ab. – »Ich möchte Sie Louise nennen«, sagte er wieder auf Deutsch. »Fragen Sie mich nicht, warum. Einverstanden?«

Sie nickte tatsächlich.

»Ansgar und Louise, das klingt hübsch, finden Sie nicht?«

Sie nickte abermals, indessen im Ausdruck einer, die nicht weiß, worum es geht; verlegenheitshalber, doch ohne Verlegenheit. Eine Serviererin brachte den zuvor bestellten Expresso. Die Frau tat drei Zuckerwürfel hinein, rührte mit dem Löffelstiel, lange, wie sinnend. Ansgar hatte den Eindruck, sie fixiere seine Nasenwurzel, nein: etwas dahinter. Dann steckte sie den Löffelstiel, scheinbar gedankenversunken, zwischen die blaßroten Lippen und lutschte anhaftenden Sirup ab.

»Es kommt mir vor«, setzte Ansgar fort, lachte indessen geniert, »kommt mir wirklich so vor, als wären wir einander schon einmal begegnet. – Na ja, wann soll das schon gewesen sein?«

Sie trug ein giftgrünes Kostüm, die Jacke über der Hüfte geschnürt, und unter der Bluse einen roten Rollkrageneinsatz. Die gleichfalls roten, fest die Knöchel umschließenden Stiefeletten nahmen raffiniert den Farbtupfer auf.

»Ich weiß selbst nicht. Was man halt so sagt ...«

Sie fragte etwas, sehr schnell.

Er versuchte, ihr den Sinn aus den Augen zu lesen, errötete, stockte, räusperte sich. »Sie wohnen da drüben?« Er wies flüchtig mit dem Kinn hinaus.

Ein Schimmer des Verstehens huschte über ihre Züge. Sie nickte, obwohl er weiterhin deutsch sprach.

»Ihr zahlt euch ja tot für die Mieten. Das hat mir irgendwer erzählt.« Er lachte erneut so bedrückt. »In dem wo ich ein Zimmer bezogen habe, im Terminus, hier gleich um die Ecke …«

Sie lächelte weiter, wie wissend.

»… sind die Toiletten eine Katastrophe. – O bitte verzeihen Sie, wenn mein Gerede Sie langweilen sollte! – Möchten Sie etwas trinken?« Er wiederholte seine Frage, bemühte das fremde, ihm zähe Idiom: »Sie … wollen … noch einen Kaffee … vielleicht einen Wein?«

Jetzt verstand sie tatsächlich. »Ja« sagte sie mit dem hiesigen gleitenden Laut.

»Das ist schön« sagte er. »Das ist sehr schön.«

Wieder sprach sie etwas. Es war offenbar eine Frage.

»Bitte? – Ach, nur so. Sie gefallen mir, wirklich, erinnern mich an jemanden. Ich spreche sonst Frauen nicht an. Ich bin, müssen Sie wissen, ein bißchen … scheu.« Bis der Wein kam, beschauten sie einander stumm.

Sie stießen die Gläser aneinander. Da formulierte sie einen ziemlich entschieden klingenden Satz. Er erschrak. »Pardon?«

Sie wiederholte, und als er ihr, erstaunt und ohne Begriff, in die herrlichen Augen sah, sagte sie mit Nachdruck: »Cinq cents.«

Er brauchte ein, zwei Sekunden, um den Sinn zu erfassen. »Nein«, hauchte er endlich, voll moralischer Despektion, und schüttelte den Kopf. Sie zuckte nur die Achseln, warf ihm einen letzten, belustigten Augenaufschlag zu, legte zwei Geldstücke neben ihr Glas, nahm den Mantel und ging.

Es war schon halb eins.

Er stand auf, zahlte ebenfalls. War es nicht absurd genug, dachte er, sich in diesem Stadtteil einzuquartieren statt auf Touristenart im Zentrum? Er trat in die abgekühlte Luft, schritt die Straße hinauf, bog rechts ein. Durch ein paar zerwehte Wolkenschlieren drückte sich Sonne und warf, Netzen gleich, schmale, taftene Lichtbahnen zwischen die Orgelpfeifen. Er faßte, typischer Reflex, nach der Geldbörse. Sie steckte nicht in der Gesäßtasche. Für einen Moment schoß Schreck auf. Panisch griff er in die Innentasche des Jacketts. Die Zeitungsseite geriet ihm zwischen die Finger. Warum bewahrte er die auf? Er zog das Papier heraus, glättete es. Der Artikel war ein halbes Jahr alt, vom zehnten April. Seltsam. Nicht einmal eine Fotografie. Ein kaum manifester Schmerz zog von links hinterm Ohr bis zur Kalotte. Ansgar kniff die Augen zusammen. Er brachte es einfach nicht fertig, die Seite wegzuwerfen. Statt dessen stopfte er sie zurück. Und war erleichtert. Denn da steckte sie ja, seine Börse. Er beruhigte sich.

Die Straße überquerte das Wasserbecken, das südöstlich auf einen in Renovierung befindlichen Rundbau stieß, und führte bald an einem Hügelpark entlang, der mit goldgelben Laubfarben spielte und vor Nässe strahlte. Dahinter erstreckte sich, über alle Maßen unpassend, ein von Mietskasernen umstandenes, erhöhtes Gelände. Eine kleine, unbelebte, ahornbepflanzte Straße führte hindurch. Es war Mittag mittlerweile; die Geschäfte hatten geschlossen. Zwei-, höchstens dreistöckige Klinker- und Fachwerkhäuser, mitunter gäßchendurchbrochen, schlummerten den Hang herunter oder einen nächsten hinauf. Dann wieder englisch anmutende Reihenhäuser. Helston, ausgerechnet Cornwall, kam Ansgar in den Sinn. Die Gegend wäre ländlich gewesen, hätte man nicht entfernt die Hochhausbauten und Dächer der Mietskasernen erblickt, zwischen denen diese Idylle sich eingekapselt hatte. Die Mitte eines verschlafenen Fleckens schmückte kniehoch schmiedeeisenumgittertes Grün, eine antikisierte Steinfigur darin. Sieben Straßen führten sternartig darauf zu. Gegenüber einer Autowerkstadt ein Bistrot. Davor drei rauchende Männer. Dösend sahen sie Ansgar an. Auch hier wurde ein Pulk Straßenfeger angefahren. Sie fegten, kaum ausgeladen, durch herabgewehtes Laub, riefen heisere, kehlige Laute. Ansgar zog weiter, überschritt den Festplatz auf der anderen, südlichen Seite der Mietskasernen, an Supermärkten und Schuhgeschäften vorbei, traf auf eine befahrene Allee und überquerte sie. Blieb stehen. Wandte sich um. Er hatte plötzlich das Gefühl, die Ruhe drüben sei seinetwegen vorgeschützt worden, und das leise Atmen des Ensembles habe ihn, persönlich ihn, täuschen wollen. Darunter stecke wie in Schützengräben ein wilderer und destruktiverer Gegner als nun hier, in der vor Produktivität brodelnden Stadt. Er fühlte sich beobachtet, beinah wiedererkannt. War er nicht doch schon einmal dort gewesen? Heftig drehte er sich fort, war indessen kaum zwanzig Meter geschritten, da kamen ihm, als wäre seit morgens überhaupt keine Zeit verstrichen, die Chassidim entgegen. Aber wie denn?! Das konnten kaum dieselben sein ... Er imaginierte es bloß. Oder beschattete man ihn? Welch ein Unsinn! Verwitterte Gründerzeitgiebel blickten auf ihn hinab wie in eine Schlucht. Ein Heer orthodoxer Juden quoll in eben diesem Moment geräuschlos aus sämtlichen Hauseingängen. Ein Mann, unter dessen Mantelsaum der Tzitzot hervorzipfelte, führte gemessen das kindliche Spiel eines Jungen, der draußen schon die Kipa trug, in die Würde des Patriarchats. Ansgar widerstand nur mühsam dem Impuls wegzulaufen. Zudem ignorierte man ihn. Gleichviel, er spürte nur zu genau, man wolle ihn zur Verantwortung ziehen. Aber wofür? Hätte er sich verteidigen wollen, er wäre nicht einmal angehört worden.

Abermals erreichte er, nun aus Süden, den Park. Laub glitzerte dicht und feucht auf den Wegen. Weite Flächen schimmerten gelb und rostrot um die Wurzeln spirriger Erlen, Buchen, Kastanien. Ein geradezu romantischer Zaubergarten, ohne alle Symmetrie, führte sachte auf Hügel, brach plötzlich den Weg schroff durch Fels, gab unversehens dem Blick die Freiheit großzügig gewellter Wiesen. Eben noch hatte man Buschwerk und Gesträuch zur Seite, da fielen schon ungefügte Stufen steilab, und unten, im Tal, leuchtete die silberne Fläche eines Sees, worin, tief unter der den Park wie von jenseits umsäumenden Stadt, sich ein bäumchenbestandener, von immergrünen Zweigkaskaden überschütteter Inselberg erhob, einen pavillonartigen Tempel aus weißgrauem Stein obenauf, das luftige Kuppeldach säulengehalten. Ansgar wanderte auf der Höhe über kiesknirschende Alleen. Jogger atmeten Dampf an ihm vorbei. Die Luft roch nach nasser Erde und Fäulnis. Der Duft war ihm so sehr vertraut, daß er ihn tief in die Lungen sog. Die Kühle schnitt in die Nasenflügel. Beim Bemühen, sich etwas lang Vergessenes ins Gedächtnis zurückzurufen, befand er sich ganz dicht am Rande des Erinnerns, ohne doch der Erinnerung selbst habhaft zu werden.

In diesem Moment sah er *sie*. Es war die Prostituierte aus dem Chez Rémy. Sie winkte ihm von unten her zu; er erkannte sie an ihren roten Stiefeletten. Er konnte nicht anders, fing an zu laufen, eilte die Stufen hinab – aber als er endlich am See angekommen war, war Louise schon wieder fort. Etwa fünfzig Meter weiter leuchtete ihr flatterndes helles Haar und verschwand in einer Jähe. Wasser rauschte von dort. Es blieb keine Zeit, zu Atem zu kommen. Der Weg schlüpfte in eine Kalksteingrotte, worin aus wenigstens fünfzehn Metern Höhe sich ein Bach auf eine Stalagmitengruppe warf und zwischen glitschigen, glatten Felsquadern in kleinen Schnellen zum See davonsprudelte. Überall Sprühstaub und Moos. Ansgar rief nach Louise, nein, tat nicht wirklich den Mund auf, vernahm gleichwohl ein Echo, das sich an dem Gewölbe brach, zerstochen, aufgerissen zwischen den länglichen Tropfsteingebilden der Kathedralendecke, weggeschwemmt im Strudel abgespülter Algen. Blattgeruch zerflatterte in der durchrieselten Luft.

Ansgar gab auf. Mit hängenden Schultern verließ er, dem Weg zu einem zweiten Ausgang folgend, die Grotte. Über die nackte Felsenschlucht spannte sich eine steinerne Rundbrücke. Ein paar Stufen führten auf einen Hangquell zu, nur gelinde höher gelegen. Ganz oben schimmerte die helle Front eines länglichen Gebäudes, einer Gaststätte wahrscheinlich, deren Baustil an bretonische Landhäuser denken ließ. Wenige Minuten später stand Ansgar davor. Es war tatsächlich ein Lokal, PUEBLA, doch offensichtlich gehobenen Niveaus. Ein paar Treppen führten zu einer Tür im Hochparterre, die sich nicht höher streckte als die vier viergeteilten Fenster je daneben. Gemsfarbene Säulen zierten die Ansicht. Man hatte einen Holzschuppen mit Schrägdach rechts an die Seite gezimmert. Ansgar drehte sich um. Die Fenster blickten zum Tempelfelsen; eine lange Hängebrücke führte ihm zu.

Schon wollte Ansgar die paar Stufen hinaufsteigen, um einzukehren – einen Kaffee hätte er sich dort wohl leisten können –, da hörte er seinen Namen rufen. Es war ein silbriger Laut, zudem fremd – nicht sein, sondern ein anderer Name. Und wieder. Da stand sie ja auch, Louise, auf der Brücke, und winkte. Ansgar winkte zurück; Louise lachte deutlich herüber. »Komm!« rief sie. Also ging er los, erst nur zögernd, weil besorgt, noch einmal lege ihn eine Schimäre herein, dann aber, auf den Brückendielen, trieb ihn das Klacken der eigenen

Schritte ins Laufen. Louise war vorausgeschlendert. Plötzlich jedoch sprang sie in den Felsen und verschwand. Ein enger Paß war in ihn geschlagen; man mußte den Kopf einziehen, um sich die Stirn nicht an Gesteinsvorsprüngen aufzuschlagen. Schon glaubte Ansgar, Louises schnelles Atmen zu hören, sah auch bisweilen den Absatz einer ihrer Stiefeletten um die nächste Wendelung verschwinden, brauchte nur eine Hand auszustrecken und tat es, faßte den Schuh, zog, stolperte, prallte mit jemandem zusammen, der, im Motorradanzug, herabgestiegen kam und verärgert losgrollte. Ansgar rieb sich das wundgeschlagene Knie. Der andere, wieder gefaßt, ging fluchend weiter.

Benommen, eine Hand auf dem schmerzenden, bereits nässenden Knie, in der anderen die rote Stiefelette, richtete sich Ansgar auf. Das zarte Leder war derart verschmutzt und durchweicht, wie wenn es tagelang draußen gelegen hätte. Die Sohle seitlich aufgeplatzt. Ansgar lachte hilflos. Stieg nicht warm aus dem Schaft Louises Laubparfum? War sie jetzt mit nur einem Schuh weitergelaufen, da er den anderen zu fassen bekam?

Er klomm, das linke Bein nachziehend, die verbliebenen Stufen hinauf, ging ein Treppchen noch, das in den Pavillon führte. In dessen Mitte, wie ein hüfthoher Sitz, war ein runder Betonblock gegossen, den Filzschreibereien bedeckten. Südwestlich stoppte den Blick eine Häuserzeile am Parkrand; zu den anderen Seiten kippte er die Brüstung hinab auf den See oder in Grünanlagen. Keine Spur von Louise. Allerdings wisperte das leise Sirren um die Säulen, eher ein ungefähres Singen als Luftzug, ein Kinderlied, von Nordwesten hergeblasen, dorther nämlich, wo sie sich in konturierter Prägnanz erhoben, die Orgelpfeifen von Flandern. Zweifellos verstrahlten die meterhohen, antennenhaften Blitzableiter auf den Hochhausblöcken die kummervolle Sequenz, die Ansgar nachzusummen versuchte. Er fand aber kaum die ersten Takte. Es war, als gelänge ihm nicht, einen Code zu entziffern, dessen Chiffren indessen er irgendwann kannte. Von der bebauten Hangebene an drängte eine breite Straßenschneise dem fernen Komplex entgegen, was Ansgar eine solche Sehnsucht machte, daß er vor lauter Angst wieder fror.

Bis er in sein Viertel zurückkam, war es dunkel. Ohne Zweifel, er war krank. Man mußte sich ablenken. Was er getan hatte, indem er bis ins Stadtzentrum spazierte, links des Flusses Prachtstraßen und Villenquartiere durchzog, vom Marsfeld über den Garibaldiwall, querhin zum Luxemburger Garten. Am Wall des Heiligen Michaels hatte er eine Kleinigkeit gegessen, war weiter geschlendert, und erst, als der Regen wieder eingesetzt hatte, beschloß er, den Tag zu beenden. Intuitiv nahm er die richtige Bahn, verließ ein paar Stationen weiter über Treppen den Schacht. Böen nadelten ihm im Lichtkegel der Straßenlampen schräg flimmernden Nieselregen ins Gesicht. Er stellte den Kragen auf. Je in den Taschen überkreuz, drückten seine Fäuste die Steppolster des Mantels um die Taille. Noch waren die Räume des MONOPRIX, Terrain im ersten Orgelkomplex, hell ausgeleuchtet.

Ansgar blieb stehen, sinnierte durch Schaufensterscheiben. Es war nicht schwierig, beschriftete Kartonagen, Gänge und Regale für vertraut zu halten. Einkaufswagen sind überall gleich. Trotzdem hätte er schwören mögen, sehr oft hier ein- und ausgegangen zu sein. Er lachte für sich, schüttelte den Kopf. Louise fiel ihm ein, weshalb er die Straße überquerte, das Bistrot betrat. Sein Platz von heute morgen war frei. Männer hielten Zeitungen in den Händen, billiges Papier mit schwarzgelben Listen darauf. Er bestellte einen Café au lait, setzte sich, ließ seine Augen auf den Orgeln drüben wandern, suchte Einschlupf in nicht verschlossene Fenster. Mehrmals rutschte der Blick ab, stürzte aufs Pflaster, blieb vor den Milchglastüren eines Eingangs liegen. Blasses, teigiges Licht schimmerte dahinter. Er kippte den Rest Kaffee hinab, warf ein paar Geldstücke auf den Tisch, sprang hoch, lief hinaus ins Geniesel, schlängelte sich durch den Verkehr, stand, sein Atem ging schnell, vor der Tür. Zögerte, spielte mit den Fingern. Wenigstens fehlte der Bettler. Weiß Gott, wo der sich verkrochen hat für die Nacht. Eine Frau, vorgebeugt die Handtasche an den Bauch drückend, kramte vielleicht nach dem Schlüssel. Instinktiv verbarg sich Ansgar im Schatten des Flamenbogens. Er konnte das Gesicht der Frau nicht sehen, auch war sie viel zu klein für Louise; dennoch, als sie endlich auf die Tür zutrat – dort schloß sie nicht etwa auf, sondern machte sich irgendwie seitlich am Rahmen zu schaffen –, dennoch also wiegte sich etwas in ihrem Gang, eine gewisse Art, die Hüften zu schaukeln, das ihn verstörte und gegen allen seinen Verstand hoffen ließ. Schon, die Tür war summend aufgeschnappt, stand die Frau drinnen vorm Aufzug. Rote Lederstiefeletten trug sie allerdings nicht. Wie auch? Steckte nicht eine in seiner Umhängetasche? – Und trotzdem! Trotzdem sprang er vor, an den Eingang heran, klopfte gegen drahtdurchripptes Milchglas. Drinnen schoben sich die Lifttüren auf, und Louise verschwand. Er versuchte, hektisch und wahllos tippend, den Schutzcode zu knacken; links nämlich am Rahmen gab es auf einer kleinen verchromten Silberplatte eine Tabulatur von Zahlen und Ziffern. Endlich ließ er ab. Wasser rann ihm in die Brauen, tropfte auf Wimpern und Lider. Wie er auch lauschte, das Singen war hier nicht zu hören.

Ansgar trat von der Tür weg, schlurfte rückwärts, drehte sich vorm Flamenbogen um, der die beiden Stirnkomplexe verband, drückte den Kopf in den Nacken. Was er weniger sah als projizierte, hatte etwas Utopisches, war ein Schauen ins nächste, ins übernächste Jahrhundert. Hoch über einer schmalen Metallstreifenuhr, ein wenig zur Mitte, neigten sich die glatten Betonmauern einander zu, als wollten sie sich, selbstgewiss materiell, im Schwarz des Firmamentes verkoppeln. Ansgar verlor den Halt, glitt zurück, der Kreislauf sackte in die Kniekehlen ab. Er fing sich. Irgendwo dort oben hat sie gewohnt. Er hörte ein Fenster sich öffnen, ein Rauschen von Kleidern, einen Fall, einen Schrei. Kniff erschreckt die Augen zusammen. Farben wirbelten über die Netzhaut.

Wieder saß er, klitschnaß jetzt, im CHEZ RÉMY. Er hatte besorgt seine Barschaft geprüft. Louise erschien nicht. Drüben schimmerten Fenster an Fenster, reichte Balkon an Balkon. Die Deckenlampen, die man sah, waren einander fürchterlich ähnlich; nur selten Blumen auf den Simsen. Im Rez-de-Chaussée der MONOPRIX, daneben ein Lederwarengeschäft, Buchhandlung, Chinarestaurant. LE TERTRE D'OR, das ist »Goldhügel«. Eine Cafeteria, eine Bank. Autoreihen, Platanen, der Spielplatz, ein tagsüber planenverhülltes Karussell, das sich jetzt, am späten Abend, lichterfunkelnd drehte. Musik von Quetschkommoden. Eine aus sich erleuchtete Litfaßsäule, schwarzweiß drei Gesichter, zwei Frauen, zwischen ihnen das eines Mannes. Ein Film-, vielleicht Theatertitel. Draußen huschte man durch Ansgars Trance. Selten nur noch betrat jemand das sich allmählich leerende Lokal, kaum je waren es Frauen.

Arbeiteten Prostituierte nicht meistens nachts? Merkwürdig. Louise hatte überhaupt nicht ärmlich gewirkt, nicht heute früh, sondern schien begütert zu leben. Über die Maßen behütet aufgewachsen vielleicht, dachte Ansgar. Extrem streng erzogen, religiös. Ansgar nickte. Er hatte bereits ziemlich getrunken, legte sich in seine Fantasien wie in ein auf Schienen gleitendes Bett.

Als sie vierzehn war wahrscheinlich, und gänzlich unvermittelt, war Freiheit in sie eingebrochen. Eines geringen Anlasses hatte es bedurft, einer flüchtigen Verführung, eines Comic-Hefts, mag sein einer Illustriertenreklame. Louise schlich sich aus der Einsiedelstraße, an einem Samstag wie diesem gewiß, als sie, Kranksein vorschützend, allein zuhause geblieben war. Trat auf Alleen, in Prachtstraßen, öffnete die Augen den Auslagen, dem Luxus. War plötzlich eine Last los. Las verbotene Schriften. Entdeckte die Masturbation. Fortan stahl sie sich nachts oft fort, kroch aus dem Fenster. Die erste Diskothek. Ein erster Flirt. Als die Eltern es merkten, sperrten sie sie ein. Louise schlug und trat gegen die Tür. Die Eltern beteten. Sie schrie. Und nutzte jede Möglichkeit, ihren unbarmherzigen Gott loszuwerden. Der erste Kuß, dann ein reichlich kläglicher Beischlafversuch. Der Kerl war nicht fein, aber weltlich. Er gab ihr etwas Geld, damit sie schwieg.

So konnte es angefangen haben.

Wie er wieder dorthin gelangt war, wußte er nicht, aber war hellwach, als jemand kam, von innen die Tür aufzuziehen. Ansgar erwischte die Klinke, bevor das Schloß zurückgeschnappt war. Der Anwohner, ein etwa Vierzigjähriger im Trenchcoat, schaute dem jungen Mann eher überrascht als mißtrauisch ins Gesicht. Ohne sich über seine Gelassenheit zu wundern, fragte Ansgar:

»Entschuldigen Sie. In welchem Stockwerk wohnt Mademoiselle Blum?« Der Name fiel ihm so bei wie der französische Satz. Es war kein angenehmer Klang, sondern indem er sprach, durchzog ihn ein Schaudern. Vielleicht hatte ihn der andere nicht verstanden; jedenfalls zuckte er mit den Achseln, schlug den Kragen hoch, spazierte diagonal über die Straße, wich gelenkig ein paar Autos aus, betrat drüben das Bistrot. Ansgar, in der Tür, sah ihm abwesend nach, schüttelte endlich die Trance ab. Der Flur war glatt und braun gekachelt. Höchstens zwanzig Quadratmeter Fläche. Strahler an der Decke. Ein paar Aushänge hinter Glas. Und nun? Er holte sich den Lift, fuhr bis irgendwo hinauf. Stand in einem der Etagengänge vor einer endlosen Reihe von Türen. Klingelte wahllos.

»Entschuldigung, ich suche Mademoiselle Blum.«

»Da müssen Sie woanders klingeln.«

Hinter jeder Klinke Lebenstrümmer.

»Bitte? Nein, so eine kenn ich nicht.«

Ein zusammengeballter, tagtäglicher Kampf. Randalierende Väter, betrunkene Mütter, wie eingesperrt schreiende Gören. Kaffeegerüche, Scheuereimer, verstopfte Abflussrohre. Ansgar trieb seine dumpfen Vorstellungen, ja hieb sie durch den Flur. Er lauschte und hörte nichts, stand nur da und atmete an Kacheln. Schloß die Augen. Öffnete sie. Saß im Bistrot.

Kleingefalzte, zusammengedrückte Geldnoten hatte Louise in ihren Babyschuhen versteckt. Die nahm sie, als sie ausriß, mit; sonst aber nichts. Bei einer Freundin aus dem Conways schlüpfte sie einstweilen unter. Lernte deren Liebhaber kennen, einen aknevernarbten Koloß, dessen hemmungsloses Lachen sie umbrauste. Ihn amüsierte die hellblonde Jüdin. Als der Reiz daran schal wird, stellt er sie an die Rue Saint-Denis. Sie fügt sich, hat nichts zu verlieren. Das bißchen Gestoße schändet sie nicht. Sind dann die Freier gegangen, nimmt sie sich, obzwar müde, Bücher vor – ein geradezu wütender Luxus, dem sie verfällt. Sie berauscht sich, besäuft sich an Bildung, liest fast den ganzen Tag. Dann geht sie auf die Straße. Verbeißt sich in Kant und Rousseau, schlürft Byron, durchjagt Céline und Baudelaire, entdeckt das Matriarchat: Sir Galahad, Christa Reinig, die Edda. Die Thora rührt sie nicht an. Die ist für Männer gemacht.

Sie wird selbständig, zahlt den Zuhälter aus, vergräbt sich einige Wochen. Erst als sie neue Bücher braucht, nimmt sie die Arbeit wieder auf. Die Bände stapeln sich im Flur, in der Küche, auf dem Fensterbrett. Als sie sich an der Universität unter falschem Namen einschreiben will, fliegt sie auf, vergräbt sich abermals. Längst wird sie gesucht. Sie meidet jeden persönlichen Kontakt, wird geradezu physiologisch abstrakt. Kaum noch nimmt sie Nahrung zu sich. Sie will den Körper klären. Verliert darüber die Kunden, denen sie ohnedies unheimlich ist. Dann wird ihr bewußt – unmittelbar und wie ein Gedanke, der vorbereitet war –, daß sie den Gott ihrer Väter nicht fliehen kann. Und mit einem nüchternen Blick geht sie zum Fenster, öffnet die Scheiben, lehnt sich hinaus, weit, weiter, läßt los.

Ansgar schlief unruhig in dieser Nacht, warf sich, weil es ihm entweder, hielt er das Fenster geschlossen, zu warm war oder, öffnete er's, zu kalt, von einer Lakenseite auf die andere, träumte aber nicht oder glaubte, nicht zu träumen. Der Wind hatte so an Gewalt zugenommen, daß er zwischen den angelehnten Fenstern jaulte, die bisweilen gegen den Rahmen knallten. Jemand schien vor dem Bett zu stehen und den Schlafenden zu betrachten – aus einer Fremde heraus und gewissermaßen distanziert. »Advise!« Sein eigener Ruf. Der zerquälte Laut schrak ihn geradezu senkrecht auf. Er stützte sich rückwärts auf die Ellbogen, blinzelte ins kontrastlose Verdämmern. Natürlich war er allein. Er lauschte mit geschlossenen Augen. Der Wind warf sich heulend vom Bassin über die angrenzenden Dächer, schlug zwischen Dachziegel und Schlote, prallte zurück, umwirbelte die Fugen, zerfetzte sich an den scharfen, blechernen Kanten der Regenrinnen.

Ansgar stand auf, beugte sich fröstelnd aus dem Fenster, spitzte in die Nacht. Vom Hof quoll eine Klage des Windes herauf, aber unähnlich Winden - von Katzen vielmehr, die Geschlechtlichkeit trieb. Und aber doch eben eines Windes subversives Tremolo, in dessen Kümmernis auf Kümmernis schichtender Klangtraube auch dieses Kinderlied, zwar kaum eine Akkordphase, doch geradezu liturgisch mittönte: Kaddisch aus Schlagern, Folklore, Preßlufthämmern, dem Schleifen der Zugräder, den Weheschreien, dem Platzen einer Bauchdecke, die Verwesungsgas bläht, aus Liebesschwüren und düsterem, pervertiertem Jubel, aufwogend, abwogend, eine kontinuierliche, streng unisone Dodekaphonie. Sie meinte, das spürte er, nur ihn, meinte *seine* Gegenwart, forderte Erbarmen von ihm, als riefen alle, die dort unten, ihn an. Das war mehr als eine Mahnung, war ein unablässiges, boshaftes Pochen, das den Riegel sprengen wollte, der sein Erinnern versperrte. *Was* meinte ihn? Weshalb ihn? Er schloß die Läden, legte sich zerschlagen und ängstlich aufs Bett. Der Kopfschmerz pulste auf. Wie fremd war ihm die Stadt, wie fremd jeder Weg, wie fremd waren die Orgelpfeifen! Und doch kannte er sie, kannte sie gut. Und indem er dieses Gefühl zuließ, sich ihm vertraut machte, schob ihn eine elastische Kraft in den Schlaf ganz organisch.

»Abèl?« – Nach einer Weile, leiser noch: »Abèl?«

Er blinzelte, konnte aber niemanden sehen.

»Warum bist du weggegangen, Abèl?«

»Ist hier jemand?« fragte er.

»Stell dich nicht an, Dummerchen.«

»Wer ist da?«

»Wer wohl, Abèl?«

Er atmete, wie erleichtert, auf. »Ach du«, sagte er. »Was willst du?«

»Laß mich schlafen.«

»*Ich* war es aber doch, der schlief.«

»Zu lange, das stimmt. – Warum bist du gekommen? Schon vor einem halben Jahr war es zu spät.«

Schweigen. – Schließlich: »Warum bist du gekommen?«

Schweigen. – Dann: »Ich weiß nicht. Ich will etwas verstehen.«

»Mich?«

»Ja.«

»Kannst wieder abreisen dann.«

»Warum denn?«

»Weil du mich verstanden hast.«

»Das ist kein Grund.«

»Nicht?«

Schweigen. – Dann: »Ich möchte dich sehen.«

»Wozu?«

»Nur noch ein Mal. Bitte.«

»Wann?«

»Jetzt gleich. Hier.«

Lachen. – »Du wirst es für einen Traum halten.«

»Es ist ein Traum.«

»Ist es nicht.«

»Wie kann ich sicher sein?«

»Gar nicht. Nie.«

»Dann morgen.«

»Wann?«

»Ich weiß nicht. Gleich früh.«

Lachen. – »Dummerchen! Wie denn?«

»Wie jetzt.«

»Das hat keinen Sinn.«

»Wann sonst?«

Schweigen. – Endlich: »Wenn du nicht mehr an mich denkst.«

Schweigen.

»Ich möchte dich noch einmal küssen und …«

»… und?«

Schweigen. – Darauf: »… zurückholen.«

»*Hier hin …?*«

Er fing zu weinen an.

Als er aufwachte, schien es bereits spät zu sein. Er wühlte sich, sein ganzer Körper klebte, aus dem Bett. Eine Schabe haftete in dem groben Frotteetuch über der angerosteten Metalleiste neben dem Waschbecken. So wusch er hastig nur Hände und Gesicht, ohne sich abzutrocknen. Bevor er das Zimmer verließ, streifte sein Blick die Lederstiefelette, die er zum Trocknen auf die Heizkörperrippen gestellt hatte, und steckte sie abermals in die Umhängetasche. Auch die Zeitungsseite – sie lag zerknüllt auf dem Tisch – tat er hinein. Unten nahm er einen Café au lait und ein Croissant und fuhr mit der NATION zum Ostfriedhof.

Es war zwar wieder wärmer geworden, goß indessen streifige Schlieren. Als Ansgar die grauzementenen Métrotreppen hinabstieg, um durch das Gangsystem unter der Rue de Flandre und Stalingrad neuerliche Stufen je aufs nächste Tiefplateau, dann indessen hinaufgeführt zu werden, umfing ihn dichte Heizungsluft. Er öffnete den Mantel; selbst der Fußboden schien zu dampfen. Ein verkleidetes Stahlgestänge stieg über die Allee. Man konnte den ruhigen Sonntagsverkehr überschauen. Mit Ansgar warteten eine etwa fünfzigjährige Frau und ein in zerschlissenen Pelz gekleideter, bärtiger Mann, von dem sich eigentlich nicht sagen ließ, er warte. Er hatte sich vielmehr eingerichtet unter dem Plexiglasdach.

Die Bahn zog ratternd ein. Aus den Abteilfenstern übersah Ansgar für Augenblicke die Baustelle um die alte Zollrotunde, das verregnete Bassin und links die Orgeltürme. Noch befuhren die blauen Waggons die Hochstrecke, dann tauchten die Geleise in den Untergrund.

Die Rolltreppenstufen schließlich, die den Passagier wieder ans Tageslicht, nämlich zum Eingang des Friedhofes, hoben, waren von blassen, annähernd einen Zentimeter starken Holzleisten beschlagen und an der Sohle verschraubt. Gehsteige und Fahrbahnen gleißten vor Nässe. Auf der Asphaltierung standen weite, durch Kanälchen verbundene Lachen. Die wenigen Fußgänger trugen Regenschirme. Pneus rauschten durch Pfützen. Ansgar schritt durch ein Törchen links, zwischen Steinmauer und einem baufälligen hohen Wohnhaus. Der Weg leitete bröcklige Steinstufen empor und bog scharf rechts ab. Spitzakazien und Eschen säumten ihn nun. Er war ornamental mit ungleichen, sehr glatt abgetretenen, blaßfarbig überzogenen Quadersteinen gepflastert und je seitlich von knöchelhohem Klinker eingefaßt. Von den Zweigen klätschelten Wassertropfen auf abgewehtes, zusammengefegtes Laub. Gleichwohl schallten Ansgars Schritte metallisch nach. Glaswände schienen um das Terrain gezogen, eine unsichtbare Bedeckung darüber, welche Geräusche in die Nekropole hereinließen, nicht aber hinaus. Betont schlendernd ging Ansgar die Grabmalstraßen entlang, passierte Grüfte, Gräber, Weiden, Erlen und Koniferen, stieg den Hang hinauf, blieb mitunter vor bisweilen warnenden, bisweilen versonnenen Engeln stehen oder vor demutsvollen Müttern Gottes oder weil ihn ein Steinbau erbarmte. In grauen, wie Reisekoffer rollbaren Plastikkübeln verwelkten Blumengebinde und Kränze. Die nach strengen Divisionen näherungsweise rechteckig angelegten Viertel, eine frömmelnde Totenkaserne, hielten herzrührend still und waren ohne jeden Schrecken. Gelegentlich erheiterte halbsakraler Schwulst. DEN FÜR DAS VATERLAND GEFALLENEN, 1878, 1914. Schriftsteller, Komponisten, Wissenschaftler, Architekten. Italienische und belgische Gräber. Familienstätten, Buntglas im Totenhaus, Katholikenkitsch, blasse Porzellanblumen, verrostete Einfriedungen, angelehnte, spaltsinnende Holztüren oder solche aus Schmiede-, aus Gußeisen, ziselierten Zierrat daran. Alles zusammen jedoch, selbst die gröbste, peinlichste Überhebung, ergab den außergewöhnlich milden Eindruck melancholischer Verwitterung, und eben die Häufung von Geschmacklosigkeiten war es, die eine jede schliff und verklärte. Nur deshalb holten die Bäume so weithin Luft.

Die wasserdunstenden Kolumbarien umragten einen quadratischen, kiesbedeckten Platz. Über breite Freitreppen ging es ins Souterrain des Krematoriums und weiter in die zweistöckige Urnenanlage, worin, wie von Kerzen, ein gedimmtes, zittriges Licht hing. In den Wänden Nischen neben und über Nischen, je davor in kleinen ovalen weißlichen Blumenvasen bunte Sträußchen. Kahlstes, *art-déco*-durchsetztes Bauhaus, schräge Wandlampen, eckige Säulen, das Klacken schwerer Schritte und Klickern schnellerer, die von Frauenabsätzen rührten. Man konnte durch den rechteckig glattdurchbrochenen Fußboden über ein Geländer ins Tiefgeschoß blicken, dessen Gangwände kleine bronzene Gedenktafeln trugen, tausende, zehntausende, ein Meer von Namen. Es roch nach Kleintierhandlung. – Vor ein paar leergebliebenen Nischen stand Ansgar für Sekunden still und sann wie ihrer Bedeutung nach, aber er bekam den Gedanken an verschissenen Vogelsand nicht aus dem Kopf.

So kehrte er um, schritt hastig in den Regen zurück, fröstelte im Freien. Er fand nichts, fand einfach nichts, fühlte sich eingebunden gleichwohl. War es nicht lediglich seine ruhige Bewegtheit, was ihn dahintrieb und ihm die angenehm morbide Illusion erlaubte, er selbst sei nichts als ein sich wiegender Ast, eine gemächlich in ihren Angeln schwingende Pforte? Nur störten ein paar Touristen, die mit Friedhofsplänen umherliefen, das Papier dem Regen zeigefingernd entfalteten, vermutlich nach bestimmten Gräbern suchend, nach dem womöglich de Nervals oder Balzacs, Wildes oder Prousts, gar dem von Murat – deren Prominenz sich hier auf alle Ewigkeit verloren, sich so sehr eingeglättet, weggewaschen hatte, daß man nach ihr fahnden mußte. Jemand fragte Ansgar nach einem Weg; derart schien er mit der Anlage verwachsen zu sein, *zu* sehr mithin, um zu erkennen, was er hier suchte. Er trug es unter der Haut und konnte also nicht zurücktreten, nicht auf Distanz gehen, um es anzuschauen. In einem Spiegel sah man es ja nicht: Andererseits war es zu sehr da, als daß er erkenntnislos darüber hätte hinwegschweifen können.

Da vernahm er – nicht aus dem Grabmal der Familie Monnet-Le Roy, sondern dem steinernen, weit über Kopfhöhe hinaufreichenden, in Grün gehaltenen daneben – ein leises Sirren; ein verrostetes Gitter schloß die Gedenkstätte nicht mehr ab, gab das Innere vielmehr indiskret preis. Man hatte zwischen die schräg hineingekippte, nüchterne rechte Seitentür und die schimmelig-moosige Steinwand Papiertaschentuchfetzen geworfen, zerknüllte Zigarettenpäckchen und sogar ein verschrumpeltes Präservativ. Laub war hineingeweht. Vor dem verwitterten Monument lag umgefallen eine Grabplatte, rechts davor stand kniehoch eine abgebrochene Säule, an der ein glatter anonymer Totenstein lehnte. Die Regenfäden, die vom Stoff längst nicht mehr absprangen, sondern das Viskosefutter klammgeschwämmt hatten, drangen nun bis auf die Haut. Ansgar spannte die Muskeln in Oberarmen und Schenkeln, trat etwas näher heran und lauschte. Nein, ein Singen war im Grabhaus nicht; er erhoffte es sich nur. Leise sagte er etwas, auf Französisch, lauschte wieder. Nichts. Nur eine Abwesenheit, die wie körperlich war und als betrachtete ihn jemand durch sie hindurch. Er wiederholte den Satz etwas lauter. Es war eine Frage. Getröpfel auf Blättern, Platschen auf Steinen. Ansgars ausgestreckte Finger berührten die Tür, versuchten, sie zu bewegen. Es gab keine Wirkung. Aber gerade, daß alles so unnahbar, nicht anrührbar blieb, beatmete ihn mit einer fernen Gegenwart, einer allmählich nur und doch beharrlich in ihm aufsteigenden, halb noch schlafenden Bedrängnis. Als er sich mit der Zunge den Regen von der Oberlippe leckte, schmeckte er Salz, und die Tasche, die ihm am aufgequollenen Lederriemen über der linken Schulter hing, war unendlich schwer geworden. Es blieb ihm gar keine Wahl. Er nahm seine Ausweise, seine Geldbörse heraus und stellte die Tasche in das Häuschen, wiederholte die Frage, blieb weiterhin ohne Antwort. So beugte er sich noch einmal vor und schob die Tasche ganz nach links an die Wand, drückte sie hinter die Tür, verwischte in Laub und Abfall seine Spuren. Dann richtete er sich auf, schloß die Augen, horchte angestrengt. Nichts. Nichts außer dem unentwegten, erbärmlichen Rieseln und Platschen über und auf Kies und Gestein und auf Blattwerk und außer ein paar hohen Lachschnipseln, weit fernab, von den Touristen her. Daß sich so gar nichts anderes tat, verärgerte ihn; ja zunehmend wurde ihm seine Melancholie geradezu lästig. Deshalb wandte er sich mit einem knappen Ruck um und entschritt dem Gelände. Erst jetzt war ihm die klamme, ungesunde Feuchtigkeit bewußt, die ihn, derart antwortlos geblieben, umfing.

Eine feine, plastine Haut schien er zu penetrieren, kaum daß er durch das nordwestlich gelegene Hauptportal trat; er spürte es nicht nur als Ziehen an Stirn und Mund, nein, als hätten sich jetzt erst die Gehörgänge geöffnet, platzten hell, wie Lichtreflexe, Geräusche um ihn auf. Leben pulste in den Straßen, die überplante Gemüsestände bordierten. Unter Glaspergolen saßen Bummler. An den Straßenecken gestikulierten schwatzende Frauen, rauchten Männer ein stinkendes Kraut aus verkohlten Pfeifenköpfen. Gelächter. Jemand rührte in einem Glas dampfenden Tees. Ansgars Blick fiel auf die Uhr über einem Zeitungsladen. Sollte es schon Nachmittag sein? Das war unmöglich. Gewiß war die Uhr stehengeblieben. Er fragte, fließend sprach er den französischen Satz, den Kellner eines Restaurants, der, Hände in der Weste, selbstzufrieden vor der Schwingtür stand. Also doch. Man ahnte bereits die gleichwohl verfrühte Dämmerung. Wirklich hell war es heute, wegen der schwergrauen, beinah greifbaren Wolkendecke, ohnedies nicht geworden. Er mußte dringend die Wäsche wechseln. Eine zweite Hose aber, zweite Jacke, geschweige einen weiteren Mantel hatte er nicht aus Deutschland mitgenommen. Hoffentlich gab es auf dem Hotelgang eine Dusche. Doch ihn bangte, nach La Villette zu fahren. Sich etwas aufwärmen jetzt, irgendwo einkehren, einen Pastis trinken. Erst einmal dies.

Er setzte sich zu einer jungen Frau, blinzelte sie an, versuchte ein Gespräch. Die Sätze glitten ihm über Zunge und Lippen. Als er in die aneinandergelegten, hohlen Hände blies, lächelte die stupsnasige, hübsche Person. Sommersprossen um die Nüsterchen. Die maronengetönten Haare kinnlang zum Rahmen geschnitten.

Welch fürchterliches Wetter! – Er sei Deutscher? – Höre sie das am Akzent? – Sie lächelte nickend. Er sei schrecklich durchweicht. Spaßhaft wrang er einen der Mantelärmel aus. Beide lachten sie hell. Er löste sich und wurde nach zwei Mirabellengeisten sogar amüsant. Sie unterhielten sich über postmoderne Architektur, die alte, bereits versunkene Metropole und Aragons *Paysan de Paris*. Nach einer Viertelstunde reichte sie ihm unvermittelt ein Händchen und stellte sich vor mit dem Namen Claudette. Er bot ihr seine letzte Zigarette an, dann rauchte er ihr die Schachtel leer. Sie wollte sich aber, als sie nach einer Stunde in ihren kompakten Wildlederpumps davonstöckelte, partout nicht von ihm begleiten lassen. Immerhin ließ sie ihm, »auf später einmal«, ihre Telefonnummer da. Als Ansgar nach einem letzten Expresso seinerseits loszog, war es für ihn beschlossene Sache, daß er sie noch heute Abend anwählen werde. Dabei wußte er im Innersten längst, daß es für dergleichen zu spät war. Aber er gestand es sich nicht ein, genoß das plötzliche, ungebundene Hochgefühl.

Dann begann ihn zu beunruhigen, daß er seine Tasche auf dem Père-Lachaise zurückgelassen hatte. Er erwog, sie sich wiederzuholen, verwarf den Impuls jedoch, schon weil er sich nicht sicher war, ob er das Beinhäuschen noch einmal fände. Zudem schloß man ja mit Einbruch der Dunkelheit; so war auf einer Blechtafel am Hauptportal zu lesen gewesen. Es wäre gewiß kein Vergnügen, sich in Dunkel und Nässe zwischen Dolmen, Ossarien und Grüften zu verirren. Es mußte ohnedies bereits nach sieben sein. Er betrat ein weiteres Café, erstand bei der Kasse nahe der Tür, wo sich Tabakpäckchen stapelten, Zigaretten und eine billige Quarzuhr. Jetzt wüßte er immer, wie spät es war. Daraufhin nahm er die Métro bis Châtelet, suchte sich in der Gegend eine noch geöffnete Wechselstube und kehrte irgendwo ein, um zu Abend zu speisen. Er hatte ausgerechnet Kutteln bestellt, aß aber mit einem Appetit, wie gewiß seit einem Jahr nicht mehr. Während er couragiert an ihnen kaute, defilierte vor seinem inneren Auge die Stadt. Zumindest harmonierte die rote, leicht säuerliche Sauce mit dem herben Beaujolais.

Hatte er nicht Freunde in Paris? Gewiß doch! Wie hatte er das vergessen können? Zwei Gastsemester sind immerhin Zeit. Warum rief er sie nun, da er sich erinnerte, nicht an? – Ach nein, sie würden wissen wollen, worauf er keine Antwort hätte. Oder hatten *sie* die Antwort? Der Gedanke war nicht angenehm. Aber sie wären verletzt, erführen sie, er sei zurückgekommen, ohne wenigstens vorbeizuschauen.

Nein, er mochte mit niemandem sprechen, mit keinem von damals. Er habe, meinte er, die Angelegenheit mit sich alleine auszumachen. Das vergangene Jahr kam ihm vor wie ein langer, traumloser Schlaf. Natürlich könne er immer noch telefonieren. Die jungen Leute, die draußen flanierten, gaben sich schick und hatten einen Gang, als ob sie Federball spielten.

Ansgar zahlte und ging.

Seit morgens verfolgte ihn, fast eine Zwangsidee, der Eindruck, nirgendwo gebe es derart viele Hunde wie in Paris. Noch jetzt fielen sie ihm auf, noch im Dunklen, als Frauen und Männer, gegen den Regen gebückt und unnatürlich flink, wie Beute Baguettes nach Hause trugen, einen wenngleich diskreten Erobererstolz im Antlitz. Vor allem jedoch morgens, heute und gestern, auf der Rue de Flandre, waren die Hundehalter an ihm vorbeispaziert: Frauen hielten Pinscher in gestrickten Muffs an entrollbaren Leinen; Männer, die Hände im Rücken verschränkt, eine gelbe Maisblattkippe im Mundwinkel, den Riemen fest um die Faust, federnd, im Schulterblatt geduckt, Windspiel und Dogge. Eine Schuhsohle wischte Köterurin gegen den Bordstein. Immer wieder zog es Hunde an die flächige Spur. Und auch hier – Ansgar war erneut über die Île de la Cité spaziert, zur Südstadt, in Richtung auf die eleganten Quartiere, tauchte in Lichterflut und Menschentrauben, in die Gerüche von Crêpes, Maronen und altem erhitzten Frittieröl – lagen Häufchen an Häufchen, hellbraun, grau, manchmal rötlich; man mußte achthaben, nicht hineinzutreten. Der lärmende, pulsierende Steinorganismus schien sich zu nähren davon, ein gewissermaßen urbaner, inverser Stoffwechsel, dessen Stickstoffbedarf Boulevards und Métroschächte speisten, den Abfall und Fäkalien am Funktionieren hielten und dessen Wurzeln aus der Kanalisation heraufzüngelten. Die überall sprudelnden Bordsteinbäche, die das hügelige Stadtrelief abströmen ließ, waren Adern und Venen, über die sich Mauern und Wände versorgten.

Ansgar schaute, seit er sie erworben hatte, bereits zum zwanzigsten Mal auf die Uhr. Es war schon wieder derart spät! Wenn er Claudette heute noch anrufen wollte, mußte es sofort geschehen. Womöglich habe er, dachte er, das Telefonat absichtlich vor sich hergeschoben. War es nicht ohnedies Zug seines Charakters, Entscheidungen hinauszuzögern, bis er sie einfach vergaß? – Er lachte leise. Ging mir erneut auf den eigenen Leim.

Er fingerte aus der Hemdbrust den Zettel, blickte sich nach einem öffentlichen Fernsprecher um, aber als er eine Telefonzelle betrat, ließ sich der Apparat nicht durch Münzen, sondern nur mit Magnetkarten in Betrieb nehmen. Daß er daran nicht gedacht hatte! Hätte er dran denken müssen? Ein feiner Schauer lief nackenabwärts zu den hinteren Beckenknochen. Keine sechs Monate war es her. Frühling, Anfang April. Ich entsinne mich. Paul hatte ich anrufen wollen, weil ich … *wen* nicht angetroffen hatte? Warte. Warte! Rue Bellot, neben dem arabischen Restaurant … Dort hat gewohnt … Ach, er wußte es doch nicht! Entsann sich lediglich, vor einer Tür gestanden zu haben, deren Lackierung in aufgeblasten grauweißen Fladen abblätterte. Hatte etwas gesucht. Hatte einen Namen gesucht. Aber fand ihn nicht auf den schmutzigen Papierschildchen über den Klingelknöpfen. Das Haus wies ihn ab. Nicht daß es kalt gewesen wäre, im Gegenteil, es regnete auch nicht. Er stand herum, um auf er wußte nicht wen zu warten. Danach wollte er Paul anrufen. Er hatte noch keine Unterkunft. In der Telefonzelle neben der Busstation eingangs der Rue de Flandre versuchte er, ihn zu erreichen. Später, als er ihn auf gut Glück zuhause angetroffen hatte, erzählte der Freund, die neuartigen Geräte habe man der Automatenknacker wegen installiert. Wie konnte mir das entfallen?

Also ins nächstbeste Bistrot. – Er fragte. Der Kellner nickte flüchtig in Richtung Toiletten, seine stiefelettenrote Livrée war geputzt. Die Goldknöpfe blitzten. Man mußte eine Wendeltreppe hinab; in Brusthöhe war der Münzfernsprecher neben der Herrentoilette angebracht. Ansgar legte den Zettel auf den Apparat, warf einen Franc ein, wollte wählen, schon rotierte die Scheibe, als ihn jemand, der sich von hinten genähert hatte, am Ärmel zupfte.

»He«, sagte eine junge dunkelhaarige Frau, und zwar auf Deutsch, doch mit dem ihr eigenen Akzent, »willst du mir untreu werden?«

Er erkannte sie sofort. Die ihn anschauten, waren die vollen und die schwarzen und die wilden Augen Jézabels.

Hätte er verblüfft sein, nicht gar erschrecken müssen? Er war und tat es nicht.

»Was machst du hier?« fragte er.

»Du hast mich gerufen, also bin ich gekommen.«

»Seit Monaten habe ich nichts mehr von dir gehört.«

»Wie solltest du?«

»Auf fast den Tag genau ist es ein Jahr her, daß ich dich zuletzt gesehen habe.«

Sie zwinkerte ihm zu, halb spöttisch, ein bißchen leichtfertig. Doch spürte er sofort den alten Ernst. Glaubte sie ihm nicht?

»Ich hab dich gesucht«, sagte er darum, »Anfang April. Aber du warst umgezogen.«

»Zu Pessach, ja.«

»Warum hast du mich nicht angerufen?«

»Wie hätte ich können?«

Er antwortete nicht.

»Laß uns einen Pastis trinken«, sagte sie.

»Wie früher?« Er lächelte.

»Wie immer«, sagte sie, nahm seine Hand, zog ihn hinter sich her, die schmalen Wendeln hinauf in die nach französischen Tabaken, Snacks und Kaffee duftende Luft, der sie die Note ihres Laubparfums beigab. Es entströmte der jungen, heftigen Frau etwas Kühles, wie einer, die, noch Reif im Haar, aus einem Wintertag ein beheiztes Zimmer betritt.

»Sag, wen wolltest du anrufen?«

Sie hatten sich an einen der kleinen runden Tische auf Rattangestühl gesetzt.

»Ist dir kalt? Magst eine Suppe?«

»Du weichst mir aus.«

Sie bestellten den Pastis, für sie auch noch einen Tee.

»Du sagst mir nicht, wen du anrufen wolltest.«

Er reichte ihr den Zettel hinüber; sie las Nummer und Namen mit zusammengezogenen Brauen, riß ein Streichholz an, steckte das Papier im Aschenbecher achtsam in Brand, die Zungenspitze im rechten Mundwinkel. »Das wär erledigt.« Etwas Heftiges leuchtete aus ihren Augen, ihr Unerbittliches wieder, Dunkles, voll einer Hitze, die nur die schwarzen Kajalstreifen davor zurückhielten, aus dem schönen braunhäutigen Gesicht herauszuspringen.

»Beruhig' dich«, sagte Ansgar. »Eine Zufallsbekanntschaft, heute nachmittag erst. Jetzt bin ich bei *dir*.«

Sie langte herüber, legte ihm eine ihrer flachen Hände auf den Unterarm, fragte wie feierlich: »Und, du bleibst?«

»Wie?«

»Ich habe eine schöne Wohnung, du. Eine *wirklich* schöne Wohnung, groß genug für uns zwei.«

»Und wovon sollen wir leben?«

»Du versuchst es halt wieder als Hauslehrer.«

»Aber Jézabel!«

»Nenn mich nicht so! Es gibt die nicht mehr. Nenn mich wie früher …«

»Wir konnten kaum die Miete bezahlen.«

»Ich verdien' schließlich a u c h was …«

Er lachte leise, schüttelte den Kopf.

»Wo hast du deine Sachen?« fragte sie. »Im Hotel?«

Er nickte.

»Na fein«, sagte sie. »Die holn wir nachher gleich ab.«

»Die schließen um zwölf.«

»Macht nichts. Holn wir sie halt morgen früh. – Laß uns von was anderem sprechen. Wie ist es dir ergangen seit damals?«

»Ich hab wieder zu studieren angefangen.«

»In Frankfurt?«

Er nickte.

»Und?«

»Na ja, es ist ein bißchen öd. Eigentlich bin ich drüber hinaus.«

»Das ist gut. Hier ist es *nicht* öd. Das ist Paris.«

»Komm, trink auch deinen Tee. Du faßt dich ganz erfroren an.«

Sie lachte. »Du brauchst was andres zum Anziehn, so naß wie du bist.«

»Geht schon. Ich hätt' 'nen Schirm mitnehmen sollen.«

»Aber gut schaust du aus. Bist älter geworden, richtig ein bißchen erwachsen.«

»Im Frühjahr war ich noch einmal hier, weißt du? Ich hab dich besuchen, hab dich fragen wollen, ob wir nicht …« Er legte seine linke Hand um ihre, die noch immer auf seinem rechten Unterarm ruhte, drückte sie. »Tut mir leid wegen damals.«

»Nebbich«, machte sie. »Bist ja da. Ich freu' mich ganz wahnsinnig, du.«

»Wenigstens hätt'st du schreiben können.« Er wußte, er redete Unsinn.

Sie schaute an einem Bein des Tisches und ihrem eigenen, dem rechten, hinunter. »Hab jedes Blatt in der Schublade noch. – Und du? Auch von dir ist keine Nachricht gekommen, nicht einmal einen Zettel hast du dagelassen, als du mich damals … als du nach Deutschland zurückbist. Wochenlang bin ich morgens zum Briefkasten runter.«

Ansgar schwieg. Er fand es schwierig, die Bedrückung wegzuschlucken, mit der sich seine pochende Freude verband. Er sah die Bleibe in der Rue Bellot, die verwohntnasse Küche, das Bad, worin dem Ungeziefer nicht beizukommen war, hörte das nächtlich hallende Métrorattern, das durch den Boden, durch die Hauswände drang, entsann sich des Knackens und Tappens der fußlangen Ratten, vernahm wieder die Nachbarn streiten, Kindergeschrei, acht Menschen in der Zweizimmerwohnung unter ihnen. Er hatte es nicht länger aushalten können. Jézabel jobbte schwarz, stapelte Kartons im MONOPRIX, abends setzte sie sich hinter die Bücher, um ihren Gott zu widerlegen. Sie verdiente knapp 1200 Francs und focht einen zähen inneren Kampf mit den Eltern, denen sie eines Sabbaths weggelaufen war. Alles, wirklich alles, hätte sie getan und tat sie, um dort nicht Hilfe erbetteln zu müssen. Schon gar nicht bat sie jetzt, in ihrer beider Elend. Denn auch er hatte kaum Geld. Sein dürftiges Stipendium reichte gerade hin, das Kinn über Wasser zu halten. Jézabels wegen nahm er Jobs an, ging nicht mehr in die Seminare, und während sie ihren Geist verbissen stählte, verkam er. Es brauchte Monate, bis er sich die Liebe aus dem Leib reißen konnte. Kennengelernt hatte er Jézabel eines Abends im frühen, noch warmen September, drüben, auf dem Tempelchenfelsen im Buttes-Chaumont. Sie lehnte zwischen den Säulen, ein Buch unterm Arm, schaute klar und bestimmt über die Stadt. Ich grüßte. Ihre riesigen Augen hielten mich fest – und als hätte sie nicht nur laut gedacht, sondern es gesagt, daß ich es sei, den sie wolle, war sie plötzlich und langsam auf Ansgar zugegangen, hatte ihm entschieden ihre Arme um die Schultern gelegt, kühl die Hände in seinem Nacken verschränkt und ihn geküßt.

»Das war mein erster richtiger Kuß, weißt du das überhaupt?« fragte Jézabel, wie wenn sie seine Gedanken hätte mitlesen können. Ihn verwunderte das nicht. Er lächelte nur, so glücklich wie leidend.

Niemals war er in dieser Weise geküßt worden. Jézabel küßte nicht, nein, saugte sich fest, leckte ihn aus, steckte ihm ihre schmale, schlängelnde Zunge tief in die Seele. »Ich nehme dich hiermit zum Mann«, sagte sie in ihrem Französisch. Er stand steif, geradezu unbeweglich da. Widerstandslos ließ er sich von ihr aus dem Park führen, irgendwann später, benommen, trunken. Alles, aber auch alles in ihm drängte sich ihr zu. Dieser schmale biegsame Leib! Die Spitzen der kleinen Brüste stachelten durch die Blusenseide, und ein Abdruck der festen gewölbten Scham verlor sich auf seinem Oberschenkel nicht mehr. Wenn er zumal in Jézabels Augen, immer wieder in diese energischen Augen sah, erfaßte ihn ein Schwindelgefühl, ein Amalgam aus Panik und Wollust, das für Distanz keine Luft ließ.

»Bereust es?« fragte sie.

»*Was* sollte ich bereuen?«

»Daß du mich damals genommen hast.«

»*Du* hast mich genommen …«

»Sollte ich nicht? Du wolltest mich, das sah ich, aber hättst dich allein nicht getraut. Und ich wollte dich, wollte nicht warten, wollte das Andere an dir, dein blondes Haar, deine fahle Haut, wollte die Schwermut, die dein Gesicht wärmte, als du hochstiegst zu mir.«

Ihre Entschiedenheit war ihm fremd. Ihr gläserner Rigorismus, der an jedem einmal gefaßten Entschluß unabänderlich festhielt, quälte ihn. Sie sei, hatte sie einmal gesagt, mit dem falschen Geschlecht zur Welt gekommen. Das könne sie sich nicht verzeihen. Sie sei ein Bußkind. Ja, »Bußkind«, das war ihr Wort. Und sie hatte erläutert, ihr Vater habe sich an den Geboten vergangen, irgendwann früher einmal. Doch da er ein großer Gelehrter und voll der Reue gewesen sei, habe er eines Morgens ein Gesicht gehabt. Der Unnennbare selbst habe ihm aufgetragen, der Tochter, mit der die Mutter damals schwangerging, zur Buße den Namen Jézabel zu geben. Wiewohl er sich vor Scham und Entsetzen die Kleider zerriß, habe er in seiner großen Frömmigkeit gehorcht.

Ansgar öffnete die Augen. »Hast du deine Eltern wiedergesehen?«

»Vater ist ein Prophet geworden.« Sie kicherte übersprunghaft. »Er hat mich für tot erklären lassen.«

»Meine Güte!«

»Er hat ja recht. Der Gemeinde war Jézabel schon gestorben, als sie zur Welt kam und Gott sie durch den Vater zeichnete. Und dann ...«, abermals kicherte sie, »... ich hab mit einem Goj geschlafen – einem Deutschen zumal.«

Ansgar schluckte, rührte in der Tasse, derweil Jézabel ein wenig nachzudenken schien. Sie schlug ihre Lider über die Augäpfel. Er spürte, daß sie hinter den Häutchen klopften; rieb sie sich dann, als sie die langen Wimpern zurückbog. Ein paar Härchen hatten sich verfilzt. »Ich bin in großer Freiheit angekommen«, sagte sie.

»Und deine Mutter?«

Jézabel zuckte die Achseln. »Wahrscheinlich weinet sie einen jeglichen Tag.«

»Jézabel ...«

»Nenn mich nicht so!« fuhr sie auf. »Ich sag dir das zum letzten Mal! – Ach verzeih, Abèl, verzeih ... Ich bin ungerecht, bin ungerecht, ich weiß. Es tut mir leid. Das kommt von unserer Trennung. Ich weiß schon. – He, Abèl! Nenn mich wie früher!«

»Héloise?«

»Das darf man nur *einmal* sagen.«

»Advise?«

Sie nickte, und über ihr Gesicht flutete Wärme. »Welch ein Glück, daß du zurückgekommen bist.« Sie beugte sich vor, flüsterte ihm etwas ins Ohr.

»Hier?« fragte er.

»Einerlei, wo.«

»Laß dich anschaun. Ich weiß ja gar nicht, ob du mir überhaupt noch gefällst.«

Momentlang senkte sich die vertikale Falte über ihre Nasenwurzel. Dann lachte sie, stand auf, drehte sich einmal um die eigene Achse. »Nun, Monsieur? Appetitlich?«

»Bien sûr.«

»Cinq cents«, sagte sie.

Er sah sie an.

Weich, gewissermaßen matt sprühte der Regen. Auf Asphalt und Bürgersteinquadern, millimeterdünn, widerschimmerten farbige Lichterketten, irisierten ins Dunkle. Advise und Abèl spazierten Hand in Hand zur Seine, nahmen gebackene Maronen, deren weiße, aschige Schalen die Fingerspitzen kohlig verschmutzten, und steckten sich das gesalzene Fruchtfleisch gegenseitig in den Mund. Leuchtende Cafécheiben passierten sie, jugendliche Backpacker dahinter, die klammen Rucksäcke an die Stuhlflechten gelehnt, Stadtpläne studierend. Finger fuhren suchend auf farbigen Linien herum. Ältere Herren lasen die Abendzeitung oder schmauchten, nach Metropolenart sinnierend, ihre Zigarren. Kleine, spitze Frauen stöckelten unentwegt irgendwo hinein und hinaus. Vor den Kinos standen Schlangen bis auf den Boulevard.

Jézabel blühte zunehmend auf, glühend auf den Wangen, sprang bald, hüpfte dann, lief ausgelassen plötzlich Ansgar voraus und war auf eine ihm gänzlich unbekannte Weise jugendlich. Denn vordem hatte ihrem Charakter stets dieser bittere frühreife Geist angehaftet. Zwar war sie bei ihrer ersten Begegnung knapp sechzehn gewesen, ihm jedoch vollständig alterslos vorgekommen, wie ein Geschöpf, das unverändert durch die Zeiten weht, fünfzehn oder vierhundert Jahre alt, einerlei – als hätte sich in ihrem Körper eine Seele inkarniert, die nicht in die Welt gehörte, ein in oszillierendem Email unter aller Zerrissenheit in sich ruhendes Bewußtsein nie zerfallender Präsenz. Ihre Kindereien nun befremdeten und peinigten ihn.

»Nun komm schon, Abèl!«

»Warte, Advise! Ich bin schon so viel gelaufen seit gestern!«

»Komm, ach komm!« Sie rannte zu ihm zurück, nahm seinen Kopf in die Hände, fröhlich, zog ihn heftig an ihre Lippen, säte Küsse in sein Gesicht. »Du bist gekommen!« rief sie. »Und jetzt, nicht wahr, hast *du* gewollt?«

Sie hatte recht. Es war ihm damals, irgendetwas selbst zu wollen, überhaupt keine Zeit geblieben. Advise füllte jedes Zimmer, das sie betrat, und jeden Menschen, zu dem sie Kontakt hatte. Wer sich mit ihr unterhielt, den kleidete sie unversehens innerlich aus. Niemand konnte neben ihr bestehen, nicht weil sie hochtrabend, geschweige eingebildet, sondern weil sie so klar war. Ihre Gespräche erlaubten keinen themenfremden Rest. Wenn jemand kniff, wandte sie sich leise lächelnd ab. Wahrscheinlich hatte sie deshalb niemals Freunde gehabt. – Waren *wir* denn befreundet? *Sie* hatte sich entschieden, und ich trieb mit ihr, in ihr durch die Wochen, für nahezu sechs Monate, ohne eigenen Willen. Jézabel suchte ihm, in den Reichenvierteln um den Boulevard de Grenelle, einen Privatlehrerposten. Fünfmal die Woche gab er drei Stunden. Sie lebten in den Tag; er schüttete sein weniges Geld mit weiten Händen aus. Schnell waren die Ressourcen erschöpft, und die Not wurde faßbar. Für ihn, nicht für Jézabel, die bloß mit den Schultern zuckte. Die Frau saß ihm so sehr unter der Haut, daß er glaubte, keine Luft mehr zu bekommen, verließ sie die Wohnung. Oft schlich er sich zum Monoprix, nur um zu schauen, ob sie noch da, ob sie nicht ebenso jäh verschwunden sei aus seinem Leben, wie sie darin nicht aufgetaucht, nein aufge*gangen* war. Sah er sie zwischen den Regalen, war er, aber nur für Momente, erleichtert. Ging in die Wohnung zurück, wartete, mußte neuerlich hinab. Jézabel hatte Schichtdienst. Oft kam sie spätabends heim, jedesmal abgrundstill, klaglos, wie betäubt. Ihre innengekehrten Blicke wachten erst mählich, über den Büchern, auf, bekamen Glanz, begannen zu lodern. Manchmal stieß sie beim Lesen kleine Triumphschreie aus. Mitunter stellte ich ihr nachts gegen drei eine Kleinigkeit zum Essen an den Tisch. »Du mußt schlafen, Advise.« Sie lächelte ohne Antwort zu mir auf. »Laß mich sehen, wieviel wir schon haben«, sagte sie, holte die Zigarrenschachtel und zählte das aber- und abermals gezählte

Geld, rechnete nach, wieviel sie verdient habe heute, seit gestern, seit zwei Monaten, wieviel ihr verblieben, wie lange sie noch werde arbeiten müssen, um ein, zwei, um vier Jahre des Studiums bezahlen zu können, das mit Volljährigkeit zu beginnen sie derart ersehnte. Noch suchten sie die Eltern, die Polizei. Jedenfalls nahmen wir das an. Die Wohnung war deshalb unter meinem Namen gemietet. »Das wird noch nicht reichen«, sagte sie lächelnd, las weiter. Sie brauchte oder gönnte sich unmenschlich wenig Schlaf. Nie besuchten wir ein Kino. »Ich habe Bilder genug«, sagte sie. »Dich anzusehen, genügt mir.« Und bis zur Erschöpfung, bis sie unter mir nicht einschlief, sondern ohnmächtig wurde, liebte sie mich, ließ sie sich lieben. – »So geht es nicht weiter«, sagte ich endlich. »Du mußt mit deinen Eltern sprechen.« – »Ich brauche keinen Gott.« – »Wir werden verkommen, glaub es mir.« – »Liebst du mich noch?« fragte sie.

»Advise, nicht so schnell!«

»Ich will dich heiraten«, sagte sie eines Morgens, kurz bevor sie zur Arbeit ging. »Ich will, daß du mein Mann bist vor dem Gesetz. Man darf uns nicht trennen.«

»Bekommst du ein Kind?« fragte ich.

»Dummerchen! Kinder trage ich im Kopf.«

»Warum dann heiraten? Du bist sowieso noch zu jung.«

Etwas wie Haß brannte in ihren Augen, aber ich spürte, es war Verzweiflung.

»Ich will«, sagte sie, »dem Taten etwas schicken von mir, damit er weiß, er hat einen Sohn.«

Ich verstummte und hielt ihrem Blick, wie jedesmal, nicht stand.

»Laufe, Abèl! Spürst du den Wind?! Wie herrlich es schüttet! Riechst du den Regen? Das ist Leben, Abèl! Ich muß mich wieder fühlen lernen! Ach, fange mich! Ach, hol mich ein!«

Jézabel jagte zwischen die Müßiggänger, jauchzte. Endlich fing Ansgar ebenfalls zu laufen an, hastete, hechelte. Er rief Advises Namen, einmal, lachte, zweimal, dreimal. Je heftiger er sich bewegte, desto mehr berauschten ihn Nachttreiben, Gerüche, Düfte, das Geklirre von Gläsern. Kondenstropfen perlten auf den glitzrigen Scheiben. Und was er nicht wirklich hören konnte, das s a h er doch klingen und schellend, Porzellanglöckchenlaute, gegeneinanderstoßen. Jézabel ihm immer voraus, hier ins Restaurant geflitzt dort hinaus, in eine Passage, die nächstbeste Unterführung, tauchend, ein paar Stufen wieder hinauf, das Glitzern des Sandsteins, die schnellenden Wasserläufe neben dem Bordstein, das sich gelb verschießende Strahlen aus Reflektoren. Wieder lachte er auf, rief, nein, schrie jetzt ihren Namen. Seitenstiche durchnagelten ihn. Brandung in den Ohren. Dann hatte er sie endlich erwischt, gefaßt, herumgerissen, an sich gezogen, umklammert und ließ sie nicht mehr los. Stumm brüllte er ihr ein Geständnis in die Augen, das tiefer hinabreicht als jeder gesprochene Satz.

Längst fuhr keine Métro mehr, als sie fußmüd die Gare de l'Est erreichten, worumher Nachtstille rauschte, in der der Bahnhof, wie unterm Spiegel eines Sees, doch erhoben, hinter seinen schummrigen, an den Konturen fast welligen Mauern gänzlich vergessen zu sein schien. Selten schwamm allenfalls ein Taxi vorbei. Die grellen Werbeflächen leuchteten für niemanden mehr. Das Paar nahm sich Zeit, nein, schlenderte nicht, aber setzte bedächtig Schritt vor Schritt. Jézabel schien ihre Energie verströmt zu haben; das tat Ansgar wohl, erfüllte ihn mit Zuversicht. Nun waren sie eins. Die ungebändigte junge Frau drückte sich an ihn, schmiegte ihren Kopf, der schon schlafen wollte, in seine Schulterbeuge; noch nie hatte er sie müde gesehen. Früher war sie in den Schlaf immer *gestürzt.* Daß sie Schwäche zeigte, war neu und gab, dachte er, ihnen beiden eine Chance. Als sie, den Bahnhof rechts, in die Rue du Faubourg-Saint-Martin abzweigten, lag Jézabel an ihm, wie wenn sie sich tragen ließe. Und er trug.

»Ich bin glücklich«, flüsterte sie. »Hilf mir, Abèl, lieb mich, Abèl.«

»Wo müssen wir hin?«

»Hier entlang. Es ist nicht weit.«

Sie betraten die Rue de Flandre. Nachtböen trieben ihnen einen zerrissenen Karton entgegen. Die Pappe taumelte müde, schubberte über den Bürgersteig, verfing sich zwischen aufgebeulten schwarzen Plastiktüten Plastiktüten. Ein paar Gestalten, wie Schemen hoben sie sich vom graumelierten Schatten der Hauswände ab, trieben ungewissen Handel.

Sie passierten eine Hausruine. In die Mauern gestemmte Metall- und Holzstreben wehrten dem Einsturz. Dann die neue Bürgermeisterei, sachlich, voll Trübsinn. Auf dem menschenleeren Vorplatz blieben sie stehen. Jézabel war gestrauchelt, als wären ihr die Knie weggeknickt; Ansgar hielt die Geliebte an der Schulter fest. »Ist dir schlecht? Geht's dir nicht gut?«

»Ich fang mich schon wieder. Hab zuviel getrunken.«

»Das haben wir beide.«

Sie hob das Gesicht. Der wilde Glanz in ihren Augen war einer kaum mehr glimmenden Mattheit gewichen. »Warum hast du mich nicht heiraten wollen?«

Er küßte sie, auf die Augen, den Mund, das Kinn.

»So sag schon … Bitte, sag!«

»Aber du weißt doch …«

»Hattest du Angst?«

»Auch das.«

»Vor mir?«

»Um mich.«

»Und bleibst du jetzt?«

Er schwieg.

»Du mußt mich ins Leben lieben, Abèl. Du mußt mich nachher lieben wie niemals zuvor.«

»Ich bin müde, Advise. Und auch du schläfst schon ein.«

»Trotzdem, Abèl. Nimm mich. Nimm *du* mich, meinetwegen hier. Aber tu's heftig.«

»Laß uns erst heimgehn. Wo müssen wir hin?«

»Zu den Orgeln.«

»Du lebst in der Flamenstadt?«

»Wenn genug Wind geht, spiele ich auf den Pfeifen.«

»Das ist doch teuer da! Wie bezahlst du die Wohnung?«

»Frag nicht. Bring mich hin.«

Sie durchzogen ein Kontinuum aus Regen und Zeit. Nur bisweilen störte ein Automotor. All dies war zu einsam, um real zu sein. Kulissen türmten sich um sie auf. Man wollte sie in der Zuversicht wiegen, sie seien tatsächlich Haut, Fuß und Schädel. Seien Frieren und Gesicht. Seien Physiologie und berührbar. Jézabel merkte es vielleicht zuerst. Ein Schauern durchzuckte sie. Als ich sie ansah, weinte sie.

»Aber was ist denn? Was ist los?«

»Du *mußt* jetzt dasein, Abèl.«

»Ich bin's doch … bin hier.«

»Bist du sicher?«

»Gewiß doch …«

»Ich brauche dich.«

»Du hast nie jemanden gebraucht. Das ist jetzt nur der Alkohol.«

»Kann sein, Abèl.«

»Wir müssen schlafen. Morgen sprechen wir dann. – Mußt du zur Arbeit?«

Sie schüttelte sehr langsam, wie bekümmert, den Kopf.

»Dann ist ja Zeit. Wir frühstücken zusammen. Hast du Butter im Haus?«

Sie verneinte, lethargischer noch.

»Ich hol uns welche, auch Croissants. Und Marmelade.«

Sie lachte leise. »Auch ein weichgekochtes Ei?«

Er nickte, streichelte ihr über das kräftige Haar, das dunkler war als die Nacht um sie her.

»Du mußt mich aber noch lieben, Abèl. Auch wenn ich einschlafen sollte. Gerade dann, Abèl. Versprichst du mir das? Du mußt *in* mir einschlafen. Bitte!«

Sie schliffen kraftlos unter den Platanen entlang, am MONOPRIX vorbei, passierten das Lederwarengeschäft, den Flamenbogen, standen vor dem Eingang. Endlich surrte der schwere Glasrahmen auf. Sie standen vorm Fahrstuhl, drückten den Rufknopf.

»Du mußt mir die Ziffern nachher aufschreiben«, sagte er, »damit ich morgen früh wieder reinkann. – Welche Etage?«

Offenbar träumte sie bereits. Ansgar schlang den Arm fester um sie, führte sie in den Lift, eine Hand unter ihrer Achsel.

»Der Schlüssel …«

»Drück einfach die Klinke herunter.«

»Hast du keine Angst, daß jemand einbricht?«

»Bei mir?« Sie lachte stumm. Eine abwesende Heiterkeit lief ihr über die Haut.

Ansgar staunte. Was er sah, als Jézabel Licht gemacht hatte, war unbegreiflich. Ein heftiger Druck legte sich auf den Magen.

Schwere, tiefe Berberteppiche deckten die Böden. Gleich links eine Garderobe aus teurem geschmiedeten Gitterwerk. Daneben ein hoher Jugendstilspiegel. Im Wohnzimmer, rechts an der Fensterfront, stand ein Fernsehgerät, mattschwarzes Chassis, davor eine Couch- und Sesselgruppe mit kubistischen Mustern. Ihr gegenüber ein Kirschholztisch mit vier Stühlen. An den Wänden Kandinski-Reproduktionen. Neben der Tür ein dunkler Servierboy, verschiedenste Flaschen darauf.

»Du hast dich verändert«, sagte er.

»Hast du's dir so nicht gewünscht?«

»Und deine Bücher?«

»Bücher?« Sie hing sich an ihn, küßte ihn wie um Lebenskraft. Tatsächlich spannte sich ihr Körper, schnellte auf. Dann ließ sie von ihm ab und fiel glucksend, fast schon wieder übermütig, in die weißblaue Couch, über der ein weiter Lampenschirm hing. In feinem Bogen spannte sich ihm ein dünnes, bei Berührung wippendes Rohr zu, das am Boden in einem schwarzen Sockel verschwand.

Er warf den Mantel über eine Sessellehne. »Ja, Bücher.«

»Wozu brauch ich jetzt noch Bücher, Abèl?«

»Was ist mit dir passiert?«

»Gefällt es dir nicht?«

Allerdings gefiel es ihm; doch ließ sich dem trauen? Argwohn nagte an ihm. Blitzte nicht durch Jézabels müden Blick bisweilen derselbe Rigorismus, unter dem er früher so sehr gelitten hatte und den er schließlich geflohen war? Verstohlen und hektisch hatte ich vor einem Jahr, kaum daß sie zur Arbeit gegangen war, meine paar Habseligkeiten zusammengerauft. Welch ein schwerer, dumpfer Hieb in meinen Nacken war der Knall gewesen der hinter mir zuschlagenden Tür, welch ein bitterer Stich das Zuschnappen des Schlosses! Ich bebte vor Panik. Doch war mir keine Wahl geblieben. Jede Stunde wurde es schwieriger, mich von Jézabel zu lösen. Ich mußte fort, nicht nur um meinet-, sondern um unserer beider willen.

Er riß sich aus den Gedanken. »Womit hast du das alles bezahlt?« fragte er tonlos.

»Hab ich nicht, Dummerchen«, sagte Jézabel, schlug die Beine übereinander und wippte mit dem rechten Fuß. »Entsinnst du dich noch meines Zimmers in der Rue d'Angers? Das waren unsere glücklichsten Tage.«

Jézabel hatte dort bei Bekannten zur Untermiete gewohnt. Sie liebte den Stadtteil. So stelle sie sich den Süden Englands vor. Seit sie klein gewesen sei, habe sie in Cornwall leben wollen. Sie kenne einen Ort dort, Helston heiße er. – Doch kaum hatte ich ein paar Nächte bei ihr verbracht, gab es Ärger. »Wir ziehen einfach um. Ich hab schon was an der Hand. Algerier, die brauchen das Geld. Nicht mal weit vom Markt.« – Es gab dort keine trockene Wand, unterm Linoleum blühte der Schimmel. »Das kriegen wir schon hin«, sagte sie, aber rührte keine Hand. Ich scheuerte, wischte, rieb den Schmutz aus den Ecken, versprühte Insektizide. Sie kauerte, war sie heimgekommen, hinter ihren Büchern, die sich auf und zu Füßen des alten aufgesprungenen Tisches stapelten, und schaute mit ihren wilden, ernsten Augen hinein. »Wart es ab«, sagte sie, »eines Tages werde ich eine ebensolche Gelehrte sein, wie mein Vater einer ist. Aber ich werde etwas Haltloses schreiben, ohne Gebot und Geschichte.« Sie strich sich die schwarzen Haarsträhnen aus dem Gesicht und steckte einen Zigarillo an. Zwei Wochen, nachdem wir eingezogen waren, war sie morgens plötzlich aus dem Bett gesprungen, hatte nach den Jeans gegriffen, sich einen Pullover übergestreift. »Ab heute rauche ich«, verkündete sie. Ich hatte lachen müssen. »Was findest du komisch daran?« War fast schon zur Tür hinaus, stutzte im Rahmen, lachte gleichfalls. »Hast ja recht, Abèl. Ist schon ein bißchen absurd.« – Sie ging aber doch und kam mit Zigarillos zurück.

»Küß mich, Abèl! *Jetzt* sind wir, nicht damals.«

Ich wandte mich ihr zu, stand auf, kniete mich neben ihr vor die Couch, legte meinen Kopf auf ihren Bauch. Sie hatte das Kinn in die Halsmulde gepreßt, lugte über die Hügel ihrer Brüste zu mir hinab. Mein rechter Zeigefinger strich ihr über die Brauen.

»Du mußt mich jetzt lieben«, sagte sie. »Es ist nötig.«

Aber Ansgar fielen die Augen zu. Erst tief in der Nacht oder Frühe erwachte er; jedenfalls war es draußen noch dunkel. Weder er noch Jézabel hatten sich bewegt; ihre Bauchdecke hob und senkte sich gleichmäßig warm unter seiner Wange. Der Laubduft ging davon aus.

»Schläfst du, Advise?«

»Nein, Dummerchen. Ich warte.«

Er streckte sich aus den Knien hoch; ein Bein war eingeschlafen. Es kribbelte. Auch sie erhob, reckte sich aus der Couch, nestelte an seiner Hose, zog sie herunter.

»Du mußt mich begehren.«

»Aber ich begehre dich doch.«

Selbst der leichte Handdruck, mit dem sie sein Geschlecht umschloß, war skeptisch.

»Warum streifst du immer die Vorhaut zurück?« fragte sie und küßte die Eichel. Sie ließ ab, schnellte auf, spannte sich, öffnete die Bluse. Zog die roten Stiefeletten von Waden und Füßen, drückte ihre engen Jeans hinunter. Wie eine Woge quoll feuchter, würziger Laubduft aus ihrem Schoß, flutete den Boden, ein Opiat, stieg an, schwappte auf jeden Stuhl, deckte sich über den Tisch, überzog die Wände und stand wie dichtes, süßes Wasser bis zur Decke.

Jézabels Atem flatterte kühl über seine Brust, vernestelte sich in den gekräuselten Härchen. Da entfiel Ansgar dem Zimmer. Es war, als gäbe unter seinem Gewicht die Matratze nach. Decken und Kissen ließen ab. Eine verwischte Traumorganik öffnete den glänzenden feuchten Schlauch, Gebärmutterhals, wohinein er fiel und fiel, weich, schnell, immer schneller. Kein Widerstand strömte um ihn zusammen. Die Sekrete schlugen zur Seite. Er sauste hindurch, raste quer in die Leere und fiel am Grund auf dasselbe Laken zurück, das unter ihm nachgegeben hatte. Es stoppte zäh seinen Fall, dehnte sich, stülpte einen Kokon aus, in dem er, wie ein Tropfen, ruhte. Die Matratze über ihm rauschte zusammen. Dann erst kontrahierte der Kosmos, pulsierte in die Ausgangslage und stabilisierte sich, ohne nachzufedern.

Ansgar schlug verstört die Augen auf. Zuerst sah er nichts außer weißlichen Gebilden. Es war nicht leicht, Pupillen scharfzustellen. Konturierte sich blasses, über ihn gebeugtes Männergesicht, dunklen kleinkrempigen Hut gerade in der Stirn. Familienvater von gestern früh. Zwei andere, gleichfalls hutbedeckte Köpfe entformten sich Schlieren. Zwischen Schultern drei Menschen schoben sich dunkelhaarige Kinderköpfe sowie glattrasiertes Gesicht eines Jugendlichen. Zimmer selbst im Ungefähren.

»Er ist aufgewacht«, sagte helle, noch kaum entwickelte Stimme des Jungen. Kinder tuschelten.

»Kommen Sie zu sich, Ansgar«, sagte Vater. »Verantworten Sie sich.«

Entfernter, in Ecke, Greis im Tzitzot, Kipa, über Folianten gebeugt. »Ahasja aber regierte über Juda im elften Jahr Jorams, des Sohnes Ahabs.« War liturgisches Wispern.

Ansgar kam kein Artikulieren. Stimme aufgedunsen, zäh.

»Strengen Sie sich nicht an. Wir verstehen Sie auch stumm.«

Ansgar versuchte es trotzdem.

»Wir waren geduldig. Wir haben auf Sie gewartet mehr als ein Jahr.«

»Schuldig bis in das siebte Glied«, sagte Junge.

»Nun sind Sie eingekehrt, um Buße zu tun.«

»Und da Jehu gen Jesreel kam und Jsebel das erfuhr, schminkte sie ihr Angesicht und schmückte ihr Haupt und guckte zum Fenster hinaus«, sang Alte.

Vater wandte nach hinten: »Sei still, Elisa Blum!«

Gesang leiser.

»Und das dritte hat abermals gesündigt wider den Herrn. Und trägt noch die Sünden des ersten.«

»Wir wollen ihn richten!« rief Junge.

»Richten! Richten!« schrien Kinder. Klatschten ausgelassen Hände.

»Der Herr wird richten, nicht wir«, sprach Vater. »Er wird es selber tun. Nicht wahr, Ansgar? Das werden Sie?«

Ein Irrtum. Er habe nichts zu schaffen, versuchte er. Ging nicht.

»Entsinnen Sie sich, wie es war, als Sie uns gestern gesehen haben? Haben Sie nicht die Augen vor uns niedergeschlagen? Wir haben Sie nicht gerufen. Der Herr hat Sie geschickt.«

»Angst«, sagte Junge, »weht nicht grundlos.«

Kicherte jemand.

»Gib uns die Tochter zurück«, plötzliche Frauenstimme. Kippte, kirrte. Drängte vor, schwarzgekleidet schweres Tuch Haar geschlungen.

»So spricht der Herr«, murmelte Greis. »An der Stätte, da Hunde das Blut Naboths geleckt haben, sollen auch Hunde dein Blut lecken.«

»Was dachten Sie, als Sie uns sahen?« fragte Vater. »Sie wissen es, Ansgar. Geben Sie zu.«

»Tu Buße!« rief Dritter. »Zerreiße dein Herz!«

»Buße, Buße!« johlten Kinder.

»Er hat uns die Tochter ermordet!« rief Mutter.

Habe nicht schrie zurück.

»Ich will ihn leiden sehen!«

»Ruhig, Weib. Das tut er längst.«

»Laß es mich sehen, Joas! Laßt mich heran!«

»Zurück, Frau! Versündige dich nicht. Wozu brauchst du das Bild? Setz dich zu Tate Blum.«

»Ich verfluche dich!« schrie Mutter. »Stürzt ihn herab!«

Unmittelbar vernahm Ansgar Bruder Jakobs »Stürze!« vor TERTRE D'OR. Umhallte ihn Gischt und schrie sich entsetzt aus dem Albtraum. Doch aus entsetzlicher Ferne noch der Singsang des Alten: »Wer von Ahab stirbt in der Stadt, den sollen die Hunde fressen.«

Es war sehr früher Morgen. Ein blasses Gelb, wie Schwefel, durchsetzte den rötlichen Schimmer hinter den spirrigen Antennenwäldern. Gleichwohl konnte man den Eindruck gewinnen, es folge dem naßdurchströmten Wochenende ein sonniger, blauklarer Montag. Noch schlummerte Jézabel. Ansgars Schrei schien sie nicht geweckt zu haben. Weiterhin fächelte ihr Atem über seine Brust. Es kitzelte leicht. Vielleicht hatte er auch gar nicht geschrien. Jézabels Arm lag ihm schräg und schwer über dem Bauch. Zart pulste der nach Schlaf und Samen duftende Frauenkörper. Ein paar verklebte Haarsträhnen hafteten an Stirn und Wangen. Leichte, kühle Morgenluft wehte vom Fenster her. Die Knospe der linken Brust, blaß auf der Spitze, die Seiten tiefrot, war härtlich zusammengezogen. Ein feiner Speichelfaden zitterte in Jézabels Atem zwischen rechtem Mundwinkel und einem Kissenzipfel.

Ansgar war wie gerädert; die Gelenke schmerzten. Noch hing ein Gewicht an ihm, das aufs Wachwerden drückte. Auf keinen Fall durfte er liegenbleiben. Er glitt seitlich und behutsam, um Jézabel nicht zu wecken, unter ihrem Arm aus dem Bett, reckte, schüttelte sich, gähnte, ging zum Fenster. Allmählich wurde er ruhiger, blickte die zwölf Etagen hinab, hinunter auf Platanenwipfel, den noch spärlichen Autoverkehr, in eine Rue de Flandre, die sich die Augen rieb. Drüben am Bistrot schwangen zu langsam die Flügeltüren.

Es kam ihm so vor, als hätte er Monate verschlafen. Vielleicht hatte er auch zuvor nur geträumt, bis er eben Jézabel traf, damals, im Tempelchen des Buttes-Chaumont. Sie hatte ihn erkannt. Das attackierte seine weichliche Lethargie. Er, keineswegs sie, war nicht reif genug gewesen. Ihn schreckte der Alltag. Deshalb hatte ihn Jézabel, hatten ihre Augen, die er darum mystifizierte, in die Enge getrieben. Er schüttelte den Kopf, lachte bitter. Welche Gewalt tat ich ihr an! Er wandte sich um, betrachtete den noch immer etwas mädchenhaften Körper. Jézabel seufzte hell, drehte sich im Schlaf, zog ein Bein an. Gleich nachher werde ich zuhause anrufen. Ich werde mich exmatrikulieren. Wir kommen schon irgendwie durch. Es war ein gutes Gefühl, bereit zu sein, ein gewöhnliches Leben zu *wollen*.

Ansgar kleidete sich achtsam an. Er wollte, daß Jézabel noch schliefe, wollte fürs Frühstück einkaufen gehen und sie wecken mit einem gedeckten Tisch. Wie habe ich, dachte er, sie gedemütigt! Imgrunde war ich nur feig. Hab mich benommen wie einer, den man füttern muß. Er hatte damit, kein Zweifel, auf perfide Weise den religiösen Fanatismus noch aufgeblasen, den sie geflohen war und doch perpetuierte, indem sie so verbissen dagegen anzudenken versuchte. War es ein Wunder, daß sie, derart überfordert, Ansgar an sich klammerte? Das wird jetzt anders werden, Jézabel. Draußen durchbrach glanzvoll der Sonnenball die Morgenschleier. Ja: *Jézabel.* Nix mehr Abèl und Advise. Damit geht es schon mal los.

Er stand, voll heller Intelligenz, im Zimmer, knöpfte das Hemd zu, warf immer wieder seine Blicke auf die Schlafende, die er jetzt erst, nämlich auf eine nüchterne, weltliche Weise, zu lieben begann. Schlüpfte ins Jackett, nahm den Mantel von der Sessellehne.

Das Schloß schnappte. Für einen Moment erinnerte es an jenes häßliche letzte Klicken des Türmechanismus aus der Rue Bellot. Aber er wischte den Eindruck weg. Wir brauchen Eier, Butter und Croissants. Er wandte sich um. Kein Namensschild. Ging zum Aufzug, fuhr hinab, trat in die plötzlich aufgewachte Straße. Spitzes Rufen, Geratter, Brummen von Motoren. Die Welt. Zufallende Autotüren, Hupen, Preßlufthämmern vom Neubau her. Auch saß da der Bettler vorm Tertre d'Or, den Pudelmischling zur Seite. Beide ignorierten den jungen Mann. Der spazierte zehn Meter weiter, blieb stehen, sah zurück. Das Tier schnüffelte am Boden, stand auf, räkelte sich, gähnte. Wischte mit der Schnauze am Boden, leckte. Möglicherweise spürte Bruder Jakob Ansgars Blick, und, den Kopf hebend, erwiderte er ihn, nicht leidend, nein, selbstbewußt, durchaus kalt. Ansgar drehte den Kopf weg, ärgerte sich und beschloß, nachher ein paar Münzen in die Zigarrenkiste zu werfen.

Die gedämpfte Unterhaltungsmusik hätte es sein können oder auch eine junge Kassiererin, die in fleckigem blauen Kittel für einen Moment aus ihrem engen Stuhl hochkam, hinter sich griff, eine kleine Papierrolle nahm, die Plastikverschweißung aufriß, – oder das Gewisper zweier alter Damen, die links bei den Schokoladeriegeln standen, – oder die Keksschachtel, die einem Ladendieb aus der Hand fiel, der sich, scheinbar verwirrt, bückte, um sie aufzuheben, wobei er sich irgendeinen anderen Artikel geschwind in den Parka steckte, – oder nur ein flüchtiger Blick über die außen mit Werbeplakaten beklebten Schaufensterscheiben; jedenfalls etwas von solch präziser Banalität, daß man erschrak. Ein dumpfer Ton, als wäre das vorsichtige, lockende Singen und Sirren in Drohung invertiert, wälzte sich, das Stimmrollen eines Tigers, der sein Wild täuscht, über den Boden, stieg an, als hätten die Fundamente, die Wände, hätte der gesamte MONOPRIX wie ein unter den Tag gelegter Orgelpunkt zu schwingen begonnen. Aus der von versteckten Boxen in den Raum gestreuten Unterhaltungsmusik drückte er sich in die Eigenfrequenz der Häuser, und Ansgar, ganz plötzlich, erinnerte sich. Er schrie auf. FRANCE SOIR, FRANCE SOIR! Um Gottes willen! Er ließ seinen Einkaufswagen stehen, rannte los. Der neunte April! Er warf sich in die Schlange vor einer Kasse Wartender, stieß die Leute grob, in Panik, beiseite, stürmte hinaus. Und Jézabel tat diesen Schrei. Aber nicht nur sie dort oben schrie, schrie aus einem Fenster des zwölften Stockwerks, nein, unter den Platanen und um das kleine Karussel lief ein unendlich verstärktes Echo zusammen, ballten sich kreischende, schreiende, brüllende Frauen, Männer und Kinder in dem sich stauenden, hupenden Verkehr. Ich warf, vereist bis ins Mark, den Kopf in den Nacken. Jézabel fiel stumm in sich selbst und alle zwölf Stockwerke herab. Da traf mich ihr Blick. Sie legte unerbittlich ihr Wesen hinein.

Es währte Minuten, daß sie fiel. Ich streckte hilflos lang meine Arme nach ihr aus. Lachte. Befreit. Dann schlug ihr Körper aufs Pflaster, zerschmetterte vor dem Bauchrumpf des Bettlers, bespritzte Wände, Scheiben, Gaffer und Autos.

Schaulust umscharte den Richtplatz. Ich hatte den Hund davonstieben sehen. Er blieb zögernd irgendwo stehen, schnüffelte zwischen Menschenbeinen zurück, und dann, ich war gerade durch die Massen hindurch, mit einem Triumphgeheul, als hätte er auf so etwas seit langem gelauert, stürzte er sich auf die Leiche, leckte an ihr. Bevor ihn Fußtritte vertrieben, riß er einen Fetzen aus der fleischigen, knochigen Grütze und lief knurrend, voll Blutlust, davon. Ich konnte mich vor Kälte und Freiheit nicht rühren. Die Körperteile lagen verstreut, hier der splittrige, gehirnverschmierte Schädel, dort Jézabels Beine und vor meinen Füßen ihre flachen Hände. Dann der Dopplereffekt einer Polizeisirene.

»Wollen Sie rein?«

Ansgar, aus der Trance gerissen, starrte einem jungen Menschen eher überrascht als mißtrauisch ins Gesicht, stammelte etwas. Der Mann im Trenchcoat zuckte mit den Achseln, schlug den Kragen hoch, spazierte diagonal über die Straße, wich gelenkig ein paar Autos aus, trat drüben ins Bistrot. Ansgar, in der Tür, sah ihm abwesend nach, schüttelte endlich das Innenbild ab. Es regnete nicht, nein, man wärmte sich, obwohl der Verkehr lärmte, auf Bänken wie an österlichem Frieden in der Vormittagssonne. Ein alter Herr las die Zeitung. Passanten strebten eiligen Schritts, Papiertüten unter den Armen, nach Hause oder zur Arbeit. An der Ecke zum TERTRE D'OR kauerte, neben ihm döste sein Hund, der Bettler; für einen Moment trafen sich seine und Ansgars Blicke. Es sah so aus, als nickte er ernst, schaute schon wieder friedlich zurück in den Schoß.

Sich erinnernd, legte Ansgar den Kopf in den Nacken. Jemand hatte geblümte Bettwäsche aus einem der Fenster gehängt, im achten, vielleicht im neunten Stock. Der Stoff zipfelte in einer Brise.

Es war geschehen am neunten April. Ich war wieder nach Paris gefahren, hatte es nicht mehr ausgehalten ohne Jézabel, hatte mich zurückgesehnt, wollte zu ihr. Verzweifelt suchte ich sie. Die Wohnung in der Rue Bellot war mittlerweile aufgelassen. Ich versuchte es im CONWAYS. Niemand wußte um Jézabels Verbleib. Einen Freundeskreis pflegte sie ja nicht. Auch Paul wußte nichts. Seit ich sie verlassen hatte, hatte er sie nicht zu Gesicht bekommen. Ich war so verzweifelt, daß er mich bei einem zweiten Suchen nach La Villette begleitete. Und dann standen wir dort neben dem Karussell, hörten von oben einen Schrei, hier unten kreischten die Menschen. Es gab ein häßliches, scharfes Rauschen, als Jézabel stürzte. In mir fing, ich weiß nicht warum, alles zu lachen an. Mein ganzer Körper zitterte. Ich entsinne mich nicht mehr, wie ich nach Frankfurt zurückkam. »Du bist ein Schwein«, schrieb Paul auf die Zeitungsseite, die er mir schickte. Er hatte den Sensationsbericht mit einem Kuli eingekringelt. Ich wußte nichts damit anzufangen. Schnitt den Artikel allerdings aus, trug ihn fortan ständig bei mir, las ihn erneut und erneut, aber begriff nicht den Sinn.

Noch immer stand Ansgar in der Tür, ordnete seine Erinnerungen, grübelte, sann, zunehmend ängstlich. Plötzlich riß er sich los, blickte zurück, blickte vor, blickte hoch, sah in den Hausflur. Wenn denn alles sich so zugetragen hatte, wer um Gottes willen war die Frau, mit der er die Nacht verbrachte und die ihn erwartete dort oben? Du mußt mich ins Leben lieben, Abèl … Das konnte nicht sein! Jézabel war tot, zerschmettert; mit den eigenen Augen hatte er es gesehen. Und rannte los, nahm nicht den Aufzug, nein, stürmte das Treppenhaus hinauf, all die zwölf Stockwerke, die sie außen hinabgestürzt war, raste, holperte, stieß sich die Knie, zog sich am Geländer weiter, hielt sich, endlich oben angekommen, die Seiten, außer Atem vor Milzschmerz, riß die metallene Brandschutztür auf, rutschte aus, fiel hin, sprang hoch, stand jäh vor der Wohnung.

Niemals zuvor hatte ihn eine solche Angst gefaßt wie nun, als er langsam den Knauf berührte. Sie drückte sich ihm auf die Zunge, durchs Zäpfchen, die Kehle hinab. Die Tür nur angelehnt. Kein Namensschild draußen. Bange stieß er sie auf.

Eine Leiter lehnte zusammengesteckt im Flur. Farbtöpfe darum her. Es roch nach Innenbinder, nach Leimen, Methanol. Er trat ins Wohnzimmer. Drei der Wände bereits geweißt; eine verfleckt, schmutzig grau. Die Bodenleisten teils herausgerissen. Ausgefranste Stücke Linoleums lagen auf einem Haufen rechts in der Ecke. Daneben eine alte Matratze, aus der der Federkern lugte. Drauf verstreut Nippesgegenstände, ein paar Plastikbecher, eine umgefallene Thermoskanne. Außerdem Ansgars Umhängetasche, naß aufgequollen, als hätte sie lange im Regen gelegen. Daneben der Artikel aus dem FRANCE SOIR vom zehnten April. Und eine rote Lederstiefelette. Ansgar nahm sie auf, und hätte ihn nicht ein leises, sirrendes Singen beruhigt, das, aus den Wänden, aus dem Boden steigend, wie dichte Luft im Zimmer hing, er hätte vor Verzweiflung geschrien. So aber ließ er sich nieder auf der Matratze, hielt die Stiefelette im Schoß, streichelte sie und summte, endlich trauernd, das Kinderlied.

Spuren an den Ufern von Musik und Mythe

Und der eiserne Schlaf harrte des Tages umsonst. / Ach! nicht schlang
um die Erde den wärmenden Arm / der Olymp hier /
Wie Pygmalions Arm um die Geliebte sich schlang.
Der Wanderer, Friedrich Hölderlin 1797

Musik und Dichtung haben nämlich eine Gangart des Geistes.
Sie haben Rhythmus, in dem ersten, dem gestaltgebenden Sinn.
Darum vermögen sie einander zu erkennen. Darum ist da eine Spur.
Musik und Dichtung, Ingeborg Bachmann 1956

So fallen wir lesend in ein Buch wie in einen Raum, der sich aus allen Altern speist –Vergangenheit, Gegenwart und Zukunft, und anvertrauen uns seiner Sprache, einer fremden, die, so hoffen wir, etwas in uns anklingen lässt, das vergraben: wartet. Wir brechen auf, sind lesend Dichtende, lesend Wagende, selbst »Wanderer« wie in dem Gedicht von Hölderlin (1797): »Einsam stand ich und sah … / … Tot in der Hülse von Schnee schlief hier das gefesselte Leben …«[1]

Was es bedeutet – zu *lesen*: »Was der Mensch wagt, wenn er dem Werk angehört und wenn das Werk die Suche nach der Kunst ist, ist folglich das Äußerste, was er wagen kann: nicht allein sein Leben, nicht allein die Welt, in der er sich aufhält, sondern sein Wesen, sein Recht auf die Wahrheit und mehr noch sein Recht auf den Tod.« Denn: »Der Umherirrende hat seine Heimat nicht in der Wahrheit, sondern im Exil.«[2]

Literarische Wirklichkeit ist zuallererst Sprache. Sie ist Instrument und Körper, Mittel und Material. Ihr Licht erst erhellt, was aus der Dunkelheit des Umherirrens ausgegraben, dichterisch gehoben wurde. Sie entfacht gerade im melodischen Zusammenspiel der Wörter ihre Wirkung, zeugt ihre Wirklichkeit. Ihr Sog zieht uns in ihre fiktionale Umlaufbahn und lässt in zeitlicher Unermesslichkeit – wie bin ich hier hineingelangt? – Situationen kollidieren, aus denen mit jedem Lesen neue Welten entstehen, gespeist aus Erinnerung, Fantasie und dem Weltraumschrott der Gegenwart. Ja, auch dem Humor. Im Teilchenfluss der Wirklichkeiten sind nach Deleuze und Guattari ein Wolf und ein Loch bloße Partikel des Unbewußten.[3] Wir befinden uns in einem Raum, dem wir – wer immer sich davon angesprochen fühlt – fremd-vertraut gegenüberstehen, gerade wenn es uns trifft, unser eigenes »So-Sein« betrifft. Doch wer sind wir, ich? Wo ist die letzte Markierung meines realen Lebens, Wegpunkt oder Bake, die mich eindeutig bestimmen, verorten kann? Haben wir uns verirrt?

Wir kreisen auf Irrtümern und Lebenstrümmern, die wir zusammenfügen, Biographie und Fiktion, immer schöpfen wir aus beidem. Die Sprache ist unser Werkzeug, gleichzeitig Material, das wir schleifen können, wie wir wollen, gegen die »Wahrheit« bleibt es stumpf. Das ist eine alte literarische Erkenntnis, gegen die und mit der Alban Nikolai Herbst auf eigene Art (an)schreibt: »Ich habe diese Erzählung gebraucht, um aus dem Vergessen zu ziehen, was damals geschah. […] Seither ist sie [die Frau/die Erkenntnis, Anm.] bei mir, muß ich auch wandern in finsterer Schlucht, und ich fürchte kein

Unheil.« Welche Erzählung – welcher Psalm – hier angesprochen ist, möge die geneigte Leserin[4] selbst herausfinden. Wer schreibt, sucht erinnernd, ahnend, erfindend, kreist über dem Epizentrum dessen, was ihn berührt, von Anfang an umtreibt, was in ihm fortwährend brodelt. Es ist der unruhige Blick des Orpheus, der seiner geliebten Eurydike nachfolgt, sie ins Leben zurückholen, schreibend erdichten, oder, wie es bei ANH[5] in einer Erzählung heißt, zurück*lieben* will. Doch ist Orpheus selbst »der Akt der Verwandlungen, nicht der Orpheus, der den Tod besiegt hat, sondern jener, der immer stirbt, der die Anforderung des Verschwindens ist, der in der Angst vor diesem Verschwinden verschwindet, Angst, die Gesang wird, Sprechen, welches die reine Bewegung des Sterbens ist«[6]. Die frühen Erzählungen, aber auch »Die Orgelpfeifen von Flandern«, zeichnen diese Linien bereits als formbestimmende Bewegung.

Die Entstehungsorte, biographisch wie bibliographisch, spielen im Schreiben ANHs eine wesentliche Rolle, gerade für die Form des Erzählens, auch, aber nicht zwingend, für die Themen. In seinem *Weblog Die Dschungel. Anderswelt* spricht er in diesem Zusammenhang von Orts*höfen*, welche die Erzählungen an ihren jeweiligen Entstehungsort assoziativ *binden* – oder umgekehrt diesen durch die Erzählungen *bündeln*, schreibend als Garbe (ahd. *garba* = »Zusammengegriffenes«) erst fassbar machen. Sich verorten durch Erzählen. Erzählen als das Not*wendige*, Wandeln als das Mysterium des Dichtens. Wesens(an)verwandlung. Wie der Ort den Menschen prägt (und vice versa), der Geistes- und Lebenswandel, das Gehen und Denken, was daraus entsteht. Komplexe Höfe des Erinnerns als Erfindens. So stellt ANH im »Arbeitsjournal«[7] vom 26. Januar 2019 heraus: »Genau das machte die Umstellung von ›Kark-Jonas‹ und ›Svenja‹ nötig, weil wiederum sie, also ›Svenja‹, eine mir zuvor nicht bewußt gewesene Verbindung zu den viel später entstandenen ›Orgelpfeifen von Flandern‹ hat, die den ersten Band abschließen. Nun hat sich eine nicht nur thematische, sondern auch eine psychodynamische Formklammer um das ganze erste Buch gelegt, die es auch dramaturgisch zur romanhaften Einheit macht« – Einheit, die ebenso als Verschlungenheit verstanden werden kann, da diese »Höfe«, dschungelartig-rhizomorph, sich nicht an ›Einfriedungen‹ halten. Vielmehr »wuchern«[8] ihre Wirklichkeiten als Möglichkeiten, die sich eben nicht abschließen lassen, denn jede Erfahrung, jede Erkenntnis, stellt erneut in Frage. So lässt sich Endgültiges nicht festhalten, nur fortwährend im Orpheus'schen Sinne sterben, um wiederzu(be)leben, ohne des Rätsels und seiner Schönheit ganz ge*wahr* zu werden.

ANHs Erzählungen sind transitive Räume, die sich keinem traditionell-realistischen ›Mikroklima‹ unterwerfen. Sie bilden wie Träume eigene – auch unmäßige – Gesetze aus, verfolgen »ungerade« Spuren und führen uns in Gegenden, Traumgegenden, die zur messerscharfen Prüfung werden, der Prüfung unserer Seh- als Lebensgewohnheiten. Sie sind Übergänge zu einer Wahrheit jenseits nicht nur von Gut und Böse, auch von Real und Fiktiv. Dort, wenn, gibt sich die Wahrheit zu erkennen. Dort, wenn, liegt die Grenze. So schreibt Rainer Maria Rilke am 24. Juni 1907 an seine Frau Clara: »Kunstdinge sind ja immer Ergebnisse des In-Gefahr-gewesen-Seins, des in einer Erfahrung Bis-ans-Ende-gegangen-Seins, bis wo kein Mensch mehr weiter kann.«[9] Wie weit gehen, wandern?

Das mittelhochdeutsche Wort »wanderen« ist eine Iterativbildung zu althochdeutsch »wantòn«, *wandeln,* mit der Bedeutung »wiederholt wenden«, womit in der Folge eine grundlegende Veränderung einhergeht. *Wanderer* kann in diesem Sinne auch als eine Bewegung hin zur künstlerischen Transformation gelesen werden, zu einer labyrinthischen oder lapidaren Wende. So erzählen die frühen Prosastücke Alban Nikolai Herbsts nicht nur von einer (möglichen oder unmöglichen) Wende im Leben des jeweiligen Protagonisten, sondern verstehen sich selbst als (kleinere oder größere) Wendepunkte im Schreiben des Autors, die ja nicht nur mit bestimmten Orten, sondern immer auch mit dem eigenen Lesen – und damit mit fremdem Dichten, fremd-vertrauten Stimmen – zusammenhängen. Die österreichische Schriftstellerin Marie-Thérèse Kerschbaumer fasst in Essays ihre Dichterkollegen als »Freunde des Orpheus«: »Des Orpheus Freunde sind sie, weil unerschrocken. Abgründe nicht, Finsternis nicht, noch das Schweigen der Götter sie fürchten. Hinabsteigen und wiederkehren, mit leeren Händen: traumbekränzt. Freunde sind sie, aus Zufall, aus gleicher Stimmung, aus anderer Stimmung, Zeitgenossen und Gefährten über die Zeit.«[10]

Durch die geheimnisvoll-nächtliche Welt wandeln, wo Blicke, sie allein, Licht auf eine Wahrheit wie auf einen Abgrund werfen, der sich dem Wachsein nicht zu erkennen gibt. Die frühe, vom Surrealismus beeinflusste Erzählung des kolumbianischen Autors Gabriel García Márquez mit dem Titel »Augen eines blauen Hundes« beginnt eben mit diesem Motiv: »Dann blickte sie mich an. Ich dachte, sie blicke mich zum ersten Mal an. Doch gleich darauf […] begriff ich, dass ich sie zum ersten Mal anblickte. […] Kurze Minuten taten wir nichts anderes als dies: uns anblicken. […] Augen eines blauen Hundes.«[11] Geschrieben 1950, erzählt García Márquez hier von zwei

Liebenden, die, gefangen in ihrem jeweiligen Traum, vergeblich versuchen, ihre Begegnung mittels eines Codes, einer Liebeserklärung, die nur die beiden dechiffrieren können, in die Wirklichkeit zu überführen. »Das Werk«, schreibt Blanchot, »trifft auf das Sein, bevor das Zusammentreffen möglich ist und dort, wo die Wahrheit fehlt.«[12] Das Nichtzusammentreffen ist die Ambiguität des literarischen Textes, es sucht nicht zu identifizieren, sondern hat den Spalt, die Spaltung, den unüberbrückbaren Abgrund vor Augen. Vor den Augen eines blauen Hundes. Vor dem Rätsel der Kunst, die das Exil der Wahrheit ist.

Wie ein weiterer literarischer »Gefährte«, Jorge Luis Borges[13], so neigt auch Alban Nikolai Herbst in seinen frühen Erzählungen »dem Onirischen [zu], dem Magischen, dem vielleicht Wirklichen«[14]. Das traumähnliche Erleben hält das Geschehen als Erinnern in der Schwebe, wertet nicht. Gerade Prosastücke wie »Svenja« und »Sabinenliebe« zeigen eindrucksvoll diesen traumverhangenen Bewusstseins- als Schwebezustand, den eines verliebten Jungen.

»Elfenkönigin seine«, ruft der Erzähler Svenja gleich am Anfang an, der Name leitet sich ab von Swanhild – Schwanenkämpferin, an anderer Stelle nennt er sie »eine Ephebe« und dann auch »Windsbraut meine«. Vom ersten Blick an erscheint ihm das Mädchen engelhaft entrückt, zugleich diabolisch, nicht einzuholen in eine – geschweige denn seine – »Realität«. Es ist, als sähe er sich selbst erinnernd dabei zu, wie er, der Erzähler, ich, der gleichzeitig Wieder(er)lebender ist, an seinem Begehren scheitert, während sie, die Ephebin, Kämpferin, ein Selbstverständnis, ja eine Selbsterkenntnis der eigenen Libido, bereits ausgebildet hat.

Stärker noch in der Erzählung »Sabinenliebe« traum*wandelt* der Erzähler seine Liebe. Wieder ist es im ersten Blicken, in dem sich alles entscheidet, wieder ist es ein gleichsam schwebendes (Luft-)Wesen, Ariel, das sich ihm entzieht. Nur nachts, in dieser absoluten Existenz des Traums, *absolut,* wie der französische Autor Jean-Luc Nancy schreibt, weil abgelöst, hier befreit von aller Scham und Schwere, kann er sich ihr nähern, sie sogar umarmen. Sie verlieren einander unerkannt aus den Augen, bis er Sabine eines Tages, nachts, unversehens wiedersieht, etwa zehn Jahre später, sie nun *erkennt.* Doch anders als in der mythologischen Erzählung zu Alkyone, bedeutet ihr Kuss nicht glückhafte Vereinigung, sondern ist Trennung, die wiederum nur der Traum aufzuheben vermag. Wie nämlich das reale Erleben auf den Traum wirkt, so rankt jener in die ›Realität‹.[15]

Im Mythos der Alkyone, den ich als verwandeltes Motiv immer wieder bei ANH heraushöre, erscheint Morpheus, Sohn des Hypnos, im Traum Alkyone, der Tochter des Windgottes Aiolos, in der Gestalt ihres verschollenen Gatten Ceyx. Als sie ihn umarmen will, greifen ihre Arme ins Leere. Sie erwacht, eilt an die Küste, sieht in den Fluten den toten Körper ihres Geliebten. Verzweifelt stürzt sie sich von den Klippen hinab, dabei bildet sie Flügel aus, und mit ihren Schwingen umfängt sie liebend den leblos kalten Leib, sucht mit ihrem Schnabel ihn zu küssen. Da verwandeln die Götter auch Ceyx in einen Vogel und das Halkyone(Eisvogel)-Paar findet sich wieder – vereint auf den Fluten des Meeres.

Die die »Die Orgelpfeifen von Flandern« (um)spielen das Alkyone-Motiv als inversen Grundton. Darüber gemahnt das Kinderlied »Frère Jacques«, Bruder Jakob, gleichsam als Code für das Tor zu einer verdrängten Vergangenheit. In der flehenden Klage des dritten Satzes von Gustav Mahlers 1. Symphonie, durchbrochen von Klezmer- und Liedermelodien, in hellen und dunklen Tönen changierend, scheint die Novelle von Alban Nikolai Herbst wie aus der Musik geboren – die fort*weh*t, sich erhebt mit dem Wind, wer weiß wohin, wer weiß woher. Traum wandelt Musik durch Sprache. Gleich einer Götterdämmerung. Evoziert wird mit dem Lied des Wachwerdens aber auch das Bild des Jakob aus dem Buch Genesis. Jakob, der mit dem Engel kämpft, steht »emblematisch für das Dichterische«[16] schlechthin. »Wer, wenn ich schriee, hörte mich denn aus der Engel Ordnungen?«, hebt Rilke in den *Duineser Elegien* an, die ANH nicht nur in den Gedichten immer wieder aufgreift.[17] Der unentwegte Kampf des Kunstschaffenden mit sich selbst, die Wanderung an der Grenze, die Leere. Der Schaffensprozess, der die Handlung reflektiert – wie umgekehrt die Handlung den Schaffensprozess. Im Erwachen, im Halbschlaf, im Übergang von Dunkel und Hell, dringt die Vergangenheit, das unvergänglich Unbewusste, in die Gegenwart, lässt nicht los, treibt den Protagonisten an, der nicht weiß, wonach er eigentlich sucht, da er wie getrieben durch die Stadt seiner Liebe wandert. Bei Tagesanbruch setzt die Erzählung ein, bei Tagesanbruch endet sie.

»Da sie aber hingingen, sie zu begraben, fanden sie nichts von ihr denn den Schädel und die Füße und ihre flachen Hände.« (2. Könige 9, 35) Bereits das vorangestellte Motto kündet ein Ende. Es ist die Geschichte der phönizischen Prinzessin und späteren israelitischen Königin Isebel – Jézabel, wie sie in der Novelle heißt –, die im 9. Jh. v. Chr. lebte, verheiratet mit König Ahab, für dessen Missetaten, die Ermordung der Propheten, ihr die Verantwortung zugeschoben wird. Isebel, die auch nach dem Tod des Königs als »Königinmutter« politischen Einfluss und religiöse Macht beansprucht, wird auf Befehl Jahus von ihren eigenen Leuten – wie von Elija prophezeit – aus dem Fenster gestürzt und den Hunden zum Fraß vorgeworfen. – Die selbstbewusste Frau vorgeführt als Hexe. Patriarchat und Matriarchat im dauernden Kampf. Auch in »Die Orgelpfeifen von Flandern« sucht die Protagonistin Jézabel »den Gott ihrer Väter«[18] zu fliehen, sich ideell – lesend – zu befreien, um zu leben.

Tombe de sommeil, Fall in den Schlaf – »früher war sie in den Schlaf immer *gestürzt*", heißt es in der Novelle – gleichzeitig bedeutet der Ausdruck, Titel von Jean-Luc Nancy[19], »Schlafes Grab«: »Du mußt mich ins Leben lieben, Abèl«, ruft ihm die Geliebte in der Nacht zu, Jézabel, die seinen Namen in dem ihren trägt. Phonetisch gelesen, ist sie immer bei ihm, ist *chez Abèl,* bei Abèl.[20] So wandeln wir lesend auch auf der Schattenseite der Sprache, auf der dunklen Seite der Zeichen, Bedeutungen.

Die literarische Gattung ist mit *Novelle* ausgewiesen. Im Unterschied zur Erzählung, die auf das, was geschehen wird, zuschreitet (»Was wird passieren?«), dreht sich in der Novelle alles um die Frage: »Was ist passiert? Was kann denn nur passiert sein?« Ihre Bewegung in Bezug auf die Gegenwart ist also gegenläufig, sie »wirft in die Vergangenheit zurück, *sobald* sie gegenwärtig ist«[21]. Damit hat die Novelle, wie Deleuze und Guattari ausführen, eine »fundamentale Beziehung zum *Geheimnis*«, denn sie verbindet uns »mit etwas Nichtwißbarem«, das sich der bewussten Wahrnehmung entzieht. Geheimnis bezieht sich hier nicht nur auf den verborgenen Stoff, die Geschichte einer Liebe, sondern es ist die Form selbst. Doch auch sie abstrahiert sich, wenn nichts mehr erfasst werden kann: »die Liebe zerstören, um zur Liebe fähig zu werden ... um dem wahren Double am anderen Ende der Linie zu begegnen. Blinder Passagier auf einer Reise an Ort und Stelle.«[22]

»Wieso bin ich nicht abgehaun mit ihr, als Svenja mich darum bat?« So führen Linien von den »Orgelpfeifen von Flandern« wiederum zurück zur Schwanhild-Walküren-Erzählung vom Anfang, verweisen auf die Geschichte von Abaelard und Heloise, Orpheus und Euridike, Namen und Rosen[23].

In der Nacht, dieser »Wildnis der Ängste«[24], hält der Schlaf als täglicher Tod das »Hauptgericht des Lebens« (Shakespeare, *Hamlet*). An seiner Schwelle setzt ANH sein Erzählen an, dem »kosmischen Rhythmus der Nacht« und dem »organischen Rhythmus des Schlafes«[25] folgend. Um zurück- und wiederzukehren »in die unvordenkliche Welt, in die Welt unterhalb der Welt«, die sich der rationalen Logik entzieht, dorthin, wo allein Musik (Orpheus) »gegenschöpferisch dem Tode gegenüber«[26]. »Wenn genug Wind geht, spiele ich auf den Pfeifen«, sagt Jézabel scheinbar ungehört und dennoch *wahr*genommen.

»Das wahre Kunstwerk«, schreibt mir Marie-Thérèse Kerschbaumer in einem Brief, »muß nach Hermann Broch die Welt als Ganzes erfassen, der wahre Künstler diese Gesamtheit spiegeln, selbst im kürzesten Gedicht. Diese Totalität begreifen zu lernen, führt den Künstler der Weg zum Mythos zurück, für manche in späteren, die Begnadeten in jüngeren Jahren. Im Mythos vermag der Künstler die Welt für sich neu zu sammeln und wiederzugeben, neu und alt zugleich, mythisch und wahr.«

Raum, der sich aus allen Altern speist, zerklüftetes Urgestein der Dichtung, Mutter aller: Mythen. Ihr Quell bleibt unerschöpflich und unergründlich Anfang. Daher ist große Dichtung immer »belebt von den Ritualen des Wiedererkennens«[27]. Ihre Rezeption bedarf einer musischen Empfindlichkeit als Empfänglichkeit, welche das *Wieder*holen bedingt. Wie das Werk Alban Nikolai Herbsts.

Wien, im Februar 2019
Elvira M. Gross

1 Friedrich Hölderlin: »Der Wanderer«, in: ders.: *Sämtliche Gedichte und Hyperion*. Frankfurt/Main: Insel 1999, S. 184 f.

2 Maurice Blanchot: *L'espace litteraire*. Paris: Gallimard 2007. (*Der literarische Raum*. Aus dem Französischen von Marco Gutjahr und Jonas Hock. Zürich: diaphanes 2012, S. 247.)

3 Vgl. Gilles Deleuze und Felix Guattari: *Tausend Plateaus*. Aus dem Französischen von Gabriele Ricke und Ronald Voullé. Berlin: Merve 1992. S. 50 f.

4 Lesen bedeutet für mich von der Körperhaltung her ein Zuneigen, Sich-Hinwenden, Geneigtsein – ebenso die Bereitschaft (gedanklich) mitzugehen, ohne sich damit dem Text zu ›unterwerfen‹.

5 Namenskürzel für Alban Nikolai Herbst.

6 Maurice Blanchot: a. a. O., S. 145.

7 Es handelt sich um die laufenden Eintragungen im genannten »Literarischen Weblog« von Alban Nikolai Herbst (ANH), »erschaffen von den Fiktionären Herbst und Deters«. Deters ist eine Hauptfigur im Werk ANHs. Siehe https://goo.gl/3intcq. Vgl. FN 13.

8 In *Tausend Plateaus* schreiben Gilles Deleuze und Felix Guattari (Berlin: Merve 1992, S. 18): »Anders als bei einer Struktur, einem Baum oder einer Wurzel gibt es in einem Rhizom keine Punkte oder Positionen. Es gibt nur Linien. Wenn Glenn Gould die Tempi eines Stücks schneller spielt, ist das nicht nur virtuos; er verwandelt dabei die musikalischen Punkte in Linien, er lässt das Ganze wuchern.«

9 Rainer Maria Rilke: »Brief an Clara Rilke« (24. Juni 1907 – Nr. 64). In: ders.: *Briefe. Erster Band*. Frankfurt/Main 1987. S. 162.

10 Marie-Thérèse Kerschbaumer: *Freunde des Orpheus*. Essays. Klagenfurt: Wieser 2011. S. 7.

11 Gabriel García Márquez: *Augen eines blauen Hundes*. Frühe Erzählungen. Frankfurt/Main: S. Fischer Verlag 1974.

12 Maurice Blanchot, a. a. O., S. 248.

13 Jorge Luis Borges ist für Alban Nikolai Herbst auch im Vexierspiel der Identitäten literarisch bedeutend. Vgl. dazu die Erzählungen »Geständnis an die literarische Welt« und »Bücherkoffer« im vorliegenden Band, in denen erstmals die Figur Hans Erich Deters auftritt (vgl. auch FN 7). Sie ist im Roman *Wolpertinger oder Das Blau* (1993, axel dielmann – verlag) eine Haupt- und die wesentliche Erzählerfigur, ebenso in der Folge in der *Anderswelttrilogie* (*Thetis.Anderswelt*: 1998, Rowohlt Verlag; *Buenos Aires.Anderswelt*. Kybernetischer Roman: 2001, Berlin Verlag; *Argo.Anderswelt*. Epischer Roman: 2013, Elfenbein Verlag). Unterdessen alle bei Elfenbein neu editiert.

14 Jorge Luis Borges (2010): *Ein ewiger Traum*. Essays. Herausgegeben und aus dem Spanischen übersetzt von Gisbert Haefs. München: Hanser. S. 202.

15 Alban Nikolai Herbst spricht in diesem Zusammenhang von der »Realitätskraft der Fiktionen«. Vgl. Alban Nikolai Herbst: »Kybernetischer Realismus«. Heidelberger Vorlesungen. Heidelberg: Manutius 2008. Nicht zu vergessen ist hier, dass »Fiktion« (lat. *fingere*) sich auf den Schaffensprozess bezieht, auf das Machen, Formen, Gestalten.

16 George Steiner: *Von realer Gegenwart. Hat unser Sprechen einen Inhalt?* Aus dem Englischen von Jörg Trobitius. München: Hanser 1990, S. 268.

17 Ein Gedichtband von Alban Nikolai Herbst trägt den Titel *Der Engel Ordnungen* (Frankfurt/Main: axel dielmann – verlag 2009), vgl. darin das gleichnamige Gedicht (S. 24) oder auch »Es saszen drei Engel beisammen« (S. 5).

18 In der Novelle wird konkret die ostjüdisch-orthodoxe Bewegung der Chassidim erwähnt, für die das traditionelle Studium der Thora, des Talmuds und seiner Kommentare, aber auch der Kabbala bedeutend sind, wobei auch das gemeinschaftliche religiöse Erleben eine große Rolle spielt, insbesondere Musik und Tanz. – Als Jehovah sich im ersten Buch der Könige an den Propheten Elija wendet (1., 19, 11), ist seine Stimme kein »zerberstender Wind« noch Erdbeben oder Feuer, sondern ein »sanftes, stilles Säuseln«. Auch hier ist dies nicht bloß »Erwähnung«, sondern weist *fiktiv* darüber hinaus.

19 Jean-Luc Nancy: *Tombe de sommeil*. Paris: Éditions Galilée 2007. (*Vom Schlaf*. Aus dem Französischen von Esther von der Osten. Zürich/Berlin: diaphanes 2013).

20 Auch hier führt eine Spur/Linie wiederum zur Erzählung »Die Sache mit Kark-Jonas«.

21 Vgl. Gilles Deleuze und Felix Guattari: *Tausend Plateaus*. Berlin: Merve 1992. S. 264.

22 Ebd., S. 270.

23 Hier könnte ein intertextueller Verweis auf Umberto Eco (*Der Name der Rose*) oder auf Jorge Luis Borges' Erzählung »Die Rose des Paracelsus« stehen: »Wenn

du diese Rose auf die Glut wirfst, wirst du glauben, sie verglühe und die Asche sei wirklich. Ich sage dir, daß die Rose ewig ist und daß nur ihre Erscheinung sich ändern kann. Es bedarf einzig eines Wortes von mir, damit du sie von neuem siehst.« (Jorge Luis Borges: *Spiegel und Maske*. Erzählungen. Frankfurt/ Main: Fischer TB Verlag 1993; zitiert nach: ders.: *Die unendliche Bibliothek* 2013, S. 321–325, hier S. 323). Die Spur führt freilich weiter.

24 Jean-Luc Nancy, Vom Schlaf, a. a. O., S. 50.

25 Ebd., S. 30.

26 George Steiner, a. a. O., S. 284.

27 Ebd., S. 195.

Zu den einzelnen Erzählungen

Svenja
Um 1972 (maschinengetippt). Danach mehrfach umgearbeitet.
Erstveröffentlichung.

Drei Straßenstücke
Um 1971 (maschinengetippt). Erstveröffentlichung.

Gesellschaft
Um 1971/72 (maschinengetippt). Erstveröffentlichung.

Die Sache mit Kark-Jonas
Erstfassung um 1971 (maschinengetippt). Etwa 1990 umgeformt für den Roman *Wolpertinger oder Das Blau* (axel dielmann – verlag 1993) und als »Zweites Blumenstück« darin integriert. Hier in neuer, wieder dem ursprünglichen Text naher Fassung.

Ein Freund erzählt
Um 1978 (maschinengetippt). Erstveröffentlichung.

Armer Ulrich
Um 1970/71 (maschinengetippt). Erstveröffentlichung.

Sabinenliebe
Nach einer Erzählung von etwa 1975 (maschinengetippt).
Hier in komplett neuer Fassung. Erstveröffentlichung.

Besuch eines Kaufhauses
Um 1973 (maschinengetippt). Erstmals in:
Die Niedertracht der Musik, tisch 7, Köln 2005. Neufassung.

Walkürchen
1971 als »Märchen vom weiblichen Tod« (maschinengetippt).
Zuerst erschienen als »Die Begegnung« in: *Adamas* Nr. 2, Juni 1977.
Hier in komplett neuer Fassung.

Eva oder Tagesende
Um 1973. Erstmals in: *Skurriculinarium*, hrsg. v. Walter Diewock,
Kapillenzacker, Dreieichenhain 1992.

Auf dem Lande
Um 1972. Erstmals als »Essen auf dem Lande« in: *Iss was*,
hrsg. v. Tanja Rauch, Kiepenheuer & Witsch (KiWi), Köln 1998.

Der Sieg
Um 1975. Erstmals in: *Die Niedertracht der Musik*,
Dreizehn Erzählungen, tisch 7, Köln 2005.

Gehirn
Um 1981. Erstmals in: *kiesstraße zwanzig uhr*, hrsg. v. Jürgen Lentes,
Huss'sche Universitätsbuchhandlung, Frankfurt am Main 1993.

Joana. Nachtstück.
Um 1973. Erstmals in: *Der Literaturbote* Nr. 13, April 1989.

Müder Gegner
Zwischen 1977 und 1979. Erstmals als »Karger Abend« in: *Marlboro*,
Prosastücke, Postskriptum, Hannover 1981.

Marlboro
Zwischen 1977 und 1980. Erstmals in: *Marlboro*,
Prosastücke, Postskriptum, Hannover 1981.

Der letzte Wille
Um 1976 (maschinengetippt). Erstveröffentlichung.

Schluß machen mit denen
Zwischen 1977 und 1979. Erstmals als »Stummer Monolog gegen
Abend« in: *Marlboro*, Prosastücke, Postskriptum, Hannover 1981.

Roses Triumph
Um 1978. Erstmals in: *Hessischer Literaturbote* Nr. 2, August 1986.

Fahrtgespräch
Zwischen 1977 und 1979. Erstmals in: *Marlboro*, Prosastücke, Postskriptum, Hannover 1981.

Der Getretene
Um 1985. Erstmals in: *Das Geschenk*, ausgewählt von Peter Mathews, Berliner Taschenbuch Verlag, Berlin 2001.

Traum
Zwischen 1977 und 1979. Erstmals in: *Marlboro*, Prosastücke, Postskriptum, Hannover 1981.

Ein Ton
Um 1981. Erstmals in: *die horen* Nr. 180, 4. Quartal 1995.

Azreds Buch
1972 als »Ein Sturm« geschrieben. Neu gefasst und erweitert für das Literarische Weblog *Die Dschungel. Anderswelt.* Dort erschienen als Fortsetzungserzählung von Dezember 2007 bis Januar 2008.

Nachruf auf Asmus Hornacek
Um 1988. Erstmals in: *Schritte*, Zeitschrift für Literatur Nr. 12, axel dielmann – verlag, Frankfurt am Main 1991.

Die Niedertracht der Musik
Um 1985. Erstmals in: *Frankfurter Allgemeine Sonntagszeitung*, 26. Jänner 1992.

Joachim Zilts' Verirrungen
Um 1978. Neu gefasst in den Achtzigern. Zuerst erschienen bei Narziss & Ego, St. Gallen 1987. Hier in komplett neuer Fassung.

Der Gräfenberg-Club
Um 1986. Erstmals in: *die horen* Nr. 175, 3. Quartal 1994.

Geständnis für die literarische Welt
Um 1995. Erstmals in: *Die Welt*, 23. Jänner 1999.

Kette
Um 1986. Erstmals in: *L'80* Heft 43, August 1987.

Pyramiden
Um 1990. Erstmals in: *Geometrie des Lichts*, Zur Arbeit von Lorenzo Mardaresco, axel dielmann – verlag, Frankfurt am Main 1994.

Geliebte Männer
1992. Erstmals in: *Inzest oder Die Entstehung der Welt*, Roman in Briefen von Barbara Bongartz und Alban Nikolai Herbst, Schreibheft Nr. 59, 2002, sowie in: *Heiß und innig*, hrsg. v. Bettina Hesse, Wunderlich/Rowohlt, Reinbek b. Hamburg 2002.

Der Hundstod
Um 1987. Erstmals in: *Kohls Lesebuch*, hrsg. v. Susanne Pfaff, Pieter Zandee, Katrin Altenhein, Kohl'sche Verlagsbuchhandlung Frankfurt am Main 1989.

Selzers Singen
Um 1986. Erstmals in: *zeitmitschrift* Nr. 2, 1990.

Apokalypse New
Zwischen 1977 und 1979. Erstmals in: *Marlboro*, Prosastücke, Postskriptum, Hannover 1981.

Bücherkoffer
Um 1987. Erstmals als » Hans Deters packt keinen Koffer« in: *Büchner* (o. Nr.), 1987.

Die Orgelpfeifen von Flandern
Um 1978. Hektografiert als »Stiefelrot« im Verlag Die Dschungel, Henstedt 1979. Komplett neue Überarbeitung Anfang der Neunziger. Erstmals als *Die Orgelpfeifen von Flandern*, Novelle, axel dielmann – verlag, Frankfurt am Main 1993.

ALBAN NIKOLAI HERBST

WANDERER

Erzählungen I

600 Seiten, Hardcover mit Lesebändchen,

ISBN: 978-3-902711-81-6

WÖLFINNEN

Erzählungen II

ca. 600 Seiten, Hardcover mit Lesebändchen,

ISBN: 978-3-902711-83-0 (erscheint Herbst 2019)

JOSÉ LUÍS PEIXOTO

DAS HAUS IM DUNKEL

Roman

312 Seiten, Hardcover mit Lesebändchen,

ISBN: 978-3-902711-34-2

FRIEDHOF DER KLAVIERE

Roman

320 Seiten, Hardcover mit Lesebändchen,

ISBN: 978-3-902711-67-0

Beide aus dem Portugiesischen von Ilse Dick.

... in seiner Sprache allenfalls noch mit Lobo Antunes vergleichbar ... Dabei schaut Peixoto nicht hinauf zu Helden und Filous der Mächte, sondern beugt sich ins scheinbar Kleine, Einfache. ... José Luís Peixoto hat uns allen einen Weltgesang geschenkt, dessen Zentrum immer, immer, immer das Jetzt ist ...

Alban Nikolai Herbst über *Friedhof der Klaviere*
VOLLTEXT

STEVEN MILLHAUSER

EDWIN MULLHOUSE

Leben und Tod eines amerikanischen Schriftstellers 1943-1954 von Jeffrey Cartwright

Roman

472 Seiten, Hardcover mit Lesebändchen,

ISBN: 978-3-902711-32-8

ZAUBERNACHT

Novelle

144 Seiten, Hardcover mit Lesebändchen,

ISBN: 978-3-902711-54-0

STIMMEN IN DER NACHT

Erzählungen

400 Seiten, Hardcover mit Lesebändchen,

ISBN: 978-3-902711-70-0

Alle aus dem Englischen von Sabrina Gmeiner.

NOVELLENWUNDER:
In einem gewissen Sinne ungewiß, ist diese Prosa nicht »nur« Dichtung, sondern eine moderne US-amerikanische Hymne an die Nacht, ein Novalis der gelungenen Vereinigung, doch nicht die Spur von pubertär. Denn niemand ruft hier den Tod an: »Gelobt sei uns die ew'ge Nacht,/Gelobt der ew'ge Schlummer!« Sondern die Nachtstimmen singen: Lehre das schlafende Herz das Erwachen.

Alban Nikolai Herbst über *Zaubernacht*
FAUSTKULTUR

JAN KJÆRSTAD

ICH BIN DIE WALKER BRÜDER

Roman

656 Seiten, Hardcover mit Lesebändchen,

ISBN: 978-3-902711-11-3

DAS NORMAN-AREAL

Roman

456 Seiten, Hardcover mit Lesebändchen,

ISBN: 978-3-902711-65-6

Beide aus dem Norwegischen von Bernhard Strobel.

DER KÖNIG VON EUROPA

Roman

688 Seiten, Hardcover mit Lesebändchen,

ISBN: 978-3-902711-49-6

Aus dem Norwegischen von Alexander Riha.

An solchen Stellen transzendiert Kjærstad jegliches Entwicklungsalter ins weit Überpersönliche, so daß der Entwicklungsroman unmittelbar zu einem phantastischen wird, weil man gar nicht auf die Idee kommt, so evident ist das alles, hier habe ein Autor die angemessene Tonlage verfehlt. Im Gegenteil, hier hat er sie völlig erfaßt. So daß wir Leserinnen und Leser nichts mehr als staunen können, offnen Mundes zugleich wie offener Herzen.

Alban Nikolai Herbst über *Ich bin die Walker Brüder*

VOLLTEXT

www.septime-verlag.at